DEAN KOONTZ

JONAH und die STADT

Aus dem Amerikanischen von Patrick Baumann

FESTA

Die amerikanische Originalausgabe *The City*
erschien 2014 im Verlag Bantam Books.

Die amerikanische Originalausgabe *The Neighbor*
erschien 2014 im Verlag Bantam Books.

1. Auflage November 2023

Titelbild: Kim Isaak

ISBN 978-3-98676-085-4
eBook 978-3-98676-086-1

INHALT

DER NACHBAR

1

Mein Name ist Malcolm Pomerantz, und ich bin ein Axtschwinger, aber nicht so einer wie in den Reality-TV-Serien über Holzfäller. Wäre ich *diese* Art von Axtschwinger, hätte ich mir wohl schon längst beide Füße abgehackt oder wäre von einem umstürzenden Baum erschlagen worden. Mein ganzes Leben lang bin ich ungeschickt gewesen. Ich blieb nur deshalb von einem Unfalltod verschont, weil mein Beruf – ich bin Musiker – nicht erfordert, dass ich mit Elektrowerkzeugen hantieren oder mich durch tückisches Gelände bewegen muss. *Axt* ist Musiker-Slang für *Instrument,* und meine Axt ist ein Saxofon. Ich spiele seit meinem siebten Lebensjahr. Damals haben ich und das Saxofon noch beinahe dieselbe Größe gehabt.

Jetzt bin ich 59, zwei Jahre älter als Jonah, der seit einem halben Jahrhundert mein bester Freund ist. Ich bin groß, Jonah nicht. Ich bin weiß, er ist schwarz. Als ich ihm im Sommer 1967 zum ersten Mal begegnete, war Jonah zehn. Er war flink, elegant, ein Piano-Wunderkind. Ich war zwölf und stapfte umher wie Lurch, der Butler aus *Addams Family,* einer Serie, die im vorangegangenen Jahr ein großer Fernseherfolg gewesen war. Als ich ihn zum ersten Mal spielen hörte, rockte er die Tasten mit Fats Dominos *I'm Gonna Be A Wheel Someday.* 1967 sollte sich für uns beide als ein Jahr erweisen, das … unvergesslich war.

Auf mein Drängen hat Jonah vor Kurzem die Geschichte seines Lebens – oder zumindest eines merkwürdigen, turbulenten Abschnitts davon – auf Tonband gesprochen. Aus seiner Erzählung wurde ein Buch mit dem Titel *Die Stadt.* Mein Leben nachzuerzählen würde keinen Sinn ergeben, denn das Interessanteste daran ist das, was geschah, während ich Zeit mit Jonah verbrachte. All das hat er bereits berichtet. Doch ich habe noch eine kleine Erfahrung zu erzählen, eine sonderbare Abfolge von Ereignissen, die ein paar Wochen vor meiner ersten Begegnung mit ihm stattfanden. Ebenso wie seine spannendere Story legt auch die meine nahe, dass die Welt meist rätselhafter ist, als sie erscheint, während wir von morgens bis abends unserer beruhigenden Tagesroutine nachgehen.

Meine Schwester Amalia war damals 17, fünf Jahre älter als ich, aber wir standen uns so nahe, als wären wir Zwillinge. Nicht dass wir uns ähnlich gesehen hätten. Sie band ihr blondes Haar zu einem Pferdeschwanz, war geschmeidig und zierlich, steckte so voller Begeisterung für das Leben, dass ihr Strahlen sowohl bei Licht als auch bei Dunkelheit nicht nur der Einbildungskraft ihres sie bewundernden kleinen Bruders entsprungen sein konnte. Ich dagegen war ein tollpatschiger Zwölfjähriger mit einem Adamsapfel, der mich aussehen ließ, als hätte ich einen ganzen Granny-Smith-Apfel geschluckt, der in meiner Kehle stecken geblieben war. Obwohl ihre Garderobe nicht besonders umfangreich war, trug Amalia zu jeder Gelegenheit die passende Kleidung und sah immer aus, als wäre sie einem Sears-Katalog entstiegen. Da ich runde Schultern hatte und meine Arme so unverhältnismäßig lang waren wie die eines Orang-Utans, versuchte ich, meine unvorteilhafte Figur zu verbergen, indem ich mich kleidete wie ein Erwachsener. Weil ich jedoch blind für Mode war, lenkte ich dadurch nur noch mehr Aufmerksamkeit auf meine schlaksige Gestalt: schwarze Wingtips, aber mit weißen Socken; Anzughosen, die mir bis mehrere Zentimeter über den Bauchnabel reichten; kurzärmlige Hemden mit breitem Kragen, die ich bis zum Hals zuknöpfte.

Mit zwölf Jahren dachte ich noch nicht viel an Mädchen. Vielleicht war mir bereits bewusst, dass ich auch als Erwachsener mit meinem langen, blassen Gesicht und den trüben Augen hinter dicken Brillengläsern niemals ein Kerl sein würde, dem die hübschen Mädchen in Scharen nachliefen. Ich hatte die Liebe meiner Schwester und mein Saxofon, und das genügte mir.

Das musste es auch, denn Amalia und ich hatten kein Familienleben, das sich für eine Fernsehserie wie *Ozzie and Harriet* oder *Erwachsen müsste man sein* geeignet hätte. Unser alter Herr war Maschinist, der Vorarbeiter einer ganzen Werkstatt voller Dreher. Meistens blieb er stumm wie ein Felsbrocken. Er war ein kühler Mann, der allein durch seinen Blick seine Missbilligung zum Ausdruck bringen konnte sowie seinen glühenden Wunsch, jemanden an seiner Drehbank zu etwas Ansprechenderem umzuformen. Was für einen frommen Katholiken die Hostie ist, waren für ihn Chesterfield-Zigaretten. Amalia hat nachdrücklich die Ansicht vertreten, dass er nicht kaltherzig, sondern nur vom Leben verletzt und emotional isoliert sei. Unsere Mutter sah gern rund um die Uhr fern, nur unterbrochen von Klatsch und Tratsch mit Mrs. Janowski, die nebenan wohnte, sowie den Lucky-Strike-Zigaretten, von denen sie so viele rauchte, als hinge die Zukunft der Erde davon ab, und das selbst während der

Mahlzeiten, die sie meist im Wohnzimmer von einem Tablett zu sich nahm. Sie war stolz darauf, eine gute Hausfrau zu sein, was in ihrem Fall bedeutete, dass sie sämtliche Arbeit effizient an Amalia und mich delegierte.

Der König und die Königin unseres kleinen Schlosses der unteren Mittelschicht sprachen so selten miteinander, dass man hätte annehmen können, dass ihre Kommunikation vor allem telepathisch stattfand. Doch selbst wenn das der Fall war, verriet ihr Verhalten, dass sie so gut wie jeden telepathischen Austausch miteinander verabscheuten. Amalia sagte, dass vor langer Zeit irgendetwas Bedeutendes zwischen unseren Eltern vorgefallen sein musste, dass sie einander verletzt hatten, dass sie sich darüber alles gesagt hatten, was es zu sagen gab, und sich nicht überwinden konnten, einander zu vergeben. Daher war für sie *jede* Unterhaltung miteinander qualvoll. Amalia nahm nie gern das Schlechteste über jemanden an, bevor derjenige sich eindeutig als unverbesserlich schlecht herausgestellt hatte.

Meine Schwester hatte mit acht Jahren begonnen, Klarinette zu spielen, nachdem ein Junge im nächsten Block, dessen Eltern ihm den Unterricht aufgezwungen hatten, rebelliert und überzeugend damit gedroht hatte, sich zu erhängen. Man hatte ihr das Instrument geschenkt, und sie hatte es vor allem deshalb erlernen wollen, weil sie wusste, dass es unsere Eltern stören würde. Sie hoffte, dass ihr Spiel ihnen so auf die Nerven gehen würde, dass sie sie zum Üben in die vom Haus getrennte Ein-Fahrzeug-Garage verbannen würden. Dort würde sie nicht mitansehen müssen, wie sie so entschlossen das Gespräch miteinander verweigerten. Dort roch die Luft nicht nach Chesterfields und Lucky Strikes, sondern nach Schmierfett, Reifengummi und Schimmel. Ihre Hoffnung wurde erfüllt. In den letzten Jahren, die wir noch im Haus wohnten, lauteten die Worte, die unsere Eltern am häufigsten aussprachen: »Geh doch in die Garage.« Sie sagten es nicht nur, wenn wir Klarinette oder Saxofon übten, sondern auch, wenn wir sie durch unsere bloße Anwesenheit von den Fernsehsendungen, dem Trinken und dem leidenschaftlichen Rauchen ablenkten.

Amalia wurde ziemlich gut an der Klarinette, aber ich stellte mich am Saxofon als ein Naturtalent heraus. Ich brachte mir alles selbst bei und versuchte ständig, mich zu verbessern, und sei es nur ein wenig. Das Saxofonspielen war die einzige Sache, in der ich glänzen konnte.

Mit ihrem Notendurchschnitt von 4,0 und ihrem beträchtlichen Schreibtalent war Amalia eine Amateurmusikerin, für die die Zukunft Größeres bereithielt als die Mitwirkung in einer Tanzkapelle. Obwohl unsere geistesabwesenden Eltern es für keine große Errungenschaft hielten, bekam sie aufgrund ihrer Noten, aber auch aufgrund einiger cooler Kurzgeschichten, mit denen sie verschiedene Preise gewonnen hatte, ein Vollstipendium an einer großen Universität.

Ich war stolz auf sie. Ich wollte, dass sie großen Erfolg hatte, dass sie den giftigen Wolken und der Düsternis unserer verbitterten Eltern entkam, die das Haus der Familie Pomerantz wie Poes Haus Usher kurz vor dessen Versinken im Sumpf erscheinen ließen. Gleichzeitig konnte ich mir nicht vorstellen, wie mein Leben wäre, wenn sie am Ende dieses Sommers weit wegging und die Universität besuchte. Dann wäre ich das einzige Familienmitglied, das sein Abendessen nicht von einem Tablett zu sich nehmen wollte.

Anfang Juni, fast einen Monat bevor ich hörte, wie Jonah Kirk im Haus seines Großvaters, das unserem gegenüberlag, diese Fats-Domino-Nummer rockte, geschah nebenan etwas Seltsames. Es war nicht das Haus im Osten, wo die Janowskis wohnten und wo meine Mutter regelmäßig mit Mrs. Janowski Klatschgeschichten austauschte, die meisten davon wahnhafte Fantasien über die ehelichen Beziehungen anderer Menschen in unserer Straße. Es handelte sich um das Haus direkt westlich von uns, das einmal Rupert Clockenwall gehört hatte und leer stand, seit der alte Mr. Clockenwall vor einem Monat an einem schweren Herzanfall gestorben war.

Das seltsame Ereignis begann eines Morgens um drei Uhr, als ich von einem ungewöhnlichen Geräusch geweckt wurde. Ich setzte mich im Bett auf. Das Geräusch schien nicht in meinem Zimmer gewesen zu sein. Ich war ziemlich sicher, dass es von draußen gekommen war. Vielleicht war es der letzte Klang eines Traums gewesen, der so bedrohlich gewesen war, dass er mich geweckt hatte. Er erinnerte an den Laut, der entsteht, wenn ein langes Schwert aus einer metallenen Scheide gezogen wird, wie Stahl, der über Stahl schleift.

Selbst in einem älteren Wohnviertel wie unserem, das weit von den Hochhäusern und der Hektik der Innenstadt entfernt liegt, ist es nie ganz still. Man lernt, schon lange bevor man zwölf Jahre alt ist, all das Rattern, Klirren und Hämmern der Stadt auszublenden, um nachts ausreichend schlafen zu können. Was mich jetzt weckte, klang fremdartig. Ich warf das Laken zurück und stieg aus dem Bett.

Zuvor hatte ich mit der Hoffnung auf Zugluft den unteren Fensterflügel hochgeschoben, aber die Nachtluft blieb warm und still. Als ich mich zum Fenster beugte, ertönte das Geräusch wieder und schien im Fenstergitter zu vibrieren, als hätte jemand mit der Klinge eines Stiletts über das Metall gestrichen. Erschrocken wich ich zurück.

Als dieses Schleifen ein drittes Mal erklang, diesmal leiser, stellte ich fest, dass es seinen Ursprung nicht wenige Zentimeter vor mir, sondern im Haus nebenan hatte. Ich beugte mich noch einmal näher zum Fenstergitter. Zwischen den Häusern wuchs eine uralte Platane, die in voller Blüte stand. Weil er vielleicht in seiner Jugend zu wenig Sonnenlicht bekommen oder eine Krankheit durchgemacht hatte, besaß dieser Baum eine verkrümmte Struktur und verdeckte mir die Sicht auf das Clockenwall-Haus nicht vollständig. Durch die krummen Äste sah ich Lampenlicht aus einem Fenster im Erdgeschoss dringen.

Der einzige noch lebende Angehörige des verstorbenen Rupert Clockenwall war dessen Bruder, der einen halben Kontinent entfernt wohnte. Bis alle Fragen bezüglich der Erbschaft geklärt waren, konnte das Haus nicht zum Kauf angeboten werden, und seit Mr. Clockenwalls Todestag hatte es auf dem Grundstück keinerlei Aktivitäten gegeben. Da ich wie alle Zwölfjährigen natürlich über viel Fantasie verfügte, stellte ich mir manchmal Dramen vor, wo es keine gab, und jetzt fragte ich mich, ob sich dort vielleicht ein Einbrecher gewaltsam Zutritt verschafft hatte.

Lampen erhellten nun ein weiteres Fenster im Erdgeschoss und bald darauf auch eines im ersten Stock. Durch die Gardinen vor dem oberen Fenster sah ich eine geschmeidige, dunkle Gestalt vorbeihuschen. Obwohl jeder sich bewegende Schatten vom Licht und von jeder Oberfläche, auf die er fällt, verformt wird, kam mir dieser hier besonders merkwürdig vor. Er erinnerte mich an die biegsamen Flossen von Mantarochen, die so elegant im Meer schwimmen, wie Vögel am Himmel fliegen.

Weil mich das Gefühl überkam, dass irgendeine unheimliche Person um das Clockenwall-Haus herumschlich, wartete ich eine Weile am offenen Fenster, atmete die warme Nachtluft und hoffte darauf, diesen geschmeidigen, schaurigen Schatten noch einmal zu sehen, und vielleicht auch noch mehr. Als mein Warten nicht durch irgendwelche trügerischen Umrisse oder weitere eigenartige Geräusche belohnt wurde, konnte schließlich nicht einmal mehr mein kindliches Verlangen nach Rätseln und Abenteuern meine Aufmerksamkeit fesseln.

Ich musste mir eingestehen, dass wahrscheinlich weder ein Einbrecher noch ein Randalierer sein Eindringen in ein fremdes Anwesen durch das Einschalten beinahe aller Lampen verraten würde.

Nach meiner Rückkehr ins Bett schlief ich bald wieder ein. Ich weiß noch, dass ich einen bösen Traum hatte, in dem ich mich in einer verzweifelten Lage befand, aber als ich mich um vier Uhr morgens plötzlich im Bett aufsetzte, konnte ich mich an diesen Albtraum nicht erinnern. Noch halb im Schlaf ging ich zum Fenster, nicht um das Haus nebenan zu beobachten, wo die Lichter immer noch schienen, sondern um den unteren Fensterflügel zu schließen. Ich schloss ihn auch ab, obwohl es heiß war und etwas Zugluft sehr willkommen gewesen wäre. Weshalb ich glaubte, das Fenster verriegeln zu müssen, weiß ich nicht mehr – ich weiß nur noch, dass ich das dringende Bedürfnis hatte, es zu tun.

Als ich wieder im Bett lag, verbrachte ich die letzte brütend heiße Stunde dieser Sommernacht im Halbschlaf und murmelte vor mich hin wie ein Malariakranker, der einen Fiebertraum hat.

2

Unser alter Herr aß zum Frühstück meistens ein Sandwich, für gewöhnlich Speck und Eier auf dick mit Butter bestrichenem Toast. Bei schlechtem Wetter stellte er sich zum Essen an die Küchenspüle und starrte in den kleinen Garten hinaus, stumm und geistesabwesend, als ob er über wichtige philosophische Fragen nachdachte – oder einen Mord plante. Auf dem Schneidbrett in der Nähe stand ein Becher Kaffee. Er hielt das Sandwich in der rechten Hand, eine Zigarette in der linken und bediente sich abwechselnd links und rechts. Wenn ich das sah, hoffte ich immer, dass er einmal aus Versehen in die Zigarette beißen oder versuchen würde, das Sandwich zu rauchen, aber leider passierte ihm das nie.

Am Morgen, nachdem ich die Aktivitäten im Clockenwall-Haus bemerkt hatte, aß er stattdessen auf der hinteren Veranda. Als er die Treppe hinunterging und sich auf den Weg zur Arbeit machte, ging ich und holte die Kaffeetasse und den Aschenbecher, die auf der flachen Oberfläche des Geländers balancierten. Während ich das Geschirr in der Küche spülte, servierte Amalia unserer Mutter im Wohnzimmer das Frühstück. Im Fernsehen wurde irgendein Filmstar vom Moderator einer Morgensendung interviewt, und die beiden schienen sich in der Falschheit ihres

Lachens gegenseitig übertreffen zu wollen. Unsere Mutter hatte Bratkartoffeln, ein Käseomelett und eine Schale Fruchtcocktail aus der Dose bestellt. Sie und der Alte aßen selten zur selben Zeit und wollten nie dasselbe.

Amalia kehrte in die Küche zurück und sagte: »Ich glaube, jemand ist heute Nacht nebenan eingezogen. Mein Fenster war offen. Eine Stimme hat mich geweckt und da drüben war in allen Zimmern das Licht eingeschaltet.«

Ihr Zimmer lag auf derselben Seite wie meins. Ich erwiderte: »Ich hab niemanden gehört. Hab das Licht gesehen und wie jemand dort herumlief, nur ein Schatten. Aber es hat noch kein Makler ein Schild aufgestellt.«

»Vielleicht wollen die es vermieten, statt es zu verkaufen.«

»Aber um drei Uhr morgens einzuziehen ist ein bisschen komisch. War das nur eine Person, eine Familie, oder ...?«

»Ich habe niemanden gesehen.«

»Was ist mit der Stimme?«

»Ach, das war bestimmt ein Traum. Es stand jedenfalls niemand unter meinem Fenster. Ich habe erst gedacht, jemand hätte da unten gestanden und nach mir gerufen, ein Mann. Aber ich muss geträumt haben, denn als ich aufgestanden und zum Fenster gegangen bin, war da keiner.«

Ich legte die Platzdeckchen und das Besteck auf den Esstisch. Während ich den Toast zubereitete und die ersten zwei Scheiben verbrannte, rührte Amalia Eier und briet Schinkenstreifen für unser Frühstück.

»Was hat er denn gesagt – der Mann unter deinem Fenster?«, fragte ich.

»Er hat meinen Namen gerufen. Zweimal. Aber ich bin sicher, dass er nur im Traum da war, nicht in Wirklichkeit.«

»Worum ging es in dem Traum?«

»Ich weiß nicht mehr.«

»Noch nicht mal irgendeine Einzelheit?«

»Nicht mal das.«

Bei ihr lagen die Eier, der Schinken und der Toast auf demselben Teller. Für mich servierte sie diese drei Dinge auf drei kleinen Tellern, wie ich es bevorzugte. Ich hatte die Ränder von meinem Toast abgeschnitten, um sie separat essen zu können. Schon damals hatte ich meine kleinen Rituale, mit denen ich versuchte, der Welt, die mir so chaotisch erschien, ein gewisses Maß an Ordnung abzuringen.

Wir hatten gerade erst angefangen zu essen, als die Waschmaschine in der angrenzenden kleinen Waschküche fertig war und zu summen begann.

Als ich aufstand, um die Wäsche zum Trockner zu bringen, sagte Amalia: »Das kann warten, Malcolm.«

Ich blieb sitzen, erwiderte aber: »Bevor du zur Uni gehst, musst du mir beibringen, wie man bügelt.«

Immer wenn irgendetwas sie bewegte oder amüsierte, funkelten ihre grünen Augen, das schwöre ich. »Süßer, ich würde dir genauso wenig eine Kettensäge wie ein Bügeleisen in die Hand drücken.«

»Tja, *er* wird jedenfalls niemals bügeln. Und sie höchstens, wenn sie dabei sitzen bleiben und sich Gameshows anschauen kann.«

»Sie hat gebügelt, als ich noch zu klein dazu war. Sie hat bestimmt nicht vergessen, wie das geht.«

»Aber sie wird es nicht tun. Das weißt du. Wenn ich darauf warte, bleiben meine Sachen zerknittert.« Obwohl ich erst zwölf war, war mir wichtig, wie meine Kleidung aussah, weil mein eigenes Aussehen so streberhaft war.

»Malcolm, wage es ja nicht zu bügeln, wenn ich an der Uni bin.«

»Ich weiß noch nicht. Mal sehen.«

Für eine Weile aß sie schweigend. Dann sagte sie: »Das ist nicht richtig von mir. Zu einer Uni zu gehen, die so weit weg ist.«

»Hm? Red keinen Blödsinn. Dort hast du doch das Stipendium bekommen.«

»Vielleicht kriege ich eins von einer Hochschule, die näher ist. Dann könnte ich zu Hause bleiben, statt in ein Studentenwohnheim zu ziehen.«

»An der Universität gibt es doch dieses spezielle Schreibprogramm. Das ist doch der Grund, warum du dort hingehst. Du wirst sicher mal eine große Schriftstellerin.«

»Ich werde überhaupt nichts Großes werden, wenn ich dich hier mit denen allein lasse und das für den Rest meines Lebens bereue.«

Sie war die beste Schwester, die man sich wünschen kann, lustig, klug und hübsch, und sie würde eines Tages berühmt werden. Ich hatte sie angebettelt, mir beizubringen, wie man bügelt.

Nun kam ich mir egoistisch vor, denn in Wirklichkeit wollte ich, dass sie zur Universität ging, weil es gut für sie war. Gleichzeitig wollte ich jedoch, dass sie blieb.

»Ganz so ungeschickt bin ich auch wieder nicht. Wenn ich gut Saxofon spielen kann, kriege ich es bestimmt auch hin, Sachen zu bügeln, ohne gleich das Haus abzubrennen.«

»Wie man Romane schreibt, lernt man sowieso nicht, indem man Kurse besucht«, sagte sie. »Das ist ein ganz persönlicher Kampf.«

»Wenn du dieses Stipendium nicht annimmst, puste ich mir das Hirn raus.«

»Erzähl keinen Quatsch, Süßer.«

»Doch, das tu ich. Warum denn nicht? Wie sollte ich denn damit leben, dass ich *dein* Leben ruiniert habe?«

»Du kannst mein Leben gar nicht ruinieren, Malcolm. Du bist das Wichtigste und Wunderbarste darin.«

Sie log nie. Sie war keine Person, die andere Menschen manipulierte. Wäre sie nicht die gewesen, die sie war, hätte ich ihr in die Augen sehen und weiterhin behaupten können, dass ich Harakiri begehen würde, obwohl ich wusste, dass ich das nie tun würde. Stattdessen starrte ich auf die abgeschnittenen Rinden meines Toasts und riss sie in kleine Stückchen. »Du musst das Stipendium annehmen. Das musst du einfach. Das ist das Beste, das uns je passiert ist.«

Ich hörte, wie sie ihre Gabel ablegte. Nach kurzem Schweigen erwiderte sie: »Ich hab dich auch lieb, Malcolm.« Nun konnte ich ihr aus einem ganz anderen Grund nicht in die Augen sehen. Oder sprechen.

Nachdem wir den Tisch abgeräumt hatten, sie das Geschirr gespült und ich es abgetrocknet hatte, schlug sie vor: »Hey, lass uns Haferplätzchen backen.«

»Mit Schokosplittern und Walnüssen?«

»Für Mom und Dad machen wir welche mit Anchovisstückchen und Limabohnen, nur um ihre Gesichter zu sehen, wenn sie reinbeißen. Die restlichen mit Schokosplittern und

Walnüssen. Wir bringen den neuen Nachbarn einen Teller voll und stellen uns vor.«

Sie ratterte eine Liste der Dinge herunter, die sie benötigte: Backbleche, Rührschüsseln, einen Teigschaber, zwei Esslöffel, einen Messbecher ... Weil ich den Verdacht hegte, dass dies vielleicht der erste einer Reihe von Tests war, mit denen sie feststellen wollte, ob man mir ein Bügeleisen anvertrauen konnte, merkte ich mir jeden Punkt, sammelte zügig die Gegenstände ein und ließ keinen einzigen davon fallen.

Der köstliche Duft der Plätzchen im Ofen erreichte schließlich das Wohnzimmer. Unsere Mutter verließ ihren Platz vor dem Fernseher lange genug, um in die Küche zu kommen und zu fragen: »Ihr richtet hier doch keine Sauerei an?«

»Nein, Ma'am«, versicherte Amalia.

»Sieht aber wie eine Sauerei aus.«

»Nur so lange, wie wir backen. Wir machen hinterher alles sauber.«

»Es gibt noch Hausarbeit, die vorher erledigt werden sollte«, mahnte unsere Mutter.

»Was die Hausarbeit angeht, habe ich einen Vorsprung herausgearbeitet«, versicherte Amalia ihr. »Die Schule ist ja jetzt vorbei.«

Mutter blieb an der Tür zum Flur stehen. Sie bot einen interessanten Anblick in ihrem gesteppten rosafarbenen Hausmantel und mit ihrer Morgenfrisur. Sie wirkte leicht verwirrt, als ob die Aufgabe, die wir uns vorgenommen hatten, ihr so rätselhaft erschien wie ein kompliziertes Voodoo-Ritual. Dann sagte sie: »Ich mag meine mit Mandeln, nicht mit Walnüssen.«

»Klar«, gab Amalia zurück, »dann machen wir ein paar davon.«

»Euer Vater mag Walnüsse, aber keine Schokosplitter.«

»Davon machen wir auch welche«, versprach Amalia.

An mich gewandt fragte meine Mutter: »Hast du irgendwas fallen gelassen und kaputt gemacht?«

»Nein, Ma'am. Ich hab alles im Griff.«

»Ich mag den gläsernen Messbecher. Solche werden nicht mehr hergestellt.«

»Ich passe auf.«

»Sei vorsichtig damit«, schärfte sie mir ein, als hätte ich kein Wort gesagt. Dann kehrte sie wieder vor den Fernseher im Wohnzimmer zurück.

Amalia und ich backten die Plätzchen. Dann machten wir sauber. Ich zerbrach nichts. Und danach gingen wir nach nebenan, um die neuen Nachbarn zu besuchen.

3

Als wir die Treppe hinaufstiegen und die Veranda betraten, sahen wir, dass die Haustür nur angelehnt war. Die Sonne stand noch im Osten. Ihr heißes Licht drang unter der Dachrinne hindurch und zeichnete ein helles Rhomboid auf den Boden. Wir standen auf dieser erhellten Fläche der grau gestrichenen Bodenbretter wie auf einer Falltür. Amalia hielt den Plätzchenteller. Ich drückte den Klingelknopf. Niemand reagierte auf das Klingeln, also tat ich es noch einmal.

Als ich zum dritten Mal geklingelt hatte und es offensichtlich schien, dass niemand im Haus war, sagte Amalia: »Vielleicht war das ja *doch* ein Einbrecher letzte Nacht. Trotz all der eingeschalteten Lampen. Ich meine, einem

Einbrecher wäre es bestimmt egal, ob er die Tür hinter sich zugemacht hat.«

Durch die etwa zehn Zentimeter breite Lücke zwischen Türblatt und Türpfosten konnte ich den engen, dunklen Vorraum und das noch dunklere Wohnzimmer dahinter sehen. »Und warum macht sich ein Einbrecher die Mühe, die Lichter wieder auszuschalten? Vielleicht stimmt hier irgendwas nicht. Vielleicht braucht jemand Hilfe.«

»Wir können da nicht einfach so reinplatzen, Malcolm.«

»Was sollen wir sonst machen?«

Sie beugte sich näher zur Tür und rief: »Hallo? Ist jemand zu Hause?«

Das Schweigen, das sie zur Antwort erhielt, erinnerte an meinen Vater, der auf der hinteren Veranda stand und sein Frühstückssandwich aß.

Amalia rief noch einmal, und als niemand reagierte, stieß sie die Tür auf, sodass wir eine bessere Sicht auf den engen Eingangsbereich und das Wohnzimmer hatten. Dort schien alles noch so möbliert zu sein wie damals, als Mr. Clockenwall noch gelebt hatte. In den Monaten seit seinem Tod war niemand gekommen, um seine Besitztümer zu entsorgen.

Nachdem meine Schwester noch einmal gerufen hatte, diesmal lauter als zuvor, sagte ich: »Vielleicht sollten wir nach Hause gehen, die Polizei rufen und einen Einbruch melden.«

»Aber kannst du dir vorstellen, wie die uns die Hölle heißmachen werden, wenn es doch kein Einbruch war?«

Mit »die« meinte sie nicht die Polizei. Unserer Mutter war nichts auf der Welt lieber als ein legitimer Grund, uns zu kritisieren. Für den kleinsten Fehler hackte sie ewig auf einem herum, bis man glaubte, sie würde so lange weitermachen, bis nur noch Knochen von einem übrig waren. Und unser alter Herr, der den Klang der Stimme unserer Mutter nicht ausstehen konnte, wenn diese angriffslustig war, brüllte dann Amalia und mich an, als ob wir diejenigen wären, die den Lärm machten: »Ich versuche hier bloß, ein bisschen fernzusehen und zu vergessen, was ich für einen Scheißtag auf der Arbeit hatte, okay? Habt ihr was dagegen, ihr zwei?«

Ich wiederholte ihre Mahnung an mich: »Wir können da nicht einfach so reinplatzen.«

»Nein, das stimmt.« Sie trat mit dem Plätzchenteller in der Hand über die Türschwelle. »Aber denk dran, Mr. Clockenwall wurde erst einen ganzen Tag später gefunden, nachdem er gestorben war. Vielleicht braucht dadrin jemand Hilfe.«

Natürlich folgte ich ihr. Ich wäre meiner heiligen Schwester bis in die Hölle gefolgt, und im Vergleich dazu war dieses Haus nicht besonders Furcht einflößend.

Obwohl die Gardinen ein wenig Tageslicht durchließen, war das Wohnzimmer dennoch in Schatten gehüllt, eine düstere, stille Kammer, in der man beinahe damit rechnete, einen aufgebahrten Leichnam zu sehen.

Amalia betätigte einen Wandschalter, der eine Lampe neben einem Lehnsessel aufleuchten ließ.

Eine Staubschicht bedeckte den Tisch, auf dem die Lampe stand. Dort lag eine Lesebrille neben einem Taschenbuch, das Mr. Clockenwall vielleicht hatte lesen wollen, bevor ihm das Schlimmste zugestoßen war, das einem Menschen zustoßen konnte. Es gab keine Spuren von Vandalismus.

»Wir wohnen nebenan«, rief Amalia. »Wir sind nur hier, um Hallo zu sagen.« Sie wartete ab und lauschte. Dann: »Hallo? Alles in Ordnung?«

In der Küche summte der Kühlschrank. Es standen Frühstücksteller auf dem Tisch. Auf einem davon war ein Klecks Eigelb zu etwas Hartem, Dunklem geronnen. Toastkrümel waren über die Formica-Tischplatte verstreut. Hier hatte Mr. Clockenwall der Herzinfarkt ereilt, vielleicht als er gerade von seiner Mahlzeit aufgestanden war. Niemand hatte aufgeräumt, nachdem der Leichenwagen den Toten weggebracht hatte.

»Es ist schrecklich, allein zu leben«, sagte Amalia.

Die Traurigkeit in ihrer Stimme wirkte echt, obwohl Clockenwall kein Mann gewesen war, der sich an seine Nachbarn gewandt oder auf andere Weise versucht hatte, seine Einsamkeit zu lindern, falls er wirklich einsam gewesen war. Er war höflich gewesen, und wenn er zufällig in seinem Garten gewesen war, wenn man sich ebenfalls gerade im Garten aufhielt, hatte er sich ein paar Minuten ganz angenehm über den Zaun hinweg mit einem unterhalten. Niemand hatte ihn für überheblich oder kalt gehalten, nur für schüchtern und gelegentlich melancholisch. Manche hatten vermutet, dass er in der Vergangenheit irgendeine Tragödie durchlebt hatte und der einzige Begleiter, mit dem er sich wohlfühlte, die Traurigkeit war.

Amalia war etwas beunruhigt. »Irgendjemand hätte diese Teller wegräumen und den Kühlschrank leeren sollen, bevor darin alles verdirbt. Das alles so zurückzulassen … Das ist einfach nicht richtig.«

Ich zuckte die Achseln. »Vielleicht hat sich niemand um ihn gekümmert.«

Meine Schwester schien sich um jeden zu kümmern. Sie fand selbst für unsere Eltern in ihren schlimmsten Momenten noch eine Entschuldigung. Aber jetzt sagte sie nichts.

Ich seufzte. »Bitte sag mir, dass du nicht meinst, dass *wir* das aufräumen sollten.«

Als sie gerade antworten wollte, änderte sich ihre Haltung abrupt. Erschrocken drehte sie sich um und fragte: »Was, wer?«

Verwirrt erwiderte ich: »Hä?«

Sie runzelte die Stirn. »Hast du das nicht gehört?«

»Nein. Was habe ich nicht gehört?«

»Er hat gesagt: ›Melinda. Süße Melinda.‹«

»Wer hat das gesagt?«

»Es hörte sich wie Mr. Clockenwall an.«

Als ich jünger und meine Schwester noch nicht perfekt gewesen war, hatte sie es sehr genossen, mir Angst einzujagen, indem sie mir mit großer Überzeugungskraft Dinge erzählte wie: *Dad wusste nicht, dass ich da war. Er hat sein Gesicht abgenommen, und darunter hatte er ein Echsengesicht!* Oder: *O Gott, ich habe gesehen, wie Mom lebende Spinnen gegessen hat!* Sie war so überzeugend, dass ich etwa ein Jahr brauchte, um gegen ihre bizarren Enthüllungen immun zu werden. Für ein weiteres Jahr *tat* ich so, als würde ich sie glauben, weil es so großen Spaß machte. Dann begann sie, sich für Jungen zu interessieren, und verlor die Lust daran, mir Angst einzujagen. Aber keine ihrer Lügengeschichten verängstigte mich so wie manche der Idioten, mit denen sie ausging. Doch selbst damals war sie bereits klug genug gewesen, sich nicht mehr als zweimal mit einem wahnsinnigen Psychopathen zu verabreden.

»Mr. Clockenwall ist tot und begraben«, erinnerte ich sie.

»Das weiß ich.« Sie hielt den Plätzchenteller in der linken Hand und rieb sich mit der rechten den Nacken, wie um eine Gänsehaut zu vertreiben. »Tot ist er jedenfalls.«

»Ich bin keine neun mehr, Schwesterherz.«

»Was soll das heißen?«

»Ich weiß, dass Mom nur *tote* Spinnen isst.«

»Ich mache keine Witze, Malcolm.« Wieder erschrak sie und drehte sich um, in Richtung einer Stimme, die ich nicht hören konnte.

»Was ist denn jetzt los?«

»Er hat es wieder gesagt. ›Süße Melinda.‹«

Plötzlich setzte sie sich in Bewegung, als ob sie den Sprecher suchen wollte. Sie schaltete in jedem Raum, den wir betraten, das Licht ein. Ich folgte ihr durch das Erdgeschoss und schaltete die Lampen hinter uns wieder aus. Als wir wieder an der Vorderseite des Hauses waren, spähte Amalia die Treppe hinauf in die Düsternis des Obergeschosses.

Nachdem sie einen langen Moment wie gebannt dort gestanden hatte, verzog sie in einem Ausdruck des Ekels das Gesicht. Ich fragte sie, was los sei, und sie antwortete: »Er ist widerlich. Obszön. Krank.«

Argwöhnisch, aber halb überzeugt fragte ich: »Was?«

»Ich werde nicht wiederholen, was er gesagt hat.« Sie eilte durch die offene Haustür nach draußen.

Ich blieb am Fuß der Treppe stehen, blickte hinauf und fragte mich, ob sie mich auf den Arm nehmen wollte oder es ernst gemeint hatte. In diesem Moment hörte ich schwere Schritte im oberen Flur. Dann knarrten die Treppenstufen, als ob jemand hinabstieg. Auch der Treppenabsatz nach dem ersten Abschnitt knarrte und knackte, als ob eines der alten Bretter unter einem schweren Gewicht zu splittern begann. Die Schatten waren nicht so dunkel, dass sie jemanden hätten verbergen können. Wer auch immer da zu mir herabstieg, war für das Auge nicht besser erkennbar als Claude Rains in dem alten Film *Der Unsichtbare.*

Wenn unsichtbare Männer oder ihre Äquivalente auftauchten, bedeutete das, dass guten Menschen schlimme Dinge passieren würden. Ich verließ rasch das Haus, zog die Eingangstür hinter mir zu und schloss mich Amalia an, die die Verandatreppe hinunterstieg und hastig den Weg entlanglief.

Als wir durch das Gartentor gingen, fragte ich sie: »Was war das denn?«

»Ich will jetzt nicht darüber reden.«

»Wann willst du denn darüber reden?«

»Ich sag dir schon Bescheid.« Sie machte sich auf den Weg nach Hause.

Ich erwiderte: »Schätze, dann werden wir die Plätzchen selbst essen müssen.«

»Ja. Sie will keine mit Walnüssen.«

»Und er will keine mit Schokosplittern. Und ich glaube, der neue Nachbar hat überhaupt kein Interesse an Plätzchen.«

»Es gibt keinen neuen Nachbarn«, verkündete Amalia, während wir unter den Ästen der krummen Platane hindurch an der Seite unseres Hauses entlangeilten.

»Aber irgendwas ist da.« Ich blickte über den Zaun hinweg zum Clockenwall-Haus.

4

Ich saß in meinem Zimmer am Fenster und beobachtete das Nachbarhaus durch einen Spalt zwischen den Vorhängen. Dabei rief ich mir alles in Erinnerung, was ich über Rupert Clockenwall wusste. Er hatte 40 Jahre lang an der Jefferson Middle School Englisch gelehrt. Mit 62 wäre er pensioniert worden, aber er war einen Monat vor dem Ende des Schuljahres gestorben.

In seiner beruflichen Laufbahn war er zweimal mit dem Stadtpreis für den ›Besten Lehrer des Jahres‹ ausgezeichnet worden. Er hatte nie geheiratet. Manche vermuteten, dass er schwul war, aber man hatte ihn nie in männlicher Begleitung gesehen. Es waren die Zeiten, in denen die Leute noch so ignorant waren zu glauben, dass alle schwulen Männer tänzelten, lispelten oder beides, und dass sie keine Knochen in den Handgelenken hätten. Bei Mr. Clockenwall war keine dieser Verhaltensweisen festzustellen. Er machte nie Urlaubsreisen. Wenn er ins Haus eines Nachbarn eingeladen wurde, lehnte er immer mit Bedauern ab und schickte Blumen, um seine Dankbarkeit für die Einladung zu zeigen. Er sprach nie ein unfreundliches Wort über irgendjemanden. Seine Stimme war sanft und melodisch. Er hatte ein freundliches Lächeln. Er machte gern Gartenarbeit und züchtete beeindruckende Rosen. Im Haus trug er Hush Puppies, Kakihosen und langärmlige Plaidhemden, an kälteren Tagen Cardigans. Einmal hatte er einen verletzten Vogel gefunden, ihn wieder aufgepäppelt und freigelassen. Er kaufte immer Girl Scout Cookies, für gewöhnlich zehn oder zwölf Schachteln. Wenn die Pfadfinderinnen Zeitungsabonnements verkauften, kaufte er viele davon, und als sie einmal versucht hatten, handgestrickte Topflappen an den Mann zu bringen, hatte er auch davon ein Dutzend genommen. Er schien eine gewisse Schwäche für Pfadfinderinnen zu haben. Haustiere hatte er nicht. Er sagte, er reagiere allergisch auf Katzen. Hunde jagten ihm Angst ein. Seine Größe betrug etwa 1,75 Meter, sein Gewicht etwas mehr als 70 Kilogramm. Blassblaue Augen. Hellblonde Haare, die langsam weiß wurden. Sein Gesicht war nicht einprägsamer als ein leeres Blatt Schreibpapier.

Rupert Clockenwall schien mir eine so fade Person gewesen zu sein, dass ich mir nicht vorstellen konnte, dass er aus dem Grab zurückkehrte, um zu spuken. Je länger ich über das nachdachte, was in seinem Haus geschehen war, desto sicherer war ich mir, dass ich es falsch interpretiert hatte. Als ich nach einer Stunde immer noch nichts Interessantes durch den Spalt zwischen den Vorhängen in meinem Zimmer gesehen hatte, ging ich nach unten, um Amalia bei ihren Aufgaben zu helfen.

Für eine halbe Stunde arbeiteten wir zusammen, machten die Betten im Schlafzimmer unserer Eltern, staubsaugten, wischten. Dann fragte ich sie, ob sie bereit sei, über das zu sprechen, was passiert war. Sie sagte Nein.

40 Minuten später, als wir eine ganze Weile in der Küche geschuftet hatten und dabei waren, Karotten und Kartoffeln für das Abendessen zu schälen, fragte ich sie noch einmal, und sie sagte: »Gar nichts ist passiert.«

»Na, irgendwas war da doch.«

Amalia konzentrierte sich ganz auf die Kartoffel, die sie pellte, und erwiderte: »Es ist nur dann was passiert, wenn einer von uns darauf besteht, dass es so war. Wenn wir uns beide einig sind, dass da nichts war, dann war da nichts. Du weißt schon – wenn im Wald ein Baum umfällt und niemand da ist, der es sieht, dann ist er nicht umgefallen. Okay, schon gut, ich weiß, es heißt anders. Wenn im Wald ein Baum umfällt, und es ist keiner da, der es *hört,* dann hat es vielleicht kein Geräusch gegeben. Aber meine Version ist eine logische Ableitung daraus. Völlig logisch. Im Clockenwall-Haus ist kein Baum umgefallen, also gab es dort nichts zu hören oder zu sehen. Du bist zwölf, also ergibt das für dich vielleicht keinen Sinn, aber wenn du noch ein paar Jahre Mathe hattest und einen Logikkurs belegt hast, wirst du das verstehen. Ich will nicht darüber reden.«

»Wenn nichts geschehen ist, worüber willst du dann nicht reden?«

»Eben.«

»Hast du Angst oder so?«

»Es gibt nichts, wovor man Angst haben muss. Es ist nichts passiert.«

»Na, immerhin reden wir jetzt darüber«, gab ich zurück.

Sie warf einen Streifen Kartoffelschale nach mir, der mir im Gesicht kleben blieb. »Brudermisshandlung!«, rief ich, und sie konterte: »Pass auf, das war noch gar nichts!«

5

Nachdem wir an diesem Abend das Geschirr vom Abendessen gespült und abgetrocknet hatten, nahm ich mein Saxofon und ging damit in die Garage, bevor der Alte mir die Anweisung dazu geben konnte. Amalia blieb am Küchentisch sitzen, atmete den Rauch meiner Mutter ein und musste sich die Gründe anhören, warum ihr Kartoffelbrei, den sie zum Brathähnchen serviert hatte, so furchtbar ungenießbar sei. Und das, obwohl unsere Eltern sich beide einen Nachschlag genommen hatten.

Ich begann nicht sofort zu spielen, sondern hörte mir etwas coole Big-Band-Musik an. In einer Ecke der Garage hatten wir eine billige Stereoanlage und einige Alben, darunter eine Anzahl von Schallplatten aus den 1930er-Jahren, die wir spottbillig in einem Secondhand-Plattenladen bekommen hatten. Ich war gerade in Stimmung, mir eine Band namens Andy Kirk and His Clouds of Joy anzuhören. Diese wäre in den 30er- und 40er-Jahren mehrmals beinahe berühmt geworden, aber es war ihnen nie ganz gelungen. Jetzt, etwa 30 Jahre später, war ich ein Fan ihres Tenorsaxofonisten Dick Wilson, außerdem von Ted Donnelly, der einer der besten Swing-Band-Posaunisten aller Zeiten war. Doch diejenige, die mich vollkommen fesselte, war Mary Lou Williams am Klavier. Ich setzte mich auf eine Kiste und ließ mich zweimal völlig von *Froggy Bottom* vereinnahmen, dann von *Walkin' and Swingin'*, bevor Amalia eintraf.

Wir hörten uns *Roll 'Em* an, das Mary Lou Williams geschrieben hatte und das feinster Big-Band-Boogie-Woogie war. Als das Stück vorbei war, sprang meine sonst immer so energiegeladene Schwester nicht auf, sie schnippte nicht mit den Fingern und schien auch sonst in keiner Weise von der Musik bewegt zu sein. Sie hatte ihre Klarinette nicht mitgebracht. Wir würden nicht zusammen spielen.

»Stimmt was nicht?«, fragte ich.

Sie trat an das kleine Fenster, durch das man in Richtung des Hauses unseres verstorbenen Nachbarn sah. Das konzentrierte Sonnenlicht dieses frühen Juniabends vergoldete ihr hübsches Gesicht. »Ich habe einmal im Garten gestanden, am Picknicktisch, und an einem Kunstprojekt für die Schule gearbeitet. Ich war ganz in die Arbeit vertieft. Nach einer Weile habe ich den Blick gehoben und sah Clockenwall auf der anderen Seite des Zauns stehen und mich anstarren. Sein Blick war ziemlich … eindringlich. Ich sagte *Hi,* aber er hat nicht geantwortet, und da war was in seinen Augen, das mir fast wie Hass vorkam, aber es war nicht nur das. Es war warm, ich hatte Shorts und ein Tanktop an, und plötzlich fühlte ich mich, als ob ich … als ob ich nackt wäre. Er war überhaupt nicht so, wie er sonst immer gewesen ist. Nicht wie ein ›Lehrer des Jahres‹, ganz sicher. Er leckte sich die Lippen. Ich meine, er hat eine richtige Show draus gemacht, wie er sie sich leckte, und er hat mich so dreist angestarrt, ich kann gar nicht beschreiben, wie dreist, mit so einem *Verlangen.* Vielleicht war das *wirklich* Hass in seiner Miene, Hass und Wut, aber das war nicht alles, wenn du verstehst, was ich meine.«

Ich wusste es. »Was hast du dann gemacht?«

»Ich hab meine Kunstsachen eingesammelt und bin damit ins Haus gegangen.«

»Hast du niemandem davon erzählt?«

»Es war mir zu peinlich, darüber zu sprechen. Und wem hätte ich es denn sagen sollen? Dad war auf der Arbeit. Wenn er nach Hause kommt, will er nicht, dass ihn irgendjemand davon abhält, sein erstes Bier zu trinken. Mom saß wie angeklebt vor ihren Nachmittags-Gameshows. Ich hätte lieber meine Hand in ein Alligatormaul gesteckt, als sie von Bill Cullen und *The Price Is Right* abzulenken.«

»Du hättest es mir sagen können«, bemerkte ich.

»Das war vor vier Jahren. Da warst du acht, Süßer. So was braucht man mit acht Jahren noch nicht zu hören.«

»Und du warst erst 13«, sagte ich. »Mann, was war der denn für ein gruseliger Typ?«

Sie wandte sich vom Garagenfenster ab und ihr Kopf war von einem Quadrat aus goldenem Sonnenschein umrahmt. »Es ist noch mal passiert, ungefähr sechs Monate später. Ich bin mit dem Müll in die Gasse gegangen, um ihn in die Tonne zu werfen. Zuerst war er nicht da, aber als ich mich umdrehte, um zurück zum Haus zu gehen, stand er direkt hinter mir, vielleicht einen Meter entfernt. Ich habe nichts gesagt und er auch nicht, aber er hat sich wieder so die Lippen geleckt. Und er … Er hat sich mit einer Hand in den Schritt gefasst. Ich bin ihm ausgewichen. Er hat nicht nach mir gegriffen oder so was, und danach ist nie wieder was passiert.«

»Ich hasse ihn«, verkündete ich. »Ich bin froh, dass er tot ist.«

Sie setzte sich in der Nähe der Kiste, auf der ich hockte, auf einen Stuhl mit Rollen. Sie starrte auf ihre Hände, die sie auf dem Schoß zu Fäusten geballt hatte. »Als wir heute dort drüben waren, habe ich ihn wirklich gehört, Malcolm.«

»Okay.«

»Wirklich. Er sagte: ›Süße Melinda.‹ Und als wir dann im Eingangsbereich waren und die Treppe hochgeschaut haben, sagte er meinen Namen … meinen Namen und etwas Schmutziges.«

Sie hob den Kopf und sah mir in die Augen. Ich sah, dass sie mich nicht auf den Arm nehmen wollte. Ich wusste nicht, was ich sagen sollte.

»Halt dich von diesem Haus fern, Malcolm.«

»Warum sollte ich da noch mal hingehen wollen?«

»Halt dich fern.«

»Werde ich. Was denkst du denn? Das ist total unheimlich. Meine Güte.«

»Ich meine es ernst. Geh da nicht hin.«

»Und du solltest besser auch nicht hingehen.«

»Das habe ich auch nicht vor«, erwiderte sie. »Ich weiß, was ich gehört habe, und das möchte ich nie wieder hören.«

»Ich wusste gar nicht, dass du an Geister glaubst«, sagte ich.

»Habe ich nie getan. Aber jetzt glaube ich dran. Halt dich fern.«

Wir saßen für eine Weile schweigend da. Schließlich sagte ich, dass ich mir etwas anhören müsse, um mich zu beruhigen. Ich legte ein Album auf, das nicht zu den alten Platten gehörte, eine Sammlung von Glenn Millers besten Stücken. Wir mochten Rock 'n' Roll, aber mit dem Herzen hingen wir an einer anderen musikalischen Ära.

Amalia hörte sich *In The Mood* an, aber kurz bevor die Band zu *Moonlight Serenade* überging, sagte sie: »Das hier beruhigt mich nicht. Ich werde ins Bett gehen und lesen. Ich habe einen Roman.« An der Seitentür der Garage blickte sie zurück und fügte hinzu: »Bleib nicht nach Einbruch der Dunkelheit hier draußen.«

»Das mache ich doch immer.«

»Aber nicht heute Nacht. Auch nicht in den nächsten paar Nächten.«

Sie hatte offensichtlich Angst. Ich nickte. »Okay.«

Nachdem sie gegangen war, hörte ich mir weiter *Moonlight Serenade* an, dann *American Patrol.* Danach hob ich die Nadel des Plattenspielers und setzte sie wieder an den Anfang des Albums.

Als *In The Mood* begann, verließ ich die Garage und ging in die Gasse. Es waren noch etwa 40 Minuten Tageslicht übrig. Ich ging zum hinteren Tor des Clockenwall-Grundstücks.

6

Ich war kein besonders tapferer Zwölfjähriger. Ich kannte meine Grenzen gut. Wenn ich in einen Kampf mit einem anderen Jungen geriet, war die Wahrscheinlichkeit höher, dass ich mich selbst k.o. schlug, als dass ich den anderen verprügelte. In einer Konfrontation mit dem Übernatürlichen hätte ich gegen einen Feind, der bedrohlicher war als Casper, der freundliche Geist, keine guten Chancen gehabt.

Dennoch war ich entschlossen, den Garten des Clockenwall-Grundstücks zu durchqueren und die Stufen der hinteren Veranda hinaufzusteigen, weil ich meine Schwester mehr liebte als mich selbst. Ich hatte das Gefühl, dass ich die Aufgabe hatte, dieses bizarre Problem zu lösen. Ich hatte Amalia noch nie auch nur ansatzweise so erschüttert erlebt wie in dem Moment, als sie mir von dem lüsternen Lehrer erzählt hatte.

Sie war furchtlos, entschlossen und tüchtiger als jeder andere, den ich kannte. Es fiel mir schwer, mitanzusehen, wie die Angst sie so einschüchterte, und es machte mich wütend und traurig, daran zu denken, wie sie sich in ihr Zimmer zurückzog und sich hinter einem Buch versteckte. Denn diesen Eindruck hatte ich, auch wenn ich ihr das niemals offen gesagt hätte.

Ich ging über die Veranda des Clockenwall-Hauses und war nicht überrascht, als ich sah, dass die Hintertür einen

Spalt offen stand, wie es zuvor bei der Haustür der Fall gewesen war. Beim Betreten der Küche, in die nun weniger Sonnenlicht fiel als bei meinem letzten Besuch, schaltete ich kurz entschlossen die Deckenleuchte ein. Wenn der Geist des Toten wirklich einen Monat nach dem Begräbnis zurückgekehrt war, wäre es ohnehin unmöglich, ohne sein Wissen sein Haus zu durchstöbern. Sicherlich ist ein Geist allwissend, zumindest was den Ort angeht, den er heimsucht.

Der mit getrocknetem Eigelb beschmierte Teller und das schmutzige Besteck befanden sich auf dem Tisch, und auch die Toastkrümel waren noch da. Clockenwall war nicht zum Saubermachen zurückgekehrt.

Ich schaltete die Lampen ein, während ich durch das Haus zur Vordertreppe ging, wo zuvor etwas Unsichtbares hinabgestiegen war. Als ich mich vor dem ersten Treppenabsatz befand, blieb ich stehen und lauschte, aber da war nur eine Stille, die so tief war, als würde sich das Haus nicht mehr in der Stadt befinden, sondern wäre von einer Art Raum-Zeit-Blase umgeben, in der es für alle Ewigkeit dahinschwebte.

Schließlich fragte ich mich, was ich mit meinem Besuch hier eigentlich zu erreichen hoffte. Ich war kein Exorzist. Meine Familie ging nicht einmal in die Kirche. Meine Eltern waren Atheisten. Themen wie Gott und das Jenseits waren ihnen so gleichgültig wie alles andere, das man nicht essen, trinken, rauchen oder sich im Fernsehen anschauen konnte, ohne dadurch auf zu viele Gedanken gebracht zu werden. Ich fand keine gute Antwort auf die Frage, die ich mir gestellt hatte. Daher kam ich mit der Logik eines Zwölfjährigen zu dem Schluss, dass meine

Intuition mich hierhergeführt hatte und dass ich ihr vertrauen sollte, wie ein Hund seinem Geruchssinn vertraut.

Als ich plötzlich ein schnelles Pochen hörte, zuckte ich zusammen und zog mich von der Treppe zurück. Aber mir wurde rasch bewusst, dass ich lediglich das Klopfen meines Herzens gehört hatte. Enttäuscht von mir, wütend über mich selbst, zog ich die Schultern zurück und hob den Kopf. Ich erzählte mir selbst die unglaubliche Lüge, dass es im Stammbaum der Familie Pomerantz viele Generationen von Kriegern gegeben habe. Dann stieg ich die Treppe hinauf in den ersten Stock.

Das Gute daran, zwölf Jahre alt oder jünger zu sein, ist, dass man glaubt, man würde ewig leben. Daher geht man ohne großes Zögern gewaltige Risiken ein, und manchmal zahlt es sich aus. Manchmal auch nicht.

Oben suchte ich ein Zimmer nach dem anderen ab, ohne zu wissen, wonach ich suchte. Ich vertraute darauf, dass meine Intuition mich irgendetwas entdecken lassen, mir irgendein Wissen oder ein Mittel verschaffen würde, um Clockenwalls Geist dorthin zurückzuschicken, woher er gekommen war, falls er wirklich aus dem Jenseits zurückgekehrt war, um meine Schwester zu belästigen. Im Schlafzimmer des ›Lehrers des Jahres‹ stand ein Tisch an der Stelle, an der jemand anderes vielleicht einen Schminktisch aufgestellt hätte. Ich wurde davon angezogen wie Eisenspäne von einem Magneten.

Dann geschah etwas Verstörendes. Ohne mich daran erinnern zu können, mich hingesetzt oder eine der Schubladen geöffnet zu haben, saß ich plötzlich auf dem Stuhl vor dem Tisch. Vor mir befand sich ein Sammelalbum voller Zeitungsartikel über ein Mädchen namens Melinda

Lee Harmony. *Süße Melinda.* Sie war eine Middle-School-Schülerin gewesen, die drei Monate vor ihrem 13. Geburtstag auf dem Heimweg von der Schule verschwunden war. Einige der ausgeschnittenen Artikel waren datiert. Sie stammten alle aus dem Jahr 1949, waren also 18 Jahre alt. Mit wachsendem Unbehagen blätterte ich sie durch, aber ich konnte nicht damit aufhören, als hätte ich keine Kontrolle mehr über meinen Körper. Die Polizei hatte mit einem großen Kontingent freiwilliger Helfer das Schulgrundstück, die Viertel in der Umgebung sowie den Balfour Park abgesucht, der an der Strecke lag, die das Mädchen für gewöhnlich gewählt hatte, wenn es nach Hause gegangen war. Aber man hatte keine Spur von ihr gefunden. Man setzte eine Belohnung aus, aber niemand konnte sie sich abholen.

Ihre geplagten Verwandten, ihr Pfarrer und einige Lehrer der Schule lobten sie in den höchsten Tönen, dieses sanfte, intelligente und charmante Kind, von dem man sich für die Zukunft so vieles versprochen hatte. Einer dieser Lehrer war Rupert Clockenwall gewesen. Man hatte der Zeitung drei Fotos von ihr überlassen, die alle kurz vor ihrem Verschwinden aufgenommen worden waren. Sie war ein hübsches Mädchen gewesen, blond und schlank, mit einem jungenhaften Lächeln. Während ich sie anstarrte, hörte ich mich selbst sagen: »So ein köstliches kleines Früchtchen.«

7

Ich habe keine Erinnerung daran, wie ich das Album beiseitelegte oder wie ich das dicke Tagebuch aus einer anderen Schublade nahm. Während ich in einem beinahe traumartigen Zustand dieses Buch durchblätterte, von einer eisigen Furcht gepackt, aber außerstande, etwas dagegen zu unternehmen, sah ich, dass Clockenwall mit seiner fast maschinenartig sauberen und konsistenten Handschrift die Ereignisse um Melinda Lee Harmonys Gefangenschaft festgehalten hatte. Die Aufzeichnungen begannen mit dem Tag, an dem er ihr eine Mitfahrgelegenheit nach Hause angeboten hatte, und sie reichten – ich konnte nicht anders, als weiterzublättern – bis zu dem Tag, an dem er sie getötet hatte, 17 Monate später. Es war ein Tagebuch, in dem die Verdorbenheit zelebriert wurde. In den Einträgen, die ich zu Gesicht bekam, bereute er nichts außer dem Mord. Er klagte über seinen plötzlichen Kontrollverlust, bei dem Lust und Gewalt für ihn eins geworden waren.

Ich hörte mich sagen: »So eine Verschwendung, so ein Jammer, sie hätte mir immer noch nützlich sein können.«

Wieder hatte ich kein Bewusstsein davon, dass ich den Band zur Seite legte und ein weiteres Album vom Tisch nahm, das neueren Datums war. In diesem fand ich ausgeschnittene Artikel aus der Schülerzeitung der Middle School, die Amalia besucht hatte, der Schule, an der Rupert Clockenwall Englisch unterrichtet hatte. Es handelte sich um Gedichte und kleine Geschichten, die sie für die Zeitschrift geschrieben hatte. Irgendwie waren ihre Klassenfotos aus der siebten, achten und neunten Klasse in seinen Besitz gelangt. Ich bemerkte das silberne Kreuz, das sie damals immer an einer Kette um den Hals getragen hatte, nun jedoch nicht mehr trug. Außerdem fand ich Fotos, die mit einem Teleobjektiv aufgenommen worden waren: eine jüngere Amalia, die auf der Veranda saß, im Garten stand, zur Garage ging, die für sie und mich ein sicherer Hafen gewesen war. Als meine Schwester 15 Jahre alt wurde, schien

Clockenwall dem Album keine weiteren Bilder mehr hinzugefügt zu haben. Als ich die leeren Seiten aufschlug, die er nicht mehr benutzt hatte, hörte ich mich sagen, ohne es zu wollen oder es kontrollieren zu können: »Ein reizendes, kleines Luder, aber zu nah. Zu riskant. Hab's nicht gewagt. Hab's nicht gewagt. Wünschte, ich hätte.«

Ohne Erinnerung daran, vom Tisch aufgestanden zu sein, das Schlafzimmer verlassen zu haben und die Vordertreppe hinuntergestiegen zu sein, fand ich mich in der Küche wieder. Ich hielt ein Filetiermesser in der Hand.

8

Ich versuchte, das Messer wegzuwerfen, aber stattdessen packte ich es nur noch fester. Falls die Vorstellung, dieses Haus zu verlassen und mit irgendeiner unvorstellbaren Absicht nach Hause zu gehen, mich mit Entsetzen erfüllt hatte, weiß ich es nicht mehr. Ich befand mich immer noch in einem traumartigen Zustand, während ich durch die Küche zu einer Innentür ging, sie öffnete, das Kellerlicht einschaltete und die steile Treppe hinunterstieg in dieses unterirdische Reich.

An diesem fensterlosen, vollständig unter der Erde liegenden Ort mit seinen Wänden aus Zementblöcken und seinem Erdfußboden fand ich einen kleinen Holztisch und zwei Stühle. Außerdem war dort ein Regal mit Büchern, die für ein zwölfjähriges, bald 13-jähriges Mädchen geeignet waren, Geschichten über Pferde, Liebe und Abenteuer. Am Boden lag eine fleckige, schimmelnde Matratze, und darüber war eine Ringschraube in der Zementwand verankert, von der eine Kette mit einer Handfessel herabhing.

Ich stellte mich in die Ecke neben dem Ofen, schwankte und starrte auf die festgeklopfte Erde hinab. Mit der Zeit hatten helle weiße und gelbliche Kristalle auf ihr zu schimmern begonnen, welche Muster bildeten, die vage an Voodoo-Veves erinnerten. Jetzt teilte Clockenwall Bilder mit mir – Erinnerungen, wie er das ermordete Mädchen in einem tiefen Bett aus Kalk begraben hatte, um die Verwesung zu beschleunigen und den Gestank zu reduzieren. Vor meinem inneren Auge sah ich, wie er eine Erdschicht über dem Kalk festklopfte. Er weinte bei der Arbeit, nicht um das Mädchen, sondern weil er sein Spielzeug verloren hatte. Melinda lag schon so viele Jahre in ihrem Grab, dass kein Verwesungsgeruch mehr wahrzunehmen war.

Ich hob den Blick, starrte das Messer an und fragte mich, zu welchem Zweck er mich veranlasst hatte, es aus einer Küchenschublade zu nehmen.

Von oben rief Amalia meinen Namen.

9

Mit großen Augen und fragendem Blick kam Amalia die Kellertreppe herab. Ihre Schritte auf den Holzstufen hallten dumpf durch den Keller. Der Roman, den sie gelesen hatte, hatte sie nicht gefesselt, und sie hatte nicht aufhören können, an die Stimme zu denken, die in diesem Haus zu ihr gesprochen hatte. Bei Einbruch der Dämmerung hatte sie aus dem Fenster gesehen und festgestellt, dass das Clockenwall-Haus wieder voller Licht war.

»Ich bin in die Garage gegangen«, sagte sie. »Du warst nicht da, aber eine Platte lief, und ich *wusste* einfach, wo ich dich finden würde. Es ist meine Schuld, dass du hergekommen bist. Ich meine, was habe ich denn erwartet, als ich dir gesagt habe, du sollst dich von hier fernhalten? Du bist zwölf, du bist ein Junge, und du wirst bald in die Pubertät kommen. Du bist tapfer – okay? Aber wir sollten von hier verschwinden.«

Sie hatte einen Blick auf die Matratze geworfen, als sie heruntergekommen war, aber die schreckliche Erkenntnis kam ihr erst mit dem zweiten Blick, als sie die Ringschraube, die Kette und die Handfessel bemerkte.

Dennoch begriff sie sicher nicht vollständig, was hier geschehen war. Vielleicht hatte sie nie von Melinda Harmony gehört, die ein Jahr vor Amalias Geburt entführt worden war. Doch als sie an Mr. Clockenwalls unheimliches Interesse an ihr zurückdachte, schien meine sehr kluge Schwester daraus ableiten zu können, dass die Kette und die Fessel auf eine Gefangenschaft schließen ließen und die verdreckte Matratze nicht nur zum Schlafen benutzt worden war. Sämtliche Farbe wich aus ihrem Gesicht, aber als sie ihre Aufmerksamkeit wieder auf mich richtete, wirkte sie verwirrt, nicht verängstigt.

Verzweifelt und plötzlich schwitzend versuchte ich, ihr zuzurufen: *Lauf weg!* Aber meine Stimme verweigerte den Dienst.

»Malcolm? Was hast du gefunden? Was ist hier passiert?«

»Köstliche Erinnerungen«, sagte ich, und obwohl die Stimme, die ich hörte, meine war, war ich doch nicht derjenige, der gesprochen hatte.

Ich hielt das Messer an meiner Seite, an meinem Bein. Jetzt sah sie es. »Süßer, was machst du mit dem Messer?« Sie sah zum Ofen, in die dunklen Ecken des Kellers. »Ist jemand hier, bist du in Gefahr?«

Ich ging auf sie zu und hörte, wie meine Stimme verkündete: »Hätte ich dich zuerst gesehen, hätte ich mich gar nicht mit dem anderen Mädchen aufgehalten.«

Amalias Augen wurden noch ein Stück größer und sie wich vor mir zurück.

Am oberen Ende der Treppe schloss sich die Tür mit einem Knall. Ich nahm an, falls sie das obere Ende der Treppe erreichte, würde sich die Tür als abgeschlossen erweisen.

Sie war meine geliebte Schwester, die rund um die Uhr in meinem Zimmer geblieben war, als ich mit acht Jahren eine Grippe bekommen hatte, die mich beinahe umgebracht hatte. Sie war meine Schwester, deren Klarinettenspiel mich inspirierte, die Musik in mir zu finden, mich dem Saxofon zu widmen, das sich rasch zum Schlüssel zu meiner Identität entwickelt hatte. Ich liebte sie wie niemanden sonst, denn niemand sonst hatte meine Liebe zugelassen. Wenn ich sie unter dem Einfluss irgendeines bösen Geistes umbrachte, konnte ich mich ebenso gut gleich selbst umbringen.

Für gewöhnlich war ich derjenige, der durchs Leben trampelte und stolperte, dem es an körperlicher Eleganz fehlte. Aber diesmal war Amalia diejenige, die einen Fehltritt machte, nach hinten fiel und sich schwungvoll auf die dritte Treppenstufe setzte, als ich das Messer hob. Ihre grünen Augen waren tief wie das arktische Meer, und in ihnen funkelten kalte Angst und plötzlicher Schrecken.

Als das Messer den höchsten Punkt seiner Bahn erreichte, sah ich an ihrem Hals das Silberkreuz, das sie seit der Middle School nicht mehr getragen hatte. Sie musste es angelegt haben, bevor sie das Haus verlassen hatte, als hätte sie gewusst, dass sie mich nicht in der Garage finden würde, dass sie diesen verhassten Ort noch einmal betreten müsste.

Während sich das Messer herabsenkte, wurde mir bewusst, dass sie das winzige Silberkreuz an der Kette gekauft hatte, als sie 13 Jahre alt gewesen war, nach dem ersten Mal, als sie Rupert Clockenwall dabei ertappt hatte, wie er sie anstarrte. Es war der Tag, an dem sie im Garten an dem Kunstprojekt gearbeitet hatte. Sie musste den Wunsch gehabt haben, dieses Böse abzuwehren und sich geschützt zu fühlen in dieser Welt, in der niemand jemals wirklich sicher ist.

Das Messer senkte sich mit weniger Kraft, als Clockenwall wollte, und mit einem anderen Ziel als dem, das ihm vorschwebte. Als sich die Klinge tief in meinen Oberschenkel bohrte, schrie ich auf, und mit diesem Schrei vertrieb ich ihn aus mir.

Ein Kreischen hallte von den Wänden wider, das weder von mir noch von Amalia kam. In diesem fensterlosen Raum konnte kein Luftzug entstanden sein, und dennoch erhob sich mehr als das. Ein Wind rauschte durch den Keller, der sich in dieser Sommernacht kalt anfühlte. Er wirbelte Staub auf, ebenso die weißen und gelben Kristalle auf dem Grab, ein Wind, der eine Verkörperung unmenschlichen Zorns war.

Ich zog das Messer aus meinem Bein, warf es zu Boden und ließ mich auf ein Knie hinab. Ich blutete, verspürte aber noch keinen Schmerz, während ich eine Hand auf die Wunde drückte.

Amalia kam wieder auf die Beine. Der Wind schien sich zu einem Rammbock zu verdichten und traf sie mit solcher Geschwindigkeit, solcher Kraft, dass das Gummiband, das ihren Zopf zusammenhielt, riss und ihre blonden Locken zu Berge standen, als ob sie eine Kerze und ihr Haar die Flamme wäre. Ich glaubte, sie würde gleich von den Beinen gerissen. Der Anhänger streckte sich gerade von ihr weg, bis zur vollen Länge der Kette, als würde er von ihr weggezogen und davongeweht. Sie packte ihn mit einer Hand und hielt ihn an ihren Hals.

Dann hörte ich wieder das Geräusch, das mich in der vorigen Nacht, als dies alles begonnen hatte, geweckt und zum Fenster gelockt hatte, ein Klang, als würde Stahl über Stahl gezogen. Wie zuvor ertönte es dreimal, doch jetzt hörte es sich weniger wie ein Schwert an, das aus einer Scheide gezogen wurde, sondern eher wie eine große Metalltür, die über eine Türschwelle kratzte. Der brüllende, pfeifende Wind schien durch diese unsichtbare Tür zu wehen. Dann wurde es still im Keller und der Staub sank wieder zu Boden.

Weil Amalia ebenso robust wie stark und ebenso stark wie klug war, kniete sie sich neben mich, verschwendete keine Zeit damit, über das zu sprechen, was wir gerade erlebt hatten, und sagte: »Dein Bein, die Wunde, lass mich mal sehen.«

Das Blut war zwischen meinen Fingern hindurchgeströmt, hatte mein Hosenbein verdunkelt und war auf den Boden getropft. Aber als ich meine Hand von der Verletzung nahm, sah ich, dass meine Hose kein Loch hatte. Staunend hob ich die Hand und sah, dass das Blut, das noch vor einem Augenblick von ihr herabgetropft war, nicht mehr zu sehen war. Die Hose war nicht mehr besudelt, der Boden ohne einen einzigen roten Fleck. Die Messerklinge funkelte und schien so sauber zu sein, als wäre sie gerade erst geputzt worden.

Ich stand auf und war körperlich unversehrt, im selben Zustand, in dem ich das Haus betreten hatte. Auch Amalia erhob sich. Sie sah mir in die Augen, und keiner von uns brachte ein Wort hervor. Sie legte die Arme um mich, ich umarmte sie, und nach einer Weile gingen wir die Treppe hinauf zur Küche.

Wir gingen zusammen durch das stille Haus und schalteten die Lampen aus, die ich eingeschaltet gelassen hatte. Bevor wir gingen, zeigte ich ihr das Sammelalbum über Melinda Lee Harmony, das Tagebuch sowie das Album, in das er mit Klebeband ihre Klassenfotos aus der Middle School eingefügt hatte.

Immer noch sprachen wir kein Wort. Wir hatten nicht das Bedürfnis, das gerade Erlebte in Worte zu fassen, denn wir verstanden seine Bedeutung in unseren Herzen.

Wir schlossen die Haustür und gingen die Verandatreppe hinunter. Die Nacht tilgte die letzten violetten Farbtöne vom Himmel, während wir Clockenwalls Garten durchquerten.

Am Hintertor sagte Amalia: »Das Glenn-Miller-Zeug hat also doch nicht deine Nerven beruhigt.«

»Ich hätte besser ein Guy-Lombardo-Album auflegen sollen«, erwiderte ich.

10

Wir wollten dieses Haus nie wieder betreten. Wir wollten auch nicht über das sprechen, was geschehen war, oder Fragen darüber gestellt bekommen. Meine Schwester benutzte eine Schreibmaschine in einem Arbeitsraum in der öffentlichen Bibliothek, um einen Brief an die Polizei zu schreiben. Darin beschrieb sie detailliert, was die Polizisten im Clockenwall-Haus finden würden. Sie stellte sicher, dass sie sämtliche Fingerabdrücke von Briefbogen und Umschlag entfernt hatte, bevor sie den Brief in einem Postamt abschickte, das zwölf Blocks von unserem Haus entfernt war.

Vielleicht hielten sie den Brief für einen Schwindel. Aber sie mussten sich vergewissern. Eine Woche lang war die Geschichte eine Sensation, und das war bereits eine lange Zeit in einem Jahr voller großer Nachrichtenstorys über den Krieg in Vietnam und die Rassenunruhen in den amerikanischen Städten.

Nachdem die Polizisten das Amalia gewidmete Album gefunden hatten, kamen sie vorbei, um mit ihr zu sprechen. Sie erzählte ihnen von den zwei Gelegenheiten, bei denen Mr. Clockenwall ihr Angst eingejagt hatte, als sie 13 Jahre alt gewesen war. Aber sie verlor kein Wort über unser gemeinsames Abenteuer. Vielleicht lag es daran, dass sie niemals log und immer aufrichtig wirkte – jedenfalls kamen sie nie auf den Gedanken, sie zu fragen, ob sie kürzlich im Haus des Mörders gewesen sei oder ob sie diejenige war, die den Brief geschrieben hatte. Ich glaube nicht, dass die Polizisten bei ihren Ermittlungen achtlos vorgingen oder inkompetent waren. Vielmehr glaube ich, dass irgendeine Macht, die über uns wacht, aufgrund von Amalias gutem Herzen und der Reinheit ihrer sanften Seele dafür gesorgt hat, dass es ihr erspart blieb, zum Thema eines großen Medienrummels zu werden.

Sie und ich sprachen nie wieder über diese Ereignisse. Es gab nichts mehr darüber zu sagen, denn wir hatten verstanden, hatten es akzeptiert. Hin und wieder kam meine Schwester jedoch zu mir und umarmte mich sehr lange und sehr fest. Auch wenn es scheinbar keinen

Grund dafür gab, wussten wir doch beide, weshalb sie es tat.

Wie ich schon sagte, war dies der Sommer, in dem ich Jonah Kirk begegnete, der mein bester Freund auf Lebenszeit werden sollte, der Amalia liebte, als wäre sie auch seine Schwester, und der in seinem Buch *Die Stadt* so viel Gutes über sie geschrieben hat. In den Monaten danach passierte mehr, als wir uns selbst mit viel Fantasie hätten vorstellen können. All das unterschied sich in seinem Charakter von dem, was ich Ihnen gerade erzählt habe, enthielt mehr Erstaunliches und Wunderbares, keine bösen Geister, aber dafür Schlimmeres.

Jahrelang stand das Clockenwall-Haus zum Verkauf, aber niemand wollte es erwerben. Als es schließlich doch verkauft wurde, riss der Käufer es ab. Mit der Genehmigung der Stadt verwandelte er das Grundstück in einen kleinen Park mit einem Springbrunnen, in dem Vögel badeten, und mit Bänken, auf denen die Besucher sitzen, ihnen zusehen und sich von ihrem anstrengenden Tag erholen konnten. Am Granitsockel des Springbrunnens befindet sich eine Tafel, auf der nur der Name ›Melinda Lee Harmony‹ zu lesen ist, was bedeuten soll, dass sie an diesem Ort nicht wirklich gestorben ist, sondern dort auf ewig weiterlebt.

DIE STADT

Dieser Roman ist mit Zuneigung und Dankbarkeit
Jane Johnson gewidmet, die einen Kontinent
und ein Meer weit entfernt ist.

Und Florence Koontz und Mildred Stefko,
die eine Welt weit entfernt sind.

Heilige jeden Augenblick! Gib ihm Helligkeit,
Bedeutung, Gewicht durch Bewusstsein,
durch redlich-würdigste Erfüllung!

Thomas Mann, *Lotte in Weimar*

Präludium

Malcolm gibt mir einen Kassettenrekorder.

Er sagt: »Du musst über dein Leben sprechen.«

»Ich lebe lieber im Jetzt, als über das zu reden, was war.«

Malcolm sagt: »Nicht über alles. Nur über das … Du weißt schon.«

»Ich soll über das, was du weißt, reden?«

Malcolm sagt: »Die Leute müssen es hören.«

»Welche Leute?«

Malcolm sagt: »Alle. Es sind traurige Zeiten.«

»Ich kann die Zeiten nicht ändern.«

Malcolm sagt: »Es ist eine traurige Welt. Heitere sie ein bisschen auf.«

»Du willst, dass ich all das Dunkle weglasse?«

Malcolm sagt: »Nein, Mann. Du brauchst das Dunkle.«

»Oh, ich brauche es nicht. Ich nicht.«

Malcolm sagt: »Das Dunkle macht die hellen Sachen heller.«

»Und wenn ich über das Du-weißt-schon-was gesprochen habe – was dann?«

Malcolm sagt: »Dann machst du ein Buch draus.«

»Wirst du das Buch lesen?«

Malcolm sagt: »Größtenteils. Teile davon würde ich nicht klar genug sehen können, um sie zu lesen.«

»Und wenn ich dir diese Teile vorlese?«

Malcolm sagt: »Wenn du die Worte sehen kannst, würde ich zuhören.«

»Bis dahin werde ich es können. Aber sie zum ersten Mal auszusprechen wird mich umbringen.«

1 Mein Name ist Jonah Ellington Basie Hines Eldridge Wilson Hampton Armstrong Kirk. Seit ich denken kann, liebe ich die Stadt. Meine Geschichte ist die einer erwiderten Liebe. Es ist die Geschichte von Verlust und Hoffnung und von der Seltsamkeit, die direkt unter der Oberflächenspannung des täglichen Lebens liegt, eine Seltsamkeit, die unendlich tief reicht.

Die Straßen der Stadt waren nicht mit Gold gepflastert, wie einigen Einwanderern erzählt wurde, bevor sie um die halbe Welt reisten, um hierherzukommen. Nicht alle jungen Sänger, Schauspieler oder Schriftsteller wurden zu Stars, wie sie es vielleicht erwarteten, nachdem sie ihre Kleinstädte in Richtung der hellen Lichter verlassen hatten. Der Tod wohnte in der Metropole, wie er überall wohnte, und es gab dort mehr Morde als in einem ruhigen Weiler, viele Tragödien und Momente des Schreckens. Aber die Stadt war auch ein Ort des Wunderbaren, der dunklen und hellen Magie, einer Magie, die ich in meinem bewegten Leben oft erfahren habe. Wie in einer Nacht, in der ich starb, aufwachte und wieder lebte.

2 Als ich acht Jahre alt war, traf ich die Frau, die von sich behauptete, sie sei die Stadt, obwohl sie diese Behauptung erst zwei Jahre später aufstellen würde. Sie sagte, dass Städte vor allem aus Menschen bestehen. Sicher, man braucht Bürogebäude, Parks,

Nachtclubs, Museen und all das andere, aber letztendlich sind es die Menschen – und die Art, wie sie sind –, von denen es abhängt, ob eine Stadt großartig ist oder nicht. Und wenn sie großartig ist, hat sie eine eigene Seele, die aus den Fäden der Millionen von Menschen gesponnen ist, die in der Vergangenheit dort lebten und heute dort leben.

Die Frau sagte, dass diese Stadt eine besonders empfindsame Seele habe und dass sie sich lange Zeit gefragt habe, wie das Leben für die Menschen, die in ihr lebten, sein müsse. Die Stadt machte sich Sorgen, dass sie trotz allem, was sie ihren Bürgern zu bieten hatte, zu viele von ihnen im Stich lassen könnte. Sie kannte sich selbst besser als jeder Mensch, sie kannte all ihre Anblicke, Gerüche, Geräusche, Strukturen und Geheimnisse, aber sie wusste nicht, wie es sich anfühlte, ein Mensch zu sein und in diesem Tausende von Meilen langen Straßennetz zu leben. Und daher, sagte die Frau, habe die Seele der Stadt menschliche Gestalt angenommen, um unter den Menschen zu leben, und die Gestalt, die sie angenommen habe, sei sie.

Diese Frau, die die Stadt war, veränderte mein Leben und zeigte mir, dass die Welt ein viel geheimnisvollerer Ort ist, als man sich vorstellen kann, wenn man sie ausschließlich oder auch nur hauptsächlich aus Zeitungen, Zeitschriften und dem Fernsehen kennt – oder heute aus dem Internet. Ich muss Ihnen von ihr erzählen und von einigen schrecklichen, wunderbaren und erstaunlichen Dingen, die sich im Zusammenhang mit ihr ereignet haben und die mich immer noch verfolgen.

Aber ich greife vor. Ich neige dazu, das zu tun. Jedes Leben besteht nicht nur aus einer Geschichte, sondern aus Tausenden. Wenn ich also versuche, eine von meinen zu erzählen, gehe ich manchmal eine Gasse entlang, obwohl ich die Hauptstraße nehmen sollte. Und wenn die Geschichte 14 Häuserblocks lang ist, fange ich manchmal beim vierten Block an und muss zurückgehen, damit es einen Sinn ergibt.

Außerdem tippe ich das hier nicht auf einer Tastatur, und wenn ich in einen Rekorder spreche, wie jetzt, neige ich dazu, abzuschweifen. Mein Freund Malcolm sagt, ich solle es nicht Abschweifung, sondern mündliche Überlieferung nennen. Das klingt überheblich, als wäre ich mir völlig sicher, Dinge erreicht zu haben, die historisch bedeutsam sind. Aber dennoch ist das vielleicht der beste Begriff. Mündliche Überlieferung. Solange Sie verstehen, dass das nur bedeutet, dass ich hier sitze und drauflos quatsche. Wenn jemand das von den Tonbändern abtippt, werde ich es editieren, um dem Leser all die *Sie-wissen-schons* und *Ähs* und die nicht zu Ende gebrachten Sätze zu ersparen. Auch um mich klüger klingen zu lassen, als ich wirklich bin. Jedenfalls muss ich reden, statt zu tippen, denn ich habe erste Anzeichen von Arthritis in den Fingern. Noch nichts Ernstes, aber da ich Klavierspieler bin und sonst gar nichts, muss ich meine Hände für die Musik aufsparen.

Malcolm meint, ich müsse ein heimlicher Pessimist sein, weil ich so oft sage: »Noch nichts Ernstes.« Wenn ich in dem einen oder dem anderen Bein einen Phantomschmerz spüre und Malcolm fragt, warum ich meine Wade massiere, sage ich: »Nur so was Komisches, noch nichts Ernstes.« Er glaubt, ich sei davon überzeugt, dass es sich um ein Blutgerinnsel in den tiefen Venen handelt, das sich im Laufe des Tages lösen und meine Lunge oder mein Gehirn zerstören wird, aber daran habe ich nie gedacht. Ich sage diese drei Worte nur, um meine Freunde zu beruhigen – die Leute, um die ich mir Sorgen mache, wenn sie die Grippe haben oder einen Schwindelanfall oder Schmerzen in der Wade, denn ich wäre erleichtert, wenn sie *mich* mit den Worten beruhigen würden: »Noch nichts Ernstes.«

Das Letzte, was ich bin, ist ein heimlicher Pessimist. Ich bin ein Optimist und war es schon immer. Das Leben hat mir keinen Grund gegeben, mit dem Schlimmsten zu rechnen. Seit ich diese Stadt liebe, und das tue ich schon so lange, wie ich zurückdenken kann, bin ich ein Optimist.

Das war ich auch schon, als all das geschah, wovon ich Ihnen jetzt erzähle. Obwohl ich ab und zu einen Schritt zurück mache, um Ihnen etwas Hintergrundwissen zu vermitteln, beginnt diese Geschichte eigentlich 1967, als ich zehn Jahre alt war, in dem Jahr, in dem die Frau sagte, sie sei die Stadt. Im Juni desselben Jahres war ich mit meiner Mutter in Großvaters Haus gezogen. Meine Mutter, die Sylvia hieß, war eine Sängerin. Großvater hieß Teddy Bledsoe, nie nur Ted, selten Theodore. Großvater Teddy war ein Pianist, meine Inspiration.

Es war ein gutes Haus mit vier Zimmern im Erdgeschoss, vier im Obergeschoss und eindreiviertel Bädern. Das Klavier stand im großen Empfangszimmer, und Großvater spielte jeden Tag darauf, obwohl er an vier Abenden der Woche im Hotel auftrat und an drei Nachmittagen im Kaufhaus für die Hintergrundmusik sorgte, in der schicksten Modeabteilung, wo ein Kleid so viel kosten konnte, wie er in einem Monat mit beiden Jobs verdiente, und ein

Pelzmantel so viel wie ein neuer Chevy. Er sagte, er habe immer gern gespielt, aber wenn er es zu Hause tat, dann *nur* zum Vergnügen.

»Wenn du die Musik in dir behalten willst, Jonah, dann musst du jeden Tag ein bisschen zum Vergnügen spielen. Sonst verlierst du die Freude daran, und wenn du die Freude verlierst, wirst du für diejenigen, die selbst spielen können, nicht gut klingen – und für dich selbst auch nicht.«

Hinter dem Haus grenzte eine Betonterrasse an einen kleinen Hof, und vorn erhob sich eine Veranda über einem kleineren Hof, in dem sich ein riesiger Ahornbaum im Herbst rot wie Feuer färbte. Wenn die Blätter fielen, wirkten sie wie riesige glühende Kohlen auf dem Gras. Man könnte sagen, dass es ein Viertel der unteren Mittelklasse war, obwohl ich damals nicht so dachte und es auch heute nicht tue. Großvater Teddy hielt nichts von Kategorisierungen, von Etikettierungen, von der Unterteilung der Menschen durch Worte, und ich halte ebenfalls nichts davon.

1967 veränderte sich die Welt, aber das tut sie natürlich immer. Früher war das Viertel jüdisch gewesen, dann wurde es polnisch-katholisch. Mr. und Mrs. Stein, die aus dem Haus ausgezogen waren, es aber immer noch besaßen, vermieteten es 1963, als ich sechs Jahre alt war, an meine Großeltern und verkauften es ihnen zwei Jahre später. Sie waren die ersten Schwarzen, die in diesem Viertel wohnten. Großvater sagte, dass es am Anfang Probleme gab, wie man sie erwarten konnte, aber es wurde nie so schlimm, dass sie umziehen wollten.

Er führte das Dulden ihrer Anwesenheit auf drei Dinge zurück. Erstens blieben sie unter sich, wenn sie nicht eingeladen wurden. Zweitens spielte er bei einigen

Veranstaltungen in der St.-Stanislaus-Halle, die neben der Kirche lag, in der viele aus der Nachbarschaft die Messe besuchten, kostenlos Klavier. Drittens: Meine Großmutter Anita war die Sekretärin von Monsignore McCarthy.

Großvater war immer bescheiden, aber ich werde es nicht sein, was ihn angeht. Er und Großmutter hatten auch deshalb keine großen Schwierigkeiten, weil sie eine königliche Ausstrahlung besaßen. Sie war groß, er noch größer, und sie strahlten einen stillen Stolz aus. Ich beobachtete gern, wie sie gingen, wie sie sich mit solcher Anmut bewegten, wie er ihr in den Mantel half und ihr die Türen öffnete und wie sie sich immer bei ihm bedankte. Sie waren auch gut gekleidet. Selbst zu Hause trug Großvater eine Anzughose und ein weißes Hemd mit Hosenträgern, und wenn er Klavier spielte oder sich zum Essen setzte, trug er immer eine Krawatte. Wenn ich bei ihnen war, waren sie so warmherzig, amüsant und liebevoll wie alle anderen Großeltern. Aber ich war mir bei jedem von ihnen immer bewusst, dass sie eine gewisse *Präsenz* hatten.

Im April 1967 starb meine Großmutter bei der Arbeit an einer Hirnembolie. Sie war erst 52 Jahre alt. Sie hatte so lebendig gewirkt, dass ich mir nie vorstellen konnte, dass sie einmal sterben würde. Ich glaube, das konnte auch niemand sonst. Als es plötzlich geschah, waren alle, die sie kannten, voller Trauer, aber auch schockiert. Das Ereignis löste bei ihnen unausgesprochene Ängste aus, als wäre die Sonne im Westen aufgegangen und im Osten untergegangen, was auf eine mögliche Apokalypse hindeutete, und es war, als würde die Welt sich nur dann sicher weiterdrehen, wenn sich alle verschworen, nicht über ihre revolutionäre Veränderung zu sprechen.

Damals lebten meine Mutter und ich in einer Wohnung in der Innenstadt, im dritten Stock, ohne Fahrstuhl, mit zwei Fenstern im Wohnzimmer, die zur Straße hinausgingen. Von der Küche und meinem kleinen Schlafzimmer aus konnte man nur die rußige Backsteinmauer des Nachbargebäudes sehen, das sich dicht an unseres drängte. Sie sang an drei Abenden in der Woche in einem Blues-Club, arbeitete an fünf Tagen an der Imbisstheke bei Woolworth und wartete auf ihren großen Durchbruch. Ich war fast zehn Jahre alt und nicht mehr ganz unbedarft, aber ich muss zugeben, dass ich eine Zeit lang dachte, dass es für ihr Glück keinen Unterschied machte, in welchem Bereich sie aufstieg – ob sie nun in größeren und besseren Lokalen auftrat oder Kellnerin in einem gehobenen Steakhaus wurde, je nachdem, was zuerst kam.

Wir blieben während der Beerdigung und ein paar Tage danach bei Großvater, damit er nicht allein war. Bis dahin hatte ich ihn noch nie weinen sehen. Er nahm sich eine Woche lang frei und hielt sich meistens in seinem Schlafzimmer auf. Aber manchmal saß er auf der Fensterbank am Ende des Flurs im ersten Stock und starrte auf die Straße hinaus, oder er saß in seinem Sessel im Wohnzimmer und eine ungelesene Zeitung lag gefaltet neben ihm auf dem Lampentisch.

Wenn ich versuchte, mit ihm zu reden, hob er mich auf seinen Schoß und sagte: »Lass uns jetzt einfach still sein, Jonah. Wir werden noch Jahre Zeit haben, über alles zu sprechen.«

Ich war klein und dünn für mein Alter, und er war ein großer Mann, aber ich fühlte mich in diesen Momenten sehr behütet. Die Stille war anders als sonst, tief und sanft und friedlich, wenn auch traurig. Ein paarmal, wenn ich meinen Kopf an seine breite Brust legte und seinem Herzschlag lauschte, schlief ich ein, obwohl ich das Alter für regelmäßige Nickerchen schon überschritten hatte.

In dieser Woche weinte er nur, wenn er im Wohnzimmer Klavier spielte. Er gab beim Weinen keine Geräusche von sich. Ich schätze, er war zu würdevoll, um zu schluchzen. Aber die Tränen begannen mit den ersten Tönen und flossen so lange, wie er spielte, ob zehn Minuten oder eine Stunde.

Wenn ich Ihnen schon Hintergrundinformationen gebe, sollte ich Ihnen auch etwas über seine Musikalität erzählen. Er spielte ausgezeichnet, geschmackvoll, und er hatte eine großartige linke Hand, die beste, die ich je gehört habe. In dem Hotel, in dem er arbeitete, gab es zwei Speisesäle. Der eine war französisch und förmlich, es gab einen Harfenspieler, und die Einrichtung empfand man entweder als elegant oder man konnte sie nicht ausstehen. Der zweite Saal war ein Art-déco-Juwel in Blau- und Silbertönen, mit viel glänzend schwarzem Granit und schwarzem Lack, eher ein Supper Club, in dem das Essen solide amerikanisch war. Im Déco-Raum spielte Großvater Teddy zwischen sieben und neun Uhr abends als Background-Pianist vor allem amerikanische Standardballaden und ein paar flottere Cole-Porter-Nummern. Zwischen neun Uhr und Mitternacht gesellten sich drei Begleitmusiker zu ihm und die Combo heizte die Stimmung mit Tanzmusik aus den 1930er- und 40er-Jahren an. Grandpa Teddy hatte die Tasten wirklich im Griff.

In den Tagen nach dem Tod seiner Anita spielte er Musik, die ich noch nie gehört hatte, und bis heute weiß ich nicht, wie die Stücke hießen. Sie brachten mich zum Weinen. Ich ging in die anderen Zimmer und versuchte, nicht zuzuhören, aber man konnte nicht *aufhören* zuzuhören, weil diese Melodien so hypnotisierend waren, melancholisch, aber unwiderstehlich.

Nach einer Woche kehrte Großvater zur Arbeit zurück, und meine Mutter und ich gingen nach Hause, in unsere Wohnung in der Innenstadt. Zwei Monate später, im Juni, als das Leben meiner Mutter aus den Fugen geriet, zogen wir dann ganz zu Grandpa Teddy.

3

Sylvia Kirk, meine Mutter, war 29 Jahre alt, als ihr Leben in die Brüche ging, und es war nicht das erste Mal. Damals konnte ich zwar sehen, dass sie hübsch war, aber mir war nicht klar, wie jung sie war. Ich war selbst erst zehn und hielt jeden, der älter als 20 war, für uralt, wenn ich überhaupt darüber nachdachte. Wenn das eigene Leben viermal in die Brüche geht, bevor man 30 ist, ist das für jeden ein schwerer Schlag, und ich glaube, es hat meiner Mutter so viel Hoffnung genommen, dass sie nie wieder so viel Selbstvertrauen erlangte, wie sie zuvor gehabt hatte.

Als es passierte, war die Schule schon seit Wochen vorbei. Der Sonntag war der einzige Tag, an dem das Gemeindezentrum kein Sommerprogramm für Kinder anbot, und ich war am späten Nachmittag und Abend bei Mrs. Lorenzo zu Gast. Mrs. Lorenzo, die früher einmal dünn gewesen war, war jetzt eine rundliche Frau und eine fabelhafte Köchin. Sie wohnte im ersten Stock und nahm ein wenig Geld dafür, auf mich aufzupassen, wenn es keine anderen Möglichkeiten gab, vor allem an den drei Abenden in der Woche, wenn meine Mutter im Slinky's sang, dem Blues-Lokal. Der Sonntagabend gehörte nicht dazu, aber meine Mutter war zu einem Festessen in ein reiches Viertel gefahren, wo sie einen Vertrag unterschreiben sollte, um fünf Abende pro Woche an einem, wie sie es nannte, »bedeutenden Veranstaltungsort« zu singen, einem protzigen Nachtclub, den niemand jemals als eine Kneipe bezeichnet hätte. Der Besitzer des Clubs, William Murkett, verfügte auch über Kontakte zur Plattenindustrie, und es war die Rede davon, eine dreiköpfige Begleitgruppe zusammenzustellen, die mit ihr im Club an einigen Nummern arbeiten und ein oder zwei Demos in einem Studio aufnehmen sollte. Es sah aus, als ob sie ihren großen Durchbruch doch nicht als Steakhouse-Kellnerin haben würde.

Wir hatten erwartet, dass sie mich nach elf Uhr abholen würde, aber es war erst sieben, als sie bei Mrs. Lorenzo klingelte. Ich merkte sofort, dass etwas nicht stimmte, und Mrs. Lorenzo bemerkte es ebenfalls. Aber meine Mutter hat immer gesagt, dass sie ihre schmutzige Wäsche nicht in der Öffentlichkeit waschen wollte, und daran hat sie sich immer strikt gehalten. Als ich klein war, verstand ich nicht, was sie damit meinte, denn auch sie wusch ihre Wäsche in der Gemeinschaftswaschküche im Keller, und öffentlicher ging es nicht, außer vielleicht draußen auf der Straße. An diesem Abend behauptete sie, ein Migräneanfall habe sie praktisch außer Gefecht gesetzt, obwohl ich noch nie davon gehört hatte, dass so etwas bei ihr vorkam. Sie sagte, dass sie nicht in der Lage gewesen sei, zum Dinner mit ihrem neuen Chef zu bleiben. Während sie Mrs. Lorenzo bezahlte, waren ihre Lippen fest zusammengepresst, und in ihren Augen lag eine Intensität, eine Kraft, die den Eindruck erweckte, sie könnte alles in Brand stecken, wenn sie es nur lange genug anstarrte.

Als wir in unserer Wohnung angekommen waren und sie die Tür zum Hausflur geschlossen hatte, sagte sie: »Wir packen jetzt unsere Sachen zusammen, unsere Kleidung und so weiter. Daddy kommt uns abholen und wir werden von nun an bei ihm wohnen. Bei deinem Grandpa zu wohnen wird dir bestimmt gefallen, nicht?«

Sein Haus war schöner als unsere Wohnung, und das sagte ich auch. Mit zehn Jahren hatte ich meine Zunge noch nicht unter Kontrolle. Ich fragte: »Warum ziehen wir um? Ist Grandpa zu traurig, um allein zu sein? Hast du wirklich Migräne?«

Anstatt mir zu antworten, erwiderte sie nur: »Komm, Schatz, ich helfe dir beim Packen und passe auf, dass nichts zurückbleibt.«

Ich besaß meinen eigenen hellgrünen Pressspankoffer, in den so ziemlich all meine Kleidung hineinpasste, obwohl wir für das Übrige eine Einkaufstüte aus dem Kaufhaus benutzen mussten.

Beim Packen sagte sie zu mir: »Werde bloß kein halber Mann, wenn du erwachsen bist, Jonah. Sei ein guter Mann wie dein Großvater.«

»Na klar, das möchte ich doch. Wie sollte ich denn sonst sein wollen, wenn nicht wie Grandpa?«

Ich traute mich nicht, es direkter auszusprechen, aber ich wollte nicht so werden wie mein Vater. Er hatte uns verlassen, als ich acht Monate alt gewesen war, und er war zurückgekehrt, als ich acht war, aber vor meinem neunten Geburtstag verließ er uns wieder. Der Mann hatte kein Bindungsproblem – das Wort gehörte nicht zu seinem

Vokabular. Damals machte ich mir darüber Sorgen, dass er noch einmal wiederkommen könnte, was angesichts all seiner Probleme ein Unglück gewesen wäre. Unter anderem war er nicht dazu in der Lage, irgendjemanden außer sich selbst zu lieben.

Trotzdem hatte meine Mutter eine Schwäche für ihn. Wenn er auftauchte, würde sie sich vielleicht wieder auf ihn einlassen, weshalb ich nicht aussprach, was ich dachte.

»Du hast doch Harmon Jessup kennengelernt«, sagte sie. »Erinnerst du dich?«

»Klar. Ihm gehört das Slinky's, wo du singst.«

»Du weißt, dass ich für diesen anderen Job dort aufgehört habe. Aber ich will nicht, dass du deine Mutter für unzuverlässig hältst.«

»Das bist du ja auch nicht, also wie könnte ich das denken?«

Sie faltete meine T-Shirts, legte sie in die Einkaufstüte und fuhr fort: »Ich möchte, dass du weißt, dass ich noch aus einem anderen Grund gekündigt habe, und zwar aus einem guten. Harmon kam mir einfach immer … viel zu nahe. Er wollte mehr von mir als nur meinen Gesang.« Sie verstaute das letzte T-Shirt und sah mich an. »Verstehst du, was ich meine, Jonah?«

»Ich glaube, schon.«

»Das glaube ich auch, und es tut mir leid, dass du es weißt. Wie auch immer, wenn er nicht bekommt, was er will, werde ich dort keinen Job mehr haben.«

Noch nie in meinem Leben, weder als Kind noch als Mann, bin ich ein Hitzkopf gewesen. Ich glaube, ich habe mehr von meiner Mutter als von meinem Vater, wahrscheinlich weil er ein zu unvollständiger Mensch war, um einem viel mitgeben zu können. Aber an diesem Abend in meinem Zimmer wurde ich sehr schnell sehr wütend und rief: »Ich hasse Harmon. Wenn ich größer wäre, würde ich es ihm heimzahlen.«

»Nein, würdest du nicht.«

»Und ob ich das würde!«

»Sei still, Schatz.«

»Ich würde ihn erschießen.«

»Sag so was nicht.«

»Ich würde ihm die verdammte Kehle durchschneiden und ihn erschießen.«

Sie kam zu mir und schaute auf mich herab, und ich glaubte, dass sie über die richtige Bestrafung für mein Gerede nachdachte. Bei den Bledsoes wurden keine Straßensprache, kein Slang, keine Drohungen und Beleidigungen geduldet. Großvater Teddy sagte oft: »Am Anfang war das Wort. Vor allem anderen das Wort. Also sprechen wir lieber so, als ob Worte wichtig wären, denn das sind sie.« Meine Mutter stand da und sah mich stirnrunzelnd an, aber dann änderte sich ihr Gesichtsausdruck und alle Härte verschwand aus ihren Zügen. Sie sank auf die Knie, legte ihre Arme um mich und drückte mich an sich.

Ich war verlegen und schämte mich dafür, dass ich mich so aufgespielt hatte, obwohl wir beide wussten, dass Harmon Jessup mich mit einem Lachen aus dem Weg geräumt hätte, falls ich kleiner dürrer Kerl mich mit ihm angelegt hätte. Ich schämte mich auch für sie, weil sie keinen Besseren hatte als mich, der auf sie aufpasste.

Sie sah mir in die Augen und fragte: »Was würden die Schwestern wohl von all dem Gerede übers Kehledurchschneiden und Erschießen halten?«

Durch Großmutters Arbeit im Büro von Monsignore McCarthy hatte ich das Glück, die Saint Scholastica School für ein Drittel des üblichen Schulgeldes besuchen zu können, und die Nonnen, die sie leiteten, waren strenge Damen. Wenn jemand Harmon eine Lektion erteilen konnte, die er nie vergessen würde, dann war es Schwester Agnes oder Schwester Catherine.

Ich erwiderte: »Du wirst es ihnen doch nicht sagen, oder?«

»Tja, eigentlich sollte ich das. Und ich sollte es auch deinem Großvater erzählen.«

Der Vater meines Großvaters war Friseur, seine Mutter Kosmetikerin gewesen, und sie hatten ihr Haus nach einer langen Liste von Regeln geführt. Wenn ihre Kinder gelegentlich glaubten, dass diese Regeln in Wirklichkeit nichts weiter als Vorschläge waren, fand mein Urgroßvater eine zweite Verwendung für den Lederriemen, mit dem er seine Rasiermesser abzog. Grandpa Teddy griff zwar nicht zum Mittel körperlicher Bestrafung wie sein Vater, aber die extreme Enttäuschung in seinem Blick konnte schmerzhaft genug sein.

»Ich werde es ihnen nicht erzählen«, fuhr meine Mutter fort, »weil du so ein guter Junge bist. Du hast bei der First Bank of Mom eine Menge Kredit.«

Nachdem sie mich auf die Stirn geküsst hatte und aufgestanden war, gingen wir in ihr Zimmer, um weiter die Koffer zu packen. Die Wohnung war möbliert, und zum Mobiliar gehörte auch ein Waschtisch mit einem dreiteiligen Spiegel. Sie vertraute mir die Aufgabe an, alles aus den vielen kleinen Schubladen herauszunehmen und es in diese kleine viereckige Tragetasche zu legen, die sie

Zugtasche nannte, während sie ihre Kleidung in zwei großen Koffern und drei Einkaufstüten verstaute.

Sie war noch nicht fertig mit ihrer Erklärung, warum wir umziehen mussten. Viele Jahre später wurde mir klar, dass sie immer das Gefühl gehabt hatte, sich vor mir rechtfertigen zu müssen. Das hätte sie in Wirklichkeit nie tun müssen, denn ich kannte ihr Herz, wusste, wie gut es war, und ich liebte sie so sehr, dass es wehtat, wenn ich manchmal nachts wach lag und mir Sorgen um sie machte.

Sie sagte: »Schatz, komm ja nicht auf die Idee, dass eine Art von Menschen besser ist als eine andere. Harmon Jessup ist reich im Vergleich zu mir, aber er ist arm im Vergleich zu William Murkett.«

Murkett besaß nicht nur den glitzernden Nachtclub, in dem er ihr fünf Abende pro Woche anbot, sondern noch mehrere andere Unternehmen.

»Harmon ist schwarz«, fuhr sie fort, »Murkett ist weiß. Harmon ist so gut wie gar nicht zur Schule gegangen. Murkett war auf irgendeiner Eliteuniversität. Harmon ist ein dreckiger alter Gauner und stolz drauf. Murkett ist verheiratet, hat Kinder und einen guten Ruf. Aber bei all diesen Unterschieden gibt es eigentlich keinen Unterschied. Sie sind beide dasselbe. Jeder von ihnen ist nur ein halber Mann. Sei niemals nur ein halber Mann, Jonah.«

»Nein, Ma'am. Das werde ich nicht.«

»Und sei ehrlich zu den Menschen.«

»Das werde ich sein.«

»Du wirst in Versuchung kommen.«

»Nein, werde ich nicht.«

»O doch. Das passiert jedem.«

»Dir nicht«, behauptete ich.

»Doch, mir auch. Das war so und es ist noch so.«

Sie war fertig mit dem Packen und ich äußerte die Vermutung: »Dann hast du wohl keinen Job mehr, deshalb fahren wir zu Grandpa.«

»Ich habe immer noch Woolworth, Kleiner.«

Ich wusste, dass sie manchmal weinte, aber das tat sie nie vor mir. In diesem Moment waren ihre Augen so klar und ihr Blick war so sicher und direkt wie der von Schwester Agnes. Tatsächlich war sie Schwester Agnes sehr ähnlich, nur dass diese keinen einzigen Ton singen konnte und meine Mutter viel hübscher war.

»Ich habe Woolworth, eine gute Stimme und Zeit. Und ich habe dich. Ich habe alles, was ich brauche.«

Damals dachte ich an meinen Vater, daran, wie er uns immer wieder verlassen hatte, daran, dass wir nicht in dieser Lage gewesen wären, wenn er auch nur die Hälfte seiner Versprechen gehalten hätte. Aber ich konnte meinem Ärger nicht Luft machen. Meine Mutter hatte mich nie so hart bestraft wie das eine Mal, als ich gesagt hatte, dass ich ihn hasste, und obwohl ich nicht der Meinung war, dass ich mich dafür schämen sollte, tat ich es trotzdem.

Es sollte noch der Tag kommen, an dem meine Verachtung für ihn in den Hintergrund treten und er mir regelrecht Angst einjagen würde.

Kaum hatten wir gepackt, klingelte es an der Tür. Es war Grandpa Teddy, der uns zu sich nach Hause holen wollte.

4

Das erste Mal, dass das Leben meiner Mutter aus den Fugen geriet, war, als sie erfuhr, dass sie mit mir schwanger war. Sie war in das Musikprogramm am Oberlin College aufgenommen worden und hatte beinahe ein Vollstipendium bekommen. Aber noch bevor sie ihr erstes Jahr beginnen konnte, erfuhr sie, dass ich unterwegs war. Sie sagte, dass sie eigentlich gar nicht ans Oberlin gehen wollte. Es sei die Idee ihrer Eltern gewesen, sie wolle sich vielmehr auf ihr Talent konzentrieren und nicht auf eine Menge Musiktheorie, die dieses vielleicht im Keim ersticken würde. Stattdessen wolle sie sich von einem schäbigen Club zum nächsten, weniger schäbigen, hocharbeiten und immer mehr *Erfahrung* sammeln. Sie behauptete, ich wäre gerade rechtzeitig gekommen, um sie vor Oberlin zu retten, und vielleicht habe ich das als Kind sogar geglaubt.

Sie hatte sich zwischen High School und College ein Jahr freigenommen, und ihr Vater hatte eine Bekanntschaft genutzt, um ihr eine Altersfreistellung und eine Arbeit in einer Pianobar zu verschaffen, denn sie war auch eine Klavierspielerin. Tatsächlich war sie gut auf dem Saxofon, erstklassig auf der Klarinette und lernte schnell Gitarre. Bei der Verteilung der Talente hatte Gott einen ganzen Eimer über Sylvia Bledsoe ausgeschüttet. Die Bar war auch ein Restaurant, und der Koch – nicht der Küchenchef, nur der Koch – hieß Tilton Kirk. Er war 24, sechs Jahre älter als sie, und jedes Mal wenn sie eine Pause machte, war er mit seinem Charme zur Stelle, der meiner Ansicht nach aus einer anderen Quelle stammte als die, aus der meine Mutter ihr Talent erhalten hatte.

Er war ein gut aussehender Mann, wortgewandt, und

so sicher, wie er seinen Namen kannte, wusste er, dass er es in dieser Welt zu etwas bringen würde. Man brauchte ihn nur zu grüßen, und er erzählte einem, welchen Weg er gehen wollte: zuerst vom Koch zum Chefkoch, dann mit 30 ein eigenes Restaurant, mit 40 zwei oder drei davon, so viele er wollte. Er war ein begnadeter Koch und gab der jungen Sylvia Bledsoe allerlei schmackhafte Gerichte mit auf den Weg, die er im sogenannten Kirk-Stil verfeinert hatte. Er gab ihr außerdem mich mit auf den Weg, obwohl sich dann herausstellte, dass Kinderbetreuung nicht zum Kirk-Stil gehörte.

Der Fairness halber muss man sagen, dass er wusste, dass sie das Baby bekommen würde und dass die Bledsoes nichts anderes geduldet hätten. Also tat er das Richtige, heiratete sie und tat danach immer wieder zuverlässig das Falsche.

Ich wurde am 15. Juni 1957 geboren, dem Tag, an dem die Count Basie Band als erste *Negerband* überhaupt im Starlight Room des Waldorf-Astoria-Hotels in New York City auftrat. *Neger* war das Wort, das man damals benutzte. Am sechsten Juli gewann der Tennisstar Althea Gibson, ebenfalls eine *Negerin,* den All-England-Titel in Wimbledon, auch das ein Novum. Am 29. August wurde der Civil Rights Act, den Präsident Eisenhower im Jahr zuvor vorgeschlagen hatte, endlich vom Kongress verabschiedet. Bald darauf setzte »Ike« die Nationalgarde ein, um die Rassentrennung an den Schulen aufzuheben. Im Vergleich dazu war mein Eintritt in die Welt keine große Neuigkeit, außer für meine Mom und mich.

Um sich bei Sylvias Eltern einzuschmeicheln und im Wissen um Großvater Teddys musikalische Vorbilder nannte mein Vater mich Jonah Ellington Basie Hines Eldridge Wilson Hampton Armstrong Kirk. Selbst all diese Jahre später hat fast jeder schon einmal von Duke Ellington, Count Basie, Earl »Fatha« Hines, Lionel Hampton und Louis Armstrong gehört. Doch die Zeit geht nicht mit allen Talenten gleich um, und Roy Eldridge ist heute fast nur noch den Liebhabern der Big-Band-Musik ein Begriff. Er war einer der größten Trompeter aller Zeiten. Elektrisierend. Er spielte in der legendären Band von Gene Krupa in den frühen Kriegsjahren, als Anita O'Day veränderte, was die Leute sich unter einer Sängerin vorstellten. Das »Wilson« in meinem Namen steht für Teddy Wilson, den Benny Goodman als den größten Musiker der Tanzmusik seiner Zeit bezeichnete. Er spielte mit Goodman, gründete dann seine eigene Band, die nicht lange hielt, und trat hauptsächlich mit einem Sextett auf. Wenn Sie eine der 20 Aufnahmen finden können, die er mit seiner Band gemacht hat, werden Sie einen Pianisten von unvergleichlicher Eleganz zu hören bekommen.

Bei all diesen Namen, denen ich gerecht werden sollte, wünsche ich mir manchmal, ich wäre einfach als Jonah Kirk zur Welt gekommen. Aber ich schätze, weil ich zur Hälfte ein Bledsoe war, hätte jeder, der meinen Großvater bewunderte – und das taten alle, die ihn kannten –, gewisse Zweifel gehabt, dass ich mich je zu einem Mann wie ihm entwickeln könnte.

Am Tag meiner Geburt kamen Großvater Teddy und Großmutter Anita ins Krankenhaus und sahen mich zunächst durch ein Fenster im Säuglingssaal, dann in den Armen meiner Mutter, nachdem man mich in ihr Zimmer gebracht hatte. Mein Vater war auch da und wollte

Großvater unbedingt meinen vollen Namen mitteilen. Obwohl ich im Mittelpunkt der Aufmerksamkeit stand, habe ich selbst keine Erinnerung an diesen Moment, vielleicht weil ich bereits ungeduldig darauf wartete, mit dem Klavierunterricht anzufangen.

Meiner Mutter zufolge hatte die Enthüllung meiner vielen Namen nicht ganz die Wirkung, die mein Vater sich vorgestellt hatte. Großvater Teddy stand am Bett und nickte jedes Mal anerkennend, wenn Tilton, der vorsichtig genug war, auf der anderen Seite des Bettes zu bleiben, einen der Namen nannte. Aber als der letzte ausgesprochen war, tauschte Großvater einen Blick mit Großmutter, runzelte die Stirn und starrte auf den Boden, als ob er dort unten etwas Anstößiges bemerkt hätte, das nicht in ein Krankenhaus gehörte.

Sie müssen wissen, dass Grandpa ein Lächeln hatte, das einen Eisblock zum Schmelzen und Wasser zum Verdampfen bringen konnte. Und selbst wenn er nicht lächelte, war sein Gesicht so sympathisch, dass selbst die schüchternsten Kinder bei seinem ersten Anblick oft grinsten und direkt auf diesen Fremden zugingen, um den freundlichen Riesen zu begrüßen. Aber wenn er die Stirn runzelte und man wusste, dass man selbst der Anlass dafür war, dann dachte man an den Tag des Jüngsten Gerichts und an die paar armseligen guten Taten, die man als Ausgleich für seine Verfehlungen anführen konnte. Er wirkte nicht wütend, schaute nicht einmal grimmig. Er runzelte nur die Stirn, und sofort herrschte eine unbehagliche Stille im Raum. Niemand fürchtete Großvater Teddys Zorn, denn nur wenige Menschen hatten ihn erlebt, wenn überhaupt. Wenn man dieses Stirnrunzeln hervorrief, fürchtete man seine Missbilligung, und wenn man erfuhr, dass man ihn enttäuscht hatte, wurde einem klar, dass man seine Anerkennung nicht weniger brauchte als Luft, Wasser und Nahrung.

Obwohl Grandpa es nie in Worte fasste, lernte ich von ihm, dass man mehr Macht hat, wenn man bewundert wird, als wenn die Leute einen fürchten.

Jedenfalls starrte Großvater Teddy dort im Krankenhauszimmer so lange auf den Boden, dass mein Vater nach der Hand meiner Mutter griff, und sie ließ ihn sie halten, während sie mich im anderen Arm wiegte.

Schließlich hob Grandpa den Blick, betrachtete seinen Schwiegersohn und sagte leise: »Es gab so viele Big Bands und Swing Bands, vielleicht Hunderte, und keine glich der anderen. So viel Energie, so viel großartige Musik. Manche würden sagen, dass es vor allem die Swingmusik war, die das Land während des Kriegs in Siegerlaune hielt. Wisst ihr, ich habe damals mit einigen der größten und besten Bands gespielt, aber auch mit einigen nicht so großen, aber dafür guten. So viele Erinnerungen, so viele Leute, eine tolle Zeit. Ich habe all diese Namen zwischen Jonah und Kirk bewundert, sogar sehr. Ich habe sie geliebt. Aber Benny Goodman war so gut wie all die anderen und ein anständiger Kerl. Charlie Barnet, Woody Herman, Harry James, Glenn Miller. Artie Shaw, um Himmels willen. *Der* Artie Shaw. *Begin the Beguine, Indian Love Call, Back Bay Shuffle.* Wenn man all den Namen dieser Zeit gerecht werden wollte, bräuchte dieses arme Kind ein ganzes Blatt Papier nur für seinen Briefkopf.«

Meine Mutter verstand, was er meinte, aber mein Vater nicht. »Aber Teddy, Sir, all diese Leute – die gehören doch nicht zu uns.«

»Nun, ja«, räumte Grandpa ein, »sie sind nicht direkt in der Bar- und Restaurantbranche tätig gewesen, so wie du, aber ihre Arbeit hat so viele Menschen in Feierlaune versetzt, dass sie einen Einfluss auf deine Branche hatten. Und sie gehören ganz sicher zu mir und Sylvia, nicht wahr, Anita?«

Großmutter erwiderte: »O ja. Sie gehören auch zu mir. Ich liebe Musiker. Ich habe einen geheiratet. Ich habe eine Musikerin zur Welt gebracht. Und, Liebling, du hast die Dorsey-Brüder vergessen.«

»Ich hab sie nicht vergessen«, entgegnete Großvater. »Mir ist nur der Mund trocken geworden beim Aufzählen all dieser Namen. Außerdem noch Freddy Martin.«

»Sein Tenorsaxofon hat den süßesten Klang aller Zeiten«, sagte Grandma.

»Claude Thornhill.«

»Seine Band hat zu den Besten der Besten gehört«, bekräftigte sie. »Und Claude war so ein *witziger* Kerl.«

Zu diesem Zeitpunkt hatte mein Vater die Botschaft verstanden, aber er wollte sie nicht hören. Das Rassenthema war für ihn ein wunder Punkt, und wahrscheinlich gab es eine ganze Reihe guter Gründe dafür. Trotzdem hätte er um der Familienharmonie willen wenigstens Thornhill und Goodman zu meinen Namen hinzufügen sollen, aber er hatte sich nicht dazu durchringen können.

Er sagte: »Hey, seht mal, wie spät es ist. Ich muss zum Restaurant.« Nachdem er meine Mutter und mich geküsst hatte, umarmte er Anita, nickte Grandpa Teddy zu, sagte »Sir« und machte sich aus dem Staub.

Das war also meine erste Familienzusammenkunft an meinem ersten Tag auf der Welt. Nicht frei von gewissen Spannungen.

Das *zweite* Mal, dass das Leben meiner Mutter aus den Fugen geriet, war acht Monate später, als mein Vater uns verließ. Er sagte, er müsse sich auf seine Karriere konzentrieren. Er konnte mit einem schreienden Baby im Nebenzimmer nicht schlafen. Er behauptete, einen potenziellen Geldgeber für ein Restaurant gefunden zu haben, was ihn vielleicht in die Lage versetzen würde, im eigenen Lokal vom Koch zum Küchenchef aufzusteigen. Und selbst wenn es sich dabei nur um ein Rattenloch handelte, würde er schneller aufsteigen als ursprünglich geplant. Er musste sich nun wirklich konzentrieren, seine Arbeit im Restaurant erledigen und diese neue Chance wahrnehmen. Er versprach, dass er zurückkommen würde. Er sagte aber nicht, wann. Dann sagte er ihr, dass er uns liebte. Es fiel ihm immer erstaunlich leicht, das auszusprechen. Er versprach, jede Woche Geld zu schicken. Dieses Versprechen hielt er vier Wochen lang. Zu diesem Zeitpunkt hatte meine Mutter bereits den Job am Woolworth-Imbiss *und* ihre erste Arbeit als Sängerin in einer Bruchbude namens Jazz Cave an Land gezogen. Es war also eine schwierige Zeit, aber lediglich schwierig, noch nichts Ernstes.

5

Ich werde nicht in der Lage sein, mein Leben Monat für Monat, Jahr für Jahr zu erzählen. Stattdessen werde ich diesen Rekorder wie eine Zeitmaschine benutzen und hin- und herspringen, damit Sie vielleicht die unheimliche Art und Weise erkennen, in der die Dinge miteinander verbunden waren, was ich nicht konnte, während ich Tag für Tag weiter in die Zukunft vordrang.

An dieser Stelle sollte ich Ihnen ein wenig über die Frau erzählen, die immer wieder in entscheidenden Momenten in meinem Leben auftauchte. Ich habe sie nie kommen sehen. Sie war immer einfach da, wie plötzlicher Sonnenschein, der durch die Wolken dringt. Das erste Mal war an einem Tag im April 1966, als ich versuchte, das Klavier zu hassen, weil ich glaubte, dass ich nie ein Klavierspieler sein würde.

Ich war fast neun Jahre alt und Großmutter Anita hatte noch ein Jahr zu leben. Im vorigen Dezember war mein Vater zurückgekommen, um wieder bei uns zu wohnen. Meine Mutter hat sich nie von ihm scheiden lassen. Sie zog es in Erwägung, obwohl sie wusste – und glaubte –, dass die Ehe ein Sakrament war. Aber sie behauptete, dass sie, wenn sie in Lokalen wie dem Jazz Cave, Brass Tacks und Slinky's sang, die Annäherungsversuche von Kunden und Angestellten erfolgreicher abwehren könnte, wenn sie ehrlich sagen konnte: »Ich habe einen Mann, einen kleinen Jungen und Jesus. So gut du auch aussiehst – du siehst bestimmt, dass ich nicht noch einen Mann in meinem Leben brauche.« Aber Mom zufolge ließen sich die entschlossensten Verehrer weder von Ehemann noch Kind noch Jesus allein abschrecken. Bei ihnen waren alle drei nötig.

In den fast acht Jahren seiner Abwesenheit hatte Tilton Kirk keinen Geldgeber gefunden und auch kein eigenes Lokal eröffnet, aber er hatte das Restaurant, in dem er als Koch arbeitete, verlassen, um die Stelle des Küchenchefs in einem etwas gehobeneren Lokal anzunehmen. Er verdiente dort weniger, weil der Besitzer ihn jedes Jahr mit fünf Prozent der Aktien des Unternehmens entschädigte.

Sobald er 35 Prozent angesammelt hatte, konnte er die anderen 65 zu einem bereits vereinbarten Preis kaufen und seine Aktien benutzen, um den Bankkredit abzuzahlen.

Wenn er wieder zu Hause war, war meine Mutter überwiegend glücklich, aber ich war ganz und gar unglücklich. Der Mann wusste wirklich nicht, wie man ein Vater war. Manchmal war er äußerst streng und verteilte viel mehr Strafen, als ich verdiente. Zu anderen Zeiten wollte er mein bester Kumpel sein und Zeit mit mir verbringen, aber er hatte keine Ahnung, welche Aktivitäten Kindern Spaß machten. Durch die Gänge eines Geschäfts für Gastronomiebedarf zu schlendern und sich intensiv mit verschiedenen Arten von Kartoffelschälern und Pastetenformen zu beschäftigen, ist für ein Kind einfach nicht aufregend. Genauso wenig wie auf einem Barhocker zu sitzen und eine Cola zu schlürfen, während der alte Herr Bier trinkt und mit einem Fremden Witze über nörgelnde Ehefrauen austauscht.

Das Schlimmste war, dass ich zu diesem Zeitpunkt Klavierunterricht nehmen wollte, was mein Vater nicht zuließ. Ich hatte in Grandpa Teddys Haus auf den Tasten geklimpert und verfügte über ein instinktives Verständnis der Klaviatur, so, wie Jackie Robinson die Flugbahn eines Balls vorhersehen konnte. Aber Tilton war der Ansicht, ich wäre noch zu jung, meine Hände wären zu klein, und als meine Mutter widersprach und sagte, ich sei groß genug, erwiderte Tilton, wir könnten uns den Unterricht noch nicht leisten. Bald, aber jetzt noch nicht, das hieß so viel wie: nie.

Großvater bot mir an, mich ein paarmal in der Woche abzuholen und mir selbst Unterricht zu erteilen. Aber mein Vater hielt dagegen: »Das ist zu weit, um ein kleines Kind ständig hin- und herzufahren, Syl. Und wir haben hier kein Klavier, auf dem er zwischen den Unterrichtsstunden üben könnte. Wir werden bald ein Haus haben, dann kriegt er ein Klavier und dann ist es sinnvoll. Und Schatz, du weißt, dass dein alter Herr mich nicht gut leiden kann. Es würde mir das Herz brechen, wenn er den Jungen gegen mich aufhetzt. Ich weiß, dass Teddy es nicht absichtlich tun würde, Syl, er ist kein böser Mensch, aber er würde unser Verhältnis vergiften, ohne es zu wissen. Bald werden wir ein Haus mieten, bald, und erst dann ist es sinnvoll.«

Ich saß also auf der Treppe vor unserem Haus, mit einem so mürrischen Gesichtsausdruck, dass die meisten Passanten nur einen Blick auf mich warfen und schnell weitergingen, als ob ich, der Achtjährige, einen Wutanfall bekommen und sie mit Tritten malträtieren könnte. Es war ein für April ungewöhnlich warmer Tag, die Luft so still und feucht, dass eine Feder, die ein Vogel im Flug verloren hatte, vor mir so langsam zu Boden sank wie ein Stein im Wasser. Ein ebenso plötzlicher wie kurzer Wind kam auf, hob die Feder hoch, wirbelte Staub und Unrat aus dem Rinnstein auf und wehte alles über die Treppe, auf der ich saß. Ich nieste und blies die Feder weg, die an meinen Lippen klebte.

Als ich mir über die Augen wischte, hörte ich eine Frau sagen: »Hey, Entlein, wie geht's dir?«

Meine Mutter hatte ein paar Freundinnen, die professionelle Tänzerinnen in Musicals waren, von denen die Theaterfreunde immer sprachen. Diese Frau sah zwar nicht aus wie eine von ihnen, aber sie wirkte doch wie eine Tänzerin.

Groß, schlank, langbeinig und mit glatter mahagonifarbener Haut stieg sie die Stufen so leicht und mühelos hinauf, dass man fast den Eindruck gewann, es handle sich um eine Rolltreppe. Sie trug einen leichten Anzug in Primelrosa, eine weiße Bluse und einen rosafarbenen Pillbox-Hut mit einem Fächer aus grauen Federn an der Seite. Sie war gekleidet, als wollte sie in einem Restaurant zu Mittag essen, in dem die Kellner Smokings trugen.

Trotz ihres feinen Aufzugs und ihrer eleganten Ausstrahlung setzte sie sich neben mich auf die Treppe. »Entlein, es ist unhöflich, nicht zu antworten, wenn man angesprochen wird. Und du siehst aus wie ein junger Mann, der sich lieber ein Auge ausstechen würde, als unhöflich zu sein.«

»Die Welt stinkt«, verkündete ich.

»Es gibt Dinge auf der Welt, die stinken, Entlein, aber doch nicht die ganze Welt. Tatsächlich riecht das meiste auf ihr wunderbar. Du riechst ein bisschen nach Zitronen und Salz, was mich an eine Margarita erinnert, und das ist nichts Schlechtes. Magst du mein Parfüm? Es ist französisch und teuer.«

Es war ein dezenter Rosenduft. »Ist ganz okay, glaub ich.«

»Na, Entlein, wenn's dir nicht gefällt, gehe ich sofort nach Hause, nehme die Flasche von meiner Kommode, werfe sie aus dem Fenster und sorge dafür, dass die ganze Gasse bis zum nächsten Regen danach riecht.«

»Mein Name ist nicht ›Entlein‹.«

»Das würde mich auch sehr wundern, Entlein. Eltern drücken ihren Kindern Namen wie Hortense und Percival auf, aber ich habe noch nie erlebt, dass jemand sein Kind nach einem Wasservogel benannt hat.«

»Und wie heißen Sie?«, fragte ich.

»Was glaubst du denn, Entlein?«

»Kennen Sie Ihren eigenen Namen nicht?«

»Ich frage mich nur manchmal selbst, nach welchem Namen ich aussehe, deshalb frage ich.«

Sie war hübsch. Selbst ein achtjähriger Junge erkennt ein hübsches Mädchen, wenn er es sieht, und Schönheit lässt das Herz höher schlagen, egal wie alt man ist. Ihr Parfüm roch auch ganz gut.

Ich sagte: »Na ja, ich habe diesen Film im Fernsehen gesehen, in dem diese Leute in der Karibik einem Schatz hinterherjagen. Das war vor langer Zeit, als es noch Piraten gab. Was sie alle wollten, war diese besondere Perle, wissen Sie? Drei Dinge machten sie zu etwas ganz, ganz Besonderem. Sie war groß, etwa so groß wie eine Pflaume. Und sie war nicht weiß oder creme- oder rosafarben wie andere Perlen. Sie war schwarz, ein reines, glänzendes Schwarz, aber sie hatte trotzdem eine Tiefe wie die besten Perlen, sodass man in sie hineinsehen konnte, und sie war sehr schön. Deshalb denke ich, der Name ›Pearl‹ passt zu Ihnen.«

Sie legte den Kopf schief und grinste mich an. »Junger Mann, wenn du jetzt schon so geschickt mit den Damen umgehst, wird wohl kaum eine vor dir sicher sein, wenn du mal erwachsen bist. Ich *bin* Pearl. Es gibt keinen anderen Namen, den ich haben möchte. Nenn mich Pearl, Jonah.«

Erst Stunden später wurde mir klar, dass ich ihr meinen Namen gar nicht genannt hatte.

»Du sagtest, es gebe drei besondere Dinge an dieser Perle im Film. Ihre Größe, ihre Farbe und …?«

»O ja. Na ja, es hieß, dass derjenige, der sie besitzt, niemals sterben kann. Sie war das Geheimnis der Unsterblichkeit.«

»Schwarz, schön und magisch. Ich *liebe* es, Pearl zu sein.«

Es würden noch zwei Jahre vergehen, bevor sie mir sagte, dass sie die fleischgewordene Seele der Stadt sei.

»Da sitzt du nun also, Jonah, so grimmig, als wärst du noch immer im Bauch des Wals, obwohl es ein schöner Frühlingstag ist. Du wirst nicht von der Magensäure des Wals zersetzt, und du brauchst keine Kerze, um den Weg den Schlund hinauf zu finden. Verschwende keinen schönen Frühlingstag, Jonah. Davon gibt es im Leben nicht so viele, wie du denkst. Was hat dich den Mut verlieren lassen?«

Vielleicht war es so einfach, mit ihr zu reden, weil ihr das Reden so leichtfiel. Als Nächstes hörte ich mich sagen: »Ich möchte Pianist werden, aber dazu wird es nie kommen.«

»Wenn du ein Pianist sein willst, warum sitzt du dann nicht an einem Klavier und haust in die Tasten?«

»Ich habe keins.«

»Das Gemeindezentrum, wo du hingehst, wenn deine Eltern arbeiten und Donata keine Zeit hat – da gibt es ein Klavier.«

Donata war der Vorname von Mrs. Lorenzo, meiner gelegentlichen Babysitterin, also nahm ich an, dass Miss Pearl sie kannte und vorhatte, sie zu besuchen.

»Ich habe noch nie ein Klavier im Gemeindezentrum gesehen.«

»Doch, natürlich gibt es da eins. Eine Zeit lang hatte dort ein bestimmter Mann das Sagen, der hatte kein Ohr für das

Klavier, für ihn war das alles nur Lärm. Er mochte auch keine lauten Vögel, hatte etwas gegen einen bestimmten Blauton, die Zahl Neun und Weihnachten. Er stellte den Weihnachtsbaum am 24. Dezember auf, räumte ihn am Morgen des 26. wieder ab, und die einzige Dekoration, die er zuließ, war eine am Hals aufgehängte Weihnachtsmannpuppe an der Baumspitze, wo eigentlich ein Stern oder ein Engel hätte sein sollen. Er entfernte die Neun aus der Hausnummer über der Tür und ließ eine Lücke zwischen der Acht und der Vier, strich alle blauen Zimmer neu und schaffte das Klavier in den Keller. Manche sagen, er habe Petey, den Papagei, der im Kartenzimmer in einem Käfig saß, getötet und gegessen. Aber jetzt ist er weg. Er hat nicht lange gelebt. Er wurde von einem Stadtbus überfahren, als er bei Rot über die Straße ging, aber er hat dem Zentrum in kurzer Zeit viel Schaden zugefügt. Man kann das Klavier mit dem Lastenaufzug wieder hochbringen.«

Laut und abgasreich fuhr ein Bus vorbei, und ich fragte mich, ob es vielleicht der war, der den Papageienfresser überfahren hatte.

Als es auf der Straße ruhiger wurde, sagte ich: »Für ein Kind wie mich bringen die das Klavier nicht hoch. Und ohne Lehrer bringt es sowieso nichts.«

»Es wird einen Lehrer geben. Geh morgen früh hin, gleich nachdem sie aufgemacht haben, und überzeug dich selbst. Nun, dieser herrliche Tag vergeht wie im Flug, ich bin schon angezogen und habe ein Ziel, also sollte ich dort auch hingehen.«

Sie stand auf und stieg die Treppe hinunter, wobei ihre hohen Absätze nicht mehr Lärm machten als ein Paar Hausschuhe.

Ich rief ihr nach: »Ich dachte, Sie wären gekommen, um Mrs. Lorenzo zu besuchen.«

Miss Pearl blickte zurück und erwiderte: »Ich bin gekommen, um dich zu besuchen, Entlein.«

Sie ging, und ich trat auf den Bürgersteig, um ihr nachzusehen. Mit ihren schlanken Hüften und langen Beinen, so groß in all dem Rosa, glich sie selbst einem Vogel – keinem Papagei, sondern einem eleganten Flamingo. Ich wartete darauf, dass sie einen Blick über die Schulter warf, um ihr zuzuwinken, aber sie tat es nicht. An der Ecke bog sie nach links ab und war verschwunden.

Ich hielt mir die Hände vors Gesicht, roch daran und nahm den schwachen Duft der Zitronen wahr, die ich gemeinsam mit meiner Mutter für die Limonade ausgepresst hatte. Ich hatte in der Sonne gesessen, und der Schweißfilm auf meinen Armen schmeckte nach Salz, als ich daran leckte, aber ich konnte das Salz nicht riechen.

In den folgenden Jahren begegnete ich Miss Pearl bei mehreren Gelegenheiten. Jetzt, wo ich 57 bin und zurückblicke, kann ich feststellen, dass mein Leben ganz anders verlaufen wäre – und kürzer –, wenn sie sich nicht für mich interessiert hätte.

Am nächsten Morgen stand das Klavier im Abigail-Louise-Thomas-Raum des Gemeindezentrums. Der Raum war nach einer Frau benannt, die schon eine gute Tat für das Zentrum getan hatte, bevor ich auch nur ein Funkeln in Tiltons Augen gewesen war. Der Steinway-Flügel war poliert, gestimmt und noch hübscher als die Frau in Rosa.

Eine der Mitarbeiterinnen des Zentrums, Mrs. Mary O'Toole, spielte Hoagy Carmichaels *Stardust*, und in diesem Moment war es die schönste Melodie, die ich je gehört hatte. Sie war eine nette Dame mit lebhaften blauen Augen, Sommersprossen, die, wie sie sagte, den ganzen Weg aus Dublin gekommen waren, um ihr Gesicht zu verzieren, sowie einer Pagenfrisur. Ihr rotes Haar mit weißen Strähnen hatte ihr eine Freundin geschnitten, da sie Schönheitssalons nicht ausstehen konnte. Sie lächelte mich an und nickte mir zu, und ich setzte mich neben sie.

Als sie mit dem Stück fertig war, seufzte sie und sagte: »Ist das nicht der Wahnsinn, Jonah? Jemand hat das alte, verstaubte Klavier im Keller weggebracht und uns dieses nagelneue geschenkt, und das auch noch heimlich. Keine Ahnung, wie er das angestellt hat.«

»Ist das nicht dasselbe Klavier?«

»Oh, das kann nicht sein. Bei dem alten war der Deckel verzogen, der Filz an den Hämmerchen mottenzerfressen, einige Saiten waren gerissen, andere fehlten. Das Sostenuto-Pedal klemmte. Es war eine ziemliche Katastrophe. Irgendein furchtbar schlauer Philanthrop war hier am Werk. Ich wünschte nur, ich wüsste, bei wem ich mich bedanken kann.«

Ich erzählte ihr nicht von Miss Pearl. Erst wollte ich es ihr erklären und setzte zu sprechen an. Aber dann dachte ich, dass der Zauber vielleicht enden würde, wenn ich ihren Namen nannte. Am nächsten Tag würde der Steinway wieder im Keller stehen, genauso kaputt wie zuvor, und Mrs. O'Toole würde sich nicht mehr daran erinnern, dass sie im Abigail-Louise-Thomas-Raum *Stardust* gespielt hatte.

An diesem Tag begann ich mit dem Unterricht.

6

In derselben Nacht, als ich in meinem kleinen Zimmer schlief, setzte sich jemand auf die Bettkante. Die Matratze sackte durch, die Federn knarrten. Ich wurde halb wach und fragte mich, warum meine Mutter mich zu dieser Uhrzeit besuchte. Bevor ich mich in der Dunkelheit richtig aufsetzen konnte, drückte mich eine Hand sanft nach unten und eine vertraute Stimme sagte leise: »Schlaf weiter, Entlein. Schlaf. Ich habe einen Namen für dich, einen Namen und ein Gesicht und einen Traum. Der Name ist Lucas Drackman und das Gesicht ist seins.«

So seltsam der Moment auch war, ich ließ mich trotzdem auf mein Kissen sinken, schloss die Augen und versank in den Tiefen des Schlafs. Aus diesen stieg das Gesicht eines jungen Mannes empor, unheimlich von unten beleuchtet und stark verschattet. Er war vielleicht 16 oder 17 Jahre alt. Das Haar war zerzaust, die Stirn lag in Falten über den tief liegenden, weit aufgerissenen und wilden Augen. Die Nase war gebogen, die Lippen waren voll und fast mädchenhaft, das Kinn war stumpf, die blasse Haut schweißnass … Noch nie zuvor in meinem Leben war mir ein Gesicht in einem Traum so lebendig und detailliert erschienen, und auch danach war das nur noch ein einziges Mal geschehen. Lucas hatte etwas Drängendes, Wütendes an sich, aber zunächst war der Moment nicht albtraumhaft. Als sich eine vollständige Szene um ihn herum bildete, sah ich, dass seine Gesichtszüge im Licht einer tief gehaltenen Taschenlampe lagen, die er nach vorn richtete. Lucas nahm Ketten, Broschen, Armbänder und Ringe aus einer Schmuckschatulle, Diamanten und Perlen, und ließ sie in einen Stoffsack fallen, der an einen Kopfkissenbezug erinnerte.

In einem dieser fließenden Übergänge, wie sie in Träumen üblich sind, befand er sich gleich darauf nicht mehr vor einer Schmuckschatulle, sondern in einem begehbaren Kleiderschrank, wo er Geld und eine Kreditkarte aus einer Brieftasche nahm, die jemand dort auf einem Regal zurückgelassen hatte. Die Diner's-Club-Karte war auf einen ROBERT W. DRACKMAN ausgestellt. Dann stand Lucas an einem Bett und richtete die Taschenlampe auf die Leiche eines Mannes, der offenbar im Schlaf erschossen worden war. Trotzdem hatte ich keine Angst. Stattdessen überkam mich eine tiefe Traurigkeit. Lucas sagte zu dem Toten: »Hallo, Bob. Wie ist es denn so in der Hölle, Bob? Merkst du jetzt vielleicht, wie dumm es war, mich auf eine verdammte Militärakademie zu schicken, Bob? Du ignoranter, selbstgerechter Scheißkerl.« Der Strahl der Taschenlampe fiel auf eine Frau, etwa Mitte 40, die von den ersten Schüssen, die Lucas abgefeuert hatte, aufgewacht sein musste. Seine Mutter. Sie konnte niemand anderes sein, denn man konnte ihre Ähnlichkeit mit Lucas erkennen. Sie hatte die Decke beiseite geworfen und sich aufgesetzt, woraufhin ihr einmal in die Brust und einmal in die Kehle geschossen worden war. Sie war mit dem Rücken an das Kopfende des Bettes gefallen, die blauen Augen weit aufgerissen, aber jetzt blind. Ihr Mund stand offen, obwohl sie wahrscheinlich keine Chance gehabt hatte zu schreien. Lucas beschimpfte sie rüde mit einem Wort, das ich nie benutzt habe und hier nicht wiederholen werde. Dann ein Korridor. Er ging weg und ich folgte ihm nicht. Das Licht schwand mit ihm, schwand und verblasste, und dann herrschten eine trostlose Dunkelheit und eine so große Traurigkeit, dass mir die Tränen in die Augen stiegen. Sie, die ein Klavier in das

Abigail-Louise-Thomas-Zimmer gezaubert hatte, sprach wieder: »Merke ihn dir, Entlein. Merke dir sein Gesicht und seine hasserfüllten Worte. Behalte den Traum für dich, erzähle ihn nicht anderen, die ihn infrage stellen oder sogar verspotten und dich zum Zweifeln bringen könnten. Aber erinnere dich immer daran.«

Ich glaube, ich war wach, als sie diese Worte sprach, aber ich kann es nicht beschwören. Vielleicht habe ich die ganze Zeit geschlafen, vielleicht habe ich alles geträumt, auch ihr Eintreten in mein Zimmer, ihr Gewicht auf der Bettkante, die durchhängende Matratze, die knarrenden Federn. In der Dunkelheit spürte ich eine Hand auf meiner Stirn, eine so zärtliche Berührung. Sie flüsterte: »Schlaf, du liebes Kind«, und ich schlief entweder weiter oder schlief wieder ein.

Als ich im Morgengrauen erwachte, spürte ich, dass der Traum nicht nur ein Hirngespinst gewesen war, dass er mir wahre Dinge gezeigt hatte, Morde, die irgendwo und irgendwann begangen worden waren. Während ich so dalag und der Morgen heller wurde, grübelte ich, zweifelte und verbannte den Zweifel, um ihn dann wieder hereinzulassen. Doch sosehr ich auch nachdachte, ich konnte keine einzige der vielen Fragen beantworten, die das Erlebnis mir hinterlassen hatte.

Als ich schließlich aus dem Bett aufstand, roch ich für einen Moment einen gewissen süßen Rosenduft, Miss Pearls Parfüm, das sie getragen hatte, als sie neben mir auf der Treppe gesessen hatte. Aber nach drei Atemzügen war auch dieser Duft verschwunden, als ob ich ihn mir nur eingebildet hätte.

7 Der nächste Teil meiner Geschichte ist zum Teil Hörensagen, aber ich bin mir sicher, dass es sich so abgespielt hat. Meine Mutter schwindelte manchmal ein wenig, um einem Kind zu helfen, seine Unschuld zu bewahren, aber ich habe nie erlebt, dass sie eine echte Lüge erzählte.

Es war eine Woche vor meinem neunten Geburtstag und Oma Anita hatte nur noch zehn Monate zu leben. Ich hatte dank Miss Pearl mit dem Klavierunterricht begonnen, und mein Vater war seit etwa sechs Monaten wieder bei uns, als er einen großen Fehler machte. Wir wohnten immer noch im dritten Stock, und er brachte nicht viel Geld nach Hause, weil er einen Teil seines Gehalts in Aktien erhielt.

Mrs. Lorenzo wohnte im ersten Stock, aber Mr. Lorenzo war noch nicht gestorben, und Mrs. Lorenzo war schlank und »so hübsch wie Anna Maria Alberghetti«. Anna Maria war eine sehr begabte Sängerin und fehlbesetzte Schauspielerin in Filmen sowie schließlich auch ein Broadway-Star, zierlich und sehr schön. Sie hatte einen Tony für *Carnival!* bekommen und in *West Side Story* die Maria gespielt. Obwohl sie nicht so bekannt war wie andere Darstellerinnen italienischer Abstammung, verglich meine Mutter jede italienische Frau mit ihr, wenn sie zum Ausdruck bringen wollte, wie schön diese war. Wenn sie einen Mann mit italienischem Aussehen besonders attraktiv fand, sagte sie immer, er sei so gut aussehend wie Marcello Mastroianni. Das mit Anna Maria verstand ich ja, aber die Sache mit Mastroianni habe ich nie begriffen. Jedenfalls wollte Mr. Lorenzo nicht, dass seine Frau arbeitete, er wollte, dass sie Kinder großzog, aber es stellte sich heraus, dass er keine Kinder zeugen konnte. Also betrieb Mrs.

Lorenzo in ihrer Wohnung eine Art inoffizielle Tagesstätte und kümmerte sich um drei kleine Kinder gleichzeitig, und gelegentlich auch um mich, wie ich schon erzählt habe.

Als es passierte, etwa zur Mittagszeit am ersten Dienstag im Juni, war ich in der St. Scholastica. Es war der letzte Tag des Schuljahres, ich wurde von Nonnen unterrichtet und träumte davon, Pianist zu werden.

Meine Mutter war um 10:30 Uhr zu Woolworth gegangen. Als sie dort eintraf, stellte sie fest, dass es während der Frühstücksschicht einen kleinen Küchenbrand gegeben hatte. Der Laden musste für zwei Tage geschlossen werden, bis die Reparaturen abgeschlossen waren. Sie kam vier Stunden früher nach Hause.

Weil mein Vater bis spät in die Nacht im Restaurant arbeitete, schlief er von drei Uhr bis elf Uhr morgens. Sie hatte damit gerechnet, dass er noch im Bett oder beim Frühstück sein würde. Aber er hatte bereits geduscht und war gegangen. Sie machte das Bett, und als sie ihre Kellnerinnenuniform auszog, hörte sie, wie Miss Delvane oben in Apartment 5-B ihre Rodeo-Nummer probte.

Miss Delvane – blond, attraktiv, ein Freigeist – wohnte seit drei Jahren über uns. Sie verdiente ihren Lebensunterhalt als freiberufliche Autorin von Zeitschriftenartikeln und arbeitete an einem Roman. Manchmal ertönte aus ihrer Wohnung ein rhythmisches Klopfen, das vielleicht ein wenig an Pferdehufe erinnerte und allmählich zu einem Crescendo anschwoll, dazu gedämpfte, wortlose, aber heftige Stimmen. Bei früheren Gelegenheiten, als ich mich darüber wunderte, sagte meine Mutter, Miss Delvane übe ihre Rodeo-Nummer. Meiner Mutter zufolge spielte

Miss Delvanes erster Roman in der Rodeoszene, und da sie vorhabe, zu Recherchezwecken Rodeo zu reiten, habe sie ein mechanisches Pferd in ihrer Wohnung. Ich war fünf Jahre alt, als Miss Delvane einzog, und erst acht, als meine Mutter verfrüht von Woolworth nach Hause kam, und obwohl ich Zweifel hatte, dass die Rodeo-Erklärung *vollständig* war, akzeptierte ich sie im Grunde. Wenn ich nach dem leisen Stöhnen fragte, behauptete meine Mutter immer, es sei eine Aufnahme von einem Bullen, denn bei einem Rodeo müsse man Bullen mit dem Lasso einfangen oder sogar mit ihnen ringen, und Miss Delvane spiele diese Platte ab, um sich dafür in Stimmung zu bringen, wenn sie auf ihrem mechanischen Pferd ritt. Ich hatte genug Fragen für eine ganze Quizshow, aber ich habe Miss Delvane nie eine davon gestellt, weil Mom sagte, die arme Frau schäme sich, weil sie so lange brauchte, um ihre Rodeo-Nummer zu lernen.

Miss Delvane wohnte von Mitte 1963 bis 1966 über uns, und obwohl die Menschen damals ein großes Interesse an Sex hatten, war das Land noch nicht zu einem einzigen riesigen Pornokino verkommen. Eltern konnten ihre Kinder schützen und ihnen eine Kindheit ermöglichen, und selbst wenn du einen vagen Verdacht auf verbotene Geheimnisse hattest, konntest du nicht einfach den Computer einschalten und von tausend Websites erfahren, dass … nun, dass Bambi nicht durch den bloßen *Wunsch* seiner Mutter zur Welt gekommen war, und du ebenso wenig.

Da stand also meine Mutter, zog ihre Uniform aus und lauschte dem Rodeo, das über ihr stattfand, und das Stöhnen und Trompeten dieses Bullen kam ihr bekannt vor. In den mehr als sieben Jahren, in denen Tilton nicht bei uns gewohnt hatte, hatte Mom ihn von Zeit zu Zeit besucht, sie war mit ihm verheiratet geblieben, und als er zurückkommen wollte, hatte sie ihn gelassen. Jetzt wollte sie nicht glauben, dass es ein Fehler gewesen war. Sie redete sich ein, dass alle Männer gleich klangen, wenn sie den Bullen spielten, wenn ihre Lustschreie durch eine Wohnungsdecke gefiltert wurden. Sie redete sich ein, dass es sogar Miss Delvane sein könnte, die über einen beträchtlichen Stimmumfang verfügte und ihre Stimme sehr tief klingen lassen konnte. Doch das Leben hatte Sylvia Bledsoe Kirk bereits zahlreiche Joker in einem Spiel gegeben, in dem sie nichts zählten, und diesen Joker kannte sie, weil er ihr schon einmal das Blatt ruiniert hatte.

Sie warf seine Kleidung und Toilettenartikel in seine beiden Koffer und trug sie aus der Wohnung. Das Gebäude verfügte über ein vorderes und ein hinteres Treppenhaus, wobei Letzteres schmaler und schäbiger war als Ersteres. Meine Mutter wusste, dass Tilton von Natur aus dazu neigte, die Hintertreppe zu nehmen, obwohl er keinen Grund zu der Annahme hatte, dass jemand sehen würde, wie er aus dem vierten statt aus dem dritten Stock hinunterging, oder dass irgendjemand dieser zusätzlichen Etage besondere Bedeutung beimessen würde.

An diesem Tag erkannte Mom, dass Tilton nicht nur ein Schürzenjäger, ein pathologischer Lügner, ein Narzisst und ein selbstverliebter Dummkopf war, was seine Karriere betraf. Er war all das, weil er ein Feigling war, weil er nicht die Fähigkeit besaß, sich dem Leben zu stellen und seinen Weg zu finden, ungeachtet der Hindernisse. Er musste sich sogar über das Leben belügen, musste so tun, als wäre es weniger hart, als es wirklich war, um sich dann irgendwie durchzumogeln, wobei er sich einredete, die Welt zu erobern. Meine Mutter hätte sich nie als Heldin bezeichnet, obwohl sie natürlich eine war. Aber sie wusste, dass sie nie feige gewesen war und es nie sein würde, und sie konnte es nicht ertragen, mit einem Feigling zusammenzuleben.

Sie stellte die Koffer auf das rissige, sich an den Rändern wölbende Linoleum auf dem hinteren Treppenabsatz zwischen dem vierten und dritten Stock und setzte sich ein paar Stufen tiefer mit dem Rücken zu ihnen hin. Sie musste eine Weile warten, und mit jeder Minute, die verging, verringerte sich ihr Mitleid mit diesem Mistkerl. Schließlich hörte sie, wie sich irgendwo oben eine Tür schloss und ein Mann langsam *You've Lost That Lovin' Feelin'* pfiff, das im Februar ein Hit für die Righteous Brothers gewesen war.

Tilton war verrückt nach diesem Lied und pfiff es an diesem Nachmittag ohne jede Ironie, auch wenn ihm später vielleicht klar wurde, dass es für diese Szene im Film seines Lebens nicht der beste Soundtrack gewesen war.

Er öffnete die Tür zum Treppenhaus, ging nach unten und hörte auf zu pfeifen, als er seine Koffer erkannte. Der Mann war eine regelrechte Ausredenmaschine, und ich stelle mir vor, dass ihm mindestens drei halbwegs glaubwürdige und ein Dutzend absurde durch den Kopf rauschten, bevor er zum Treppenabsatz weiterging. Als er meine Mutter entdeckte, die ein paar Stufen tiefer auf der nächsten Treppe saß, blieb er natürlich wieder stehen und wusste nicht, was er tun sollte. Er war immer schnell mit Worten und vor allem mit Rechtfertigungen bei der Hand, aber nicht an diesem Tag. Die Art, wie sie schweigend dasaß und ihm den Rücken zuwandte, hat ihn offenbar verunsichert. Hätte sie ihm Vorwürfe gemacht oder angefangen zu weinen, hätte er es vielleicht gewagt zu lügen und seine Unschuld zu beteuern, aber sie saß einfach nur da und wartete auf seine Abreise. Vielleicht glaubte er, sie hätte ein Messer und würde ihm in den Rücken fallen, wenn er sich mit den Koffern an ihr vorbeidrängte. Aus welchem Grund auch immer – Tilton nahm die beiden Koffer und kehrte in den vierten Stock zurück, anstatt mit ihnen nach unten zu gehen.

Sylvia stand auf und ging ihm hinterher. Als mein Vater am Treppenabsatz des vierten Stocks einen Blick zurückwarf und sah, dass sie ihm langsam folgte, erschrak er und stolperte über die Schwelle. Dabei stieß er mit seinem Gepäck an den Türrahmen, die Tür und seine Beine, wie in den alten Filmen mit Laurel und Hardy, wenn sie versuchten, eine riesige Umzugskiste durch eine zu kleine Öffnung zu manövrieren. Während er durch den Flur hastete, folgte ihm meine Mutter, sagte nichts, holte ihn nicht ein, ließ sich aber auch nicht abhängen. An der Vordertreppe rutschte ihm einer der Koffer aus der Hand und fiel die Stufen hinab. In seiner Eile, ihn wiederzuholen und zu verschwinden, wäre er fast selbst gestürzt. Mit ausdrucksloser Miene und ohne den Blick von ihrem untreuen Mann abzuwenden, verfolgte Sylvia ihn über eine Treppe nach der anderen. Tiltons Hände waren offenbar so schweißnass, dass ihm die Koffer immer wieder entglitten und gegen die Wände prallten. Weil er es sich nicht verkneifen konnte, zurückzublicken und nach dem Messer Ausschau zu halten, mit dem er rechnete, obwohl es nicht da war, stolperte er ein paarmal und torkelte von

Wand zu Wand, als wären die Taschen, die er trug, mit Whiskeyflaschen gefüllt, aus denen er in den letzten Stunden getrunken hätte.

Auf dem Absatz zwischen dem zweiten und dem ersten Stockwerk trafen Verfolgerin und Verfolgter auf Mr. Yoshioka, einen höflichen und schüchternen Mann und immer tadellos gekleideten Schneider von großem Geschick. Er lebte allein in einer Wohnung im vierten Stock, und jeder glaubte, dass dieser freundliche Mann irgendein dunkles oder tragisches Geheimnis hatte, dass er vielleicht seine Familie in Hiroshima verloren hatte. Als Mr. Yoshioka sah, wie mein Vater unter rücksichtsloser Missachtung der Geometrie einer Treppe sowie des Gesetzes der Schwerkraft nach unten raste, und dann die versteinerte Miene meiner Mutter erblickte, die ihn in aller Ruhe, aber unerbittlich verfolgte, sagte er: »Vielen Dank.« Damit drehte er sich um und rannte zwei Stufen auf einmal nehmend ins Erdgeschoss, wo er mit dem Rücken zu den Briefkästen im Foyer in der Hoffnung wartete, der offenbar bevorstehenden Gewalttat ausgewichen zu sein.

Tilton schnellte aus der Haustür hervor, als wäre das Gebäude lebendig geworden und hätte ihn ausgespuckt. Einer der misshandelten Koffer öffnete sich auf der Türschwelle und Tilton stopfte verzweifelt Kleidungsstücke zurück. Meine Mutter beobachtete ihn durch das Fenster in der Tür, bis er alles wieder eingepackt hatte und ging. »Von wegen *Lovin' Feelin'*«, sagte sie, drehte sich um und sah zu ihrer Überraschung, dass der arme Mr. Yoshioka noch immer mit dem Rücken zu den Briefkästen stand.

Er lächelte und nickte ihr zu. »Ich würde jetzt gern nach oben gehen.«

»Es tut mir so leid, Mr. Yoshioka.«

»Ganz meinerseits.« Er stieg wieder die Treppe hinauf, zwei Stufen auf einmal.

Was ich soeben beschrieben habe, war die Version der Ereignisse, die mir meine Mutter Jahre später erzählte. Nach der Schule ging ich an diesem Tag zum Gemeindezentrum, um Klavier zu üben. Als ich nach Hause kam, teilte sie mir lediglich mit: »Dein Vater wohnt nicht mehr hier. Er ist nach oben gegangen, um Miss Delvane bei ihrer Rodeo-Nummer zu helfen, und das hat mir nicht gepasst.«

Da ich noch zu jung war, um die wahre Bedeutung ihrer Worte zu verstehen, fand ich die Vorstellung dieses mechanischen Pferdes faszinierender denn je und hoffte, es eines Tages sehen zu können. Die Zusammenfassung des Abgangs meines Vaters im *Reader's Digest*-Stil durch meine Mutter befriedigte meine Neugier jedoch nicht. Ich hatte viele Fragen, aber ich wagte nicht, sie zu stellen. In Wahrheit war ich so froh darüber, dass ich nie wieder in einer Kneipe sitzen und mir Geschichten über nörgelnde Ehefrauen würde anhören müssen, dass ich meine Freude nicht verbergen konnte.

In diesem Moment erzählte ich meiner Mom das Geheimnis, das ich nicht hätte preisgeben können, als Tilton noch bei uns gewohnt hatte: dass ich bereits seit mehr als zwei Monaten Klavierunterricht bei Mrs. O'Toole nahm. Sie umarmte mich, begann zu weinen und entschuldigte sich, obwohl ich nicht begriff, wofür. Aber sie sagte, es sei egal, ob ich es begriff, wichtig sei nur, dass sie nie wieder zulassen werde, dass irgendjemand oder irgendetwas sich zwischen mich und das Klavierspielen oder irgendeinen anderen meiner Träume stellte.

»Hey, Schatz, lass uns doch mit einer Cola auf unsere Freiheit anstoßen.«

Wir setzten uns an den Küchentisch und stießen noch *vor* dem Abendessen mit Coca-Cola und einem Stück Schokoladenkuchen an. Noch all diese Jahre später kann ich mich lebhaft an diesen Moment erinnern. Sie war inzwischen vom Brass Tacks zum Slinky's gewechselt, aber an diesem Abend musste sie nicht auftreten, sodass ich sie ganz für mich allein hatte. Wir unterhielten uns über alles Mögliche, auch über die Beatles, die nur zwei Jahre zuvor mit *I Want To Hold Your Hand, She Loves You* und vier weiteren Songs den ersten Platz der US-Charts belegt hatten. Vier weitere Hitparadenerfolge folgten im Jahr '65. Bereits 1966 wurde ein weiterer Song die Nummer eins. Meine Mutter mochte die Beatles, aber sie sagte, Jazz sei ihr Ding, vor allem Swing. Sie erzählte mir von den Big-Band-Sängern aus Grandpa Teddys Zeiten. Sie kannte alle ihre Werke, konnte viele von ihnen imitieren, und es war, als hätten wir sie direkt in unserer Küche. Mom zeigte mir ein Buch über diese Zeit, mit Bildern dieser Mädchen. Kay Davis und Maria Ellington, die mit dem Duke sang. Billie Holiday mit Basie. Sie waren alle hübsch, einige von ihnen wunderschön. Sarah Vaughan, Helen Forrest, Doris Day, Harriet Clark, Lena Horne, Martha Tilton, Peggy Lee. Die Schönste von allen war vielleicht Dale Evans mit Mitte 20, die später Roy Rogers heiratete, der ein *echtes* Pferd besaß. Aber selbst die junge Dale Evans war nicht so schön wie Sylvia Bledsoe Kirk. Und meine Mutter konnte Ella imitieren. Sie beherrschte den Scat-Gesang so gut, dass man seinen Augen nicht mehr traute und glaubte, sie *wäre* Ella. Wir machten uns eine Campbell's Tomatensuppe und gegrillte Käsesandwiches, und wir spielten Rommé 500. Jahre später wurde mir klar, dass dies das dritte Mal gewesen war, dass das Leben meiner Mutter aus den Fugen geriet, aber in diesem Moment sah ich es nicht so. Als ich ins Bett ging, war mein Gedanke, dass dies der beste Tag meines bisherigen Lebens gewesen sei.

Der nächste wurde noch besser – ein magischer Tag, einer von denen, die mein Freund Malcolm einen »Tag, an dem die Butter oben liegt« nennt. Natürlich standen Schwierigkeiten bevor, aber so ist es immer, und in der Zwischenzeit ist es am besten, mit einem Lächeln zu leben.

8

Ein Tag, an dem die Butter oben liegt …

Machen wir einen kleinen Umweg und reden wir über Malcolm Pomerantz. Malcolm ist ein erstklassiger Musiker. Er spielt Tenorsaxofon. Er ist so etwas wie ein Genie und kann auch mit 59 Jahren noch eine ganze Tonleiter spielen.

Verrückt ist er auch, aber meistens harmlos. Er ist so abergläubisch, dass er sich lieber das Kreuz brechen würde, als einen Spiegel zu zerbrechen. Und obwohl er nicht so zwanghaft ist, dass er ein paar Stunden in der Woche auf der Couch eines Psychiaters verbringen müsste, hat er Gewohnheiten, die einen zur Weißglut bringen würden, wenn man ihn nicht lieben würde.

So muss er sich zum Beispiel fünfmal die Hände waschen – nicht viermal, nicht sechsmal –, bevor er zur Band auf die Bühne geht. Und sobald seine flinken Finger sauber genug sind, um zu spielen, fasst er nichts mehr mit bloßen Händen an außer seinem Saxofon, denn sonst müsste er sie wieder fünfmal waschen. Die Sauberkeit seiner Hände interessiert ihn nicht, wenn er übt, sondern nur, wenn er auftritt. Wenn er nicht so ein hervorragender Musiker und sympathischer Kerl wäre, hätte er niemals Karriere gemacht.

Malcolm liest die Zeitung jeden Tag, außer dienstags. Er kauft sich keine Dienstagszeitung und leiht sich auch keine aus. An diesem Tag sieht er sich keine Fernsehnachrichten an und hört auch kein Radio. Er glaubt, wenn er es wagt, sich an einem Dienstag die Nachrichten anzusehen, wird sein Herz zu Staub zerfallen.

Malcolm isst keine Pilze, weder roh noch gekocht, auch nicht in irgendeiner Soße, obwohl er Pilze liebt. Er isst keine runden Kekse, die ihn an eine Pilzkappe erinnern. In Supermärkten meidet er das Ende der Obst- und Gemüseabteilung, wo die Pilze sind. Und wenn er das Geschäft noch nicht kennt, meidet er die Gemüseabteilung ganz, aus Angst, dort plötzlich auf Pilze zu stoßen.

Und was den *Tag, an dem die Butter oben liegt,* betrifft: Jeden Morgen macht er sich zum Frühstück eine zusätzliche Scheibe Toast, legt sie auf den Küchentisch und schiebt sie ganz lässig auf den Boden. Wenn sie mit der Butterseite nach oben landet, isst er sie mit Genuss und ist zuversichtlich, dass der Tag von Anfang bis Ende gut sein wird. Landet sie jedoch mit der Butterseite nach unten, wirft Malcolm den Toast weg, wischt die Butter auf und geht mit einem geschärften Bewusstsein für mögliche Gefahren durch den Tag.

In der ersten Nacht jeder Vollmondphase macht sich Malcolm auf den Weg zur nächsten katholischen Kirche, steckt 17 Dollar in die Armenkasse und zündet 17 Votivkerzen an. Er behauptet, er wisse nicht, warum er es tut, es sei nur ein Zwang wie die anderen, die ihn plagen. Ich bin geneigt zu glauben, dass er den Grund wirklich nicht kennt, dass die 17 Kerzen eine Möglichkeit sind, seinen Schmerz in Schach zu halten, und dass der Schmerz nicht mehr gelindert würde, wenn er sich gestatten würde, seine wahre Motivation zu verstehen. Bei den meisten von uns heilen die Wunden, die das Leben geschlagen hat, langsam, und es bleiben nur Narben zurück, aber vielleicht ist Malcolm zu empfindlich, als dass seine Wunden sich ganz schließen könnten. Vielleicht sind seine zwanghaften kleinen Rituale wie Verbände, die seine unverheilten Verletzungen sauber halten und die Blutungen stillen.

Ich kann mir zwar nicht alle von Malcolms Macken erklären, aber ich weiß, warum nie Pilze, warum Kerzen bei Vollmond und warum keine Nachrichten am Dienstag. Wir sind Freunde, seit ich zehn Jahre alt war. Damals war er noch nicht so, wie er jetzt ist. Seine liebenswerte Verrücktheit hat sich erst im Laufe der Jahre entwickelt. Malcolm ist weiß und ich bin schwarz. Wir sind zwar keine Blutsbrüder, aber wir stehen uns so nahe wie Brüder, die verbunden sind durch dieselben verheerenden Verluste, die sie erlitten haben. Ich respektiere seine Art, mit seinem anhaltenden Schmerz umzugehen, so seltsam sie auch sein mag, und ich werde ihm niemals die Bedeutung seiner Rituale erklären, denn das könnte ihm die Erleichterung verwehren, die sie ihm geben.

Beide haben wir an einem schrecklichen Tag jemanden verloren, den wir so sehr liebten wie das Leben selbst. Einige Jahre später, wieder am selben Tag, haben wir erneut einen geliebten Menschen verloren und danach noch einmal. Ich bin immer noch ein Optimist, aber

Malcolm ist es nicht. Manchmal mache ich mir Sorgen darüber, was mit ihm passieren könnte, wenn ich zuerst sterbe, weil ich vermute, dass seine exzentrischen Eigenheiten sich dann noch verstärken und er trotz seines Talents nicht mehr weiterarbeiten könnte. Die Arbeit ist seine Rettung, denn jedes Lied, das er spielt, spielt er für die, die er geliebt und verloren hat.

9

Da Woolworth noch mit den Aufräumarbeiten nach dem Küchenbrand beschäftigt war, musste meine Mutter nicht in die Mittagsschicht gehen. Sie wollte mich ins Gemeindezentrum begleiten, um zu hören, was ich auf dem Klavier gelernt hatte. Ich befürchtete, dass es für jemanden, der singen konnte wie Ella, nicht sonderlich beeindruckend sein würde. Sie hätten sie an diesem Tag sehen sollen. Meine Mutter kleidete sich, als ob es ein besonderer Anlass wäre, als ob sie mich in eine Konzerthalle begleitete, wo 2000 Menschen darauf warteten, mich spielen zu hören. Sie trug ein gelbes Kleid mit Faltenrock und schwarzen Paspeln an den Manschetten und am Kragen, einen schwarzen Gürtel und schwarze hochhackige Schuhe. Wir gingen eineinhalb Häuserblocks weit, und sie war so umwerfend, dass sich die Leute nach ihr umdrehten, Männer und Frauen gleichermaßen, als wäre eine Göttin auf die Erde gekommen, um diesen mageren Jungen aus irgendeinem erstaunlichen, unvorstellbaren Grund an einen besonderen Ort zu führen.

Mrs. O'Toole war da, ich stellte sie einander vor, und es stellte sich heraus, dass sie etwas gemeinsam hatten: Grandpa Teddy. Mary O'Toole sagte: »Mein erster Mann spielte ’41 Tenorsaxofon bei Shep Fields. In Sheps Band gab es eine Menge Saxofone – ein Bass, ein Bariton, sechs Tenöre und vier Alts. Teddy Bledsoe war für einen Teil des Jahres der Pianist, bevor er zu Goodman wechselte.« Mary sah mich mit einem ganz neuen Blick an, als sie erfuhr, dass ich der Enkel von Teddy Bledsoe war. »Gott segne dich, Kind, jetzt wird mir klar, warum du an den Tasten so schnell Fortschritte machst.«

Ich war im Unterricht rasch vorangekommen, aber was Mrs. O’Toole besonders begeisterte, war die Tatsache, dass ich in letzter Zeit den Punkt erreicht hatte, dass ich ein Musikstück hören, mich hinsetzen und es sofort nachspielen konnte, sofern die Reichweite meiner Arme und Finger es zuließ. Ich hatte ein fotografisches Gedächtnis für Musik, etwa so, als wenn ich einen Roman einmal lesen und ihn dann Wort für Wort wiedergeben könnte. Wenn ich allein an der Klaviatur saß, konnte ich so ziemlich alles spielen, unabhängig von Komplexität oder Tempo, zwar nicht so gut, wie Grandpa Teddy es gespielt hätte, aber doch so, dass man die Melodie erkannte. Ich musste die Bank für mich allein haben, denn ich hatte diese Po-Rutschtechnik entwickelt, bei der ich die Bank mit dem Hosenboden polierte und je nach Bedarf nach links, rechts, links, rutschte, um nicht mit den Ellbogen aneinanderzustoßen oder mein Greifmuster zu stören. Deshalb hatte ich für einen Jungen meines Alters und meiner Größe eine gute Reichweite.

Meine Mutter stand da und hörte mir beim Spielen zu, und ich wagte nicht, sie anzusehen. Ich wollte nicht, dass sie mir zuliebe so tat, als wäre ich besser, als ich wirklich war. Aber ich wollte ebenso wenig sehen, wie sie vielleicht versuchte, nicht das Gesicht zu verziehen. Das zweite Stück, das ich spielte, war eins ihrer Lieblingslieder, der alte Anita-O'Day-Hit *And Her Tears Flowed Like Wine.* Ich hatte erst drei Takte gespielt, als Mom anfing zu singen. O Mann. Die Akustik ist in einem Gemeindezentrum nicht gut, aber vielleicht hatten diese Texte damals, vor meiner Geburt, als O'Day noch mit Stan Kenton spielte und besser war als die Band, im Paramount Theater oder im Hotel Pennsylvania genauso geklungen.

Ich merkte, dass Leute in den Abigail-Louise-Thomas-Raum strömten, angezogen vom Gesang meiner Mutter. Ich war so stolz auf sie und schämte mich gleichzeitig, dass sie niemanden hatte, der sie besser begleiten konnte als ich. Wir näherten uns dem Ende des Songs, und sie war besser als großartig, ihre Stimme, ihre Phrasierung, und genau in diesem Moment sah ich Miss Pearl inmitten der kleinen Menge.

Sie trug dasselbe rosafarbene Outfit mit dem Federhut, das sie fast drei Monate zuvor getragen hatte, als sie mit mir auf der Treppe gesessen und mich Entlein genannt hatte. Sie winkte mir mit den Fingern zu und ich lächelte.

Ich konnte es kaum erwarten, Miss Pearl Mrs. O'Toole vorzustellen, damit diese sich bei unserer Wohltäterin für das Klavier bedanken konnte. Ich war der Ansicht, dass der blitzblanke Steinway schon zu lange dort gestanden hatte, um plötzlich wieder auseinandergenommen und in den Keller verfrachtet zu werden, ohne dass sich jemand daran erinnern würde, dass er restauriert oder ersetzt worden war. Das war die Befürchtung, die mich davon abgehalten hatte, Miss Pearl zu erwähnen, als ich das Klavier zum ersten Mal gesehen hatte, glänzend, schwarz und schön. So funktioniert das magische Denken eines achtjährigen Jungen: Wenn ein Wunder geschieht, kann es durch die Laune Gottes bald wieder rückgängig gemacht werden, aber wenn das nicht innerhalb eines Tages, einer Woche oder eines Monats geschieht, wird es zu etwas Dauerhaftem, und selbst Gott kann es einem nicht mehr wegnehmen.

Um ehrlich zu sein, bin ich heute immer noch davon überzeugt. Wenn die Welt vom Chaos heimgesucht wird – was der Fall ist – und es eine gütige Macht gibt, die will, dass die Welt überlebt, dann wird Stabilität gefördert und belohnt. Vielleicht nicht immer. Aber meistens.

Wir kamen also zum Ende von *And Her Tears Flowed Like Wine*, als ich dummerweise eine abschließende Verzierung hinzufügte, die nicht Teil der Nummer war. Glücklicherweise wussten die Mitarbeiter und Besucher des Gemeindezentrums, dass das Lied zu Ende war, als meine Mutter das letzte Wort sang, und sie applaudierten, was mich vor der Peinlichkeit bewahrte, dass sie den unnötigen Schnörkel hörten. Viele von denen, die hierherkamen, um Karten zu spielen und Kontakte zu pflegen, waren älter als Grandpa Teddy, und sie kannten die alten Lieder so gut, dass sie vielleicht mitgesungen hätten, hätten sie nicht Sylvia Bledsoe hören wollen. Sie riefen nach Zugaben. Ich sah Mom an und sie nickte.

Im Gemeindezentrum gab es einige alte Schallplatten, und erst ein paar Tage zuvor hatte ich *It All Begins And Ends With You* gehört, gesungen von Mildred Bailey, begleitet von der Red-Norvo-Band. Ohne zu fragen, ob meine Mutter das Lied kannte, stimmte ich es ungeschickt an, und sie sang so schön mit, dass ich mich viel besser anhörte, als ich war. Als ich bemerkte, dass einige der grauhaarigen Damen Tränen in den Augen hatten, verstand ich zum ersten Mal, warum Musik so wichtig ist, wie sie uns daran erinnert, wer wir sind und woher wir kommen, an all die guten Zeiten und auch an alles Traurige.

Als wir geendet hatten, wollten alle mit uns reden. Ich hatte nicht viel zu sagen außer »danke«, und sie hatten eigentlich mehr Interesse an Mom als an mir. Sie wollten wissen, wo sie auftrat. Als sie das Slinky's nannte, kannten viele dieses Lokal nicht, und diejenigen, die davon gehört hatten, schienen sie dafür zu bedauern.

Während sie sich um meine Mutter versammelten, machte ich mich auf die Suche nach Miss Pearl, aber ich konnte sie nirgends finden. Ich fragte mehrere Leute, ob sie eine große Frau in einem rosafarbenen Anzug mit einem Federhut gesehen hätten, aber niemand konnte sich an sie erinnern.

Vom Zentrum aus gingen meine Mutter und ich zum nächstgelegenen Park. Es war ihre Idee. Es war kein großer Park, nur ein paar Bäume, Bänke und eine Bronzestatue eines ehemaligen Bürgermeisters oder irgendeiner anderen Person, der es sicher peinlich gewesen wäre, dass ihr Bildnis in einer so heruntergekommenen Umgebung stand. Unter der Statue hatte sich einmal eine Tafel befunden, auf der stand, wer der Bronzemann gewesen war, aber irgendwelche Randalierer hatten sie vom Granitsockel geschnitten. Der Rasen hatte kahle Stellen, die Bäume waren nicht richtig beschnitten und die Mülleimer quollen über. Meine Mutter erinnerte sich, dass es einmal eine Verkaufsbude gegeben hatte, wo man Zeitungen, Snacks und Päckchen mit kleinen Crackern hatte kaufen können, die man den Tauben hinwerfen konnte. Aber die Bude gab es nicht mehr, und die Tauben, die noch da waren, hatten rote Augen und sahen irgendwie merkwürdig aus.

»Ach, was soll's«, rief sie. »Warum eigentlich nicht?«

»Warum eigentlich nicht was?«

»Warum machen wir uns nicht einfach einen schönen Tag? Nur wir beide, du und ich.«

»Und was machen wir?«

»Alles, was wir wollen. Aber zuerst brauchen wir einen besseren Park.«

Wir gingen zur Hauptstraße, blieben am Straßenrand stehen und hielten nach einem Taxi Ausschau. Sie winkte einigen zu. Schließlich hielt eines an und ein Mann namens Albert Solomon Gluck fuhr uns zu einem besseren Park, Riverside Commons. Damals gab es noch keine Plexiglasscheiben zwischen den Vorder- und Rücksitzen, weil sich noch niemand vorstellen konnte, dass Fahrgäste eine Gefahr für die Fahrer darstellen könnten. Mr. Gluck unterhielt uns mit Imitationen von Jackie Gleason, Fred Feuerstein und Ernest Borgnine, die damals alle Fernsehstars waren. Er sagte, er könne auch Lucille Ball nachmachen, aber er ließ sie genau wie Ernest Borgnine klingen, was mich wirklich zum Lachen brachte. Er wollte ins Showgeschäft und machte einen Witz nach dem anderen. Ich ließ meine Mutter seinen Namen aufschreiben, damit ich mich, wenn er einmal berühmt wäre, daran erinnern könnte, ihm begegnet zu sein. Jahre später hatte ich einen Grund, ihn ausfindig zu machen, und obwohl er nicht berühmt geworden war, werde ich weder unsere erste noch unsere zweite Begegnung je vergessen.

Am Riverside Commons fuhr er an den Bordstein, und bevor Mom ihn bezahlen konnte, rief er: »Warten Sie, warten Sie.« Er stieg aus dem Taxi, öffnete uns mit großer Geste die Tür und präsentierte uns den Park mit einer Handbewegung, als hätte er ihn nur für uns vorbereitet. Er war ein korpulenter Mann mit buschigen Brauen und einem gummiartigen Gesicht, wie geschaffen für komische Rollen. Alles an ihm wirkte erheiternd, bis auf die Tatsache, dass seine Fingernägel abgekaut waren, wie ich bemerkte.

Als wir auf dem Bürgersteig standen und Mom ihn bezahlte, nahm er den Fahrpreis an, weigerte sich aber, das Trinkgeld zu nehmen. »Manchmal ist die Qualität der Fahrgäste mein Trinkgeld. Aber hier ist was, das ich Ihnen und Ihrem Jungen schenken möchte.« Aus einer Tasche holte er einen Anhänger an einer Kette. Meine Mutter wollte ihn ablehnen, aber er drohte: »Wenn Sie ihn nicht nehmen, werde ich ›Hilfe, Polizei‹ schreien, bis die angerannt kommen. Dann erhebe ich die ungeheuerlichsten Anschuldigungen, und bis wir die Sache auf dem Polizeirevier geklärt haben, ist es zu spät für Ihren Ausflug in den Park.«

Sylvia lachte, schüttelte den Kopf und erwiderte: »Aber das kann ich doch nicht annehmen …«

»Der wurde mir vor sechs Monaten von einem weiblichen Fahrgast geschenkt. Sie sagte, sie wolle, dass ich es weiterverschenke. Ich fragte, an wen, und sie hat geantwortet, das würde ich schon wissen, wenn ich dieser Person begegne. Aber jetzt sind es zwei Personen, Sie und Ihr Junge. Das ist praktisch Glück an einer Kette. Es bringt Glück. Und wenn Sie ihn nicht nehmen, bedeutet das

Pech für mich. Entweder viel Glück für Sie oder viel Pech für mich. Wollen Sie etwa mein Leben ruinieren? Waren meine Witze so schrecklich? Haben Sie ein Herz, meine Dame, tun Sie mir den Gefallen, nehmen Sie ihn, nehmen Sie ihn, bevor ich die Ordnungshüter rufe.«

Er ließ sich nicht davon abbringen. Nachdem er weggefahren war, suchten wir uns eine Bank und setzten uns, um den Anhänger zu begutachten. Er war aus zwei zusammengeklebten Lucite-Stücken gefertigt und zu einem Herz geformt, das ungefähr die Größe eines Silberdollars hatte. Innerhalb des Herzens befand sich eine kleine weiße Feder. Sie musste dort hineingeklebt worden sein, aber es war so gut gelungen, dass die Feder flauschig aussah, als würde sie im Herzen flattern, wenn man auf das Lucite pustete. An einer kleinen silbernen Öse an der Herzspitze war die Silberkette befestigt.

»Das ist bestimmt wertvoll«, sagte ich.

»Nun ja, Schatz, es ist nichts von Tiffany. Aber hübsch, nicht wahr?«

»Warum hat er sie dir geschenkt?«

»Das weiß ich nicht genau. Er schien ein netter Mann zu sein.«

»Ich glaube, er mag dich.«

»Eigentlich, Jonah, glaube ich, dass er es mir nur gegeben hat, damit ich es dir gebe.«

Mit so etwas wie Ehrfurcht nahm ich den Anhänger, den sie mir hinhielt. »Glaubst du das wirklich?«

»Ich bin mir ganz sicher.«

Als ich die Kette festhielt und das baumelnde Herz sich hin und her drehen ließ, sah das polierte Lucite im Sonnenlicht beinahe flüssig aus, als ob die Feder in einem großen Wassertropfen schweben würde, der auf magische Weise mit der Öse verbunden war. Oder in einer Träne.

»Was glaubst du, von welchem Vogel die ist?«, fragte ich. »Von einer Taube?«

»Oh, ich denke, die ist von was anderem als einer Taube. Bestimmt von einem Singvogel mit einer besonders schönen Stimme, meinst du nicht auch? Das glaube ich jedenfalls.«

»Dann muss es wohl so sein. Aber was soll ich damit machen? Das ist ein Herz, das ist Mädchenschmuck.«

»Und mit Mädchenschmuck darf dich keiner sehen, was?«

»Ich werde schon gehänselt, weil ich dünn bin.«

»Du bist nicht dünn. Du bist schlank.« Sie stieß mich mit dem Ellbogen in die Seite. »Du bist schlank und ein begabter Musiker.«

Sie gab mir immer das Gefühl, mehr zu sein, besser zu sein, als ich selbst glaubte. Damals dachte ich, dass es jeder Mutter mühelos gelang, die Stimmung eines Kindes zu heben. Aber im Laufe der Jahre sah ich die Dinge klarer und wusste, wie glücklich ich mich schätzen konnte, dass Sylvia Bledsoe mich zur Welt gebracht hatte.

Als wir dort auf der Parkbank saßen, sagte ich: »Mr. Gluck sagt, es bringt Glück.«

»Das kann man immer gebrauchen.«

»Er hat nicht gesagt, dass man sich damit was wünschen kann.«

»Das ist leichtes Glück, Jonah. Aus leichtem Glück entsteht nie was Gutes. Such lieber das Glück, das du dir verdienen musst.«

»Vielleicht ist es in Ordnung, wenn ich ihn in meiner Tasche trage – du weißt schon, anstatt ihn mir umzuhängen.«

»Ich bin sicher, das ist es. Oder du bewahrst ihn in einer Nachttischschublade auf. Das Wichtigste ist, dass du ihn sicher aufbewahrst. Wenn dir jemand ein besonderes Geschenk macht, geh nie leichtsinnig damit um. Wenn du es wie einen Schatz behandelst, dann wird es auch einer sein.«

Als ich Jahre später erfuhr, wer dem Taxifahrer den Anhänger gegeben hatte und was er bedeutete, begriff ich, dass er tatsächlich ein Schatz war.

10

Mit dem Anhänger in meiner Tasche erschien mir der wolkenlose Sommerhimmel blauer als je zuvor. Es war ein warmer Tag und dieser Teil der Stadt sah sauberer aus als der, aus dem wir gekommen waren. Zur Mittagszeit verkürzten sich die Schatten der Bäume, und das Netz der Astschatten breitete sich gleichmäßig in alle Richtungen aus, wie von Spinnen gesponnen. Die Sonne beschien den großen Teich, und durch das flirrende Licht beobachteten wir Dutzende von fetten Kois, die dort vom Frühjahr bis zum Herbst schwammen, bevor sie in Innenaquarien untergebracht wurden. Mom kaufte eine Tüte mit Brotwürfeln für 25 Cent. Die Fische wagten sich mit wackelnden Flossen und beweglichen Mäulern bis zu uns heran und wir fütterten sie.

Ich empfand eine unerwartete Zärtlichkeit für diese Kois, weil sie so schön und bunt waren, wie fleischgewordene Musik. Meine Mutter zeigte mal auf diesen, mal auf jenen – wie rot, wie orange, wie gelb, wie golden –, und plötzlich konnte ich nicht mehr über sie sprechen, weil sich mir die Kehle zuschnürte. Ich wusste, wenn ich weiter über sie sprach, würde meine Stimme zittern und ich würde vielleicht sogar weinen. Ich fragte mich, was mit mir los war. Es waren doch nur Fische. Vielleicht verwandelte ich mich in einen Waschlappen, aber zumindest konnte ich ihnen das restliche Brot geben, ohne mich zu blamieren.

Fast ein halbes Jahrhundert später empfinde ich immer noch dieselbe Zärtlichkeit gegenüber fast allem, was schwimmt, fliegt und auf allen vieren geht, und es ist mir nicht peinlich. Die Schöpfung bewegt und erstaunt einen, wenn man es nur zulässt. Wenn ich mir vor Augen führe, wie unwahrscheinlich es ist, dass überhaupt irgendetwas auf dieser aus Staub und heißen Gasen zusammengesponnenen Welt lebt, dass Geschöpfe von schier unendlicher Vielfalt nachts zu den Sternen hinaufschauen, dann weiß ich, dass alles zerbrechlicher ist, als es scheint, und ich denke, vielleicht ist das Einzige, was die Erde am Leben erhält, unsere Liebe zu ihr.

Nach den Kois gingen wir an diesem Tag noch die Wege zwischen den Baumgruppen entlang, über den Picknickplatz und um das Baseballfeld herum. Es waren nicht so viele Leute da, wie ich erwartet hatte, wahrscheinlich weil es ein Arbeitstag war. Aber als wir anfingen, uns über das Mittagessen zu unterhalten, kamen zwei Jungen, vielleicht 16 oder 17 Jahre alt, hinter uns her, kamen dicht heran, wurden schneller, wenn wir schneller gingen, und langsamer, wenn wir es taten. Sie sprachen über Mädchen, mit denen sie am Abend zuvor ausgegangen waren, wie heiß diese seien, was sie mit ihnen gemacht hätten. Sie wollten, dass meine Mutter es hörte. Ich kannte nicht alle Worte, die sie benutzten, und verstand nicht alles, womit sie prahlten, aber ich begriff, dass sie gemein waren. Solche Dinge passierten damals nicht oft. Es kam einfach nicht vor. Man hätte es nicht toleriert. Damals hatten die Leute noch nicht so viel Angst. Ich warf den beiden Angebern ein paar böse Blicke zu. Meine Mutter sagte: »Nein, Jonah«, und ging weiter in Richtung des Kellogg-Parkway-Ausgangs. Aber die Angeber benutzten noch schmutzigere Ausdrücke und begannen, Bemerkungen über die Figur meiner Mutter zu machen.

Schließlich blieb sie stehen, drehte sich mit einer Hand in ihrer Handtasche zu ihnen um und sagte: »Haut ab.«

Einer von ihnen war ein weißer Junge, der andere ein Mulatte, ein Wort, das wir damals benutzten und das »halb schwarz, halb weiß« bedeutete. Sie grinsten frech und wollten ihr damit Angst einjagen.

Der Weiße hob die Augenbrauen. »Abhauen? Das ist ein öffentlicher Park, Süße. Ist doch so, oder, Bro?«

Sein Freund antwortete: »Klar ist der öffentlich. Mann, ihr Gesicht sieht ja noch besser aus als ihr Arsch.«

Meine Mutter hob ihre Handtasche, in der ihre Hand steckte, und fragte: »Habt ihr Lust zu sterben?«

Das Grinsen des Weißen wurde noch breiter und gemeiner. »Süße, in dieser Stadt gibt es kaum legale Waffen, also hast du da höchstens einen Tampon in der Tasche.«

Sie starrte ihn an, als wäre er eine Kakerlake – eine, die aufrecht stand und sprechen konnte, aber dennoch eine Kakerlake. »Hör mal, du kleiner Scheißer, seh ich aus wie irgendeine Lehrerin, die sich um das Gesetz schert? *Schau mich an.* Hältst du mich für ein Zimmermädchen oder eine Verkäuferin? Seh ich für dich wirklich so aus, du Arschloch? Ich hab hier eine saubere Knarre ohne Vorgeschichte. Ich mach euch beide kalt, werfe die Waffe weg, und wenn die Bullen kommen, sag ich ihnen, dass du sie gezogen hast, dass es ein Raubüberfall war und du sie fallen gelassen hast. Ich hab sie mir geschnappt, und weil ich dachte, dass du vielleicht noch eine hast, hab ich sie lieber benutzt. Also, du kannst abhauen oder wir ziehen das jetzt gleich durch. Mir ist's egal.«

Jetzt grinsten sie nicht mehr spöttisch. Sie sahen jetzt aus, als hätten sie Schmerzen, obwohl in ihren Blicken kalte Wut lag. Trotz des strahlenden Sonnenscheins und der Tatsache, dass andere Spaziergänger in Sichtweite waren, wusste ich nicht, wie es weitergehen würde. Aber größer als meine Angst war mein Staunen. Sylvias Auftritt war so überzeugend, dass sie fast den Eindruck erweckte, jemand anderes zu sein als meine Mutter, die nie Schimpfwörter benutzte und von der man genauso wenig erwartet hätte, dass sie eine Waffe trug, wie von mir, dass ich einen schwarzen Gürtel in Karate hatte.

Die beiden Widerlinge retteten ihren Stolz, indem sie sie beleidigten – »Schlampe«, »Dreckstück« und Schlimmeres. Aber sie zogen sich zurück und wandten sich ab. Wir beobachteten sie, bis wir sicher waren, dass sie nicht mehr zurückkommen würden.

Dann sagte meine Mutter: »Nur weil du gehört hast, wie ich ein paar Schimpfwörter benutzt habe, heißt das noch lange nicht, dass du so was auch sagen darfst.«

Ich war sprachlos, aber aus anderen Gründen als denen, die mich am Koi-Teich zum Schweigen gebracht hatten.

»Jonah? Hast du gehört?«

»Ja, Ma'am.«

»Dann wiederhol, was ich gesagt habe.«

»Ich soll keine Schimpfwörter benutzen.«

»Verstehst du, warum ich sie benutzt habe?«

»Du hast den Typen was vorgespielt.«

»Hab ich gut hingekriegt, was?«

»Du hast sie ganz schön an der Nase rumgeführt.«

Sie lächelte, nahm ihre Hand aus der Handtasche und schloss den Reißverschluss. »Wie wär's mit Mittagessen?«

»Könnte ich gut gebrauchen.«

In der Umgebung des Riverside Commons gab es schicke Häuser, aber wir mussten nur etwa zehn Minuten zu Fuß gehen, um einige Geschäfte und andere Läden zu erreichen.

Wir waren etwa einen Block weit gegangen, als ich sie fragte: »Was ist ein Tampon? Der Kerl sagte, du hast keine Waffe, sondern nur einen Tampon.«

»Ach, gar nichts. Nur eine Art Schwamm.«

»Du meinst so einen wie den auf der Küchenspüle?«

»Nicht genauso.«

»Wie die in der Autowaschanlage in der 7th Street?«

»Nein, nicht so groß.«

»Wie kam er darauf, dass du einen Schwamm in der Handtasche hast?«

»Nun ja, weil ich einen habe. Frauen haben immer einen dabei.«

»Warum hast du denn einen Schwamm in der Tasche?«

»Ich bin gern auf alles vorbereitet.«

»Vorbereitet auf was? Du meinst, wenn du mal was verschüttest?«

»Ja, genau.«

»Hast du ihn schon mal gebraucht?«

»Manchmal.«

»Du bist sehr ordentlich«, stellte ich fest. »Ich versuche auch, ordentlich zu sein.«

Wir kamen gerade an einer Bushaltestelle vorbei, und sie sagte, sie müsse sich auf die Bank setzen. Als sie dort saß, begann sie zu lachen, bis ihr die Tränen in die Augen stiegen.

Ich war neben ihr und schaute mich um, aber ich sah weit und breit nichts Lustiges. »Was ist denn so witzig?«

Sie schüttelte den Kopf, nahm ein Taschentuch aus der Handtasche und trocknete sich die Augen. Sie versuchte, das Lachen zu unterdrücken, aber es gelang ihr nicht. Schließlich erwiderte sie: »Ich hab nur gerade an diese beiden kriminellen Idioten gedacht.«

»Die waren nicht lustig, Mom. Die waren unheimlich.«

»Das waren sie«, stimmte sie zu. »Aber irgendwie auch albern. Vielleicht lache ich auch nur aus Erleichterung, weil keiner von uns verletzt wurde.«

»Mann, du hast ihnen ganz schön was vorgemacht.«

»Und du hast dabei die Ruhe bewahrt.«

Als sie damit fertig war, sich die Augen zu tupfen und die Nase zu putzen, warf sie das Kleenex in einen Abfalleimer neben der Bank.

Ich fragte: »Kannst du Idioten wie denen was vormachen, weil der Tamponschwamm wie eine Pistole geformt ist?«

Da fing sie wieder an zu lachen. Ich nahm an, dass es ein Kicheranfall war, bei dem einem etwas viel lustiger vorkommt, als es in Wirklichkeit ist, und dann beginnt man aus irgendeinem Grund, *alles* lustig zu finden, bis das Kichern schließlich aufhört wie ein Schluckauf.

Zwischen den Anfällen stieß sie hervor: »Schatz … Tampon ist kein … schlimmes Wort. Aber du … solltest es trotzdem nicht benutzen.«

»Ich soll es nicht sagen? Warum?«

»Das ist kein Wort, das … kleine Jungs … benutzen sollten.«

»Wie alt muss ich sein, um es zu benutzen?«

»25«, antwortete sie, und die Zahl brachte sie noch mehr zum Lachen.

»Okay, aber ist es immer noch in Ordnung, ›Schwamm‹ zu sagen?«

Und schon kicherte sie wieder.

Bald kamen ein paar Leute, die auf den Bus warteten. Wir standen auf, überließen ihnen die Bank und gingen weiter in Richtung der Geschäfte. Das Laufen schien meiner Mutter zu helfen und ich war froh darüber. Ich hatte mir Sorgen gemacht, dass die beiden Kriminellen wiederauftauchen könnten, denn ich war mir sicher, dass Mom nicht noch einmal in der Lage gewesen wäre, sie zu täuschen, wenn sie mit dem Kichern nicht aufhören konnte.

Wir konnten es uns nicht leisten, oft auswärts zu essen, und wenn wir es taten, gingen wir immer zur Imbisstheke von Woolworth, weil Sylvia dort als Angestellte einen Rabatt bekam. An diesem Tag gingen wir jedoch in ein richtiges Restaurant, von dem sie sagte, es sei französisch. Ich war erleichtert, als ich feststellte, dass dort Englisch gesprochen wurde. Im Lokal gab es eine Bar mit einem gewellten Baldachin und einem großen Spiegel an der Rückseite, einen schwarz-weißen Schachbrettboden, schwarze Tische und Stühle mit weißen Tischdecken sowie schwarze Sitzecken mit schwarzen Vinylpolstern und weißen Tüchern. Die Salz- und die Pfefferstreuer waren schwer und sahen aus, als wären sie aus Kristall. Ich hatte Angst, sie zu benutzen, denn wenn ich einen zerstörte, würde uns das wahrscheinlich ein Vermögen kosten.

Es gab ein paar Angebote für Kinder, darunter einen Cheeseburger, den ich natürlich mit Pommes und Coca-Cola bestellte. Meine Mutter nahm einen grünen Salat mit Hähnchenbruststreifen und ein Glas Chardonnay. Danach gab es etwas, das ich als besten Pudding der Weltgeschichte bezeichnete und das Mom Crème brulée nannte.

Während wir auf diesen Nachtisch warteten, beugte ich mich über den Tisch und flüsterte: »Können wir uns das leisten?«

Sie flüsterte: »Können wir nicht. Wir werden nicht bezahlen.«

Ich klammerte mich an die Tischkante und fragte: »Was werden sie mit uns machen, wenn sie's rausfinden?«

»Nicht wir zahlen, sondern dein Vater.«

Erschrocken fragte ich: »Er kommt doch nicht zurück?«

»Erinnerst du dich an das Mayonnaiseglas, in das er jeden Abend sein Kleingeld steckte? Als ich seine Sachen für ihn gepackt habe, habe ich das nicht mit eingepackt.«

»Vielleicht kommt er zurück und holt es.«

»Das wird er nicht«, erwiderte sie mit Überzeugung.

»Aber ist es nicht falsch, sein Geld zu nehmen?«

»Nein. Das ist seine Kaution.«

»Seine was?«

»Der Vermieter verlangt von dir eine Kaution in bar, wenn du einziehst. Wenn du die Wohnung beschädigst, bevor du ausziehst, hat er bereits das Geld, um den

Schaden zu beheben, und muss dir dafür nicht hinterherlaufen. Dein Vater hat seinen Anteil an der Miete nicht bezahlt, seit er wieder eingezogen ist, und er hat gestern Schaden angerichtet. Er hat wirklich einiges angerichtet. Deshalb habe ich sein Kleingeld als Kaution einbehalten, und jetzt spendiert er uns gerade ein schickes Abschiedsessen.«

Es sollten Jahre vergehen, bis ich wieder Crème brulée aß und herausfinden konnte, ob es wirklich der beste Pudding der Weltgeschichte war oder nur wegen der Umstände so gut geschmeckt hatte. Schließlich gab es nichts Schöneres, als ein teures Abschiedsessen von meinem Vater zu bekommen, ohne dass er dabei war, um es zu ruinieren.

Am Nachmittag sahen wir uns einen lustigen Film mit Peter Sellers an. Den Abend verbrachte ich bei Mr. und Mrs. Lorenzo, wo ich auf dem Sofa einschlief, wobei ich den Anhänger von Mr. Gluck fest in meiner rechten Hand hielt. Manchmal wachte ich halb auf und glaubte das leise Flattern der Feder zu spüren. Als meine Mutter nach Mitternacht nach einem vierstündigen Auftritt im Slinky's nach Hause kam, trug mich Mr. Lorenzo in unsere Wohnung hinauf. Ich war so schläfrig, dass Mom mich in meiner Unterwäsche ins Bett steckte, statt mich dazu zu bringen, einen Schlafanzug anzuziehen. Sie wollte den Anhänger sicher in einer Nachttischschublade verstauen, aber ich ließ ihn nicht los.

Ich träumte von einem großen weißen Vogel, so groß wie ein Flugzeug, auf dessen Rücken ich ritt, ohne Angst vor dem Abstürzen zu haben. Die Welt glitzerte unter mir, Wälder und Felder, Berge und Täler, Meere, auf denen Schiffe segelten, und dann die Stadt, unsere Stadt. Die

Menschen blickten nach oben, zeigten auf mich und winkten. Ich winkte zurück, und erst als der Vogel zu singen begann, merkte ich, dass er nicht mehr so groß wie ein Flugzeug und auch kein Vogel mehr war, sondern meine Mutter, ganz in fließende weiße Seide gekleidet, mit Flügeln, die schöner waren als die eines Schwans. Ich war auf ihrem Rücken sicher und konnte ihren Herzschlag spüren, ihr reines Herz, das so gleichmäßig und stark schlug.

11

Am folgenden Sonntag, dem zwölften Juni, fuhren Großvater und Großmutter in ihrem schwarzen Cadillac Series 62 Club Coupé von 1946 in die Stadt, den sie 19 Jahre zuvor gekauft hatten und den Großvater in einem neuwertigen Zustand gehalten hatte. Es war ein großes, aber schnittiges Auto mit riesigen, wie Patronen geformten Kotflügeln vorn und hinten und einem Fließheck. Cadillac hat danach nie wieder so ein cooles Auto gebaut, sondern immer mehr von denen, die aussahen, als ob sie Flossen hätten. Teddy und Anita nahmen uns mit zu sich nach Hause, wo es eine vorgezogene Geburtstagsfeier für mich gab, die mir noch lange in Erinnerung bleiben sollte.

Sie waren erstaunt über mein fotografisches Gedächtnis für Musik, das in mir erst heranreifte, seit ich bei Mrs. O'Toole Klavierspielen lernte. Auf seinem Klavier im Wohnzimmer spielte Grandpa Teddy eine Nummer, von der er sicher war, dass ich sie noch nie gehört hatte: *Deep In A Dream*, geschrieben von Will Hudson und Eddie DeLange, die in den 1930er-Jahren für einige Zeit eine gemeinsame Band gehabt hatten. Er spielte es hervorragend, und als er fertig war, spielte ich es mit meinen begrenzten Fähigkeiten und meiner geringeren Reichweite, aber obwohl ich den Unterschied zwischen uns hören konnte, war ich begeistert, ihm überhaupt folgen zu können. Er stellte mich mit ein paar anderen Stücken auf die Probe, und dann setzten wir uns zusammen, um zu spielen. Er übernahm die linke Hand und die Pedale, ich die rechte, was ein Trick war, aber einer, der funktionierte. Wir nahmen uns ein Stück vor, das ich schon oft gehört hatte, *Moonglow* von Hudson und DeLange, und wir machten keinen einzigen Fehler, weder beim Tempo noch bei den Akkorden oder der Melodie. Alles blieb sauber und geschmeidig bis zum Schluss.

Wir hätten noch stundenlang weitermachen können, aber ich glaube, ich habe mich zu sehr aufgespielt, und niemand wollte nachsichtig mit mir sein, wenn gesunder Stolz auf das Erreichte in Eitelkeit umschlug. Meine Großeltern hatten meiner Mutter beigebracht – und sie mir –, dass man alles, was man tut, gut machen sollte, aber nicht um des Lobes willen, sondern weil man der Beste sein wollte. Ich war jung und entdeckte gerade erst mein Talent. Ich war übermütig, stolz und wahrscheinlich unausstehlich.

Grandpa Teddy stand abrupt vom Klavier auf und sagte: »Genug. Heute ist mein freier Tag. Jonah und ich machen vor dem Mittagessen noch einen kleinen Spaziergang.«

Der Tag war warm, aber nicht erdrückend. Die Ahornbäume, die sich im Oktober scharlachrot färben würden, waren jetzt grün, und eine leichte Brise ließ die Blätter zittern, sodass auf dem Bürgersteig Licht- und Schattenmuster entstanden, die an die Kois im Riverside Commons erinnerten, dunkle Fische, die im sonnenbeschienenen Wasser schwammen.

Großvater Teddy überragte mich und hatte eine tiefe Stimme, die mich wie ein Streifenhörnchen klingen ließ. Er war so stattlich in seiner Haltung wie ein großer Ozeandampfer, während ich ein hüpfendes kleines Boot mit einem brummenden Außenbordmotor war, aber er gab mir immer das Gefühl, dass ich zu ihm gehörte, dass er nirgendwo anders lieber wäre. Wir unterhielten uns beim Spazierengehen über alles Mögliche, aber der Zweck dieses Spaziergangs war, dass Grandpa Teddy mir etwas über meinen Vater zu sagen hatte.

»Deine Mutter hat dir einen neuen Wohnungsschlüssel gegeben.«

»Ja, Sir. Hat sie.« Ich nahm ihn aus einer Hosentasche und ließ ihn baumeln. Das Sonnenlicht blinkte auf dem glänzenden Messing.

»Weißt du, warum die Schlösser ausgetauscht wurden?«

»Tilton.«

»Du solltest bei deinem Vater nicht den Vornamen benutzen. Sag: ›Mein Vater‹.«

»Aber es fühlt sich nicht so an.«

»Wie fühlt es sich nicht an?«

»Als ob er mein Vater wäre.«

»Aber das ist er, und du schuldest ihm Respekt.«

»Ich habe bei dir eher das Gefühl, dass du mein Vater bist.«

»Das ist lieb, Jonah. Und ich bin jeden Tag dankbar dafür, dass du in meinem Leben bist.«

»Ich auch. Ich meine, dass du mein Großvater bist.«

»Bei deinem Vater ist es nicht leicht, im Gleichgewicht

zu bleiben. Verstehst du, was ich mit Gleichgewicht meine?«

»Ja, Sir. Wie balancieren.«

»Es ist nicht leicht, das Verhältnis zu ihm auszubalancieren, aber du musst immer auf der Linie des Respekts bleiben, weil er dein Vater ist.«

Auf dem Weg kamen wir an Menschen vorbei, die auf ihrer Veranda saßen. Sie riefen alle nach Grandpa Teddy und er rief zurück und winkte. Manchmal hupten die Fahrer der vorbeifahrenden Autos oder die Fahrgäste riefen seinen Namen, und er winkte ihnen zu, und dann trafen wir ein paar Leute, die mit ihren Hunden spazieren gingen oder einfach nur frische Luft schnappten. Sie wollten mit ihm sprechen und er auch mit ihnen. Trotzdem kam er immer wieder auf das eigentliche Thema zurück.

»Man muss sich auf einer Linie des Respekts bewegen, Jonah, aber man muss auch behutsam sein. Was ich dir jetzt sagen werde, soll nicht dazu führen, dass du weniger von deinem Vater hältst. Ich würde mich schrecklich fühlen, wenn es so wäre. Aber ich würde mich noch schlechter fühlen, wenn ich es nicht ansprechen würde – und bereuen müsste, dass ich geschwiegen habe.«

Ich verstand, dass ich alles, was er mir mitteilte, genauso ernst nehmen musste wie alles, was ich in der Kirche hörte. So fühlte es sich an: als würde Großvater mir eine Predigt halten, nicht über die Bedeutung eines Psalms oder die Geschichte von Bethlehem, sondern über meinen Vater.

»Deine Mutter ist eine wunderbare Frau, Jonah.«

»Sie ist perfekt.«

»Das ist sie beinahe. Keiner von uns auf dieser Welt ist absolut perfekt, aber sie ist nur einen Hauch davon entfernt. Sie und ich, wir waren einmal meilenweit voneinander entfernt, was unsere Einschätzung deines Vaters angeht, aber jetzt sind es nur noch ein oder zwei Zentimeter. Aber es sind ein oder zwei wichtige Zentimeter.«

Er blieb stehen und schaute für einen langen Moment an einem Baum hinauf. Ich tat es ihm nach, aber ich konnte nicht erkennen, was ihn interessierte. Da oben war weder ein Eichhörnchen noch ein Vogel noch sonst etwas.

Als wir wieder weitergingen, sagte er: »Ich hoffe, ich drücke mich richtig aus. Deine Mutter schätzt deinen Vater so ein, dass er im Grunde ein guter Mann ist, der es gut meint und das Richtige tun will. Aber einige schlimme Dinge, die ihm als Kind widerfahren sind, haben ihm großen Schaden zugefügt, und er ist schwach. Was seine Schwäche angeht, bin ich ihrer Meinung. Ob das, von dem er behauptet, dass es ihm als Kind widerfahren ist, wirklich passiert ist, lässt sich nicht sagen. Aber selbst wenn es so wäre: Uns allen stoßen schlimme Dinge zu, und das bedeutet nicht, dass wir andere verletzen dürfen, nur weil wir selbst verletzt wurden. Hast du mich so weit verstanden?«

»Ja, Sir. Ich glaube, schon.«

»Dein Vater wird sich von deiner Mutter scheiden lassen.«

Ich hätte fast einen Freudentanz gemacht. »Gut. Das ist gut.«

»Nein, mein Junge. Eine Scheidung ist nie gut. Sie ist traurig. Manchmal mag sie notwendig sein, aber nie gut.«

»Wenn du das sagst.«

»Ja, sage ich. Und heutzutage geht es nicht mehr darum, wer es verschuldet hat. Wenn es keinen Grundbesitz zu teilen gibt – was nicht der Fall ist – und wenn er weder das Sorgerecht noch ein Besuchsrecht für dich verlangt – was er nicht tut –, dann muss deine Mutter nicht einmal zustimmen.«

»Sollte sie aber.«

»Es passiert, so oder so. Aber wenn Ehen in die Brüche gehen, werden manche Menschen verbittert und sehr wütend.«

»Nicht meine Mutter.«

»Nein, sie nicht. Aber manchmal werden Menschen so wütend, dass sie Dummheiten machen. Manchmal gibt es einen Gerichtsstreit um die Kinder, und einer der beiden versucht, den anderen zu bestrafen, indem er ihm die Kinder wegnimmt.«

Erschrocken hielt ich inne. »Aber du hast doch gesagt, dass er mich nicht will. Und wenn doch, kann er mich nicht haben. Ich werde nicht weggehen. Niemals.«

Großvater Teddy legte mir eine Hand auf die Schulter. »Mach dir keine Sorgen, mein Junge. Kein Richter in dieser Stadt würde dich einer Frau wie Sylvia wegnehmen und dich deinem Vater geben.«

»Wirklich? Bist du dir da sicher?«

»Bin ich. Und er *sagt* zwar, dass er keinen Anspruch auf dich erhebt, aber er ist jemand, der alles Mögliche sagt, ohne es ganz ernst zu meinen. Manchmal tun Menschen leichtsinnige Dinge, Jonah. Sie wollen es nicht dem Gericht überlassen und nehmen die Sache selbst in die Hand.«

»Das könnte er tun? Wie denn?«

Wir waren fast bis zur St. Stanislaus gegangen. Großvater sagte: »Ruhen wir uns da auf der Kirchentreppe ein bisschen aus.«

Wir setzten uns nebeneinander auf die Treppe. Er holte eine Packung Juicy-Fruit-Kaugummi aus einer Tasche und bot mir einen an, aber ich war zu ängstlich, um mich dafür zu interessieren. Vielleicht hatte er selbst ein wenig Angst, denn auch er verzichtete und steckte die Packung wieder ein.

»Nehmen wir an, du gehst eines Tages vom Gemeindezentrum nach Hause, und dein Vater hält mit einem Auto am Straßenrand und will dich irgendwohin bringen. Was solltest du dann tun?«

»Wo würde er mich denn hinbringen wollen?«

»Sagen wir mal, irgendwohin, wo du gern hinmöchtest, vielleicht ins Kino oder einen Milchshake trinken.«

»Er würde mit mir nirgendwohin fahren. Das hat er noch nie gemacht.«

»Nun ja, vielleicht will er die Sache mit dir wiedergutmachen, sich für Dinge entschuldigen, die er getan hat, indem er einen schönen Ausflug mit dir macht.«

»Würde er das tun? Das glaube ich nicht.«

»Vielleicht doch. Vielleicht hat er sogar ein Geschenk für dich, das eingepackt auf dem Beifahrersitz liegt. Du müsstest nur ins Auto steigen und es auspacken, während ihr zum Kino fahrt oder dahin, wo es Milchshakes gibt.«

Die Luft war warm und die Stufen waren von der Sonne aufgewärmt, aber dennoch wurde mir kalt. »Ich muss auf dieser Linie bleiben, von der du gesprochen hast. Ihm Respekt erweisen.«

»Und was solltest du tun?«

»Na ja … Ich müsste Mom fragen, ob es in Ordnung ist, wenn ich mitfahre.«

»Deine Mutter ist aber nicht da.«

»Dann müsste er später wiederkommen, nachdem ich mit ihr geredet habe. Aber selbst wenn Mom sagt, dass es in Ordnung ist, würde ich nicht mitgehen wollen.«

Drei Krähen landeten auf dem Bürgersteig. Sie hüpften umher, pickten nach den Reiskörnern, die von einer Hochzeit am Vortag stammten, und jede von ihnen musterte uns misstrauisch mit ihren glänzenden schwarzen Augen.

Wir beobachteten sie eine Weile. Dann fragte ich: »Würde Tilton … Würde mein Vater mir etwas tun?«

»Ich glaube, nicht, Jonah. Er hat eine Leere in sich, einen Hohlraum, wo keiner sein sollte, aber ich glaube nicht, dass er einem Kind etwas antun würde. Aber er könnte deine Mutter verletzen, indem er dich ihr wegnimmt.«

»Das werde ich nicht zulassen. Auf keinen Fall.«

»Deshalb wollte ich ja mit dir reden. Damit du es nicht zulässt.«

Ich dachte an die beiden rüpelhaften Kleinkriminellen im Riverside Commons ein paar Tage zuvor. »Man hat wohl nie seine Ruhe, was?«

»So ist das Leben. Irgendwas ist immer los, mehr Gutes als Schlechtes, aber interessant ist es immer, wenn man die Augen offen hält.«

Er bot mir wieder einen Kaugummi an. Ich nahm einen und er auch. Er nahm mir das Papier und die Folie ab, faltete sie mit seinem Papier und seiner Folie zusammen und steckte beides in seine Hemdtasche.

Nachdem wir eine oder zwei Minuten lang den Juicy-Fruit-Kaugummi gekaut und den Krähen beim Reispicken zugeschaut hatten, kam mir der Anhänger von Mr. Gluck in den Sinn.

Ich nahm ihn aus meiner Tasche und zeigte ihn Großvater.

»Das ist ja eine wunderbare Arbeit.« Er nahm den Anhänger, ließ ihn in der Sonne baumeln und fragte, woher ich ihn hätte. Als ich es ihm erzählte, sagte er: »Junge, das ist eine klassische Geschichte aus der Stadt. Hat wirklich das Zeug zum Klassiker. Damit hast du immer ein Gesprächsthema.«

»Was glaubst du, was das für eine Feder ist, Grandpa?«

Er bewegte die Kette vorsichtig zwischen seinen Fingern, sodass sich das Herz aus Lucite hin und her drehte. »Ich bin kein Experte für Federn, aber eins kann ich mit Sicherheit sagen.«

»Und was?«

»Das ist keine gewöhnliche Feder. Sie ist was Besonderes. Sonst hätte sich niemand die Mühe gemacht, sie in Lucite zu versiegeln und es zu einem Herz zu formen.« Er betrachtete den Anhänger einen Moment lang stirnrunzelnd, dann lächelte er. »Ich glaube, ich kann dir guten Gewissens sagen, dass das kein Juju ist.«

»Was ist denn Juju?«

»Eine Religion in Westafrika, voller Zaubersprüche und Flüche, mit vielen Göttern, guten und bösen. In der Karibik vermischen sie es mit ein paar katholischen Elementen und nennen es Voodoo.«

»Ich hab mal so einen alten Voodoo-Film im Fernsehen gesehen. Er hat mir Angst gemacht, also musste ich ihn ausschalten.«

»Du brauchst keine Angst zu haben. Nichts davon ist echt.«

»In dem Film gab es Voodoo nicht nur auf einer Insel, sondern mitten in der Stadt.«

»Mach dir keine Gedanken darüber, Jonah. Der Taxifahrer hat dir dieses Schmuckstück mit einer viel zu guten Absicht gegeben, als dass es was Dunkles und Gefährliches sein könnte. Was auch immer das für eine Feder sein mag, du kannst davon ausgehen, dass sie jemandem so wichtig war, dass er sie konservieren wollte. Du solltest sie gut aufbewahren.«

»Das werde ich, Großvater.«

Er gab mir den Anhänger zurück. »Ich weiß, dass du das wirst.«

Wir standen auf und die Krähen flogen krächzend davon. Wir gingen zurück zum Haus, wo es bald Mittagessen geben würde.

»Unsere kleine Unterhaltung über deinen Vater geht nur dich und mich was an, Jonah.«

»Klar. Wir wollen Mom nicht beunruhigen.«

»Du bist ein guter Junge.«

»Na ja, ich weiß nicht.«

»Aber ich weiß es. Und wenn du bescheiden bleibst und immer dran denkst, dass Talent ein Geschenk ist, das du dir nicht verdient hast, dann wirst du ein großartiger Klavierspieler werden. Wenn es das ist, was du sein willst.«

»Das ist *alles,* was ich sein will.«

Unter den Ahornbäumen erinnerten mich die schwarzweißen Muster aus Blattschatten und Sonnenlicht nun nicht mehr an schwimmende Fische in hellem Wasser. Sie sahen jetzt aus wie Klaviertasten, die nicht in der üblichen Reihenfolge angeordnet waren, sondern sich in verrückten

Winkeln kreuzten, schimmerten, die Luft zum Glitzern brachten und etwas erzeugten, das Malcolm *Teufelsaustreibungsmusik* nennt.

12

Als Malcolm 22 Jahre alt war, verlor er in seiner Trauer die Orientierung. Er begann, heimlich Drogen zu nehmen. Er zog sich immer mehr zurück und ging fort, ohne jemandem zu sagen, wohin er ging. Später erfuhr ich, dass er die Stadt verlassen hatte – ein Fehler für einen jungen Mann, der auf ihren Straßen so gut zurechtkam. Er hatte genug Geld für ein Jahr und mietete eine Hütte an einem See im Landesinneren.

Dort rauchte er Gras, nahm ein wenig Kokain, saß stundenlang auf der Veranda und starrte auf den See. Er trank auch Whiskey und Bier und aß hauptsächlich Junkfood. Er las Bücher über revolutionäre Politik und Selbstmord. Malcolm las auch Romane, aber nur solche, in denen es um Gewalt, Rache und existenzielle Verzweiflung ging. Manchmal war er selbst überrascht, wenn er sich lange genug aus seinem Stumpfsinn erheben konnte, um den Tag seiner Geburt und das Leben, das er führte, bitterlich zu verfluchen.

Eines Nachts wachte er nach ein Uhr morgens auf und wusste sofort, dass er im Schlaf gesprochen und wütend geflucht hatte. Einen Moment später merkte er, dass er nicht allein war. Ein schwacher, fauliger Geruch erfüllte ihn mit Abscheu, und er hörte die Dielen knarren, als sich etwas unruhig hin und her bewegte.

Er war halb betrunken eingeschlafen und hatte die Nachttischlampe bei schwachem Licht eingeschaltet gelassen.

Als er sich nun auf die Seite drehte und aufsetzte, sah er eine schattenhafte Gestalt auf der anderen Seite des Zimmers. Bis heute beschreibt er die Erscheinung nicht näher als durch die Feststellungen, dass sie gelbe Augen gehabt hatte, dass sie nicht natürlich und auch keine Halluzination gewesen war.

Obwohl Malcolm abergläubisch, auf eine charmante Art neurotisch und unbestreitbar exzentrisch ist, berichtet er von diesem Vorfall mit einer solchen Ernsthaftigkeit und Beunruhigung, dass ich nie an seiner Wahrheit gezweifelt habe. Und wenn ich es erzähle, wird es nie so erschreckend klingen wie bei ihm.

Jedenfalls wusste er, dass sein Besucher dämonisch war und dass er ihn durch die säuerliche Qualität seines Zorns und seine tiefe Verzweiflung angezogen hatte. Er erkannte, dass er sich in großer Gefahr befand, dass er vielleicht Schlimmeres als den Tod zu befürchten hatte. Er warf die Decke von sich und stieg in seiner Unterwäsche aus dem Bett. Ohne sich bewusst zu sein, was er tat, ging er zu einem Sessel in der Nähe und holte sein Saxofon, das er dort zurückgelassen hatte. Er sagt, seine Schwester habe zu ihm gesprochen, obwohl sie nicht bei ihm gewesen war – sie habe in seinen Gedanken gesprochen. An ihre genauen Worte kann er sich nicht mehr erinnern. Er weiß nur noch, dass sie ihn aufforderte, Lieder zu spielen, die das Herz erheben, und sie mit aller Leidenschaft zu spielen, die er aufbringen konnte – Musik, die die Luft zum Funkeln brachte.

Während der ungebetene Besucher ihn umkreiste, spielte Malcolm zwei Stunden lang, zunächst viel Doo Wop, dann aber auch viele Stücke, die lange vor der Zeit des Rock 'n' Roll geschrieben worden waren. Isham-Jones-Stücke wie *It Had to Be You* und *Swingin' Down The Lane.* Loessers und Carmichaels *Heart and Soul.* Watsons und Monroes *Racing With The Moon.* Marks' und Simons' *All of Me.* Glenn Millers *In The Mood.* Er sah die gelbäugige Präsenz nur indirekt an, weil er befürchtete, dass ein direkter Blick sie ermutigen würde. Nach einer Stunde Musik begann sie langsam zu verblassen. Am Ende der zweiten Stunde war sie verschwunden, aber Malcolm spielte weiter, spielte leidenschaftlich und bis zur Erschöpfung, bis seine Lippen wund waren und seine Kiefer schmerzten, bis er schweißüberströmt war, ihm ununterbrochen die Nase lief und seine Sicht durch Schweiß und Tränen getrübt war.

Teufelsaustreibungsmusik. Wenn sie nur bei meinem Vater – und bei denjenigen, mit denen er sich schließlich einließ – so gut funktioniert hätte wie bei diesem gelbäugigen Unhold in der Hütte am See!

13

Wir hörten die Sirene, aber in der Stadt hörte man ständig so etwas, wenn Polizeiautos hierhin und dorthin rasten und sich durch den Verkehr schlängelten. Jedes Jahr hörte man mehr Sirenen, sagte meine Mutter. Es war, als ob etwas mit dem Land schiefginge, obwohl sich doch so viele Dinge gebessert hatten. Das Schlimmste, was man tun kann, wenn man eine Sirene hört, ist nachzusehen, was es damit auf sich hat, denn schon im nächsten Moment kann man selbst in die Sache verwickelt werden.

Es war Montagabend, acht Tage nach dem Gespräch, das ich mit Grandpa Teddy geführt hatte. Meine Mutter arbeitete montagabends nicht und wir spielten gerade am Küchentisch Dame, als die Sirene irgendwo in unserem Viertel laut aufheulte und wieder verstummte. Wir spielten weiter und redeten über alles Mögliche, und ich weiß nicht, wie lange es dauerte, bis es an unserer Tür klopfte – vielleicht 20 Minuten. Da hatten wir die Sirene schon vergessen. Es gab eine Klingel, aber der Besucher klopfte so leise, dass wir es nicht gehört hätten, wenn unsere Wohnung nicht so klein gewesen wäre. Wir gingen ins Wohnzimmer und das Klopfen kam wieder, zögernd und zaghaft. Mom sah durch den Türspion und sagte: »Das ist Donata.«

Mrs. Lorenzo stand an der Türschwelle, hübsch wie Anna Maria Alberghetti und blass wie Weißbrot. Ihre Haare waren zerzaust und ihr Gesicht glänzte, obwohl der Abend für Ende Juni mild war. Ihr Körper war starr, ihre Hände zu Fäusten geballt und die Arme über den Brüsten verschränkt. Sie stand da, als wäre sie in dem Moment zu Stein geworden, als sie mit dem Klopfen aufgehört hatte. Ihr Gesicht, ihre Augen waren die einer verwirrten Frau, der irgendein Schock Bewusstsein und Verständnis geraubt hatte. »Ich weiß nicht, wo ich hin soll«, sagte sie unsicher.

»Was ist los, Donata, was ist passiert?«

»Ich weiß nicht, wohin ich gehen soll. Ich kann nirgends hin.«

Meine Mutter nahm sie am Arm und sagte: »Liebes, Sie sind ja eiskalt.« Was auf der Haut der Frau glänzte, war kalter Schweiß.

Mom zog sie in die Wohnung, und mit einer Stimme, die weniger von Trauer als von Fassungslosigkeit gefärbt war, sagte Mrs. Lorenzo: »Tony ist tot. Er ist vom Essen aufgestanden, bekam diesen schrecklichen Gesichtsausdruck und ist umgefallen, ist in der Küche tot umgefallen.« Als meine Mutter ihre Arme um Mrs. Lorenzo legte, ließ die Frau sich an sie sinken, aber ihre Stimme blieb wie zuvor. »Sie nehmen ihn jetzt mit, sagen sie. Sie bringen ihn zur Autopsie, ich weiß nicht, wohin. Er war erst 36, also müssen sie … Sie müssen … Sie müssen ihn aufschneiden und herausfinden, ob es ein Herzinfarkt oder was anderes war. Ich kann nirgendwo hin. Er war alles, was ich hatte, und ich weiß nicht, wo ich hingehen soll.«

Vielleicht hatte sie bis dahin nicht geweint, vielleicht hatten der Schock und das Entsetzen sie betäubt. Aber jetzt brachen die aufgestauten Tränen in heftigen Schluchzern aus ihr heraus, strömten hervor wie eine Flut. Die Trauer, die sie quälte, war von der plötzlichen, schrecklichen Erkenntnis geprägt, dass der Tod nicht nur einen großen Verlust bewirkte, sondern auch etwas Abscheuliches war. Die erbärmlichen Laute, die sie ausstieß, brachten mich zum Zittern und lösten in mir ein Gefühl absoluter Hilflosigkeit und Nutzlosigkeit aus, wie ich es noch nie verspürt hatte.

Wie immer kam meine Mutter mit der Situation zurecht. Sie brachte Mrs. Lorenzo in unsere Küche, ließ sie sich an den Tisch setzen und schob das Spielbrett zur Seite. Sie bestand darauf, dass Mrs. Lorenzo etwas Warmes zu trinken bekam, und machte sich daran, Tee zu kochen. Dabei bekundete sie ihr Mitgefühl, nicht auf eine falsche Art, sondern mit den richtigen Worten, die ich nie gefunden hätte, sowie mit ihren eigenen Tränen.

Mrs. Lorenzo war sanft und freundlich, und ich konnte es nicht ertragen, sie so leiden zu sehen. Ebenso wenig den

Gedanken, dass sie so jung zur Witwe wurde. Ich ging zu einem Wohnzimmerfenster, schaute hinaus und sah in der purpurnen Dämmerung den Krankenwagen noch immer am Bordstein stehen.

Ich musste heraus aus der Wohnung. Ich weiß nicht genau, warum, aber ich spürte, dass ich, wenn ich dort bliebe, auch anfangen würde zu weinen, und zwar nicht nur um Mrs. oder Mr. Lorenzo, sondern ausgerechnet um meinen Vater, weil er diese schreckliche Leere in sich trug, und auch um mich selbst, weil er mir nie ein richtiger Vater sein könnte. Grandma Anita war noch am Leben, und ich hatte noch nie jemanden gekannt, der gestorben war. Mr. Lorenzo war Kellner gewesen. Er war oft spät nach Hause gekommen und hatte mich manchmal in unsere Wohnung getragen, wenn ich eingeschlafen war und meine Mutter von der Arbeit im Club zurückkam. Jetzt war er tot. Ich war froh, dass mein Vater ausgezogen war, aber es war wie zwei Todesfälle kurz hintereinander: der Tod eines Nachbarn und der Tod meines Vater-Sohn-Traums. Ich hätte geleugnet, diesen Traum zu haben, aber mir wurde klar, dass ich mich bis vor Kurzem immer noch an ihn geklammert hatte. Ich rannte aus der Wohnung, lief die sechs Treppen hinunter in den Eingangsbereich, dann die Außentreppe hinunter bis auf den Bürgersteig.

Die Sanitäter waren gerade dabei, die Leiche in den Krankenwagen zu laden. Ein Laken bedeckte Mr. Lorenzo, vielleicht steckte er auch in einem Leichensack, aber ich konnte ihn nicht sehen, nur seine Umrisse. Auf der anderen Straßenseite hatte sich eine Menge aus 20 oder 30 Personen versammelt, wahrscheinlich Leute, die in den Wohnhäusern dort drüben wohnten. Sie sahen zu, wie

Mr. Lorenzo abtransportiert wurde. Ein paar Kinder waren auch da, in meinem Alter und jünger. Sie rannten umher, tanzten und alberten herum, als wären die blinkenden Lichter des Krankenwagens ein Festtagsfeuerwerk. Wenn der Tod die andere Straßenseite heimgesucht hätte, hätte ich vielleicht von hier aus mit anderen Kindern zugesehen und mich genauso albern aufgeführt. Vielleicht war der Abstand zwischen Horror und Feiertag nicht größer, als eine gewöhnliche Straße breit war.

Mit neun Jahren wusste ich natürlich über den Tod Bescheid, aber er war für mich nichts Vertrautes, sondern etwas, das da draußen in der Welt, in anderen Familien passierte und über das ich mir noch lange keine Gedanken machen musste. Aber jetzt gingen Menschen, die ich kannte, für immer von uns. Wenn zwei in nur zwei Wochen sterben konnten, war es auch möglich, dass in nur drei weiteren Wochen drei weitere starben – Großvater, Großmutter und meine Mutter. Dann würde ich wie Mrs. Lorenzo allein sein und nirgendwo mehr hingehören. Ich verfiel in eine verrückte, kindische Panik, aber sie erwuchs aus der unbestreitbaren Erkenntnis, wie zerbrechlich unser aller Leben ist.

Mir kam der Gedanke, dass ich etwas für Mr. Lorenzo tun sollte, dass Gott es sehen und gutheißen würde, wenn ich etwas für ihn tat, und mir niemanden wegnehmen würde, bis ich viel älter wäre. Ich glaube, wenn ich nicht so eine wahnsinnige Angst gehabt hätte, wäre ich vielleicht in die Kirche gegangen, hätte eine Kerze für ihn angezündet und ein paar Gebete gesprochen. Stattdessen beschloss ich, für ihn Klavier zu spielen, und stimmte eines seiner Lieblingslieder an, die er immer auf seiner Stereoanlage gehört hatte.

Das Gemeindezentrum blieb am Montag bis 22:30 Uhr geöffnet, weil an diesem Abend Bingo gespielt wurde. Als ein Sanitäter die hinteren Türen des Krankenwagens schloss und der andere den Motor anließ, wandte ich mich ab und machte mich auf den Weg zum Abigail-Louise-Thomas-Raum.

Vielleicht habe ich aus den Augenwinkeln gesehen, wie er sich parallel zu mir bewegte. Aber solange ich lebe, werde ich es dem Glück und dem Federanhänger in meiner Tasche zuschreiben, denn ich war emotional so aufgewühlt, dass es unwahrscheinlich ist, dass ich irgendetwas am Rand meines Sichtfelds wahrgenommen habe. Mein Vater muss in der Menschenmenge auf der anderen Straßenseite gewesen sein, denn jetzt kam er auf mich zu. Als er merkte, dass ich ihn gesehen hatte, rief er nicht nach mir und winkte auch nicht, was viel weniger unheimlich gewesen wäre. Stattdessen wurde er schneller, wenn ich es tat, und er begann zu rennen, wenn ich rannte.

Wenn ich es bis zum Gemeindezentrum schaffte, würde er mich vielleicht bis ins Gebäude verfolgen. Niemand dort wusste, dass meine Mutter ihn hinausgeworfen hatte oder dass die Scheidung bevorstand. Sylvia wusch ihre schmutzige Wäsche nicht in der Öffentlichkeit. Im Zentrum kannte man mich, aber ihn nicht, und wenn ich genug Aufsehen erregte, würde man sicher meine Mutter anrufen.

Aber dann sah ich, dass er beim Laufen in beide Richtungen blickte, den Verkehr beobachtete, nach einer Lücke Ausschau hielt und bereit war, bei der ersten Gelegenheit über alle drei Fahrspuren zu rennen. Das Zentrum war noch mehr als einen Block entfernt. Seine Beine waren länger als meine. Ich würde es nie bis dorthin schaffen, bevor er mich erwischte. Er würde mir nicht wehtun. Ich war sein Sohn. Großvater Teddy hatte gesagt, dass Tilton mir nichts antun würde. Vielleicht würde er mich schnappen und mitnehmen. Aber er würde mich nicht verletzen. Um mich zu entführen, brauchte er auf jeden Fall ein Auto. In der Stadt brauchte man nicht unbedingt eines, und Tilton hatte bisher keins besessen. Vielleicht hatte er jetzt einen Wagen, aber er hätte mich dorthin schleppen müssen, und ich hätte mich auf der ganzen Strecke gewehrt. Das wollte er sicher nicht. Vielleicht hatte er also doch vor, mir wehzutun.

An der Ecke, nach einem Drittel des Wegs zum Gemeindezentrum, bog ich links ab und lief in die Gasse hinter unserem Gebäude. Ich warf einen Blick über meine Schulter zurück und sah, wie Tilton die Straße überquerte und Autos auswich, während die Fahrer hupten und Bremsen quietschten. Er hatte einen wilden Blick. Ich würde es nicht schaffen, in die Seitenstraße und einen halben Block bis zum Hintereingang unseres Gebäudes zu rennen, ohne von ihm eingeholt zu werden.

Das Licht der Dämmerung fiel schräg auf die Straßen, glühte feurig in den Fenstern und an den Wänden der Mietshäuser. Violette Schatten wuchsen, aber in der schmalen Gasse war bereits die Nacht angebrochen. Nicht alle Gebäude hatten Hintereingänge. Einige hatten serpentinenförmige Feuerleitern, und wo es einen Hintereingang gab, waren die Sicherheitslampen über den Türen oft beschädigt. Auf beiden Seiten ragten Müllcontainer in die Höhe, klobige Gestalten in der Düsternis. Manche Deckel waren oben, manche unten, manche auf halbem Weg stecken geblieben. Ich kletterte an der Seite eines Containers hoch, dessen Deckel offen stand, ließ mich hineinfallen und landete auf glitschigen Haufen von Plastikmüllsäcken. Es stank nach verfaulendem Gemüse und Gott weiß, was noch.

Ich kniete mich hin, drückte mich mit dem Rücken an die Metallwand und versuchte, still zu sein. Nicht wegen des Gestanks, sondern um das Geräusch meines Atems zu dämpfen, hielt ich mir beide Hände über Nase und Mund. Seine Schuhe klatschten laut auf dem Asphalt und dem Stein, wo der Straßenbelag abgetragen war. Als er an mir vorbeikam, keuchte er lauter als ich. Er kam ungefähr dort zum Stehen, wo ich den Hintereingang unseres Gebäudes vermutete. Ich hörte, wie er frustriert vor sich hin murmelte und leise Geräusche ausstieß, die ich nicht deuten konnte.

Ich begann mich zu fragen, ob meine Flucht vor ihm die richtige Entscheidung gewesen war. Immerhin war er mein Vater, wenn er auch kein guter Vater war. Vielleicht hatte ich seine Stimmung falsch eingeschätzt und mich geirrt, was seine Absichten betraf.

Als er anfing zu fluchen und mein Name dabei vorkam, hörte ich auf, mir Sorgen darüber zu machen, ihn vielleicht falsch eingeschätzt zu haben. Er rüttelte an der Türklinke und trat kräftig gegen die Tür. Ich begriff nicht, was ihn aufhielt. Der Hausverwalter hatte das Schloss unserer Wohnung ausgetauscht, aber Tilton besaß noch den anderen Schlüssel, den zur Tür an der Hintertreppe, die im Gegensatz zum Vordereingang immer verschlossen war. Er wurde zunehmend unruhig, fluchte lautstark, und als er wiederholt gegen einen Müllcontainer trat – nicht meinen, sondern einen in der Nähe –, kam ich zu dem Schluss, dass er getrunken hatte. Der große Behälter erzeugte einen hohlen, trommelartigen Laut, der in der Gasse widerhallte – *bumm, bumm, bumm.* Ein Mann rief aus einem Fenster weiter oben: »Ruhe da unten!« Tilton schrie zurück, beschimpfte ihn. »Ich komm runter, du Dreckskerl!«, rief der Mann und schien es ernst zu meinen. Mein Vater hastete davon, aber niemand kam nach unten, um nach ihm Ausschau zu halten. In der Gasse herrschte wieder relative Stille, die nur durch die gedämpften Geräusche des Verkehrs auf der Hauptstraße und durch Musik und Stimmen aus einem Fernseher gestört wurde, die aus einem offenen Fenster drangen.

Misstrauisch wartete ich noch ein paar Minuten ab. Aber ich konnte nicht die ganze Nacht in der Mülltonne verbringen, also kletterte ich schließlich hinaus. Ich rechnete halb damit, dass eine schattenhafte Gestalt aus ihrer Deckung hervorbrechen und sich auf mich stürzen würde. Aber in der Gasse gab es nur Ratten, nichts weiter.

Die durch einen Drahtkäfig geschützte Lampe über der Hintertür unseres Hauses war nicht zerbrochen, und in ihrem Licht sah ich den verbogenen Schlüssel aus dem Riegelschloss ragen. In seinem Eifer, mich zu erwischen, bevor ich in die Wohnung zurückkehrte, hatte mein Vater offenbar den falschen Schlüssel benutzt. Als dieser sich nicht drehen ließ, hatte er es mit Gewalt versucht und ihn dabei fast abgebrochen. Ich rüttelte am Schlüssel und versuchte, ihn aus dem Schlüsselloch zu ziehen. Er war nicht nur am Kopf, sondern auch entlang des Schafts verbogen und seine Zacken waren in den Stiften des Schließzylinders verkeilt. Der Hausmeister würde das Schloss am Morgen auseinandernehmen müssen, um das Problem zu beheben. Bis dahin konnte ich nur durch den Vordereingang in das Gebäude zurückkehren.

Die Dämmerung war bereits kastanienbraun, aber die Straßenlaternen waren noch nicht eingeschaltet. Schatten erfüllten die Türöffnungen. Das Scheinwerferlicht der vorbeifahrenden Fahrzeuge flackerte auf den geparkten Autos, enthüllte düstere Gestalten in ihrem Inneren oder beschwor sie herauf – es war unmöglich festzustellen, welches von beidem. Ich rechnete damit, dass mein Vater eine Autotür aufreißen und mir nachlaufen oder zwischen den Wagen aufspringen würde, aber ich schaffte es bis zu unserem Haus und stürmte die Treppe hinauf in den Eingangsbereich, wo ich fast mit Mr. Yoshioka zusammenstieß.

Er sagte: »Ist es wahr, ist der arme Mann tot? Das kann nicht wahr sein. Er war doch noch so jung.«

Einen Moment lang dachte ich, dass er meinen Vater meinte, aber dann erinnerte ich mich und versicherte ihm, dass Mr. Lorenzo gestorben war.

»Das tut mir so außerordentlich leid. Er war ein netter Mann. Ich danke dir vielmals.«

Ich erwiderte: »Bitte«, obwohl ich nicht wusste, wofür er sich bei mir bedankte. Dann stieg ich die sechs Treppen hinauf in den dritten Stock. Ich traute mich nicht zu rennen, weil mein Vater vielleicht an irgendeiner Ecke auf mich wartete, aber ich ging auch nicht langsam, denn schließlich war es möglich, dass er plötzlich hinter mir auf der Treppe auftauchen würde.

14

Als ich die Wohnung betreten, die Tür geschlossen und beide Riegel vorgeschoben hatte, war ich noch keine zehn Minuten weg gewesen. Mrs. Lorenzo saß immer noch mit meiner Mutter am Küchentisch, und sie weinte immer noch, auch wenn sie nicht mehr so heftig schluchzte wie zuvor. Keine von ihnen hatte gemerkt, dass ich gegangen war.

An einem der Wohnzimmerfenster blickte ich auf die belebte Straße hinunter, während das Licht im Milchglas der Straßenlaternen erblühte und sie wie aufgereihte Miniaturmonde in der frühen Dunkelheit zu schweben schienen. Jeder Fußgänger interessierte mich, jeder Fahrer jedes Fahrzeugs, und obwohl sich keiner von ihnen als mein Vater herausstellte, wurde mir der Wachdienst nicht langweilig. Wenn er ein Mal zurückgekommen war, würde er es wieder tun. Es war, als ob in seinem hohlen Inneren ein böser Talisman klirrte, ein Glücksgroschen mit zwei Kopfseiten, beide mit meinem Gesicht darauf, der ihn bei jedem Klirren und jeder Drehung an mich erinnerte und daran, wie sehr es meine Mutter erschüttern würde, wenn sie mich verlor.

Nach einer Weile kam meine Mutter zu mir, legte mir die Hand auf die Schulter und fragte: »Alles in Ordnung, Jonah?«

Es schien nicht der beste Zeitpunkt zu sein, um ihr von Tilton zu erzählen. Mrs. Lorenzo brauchte sie.

»Ja, mir geht's gut. Aber es ist furchtbar. Wie geht's Mrs. Lorenzo?«

»Nicht gut. Tony war ein Einwanderer. Er hat keine Verwandten in Amerika. Donatas Vater starb, als sie noch klein war. Sie hat keine Geschwister, und ich nehme an, ihre Mutter ist … nun ja, schwierig. Sie kann nirgendwo anders hin als zurück in ihre Wohnung, und das würde sie im Moment nicht ertragen. Vielleicht morgen. Ich habe sie gebeten, heute Nacht bei uns zu bleiben. Sie kann dein Bett haben und du kannst in meinem schlafen.«

Ich blickte auf die Straße, dann auf das Sofa. Ich zeigte darauf. »Kann ich auch dort schlafen?«

»Das Bett wäre aber bequemer.«

»Na ja, aber bei den Eltern zu schlafen, oder bei einem Elternteil, das ist doch was für Angsthasen, für kleine Kinder.«

»Seit wann denn das?«

Ich zuckte mit den Achseln. »Weiß nicht. Seit einer Weile, ein paar Wochen vielleicht. Ich meine, ich bin *neun.*«

Manchmal schien es, als könnte sie direkt in meinen Kopf schauen und meine Gedanken lesen, als wäre meine Stirn aus Glas und mein Gehirn eine fein säuberlich bedruckte Schriftrolle. »Bist du sicher, dass es dir gut geht, Schatz?«

Sie hat mich nie angelogen, aber ich konnte ihr nicht immer das Wasser reichen, wenn es darum ging, die Wahrheit zu sagen, obwohl das, was ich sagte, keine richtige Lüge war. Ich hatte nur vor, ihr die Wahrheit noch ein paar Stunden lang vorzuenthalten, bis Mrs. Lorenzo am Morgen den Mut aufbrachte, in ihre Wohnung hinunterzugehen.

»Weißt du, das Sofa ist … cool. Kein Kinderkram.« Es klang wenig überzeugend, und ich spürte, wie mir das Blut in den Kopf stieg. Aber dunkle Haut hat den Vorteil, dass man seine Gefühle nicht durch Erröten verraten kann, nicht einmal dann, wenn man eine möglicherweise hellseherisch begabte Mutter hatte. »Das Sofa hat was Abenteuerliches. Verstehst du? Das Sofa ist cooler.«

»Na gut, Mr. Jonah Kirk. Du darfst auf dem Sofa schlafen, und ich werde die ganze Nacht wach liegen und mir Sorgen darüber machen, dass du vielleicht bald Auto fahren, mit erwachsenen Frauen ausgehen und in den Krieg ziehen willst.«

Ich umarmte sie. »Ich werde nie weggehen.«

»Geh du dein Bett abziehen und zieh saubere Laken für Donata auf. Ich muss schnell nach unten und ihren Schlafanzug und ein paar andere Sachen holen, die sie braucht. Sie erträgt den Gedanken nicht, dorthin zurückzugehen, selbst wenn ich bei ihr bin.«

Hier an der Vorderseite des Gebäudes hatten sie den Lärm in der Gasse nicht gehört, als Tilton gegen den Müllcontainer getreten und geflucht hatte.

»Du solltest da nicht allein hingehen.« Als sie mir einen irritierten Blick zuwarf, fügte ich hinzu: »Ich meine, nicht so spät am Abend.«

»Spät? Es ist erst 20 nach neun, und es ist gleich da unten. Wenn ich heute Abend arbeiten müsste, würde ich *Stunden* später heimkommen, Schatz, und ich hätte nur meine vorgetäuschte Pistole in der Handtasche.«

»Aber Mr. Lorenzo ist doch da unten *gestorben.*«

Obwohl wir leise sprachen, blickte sie in Richtung Küche und senkte die Stimme noch mehr. »Er ist nicht an einer Krankheit oder so was gestorben, Jonah. Und in unserer Familie glauben wir, dass es diesseits des Himmels nur einen Geist gibt, und zwar den Heiligen Geist.«

Da ich mir fest vorgenommen hatte, die Nachricht von

der Rückkehr meines Vaters so lange zurückzuhalten, bis Mrs. Lorenzo nach Hause gehen konnte, hielt ich es für das einzig Vernünftige, diesen Kurs beizubehalten. Ich wollte die Situation nicht noch dadurch verkomplizieren, dass ich meine Ängste bei meiner Mutter ablud, die Mrs. Lorenzo noch dabei helfen musste, den Schock zu verarbeiten, plötzlich zur Witwe geworden zu sein. Damals kam mir das sinnvoll vor. Wenn man neun Jahre alt ist, kommen einem viele Dinge sinnvoll vor, die einem Jahre später sinnlos erscheinen. Zu meiner Verteidigung kann ich nur sagen, dass ich in diesem ereignisreichen Sommer 1966 zum ersten Mal begann, mir Gedanken darüber zu machen, wie man sich als Mann verhielt. Zweifellos geschah dies aus der Angst heraus, dass ich, wenn ich mich nicht im Griff hätte, wie mein Vater enden könnte: als ewiger Heranwachsender.

»Geh jetzt die Laken wechseln«, wies Mom mich an. »Ich bin in ein paar Minuten zurück.«

Sie ließ die Haustür einen Spalt offen. Ich rannte hin und hörte zu, wie sie die Treppe hinunterging. Als sie den ersten Treppenabsatz überquerte, schob ich vorsichtig die Tür zu und schloss sie ab für den Fall, dass Tilton da draußen war. Ich wollte verhindern, dass er hinter meinem Rücken hereinkommen konnte. Dann eilte ich in mein Zimmer, riss die Laken vom Bett und trug sie zum Garderobenschrank, wo der Wäschekorb stand. Ich schnappte mir die Ersatzlaken und rannte zurück, um das Bett zu machen. Danach kehrte ich zur Haustür zurück, stellte mich auf die Zehenspitzen und schaffte es knapp, durch den Türspion zu schauen – es war niemand da. Ich öffnete die Tür, stellte mich auf die Schwelle und wartete auf meine Mutter.

Sie schien ewig zu brauchen. Ich glaubte nicht, dass es in der Wohnung der Lorenzos einen Geist gab. Und man hatte die Leiche weggebracht, also konnte sie nicht zum Zombie werden wie in dem Fernsehfilm über Voodoo in der Stadt, den ich hatte abschalten müssen. Aber die verwirrte und trauernde Mrs. Lorenzo hatte vielleicht ihre Tür nicht abgeschlossen, vielleicht war mein Vater aus Gott weiß welchem Grund dort hineingegangen und meine Mutter war ihm begegnet. Der Rest wäre ein absoluter Horrorfilm.

Vielleicht wäre es das Männlichste gewesen, ein Fleischermesser aus der Küche zu holen und in den ersten Stock zu gehen, um nach meiner Mutter zu sehen. Aber ich wusste nicht, was ich zu Mrs. Lorenzo sagen sollte, die wieder in der Küche weinte, wenn ich dort hineinplatzte und das Fleischermesser aus der Schublade holte. Sie würde vielleicht glauben, ich wäre übergeschnappt und wollte sie umbringen. Das wäre ein Schock zu viel für sie. Sie würde einen Schlaganfall erleiden und man würde mich ins Gefängnis oder in die Irrenanstalt stecken, oder wohin auch immer man verrückte, gefährliche Jungen brachte.

Ich hörte Schritte die Treppe heraufkommen. Es schienen die Schritte einer einzelnen Person zu sein, der niemand eine Pistole an den Kopf oder ein Messer an die Kehle hielt. Ich ging hinein, schob die Tür fast ganz zu, wie meine Mutter es getan hatte, und eilte zum Fenster.

Als Mom durch die Tür kam, hatte sie einen kleinen Reisekoffer dabei, in den sie Mrs. Lorenzos Sachen gepackt hatte. Sie schloss die Tür und schob beide Riegel vor. »Zieh dir deinen Schlafanzug an und putz dir die Zähne, Schatz. Es ist schon spät.«

»Okay, Mom.«

»Du wirst eine Decke für das Sofa brauchen.«

»Es ist warm genug.«

»Um die Polster zu schonen.«

»O ja. Schon kapiert.«

Ein paar Minuten später lag ich in meinem Schlafanzug auf einer Decke auf dem Sofa, mit einem der Kissen aus dem Bett meiner Mutter. Wir ließen die Fenster an der Vorderseite offen, weil wir keine Klimaanlage hatten, und von der Straße drang Verkehrslärm herauf. Ich hörte, wie sich meine Mutter und Mrs. Lorenzo in der Küche unterhielten, aber ich konnte nicht genug Worte aufschnappen, um zu verstehen, was sie sagten. Sie brauchten lange, länger als ich erwartet hatte, und ich machte mir Sorgen, weil ich die Straße nicht im Auge behalten konnte. Später erfuhr ich, dass Mom Mrs. Lorenzo ein paar Benadryl verabreicht und dann darauf bestanden hatte, dass jede von ihnen ein großes Glas Rotwein trank, was für eine italienische Dame wie die Witwe wohl genau das Richtige zu sein schien. Als sie schließlich die Küche verließen, tat ich so, als würde ich schlafen, und hielt diese Verstellung durch, während sie das Bad benutzten und sich bettfertig machten. Als meine Mutter zum Sofa kam, mir flüsternd eine gute Nacht wünschte und mich auf die Wange küsste, lag ich mit offenem Mund da, atmete durch ihn und gab leise Schnarchgeräusche von mir. Bevor sie sich abwandte, das Licht ausschaltete und in ihr Schlafzimmer ging, sagte sie »Mein Engel«, was mir das Gefühl gab, niederträchtig und hinterlistig zu sein. Ich fühlte mich ganz wie der Sohn von Tilton Kirk, obwohl ich wusste, dass meine Beweggründe gut waren und ich das Herz am rechten Fleck hatte.

Während ich im Dunkeln lag und die Lichter der Stadt den vertrauten Gegenständen im Wohnzimmer ein gespenstisches Aussehen verliehen, wartete ich, bis ich glaubte, dass Mom und die Witwe schliefen. Dann stand ich auf und tastete mich zu einem der Fenster. Der Verkehrsfluss hatte nachgelassen und es waren auch weniger Fußgänger unterwegs. Meinen Vater sah ich nicht, aber je länger ich am Fenster kniete und die Arme auf der Fensterbank verschränkte, desto verdächtiger kam mir *jede* einzelne Person vor, die vorbeiging oder vorbeifuhr. Mehr als verdächtig. Es gab noch einen anderen alten Film, den ich mir zu etwa zwei Dritteln angesehen und dann ausgeschaltet hatte. Statt Zombies waren die Bösewichte darin Pflanzenmenschen von einer anderen Welt gewesen, die echte Menschen dupliziert und ihren Platz eingenommen hatten. Man konnte sie nicht von den Menschen unterscheiden, die sie imitierten – abgesehen davon, dass sie keine echten Gefühle hatten.

15

Schließlich kehrte ich auf das Sofa zurück, zu erschöpft, um die ganze Nacht Wache zu halten. Ich fiel in einen tiefen Schlaf, bis ich nach einer Weile von einem stockdunklen Ort träumte. Überall um mich herum rauschte Wasser, als würde ich mich bei Regen auf einem Boot befinden, das auf einem Fluss schwamm.

Ich lag in der Embryonalhaltung auf der linken Seite auf einer unbequemen Unterlage und hielt etwas so fest in meiner rechten Faust, dass mir die Finger schmerzten. Eine große Angst überkam mich, aber wovor, konnte ich nicht sagen. Es war ein blinder Schrecken in der blinden Dunkelheit des Traums, und mein Herz pochte so laut wie ein Filzschlägel, der auf eine Pauke traf, Schlag um Schlag, so schnell, dass die Schläge beinahe miteinander verschmolzen. Der Gegenstand in meiner Hand war eine Stiftlampe.

Später wurde mir klar, dass ich in keinem der vorangegangenen Träume jemals einen Duft oder einen Geschmack wahrgenommen hatte, aber in diesem Traum schmeckte ich Blut. Meine Unterlippe war geschwollen und pochte. Wenn ich daran leckte, brannte sie an der Stelle, an der sie aufgeplatzt war.

Ich hielt eine Stiftlampe in der Hand, ohne zu wissen, warum, denn im wirklichen Leben hatte ich nie eine besessen. Während ich noch immer auf der Seite lag, schrie ich erschrocken auf, als der Lichtstrahl ein Gesicht direkt vor meinem enthüllte, weniger als einen Meter entfernt. Es war ein Mädchen, vielleicht Anfang 20. Dunkles, regennasses Haar klebte ihr im Gesicht und ihre Augen quollen aus den Höhlen hervor. Sie war mit einer Männerkrawatte erwürgt worden, die immer noch um ihren Hals hing.

Ich schreckte aus der Dunkelheit des Traums hoch und fand mich in der geringeren Dunkelheit unseres Wohnzimmers wieder, stand vom Sofa auf, blieb einen Moment lang atemlos und holte dann keuchend Luft. Ich erschauerte und hob die Hand zum Mund in der Erwartung, dass meine Unterlippe aufgesprungen wäre und bluten würde, aber das war nicht der Fall. Weil meine Beine schwach waren, setzte ich mich sofort wieder hin. Ich war froh, dass ich nicht im Schlaf geschrien und weder meine Mutter noch die Witwe Lorenzo aufgeweckt hatte.

Vor meinem geistigen Auge sah ich das tote Mädchen immer noch so deutlich, wie ich es im Schlaf gesehen hatte. Wie in dem Traum über Lucas Drackman ein paar Monate zuvor war sie kein halb eingebildetes Phantom, sondern so lebendig und detailliert wie ein Porträt von Norman Rockwell. Nasses Haar, dicht und glitzernd vom Regen. Blaue Augen, die ins Violette übergingen, die Pupillen im Tod geweitet. Zarte Gesichtszüge, eine Stupsnase, geformt wie bei den feinsten Porzellanfiguren. Ein üppiger Mund. Glatte, cremefarbene Haut, unberührt bis auf einen kleinen Schönheitsfleck am höchsten Punkt des linken Wangenknochens.

Als ich aus dem Traum von Lucas Drackman erwacht war, hatte ich gewusst, dass er seine Eltern ermordet hatte, dass das, was ich gesehen hatte, keine Prophezeiung war, sondern eine vollendete Tatsache. In diesem Fall vermutete ich hingegen, dass ich im Schlaf eine prophetische Vision erhalten hatte, die mir sagte, dass der Tag kommen würde, an dem ich mich in Gegenwart einer Leiche in der Dunkelheit wiederfinden würde, umgeben von rauschendem Wasser.

Als ich dort auf der Sofakante saß, nahm ich den schwachen Duft von Rosen wahr und stand auf. Ich drehte mich um und sah die Silhouette einer Frau an einem der vorderen Fenster, angestrahlt vom nächtlichen Licht der Stadt. Sie war zu groß, um Mrs. Lorenzo oder meine Mutter zu sein. Leise sagte sie: »Fiona Cassidy«, und ich wusste, dass sie mir gerade den Namen des toten Mädchens aus meinem Traum genannt hatte.

Sie entfernte sich vom Fenster und verschwand im Schatten. Als ich die Lampe neben dem Sofa einschaltete, fand ich mich allein im Wohnzimmer wieder. Wenn sie wirklich da gewesen wäre, hätte sie nicht so schnell verschwinden können. Doch ich hatte ihre Silhouette gesehen und ihre Stimme gehört. Ich hatte keinen Zweifel daran, dass sie hier gewesen war, obwohl ich nicht genau sagen konnte, in welchem Sinne und in welchem Ausmaß. Sie war kein Geist, aber sie war mehr, als ich an dem Tag geglaubt hatte, als sie mir zum ersten Mal ganz in Rosa gekleidet erschienen war und mir ein Klavier in Aussicht gestellt hatte.

16

Ich hätte meiner Mutter davon erzählen sollen, dass Tilton mich bis in die Gasse verfolgt hatte. Aber in den nächsten zwei Tagen kümmerte sie sich um Mrs. Lorenzo, half der Witwe bei den Vorbereitungen für die Beerdigung, kontaktierte die Firma, bei der Tony eine Lebensversicherung abgeschlossen hatte, die der Witwe lediglich ein paar Jahre Sicherheit geben würde, und packte die Kleidung des Verstorbenen ein, um sie zur Heilsarmee zu bringen, weil Mrs. Lorenzo diese Arbeit nicht übers Herz brachte. Am Ende jeden Tages war Mom müde und traurig, und ich wollte sie nicht auch noch mit meinen Sorgen belasten.

Als wir zu unserem üblichen Tagesablauf zurückkehrten, zögerte ich, ihr zu sagen, was Tilton versucht hatte. Dadurch täuschte ich sie in gewisser Weise, was ich noch nie getan hatte, zumindest nicht, wenn es um etwas Ernstes ging. Obwohl mein Grund dafür ehrenhaft war, war ich besorgt, dass sie sich in Zukunft fragen könnte, was ich ihr sonst noch vorenthielt, und dass dies unsere Beziehung auf irgendeine Weise dauerhaft verändern könnte.

Natürlich hütete ich *tatsächlich* noch ein weiteres Geheimnis: Miss Pearl, meine Führerin durch Träume von vergangenen und noch bevorstehenden Schrecken. Die geheimnisvolle Frau hatte mich angewiesen, niemandem von Lucas Drackman zu erzählen, und ich begriff intuitiv, dass von mir die gleiche Diskretion in Bezug auf Fiona Cassidy erwartet wurde. Miss Pearls Anweisungen zu befolgen bedeutete, meiner Mutter gegenüber nicht ganz offen zu sein, und obwohl das nicht dasselbe war wie Lügen, war es eines gut erzogenen Jungen nicht würdig. Miss Pearl hatte mir ein Klavier geschenkt, ja, aber meine Mutter hatte mir das *Leben* geschenkt.

Ich vergötterte meine Mutter und hoffte, dass sie mir immer vertrauen würde. Und so machte ich, nachdem ich es auf einen späteren Zeitpunkt verschoben hatte, ihr von der Verfolgung durch meinen Vater zu erzählen, den zusätzlichen Fehler, auch zu diesem Thema zu schweigen. Die meisten neunjährigen Jungen möchten für reifer gehalten werden, als sie sind. In Anbetracht der Tatsache, dass ich nun der Mann im Haus war, redete ich mir ein, dass ich allein mit Tilton fertigwerden sollte, falls er wieder auftauchte, dass ich mit ihm fertigwerden *konnte* und meiner Mutter in dieser unruhigen Zeit unnötige Sorgen ersparen musste.

Das Land schien auf eine existenzielle Krise zuzusteuern. Die zunehmenden Verluste in Vietnam führten zu Demonstrationen gegen den Krieg. Eine 72-jährige Frau namens Alice Herz hatte sich aus Protest sogar selbst angezündet. Im Jahr zuvor waren während Martin Luther Kings Marsch von Selma nach Montgomery in Alabama Demonstranten verprügelt und von Pferden der Staatspolizei zertrampelt worden. Eine schockierte Nation verfolgte das Ganze im Fernsehen. Malcolm X wurde ermordet, nicht von rassistischen Weißen, sondern von anderen Schwarzen, wahrscheinlich schwarzen Muslimen.

Überall gab es Unzufriedenheit und Wut, Neid und Abscheu. Der Respekt vor Autoritäten nahm ab, die Kriminalität stieg und der Handel mit illegalen Drogen nahm ungekannte Ausmaße an. Nicht in unserem Viertel, sondern in einem anderen Teil der Stadt war es zu Rassenunruhen gekommen, wie auch in Watts, einem Schwarzenviertel von Los Angeles. Bei den Aufständen waren 34 Menschen gestorben und ganze Häuserblocks niedergebrannt worden. Und dieser Sommer war nicht weniger gewalttätig als der letzte. Ein paarmal hörte ich, wie sich meine Mutter mit Großvater und Großmutter Gedanken über die Zukunft machte, nicht über ihre Aussichten als Sängerin, sondern über meine Sicherheit, über den Krieg und darüber, was uns allen bevorstehen könnte. Im Vergleich dazu schien mein Vater eher lästig als eine wirkliche Bedrohung zu sein.

Der Sommer zog sich hin, heiß, feucht und ereignisreich. Such- und Zerstörungseinsätze im Mekongdelta von Vietnam führten zur Verlesung von Opferzahlen in den Abendnachrichten. Im Juli erstach und erwürgte Richard Speck in Chicago acht Schwesternschülerinnen in ihrem Wohnheim. Am ersten August kletterte ein ausgezeichneter Student namens Charles Whitman auf das 27-stöckige Hochhaus der University of Texas, tötete mit einem Gewehr 16 Menschen und verwundete 30 weitere. Dieses in dieser Form noch nie da gewesene Gemetzel alarmierte das ganze Land, weil es sich nicht nur wie eine

Abweichung von der Norm, sondern wie der Beginn einer neuen Entwicklung anfühlte.

Als meine Mutter eines Nachmittags von ihrer Arbeit bei Woolworth nach Hause kam, saß ich, der früh vom Gemeindezentrum zurückgekehrt war, wie gebannt vor dem Fernseher und verfolgte die Nachrichten über den Krieg und die wütenden Unruhen. Ich war erst neun Jahre alt, aber ich glaube, noch bevor ich diese Erschütterungen in der Welt wahrnahm, war mir bereits bewusst gewesen, wie unbeständig das Leben sein konnte. Zum Teil war das auf die Unbeständigkeit meines Vaters zurückzuführen, aber auch auf die Tatsache, dass das Streben meiner Mutter nach einer Karriere als Sängerin trotz ihres unbestreitbaren Talents und ihrer Tatkraft einen Rückschlag nach dem anderen nach sich zog. Die Brände in L.A.; die Explosionen in Vietnam; die Schießereien an beiden Orten; die Leichen auf fremden und einheimischen Straßen; die Verbrechen von Lucas Drackman und der bevorstehende Tod eines Mädchens namens Fiona Cassidy; Mr. Lorenzo, der vom Esstisch aufgestanden und an einem Herzinfarkt gestorben war; die beiden vorlauten Gauner, die Mom und mich im Sommer durch den Park verfolgt hatten; Speck, Whitman: All das kam zusammen wie viele verschiedene Winde, die sich zu einem Tornado zusammenbrauten. Als ich vor dem Fernseher saß, überkam mich plötzlich das Gefühl, dass alles, was ich kannte und liebte, einfach weggefegt werden könnte, sodass ich allein und ungeschützt unzähligen Bedrohungen ausgesetzt wäre.

Wie gebannt vom Spektakel der Zerstörung auf dem Bildschirm sagte ich: »Alle bringen sich gegenseitig um.«

Mutter betrachtete den Fernseher einen Moment lang

und schaltete ihn dann aus. Sie setzte sich neben mich auf das Sofa. »Ist alles okay?«

»Ja. Mir geht's gut.«

»Bist du sicher?«

»Es ist bloß … Du weißt schon. Diese ganzen Sachen.«

»Schlechte Nachrichten.«

»Wirklich schlecht.«

»Also sieh sie dir nicht an.«

»Ja, aber es passiert trotzdem.«

»Und was kannst du dagegen machen?«

»Was meinst du?«

»Gegen den Krieg, die Unruhen und das alles.«

»Ich bin doch nur ein Kind.«

»Ich bin kein Kind«, erwiderte sie, »und selbst ich kann nichts dagegen tun, außer hier zu sitzen und es mir anzusehen.«

»Aber du hast es abgestellt.«

»Weil es was anderes gibt, das ich tun kann.«

»Und was?«

»Mrs. Lorenzo ist ganz allein, also habe ich sie zum Essen eingeladen.«

Ich zuckte mit den Achseln. »Das ist nett.«

Sie schaltete den Fernseher ein, ließ aber den Ton stumm. Es waren Leute zu sehen, die ein Elektronikgeschäft plünderten, Fernseher und Stereoanlagen mitnahmen.

»Eins musst du verstehen, Jonah. Für jeden, der stiehlt, Feuer legt und Polizeiautos umstößt, gibt es drei oder vier andere in derselben Gegend, die damit nichts zu tun haben wollen, die mehr Angst vor den Gesetzesbrechern als vor den Gesetzeshütern haben.«

»Sieht aber nicht so aus.«

»Weil man im Fernsehen nur die sieht, die es tun. Die Nachrichten erzählen dir nicht *alles,* Jonah. Bei Weitem nicht. Nur das, worüber die Reporter berichten wollen. Unruhen kommen und gehen, Kriege kommen und gehen, aber bei all dem Tumult, Tag für Tag, Jahrhundert für Jahrhundert, tun Millionen von Menschen nette Dinge füreinander, bringen Opfer. Meist sind es kleine Dinge, aber es sind all diese kleinen Zuwendungen, die die Zivilisation zusammenhalten, all die Menschen, die ein ruhiges Leben führen und nie in die Nachrichten kommen.«

Im stummen Fernseher ersetzte das Gesicht eines Nachrichtensprechers die Bilder der Unruhen. Ich sagte: »Ich weiß nicht.«

»Tja, aber ich schon.«

Der Sprecher wich einer von Wind und Regen gepeitschten Stadt, über der sich eine riesige Trichterwolke auftürmte, die in einem einzigen Augenblick ein ganzes Haus in Stücke riss und die Trümmer zum Verschwinden brachte.

Meine Mutter sagte: »Wenn ein Unwetter groß in die Nachrichten kommt, dann ist es ein Hurrikan, ein Tornado, eine Flutwelle. In 99 Prozent der Fälle zerstört Mutter Natur nichts, sie ernährt uns, aber das ist nichts, was Einschaltquoten bringt oder Zeitungen verkauft.« Sie schaltete den Fernseher wieder aus. »Was willst du lieber sein, Jonah – nett oder in den Nachrichten?«

»Nett, glaube ich.«

Sie lächelte, zog mich an sich und küsste mich auf den Kopf. »Dann hilf mir, alles für Mrs. Lorenzo vorzubereiten. Du kannst damit anfangen, den Tisch fürs Abendessen zu decken.«

Ein paar Minuten später, als ich in der Küche die Teller auf die Platzdeckchen stellte, fragte ich sie: »Glaubst du, dass mein Vater irgendwann in die Nachrichten kommt?«

Sie verstand die Andeutung, dass ich ihn für unfähig hielt, nett zu sein. »Hab Respekt, Jonah.«

Ich nahm an, sie kannte die Antwort genauso gut wie ich.

17

Am nächsten Morgen, nachdem Mom zu Woolworth gegangen war, trug ich den Müllsack aus der Küche in die Gasse hinter dem Wohnhaus. Der Himmel schien sich herabgesenkt zu haben und war so glatt und grau wie Beton, als wäre die ganze Stadt überdacht und befände sich im Inneren eines Gebäudes von fantastischen Ausmaßen. Die Luft war ruhig, als ich nach draußen trat, aber als ich den Müll wegwarf und mich vom Container abwandte, strich ein leichter Windstoß durch die Mitte der vermüllten Gasse. Er ließ die meisten Trümmer unberührt, trieb jedoch eine Kugel von der Größe eines Golfballs vor sich her. Sie kam vor mir zum Stillstand, als der Wind abflaute, und ich sah, dass es ein Augapfel war. Es war kein echtes Auge, sondern eines, das vielleicht einmal zu einem Stofftier gehört hatte.

Der Augapfel blickte vom Bürgersteig zu mir auf. Ich konnte mich nicht erinnern, dass ich mich gebückt hatte, um ihn aufzuheben, aber im nächsten Moment hielt ich das Objekt in meiner rechten Hand. Es war aus einem sauber genähten, pelzigen Stoff gefertigt und mit einem schwammartigen Material gefüllt, im Großen und Ganzen beigefarben, aber es war ein Kreis aus weißem Filz daran befestigt, in dessen Mitte sich eine kleine blaue Scheibe befand. Es hingen beigefarbene Fäden daran, mit denen das Auge an einem Plüschtier befestigt worden war.

Vielleicht aufgrund der seltsamen Ereignisse und beunruhigenden Träume, die ich in letzter Zeit erlebt hatte, war ich geneigt, das Auge zu betrachten, als ob es nicht nur Müll wäre, als ob es eine unheilvolle Bedeutung haben müsste. Während es mich aus meiner rechten Handfläche anstarrte, bemerkte ich nicht, dass die Geräusche der Stadt immer leiser wurden, bis mir plötzlich bewusst wurde, dass sich eine tiefe Stille über die Gasse gelegt hatte. Einen Moment lang glaubte ich, ich sei taub geworden, aber dann hörte ich mich selbst fragen: »Was ist denn jetzt los?« Die Stille war real, keine Wahrnehmungsstörung. Es war, als wäre die Metropole nie ein menschlicher Lebensraum gewesen, als wäre sie stattdessen ein riesiges Uhrwerk, das nach Jahrhunderten zuverlässiger Leistung die Spannung seiner Antriebsfeder erschöpft hatte.

Ich warf einen Blick zum einen Ende der Gasse, dann zum anderen und wunderte mich, dass kein Verkehr herrschte. An diesem warmen Augustmorgen waren in den umliegenden Wohnhäusern viele Fenster geöffnet, aber es waren keine Stimmen zu hören, keine Musik, keine Geräusche, die auf irgendwelche Aktivitäten hindeuteten. Vom Himmel: kein Fluglärm, kein Rattern von Polizeihubschraubern.

Als ich mich wieder dem falschen Auge in meiner Hand zuwandte, wurde ich die lächerliche Überzeugung nicht los, dass es mich sehen konnte. Es bestand aus totem, von Menschenhand zusammengefügtem Material, nur Stoff, Faden und ein wenig farbiges Plastik, und doch fühlte ich mich beobachtet. Mehr noch, ich fühlte mich auch abgeschätzt, analysiert und beurteilt, als ob jedes Detail, das dieses Auge erblickte, an ein entferntes und höchst neugieriges Wesen übermittelt wurde, das einzige Lebewesen, das sich außer mir noch in dieser stillen Stadt der erstarrten Pendel und eingefrorenen Zahnräder aufhielt.

Während ich dies im Alter von 57 Jahren erzähle, bin ich immer noch voll kindlichen Staunens und rechne jeden Tag mit neuen Geheimnissen und Wundern. Als ich neun Jahre alt war, war ich noch nicht so ein unermüdlicher Romantiker und begeisterter Gläubiger, wie ich es jetzt bin. Aber dieser Junge, der ich war, besaß eine Anlage zu Bezauberung und Ehrfurcht, die es Zeit und Erfahrung ermöglichte, ihn zu mir zu formen.

Ich schwöre, dass ich, als ich meine Faust um das Stoffauge schloss, spürte, wie es von einer Seite zur anderen rollte, als ob es eine Lücke zwischen meinen geballten Fingern suchte, durch die es zumindest einen Teil von mir sehen könnte. Als ob meine Rückenmarksflüssigkeit durch ein Kühlmittel ersetzt worden wäre, stieg ein Schauer von Wirbel zu Wirbel von meinem unteren Rücken bis zur Schädelbasis auf.

Ich ging zum nächsten Müllcontainer, erinnerte mich daran, was Grandpa Teddy über Juju gesagt hatte, und wollte das Auge in den Müll werfen. Aber bevor ich es wegschleudern konnte, wurde mir klar, dass es vielleicht klüger wäre, das Ding zu behalten, um immer zu wissen, wo es sich befand. Ich konnte es in einem Behälter aufbewahren, um sicherzustellen, dass es für meine Aktivitäten blind blieb. Wenn ich mich recht erinnere, kam mir dieser bizarre Einfall weniger als Gedanke, sondern wurde mir durch die vage vertraute Stimme einer Frau vermittelt, mit einem Flüstern, das in der unerklärlichen Stille der Stadt kaum lauter als ein Atemzug war.

Zwischen den Trümmern in der Gasse lag eine weggeworfene leere Whiskeyflasche in einer braunen Papiertüte, die diese nur teilweise verdeckte. Ich nahm die Flasche heraus, ersetzte sie durch das Auge und drehte das obere Ende der Tüte zusammen.

Die Geräusche kehrten rasch in die Welt zurück, zuerst nur schwach, aber innerhalb weniger Sekunden erreichten sie wieder die übliche Lautstärke einer Großstadt, die von fleißigen – oder zumindest rastlosen und hektischen – Bürgern bevölkert war. Ich stand eine Minute lang da, lauschte und staunte, nun nicht mehr fröstelnd, sondern verwirrt und wachsam.

Nachdem ich einen Schlüssel benutzt hatte, um von der Gasse in unser Wohngebäude zu gelangen, beschloss ich, die Hintertreppe nicht zu benutzen. Ich rechnete halb damit, dass Tilton auf dem Treppenabsatz auf mich wartete, wo Mom im Juni seine gepackten Koffer abgestellt hatte. Ich stellte mir vor, er hätte vielleicht einen mit Chloroform getränkten Lappen dabei, mit dem er mich bändigen könnte, sowie einen Überseekoffer, in dem er mich für immer mitnehmen würde.

Ich folgte dem Flur im Erdgeschoss bis zur Vordertreppe und sprintete in meiner Ängstlichkeit zwei Treppen hinauf. Auf halber Höhe der dritten Treppe entdeckte ich eine Frau. Sie war ganz in Schwarz gekleidet, ihre langen Haare waren ebenfalls schwarz. Auf dem Geländer wirkte ihre bleiche linke Hand so wohlgeformt wie feinstes Porzellan.

Sie hörte mich, hielt inne und schaute zurück. Blaue Augen, die ins Violette übergingen. Kräftige, perfekt geformte Nase. Ein üppiger Mund. Ein kleiner Schönheitsfleck auf dem höchsten Punkt des linken Wangenknochens. Hier stand das tote Mädchen aus meinem Traum, immer noch lebendig, keine würgende Krawatte um ihren Hals. Fiona Cassidy.

In meiner Überraschung starrte ich sie nur an und hielt den verdrehten Hals der Papiertüte, als ob ich ihr den Inhalt anbieten wollte. Zweifellos wirkte ich einfältig. Sie lächelte weder noch runzelte sie die Stirn, und ohne ein Wort zu sagen, ging sie weiter die Treppe hinauf.

Ich verließ das Treppenhaus in der Hoffnung, sie würde nicht bemerken, dass ich mich für sie interessierte. Ich schloss die Tür nicht ganz, sondern blieb im Flur des ersten Stocks stehen und hörte zu, wie sie hinaufstieg. Als ich glaubte, dass sie den zweiten Stock hinter sich gelassen hatte und in Richtung des dritten weiterging, kehrte ich zur Treppe zurück, um ihr so unauffällig wie möglich zu folgen.

18

Fiona Cassidy ging am dritten Stock vorbei, in dem ich mit meiner Mutter wohnte, vorbei auch am vierten, wo Miss Delvane ihre Zeitschriftenartikel schrieb und für ihren Rodeoroman recherchierte, wo auch Mr. Yoshioka sein ruhiges und möglicherweise tragisches Leben in Apartment 5-C führte. Sie ging weiter in die fünfte und oberste Etage.

In jedem Stockwerk unseres Gebäudes gab es drei Wohnungen. Zwei waren so groß wie die, in der Mom und ich wohnten. Die dritte bot doppelt so viele Quadratmeter wie diese kleineren Einheiten und war besser für Familien mit mehr als einem Kind geeignet, obwohl auch sie alles andere als geräumig war. Der Hausverwalter, Mr. Reginald Smaller, lebte in einer Wohnung im Erdgeschoss, sodass 17 weitere Wohnungen für zahlende Mieter zur Verfügung standen.

Da das Gebäude weder über einen Aufzug verfügte noch eine schöne Aussicht auf die Stadt bot, wurden die Wohnungen im dritten Obergeschoss für weniger Geld als die in den ersten drei Etagen vermietet, die im vierten Geschoss für weniger als die im dritten und die im fünften Stock für weniger als die im vierten. Damals waren die Mietzuschüsse für die Armen ein Rinnsal, noch nicht die Flut, zu der sie eines Tages werden sollten. Meine Mutter erhielt keinerlei Sozialleistungen und wollte auch keine. Hätte der Staat die monatlichen Kosten ganz oder fast ganz übernommen, wären die Wohnungen im fünften Stock voll gewesen. Aber wenn die Mieter selbst für ihre Unterkunft aufkommen mussten, waren sie nicht so schnell bereit, gutes Geld für das Privileg auszugeben, zehn steile Treppen hinaufsteigen und in Wasser baden zu müssen, das bereits nur noch lauwarm war, wenn es vom Heizkessel im Keller nach oben geleitet worden war. Daher wurden selten mehr als zwei Wohnungen im fünften Stock vermietet, und es gab Zeiten, in denen alle drei leer standen.

Einige unserer Nachbarn blieben unter sich, aber selbst wenn sie bei meiner Begrüßung nur brummten und den Blickkontakt vermieden, kannte ich ihre Gesichter und Namen. Ich war ebenso neugierig wie fantasiereich. In jenem August wusste ich, dass nur 14 Wohnungen vermietet waren, und alle drei im obersten Stockwerk standen derzeit leer.

In jeder Etage war die Tür zum Flur mit einem etwa 30 Zentimeter breiten, quadratischen Fenster versehen, sodass man beim Näherkommen sehen konnte, ob jemand die Tür von der anderen Seite öffnen wollte. Wenn ich mich auf die Zehenspitzen stellte, konnte ich durch die Scheibe in den Flur des fünften Stocks sehen, wo Fiona Cassidy gerade Apartment 6-C betrat.

Vielleicht wollte sie eine Wohnung mieten und Mr. Smaller hatte ihr einen Schlüssel gegeben, damit sie diese besichtigen konnte. Aber das hielt ich für äußerst unwahrscheinlich. Der Hausverwalter begleitete potenzielle Mieter immer und überließ ihnen nie einen Schlüssel, bevor er die erste Monatsmiete und die Kaution erhalten hatte.

Mr. Smaller war ein Alleskönner, der in der Lage war, sämtliche Systeme des Gebäudes selbst zu reparieren. Aber er war auch ein Exzentriker, der an alle möglichen Verschwörungen glaubte. Er sagte mir einmal, ich solle niemandem trauen, »nicht einmal Gott, *vor allem* nicht Gott. Denn er hätte uns nicht das Leben geschenkt und eine ganze Welt geschaffen, in der wir leben können, wenn er dafür nicht irgendwas Großes, Schreckliches von uns wollte.«

Mit dem Juju-Augapfel in der Tüte ging ich leise den Flur entlang zu Wohnung 6-C. Die Tür stand halb offen.

Ich wusste, dass ich vorsichtig sein sollte, dass es das Klügste wäre, sofort zu gehen, in unsere Wohnung zurückzukehren und beide Schlösser zu verriegeln. Aber ich hatte

Fiona Cassidy tot gesehen, wenn auch nur im Traum, und die Frau auf der Treppe war kein Geist gewesen. Ich hatte das Gefühl, dass ich sie warnen sollte, obwohl ich bezweifelte, dass sie einem dürren, kleinen Jungen glauben würde, der sie bei der ersten Begegnung angegafft hatte wie ein Einfaltspinsel.

Durch die offene Tür sah ich eine schäbige Diele mit vergilbten und abblätternden Tapeten. Dahinter lag ein unmöblierter Raum mit rissigem Linoleumboden, dessen aschgraue Wände mit rostigen Flecken übersät waren.

Die Stadt war nicht wieder verstummt. Das alte Gebäude setzte sich und gab seine typischen, nie endenden Geräusche von sich, und die disharmonische Sinfonie der geschäftigen Welt da draußen drang durch die Fenster herein. Aber ich konnte kein Geräusch aus der Wohnung hören, keine Schritte, kein Schließen einer Tür, keine Stimme.

Obwohl ich kein leichtsinniger Junge war, überschritt ich die Schwelle, erschrocken über meinen Wagemut, aber wie unter Zwang, als ob ein mächtiger Zauber tödlicher Neugier auf mich gelegt worden wäre. Der sich senkende Himmel musste in der kurzen Zeit, seit ich die Gasse verlassen hatte, noch dunkler geworden sein, denn als ich aus dem Vorraum ins Wohnzimmer trat, war das Licht, das durch die Fenster hereindrang, nicht nur trist, sondern von einem stählernen Farbton, der auf ein drohendes Unwetter schließen ließ.

Auf der rechten Seite befanden sich ein Essbereich und eine offene Tür, durch die ich einen Teil der Küche sehen konnte. Links füllten Schatten weich wie Chinakrepp einen fensterlosen Flur.

Da keine Fenster zur Belüftung geöffnet waren, war die Luft warm, schwer und abgestanden, erfüllt von alten Kochgerüchen, dem Gestank von Katzenurin und dem beißenden Geruch von Zigarettenrauch, der sich auf vielen Oberflächen zu einem dünnen gelben Film verdichtet hatte.

Das Linoleum sah aus, als wäre es brüchig und würde beim Betreten unter den Füßen knistern. Stattdessen erwies es sich als unangenehm schwammig, wie mit Schimmel überzogen. Ich gab kaum einen Laut von mir, während ich zur Küchentür ging und einen Blick hindurch wagte. Niemand zu sehen.

Auf der anderen Seite des Wohnzimmers führte der Flur zu einem Badezimmer und vier kleinen Zimmern ohne Möbel. In einem der Letzteren entdeckte ich einen Schlafsack, neben dem eine große Leinentasche stand.

Alle Schranktüren standen offen, vielleicht als unzureichende Vorsichtsmaßnahme gegen Schimmelbildung und -ausbreitung, während die Wohnung unbewohnt war. Ich glaubte nicht, dass ich irgendeine Ecke übersehen hatte, in der Fiona Cassidy sich verstecken konnte.

Der untere Flügel des einzigen Schlafzimmerfensters war hochgeklappt. Der schwache Luftzug konnte die schmierigen, abgenutzten Vorhänge nicht bewegen.

Sicher hatte die junge Frau sich nicht in der vergangenen Nacht hier einquartiert, nur um sich am Morgen in den Tod zu stürzen. Dennoch hatte ich ein ungutes Gefühl, als ich mich zum Fenster wagte. Ich lehnte mich hinaus und spähte in die Gasse hinunter. Dort lag kein totes Mädchen.

Sollte sich mein Traum als wahr erweisen, war es ihr Schicksal, ermordet zu werden. Sie würde diese Welt nicht durch Selbstmord verlassen.

Als ich mich vom Fenster abwandte, rechnete ich damit, dass sie hinter mir stehen würde, aber das war nicht der Fall. Mit klopfendem Herzen, trockenem Mund und erneutem Erstaunen über meine untypische Waghalsigkeit kehrte ich zur halb geöffneten Haustür zurück. Ich betrat den Flur der fünften Etage, ohne jemandem zu begegnen – obwohl ich ahnte, dass mein Eindringen nicht unbemerkt geblieben war und dass es einen Preis haben würde, dem Mädchen über diese Türschwelle gefolgt zu sein.

Als ich das Treppenhaus erreichte, aber noch bevor ich es betrat, hörte ich die Tür zu Apartment 6-C zuschlagen. Ich blickte zurück. Es war niemand da. Entweder war die Tür durch einen Luftzug geschlossen worden oder … Oder was? Sollte ich etwa annehmen, dass Fiona Cassidy aus dem offenen Fenster geflogen und nicht gestürzt war, um mir zu entkommen, und dass sie wieder hereingeflogen war, nachdem ich gegangen war? Selbst meine weitreichende Vorstellungskraft konnte diese Möglichkeit nicht zulassen. Und es hatte keinen Luftzug gegeben.

19

Als ich wieder in unserer Wohnung war, nahm ich das Plüschtierauge aus der Papiertüte und legte es in die Mitte meines frisch gemachten Bettes, sodass es in Richtung der Kissen schaute. Ich ging von einer Seite des Bettes zur anderen und wieder zurück, wobei ich das Auge beobachtete. Aber es drehte sich nicht, um mir zu folgen.

»Idiot«, beschimpfte ich mich selbst, weil ich mich einer so kindischen Angst hingegeben hatte.

In der Küche holte ich einen Krug Kool-Aid mit

Limonengeschmack aus dem Kühlschrank, schenkte mir ein Glas ein und setzte mich an den Tisch.

Ich dachte darüber nach, ins Gemeindezentrum zu gehen und vier Stunden am Klavier zu üben. Die Schule würde in weniger als zwei Wochen wieder anfangen, und danach würde sich meine Übungszeit auf höchstens zwei Stunden am späten Nachmittag beschränken. Normalerweise konnte ich es kaum erwarten, ans Klavier zu kommen und Mrs. O'Toole zu sehen, aber an diesem Tag hatte ich das Gefühl, dass etwas Großes direkt vor meiner Nase passierte, etwas Unglaubliches, wie es an Heiligabend gewesen war, als ich noch an den Weihnachtsmann geglaubt hatte. Nur dass es nicht so glitzernd, hoffnungsvoll und freudig war wie zu Weihnachten, sondern eher wie in diesem alten Film über Voodoo in der Stadt.

Aber das hier war real. Ich konnte es nicht einfach abschalten.

Am Trinkglas, das auf der Resopalplatte des Esstischs stand, hingen Schweißperlen. Die Wassertropfen im oberen Teil waren klar und schimmerten wie Diamanten. Grün wie Smaragde waren die Perlen am unteren Teil des Glases, das noch das Limonengetränk enthielt. Es waren natürlich weder Diamanten noch Smaragde, es waren nur Wassertropfen. Aber ich konnte nicht aufhören, sie anzustarren und an Juwelen zu denken, daran, reich zu sein, daran, dass wir keine Probleme hätten, wenn ich reich wäre. Mom müsste nicht an der Mittagstheke des Woolworth arbeiten. Wir könnten einen Nachtclub *besitzen,* in dem sie so oft singen konnte, wie sie wollte. Wir könnten auch eine Plattenfirma besitzen, und sie könnte so berühmt und glücklich sein, wie sie es verdient hatte. Wir müssten uns keine Sorgen darüber machen, dass Tilton versuchte, mich ihr wegzunehmen, weil wir teure Anwälte und Leibwächter hätten. Wir würden irgendwo in einem großen Haus auf einem Hügel leben, mit einem großen Grundstück und einem hohen Zaun. Wir wären vor allem und jedem sicher, sogar vor Unruhen, Krieg und jungen Rüpeln, die anzügliche Bemerkungen über Frauen machten, die sie nicht kannten.

Nach all diesen Jahren erinnere ich mich noch lebhaft an dieses schwitzende Glas Kool-Aid, an die Angst, die mich plagte, Angst am Rand der Vorahnung. Es war zu viel für einen neunjährigen Jungen, und der erhoffte Reichtum hätte nichts genützt, selbst wenn er sich eingestellt hätte.

Einer der besten Aspekte des Erwachsenwerdens ist, dass man, sofern man fähig ist, aus Erfahrungen zu lernen, zu der Erkenntnis gelangt, dass zwei Dinge wichtiger sind als alles andere: die Wahrheit und die WAHRHEIT. Man muss die Wahrheit sagen, sie von anderen einfordern, Lügen erkennen und widerlegen. Man muss die Welt so sehen, wie sie ist, nicht so, wie man sie gern hätte, nicht so, wie andere, die einen beherrschen wollen, sie vielleicht darstellen. Das Annehmen der Wahrheit befreit einen von falschen Erwartungen, fruchtlosen Bemühungen, Enttäuschung, sinnlosem Ärger, Neid und Verzweiflung. Und die größere Wahrheit, dass das Leben einen Sinn hat, ist die sicherste Quelle des Glücks, denn sie erlaubt einem, den eigenen wahren Wert und das eigene Potenzial zu erkennen, und sie fördert eine Demut, die Frieden bringt. Am wichtigsten ist, dass die große WAHRHEIT es möglich macht, andere so zu lieben, wie sie sind, ohne Rücksicht darauf, was sie für einen tun können. Nur aus solchen Beziehungen entstehen jene seltenen Momente reiner Freude, die in der Erinnerung so hell leuchten.

Etwas mehr als zwei Monate nach meinem neunten Geburtstag war ich noch viele Jahre davon entfernt, all das zu verstehen. In unserer Mietshausküche träumte ich von Diamanten und Smaragden und wünschte mir, dass alle Probleme und Bedrohungen verschwinden würden. Als ich mit dem Kool-Aid fertig war, spülte ich das Glas, trocknete es ab und räumte es weg. Ich wischte das Kondenswasser vom Esstisch. Dann ging ich ins Wohnzimmer und starrte den Fernseher an. Ich schaltete ihn nicht ein, was wohl einen kleinen Schritt in Richtung einer noch weit entfernten Reife darstellte.

In meinem Zimmer lag das Stoffauge auf der Matratze und starrte immer noch die Kissen an. Es war dumm von mir gewesen, zu glauben, dass es von Juju beseelt sein könnte. Es war nichts Übernatürliches daran. Es war nichts als Abfall.

Ich legte es nicht zurück in die Papiertüte, die noch auf dem Boden lag, wo ich sie fallen gelassen hatte. Aber ich warf es auch nicht weg. Stattdessen hob ich es nach kurzem Zögern auf, ging um das Bett herum und öffnete meine Nachttischschublade, aus der ich eine Metallbox mit einem Klappdeckel nahm.

Die kunstvoll bemalte Dose hatte einst Süßigkeiten enthalten, ein Weihnachtsgeschenk von Mr. und Mrs. Lorenzo im Jahr zuvor. Auf dem Deckel war das Porträt einer italienischen Magd in einem Kostüm aus einem vergangenen Jahrhundert zu sehen. In fließender, goldumrandeter roter Schrift stand dort ›*La Florentine*‹, und darunter prangte in einer anderen Schriftart das Wort

›*Torrone*‹. Die Schachtel hatte 700 Gramm Mandel-Nugat-Bonbons enthalten, ein italienisches Produkt in drei Geschmacksrichtungen: Zitrone, Orange und Vanille. Die Bonbons waren köstlich gewesen, aber der bunte Metallbehälter schien mir ein noch größerer Schatz zu sein.

Ich bewahrte in der Schachtel Dinge auf, die ich schätzte oder die mich aus Gründen faszinierten, die nur ein Junge in meinem Alter verstehen konnte. Manche waren mir wichtiger als andere. Es war ein Dutzend Gegenstände, darunter eine Murmel in leuchtenden Gold- und Blautönen, ein von Eisenbahnrädern platt gedrückter Penny, der jetzt die Größe eines halben Dollars hatte, die Rechnung aus dem Restaurant, in dem Mom und ich gegessen hatten, nachdem sie Tilton losgeworden war, sowie ein Silberdollar, den mir Großmutter Anita gegeben hatte, als ich das Vaterunser auswendig gelernt hatte, und den ich, wie sie gesagt hatte, am Tag meiner Konfirmation ausgeben sollte.

Die Schachtel enthielt nicht den Herzanhänger mit der Feder. Den bewahrte ich immer noch in einer Hosentasche auf, hatte ihn immer bei mir.

Ich zögerte, bevor ich das Plüschauge in die Schachtel legte. Im unwahrscheinlichen Fall, dass es dunkle Magie enthielt, konnte es die anderen Gegenstände vielleicht in irgendeiner Weise damit anstecken.

»Du Blödmann.« Ich ließ das Auge in die Schachtel fallen und setzte den Deckel wieder darauf.

Ich stellte die Schachtel auf den Nachttisch, erhob mich vom Bett, drehte mich um und sah Fiona Cassidy in der Tür stehen.

20

Ich war mir sicher, dass ich die Wohnungstür verriegelt hatte. Ein paar Fenster waren offen, aber sie hätte diese weder vom fünften Stock noch von der Straße aus erreichen können.

Sie sprach kein Wort. Sie starrte mich ausdruckslos an, mit einem hübschen, aber roboterhaften Gesicht, als ob ihre nächsten Taten von bestimmten Algorithmen und Berechnungen auf einer Platine abhängen würden. Ihre blau-violetten Augen schienen zu leuchten.

Ich würde gern behaupten, dass ich beunruhigt, aber nicht verängstigt war. Aber die Wahrheit ist, dass sie mir Angst machte durch die Art, wie sie sich einfach vor mir materialisierte wie ein Geist, wie sie einfach nur dastand und mich anstarrte.

Instinktiv spürte ich, dass ich nicht als Erster sprechen sollte, dass ich sie vielleicht verunsichern könnte, wenn ich ihren Blick und ihr Schweigen einfach erwiderte. Aber ich konnte mich nicht zurückhalten: »Was machst du hier?«

Sie trat über die Schwelle ins Zimmer.

»Wie bist du hier reingekommen?«

Ohne sich zu einer Antwort herabzulassen, schaute sie sich in dem kleinen Raum um. Sie richtete ihre Aufmerksamkeit auf das Poster von Duke Ellington im Smoking – er stand irgendwann in den späten 1920er-Jahren im Cotton Club und hinter ihm waren die berühmten Wandgemälde zu sehen. Dann betrachtete sie ein gerahmtes Foto von Großvater Teddy mit Benny Goodman, dann ein Poster meines Lieblingsfernsehstars Red Skelton, gekleidet als Freddy the Freeloader. Ich hatte leider kein Poster von ihm als Clem Kadiddlehopper, der Figur, die mich am meisten zum Lachen brachte.

Sie schloss die Tür hinter sich, was mich erschreckte, und ich sagte: »Du solltest besser verschwinden.«

Schließlich richtete sie ihr Augenmerk wieder auf mich und fragte mit ausdrucksloser Stimme: »Sonst was?«

»Hä?«

Ihre Stimme klang weich und völlig ungerührt. »Ich soll von hier verschwinden – sonst passiert was?«

»Du hast hier nichts zu suchen.«

»Sonst was?«, beharrte sie.

»Sonst kriegst du großen Ärger.«

Die fehlende Betonung in ihrer Stimme war beängstigender, als es eine Drohung gewesen wäre. »Was willst du denn machen – schreien wie ein kleines Mädchen?«

»Ich brauche nicht zu schreien.«

»Weil du so stark bist?«

»Nein. Weil meine Mutter gleich nach Hause kommt.«

»Das glaube ich nicht.«

»Doch, das wird sie. Wirst schon sehen.«

»Lügner.«

»Wirst schon sehen.«

Ich begann zu glauben, dass ihr emotionsloses Verhalten nicht ihrem wahren Selbst entsprach, dass unter ihrer oberflächlichen Ruhe ein Vulkan schlummerte.

»Weißt du, was mit kleinen Schnüfflern passiert?«, fragte sie.

»Ich bin kein Schnüffler.«

»Denen passieren schlimme Dinge.«

Durch den aschfahlen Himmel vor dem Fenster zuckte ein Licht, dann noch eines, sodass das nur 1,80 Meter entfernte Nebengebäude näher zu kommen und auf uns zuzustürzen schien.

Im Gefolge der Blitze grollte Donner tief in der Kehle des Himmels. Die Frau begann, um das Bett herumzugehen. Ich dachte daran, hinaufzuspringen und mich auf die andere Seite zu stürzen, aber ich wusste, dass sie mich erwischen würde, bevor ich die Tür erreichte.

»Du machst mir keine Angst«, behauptete ich.

»Dann bist du dumm. Ein dummer, verlogener kleiner Schnüffler.«

Ich zog mich in die Ecke zurück, fühlte mich äußerst verletzlich und drohte: »Ich beiße.«

»Dann wirst du gebissen.«

Sie war vielleicht 1,70 Meter groß.

Ich war viel kleiner. Ich fühlte mich wie ein Pygmäe, um genau zu sein.

Als sie das Fußende des Bettes umrundete und wieder Blitze über die Mauer vor dem Fenster zuckten, sagte ich: »Die Sache ist die, ich hab dich im Traum gesehen.«

Als diesmal der Donner den Blitzen folgte, schien es mir, als hätte sie das Gewitter mitgebracht, es herbeigerufen. »Wie alt bist du, Schnüffler?«

»Was geht dich das an?«

»Antworte mir lieber.«

Ich zuckte mit den Achseln. »Ich werde bald zehn.«

»Dann bist du also gerade erst neun geworden.«

»Nicht gerade erst.«

Sie blieb stehen und schaute auf mich herab, eine Armlänge entfernt. »Du träumst also von Mädchen?«

»Nur von dir. Einmal.«

»Bist ziemlich jung für einen feuchten Traum.«

Überrascht fragte ich: »Woher wusstest du, dass da Wasser drin vorkam? Zumindest das Geräusch von Wasser?«

Anstatt mir zu antworten, fragte sie: »Warum bist du mir in den fünften Stock gefolgt, du Lügner?«

»Wie ich schon gesagt habe. Ich habe dich aus dem Traum erkannt. Das ist die Wahrheit.«

Ihre tonlose Stimme bekam schließlich einen Anflug von Schärfe. »Ich kann dich nicht leiden, Schnüffler. Ich würde dir liebend gern deine Affenfresse einschlagen. Reiz mich nicht. Verfolg mich nie wieder.«

»Werde ich nicht. Warum sollte ich? So interessant bist du auch wieder nicht.«

»Ich kann von einer Sekunde auf die andere interessant werden, Schnüffler, interessanter als dir lieb ist. Halt dich vom fünften Stock fern.«

»Ich muss da nicht hin.«

»Das willst du auch nicht, es sei denn, du bist noch dümmer, als ich denke. Und du willst auch mit niemandem über mich reden, mit keinem. Du hast mich nie gesehen. Wir haben diese kleine Unterhaltung nie geführt. Verstehst du, was ich meine, Schnüffler?«

»Ja. Ja. Alles klar. Schon gut. Von mir aus. Meine Güte.«

Sie starrte mich einen langen Augenblick an und betrachtete dann die *La Florentine*-Dose auf dem Nachttisch. »Was hast du da gerade reingetan?«

»Nichts. Zeug.«

»Was für Zeug?«

»Mein Zeug.«

»Hast du was aus meiner Umhängetasche oder meinem Schlafsack genommen?«

»Ich hab deine Sachen nicht angefasst. Ich habe nur geschaut.«

»Das sagst du, Lügner. Mach das auf.«

Ich nahm die Metallbox, hielt sie aber an meine Brust gedrückt. Ein weiteres Wettstarren begann, und ich trug meinen Teil dazu bei, obwohl ihr Blick beunruhigend war, voller Wildheit.

Sie fragte: »Was ist außen schwarz und innen rot?«

Ich wusste nicht, was sie meinte, was sie wollte. Ich schüttelte nur den Kopf.

Aus einer Tasche ihrer leichten Jacke holte sie ein Messer. Ein Springmesser. 17 Zentimeter rasiermesserscharfer Stahl schossen aus dem gelben Griff hervor. »Ich meine es sehr ernst, Junge.«

Ich nickte.

»Ich schneide gern. Glaubst du mir das?«

»Ja.«

»Mach die Box auf.«

21

Mit der Klinge des Messers durchwühlte sie den Inhalt der Schachtel, die ich ihr hinhielt. »Nur Mist«, stellte sie fest.

»Das sind meine Sachen.«

»Willst du mal einer von diesen Müll sammelnden Messies werden? Was hast du da reingetan, als ich dich von der Tür aus beobachtet habe?«

»Das Auge.«

»Welches Auge?«

»Das habe ich in der Gasse gefunden. Ist von einem Teddybären oder so.«

Sie nahm es zwischen Daumen und Zeigefinger. »Was willst du damit?«

»Weiß nicht. Ich find's interessant.«

»Interessant? Warum?«

»Keine Ahnung. Ist einfach so.«

Sie musterte mich noch einmal. Dann setzte sie die Messerspitze auf meine Nasenspitze. »Warum?«

Ich stand mit dem Rücken zur Wand, konnte nicht ausweichen. Die Furcht vor dem Messer machte mich sprachlos.

Sie schob die Klinge in mein linkes Nasenloch. »Bleib ganz still, Schnüffler. Wenn du dich zu plötzlich bewegst, schneidest du dich. Was macht dieses Teddybär-Auge so interessant?«

»Ich habe gedacht, dass da vielleicht ein bisschen Juju drinsteckt.«

»Juju?«

»Ja. Juju ist …«

»Ich weiß, was das ist. Ein Juju-Auge? Aus dir wird wohl mal ein richtiger kleiner Freak, was?«

Sie ließ das Stoffauge in die Schachtel fallen. Sie verschonte meine Nase und rührte den Inhalt noch einmal mit der Klinge um, aber sie verlor schnell das Interesse. »Pack das weg.«

Nachdem ich die Schachtel auf den Nachttisch gestellt hatte, konnte ich meinen Blick nicht mehr von der Klinge abwenden.

Etwa eine halbe Minute lang sagte sie nichts und ich auch nicht. Schließlich steckte sie das Messer weg. »Gut, dass du gelogen hast, als du sagtest, dass deine Mom nach Hause kommt. Wenn sie reingekommen wäre und mich mit dem Messer in der Hand gesehen hätte, hätte ich es erst an ihr und dann an dir benutzt. Hast du deine Mama lieb, Schnüffler?«

»Ja, natürlich.«

»Das ist nicht bei jedem so. Meine war ein egoistisches Miststück.«

Ich blickte zum Fenster, um zu sehen, ob es schon regnete, vor allem aber, um sie nicht ansehen zu müssen.

»Wenn du deine Mama liebst, dann denk an das, was ich gesagt habe. Ich schneide gern. Ich kann ihr in einer halben Minute ein ganz neues Gesicht machen. Schau mich an, Junge.«

Noch kein Regen.

»Werd nicht frech, Junge.«

Ich sah sie an.

»Hast du verstanden, wie es läuft?«

»Ja. Verstanden. Kein Problem.«

Sie wandte sich von mir ab, durchquerte den Raum und öffnete die Tür.

Ich weiß nicht, was mich in diesem Moment dazu bewegte, ihr noch ein Geheimnis zu verraten, abgesehen davon, dass ich eben ein kleiner Junge war, der erschüttert war und nicht klar denken konnte. »In dem Albtraum warst du tot, und das hat mir sehr leidgetan.«

Auf der Schwelle drehte sie sich um und betrachtete mich wie bei ihrem ersten Erscheinen: nicht mit roboterhafter Gleichgültigkeit, wie es mir zunächst vorgekommen war, sondern mit der Verachtung einer Maschinenintelligenz, die für schwache Wesen aus Fleisch und Blut nur Geringschätzung übrighatte.

»Was willst du mit diesem Ich-hab-dich-in-meinem-Albtraum-gesehen-Scheiß erreichen?«

»Nichts. Ich hatte nur Mitleid, das ist alles.«

»Soll ich jetzt etwa Angst haben? Ist das eine Drohung oder so?«

»Nein. Es ist nur … So war es eben. In dem Albtraum, meine ich.«

»Dann solltest du vielleicht besser nicht mehr träumen.«

Fast hätte ich ihren Namen gesagt, damit sie mir das mit dem Traum glaubte, aber etwas hielt mich davon ab. Ob es mein Instinkt oder mein Schutzengel war, kann ich nicht sagen.

»Was? Was ist los?«, fragte sie fast so, als könnte sie meine Gedanken lesen.

»Nichts.«

Ihr Gesicht war gleichzeitig schön und grausam, aber wie ich mit der Zeit erfahren würde, war Grausamkeit das wahre Wesen von Fiona Cassidy. Sie starrte mich an, und ich hielt ihrem Blick stand, weil ich glaubte, wenn ich wegschaute, würde sie wieder um das Bett herumkommen und mir wehtun. Schließlich trat sie in den Flur, ließ die Tür offen und verschwand im vorderen Teil der Wohnung.

In diesem Moment, als ob sie es durch ihren Willen bewirkt hätte, um ihrem Abgang mehr Dramatik zu verleihen, verschoss der Himmel einen ganzen Köcher voll Blitzpfeile, und kurz danach folgte ein markerschütternder Donner, der die Fensterscheiben klirren ließ und von den Wänden widerhallte, als wäre das Gebäude eine Trommel. Es begann, in Strömen zu regnen.

Ich stand da, zitternd, gedemütigt, weil ich mein Selbstbild verraten hatte, das ich aufgebaut und gehegt hatte. Der Mann in der Familie. Wie absurd mir das jetzt erschien. Ich war ein Junge, kein Mann, und noch dazu war ich klein und schmächtig.

Großvater Teddy sagte oft, dass musikalisches Talent eine unverdiente Gnade sei, dass ich mich jeden Tag dafür bedanken sollte und es meine Pflicht und eine Ehre sei, das Beste aus diesem Geschenk zu machen. Aber in diesem Moment hätte ich mein Talent gern gegen Muskeln, Jugend gegen Alter eingetauscht und wünschte mir, ein erwachsener Mann mit kräftigem Nacken und breiter Brust zu sein, ein Muskelpaket.

Obwohl ich vorhatte, Fiona Cassidy genügend Zeit zu geben, die Wohnung zu verlassen, zwangen mich Scham und das Bedürfnis nach Erlösung, ihr früher zu folgen, als es vielleicht klug gewesen wäre. Ich eilte den Flur entlang zum Wohnzimmer, aber sie war nicht da. Die Wohnungstür war geschlossen, der Riegel vorgeschoben, was darauf schließen ließ, dass sie sich irgendwo in unseren wenigen Räumen aufhielt.

Der Sommerregen prasselte unter den beiden hochgeschobenen Vorderfenstern hindurch, spritzte auf die Fensterbank und drang in die Wohnung ein. Ich schloss erst das eine, dann das andere Fenster und durchsuchte ängstlich unsere Zimmer und Schränke, schaute sogar unter das Bett meiner Mutter und dann unter meines. Erleichtert stellte ich fest, dass ich allein war, aber ich war auch verwirrt. Es war unheimlich. Eindeutig unheimlich. Aber noch nichts Ernstes.

22

Als Mr. Smaller, der Hausverwalter und Verschwörungstheoretiker, nicht auf mein Klingeln reagierte, suchte ich ihn woanders. Er hätte in jeder Wohnung sein können, um sich um irgendwelche Reparaturen zu kümmern, aber ich ging zuerst in den Keller, wo er oft anzutreffen war. Ich benutzte die

Innentreppe, anstatt zum Eingang draußen in der Gasse zu gehen. Während ich die steile Holztreppe hinabstieg, hörte ich, wie der Gesuchte irgendwo im Labyrinth der mechanischen Systeme, die das Gebäude versorgten, mit sich selbst sprach.

Der Grundriss dieser Unterwelt war der gleiche wie in jeder anderen Etage des Wohnhauses, und doch wirkte sie größer, höhlenartig, zum einen, weil die Rohre, Kessel, elektrischen Leitungen, großen Sicherungskästen und anderen Geräte ein Labyrinth bildeten, das für eine so kleine Person wie mich verwirrend war, und zum anderen, weil das Beleuchtungssystem jahrzehntealt und unzureichend war. Überall fielen Schatten und hingen wie Trauerflor entlang der Arbeitsgänge. Hier standen auch viele unbeschriftete Fässer und große Verpackungskisten, die mit Nummern beschriftet waren, die nichts über ihren Inhalt verrieten. All das trug zur geheimnisvollen Aura des Kellers bei.

Der dumpfe Lärm des Sturms, der durch die bis zum Dach reichenden Lüftungsschächte hallte, und der Regen, den der Wind an die schmalen, schmutzigen Fenster im Erdgeschoss kurz oberhalb der Kellerdecke prasseln ließ, machten den Ort noch unheimlicher als sonst.

Auf dem Boden huschte eine Spinne von der Größe einer Vierteldollarmünze aus dem Schatten und folgte einem Lichtstreifen. Bei ihrem Anblick erstarrte ich. Ich mochte keine Spinnen, aber meine Abneigung gegen diese hier war unerklärlich stark. Die Begegnung mit Fiona Cassidy hatte mir mehr Angst eingejagt, als es jeder Film über Außerirdische oder Voodoo getan hätte. Ich war angespannt. Anstatt auf die Spinne zu treten, beobachtete ich ängstlich, wie sie meinen Weg kreuzte, und war überzeugt davon, dass jeder Moment dieses seltsamen Morgens voller geheimer Bedeutungen und Gefahren war. *Die bringt mehr Pech als eine schwarze Katze,* dachte ich.

Als die Spinne im Schatten verschwunden war, folgte ich weiter der Stimme von Reginald Smaller, der vor sich hin brummte. Ich fand ihn im Schein einer tragbaren Arbeitslampe, die er an ein Wasserrohr gehängt hatte. Er war mit der routinemäßigen Wartung des dritten von drei großen Heizkesseln beschäftigt, die Wasser erhitzten und es in die Heizkörper im ganzen Gebäude leiteten. In diesen letzten Sommertagen, an denen niemand heizen musste, ließ Mr. Smaller Ablagerungen vom Boden des großen Tanks ab. Es war ein fast sirupartiger Schlamm, mit dem er bereits einen Eimer gefüllt hatte und nun einen zweiten füllte.

Der kleine Mann mit der breiten Mitte trug wie immer ein weißes Unterhemd und eine Kakihose mit Gummibund und einem zusätzlichen Paar Hosenträgern, die aussahen, als wären sie aus dem Zaumzeug eines Rennpferds gefertigt worden. Er erzählte einmal, er sei bei seiner Großmutter aufgewachsen, die er einen »gemeinen alten Kauz« nannte. Wenn er als kleiner Junge etwas getan habe, das ihr nicht gefiel, habe sie ihn bis auf die Unterhose ausgezogen und ihn auf die Straße geschickt, um ihn zu demütigen. Er vertrat beharrlich die Ansicht, dass es nichts Schlimmeres gab, als ohne Hose in der Öffentlichkeit herumzulaufen, vor allem dann, wenn man krumme Beine und dicke Knie hatte, die den Leuten Anlass gaben, auf einen zu zeigen und einen auszulachen. Mit Blick auf Mr. Smaller hielt ich es für genauso schlimm, ein Unterhemd zu tragen, denn seine Brust, sein Rücken und seine Arme waren mit drahtigem, gelocktem Haar bedeckt, das sich glänzend schwarz von seiner weißen Haut abhob wie das Fell eines Bären mit fortgeschrittenem Räudebefall.

Als ich ihm an diesem Morgen begegnete, kniete er neben dem riesigen Kessel und murmelte vor sich hin, als ob er eine heftige Debatte mit sich selbst führte. Aber als er mich sah, lächelte er und sagte: »Da ist ja Sammy Davis, Junior persönlich. Singst du *What Kind of Fool Am I* für mich, Sammy?«

»Sie wissen, dass ich nicht singen kann, Mr. Smaller.«

»Jetzt mach mir nichts vor, Sammy. Du singst doch ständig in Vegas und sackst das große Geld ein.«

»Für so viel Geld würde ich vielleicht doch singen.«

»Sobald ich diesen ekelhaften Dreck abgelassen habe«, sagte er und deutete auf das suppige Zeug, das aus dem Kesselschlauch drang, »geh ich schnell nach oben und hole ein paar Tausender aus meiner Keksdose. Reicht das für ein Lied?«

»Manchmal sind Sie wirklich albern, Mr. Smaller.«

»Ja, ich schätze, so billig bringt man dich nicht zum Singen. Wie viel haben sie dir für die Hauptrolle in *Frankie und seine Spießgesellen* bezahlt?«

»Ungefähr 100 Millionen.«

Er tat so, als wäre er beeindruckt. »Warum wohnst du dann immer noch in dieser Absteige?«

»Protziges Leben ist nicht mein Stil.«

»Sieht ganz so aus.« Die restliche Brühe sickerte aus dem Kessel und er drehte den Ablasshahn zu. »Ich wünschte, du wärst *wirklich* Sammy Davis. Dann würdest du diesen Schauspieler Peter Lawford kennen. Mit dem würde ich gern mal sprechen. Er weiß was darüber, wer den Präsidenten wirklich umgebracht hat.«

»Sie meinen Präsident Kennedy?«

»Na, Abe Lincoln sicher nicht. Dieser Lawford, der ist mit Patricia Kennedy verheiratet. Ich sag dir eins: Derjenige, der wirklich abgedrückt hat, war nicht Lee Harvey Oswald. Vielleicht war auch Castro drin verwickelt. Wenn ich deine 100 Millionen hätte, würde ich sie drauf verwetten, dass das alles mit Roswell im Juli '47 zusammenhängt.«

»Wer ist Roswell?«

»Nicht wer. Roswell ist ein Was, ein Ort. In New Mexico. Eine fliegende Untertasse ist da abgestürzt, im Juli '47. Ein paar tote Außerirdische wurden geborgen, und vielleicht auch einer, der noch lebte. Die Regierung hat seitdem Lügen darüber erzählt.«

»Wow.«

Während er den kurzen Schlauch vom Abfluss des Boilers trennte, fuhr Mr. Smaller fort: »Der Ufo-Absturz vom April '62 in der Nähe von Vegas hat sicher was damit zu tun, denn ganz zufällig war Jack Ruby damals in Vegas.« Auf meine Frage, wer Jack Ruby sei, antwortete Mr. Smaller: »Er hat Lee Harvey Oswald umgebracht, gleich nachdem Oswald Kennedy *nicht* umgebracht hatte. Diese Bilderberger-Dreckskerle sind auch darin verwickelt.«

Aus früheren Gesprächen wusste ich, dass die Bilderberger eine internationale Geheimgesellschaft mit Sitz in Genf waren, die im Bunde mit Außerirdischen von anderen Planeten, die unter uns lebten, die geheime Weltregierung bildete. Da ich erst neun Jahre alt war, wusste ich nicht, ob die Bilderberger real waren oder etwas, das Mr. Smaller sich ausgedacht hatte. Ich fand ihn ein wenig verrückt, aber meistens auf eine nette Art, und einige seiner

Geschichten waren unterhaltsam. Da er so viel älter war als ich, schuldete ich ihm Respekt und äußerte nie Zweifel.

An diesem Morgen jedoch hatte mich Fiona Cassidy erschreckt, die zweifellos real war und eine viel unmittelbarere Bedrohung darstellte als die Bilderberger in Genf. Ich hoffte, es würde als die natürlichste Sache der Welt erscheinen, wenn ich das Thema wechselte: »Die neue Dame ist hübsch.«

Mr. Smaller stand auf.: »Alles, was heutzutage schiefläuft, Krieg und Unruhen, das sind diese verdammten Bilderberger.« Er nahm einen Eimer mit Schlamm in jede Hand und ging auf die Kellertür zu, die über eine kurze Rampe zu erreichen war. »All die Tornados im letzten Jahr, 200 Tote, der Krankenschwesternmörder in Chicago, diese gefährlichen neuen Skateboard-Dinger und Nat King Cole, der an Lungenkrebs gestorben ist, erst 45 Jahre alt.«

Ich folgte ihm und sagte: »Sie hat schöne Augen. Die sind blau und violett gleichzeitig.«

»Mädchen in albernen Go-go-Stiefeln, Miniröcke, diese komischen neuen Tänze, der Watusi, der Frug. Was für ein Tanz soll ein Frug sein? Tanzt denn keiner mehr Foxtrott? Das ist alles ihr Plan. Die Bilderberger.«

Als er die Eimer abstellte und die Rampe hinaufstieg, um die Tür aufzuschließen, sagte ich: »Ich glaube, sie hat was im fünften Stock gemietet.«

Er schob den Riegel zur Seite, öffnete die Tür und schien überrascht zu sein, dass es regnete. »Bei dem Wetter hat das keinen Sinn. Der Schlamm kann warten. Ist ja nur Schlamm.« Er schloss die Tür, verriegelte sie und drehte sich um. »Der Lungenkrebs hat auch Edward R. Murrow aufgefressen, aber nimm's mir nicht übel, wenn ich nicht darüber trauere, denn all diese großen Nachrichtenleute wie er sind nichts anderes als Marionetten der Bilder…«

Er brach mitten im Wort ab, legte den Kopf schief und sah mich an, als hätte ihn das, was ich gesagt hatte, mit Verspätung erreicht.

»Von wem redest du, Jonah?«

»Von der hübschen Dame in 6-C.«

Als ich ihren Schlafsack und ihre Tasche gesehen hatte, keine Möbel oder sonstiges Gepäck, hatte ich sie für eine Hausbesetzerin gehalten. Vielleicht hatte sie das Schloss geknackt und sich dort niedergelassen, bis jemand sie fand und sie zum Gehen zwang. Für eine Hausbesetzerin sah sie zu gut aus, aber man konnte nie wissen. Als sie mir gedroht hatte, mir etwas anzutun, wenn ich jemandem von ihr erzählte, hatte sich mein Verdacht zum Teil bestätigt.

Aber jetzt zeigte mir Mr. Smaller, dass ich falschlag. »Du findest sie hübsch?«

»Klar, weil sie's ist.«

»Für mich ist sie das nicht. Wahre Schönheit ist mehr als nur das Aussehen. Sie hat was Hartes, Kaltes an sich, das niemals hübsch sein könnte. Die ist ein schwieriger Fall.«

Ich wusste, was er meinte. Aber jetzt war ich verwirrt. »Warum haben Sie dann an sie vermietet?«

Als er die Rampe herunterkam, erinnerte er mich an einen gutmütigen Troll aus einem Kinderbuch, das ich gelesen hatte. Auf dem Teil seines Kopfes, der nicht kahl war, sträubten sich die schwarzen Haare in alle Richtungen wie zerzauste Stahlwolle.

»Junge, fürs Vermieten bin ich nicht zuständig. Die Makler arbeiten in der Innenstadt, wo diese Firmenbastarde viel Geld dafür kriegen, sich in der Nase zu bohren.« Er blieb bei den Eimern stehen, betrachtete sie und beschloss, sie dort zu lassen, wo sie waren. Dann ging er zurück zu den Heizkesseln. »Diese kaltschnäuzige Firma besitzt an die 100 Müllhalden wie diese. Ich bin nur einer, der mietfrei wohnt, beschissen bezahlt wird und so viele Kakerlaken bekommt, wie er will, solange er dafür sorgt, dass die Bude hier nicht über uns einstürzt.«

Ich folgte ihm und erkundigte mich: »Wie heißt sie?«

»Eve Adams.«

»Sind Sie sicher?«

»Das hat man mir gesagt. Von mir aus kann sie auch Frankenstein heißen. Sie geht mich nichts an. Ist keine Mieterin. Sie wohnt mietfrei wie ich, aber nur für zwei Monate, bis sie die abblätternde Tapete in 6-C abgekratzt, das bröckelnde Linoleum entfernt und die Wände gestrichen hat. Sie zieht von Ort zu Ort und macht das überall. Jeder muss sich irgendwie durchschlagen in dieser harten Welt.«

Während er seinen Werkzeugkasten aufhob, der neben dem Heizkessel stand, stellte ich fest: »Sie sieht nicht wie eine Eve Adams aus.«

»Ach ja? Wie sieht denn eine Eve Adams aus?«

»Nicht wie sie. Sie sollte einen hübscheren Namen haben.«

Er starrte mich einen Moment lang an und stellte dann den Werkzeugkasten ab. Er ging in die Hocke, sodass wir uns direkt in die Augen sahen. »Jungs sind manchmal verknallt. Ich war in der zweiten Klasse in meine Lehrerin verschossen. Nicht nur wegen ihres Aussehens. Sondern weil sie war, wie sie war. Ich dachte, sie würde warten, bis ich erwachsen bin, und dann würden wir für immer zusammen sein. Aber verdammt noch mal, dann hab ich rausgefunden, dass sie verheiratet war. Hat mir mein dummes Herz gebrochen. Und was passiert dann? Sie lässt sich scheiden und heiratet den nächsten Kerl. Mir wird klar, dass sie nicht weiß, wie sehr ich sie liebe – oder dass es ihr egal ist. Also hab ich sie gehasst, so gut ich konnte, aber das hat nur mir geschadet, nicht ihr. Wenn du erwachsen bist, Jonah, werden dir die Frauen so oft das Herz brechen, dass du's nicht mehr zählen kannst. Willst du meinen Rat? Lass sie nicht jetzt schon damit anfangen, wo du noch so jung bist.«

Ich war nicht in Fiona Cassidy alias Eve Adams verknallt, die aus meiner Sicht vielleicht eine Verrückte oder sogar eine Hexe war. Aber aus zwei Gründen beschloss ich, Mr. Smaller nicht so viel zu verraten. Erstens war es nett von ihm, dass er sich darum sorgte, was mit meinem Herzen geschah, und es wäre ihm vielleicht unangenehm gewesen, wenn ich ihm mitgeteilt hätte, dass seine Liebesratschläge fehl am Platz waren. Zweitens, und das war noch wichtiger, durfte er die Frau niemals wissen lassen, dass ich mich nach ihr erkundigt hatte. Sie stach gern zu; ich wurde nicht gern gestochen. Seine Vermutung, dass ich in sie verliebt sei, gab mir Anlass, ihn anzuflehen, mich nicht zu demütigen, indem er ihr von meinen Gefühlen erzählte.

Er schwor, mein Geheimnis zu bewahren, und ich versprach, seinen Rat zu befolgen. Mit einem Händedruck besiegelten wir unsere Vereinbarung: zwei Männer von Welt, Generationen voneinander entfernt, und doch vereint in der Erkenntnis, dass Lieben gefährlich ist und dass keine andere Art der Traurigkeit dem Kummer einer unerwiderten Liebe gleichkommt.

Mr. Smaller richtete sich zu voller Größe auf und wurde vom väterlichen Ratgeber wieder zum paranoiden Griesgram. Während Donnergrollen durch die Stadt rollte und Blitze vor den hohen Kellerfenstern zuckten, sagte er: »Ich habe noch Arbeit zu erledigen. Aber es macht eigentlich keinen Sinn, sie zu erledigen, wenn wir die Russen mit Atombomben in die Luft jagen wollen und es sie schon in den Fingern juckt, dasselbe mit uns zu tun. Krieg hier, Krieg da, überall Verbrechen. Und niemand interessiert sich für was anderes als für die Beatles und einen Typen, der riesige Suppendosen bemalt und das als Kunst verkauft. Für diesen Filmstar, jenen Filmstar, bla, bla, bla. Die Welt ist ein Irrenhaus. Es ist Wahnsinn. Es ist beängstigend. Es sind …«

»Die Bilderberger«, ergänzte ich.

»Ganz genau.«

23

Da ich keine Lust hatte, mich im Regen auf den Weg zum Gemeindezentrum zu machen, hätte ich eigentlich in den ersten Stock gehen und bei Mrs. Lorenzo klingeln sollen, um mich ihrer kleinen Tagesgruppe anzuschließen. Ich sollte nicht mehr als ein paar Minuten allein in unserer Wohnung verbringen, wenn meine Mutter bei der Arbeit war. Für einen Jungen in meinem Alter war ich verantwortungsbewusst, und meine Mutter hatte keinen Grund, sich zu sorgen, dass ich mit Streichhölzern spielen und das Haus abbrennen könnte. Dennoch war sie eher eine Bledsoe als eine Kirk, und Bledsoes ließen ein kleines Kind nicht über längere Zeiträume allein, damit es gar nicht erst Gelegenheit bekam, irgendetwas anzustellen.

Ein halbes Jahrhundert später kenne ich mein Potenzial als Unruhestifter besser als damals. Trotz all der Schwierigkeiten, in die ich geraten bin, frage ich mich rückblickend, warum ich nicht noch mehr Unheil über mich gebracht habe.

Ich wusste, dass die von meiner Mutter aufgestellten Regeln nicht den kreativen Interpretationen unterworfen werden durften, mit denen gerissene Anwälte die Gesetze für ihre kriminellen Klienten auslegten. Sie war eine geradlinige Frau, die sagte, was sie meinte.

Aber nachdem ich Mr. Smaller wieder seinem Murren im Keller überlassen hatte, redete ich mir ein, dass die Regel, die es verbot, längere Zeit allein in unserer Wohnung zu sein, nicht für das stundenlange Verweilen an einem anderen Ort im Gebäude galt – als ob Mom es gutgeheißen hätte, wenn ich mich versteckte, um eine Nachbarin auszuspionieren!

Ich nahm die Hintertreppe in den fünften Stock. Ich schaute durch das kleine Fenster in der Tür. Niemand zu sehen. Ich stellte mir vor, so schleichen zu können wie Napoleon Solo aus *Solo für O.N.C.E.L.*, der Fernsehhit aus dem Vorjahr, der meine Fantasie beflügelt hatte, auch wenn die Geschichten für mich keinen Sinn ergaben. Lautlos huschte ich den Flur entlang. Apartment 6-C war zu meiner Rechten.

Auf der linken Seite, zwischen den Wohnungen 6-A und 6-B, lag eine Abstellkammer. Die Scharniere der Tür knarrten, aber nicht laut. Ohne zu zögern, ging ich hinein und zog die Tür zu. Fiona Cassidy konnte meine Anwesenheit nur bemerken, wenn sie in ihrem Vorraum stand und durch ihren Türspion schaute.

Nachdem ich das Licht in der Abstellkammer eingeschaltet hatte, zog ich an der baumelnden Schnur, die an einer Falltür befestigt war. Diese senkte sich zu mir herab, und eine Leiter klappte hervor, über die ich auf den Dachboden steigen konnte.

In diesem Moment überkamen mich Zweifel. Die Frau hatte mich mit einem Messer bedroht. Vielleicht war es klüger, mich unter einem Bett zu verstecken, als zu versuchen, mehr über sie herauszufinden. Nein, nein, nein. Ich hatte sie in einem Traum gesehen und sie war durch eine verschlossene Tür in unsere Wohnung gelangt. Sie war eine Bedrohung wie keine andere. Ich musste wissen, wer sie war.

Ich holte den Herzanhänger mit der darin eingeschlossenen Feder aus meiner Tasche, und bei seinem Anblick kehrte meine Zuversicht zurück.

Ich war ein Junge, der bereitwillig an Magie glaubte, auch wenn ich weder die Quelle ihrer Macht noch ihren Zweck verstand. Vielleicht war ich so leicht zu verzaubern, weil ich als ein Bledsoe mit der Musik geboren und von ihr durchdrungen war. Musik – gute, großartige Musik – ist selbst magisch, ihre geheimnisvolle Inspiration ist mit dem Geheimnis in allen Dingen verwoben. Wenn wir uns von Mozart oder Glenn Miller entführen lassen, befinden wir uns in Gegenwart des Unaussprechlichen, für das alle Worte so unzureichend sind, dass der Versuch, es zu beschreiben, selbst bei überschwänglichem Lob und Worten vollkommener Schönheit einer Blasphemie gleichkommt.

Am oberen Ende der Leiter, am Rahmen der Falltür, war ein Lichtschalter. Unangenehmes Licht kam von nackten Glühbirnen in Keramikfassungen, die in großen Abständen zwischen den Deckenbalken angebracht waren. Die Schatten flohen nicht, sondern zogen sich lediglich zurück, gruppierten sich neu und hielten Wache.

Der Dachboden war nicht so hoch, dass ein erwachsener Mann dort aufrecht stehen konnte, aber ein Junge wie ich hatte viel Kopffreiheit. Die Wasserleitungen für die Wohnungen im fünften Stock verliefen durch diesen Raum, ebenso die elektrischen Leitungen und die Lüftungsschächte der Badezimmer. Zwischen den Bodenbalken waren die primitiven Isoliermaterialien früherer Jahrzehnte in den letzten Jahren durch Rollen aus rosa Glaswolle ersetzt worden.

Ich zog an der obersten Stufe und die Segmente der Leiter klappten mit einem leisen, lang anhaltenden Geräusch in sich zusammen. Die Falltür schmiegte sich mit einem dumpfen Laut wieder in ihren Rahmen.

Wenn ich einen falschen Schritt machte und einen der fünf Zentimeter breiten Balken verfehlte, würde mein Fuß durch die Isolierung brechen. Wenn er auch noch die Gipskartondecke durchbrach, würde jeder unter mir mein Bein herabbaumeln sehen.

Zum Glück waren hier und dort dicke Spanplatten an die Balken geschraubt worden, die mir als Trittsteine dienen konnten. Vorsichtig bahnte ich mir meinen Weg nach Norden, zu dem Teil des Gebäudes, in dem Apartment 6-C lag. Ich sah den breiten Lüftungsschacht des Kochfeldes und wusste, dass darunter die Küche liegen musste. Ich ließ mich dort nieder, um zu lauschen.

Obwohl ich so mager war, erzeugten meine Schritte einiges Knarren und Knistern, aber ich bezweifelte, dass diese Geräusche Fiona Cassidys Argwohn erregen würden. Der heftige Regen, der auf das Dach traf, und der Wind, der um die Ecken fegte, rangen dem alten Gebäude so viele Klagelaute ab, dass die Geräusche, die ich erzeugte, sich nicht davon unterscheiden ließen.

Ich hatte schlafende Motten geweckt, die nun von Lampe zu Lampe huschten. Sie schwebten, zitterten und öffneten ihre grauen Gewänder, um ihre verletzlichen Körper dem Licht darzubieten, das sie anbeteten. Zwischen den Bodenbalken lebten zweifellos Legionen von fleißigen Silberfischchen in den Schichten der Glasfaserisolierung, von der sie sich ernährten, aber nur ein paar wagten sich auf die Spanplatten und huschten durch die Falten meiner Jeans. Ich musste mich beherrschen, um sie nicht geräuschvoll wegzubürsten.

In die Küchendecke war ein Loch geschnitten worden, um das Blechrohr unterzubringen, das Rauch und Gerüche vom Kochfeld in Richtung Dach abführte. Das Loch war auf jeder Seite gut einen halben Zentimeter breiter als die Rohrleitung und die Lücken waren nicht abgedichtet worden. Durch diesen schmalen Spalt würde ich vielleicht besser in der Lage sein, zu hören, was sich im Raum darunter abspielte, als durch das Rohr selbst.

Ich hatte gelernt, Geduld zu haben in den Monaten, in denen Tilton meinem Wunsch nach Klavierunterricht im Weg gestanden hatte, daher wartete ich, ohne zu zappeln. Nach etwa 15 Minuten hörte ich gedämpfte Stimmen und war überrascht, als ein Lichtstrahl durch den Spalt drang und das Metallrohr einhüllte, an dem ich lauschte.

Hätte jemand vor dem Einschalten des Küchenlichts nach oben geschaut, hätte er vielleicht durch die Lücken den schwachen Schein der Dachbodenlampe gesehen und erkannt, dass er von oben belauert wurde.

Ich nahm an, dass die Frauenstimme die von Fiona Cassidy war, obwohl sie durch die dazwischenliegende Bausubstanz zu gedämpft und verzerrt war, um sie mit Sicherheit identifizieren zu können. Ich glaubte die Worte »kleiner Scheißer« und »Schnüffler« zu hören, aber ich hätte es mir auch einbilden können. Die Frau sprach die meiste Zeit und schien die Dominante zu sein. Der Mann redete leise und zurückhaltend, wie mir schien, und ich hatte den Eindruck, dass er vielleicht eine Fremdsprache benutzte.

Nach etwa zehn Minuten ging der Mann. Eine Tür wurde geschlossen. Die Frau blieb zurück und summte eine Melodie, die ich nicht kannte. Bald nahm ich den Geruch von frischem Kaffee wahr. Ein Löffel klapperte am Porzellan, als sie ihn umrührte. Sie verließ die Küche, ohne das Licht auszuschalten.

Ich bewegte mich langsam und vorsichtig von einer Spanplatteninsel zur nächsten und suchte Fiona Cassidy. Schließlich hörte ich durch das weiße Rauschen des Regens auf dem Dach und den Wind, der um das Gebäude tobte, wie sie *Paint It Black* sang, ein Hit der Rolling Stones in diesem Sommer. Als Sängerin stellte sie keine Konkurrenz für meine Mutter dar – oder für sonst jemanden. So, wie meine Mutter ihre schmutzige Wäsche nie in der Öffentlichkeit wusch, sollte diese Frau besser nie außerhalb ihrer Wohnung singen, und vielleicht nicht einmal dort.

Schließlich vertrieb mich nicht ihr Gesang, sondern die Langeweile vom Dachboden. Ich hatte erwartet, irgendein tiefes und schreckliches Geheimnis zu erfahren, indem ich ihr nachspionierte. Aber das Leben ist nicht so vorhersehbar wie die Filme. Im Leben werden tiefe und schreckliche Geheimnisse meist nicht dann gelüftet, wenn man danach sucht, sondern dann, wenn man sie am wenigsten erwartet und unvorbereitet ist.

Und wenn ich ehrlich bin, muss ich zugeben, dass ich nach einer Weile den Verdacht hatte, dass diese seltsame Frau wusste, dass ich auf dem Dachboden war, dass sie mich belauschte, während ich sie belauschte. Als sie anfing, eine grauenhaft schlechte Version von *Hang On Sloopy* zu singen, war ich mir ziemlich sicher, dass sie das Wort zu *Snoopy* änderte – *Schnüffler.*

24

Trotz des Regens ging ich schließlich doch noch ins Gemeindezentrum und verbrachte den Nachmittag am Klavier. Als ich kurz vor 17 Uhr nach Hause kam, ließ das Unwetter nach. Die Dachrinnen liefen nicht mehr über und die Straßen waren freigespült. Die Scheibenwischer aller Autos waren auf langsame Geschwindigkeit eingestellt, und die Autofahrer hatten aufgehört zu hupen, als wären sie vom Gewitter erschöpft. Die Stadt schien zur Ruhe zu kommen.

Im Eingangsbereich traf ich Mr. Yoshioka, der seinen Regenschirm mit einem weißen Tuch trocken wischte. Er hatte bereits seine Galoschen ausgezogen und sie ebenfalls abgetrocknet. Er nickte, verbeugte sich leicht und sagte: »Schönen Nachmittag, Jonah Kirk.«

»Schönen Nachmittag, Mr. Yoshioka.«

»Ist es nass genug für dich?«

Sein Lächeln verriet mir, dass er diese Frage für amüsant hielt, und ich lächelte zurück. »Ein guter Tag für Enten.«

»Wirklich? Ja, ich nehme an, das stimmt. Aber ich habe noch keine gesehen. Du etwa?«

»Nein, Sir.«

Er bückte sich, um das Wasser aufzuwischen, das er in den Hausflur geschleppt hatte, und fügte hinzu: »Vielleicht bleiben die Enten sogar an Ententagen in den Parks, wo es Teiche gibt.«

Da der Eingangsbereich mit einem Fliesenboden ausgestattet war und Mr. Smaller diesen an Schlechtwettertagen regelmäßig wischte, war ich nie auf den Gedanken gekommen, auf diese Weise meine Spuren zu beseitigen. Tatsächlich hatte das außer Mr. Yoshioka auch noch niemand sonst im Gebäude getan.

Er hob seine Galoschen und seinen zusammengeklappten Schirm auf und verbeugte sich noch einmal halb vor mir: »Hoffen wir, dass morgen ein Tag für Singvögel ist.«

»Hoffen wir's.« Ich verbeugte mich auch vor ihm und wünschte sofort, ich hätte es nicht getan, denn ich befürchtete, er könnte es für einen Versuch halten, mich über ihn lustig zu machen, was nicht der Fall war.

Er stieg die Treppe in den vierten Stock hinauf. Weil es mir peinlich war, eine Regenwasserpfütze auf dem Boden zu hinterlassen, setzte ich mich erst in Bewegung, als er schon mindestens vier Treppen Vorsprung hatte.

In unserer Wohnung stellte ich den nassen Regenschirm in einen Behälter, der zu diesem Zweck neben der Tür stand, und legte meine Galoschen zum Trocknen auf eine Gummimatte daneben.

Inzwischen war mir klar geworden, dass Mr. Yoshioka in 5-C wohnte, der Wohnung direkt unter derjenigen, in der Fiona Cassidy – alias Eve Adams – sich vorübergehend einquartiert hatte. Die Möglichkeit, ihn vielleicht als Verbündeten bei meinen Nachforschungen über diese Frau zu gewinnen, kam mir verlockend vor.

Meine Mutter war noch nicht von Woolworth zurückgekehrt, weil sie nach der Arbeit noch etwas anderes zu erledigen hatte. Sie hatte angekündigt, sie rechne nicht damit, vor 18 Uhr zu Hause zu sein, womit sie danach nur wenig Zeit hätte, sich umzuziehen und zum Slinky's aufzubrechen.

Am Vortag hatte sie Erdnussbutterplätzchen nach dem Rezept von Grandma Anita gebacken. Anders als die meisten Kekse dieser Art waren sie nicht fettig oder zäh, sondern knusprig und knackig. Nachdem sie sie zum Abkühlen aus dem Ofen genommen hatte, raspelte sie dunkle Schokolade darüber, die schmolz und sich zu einer dünnen Kruste verfestigte.

Sie bewahrte die Plätzchen in einer tiefen, runden Dose auf. Begeistert von meinem schlauen Einfall legte ich ein halbes Dutzend der Leckerbissen auf einen Pappteller, wickelte sie fest in Frischhaltefolie und trug sie in den vierten Stock, um sie Mr. Yoshioka zu überreichen, weniger als Nachbarschaftsgeschenk, sondern um ihn für eine Verschwörung zu gewinnen. Meine Motive waren nicht *völlig* verwerflich. Ich mochte den Schneider wirklich und hatte Mitleid mit ihm, falls es stimmte, dass er, wie alle vermuteten, eine tragische Vergangenheit hatte.

In unserem Leben erleben wir manchmal Momente von großer Bedeutung, die wir jedoch nicht erkennen und die uns manchmal erst nach vielen Jahren bewusst wird. Jeder von uns verfolgt seine Absichten und konzentriert sich auf diese, und deshalb sind wir oft blind für das, was direkt vor unseren Augen liegt.

Als Mr. Yoshioka im vierten Stock auf mein Klingeln hin die Tür öffnete, sah ich nur einen Nachbarn vor mir, einen schüchternen Mann, der noch immer seine Arbeitskleidung trug. Er hatte seine Anzugjacke nicht ausgezogen, seine Krawatte nicht gelockert.

Ich hielt ihm den Teller hin. »Die hat meine Mutter gemacht. Die schmecken Ihnen bestimmt.«

Er schien unsicher zu sein, ob ich ihm die Kekse wirklich geben wollte. »Die hat deine Mutter hergestellt?«

»Sie hat sie gebacken. Mit Erdnussbutter. Schmecken köstlich mit Milch. Oder ohne. Sie müssen keine Milch dazu trinken. Ich meine, wenn Sie vielleicht keine Milch mögen oder Ihnen davon schlecht wird.«

»Ich mache gerade Tee.«

»Die passen vielleicht auch zu Tee. Zu Milch oder Kaffee auf jeden Fall.«

Zögernd nahm er den Teller. »Möchtest du mit mir Tee trinken, Jonah Kirk?«

»Ja, das wäre toll. Vielen Dank.«

Seine Anzugschuhe standen auf einer Matte neben der Tür. Er trug nun Socken und weiße Hausschuhe.

»Es ist nicht nötig, dass du deine Schuhe ausziehst«, sagte er.

»Nein, das möchte ich aber. Bei Ihnen zu Hause will ich alles so machen, wie Sie es machen.«

»Ich halte mich nicht an alle japanischen Traditionen. Du brauchst keine Angst zu haben, dass wir uns zum Essen auf den Boden setzen. Das tue ich auch nicht.«

»Wir auch nicht«, erwiderte ich, während er die Tür schloss. »Das haben wir nie getan. Mein Volk, meine ich. Höchstens damals, als sie Sklaven waren, weil man ihnen vielleicht keine Möbel gegeben hat. Aber ich glaube, dass sie welche bekommen haben. Natürlich keine schicken Möbel, keine von Macy's, nur grob zusammengezimmerte Sachen.«

Er lächelte und nickte. »Ich versichere dir auch, dass ich nichts von der alten Tradition des Seppuku halte.« Als ich ihn verständnislos anstarrte, fuhr er fort: »Das ist das höfliche Wort für Harakiri.«

Ich hatte ein paar alte Kriegsfilme gesehen. Ich wusste, was Harakiri war. Selbstmord durch das Schwert. Das Aufschlitzen der Eingeweide.

»Mach es dir im Wohnzimmer bequem, Jonah Kirk. Ich komme gleich mit dem Tee.«

Ich fragte mich, ob ich mich in Schwierigkeiten gebracht hatte, und falls ja, was für Schwierigkeiten es sein mochten.

25

Nachdem ich meine Schuhe ausgezogen hatte, ging ich auf Socken ins Wohnzimmer. Zuerst fiel mir auf, wie sauber Mr. Yoshioka seine Wohnung hielt. Meine Mutter hatte einen Putzfimmel, aber unsere Wohnung glänzte nicht so.

Der Raum wirkte makellos, zum Teil auch deshalb, weil er nicht viel enthielt, so war es gar nicht erst möglich, Unordnung zu schaffen. Die Linien der Couch aus Walnussholz mit Lattenrost waren streng; die Kissen waren mit einem goldenen Stoff bezogen. Die dazu passenden

Sessel waren mit schwarzen Kissen ausgestattet. Auf zwei einfachen Beistelltischen standen schwarze Keramiklampen mit goldenen Schirmen.

Der Holzboden war glatt geschliffen und auf Hochglanz poliert. Ich nahm an, dass Mr. Yoshioka die Arbeit selbst gemacht hatte. Mr. Smaller führte nur die notwendigsten Reparaturen durch, keine Verschönerungen.

An den Wänden auf beiden Seiten befanden sich große, sechsflächige japanische Paravents aus blassgoldener Seide. Auf der linken Seite war ein einzelner Tiger zu sehen, der mit großen, wachsamen Augen ruhte. Auf der rechten Seite waren zwei Tiger beim Spielen dargestellt, deren Kraft und Anmut so überzeugend aussahen, dass ich fast damit rechnete, dass sie sich auf der Seide in Bewegung setzen würden.

Mr. Yoshioka kam mit einem lackierten Tablett zurück, auf dem zwei weiße Porzellanteller standen. Auf dem einen lagen die Plätzchen meiner Mutter, auf dem anderen eine Auswahl an zentimetergroßen Kuchen mit pastellfarbenem Zuckerguss in verschiedenen Schattierungen. Außerdem gab es kleinere Teller und Stoffservietten.

Während er die Sachen vom Tablett auf den Couchtisch stellte, bemerkte Mr. Yoshioka: »Du bewunderst die Raumteiler.«

»Die sind wirklich cool.«

»Das sind Kopien der Werke des Meiji-Meisters Takeuchi Seiho. Ich habe sie in Auftrag gegeben. Originalgetreue Reproduktionen. Aber die Originale waren viel eindrucksvoller. Meine Familie besaß sie früher. Dann sind sie verloren gegangen.«

»Wow. Wie kann man was so Großes denn verlieren?«, fragte ich.

»Nicht so leicht.«

»Wo sind sie verloren gegangen?«

»In Kalifornien.« Mr. Yoshioka ging mit dem leeren Tablett in die Küche zurück.

Das einzige andere Kunstwerk stand auf einem Sockel zwischen zwei Fenstern, die mit Reispapierjalousien in der Farbe von hellem Tee abgedeckt waren. Es handelte sich um eine Elfenbeinskulptur von ungewöhnlicher Größe, etwa 60 Zentimeter hoch, 60 breit und 30 tief: eine hübsche japanische Dame in einem kunstvollen Kimono, die mit großem Realismus dargestellt war.

Als Mr. Yoshioka zurückkam und ein Tablett mit einer Teekanne und zwei zarten Tassen brachte, erklärte er mir: »Das ist ein Meiji-Original des unvergleichlichen Asahi Gyokuzan. Es ist auf 1898 datiert. Im Jahr 1901 stellte er eine größere, noch prächtigere Version vor, die vom Kaiser erworben wurde.«

Während Mr. Yoshioka den Tee einschenkte, stand ich wie gebannt vor der Elfenbeinschnitzerei. Sie war das Schönste, das ich je gesehen hatte.

»Sie ist eine Hofdame. Ihr zeremonieller Kimono hat 19 Schichten, deren Falten der Bildhauer minutiös herausgearbeitet hat.«

Die Statue war so sinnlich, dass ich sie berühren wollte, aber ich wusste, dass das unangebracht war.

»Sie hat einmal meiner Familie gehört, aber sie ging verloren. Jahre später fand ich sie und kaufte sie. Das war ein sehr glücklicher Tag. Ich habe den Tee eingegossen.«

Er setzte sich auf das Sofa und ich nahm mir einen Sessel. Ich nippte am Tee, der heiß, fast farblos, beinahe geschmacklos und etwas bitter war.

Mr. Yoshioka beobachtete mich und wirkte amüsiert. »Ich dachte mir schon, dass du so reagieren würdest«, sagte er, obwohl ich mich nicht beschwert hatte. Er deutete auf einen winzigen Porzellankrug von der Größe eines Männerdaumens. »Mit Orangenblütenhonig wird er süßer.«

Ich goss Honig in die Tasse und war dankbar dafür. Mein Gastgeber trank das Gebräu ungesüßt.

Als ich einen der kleinen Kuchen probierte, war dieser dezent gewürzt, vielleicht mit Mandelextrakt, und nur leicht süß, aber genießbar.

Er probierte einen der Kekse und war begeistert, was mich nicht überraschte, wenn diese kleinen pastellfarbenen Küchlein seine Vorstellung von einem Leckerbissen waren. Als er das erste Mal in eins der Erdnussbutterplätzchen meiner Mutter biss, muss sich ihm eine ganz neue Welt eröffnet haben.

»Was ist Mai-jieh?«, fragte ich.

»Eine Ära der japanischen Geschichte. Die Regierungszeit von Kaiser Mutsuhito, von 1868 bis 1912. Meiji bedeutet aufgeklärter Frieden. Ist dir langweilig?«

»Nein, Sir. Ich mag die Tiger und die Hofdame sehr.«

»Ich bin kein interessanter Mann. Früher oder später werde ich dich langweilen. Sag mir, wenn es so weit ist.«

»Na gut. Aber ich glaube nicht, dass Sie das tun werden.«

»Doch, doch«, beharrte er. »Die Meiji-Künstler haben noch lange nach dem Ende von Mutsuhitos Herrschaft in diesem Stil gearbeitet. Mein verehrter Vater und meine geliebte Mutter sammelten Kunst aus der Meiji-Zeit und der älteren Edo-Zeit. Sie besaßen Hunderte von Stücken.

Kunstwerke. Ich wuchs in Räumen auf, die mit Meiji-Magie gefüllt waren.«

»Hunderte? Was ist mit ihnen geschehen?«

»Verloren. Alle gingen verloren, bis auf die Hofdame aus Elfenbein, die ich gefunden habe.«

»Warum haben Ihre Eltern so viele Sachen verloren?«

Er zuckte mit den Achseln. »Es war niemandes Schuld.«

»Waren sie auch Künstler?«

»Meine Mutter, in gewisser Hinsicht. Sie arbeitete mit Nadel und Faden an kunstvollen Stickereien. Mein Vater war ein bescheidener Schneider. Die Kekse deiner Mutter passen gut zum Tee.«

»Diese Kuchen auch.« Ich nahm mir einen dritten, obwohl ich ihn eigentlich nicht wollte. Der Tee schmeckte mit Honig besser, aber es war keine Coca-Cola.

»Deine Mutter hat großes Talent.«

»Sie haben sie singen gehört?«

»Ja, in dem Club, in dem sie arbeitet.«

Ich konnte ihn mir nicht in einem solchen Lokal vorstellen. »Sie meinen … Slinky's?«

»Das ist richtig. Ich war nur einmal dort. Sie wollten, dass ich alkoholische Getränke bestelle. Von Zeit zu Zeit habe ich mir, wie es sich dort gehört, einen Martini bestellt.«

»Ich glaube, Martinis sind ziemlich stark.«

»Ja, aber ich trinke nicht. Ich habe die Martinis bezahlt, sie aber nicht angerührt. Aus irgendeinem Grund hat das den Geschäftsführer gestört. Ich hatte das Gefühl, dass ich nicht noch einmal dort hingehen sollte.«

Irgendetwas an seiner Art zu sprechen, die Förmlichkeit seiner Sätze und das Fehlen von Slang, kam mir bekannt vor.

Es war, als hätte ich schon einmal jemanden gekannt, der so sprach, nicht gestelzt, sondern mit ernster Zurückhaltung.

»Hat Mom Sie im Slinky's gesehen?«

»Nein. Ich saß an einem Ecktisch, weit weg von der Bühne. Ich wollte mich nicht aufdrängen, nur zuhören. Jetzt langweile ich dich.«

»Nein, Sir. Sogar ganz im Gegenteil. Wo haben Sie und Ihre Familie in Kalifornien gelebt?«

»Zuerst in Los Angeles. Später an einem Ort namens Manzanar.«

»Da gibt es Palmen, Strände und es ist immer warm. Vielleicht ziehe ich mal dorthin, wenn ich erwachsen bin. Warum sind Sie weggezogen?«

Er verstummte und starrte in seinen Tee, als könnte er die Zukunft darin lesen. Dann antwortete er: »Hier habe ich Arbeit gefunden. Arbeit ist Leben und Sinn. Faulheit ist Sünde und Tod. Am Ende des Kriegs war ich 18 Jahre alt und brauchte Arbeit. Ich kam aus Kalifornien hierher, um zu arbeiten.«

»Sie meinen nach dem Zweiten Weltkrieg?«

»Genau, ja.«

Ich rechnete nach. »Dann sind Sie fast 40. Aber Sie sehen gar nicht alt aus.«

Er sah von seinem Tee zu mir und lächelte. »Du auch nicht.«

»Ich habe das nicht so gemeint, wie es geklungen hat.«

»Es klang ehrlich. Ehrlich ist gut.«

Mir stieg wieder das Blut in den Kopf, aber da ich immer noch schwarz war, konnte er es nicht bemerken.

»Jetzt langweile ich mich schon selbst«, sagte er. »Dann muss es dir genauso gehen.«

Mir kam der Gedanke, dass diese Sorge, mich zu langweilen, vielleicht seine Art war, unser Treffen höflich zu beenden, und mir wurde klar, dass ich das Thema, das mich dazu inspiriert hatte, ihm Kekse zu bringen, noch gar nicht angesprochen hatte.

Ich schaute an die Decke und sagte: »Es ist so ruhig hier, so friedlich. Ich hoffe, die neue Dame in 6-C stört Ihre Ruhe nicht.«

»Warum sollte sie?«

»Sie entfernt das Linoleum, kratzt Tapeten ab …«

»Wahrscheinlich tut sie das, während ich auf der Arbeit bin.«

»Ja, aber sie sieht …«

Er legte den Kopf schief. Der Blick seiner schwarzen Augen war so neugierig und direkt wie der einer wachsamen Krähe. »Ja? Sie sieht aus? Wie sieht sie aus?«

»Laut.«

Er musterte mich über seine Teetasse hinweg und neigte diese, um einen Schluck zu trinken. »Laut meinst du bestimmt nicht.«

»Tue ich nicht?«

»Tust du nicht.«

»Was meine ich dann?«

»Ich warte darauf, dass du es mir verrätst.«

»Gemein«, sagte ich. »Vielleicht ein bisschen verrückt. Sie ist ein bisschen gemein-verrückt.«

Er stellte seine Teetasse ab und beugte sich vor. »Ich habe diese Frau gestern auf der Treppe getroffen. Ich habe Guten Tag gesagt, aber sie nicht.«

»Was hat sie denn gesagt?«

»Sie hat einen Vorschlag gemacht, den ich jetzt nicht

wiederholen werde. Gemein – so leid es mir tut, aber ja. Verrückt – vielleicht.« Er beugte sich noch weiter vor. »Darf ich dir etwas verraten, Jonah Kirk, und mir sicher sein, dass du es nicht weitersagst?«

Ich hob meine rechte Hand. »Ich schwöre bei Gott.«

»Das beste Wort, um sie zu beschreiben, ist *gefährlich*. Ich bin in meinem Leben schon gefährlichen Menschen begegnet. Bitte glaub mir, es ist so.«

»Ich glaube Ihnen, Sir.«

»Auch wenn dich diese Eve Adams fasziniert, widersteh deiner Neugier. Sie bedeutet nur Ärger. Hoffen wir, dass sie wieder verschwindet, ohne Schaden anzurichten.«

Einen Moment lang überlegte ich, ob ich ihm von meinen Erfahrungen mit der Frau erzählen sollte. Aber es schien mir, dass ich ihm, wenn ich ihm von ihren Drohungen erzählte, auch sagen müsste, dass ich sie in einem Traum gesehen hatte, erwürgt. Ich wollte nicht, dass er zu der Ansicht gelangte, das beste Wort, um mich zu beschreiben, sei *durchgedreht*. Ich beschränkte mich auf die Äußerung: »Ich glaube, dass sie vielleicht eine Hexe ist.«

Er hob die Augenbrauen. »Wie ungewöhnlich. Warum glaubst du das?«

»Manchmal … erscheint sie einfach.«

»Erscheint wo?«

»Sie wissen schon, wie aus dem Nichts. An Orten, an denen sie gar nicht sein kann.«

»Das konnte ich noch nicht beobachten.«

Da ich bereits zu viel gesagt hatte, erhob ich mich und fügte noch hinzu: »Das ist unheimlich. Jedenfalls, wenn Sie da oben irgendwas Komisches hören … Ich meine, was Verdächtiges …«

»Ich rechne damit, dass ich viele verdächtige Dinge hören werde, Jonah Kirk. Aber ich werde nicht hinhören.«

»Hm? Nicht hinhören?« Ich versuchte zu enträtseln, was er meinte. »Interessiert es Sie denn nicht, ob sie was Böses vorhat?«

»Ich bin besorgt. Aber ich will keinen Ärger. Ich habe schon genug Ärger gehabt, weißt du? Mehr als genug.«

»Na ja … Okay, klar. Schätze, schon.« Als er von der Couch aufstand, sagte ich: »Danke für die kleinen Kuchen. Und den Tee. Und den Honig.«

Mit einer halben Verbeugung erwiderte er: »Danke, Jonah Kirk, dass du die köstlichen Kekse deiner Mutter mit mir geteilt hast. Das war sehr nett von dir.«

Während ich zu Mrs. Lorenzos Wohnung hinunterging, machte sich eine große Enttäuschung in mir breit. Ich hatte gehofft, dass Mr. Yoshioka sich mit mir zusammentun würde, um die Wahrheit über Fiona Cassidy herauszufinden. Er war ein kleiner Mann, vielleicht 1,65 Meter groß und schlank, aber während unseres Besuchs war ich zu der Überzeugung gelangt – ich weiß nicht, warum –, dass er tapfer, sogar mutig war. Vielleicht hatte ich mich zu sehr von den Tigern an seinen Wänden beeindrucken lassen.

26

Ich weiß nicht mehr, was ich als Nächstes erwartet hatte. Vielleicht hat mich mein Gedächtnis nach all den Jahren im Stich gelassen. Vielleicht rechnete ich aber auch nicht mit irgendeiner bestimmten bösen Tat, sondern lebte im Schatten einer allgemeinen ängstlichen Erwartung, sowohl meinen Vater als auch Fiona Cassidy betreffend.

Das Labor-Day-Wochenende kam. Am Dienstag würde ich wieder am Unterricht in der Saint Scholastica School teilnehmen. Am Samstag kehrte ich nach einer langen Klavierstunde im Gemeindezentrum um 17:20 Uhr in unsere Wohnung zurück, nachdem meine Mutter früh zum Slinky's aufgebrochen war.

Im Bad wusch ich mir am Waschbecken Gesicht und Hände. Dann ging ich in mein Zimmer, nahm die Chenille-Decke vom Bett, faltete sie zusammen, legte sie auf ein Regalbrett im Schrank und deckte die Bettwäsche auf, damit ich das später nicht mehr tun musste. Der Tag war warm, das Zimmer stickig. Ich schob den unteren Fensterflügel hoch, um zu lüften.

In der Küche war ein Zettel mit einem Magneten am Kühlschrank befestigt: ›Sag Donata Bescheid, wenn du zu Hause bist. Sie bringt dir das Abendessen und bleibt, damit du in deinem eigenen Bett schlafen kannst. Ich hab dich lieber als alles andere auf der Welt. Mom.‹

Es waren ein paar Tage vergangen, seit ich mit Mr. Yoshioka Tee getrunken hatte, und ich hatte Fiona Cassidy seitdem nicht mehr gesehen. Ich überlegte, ob ich für ein paar Minuten auf den Dachboden gehen sollte, um vielleicht etwas aus Wohnung 6-C zu hören. Gerade als ich beschloss, diese Dummheit sein zu lassen, klingelte es an der Tür. Durch den Türspion sah ich Mr. Yoshioka.

Als ich öffnete, sagte er im Flüsterton: »Guten Abend, Jonah Kirk. War der Tag sanft zu dir?«

Ich folgte seinem Beispiel und flüsterte ebenfalls. »Sanft? Ich denke, ja. Was ist mit Ihnen, Sir?«

»Ich habe schon Schlimmeres erlebt, danke. Ich würde gern mit dir sprechen.«

Ich trat zurück. »Oh, sicher, kommen Sie rein.«

»Unter vier Augen«, flüsterte er.

»Es ist niemand hier außer mir.«

Er kam herein, schloss die Tür und lehnte sich mit dem Rücken an sie, als wollte er sie gegen eine feindliche Macht absichern. »Tut mir leid, dass ich hier so hereinplatze.«

»Kein Problem«, versicherte ich ihm. »Wollen Sie sich setzen und was trinken? Ich kann keinen Tee kochen, aber ich kann heiße Schokolade machen oder Ihnen vielleicht ein Root Beer öffnen.«

»Sehr freundlich von dir, aber ich kann nur einen Moment bleiben. Ich bitte um Entschuldigung.«

»Was gibt's?«

»Miss Eve Adams war nicht laut, ganz und gar nicht. Aber bei zwei Gelegenheiten, jeweils für eine Stunde, gab es einen äußerst störenden ...« Er bekam einen gequälten Gesichtsausdruck, als ob er die nötige Grobheit des nächsten Worts bedauerte. »Gestank.«

»Ein Gestank?«

»Ja. Ziemlich stark.«

»Was für einer?«

»Ein chemischer Geruch. Ähnlich, aber nicht genau gleich wie Trichlorethen. Das ist die Flüssigkeit, die bei der chemischen Reinigung verwendet wird. Als Schneider kenne ich mich damit aus.«

»Vielleicht ist das was, das sie benutzt, um das alte Linoleum zu entfernen.«

»Das glaube ich nicht. Ganz und gar nicht. Nein.«

Er runzelte die Stirn und kniff die Lippen zusammen.

»Sie scheinen sich Sorgen zu machen.«

»Es ist wie Trichlorethen, aber ich glaube, es ist flüchtiger.«

»Flüchtig? Ich kenne mich mit Klavieren aus, aber nicht mit Chemikalien.«

»Leichter entflammbar«, erklärte er. »Es könnte ein Feuer, eine Explosion, eine Katastrophe geben. Ich will kein Panikmacher sein.«

»Flüchtig«, wiederholte ich. Mir kam in den Sinn, dass dieses Wort sowohl auf die Frau als auch auf die Chemikalie zutraf, die Mr. Yoshioka gerochen hatte. »Sind Sie sicher, dass es aus 6-C kommt?«

»Gestern Abend bin ich in den fünften Stock gegangen, um zu schnuppern.« Seine Haut war nicht dunkel genug, um sein Erröten zu verbergen. Ich war mir nicht sicher, was ihn in Verlegenheit brachte – vielleicht dass er bei einer Nachbarin spioniert hatte, vielleicht dass ich ihn für einen Panikmacher halten könnte. »Der Geruch war vor ihrer Tür am stärksten.«

»Haben Sie es Mr. Smaller gesagt?«

»Ich wollte abwarten, ob es heute Abend ein drittes Mal vorkommt. Aber vor ein paar Minuten, als ich von der Arbeit nach Hause kam, fand ich das hier in meiner Küche.«

Aus einer Tasche holte er vier Teile eines Fotos hervor, das mit einer Polaroidkamera aufgenommen worden war. Er reichte sie mir, und ich musste sie nicht erst richtig zusammensetzen, um zu erkennen, dass es sich um ein Foto des sechsteiligen Paravents aus bemalter Seide handelte, auf dem zwei Tiger zu sehen waren.

Mr. Yoshioka sagte: »Die Teile wurden gestapelt und dann mit einem Messer aus einer meiner Küchenschubladen an mein Schneidebrett gespießt.« Ich gab ihm das zerschnittene Bild zurück, und seine Hand zitterte, als er die Stücke entgegennahm. »Ich glaube, das ist eine

Drohung. Eine Warnung, nicht mehr vor ihrer Tür herumzuschnüffeln oder mich über den Gestank zu beschweren.«

»Sie glauben, Eve Adams hat Sie an ihrer Tür gesehen?«

»Ich weiß nicht, was ich glauben soll.«

»Wie ist sie denn in Ihre Wohnung gekommen, um ein Polaroid zu machen?«

»Gute Frage.« Mit zitternder Hand steckte er die Bildfragmente in eine Anzugtasche zurück.

»Ihre Tür war abgeschlossen?«

»Ja. Und wie du habe ich zwei Türschlösser.« Er wollte noch etwas sagen, sah sich dann aber im Raum um, konzentrierte sich auf eines der Fenster mit Blick zur Straße und schaute schließlich auf seine rechte Hand hinunter, erst auf die Handfläche, dann auf den Handrücken und seine schlanken, wohlgeformten Finger. »Ich bin nur gekommen, um dir mitzuteilen, dass ich mich von dieser Frau fernhalten werde, nicht mehr in den fünften Stock gehen und ihr keinen Grund geben werde, wütend auf mich zu sein. Ich denke, du solltest dasselbe tun, dir und deiner Mutter zuliebe.«

Eine Stimme in meinem Gedächtnis: *Ich schneide gern. Glaubst du mir das?*

»Was ist los?«, fragte er.

»Ich habe Ihnen nicht alles über diese Frau erzählt.«

»Ja, das weiß ich.«

Überrascht fragte ich: »Wirklich? Woher?«

»Wie nennt man das Gesicht eines guten Pokerspielers?«

»Ein Pokerface«, erwiderte ich.

»Ja, ich glaube, das ist richtig. Du hast keins. Ich habe keine Ahnung, was du mir vorenthalten hast, aber ich weiß, dass du mir etwas vorenthältst.«

Ich zögerte, aber dann sagte ich: »Sie hat mich mit einem Messer bedroht.«

Ich glaube, er war schockiert, aber ich kann es nicht mit Sicherheit sagen, denn er hatte ein Pokerface. »Wo ist das passiert?«

»Hier in der Wohnung. Erinnern Sie sich daran, dass ich sagte, dass sie wie von Zauberhand erscheinen kann, von einem Moment auf den anderen?«

»Warum bedroht sie dich mit einem Messer?«

Ich räusperte mich, wischte mir die Nase am Ärmel ab, obwohl das nicht nötig gewesen wäre, verschränkte die Finger, knackte mit den Fingerknöcheln und antwortete schließlich: »Na ja, sie hat die Tür zu 6-C offen gelassen und ich habe mich dadrin ein bisschen umgesehen.«

Pokerface hin oder her, er konnte nicht ganz verbergen, dass er meine Neugier für unverschämt hielt. »Warum tust du das?«

Ich war noch nicht bereit, ihm mitzuteilen, dass ich sie in einem Traum erwürgt und tot gesehen hatte. »Ich weiß nicht. Sie ist … anders. Vielleicht war ich in sie verknallt. Liebe auf den ersten Blick.«

Sein Blick war direkt, ich begegnete ihm, und nach einem Moment sagte er: »Das reicht fürs Erste. Wir alle haben Dinge zu sagen, die erst dann ausgesprochen werden können, wenn der richtige Zeitpunkt gekommen ist.«

Ich zog in Erwägung, ihm mehr zu verraten, zuckte dann jedoch mit den Achseln und sah auf meine Füße hinab, als würden sie mich faszinieren und als könnten sie jeden Moment zu tanzen beginnen.

Mr. Yoshioka seufzte. »Ich ziehe den Kopf ein, Jonah Kirk. Ich lasse die Jahre ohne großen Lärm vergehen.

Ich gestatte mir keine Neugier bei Frauen … wie Miss Eve Adams. Den Kopf einziehen. Den Kopf einziehen. Ich möchte nicht glänzen. Ich bevorzuge Schatten, Stille, Zeiten der Einsamkeit. Ich möchte nicht bemerkt werden. Wenn man für andere so gut wie unsichtbar ist, kann man weder beneidet werden noch Wut oder Misstrauen erregen. Praktisch unsichtbar zu sein ist die Lebensweise, die ich empfehle.«

»Sie glauben, Eve Adams könnte Sie wirklich umbringen?«

Obwohl seine Hände kaum noch zitterten, nachdem er die Teile des Fotos eingesteckt hatte, war er doch immer noch unruhig – und zu verlegen, um mich anzusehen. »Es gibt Schlimmeres als den Tod. Ich glaube nicht, dass die Drohung mir galt. Sondern, wie es scheint, dem Tiger-Paravent. Ich kann ihn nicht riskieren. Er ist zu wertvoll.«

»Wertvoll? Aber sagten Sie nicht, es sei nur eine Art Kopie und nicht das Original?«

»Er ist wertvoller als das Original.«

»Wie kann das sein? Ich meine, wenn es keine Antiquität ist.«

Er hob den Kopf und sah mir in die Augen. Erst schien er mir etwas Wichtiges mitteilen zu wollen, aber dann sagte er: »Ich kam nur, um dich zu warnen.«

Er trat in den Flur und zog leise die Tür zwischen uns zu.

Ich hörte keine sich entfernenden Schritte.

Nach einem kurzen Moment drang Mr. Yoshiokas Stimme durch die Tür: »Jonah Kirk?«

»Ja?«

»Schließ die Tür ab.«

»Ist gut.« Ich kam seiner Aufforderung nach.

Mit einem Ohr an der Tür hörte ich zu, wie der Schneider sich entfernte. Ich dachte, dass seine Verlegenheit vielleicht von seinem fehlenden Mut herrührte, von seiner Entschlossenheit, den Kopf einzuziehen, um sich so gut wie unsichtbar zu machen. Diese Möglichkeit machte mich traurig. Mehr als traurig.

Wenn man in jener Zeit wie Mr. Yoshioka ein Amerikaner war, der einer ethnischen Gruppe angehörte, deren ehemaliges Heimatland in nicht allzu ferner Vergangenheit einen Weltkrieg geführt und verloren hatte, oder wenn man einem Volk angehörte, das erst vor Kurzem begonnen hatte, sich nach Generationen der Sklaverei aus einem Jahrhundert der Segregation zu befreien, sahen die Helden in Büchern und Filmen einem in der Regel nicht ähnlich. Wir konnten an die Figuren glauben, die John Wayne verkörperte, und die Anmut und Bescheidenheit bewundern, mit der er heldenhafte Männer spielte. Die Ehre, die Integrität und der Mut, die sein Image ausmachten, waren Werte, die auch wir uns zu eigen machten. Aber wir konnten uns nicht in John Wayne hineinversetzen oder uns vorstellen, er zu sein. Sicher, da gab es noch Sidney Poitier, aber damals spielte er hauptsächlich in bewusst liberalen Filmen, die auf Ungerechtigkeiten aufmerksam machen wollten, anstatt Bösewichte zur Strecke zu bringen. Und dass er Bösewichte zur Strecke bringt, ist im Grunde das, was man sich von seinem Helden wünscht. Bill Cosby, der im Fernsehen in *Tennisschläger und Kanonen* zu sehen war, hatte den nötigen Körperbau und die richtige Einstellung, um Bösewichte dazu zu bringen, ihre Entscheidungen zu bereuen. Aber er tat dies meist mit Humor, Witz und Klugheit. Man bekam nie das Gefühl, dass er in Gefahr war, weshalb er keinen Mut brauchte. Die Helden meiner Generation von Schwarzen stammten meist aus einem von zwei Bereichen: Sie waren Sportstars, die Rassenschranken durchbrachen, oder berühmte Musiker. Es gehörte nicht zu ihrem Job, Bösewichte zu verprügeln oder zu erschießen. Wenn es um inspirierende ethnische Ikonen des Heldentums in der Popkultur ging, standen Mr. Yoshioka weniger Vorbilder zur Verfügung als mir. Japanisch-amerikanische Sportstars gab es damals nicht, und der einzige japanische Sänger, der es in die Charts schaffte, war Kyu Sakamoto, dessen *Sukiyaki* 1963 auf Platz eins landete, obwohl der Text komplett auf Japanisch war.

Damals war meine Definition von Heldentum sehr eng. Meine Schlussfolgerung, dass es Mr. Yoshioka an Mut fehlte, beruhte auf Unwissenheit, wie ich später erfahren sollte. Nachdem man große Verluste erlitten und viel Schmerz erfahren hat, ist es keine Feigheit, sich zu wünschen, zukünftig mit einem Minimum an Leid zu leben. Und eine Form des Heldentums, über die, wenn überhaupt, nur wenige Filme gedreht werden, besteht darin, den Mut zu haben, ohne Verbitterung zu leben, obwohl diese gerechtfertigt wäre. Sie besteht darin, die Kraft zu haben durchzuhalten, auch wenn es unwahrscheinlich ist, dass das Durchhalten belohnt wird, und in der Entschlossenheit, einen tiefen Sinn im Leben zu finden, gerade dann, wenn es am sinnlosesten erscheint.

27

Als ich sie anrief, um ihr mitzuteilen, dass ich zu Hause war, kam Mrs. Lorenzo mit einem, wie sie sagte, »geheimen Spezialnachtisch« auf einem abgedeckten Teller in den dritten Stock. Zuvor hatte sie eine Pfanne mit Saltimbocca in unseren Kühlschrank gestellt, fertig zubereitet, aber noch nicht gebraten, sowie die Zutaten für zwei Beilagen.

Während sie Kartoffelkroketten und Erbsen mit Walnüssen zubereitete, deckte ich den Tisch und erzählte ihr von meinem Tag. Es gab nicht viel zu berichten, denn ich ließ Fiona Cassidy alias Eve Adams sowie Mr. Yoshioka unerwähnt. Mein Leben war geheimnisvoller als der Nachtisch auf dem abgedeckten Teller.

Während sie kochte, übertrug sie mir weitere kleine Aufgaben, und ich half, so gut ich konnte. Währenddessen erzählte sie mir alles darüber, was die drei Kinder in ihrer kleinen Tagesstätte taten und sagten. »Ich fürchte, ich kann nicht mehr so gut mit ihnen mithalten wie früher, bevor ich so dick wurde.«

Mr. Lorenzo war erst seit ein paar Monaten tot, aber Mrs. Lorenzo nahm bereits zu. Sie war noch nicht dick, nur ein wenig rundlich, und ich mochte es nicht, wenn sie so über sich sprach.

»Mrs. Lorenzo, hat Ihnen schon mal jemand gesagt, dass Sie wie Anna Maria Alberghetti aussehen?«

»Lieb von dir, Jonah, aber die Zeit habe ich hinter mir.« Sie klopfte sich mit einer Hand auf den Hintern und lachte leise. »Alles vorbei.«

Irgendwie wusste ich, dass sie nicht die zusätzlichen Pfunde meinte, die gleichmäßig an ihr verteilt waren, also fragte ich: »Vorbei? Was denn?«

»Dass ich mich um mein Aussehen kümmere. Männer. Heiraten. Tony war der beste aller Männer. Wenn ich versuche, all das wieder zu haben, wird das nur zu Enttäuschungen führen … oder Schlimmerem.«

Ihre Resignation machte mich traurig. Mir fielen keine Worte ein, mit denen ich ihre Einstellung zur Zukunft hätte ändern können. Je länger ich schwieg, desto unbehaglicher war mir zumute, bis ich schließlich für ein paar Minuten aus der Küche flüchten musste. Vielleicht würden wir, wenn ich zurückkam, über ein neues Thema sprechen können, als ob das gerade Ausgesprochene nie gesagt worden wäre.

Ich log: »Ich gehe mal mein Bett aufdecken, damit ich das später nicht mehr machen muss, und ein Fenster aufmachen, damit frische Luft hereinkommt.«

Als ich in mein Schlafzimmer ging, war das Fenster geöffnet, wie ich es zurückgelassen hatte. Auch das Bett war noch aufgedeckt, aber auf der glatten Baumwolldecke lag der Stoffaugapfel mit seiner blauen Plastik-Iris, als ob er den Eingang bewachen würde.

In meiner Erinnerung sah ich diesen violetten Blick und hörte die gefährliche Frau sagen: *Ein Juju-Auge? Aus dir wird wohl mal ein richtiger kleiner Freak, was?*

Ich ging zum Fenster. Schloss es. Verriegelte es.

Ich riss meine Schranktür auf, aber sie hatte sich nicht dort versteckt. Sie war auch nicht im Schlafzimmer oder im Schrank meiner Mutter. Nicht im Flurschrank. Nicht im Badezimmer.

Im Wohnzimmer fand ich die Haustür verschlossen vor, wie ich sie nach Mrs. Lorenzos Ankunft zurückgelassen hatte.

Ich ging in mein Zimmer zurück und begegnete dem Blick des Zyklopen. Ich riss das Auge vom Bett. Dann holte ich die *La Florentine*-Bonbonschachtel vom Nachttisch, öffnete sie und vergewisserte mich, dass nichts anderes aus meiner Sammlung gestohlen oder ihr hinzugefügt worden war. Ich legte das Auge in die Schachtel und diese wieder in die Nachttischschublade.

Das Auge war noch nicht da gewesen, als ich nach Hause gekommen war und das Bett aufgedeckt hatte. Während Mrs. Lorenzo und ich in der Küche gearbeitet hatten, war Eve Adams – Fiona Cassidy, wer auch immer, was auch immer – hereingekommen, um das gruselige Ding herauszuholen und es so zu positionieren, dass es in Richtung Tür starrte.

Ich setzte mich auf die Bettkante. Es fiel mir nicht schwer, die Botschaft zu verstehen. Sie musste gewusst haben, dass Mr. Yoshioka gekommen war, um mir von dem Gestank nach Reinigungsmittel und von dem zerschnittenen Polaroid des Tiger-Paravents zu erzählen. Sie warnte mich davor, mich gegen sie zu verschwören, wollte, dass ich mich von Mr. Yoshioka fernhielt, und erinnerte mich daran, dass sie gern zustach. Sie sagte mir: *Du denkst vielleicht, das Stoffauge ist Juju, Junge, aber das Einzige, was hier Juju ist, bin ich.*

Als mein Zittern nachließ, ging ich in die Küche zurück, wo Mrs. Lorenzo mit der Zubereitung der Beilagen fertig war. Sie briet die fest gerollten Saltimboccas in einer Mischung aus Butter und Olivenöl an, und die Luft duftete nach Schinken, Kalbfleisch, Salbei und Pfeffer.

Sie wollte Wasser dazu trinken. Ich schenkte mir Kirsch-Kool-Aid aus einem Krug ein, das Mom am Morgen gemixt hatte.

Als ich mich an den Tisch setzte, hatte ich keinen Appetit. Ich stocherte im Essen herum, weil ich mir sicher war, dass mein plötzlich übersäuerter Magen es wieder hervorwürgen würde, wenn ich es wagte zu essen. Aber es war ein Beweis für Mrs. Lorenzos Kochkünste, dass ich schon nach kurzer Zeit alles aufgegessen hatte, was sie mir servierte, und um einen Nachschlag bat.

Der geheime Spezialnachtisch bestand aus einer Ricottasahnetorte mit Puderzucker und geraspelter Schokolade. Sie war nicht nur etwas Besonderes, sie war himmlisch.

Nach dem Abendessen, als der Abwasch erledigt war, spielten wir am Küchentisch Rommé 500. Mrs. Lorenzo wollte das Radio einschalten und gute Musik suchen, aber ich tat so, als ob ich mich als besessener Musiker dabei nicht auf das Kartenspiel konzentrieren könnte. Was mich wirklich beunruhigte, war die Möglichkeit, dass die Musik die Geräusche von Eve Adams überdecken könnte, wenn diese mit bösen Absichten zurückkehrte.

Ich ging um 21:30 Uhr ins Bett, wie ich es sollte, obwohl ich nicht schlafen konnte. Mrs. Lorenzo sah im Wohnzimmer fern, aber der Ton war leise. Es war nicht der Fernseher, der mich wach hielt, sondern die Hexe aus 6-C, falls sie wirklich eine war. Mir ging durch den Kopf, dass ich vielleicht besser hoffen sollte, dass sie nur eine Hexe war. Es gab schließlich Schlimmeres.

Um 22:20 Uhr verließ ich das Bett und ging ins Wohnzimmer, um nachzusehen, ob es Mrs. Lorenzo gut ging. Während der knappen Stunde Schlaflosigkeit hatte ich mir mehrere Möglichkeiten ausgemalt, wie Eve Adams sie plötzlich und leise mit dem Springmesser töten könnte.

Mrs. Lorenzo lag auf dem Sofa. Sie sah nicht fern, aber sie war auch nicht tot. Sie schlief fest und schnarchte leise.

Ich ging zurück ins Bett und sagte mir, dass ich ein großes Baby war. Wer auch immer die geheimnisvolle Frau sein mochte, sie war keine Hexe, ebenso wenig ein Vampir oder eine Außerirdische, die aus einer riesigen Samenkapsel geschlüpft war. Sie führte in Wohnung 6-C nichts Gutes im Schilde und wollte nicht gestört werden. Ein neunjähriges Kind war leicht einzuschüchtern. Ein menschenscheuer Schneider, der im Schatten irgendeiner Tragödie lebte, war leicht einzuschüchtern. Alles, was sie wollte, war, dass wir sie fürchteten und uns von ihr fernhielten, und in ein paar Monaten würde sie verschwunden sein.

Trotzdem schlich ich um 23 Uhr erneut durch den Flur zum Wohnzimmer, um nachzusehen, ob Mrs. Lorenzo noch schlief oder vielleicht schon aufgeschlitzt worden war. Keins von beidem traf zu. Sie saß auf dem Sofa, beugte sich nach vorn und verbarg das Gesicht in den Händen. Im fahlen, flackernden Licht des Fernsehers bot sie einen gespenstischen Anblick. Sie weinte leise, aber mit solcher Trauer, dass ihr ganzer Körper zitterte. Nichts im Fernsehen hatte sie zum Weinen gebracht. Es waren keine traurigen Filme oder schrecklichen Nachrichten nötig, damit sie Tränen vergoss.

So verrückt die Bewohnerin von 6-C auch sein mochte – es war mir peinlich, dass ich fast vergessen hatte, was vor Kurzem die Welt von Donata Lorenzo auf den Kopf gestellt hatte. Obwohl mich der Traum von der mit einer Krawatte erwürgten Fiona Cassidy beunruhigt hatte, als ich sie später lebend auf der Treppe sah, war ich dennoch selbst für das Unglück verantwortlich, das ich heraufbeschwor. Es war waghalsig gewesen, ihr zu folgen, und unverzeihlich leichtsinnig, in ihre Wohnung einzudringen und uneingeladen die Zimmer zu durchstöbern. Mrs. Lorenzo hingegen hatte ihre Witwenschaft nicht verdient. Sie war eine Unschuldige, die das Schicksal mit großer Grausamkeit getroffen hatte.

Bevor sie den Blick heben und entdecken konnte, dass ich sie von der Türschwelle aus beobachtete, kehrte ich leise in mein Zimmer zurück.

Meine Scham dämpfte meine Angst, und obwohl ich Zweifel hatte, ob ich in dieser Nacht schlafen könnte, tat ich es schließlich doch.

28

Am nächsten Morgen holten Grandpa Teddy und Grandma Anita Mom und mich in ihrem Cadillac Club Coupé ab, weil Grandma Geburtstag hatte. Wir gingen zum Zehn-Uhr-Gottesdienst und kehrten danach zum Brunch in einem großen Hotel ein, wo ich dreimal durch die Drehtür ging und noch eine vierte Umdrehung gemacht hätte, wenn Mom mir nicht diesen gewissen Blick zugeworfen hätte, der mich immer sofort zur Besinnung brachte.

Ich war noch nie bei einem Brunch gewesen, und es gab ein *All you can eat*-Buffet, was mich zum Staunen brachte. Ich staunte auch über die frischen Blumen auf jedem Tisch, die Eisskulptur, die einen Schwan darstellte, sowie über die weißen Uniformen und großen weißen Kochmützen der Männer, die das Roastbeef und den Truthahn tranchierten.

Die vornehme Umgebung und das Spektakel schienen meinen Appetit zu steigern. Als ich mir nach dem ersten Teller noch einen zweiten holen wollte, ermahnte mich meine Mutter, nur so viel zu nehmen, wie ich auch wirklich essen konnte. »*All you can eat* heißt nicht, dass du es verschwenden kannst, wie es dir passt.«

Als ich mit einem vollen Teller zurückkam, warf sie mir zweifelnde Blicke zu. Aber ich aß alles auf.

Großvater Teddy sagte: »Anita, ich glaube, unser Enkel ist von einem anderen Planeten. In Wirklichkeit ist er so groß wie ein Pferd und hat ein Maul wie ein Krokodil. Aber er schafft es, uns zu hypnotisieren und uns vorzugaukeln, dass er ein kleiner Junge ist, den ein starker Wind wegwehen könnte.«

Später sahen wir uns einen Film mit Jack Lemmon und Walter Matthau in den Hauptrollen an. Er war ziemlich lustig, wenn auch nicht so lustig wie der Zeichentrickfilm, den wir zuerst gesehen hatten.

Dieser ganze Tag war perfekt, und es liegt in der Natur eines Neunjährigen, zu glauben, dass jede extreme Erfahrung der Beginn einer dauerhaften Veränderung des Lebens ist. Ein schlechter Tag weckt die Erwartung einer langen Kette düsterer Tage und trostloser Jahrzehnte. Ein Tag der Freude bringt die fast schwindelerregende Gewissheit, dass die folgenden Jahre von unendlicher Wonne geprägt sein werden. Tatsächlich lehrt uns die Zeit, dass die Partitur des Lebens zwischen *Psycho* und *The Sound of Music* schwankt, wobei die weitaus meisten unserer Tage den Klängen eines harmlosen Films mit bescheidenem Budget entsprechen, manchmal eine Romanze, manchmal eine leichte Komödie, manchmal ein kleiner Kunstfilm mit rätselhaftem Zweck und schwer fassbarer Bedeutung. Doch ich kenne Erwachsene, die ihr ganzes Leben lang diese seltsame Überzeugung der Neunjährigen hegen. Da ich ein Optimist bin und schon immer war, fällt mir die Erwartung anhaltender Freude leichter als Pessimismus, und das traf besonders in dieser Zeit meiner Kindheit zu.

Als wir am Abend der Geburtstagsfeier von Grandma Anita nach Hause kamen, dachte ich kaum an die Frau in Apartment 6-C. Ein solcher Tag der ungetrübten Freude musste bedeuten, dass meine Welt begonnen hatte, um eine wärmere Sonne zu kreisen als zuvor, dass die geheimnisvolle Frau und das Böse, das sie verkörperte, sich jetzt bestimmt auf einer anderen Welt als meiner befanden, in einem fernen Arm der Galaxie, und dass sich unsere Bahnen nie wieder kreuzen würden. Ich schlief tief und traumlos.

Am Montagmorgen, dem Labor Day, erwachte ich, gähnte, streckte mich, setzte mich im Bett auf – und sah ein Polaroidfoto, das gegen die Lampe auf meinem Nachttisch gelehnt war. Es war ein Bild von mir im Schlaf.

29

Als ich dort im Bett saß, habe ich die Bedeutung des Polaroids so interpretiert: *Ich kann jederzeit an dich herankommen, Schnüffler. Ich kann dir eine Klinge ins Herz rammen, während du schläfst, Junge, und du bist tot, bevor du aufwachen und mich sehen kannst.*

Aber das war nicht die schlimmste Drohung. Während das Hochglanzfoto leise in meiner zitternden Hand raschelte, erinnerte ich mich an das, was sie gesagt hatte, als sie mir in diesem Zimmer einen Besuch abgestattet hatte, kurz nachdem ich 6-C besichtigt hatte.

Und du willst auch mit niemandem über mich reden, mit keinem. Du hast mich nie gesehen. Wir haben diese kleine Unterhaltung nie geführt. Verstehst du, was ich meine, Schnüffler? Sie hatte gedroht, das Messer an meiner Mutter zu benutzen. *Wenn du deine Mama liebst, dann denk an das, was ich gesagt habe.*

Anstatt zu meiner Mutter zu laufen und ihr die ganze Geschichte zu erzählen, setzte ich mich auf die Bettkante und nahm die *La Florentine*-Bonbonschachtel von meinem Nachttisch. Ich öffnete den Deckel und sah das Stoffauge, das mich anschaute.

Wenn man den Menschen, die einem am nächsten stehen, ein Geheimnis vorenthält, selbst mit den besten Absichten, dann besteht die Gefahr, dass man ein kleineres Leben innerhalb seines Hauptlebens erzeugt. Das erste Geheimnis zieht andere Geheimnisse nach sich, die ebenfalls bewahrt werden müssen, komplizierte Netze von Ausflüchten, die zu ausgeklügelten Architekturen verdrängter Wahrheiten und Täuschungsmanöver heranwachsen, bis man schließlich entdeckt, dass man zwei Geschichten gleichzeitig lebt. Da die Täuschung sowohl dreiste Lügen als auch bloßes Verschweigen erfordert, befleckt sie die Seele, trübt das Gewissen, verwischt die Sicht und bringt einen in Gefahr, kopfüber in eine noch größere Dunkelheit abzustürzen.

Als Junge hätte ich das alles nicht in Worte fassen können, aber ich spürte es und war, wenn auch nur vage, beunruhigt über jeden weiteren Schritt in die Heimlichkeit, den ich machte. Wenn ich meiner Mutter das Polaroid zeigte, würde ich ihr von der Frau in 6-C erzählen müssen. Mom würde wissen wollen, warum ich so leichtsinnig und unverschämt war, uneingeladen die Wohnung einer Fremden zu betreten. Ich bezweifelte, dass ich sie – oder irgendjemanden – davon überzeugen könnte, dass ich die geheimnisvolle Frau zuvor in einem Traum gesehen hatte, erwürgt und tot. Daher würde ich in den Verdacht geraten, meinen Fehler durch eine unverschämte Lüge verschleiern zu wollen. Ihr würde der Gedanke kommen, dass ich meinem Vater vielleicht ähnlicher sei, als sie ertragen konnte.

Also steckte ich den Polaroid-Schnappschuss in die Bonbonschachtel zu dem Stoffauge und den anderen Gegenständen und sagte mir, dass es keine weiteren Drohungen geben würde, wenn ich mich von der fünften Etage und ihrer vorübergehenden Bewohnerin fernhielt. Zuerst drehte ich jedoch das verhasste Auge um, sodass es auf den Boden der Schachtel blickte und nicht auf mich.

Mom war schon lange vor mir aufgestanden. Sie hatte geduscht, sich angezogen und den Esstisch gedeckt. Kaum hatte ich die Schachtel mit den Schätzen – und Flüchen – weggeräumt, klopfte sie an meine Tür. »Raus aus den Federn. Gefrühstückt wird in fünf Minuten, Schlafmütze.«

»Okay. Ich bin wach. Bin gleich da.«

In düsterer Stimmung und längst nicht so geschwätzig wie sonst ging ich in Schlafanzug und Hausschuhen zum Tisch. Ich überstand das Frühstück, ohne ihr Misstrauen zu erregen, vor allem weil ich so tat, als wäre ich nur halb wach, noch ganz erschöpft von all den Aktivitäten an Grandma Anitas Geburtstag.

Ich hatte Glück. Weil der Sonntag so arbeitsreich gewesen

war, hatte meine Mutter die Zeitung, die bestimmt zwei Kilogramm wog, noch nicht gelesen. Sie widmete sich der Lektüre, während sie Eier, Speck und Bratkartoffeln aß. Ich lieh mir die Witzseiten aus, was mir eine Ausrede gab, den Kopf gesenkt zu halten.

Im Slinky's gab es montags keine Live-Musik, außer an bestimmten Feiertagen, die für großen Andrang sorgten. So auch am Labor Day. Meine Mutter und Virgil Tibbins, der andere Sänger des Clubs, sollten an diesem Abend auftreten. Sie war der Star der frühen Show von 18 bis 21 Uhr, und es gab eine Probe, was bedeutete, dass sie um 15 Uhr die Wohnung verlassen musste.

Nachdem ich geduscht und mich angezogen hatte, umarmte ich Mom und sagte: »Mach sie fertig heute Abend.«

»Ich bin schon froh, wenn ich sie sprachlos mache, damit sie mich nicht anpöbeln.«

Schockiert fragte ich: »Pöbeln die Leute im Slinky's dich etwa an?«

»Das passiert einem überall, wo es genug Alkohol gibt, Liebling. Aber was auch immer da heute Abend kommt, der arme Virgil wird es abkriegen, weil er die zweite Show macht.«

Ich erinnerte sie daran, dass das Gemeindezentrum zwar ein paar Weihnachtsveranstaltungen sponserte, aber der Abigail-Louise-Thomas-Raum für mich zum Üben geöffnet blieb.

»Wenn ich nicht da bin, wenn du nach Hause kommst, dann geh runter zu Donata. Sie erwartet dich.«

Als ich um 15:15 Uhr zurückkam, ging ich nicht direkt zu Mrs. Lorenzo. Es machte mir kein schlechtes Gewissen, stattdessen in unsere Wohnung zu gehen, denn ich versuchte herauszufinden, wie ich für unsere Sicherheit sorgen konnte, was schließlich die wichtigste Aufgabe des Mannes im Haus war. Aber so seltsam es auch klingen mag, ich fühlte mich schrecklich schuldig, *weil* ich mich nicht schuldig fühlte.

In der Küche öffnete ich die Schublade neben dem Wandtelefon, nahm das Telefonbuch heraus und suchte nach einem Eintrag für meinen neuen Freund im vierten Stock. Ich fand einen unter unserer Adresse für YOSHIOKA, GEORGE. Die Briefkästen in der Hausdiele waren nur mit Nachnamen versehen. Ich weiß nicht, warum ich erwartete, dass er einen japanischen Vornamen hatte, obwohl er vermutlich in den Vereinigten Staaten geboren war. Aber ich starrte vielleicht eine Minute lang auf den Eintrag und fragte mich, ob es vielleicht noch einen zweiten Yoshioka in diesem Gebäude gab, von dem ich nichts wusste.

Als ich schließlich die Nummer wählen wollte, klingelte das Telefon und ich erschrak. Ich starrte es an und war mir sicher, dass die Hexe die Anruferin sein musste: *Sie weiß, dass ich nach Hause gekommen bin!* Aber dann schämte ich mich für meine ängstliche Reaktion und nahm den Hörer ab. »Hallo?«

»Schönen Nachmittag, Jonah Kirk«, meldete sich Mr. Yoshioka.

»Oh. Hi. Ich hatte nicht erwartet, dass Sie es sind.«

»Wen hast du denn erwartet?«

»Eve Adams.«

»Ich versichere dir, dass ich nicht sie bin.«

»Nein, Sir. Das kann ich hören.«

»Zunächst muss ich dir mitteilen, dass ich gerade mit großem Genuss den letzten der Kekse deiner Mutter verzehrt habe, und er war genauso köstlich wie der erste. Vielen Dank dafür.«

»Ich könnte Ihnen noch welche bringen, wenn Sie wollen.«

Mit offensichtlicher Beschämung wehrte er ab: »Nein, nein. Es tut mir so leid. Ich habe dich nicht angerufen, um Kekse zu bestellen. Wenn ich das tun würde, würdest du mich für unsagbar unhöflich halten.«

»Nein, Sir. Ich würde denken, dass Sie gute Kekse zu schätzen wissen, mehr nicht.«

Meine Antwort schien ihn zu verwirren. Er schwieg für einen Moment, bevor er fragte: »Bist du ganz allein, Jonah Kirk?«

»Ja, Sir. Mom ist zum Slinky's gegangen, und ich soll zu Mrs. Lorenzo hinuntergehen, anstatt dass sie hierherkommt.«

»Ich habe etwas Wichtiges für dich, Jonah Kirk. Sehr wichtig. Darf ich es dir kurz nach unten bringen?«

»Sicher.«

»In diesem Gebäude sind unheilvolle Kräfte am Werk. Wir müssen jederzeit äußerst diskret sein. Ich werde nicht bei dir klingeln. Ich werde nicht klopfen. Du wirst auf mich warten. Ja?«

»Ja«, stimmte ich zu.

»Sollte mir auf dem Weg zu dir etwas Böses begegnen, werde ich mich in meine Wohnung zurückziehen und dich anrufen, um einen anderen Zeitpunkt für ein Treffen zu vereinbaren.«

»Etwas Böses?«

»Ja, Jonah Kirk. Etwas sehr Böses.«

30

Ich wartete an der Wohnungstür, die ich aufgeschlossen und nur einen Spalt geöffnet hatte. Ich spähte durch den Türspalt und wartete auf meinen Mitverschwörer. Zu meiner Überraschung kam er plötzlich von links. Er hatte leise wie eine Katze die Hintertreppe genommen.

Mr. Yoshioka lächelte mich an und ich ließ ihn in die Wohnung. Er trug eine Einkaufstasche aus braunem Papier mit Kordelgriffen, die er neben der Tür abstellte, als ich diese schloss.

»Wie geht es dir heute Nachmittag, Jonah Kirk?«

»Ich habe ein bisschen Angst, denke ich.«

»Du hast Angst? Wovor?«

»Vor dem sehr Bösen, von dem Sie mir erzählen wollen.«

»Du kennst es bereits. Es ist Miss Eve Adams.«

Irgendetwas an dem Schneider war anders. Obwohl es ein Feiertag war, trug er Anzug und Krawatte, aber trotz seines Geredes über etwas Böses wirkte er entspannter als sonst.

»Sie sagten auch, dass in diesem Gebäude ›unheilvolle Kräfte am Werk‹ sind.«

»Auch das bezog sich auf Miss Eve Adams und auf diejenigen, die mit ihr im Bunde sind.«

»Wer ist denn mit ihr im Bunde?«

»Verschiedene Leute kommen und gehen. Ich höre ihre Schritte über mir, gedämpfte Stimmen, aber ich sehe sie nie.«

»Ist sie wieder in Ihrer Wohnung gewesen?«

Er wirkte so ernst, als wäre er auf dem Weg zu einer Beerdigung. »Ja. Sie hat ein weiteres Foto hinterlassen.«

»Vom zweiten Tiger-Paravent? Von der Hofdame aus Elfenbein?«

»Es ist kein Polaroid. Es ist vielmehr eine aus einem Buch herausgerissene Seite, ein Foto von Manzanar.«

Ich erinnerte mich an unser Gespräch beim Tee. »Einer der Orte, wo Sie in Kalifornien gewohnt haben.«

»Ein Foto von den Toren des Ortes, an dem ich lebte.«

»Wie konnte sie das wissen?«

»Ich glaube, sie hat geraten … und richtiggelegen.«

»Dann ist sie bestimmt eine Hexe.«

In diesem Moment wurde mir klar, warum Mr. Yoshioka entspannter wirkte als sonst. Obwohl er wie immer Anzug und Krawatte trug, hatte er zum ersten Mal auf die Weste verzichtet. Er hatte wegen des Feiertags eine Ausnahme gemacht.

Erst an diesem Morgen hatte ich erschrocken festgestellt, dass Eve Adams nachts in unsere verschlossene Wohnung eingedrungen war und mich im Schlaf fotografiert hatte. Aber jetzt war ich aufgeregt, weil ich Mr. Yoshioka von etwas Unerhörtem erzählen konnte, von einem Skandal, der mir ein Foto von einer kleinen Stadt in Kalifornien zu übertreffen schien.

»Sie hat wieder ein Polaroid hiergelassen. Kommen Sie mit. Ich zeige es Ihnen.«

Ich führte ihn den Flur entlang zu meinem Zimmer. Er blieb an der Türschwelle stehen, trat von einem Fuß auf den anderen, schien sich unbehaglich zu fühlen und wollte nicht hereinkommen. Ich holte die Bonbonschachtel und brachte sie zu ihm.

Er lächelte über das Bild der Frau auf dem Deckel, tippte mit einem Finger darauf und sagte: *»La Belle Ferronnière.«*

Um ehrlich zu sein, wusste ich damals nicht genau, was das hieß, nur dass es französisch klang, was mir seltsam erschien, wenn es von jemandem kam, der so offensichtlich kein Franzose war. Jedenfalls wollte ich ihm unbedingt das Foto von mir im Schlaf zeigen.

»Hat dich das Blitzlicht nicht geweckt?«, wollte er wissen.

»Wenn ich wirklich schlafen will, gibt es nicht viel, das mich aufwecken kann.«

Er runzelte die Stirn, hörte auf, auf der Schwelle hin und her zu wippen, und schüttelte den Kopf. »Das ist nicht gut. Das ist sehr schlecht. Was sagt deine Mutter dazu?«

»Ich habe es ihr noch nicht gezeigt. Ich wollte erst darüber nachdenken. Wollte sie nicht beunruhigen.«

Ich nahm das Stoffauge aus der Schachtel und erklärte ihm seine Geschichte, aber er verstand nicht ganz.

»Das ist ein Auge von deinem Plüschtier?«

»Nicht von meinem. Ich weiß nicht, wem es gehört hat. Ein Windstoß hat es durch die Gasse geweht, nur es, aber sonst nichts, bis es vor mir liegen blieb. Ich dachte, dass irgendeine Art von Juju darin stecken könnte, also habe ich es aufbewahrt.«

»Was ist Juju?«

»So was wie Voodoo.« Als ich sah, dass ihm das Wort nichts sagte, fügte ich hinzu: »Sie wissen schon, wie in den Filmen.«

»Ich gehe nicht ins Kino.«

»Na ja, vor Kurzem gab es auch eine Fernsehsendung über Voodoo in der Stadt.«

»Ich sehe nicht fern. Man hat mir schon oft gesagt, dass ich mir einen Fernseher zulegen soll, aber ich glaube nicht, dass ich das jemals tun werde.«

»Kein Fernsehen? Was machen Sie denn dann?«

»Ich arbeite.«

»Ich meine, wenn Sie nicht arbeiten.«

»Ich lese. Ich denke nach.«

»Ich lese auch. Meine Mutter auch. Wir mögen Bücher.«

Nachdem er noch einmal nachdenklich das Stoffauge betrachtet hatte, gab er es mir zurück. Ich verstaute es sorgfältig verkehrt herum in der *La Florentine*-Schachtel.

Als ich die Blechschachtel wieder auf den Nachttisch stellte, sagte Mr. Yoshioka: »Es gibt nur zwei logische Erklärungen. Entweder ist Miss Eve Adams eine äußerst geschickte Schlösserknackerin oder sie besitzt Schlüssel zu unseren Wohnungen.«

Mr. Yoshioka war der Inbegriff von Coolness, aber seine Coolness war einzigartig. Seine präzise Art zu sprechen, ohne Verkürzungen oder Slang, ohne den Buchstaben am Ende eines Wortes wegzulassen, hatte mein musikalisches Gespür schon zu Beginn unserer Bekanntschaft angesprochen. Jetzt, da wir versuchten, Schlussfolgerungen zu ziehen und ein Rätsel zu lösen, erinnerte er mich trotz des fehlenden Akzents ein wenig an den intellektuellen, superschlauen Detektiv Charlie Chan aus den alten Filmen. 1966 liefen die Charlie-Chan-Filme noch im Fernsehen. Niemand fand sie damals rassistisch und zensurwürdig, vielleicht weil Mr. Chan in jeder Szene immer der Klügste war. Charlie Chan war natürlich ein chinesischer Amerikaner und Mr. Yoshioka war japanischer Amerikaner. Ich konnte den Unterschied erkennen, obwohl ich erst neun Jahre alt war, weil ich Mr. Moto im Fernsehen gesehen hatte, in einer Reihe von schrillen alten Filmen über einen intellektuellen, superschlauen japanisch-amerikanischen Detektiv. Sie basierten auf einer Reihe von Kurzgeschichten und Krimis von John P. Marquand, der einen Pulitzerpreis für einen Mainstream-Roman mit dem Titel *Der selige Mr. Apley* gewonnen hatte. Um ehrlich zu sein, Fiona Cassidy alias Eve Adams machte mir Angst, aber es gab Momente, in denen der Spaß, den Handlanger von Mr. Yoshioka zu spielen, meine Angst vor dieser geheimnisvollen Frau überwog. Wahrscheinlich lag es daran, dass es noch nie eine Filmreihe mit einem intellektuellen, superklugen schwarzen Detektiv gegeben hatte, als den ich mich nach und nach zu sehen begann.

Ich schloss die Nachttischschublade und kehrte zu der Tür zurück, in der mein Besucher stand. »Dann muss sie eine Meisterin im Schlösserknacken sein. Denn woher sollte sie Schlüssel haben?«

»Vielleicht hat der Hausverwalter sie ihr gegeben.«

»Mr. Smaller? Das würde er nicht tun. Er könnte seinen Job verlieren, wenn er so was tut.«

»Ich habe gehört, dass Männer für hübsche Frauen manchmal leichtsinnige Dinge tun. Ich habe es sogar schon gesehen.«

Ich schüttelte den Kopf. »Mr. Smaller sagt, Frauen brechen einem so oft das Herz, dass man es gar nicht mehr zählen kann. Er sagt, man soll sie gar nicht erst damit anfangen lassen. Außerdem mag er seine Chefs in der Stadt nicht, und die hätten sie hierhergeschickt, um die Arbeit in 6-C zu erledigen. Er sagt, das seien alles kaltschnäuzige Geschäftsleute, die viel Geld dafür bekämen, dass sie nur in der Nase bohren. Da sie aus der Innenstadt hergeschickt wurde, hält er sie wahrscheinlich für eine Bilderbergerin.«

Mr. Yoshiokas Mund bewegte sich, als ob er sich das Wort auf der Zunge zergehen ließ und versuchte, einen Sinn darin zu erkennen. »Was ist ein … Was hast du gerade gesagt?«

»Lange Geschichte. Nicht so wichtig. Mr. Smaller hat ihr die Schlüssel bestimmt nicht gegeben, und die kaltschnäuzigen Geschäftsmänner haben das wahrscheinlich auch nicht. Also muss sie eine fantastische Schlossknackerin sein. Was haben Sie da in der Einkaufstüte?«

»Ein Gerät, das nachts für deine Sicherheit sorgt.«

»Was denn, eine Schrotflinte?«

Er lächelte, aber es war ein schmales, nervöses Lächeln. »Hoffen wir, dass es nicht so weit kommt.«

31

Aus der kleinen Einkaufstasche nahm Mr. Yoshioka einen Handbohrer mit Kurbel, ein Maßband, einen Bleistift, einen Hammer, einen Nagel und ein zweiteiliges Sicherheitskettenschloss mit Schrauben.

»Ich habe bereits eines an meiner Tür angebracht. Natürlich kann das Miss Eve Adams nicht fernhalten, wenn niemand zu Hause ist, um die Kette vorzuschieben. Aber es wird dafür sorgen, dass sie nachts, wenn du schläfst, nicht einbrechen kann.«

Er hielt die Platte an den Türrahmen und markierte mit dem Bleistift die Löcher, in die die vier Schrauben kommen sollten.

»Hey, warten Sie mal kurz. Wie soll ich das meiner Mutter erklären?«

»Was gibt es da zu erklären? Miss Eve Adams ist eine gefährliche und unberechenbare Person. Sie …«

»Ich habe meiner Mutter nichts von Eve Adams erzählt, auch nicht davon, dass sie mich mit dem Messer bedroht und ein Foto von mir im Schlaf gemacht hat.«

Er blinzelte mich an, als ob ich plötzlich verschwommen wäre und er versuchen würde, mich wieder zu fokussieren. »Warum hast du ihr so etwas Wichtiges nicht erzählt?«

»Es ist kompliziert.«

Er sah mich mit einem Blick an, der mich an jemand anderen erinnerte. Einen Moment lang wusste ich nicht, an wen, aber dann wurde mir klar, dass es der Blick war, mit dem Schwester Agnes mich an jenen seltenen Tagen ansah, wenn ich in der Saint Scholastica aufkreuzte, ohne meine Hausaufgaben erledigt zu haben.

»Du scheinst mir kein Junge zu sein, der seine Mutter belügen würde«, sagte Mr. Yoshioka.

»Ich habe Mom nicht über Eve Adams angelogen. Ich habe sie nur nicht erwähnt, das ist alles.«

»Ich nehme an, da gibt es einen Unterschied, wenn man es ganz genau nehmen will.«

»Ich wollte sie nicht beunruhigen. Sie hat schon genug um die Ohren.«

Er legte die Messingplatte und den Bleistift weg, nahm Hammer und Nagel zur Hand und sagte: »Ich werde deiner Mutter erklären, dass ich mir in diesen Zeiten, wo es so viel Kriminalität gibt, Sorgen um euch beide mache. Deshalb habe ich diese Sicherheitskette angebracht, wie ich sie auch in meiner Wohnung habe.«

»Aber die Sache ist die – warum nur wir?«

»Wie bitte?«

»Warum bringen Sie dann keine an Mrs. Lorenzos Tür und an allen anderen Türen an, sondern nur an unserer?«

Er lächelte und nickte. »Natürlich weil du mein Freund bist und die anderen nur Nachbarn sind, von denen viele nie mit mir sprechen und von denen mir noch nie einer Kekse gebracht hat.«

»Na ja, okay, aber meine Mutter weiß nicht, dass wir Freunde sind.«

»Du hast mir Kekse gebracht, wir haben zusammen Tee getrunken, und wir haben beide erkannt, dass Eve Adams eine gefährliche Person ist. Wir sind Männer mit sehr unterschiedlichen Erfahrungen und doch Gleichgesinnte. Natürlich sind wir Freunde.«

Als er »Männer« sagte, schloss ich ihn so ins Herz, wie ich Grandpa Teddy ins Herz geschlossen hatte. Mr. Yoshioka hatte nicht gezögert, bevor er das Wort benutzte, er sagte es nicht mit Berechnung, sondern zählte mich offenbar aufrichtig zu den Erwachsenen und Reiferen.

Verlegen erwiderte ich: »Na ja, ich habe Mom auch nicht erzählt, dass ich Ihnen Kekse gebracht und mit Ihnen Tee getrunken habe.«

Mit seinen fast 40 Jahren hatte er ein Gesicht, das so glatt war wie meines, wahrscheinlich weil er es nicht oft zu dramatischen Mienen verzog. Sein sanftes Lächeln war immer leicht, sein Stirnrunzeln kaum zu erkennen und seine Stimmung ließ sich so gut wie ausschließlich an seinen Augen ablesen. Jetzt sagte er mit glatter Miene, einem undeutbaren Blick und einer Stimme ohne verräterische Auffälligkeiten: »Du scheinst deiner Mutter mehr zu verheimlichen, als du ihr mitteilst.«

Beschämt erwiderte ich: »Eigentlich nicht. Wir reden über fast alles. Das tun wir wirklich. Manchmal nennt sie mich eine Plaudertasche, weil ich immer so viel erzähle.

Es ist nur so: Wenn ich ihr von den Keksen und dem Tee erzähle, muss ich ihr auch von Eve Adams erzählen, und das will ich nicht, weil ...«

»Weil du sie nicht beunruhigen willst. Sie hat schon genug um die Ohren«, brachte er den Satz mit einem Zitat von mir zu Ende.

Plötzlich glaubte ich, die Lösung für unser Problem zu erkennen. »Vielleicht sollten wir statt der Sicherheitskette einfach die Polizei anrufen und denen sagen, dass Miss Adams in 6-C mit stinkenden Chemikalien hantiert, dass sie uns in die Luft jagen könnte oder so was.«

Da es für mich unmöglich ist, blass zu werden, merke ich besonders schnell, wenn Weiße ihre Farbe verlieren, ebenso wie ich schnell bemerke, wenn sie erröten. Mr. Yoshiokas Hautfarbe war eine Art heller Bronzeton, aber als ich vorschlug, die Polizei zu rufen, wurde er auf seine eigene Weise blass. Seine Haut war immer noch bronzefarben, aber jetzt ein wenig grau, als wäre sie eine Legierung aus Bronze und Zinn, falls es so etwas gibt.

»Keine Polizei«, sagte er.

»Natürlich. Das wäre das Beste. Die könnten dort hinaufgehen und sie müsste sie hereinlassen. Wenn sie also nichts Gutes im Schilde führt – und wir wissen, dass es so ist –, dann würden die Polizisten es sehen und sie verhaften. Und wir müssten uns keine Sorgen machen, dass sie sich an uns rächt oder so etwas.«

Er schüttelte den Kopf. Seine Haut war jetzt eher zinn- als bronzefarben. »Keine Polizei. Keine gute Idee.«

»Warum ist das keine gute Idee?«

»Nicht auf alle Polizisten ist Verlass, Jonah Kirk.«

»Das weiß ich. Jeder weiß das. Aber diese Frau ... Jeder

kann sehen, dass sie auf Ärger aus ist. Es sind auch nicht alle Polizisten korrupt. Ach was, noch nicht einmal die meisten.«

»Sie müssen gar nicht korrupt sein. Manchmal sehen sie, dass etwas Böses getan wird, sie wissen, dass es böse ist, und viele von ihnen sind nicht glücklich darüber, aber sie lassen es trotzdem zu.«

»Warum lassen sie es zu?«

»Vielleicht haben sie Angst. Vielleicht sind sie unsicher. Vielleicht machen sie sich Sorgen um ihren Arbeitsplatz. Sie müssen ihren Vorgesetzten gehorchen.«

»Welchen Vorgesetzten?«

»Dem Polizeichef, dem Bürgermeister, dem Gouverneur, dem Präsidenten. Sie haben viele Vorgesetzte.« Er setzte den Nagel an eine der Bleistiftmarkierungen, die er auf dem Türrahmen gemacht hatte, schlug leicht mit dem Hammer auf den Nagelkopf, zog den Nagel wieder heraus und erklärte: »Das ist das Startloch für den Bohrer«, als hätte ich danach gefragt.

Während ich ihm dabei zusah, wie er drei weitere Startlöcher bohrte, sagte ich: »Das sieht aber nicht gut aus für mich. Wie soll ich das meiner Mutter erklären?«

»Du könntest einfach gar nichts sagen. Das hat doch bisher gut funktioniert.«

Ich hatte den Eindruck, dass ein wenig Sarkasmus in seiner Stimme lag, aber ich war mir nicht sicher. »Irgendwas werde ich sagen müssen, wenn sie fragt, wer die Sicherheitskette angebracht hat.«

»Vielleicht wird sie nicht fragen.«

»Doch, wird sie, ganz bestimmt.«

»Wenn sie es nicht gleich merkt, wird sie auch nicht gleich fragen.«

Er nahm den Handbohrer, der bereits mit einem Bohreinsatz bestückt war, und begann, eines der Löcher zu vertiefen.

Ich musste nicht laut reden, um über dem leisen Klicken der Kurbel, die das Kegelradgetriebe drehte, gehört zu werden. »Wie könnte sie das nicht bemerken? Das ist helles Messing.«

»Sie wird annehmen, dass Mr. Smaller es eingebaut hat.«

»Und wenn sie ihn danach fragt?«

Er bewegte den Bohrer vom ersten zum zweiten Startloch und drehte die Kurbel. »Du machst dir zu viele Gedanken über kleine Details, Jonah Kirk. Spar dir deine Sorgen für die großen Probleme auf. Das Leben wird dir genug davon bieten.«

»Aber ich habe doch versucht, der Mann im Haus zu sein, und das bedeutet, dass ich sie nicht mit Sachen belästige, mit denen ich selbst fertigwerden sollte. Also habe ich sie erst mit einer Sache nicht belästigt, dann mit zwei, drei, vier Sachen. Jetzt ist es ein riesiges Durcheinander, und sie wird böse auf mich sein, weil ich ihr Dinge verheimliche, wozu sie auch das Recht hat.«

Mr. Yoshioka hörte auf, am Bohrer zu kurbeln, sah mich an und sagte: »Na, *das* ist doch mal ein Problem, das groß genug ist, um sich Gedanken zu machen.«

32

Seltsamerweise traf in der nächsten Zeit nichts von dem ein, was ich befürchtet hatte. Jede Nacht schloss meine Mutter die Wohnungstür ab, manchmal früh am Abend und an Tagen, an denen sie sang, manchmal weit nach der Geisterstunde, nachdem sie mich von Mrs. Lorenzo abgeholt hatte. Sie schob immer beide Riegel und die Sicherheitskette vor, ohne ein Wort über dieses neue Zubehör zu verlieren. In der fünften oder sechsten Nacht nachdem Mr. Yoshioka die Kette angebracht hatte, schien sie um halb zwei Uhr morgens zum ersten Mal zu bemerken, dass diese nicht schon immer da gewesen war.

»Wann ist das denn passiert?«, fragte sie, während sie Kette und Riegel mit einer Hand fasste und leicht daran rüttelte.

Da ich im Halbschlaf war, lief ich Gefahr, ihr versehentlich etwas zu verraten, das mein ganzes Lügengebäude zum Einsturz bringen konnte. Doch selbst halb schlafend war ich noch listig genug, worauf ich nicht stolz war. Ich murmelte: »Weiß nicht. Das ist da schon eine Weile dran.«

Sie runzelte die Stirn, schüttelte den Kopf und sagte: »Mir ist gerade aufgefallen, dass ich das schon seit … Tagen benutze, glaube ich. Hm. Ich hätte nicht gedacht, dass der Vermieter auch nur einen Dollar ausgibt, um irgendwas an dieser Wohnung zu verbessern.« Dann schob sie den Riegel vor und begleitete mich zurück in mein Zimmer, um mich ins Bett zu stecken.

Sie erwähnte die Sicherheitskette nie wieder.

Ich hatte Mr. Yoshioka bereits für einen coolen Kerl gehalten, auf seine eigene, etwas zugeknöpfte Art. Jetzt kam ich zu dem Schluss, dass er auch ein Genie war.

Mutter fragte Mr. Smaller nie nach der Kette. Später wurde mir klar, dass sie ihm so gut wie immer aus dem Weg ging, wahrscheinlich weil Tilton, als er noch bei uns gewohnt hatte, manchmal mit einem Sechserpack Bier zum Hausverwalter gegangen war und Zeit mit ihm verbracht hatte. Mein Vater hatte sich gern Mr. Smallers wilde Verschwörungstheorien angehört, die er später meiner Mutter und mir gegenüber wiederholte, wobei er sie noch verrückter klingen ließ und Mr. Smaller dabei verspottete. Oft waren Tiltons Schilderungen dieser Theorien lustig gewesen, aber er war so gemein in der Art, wie er den Hausmeister darstellte, dass ich nicht darüber lachen konnte. Ich nahm an, dass Mom Mr. Smaller nicht nach der Kette fragte, weil sie nicht wollte, dass er sie fragte, wie es Tilton ging. Sylvia Kirk, die bald wieder Bledsoe heißen würde, hielt nichts davon, schlecht über jemanden zu reden, aber sie hatte auch kein gutes Wort für den Mann übrig, der sie immer wieder im Stich gelassen hatte.

An einem Tag Anfang Oktober, etwa eine Woche vor der Unterzeichnung der Scheidungspapiere, ging meine Mutter zu dem Restaurant, in dem Tilton für ein bescheidenes Gehalt plus den jährlichen Anteil von fünf Prozent des Geschäfts arbeitete, das ihm irgendwann gehören würde. Sie hatte keine Telefonnummer von ihm, kommunizierte nur über seinen Anwalt, der die Scheidung abwickelte, und wollte noch einmal von Angesicht zu Angesicht mit ihm über die Vernünftigkeit ihrer Vorgehensweise sprechen.

Sie fand heraus, dass er sieben Monate zuvor entlassen worden war, lange bevor er uns verlassen hatte. Er war nie mehr als ein Angestellter gewesen. Schlimmer noch, sein Gehalt war wesentlich höher gewesen als das, was er vorgegeben hatte, als er noch bei uns gewohnt und es meiner Mutter überlassen hatte, die Miete zu bezahlen.

An diesem Tag wurde sie endlich von der kleinen Schwäche geheilt, die sie immer noch für ihn gehabt hatte, sehr zu meiner Erleichterung.

Was Eve Adams alias Fiona Cassidy betraf – in diesem Sommer und Frühherbst hat sie weder mich noch Mr. Yoshioka je wieder belästigt. Von Zeit zu Zeit kamen beunruhigende chemische Gerüche aus 6-C, allerdings nie länger als eine Stunde am Stück, und mein Freund, der Schneider, meldete sie niemandem außer mir. Nicht lange nachdem meine Mutter die Wahrheit über Tilton herausgefunden hatte, zog Eve Adams aus Wohnung 6-C aus.

Wir erfuhren erst, dass sie ausgezogen war, als sich eine Woche später ein Trupp von Handwerkern daranmachte, die Tapeten abzulösen, das verrottete Linoleum zu entfernen und die Wohnung zu streichen. In den Monaten, in denen sie dort gelebt hatte, hatte sie sich um keine der Aufgaben gekümmert, zu deren Erledigung sie eigentlich angeheuert worden war.

Als ich das herausfand, suchte ich Mr. Smaller auf, der wieder im spinnenverseuchten Keller arbeitete, und fragte ihn nach der hübschen Dame mit den blauvioletten Augen. Ich spielte den niedergeschlagenen Jungen, der traurig war, dass er diese Göttin vielleicht nie wieder sehen würde.

Mr. Smaller hatte es dieses Mal nicht mit Kesselschlamm zu tun. Er füllte einen Glaskrug mit einer Art stinkendem Schmiermittel, das aus einem Hahn in einem der unbeschrifteten Fässer floss.

Er trug die übliche Kakihose mit Gummizug und Hosenträgern, aber nicht das Tanktop, das seine Sommeruniform vervollständigte. Stattdessen trug er in Anbetracht des kühleren Wetters ein graues Sweatshirt mit der schwarzen Aufschrift GET OFF MY CLOUD, dem Titel eines Nummer-eins-Hits der Rolling Stones, der fast ein Jahr zuvor erschienen war. Die Gesichter der Stones waren auf dem Sweatshirt abgebildet. Dieses Kleidungsstück passte gar nicht zu Mr. Smaller. Er musste etwa 50 sein und gehörte nicht zu dem Teil der Bevölkerung, der bei Rockkonzerten gekaufte Kleidung trug. Da er sich nie um sein Äußeres zu kümmern schien, nahm ich an, dass er nur gebrauchte Kleidung trug, die er in Secondhand-Läden fand. Das GET OFF MY CLOUD-Sweatshirt war vielleicht von jemandem weggeworfen worden, der kein Fan von Mick Jagger und seinen Freunden mehr war, und Mr. Smaller hatte es wahrscheinlich nicht gekauft, weil er die Stones bewunderte, sondern weil die Größe und der Preis stimmten.

»Sie hat nie was in 6-C gemacht, und ich habe nie nachgesehen, ob sie das tut, wofür sie mietfrei wohnen durfte. Die sparsamen Anzugträger in der Stadt schicken so eine Hippie-Schlampe hierher, damit sie den Job billig für sie erledigt und ihre heilige Bilanz aufbessert. Die haben kein Recht, dann noch von mir zu erwarten, dass ich sie zusätzlich zu meiner anderen verdammten Arbeit beaufsichtige. Ich bin froh, dass sie sie reingelegt hat. Die haben nichts Besseres verdient. Aber noch mehr freut es mich, dass sie hier raus ist. Das ist eine Verrückte, die hat 'ne Schraube locker. Eines Tages wird sie in den Nachrichten auftauchen, aber nicht weil sie einen Nobelpreis gewonnen hat. Ich hab dich gewarnt, hab dir gesagt, du sollst ihr nicht zu nahe kommen. Du hast Glück, dass sie dir nicht das Herz rausgeschnitten, es getrocknet und geraucht hat, um high zu werden.«

Es war an einem Freitag nach der Schule. Normalerweise wäre ich jetzt im Abigail-Louise-Thomas-Raum gewesen, und Mrs. Mary O'Toole hätte mich ermutigt, von amerikanischen Standards und aktueller Popmusik zu klassischer Musik überzugehen, nicht als endgültiges Ziel, sondern um zu sehen, ob Mozart mich ebenso sehr berührte wie Duke Ellington, Claude Thornhill und Fats Domino. Bevor ich von der St. Scholastica nach Hause kam, war meine Mutter zu einem Meeting mit einem Künstleragenten aufgebrochen, und danach würde sie ein Taxi zum Slinky's nehmen. Ich war nach Hause gekommen, um mich frisch zu machen, bevor ich zum Gemeindezentrum ging. Aber als ich die Arbeiter aus 6-C bei einer Zigarettenpause auf der Treppe vor dem Haus entdeckte, änderte ich meinen Plan.

Nachdem ich in den fünften Stock gerannt war, um mich zu vergewissern, dass Eve Adams nicht mehr da war, und nachdem ich in den Keller hinabgestiegen war, um mit Mr. Smaller zu sprechen und mich davon zu überzeugen, dass die Frau nicht mehr zurückkam, ging ich zu unserer Wohnung. Ich schloss beide Riegel hinter mir, schob die Sicherheitskette jedoch nicht vor.

Ich war aufgeregt. Mir war fast schwindlig vor Erleichterung. Ich ging direkt in mein Zimmer, öffnete die Nachttischschublade und nahm die *La Florentine*-Bonbonschachtel heraus. Meine Absicht war, das Polaroid von mir im Schlaf mit einer Schere zu zerschneiden und die Fetzen in den Müllcontainer in der Gasse zu werfen.

Bisher hatte ich das Foto aufbewahrt, weil es ein Beweis dafür war, dass Eve Adams mich bedroht hatte. Ich selbst hätte keinen Schnappschuss von mir im Schlaf anfertigen können, zumal wir nicht einmal eine Polaroidkamera besaßen. Falls es eines Tages dazu kam, dass Mutter einen

Teil dessen erfuhr, was ich ihr vorenthalten hatte, und ich mich erklären müsste, würden mein Polaroid und das von Mr. Yoshiokas Tiger-Paravent – in geringerem Maße auch das aus einem Buch herausgerissene Foto von Manzanar – als Beweis dafür dienen, dass sie uns bedroht hatte, auch wenn dieser Beweis vielleicht etwas dünn war. Das galt auch für den Fall, dass Eve Adams unter dem einen oder anderen Namen mir gegenüber wieder aggressiv würde und ich mir Hilfe suchen müsste.

Jetzt, da sie unser Haus verlassen hatte, in dem sie nie wieder willkommen sein würde, wurde das Foto nicht mehr als Beweis für irgendetwas benötigt. Aber es konnte ein Indiz dafür sein, dass ich meiner Mutter Ereignisse von erheblicher Bedeutung verschwiegen hatte. Obwohl sie niemals in meine Privatsphäre eindringen würde, würde sie sich, wenn sie zufällig das Polaroid sah, fragen, wer es aufgenommen hatte, warum und wann. Ich konnte mir keine befriedigende Erklärung dafür vorstellen – außer der Wahrheit. Was auch immer ihr als eine angemessene Strafe für diesen Betrug erscheinen würde, nichts könnte schlimmer sein als ihre Enttäuschung und der Kummer in ihren Augen. Aber weil Eve Adams nicht mehr da war, brauchte ich keine Beweise gegen sie zu erbringen und wollte auch keine aufbewahren, die mich überführen würden, ein weniger guter Sohn zu sein, als ich sein wollte.

Im Nachhinein, als 57-jähriger Mann, fällt es mir schwer, die Gedankengänge meines neunjährigen Ichs zu rekonstruieren, denn in diesem Alter befindet sich das Gehirn buchstäblich noch in der Entwicklung. Die Kraft der Vernunft ist noch nicht so stark wie die Kraft der Fantasie. Doch wenn ich mich recht erinnere, war ich, als ich den Deckel von der *La Florentine*-Schachtel nahm, in einer Stimmung wie ein befreiter Gefangener. Die Architektur der Täuschungen und Ausflüchte, die ich aufgebaut hatte, schien sich aufzulösen wie ein Bauwerk in einem Traum, was mich von der Aussicht befreite, mich eines Tages vor meiner Mutter schämen zu müssen.

Von den vertrauten Gegenständen in meiner exzentrischen Sammlung fehlten zwei. Das Foto von mir im Schlaf. Das Stoffauge. Ich hatte seit mehr als einer Woche nicht mehr in die Schachtel geschaut. Ich wusste sofort, dass Eve Adams tagsüber in der Wohnung gewesen sein musste, an irgendeinem Tag, an dem die Sicherheitskette nicht vorgeschoben gewesen war. Sie hatte die Gegenstände genommen, niemand sonst. Aber ich begriff nicht, warum sie das Stoffauge gewollt hatte.

Eine Sache war der Sammlung hinzugefügt worden: ein aus einer Zeitschrift ausgeschnittener Streifen Hochglanzpapier, 5 mal 15 bis 18 Zentimeter groß. Es war ein Teil von einem wohl ganzseitigen Foto eines Frauengesichts, vielleicht ein Glamour-Foto: die Augen, die Augenbrauen und der Nasenrücken. Die Person auf dem Foto muss blaue Augen gehabt haben, aber sie waren mit einem violetten Zeichenstift so eingefärbt worden, dass sie ungefähr der Farbe der Augen von Eve Adams entsprachen.

Ich rieb an einem dieser Augen, und etwas von der zarten lila Farbe blieb an meinem Finger haften.

Mit dem Polaroid hatte sie den Beweis für meine Täuschung, aber auch den Beweis für ihr Interesse an mir mitgenommen. Ich nahm an, dass die aus einer Zeitschrift ausgeschnittenen Augen bedeuten sollten: *Ich werde dich nicht vergessen, Schnüffler. Ich weiß, wo ich dich finde, und wenn du jemals jemandem von mir erzählst, werde ich viel Spaß daran haben, dich in Stücke zu schneiden.*

Vielleicht würde sie mit meinen Augen anfangen.

In diesem Moment wurde mir klar, wie dumm ich gewesen war zu glauben, dass sie für immer aus meinem Leben verschwunden war. Ich hatte sie zuerst in einem Traum, danach in der Wirklichkeit gesehen, was bedeuten musste, dass es ein wahrer, prophetischer Traum gewesen war. Ihr Name war also tatsächlich Fiona Cassidy und nicht Eve Adams, und sie würde erst dann aus meinem Leben verschwinden, wenn ich irgendwann eine Stiftlampe einschaltete und in ihre starren, toten Augen blickte.

33

Was ich als Nächstes tat, mag lächerlich und vielleicht auch amüsant erscheinen, aber ich kann Ihnen versichern, dass ich nichts davon damals als lustig empfand.

Ich saß auf der Bettkante, hatte mir den Papierstreifen zwischen Daumen und Zeigefinger geklemmt und starrte auf die aus einer Zeitschrift ausgeschnittenen Augen. Es waren nicht ihre. Sie waren nicht echt, und doch hatte ich das Gefühl, dass Fiona Cassidy mich durch sie deutlich sehen konnte, ganz gleich wo sie sich gerade befand, dass sie ganz sicher Juju waren. Sie war nicht nur seltsam, nicht nur geistesgestört. Ich hatte glauben wollen, dass sie eine Meisterin im Schlösserknacken war. Aber jetzt war ich mir todsicher, dass sie sich durch Türen und Wände hindurchzaubern konnte, dass sie irgendeine okkulte Kraft besaß, von der ich bisher nur die einfachsten Erscheinungsformen gesehen hatte.

Mein erster Impuls war, den Streifen mit den Augen in winzige Stücke zu zerreißen und sie in der Toilette hinunterzuspülen. Doch im nächsten Moment war ich in der Küche und öffnete eine Schranktür unter der Spüle. Darin befand sich unter anderem eine Dose mit einem fest verschlossenen Deckel, in der meine Mutter eine Schachtel mit sechs Zentimeter langen Streichhölzern aufbewahrte, die sie benutzte, um die Zündflamme des Gasherds wieder zu entfachen, wenn diese gelegentlich ausging. Aus einer Schublade neben dem Kochfeld holte ich eine Kochzange hervor.

Im Badezimmer hielt ich den Papierstreifen mit der Zange fest und verbrannte ihn über der offenen Toilette. Die Asche fiel ins Wasser, und als kein Papier mehr übrig war, spülte ich sie weg.

Ich ließ den lauten Ventilator im Bad laufen, räumte die Zange und die Streichhölzer weg und kehrte mit einer Dose Lufterfrischer zurück, den ich großzügig im ganzen Bad versprühte. Wenn meine Mutter von ihrem Auftritt im Slinky's nach Hause kam, würde nicht der geringste Rauchgeruch verraten, dass ich mit dem Feuer gespielt hatte.

Als ich mich in meinem Schlafzimmer wieder der offenen Bonbonschachtel näherte, geriet ich in Panik. Ich war mir sicher, dass ein weiterer Gegenstand in meiner Sammlung fehlte, dessen Fehlen ich bisher nicht bemerkt hatte: das Lucite-Herz mit der kleinen weißen Feder. In den letzten Wochen hatte ich den Anhänger nicht mehr bei mir getragen, wie ich es immer getan hatte, als er noch neu gewesen war und vor Magie zu glühen schien. Ein plötzliches Aufflackern der Intuition brachte mich zu der

Überzeugung, dass der Anhänger auf eine mir unverständliche Weise den größtmöglichen Schutz bot und dass ich, wenn die Frau ihn in ihren Besitz gebracht hatte, schutzlos und dem Untergang geweiht war.

Ich erschauerte vor Erleichterung, als ich ihn in der Metallbox fand, und steckte ihn mitsamt der Kette in eine Tasche meiner Jeans.

Inzwischen schwitzte ich regelrecht vor Angst, sodass es nicht verwunderlich war, dass ich von dem fehlenden Stoffauge besessen war. Ich hatte es aufbewahrt, weil ich in Anbetracht der unheimlichen Art, wie ein nichts anderes bewegender Windstoß es durch die Gasse zu mir gerollt hatte, zu dem Schluss gekommen war, es könnte etwas Juju in sich haben. Als ich Fiona Cassidy davon erzählt hatte, während sie die Spitze ihres Springmessers in mein linkes Nasenloch steckte, hatte sie mich verächtlich angesehen und erwidert: »Aus dir wird wohl mal ein richtiger kleiner Freak, was?« Jetzt fragte ich mich, ob ihr Spott nur ein Ablenkungsmanöver gewesen war, ob sie tatsächlich eine gewisse Macht in dem Stoffauge sah und diese gegen mich und meine Mutter einsetzte.

Es gab Zeiten in meinem Leben, in denen ich mir wünschte, wieder ein Junge zu sein, nicht um wieder die Energie und die vollkommene Gesundheit der Jugend zu haben, sondern um noch einmal die Unschuld und die Freude selbst an den kleinsten Dingen zu verspüren, die wir mit den Jahren oft nicht mehr in vollem Umfang empfinden. Was man jedoch leicht vergisst, bis man sich der Aufgabe der Erinnerung widmet, ist, dass die Kindheit auch eine Zeit der Angst ist. Einige dieser Ängste sind vernünftig, andere irrational und von einem Gefühl der

Ohnmacht inspiriert, in einer Welt, in der der Wunsch nach Macht über andere oft das ist, was so viele unserer Mitmenschen antreibt. In der Ohnmacht der Kindheit erscheinen Werwölfe so real wie der Amokschütze auf dem Schulhof, die Vorstellung von Vampiren so glaubwürdig wie die eines Terroranschlags, ein Nachbar mit paranormalen Talenten ebenso vorstellbar wie ein Psychopath.

Nachdem ich die *La Florentine*-Schachtel weggeräumt hatte, suchte ich mein Schlafzimmer nach dem Stoffauge ab. Vielleicht hatte die Frau es irgendwo versteckt: unter dem Bett, auf der Kommode, hinter dem Heizkörper, in den Falten der Vorhänge, hinter dem Volant über dem Fenster, wo es zumindest einen kleinen Teil des Raumes überblicken konnte … Als ich nichts fand, durchwühlte ich den Inhalt der Schubladen und durchsuchte jede Nische des Schranks, denn wenn ich ins Bett ging und das Licht ausschaltete, konnte es aus seinem Versteck hervorkommen, um mich zu beobachten. Zweifellos konnte so ein Auge perfekt im Dunkeln sehen. Wieder fand ich nichts.

Im Flur blieb ich an der Schwelle zum Schlafzimmer meiner Mutter stehen. Ich war überzeugt, dass ich es ebenso gründlich durchsuchen musste wie mein Zimmer. Glücklicherweise hielt mich der Anstand davon ab, den Raum auf den Kopf zu stellen.

Genau in diesem Moment wiedererlangter Vernunft klingelte das Telefon, und ich ging schnell in die Küche, um den Hörer abzunehmen.

»Jonah«, sagte Mrs. Lorenzo, »du solltest doch herkommen, sobald du aus dem Gemeindezentrum zurück bist. Das Abendessen ist bald fertig.«

Ich sagte ihr nicht, dass ich nicht ins Gemeindezentrum gegangen war, nachdem ich erfahren hatte, dass die Frau in 6-C ausgezogen war. Ich weiß nicht, ob das als eine Lüge durch Verschweigen zu werten ist, aber immerhin täuschte ich damit nur eine Nachbarin und nicht meine Mutter. »Ich bin schon auf dem Weg, Mrs. Lorenzo.«

Widerwillig verließ ich die Wohnung, schloss die Tür ab und ging hinunter, um den Abend mit der Witwe zu verbringen.

Kein gewöhnlicher Freitag. Aber noch nichts Ernstes.

34

Samstagmorgen. Frühstück mit meiner Mutter. In einem Diner in der Forestall Street. Pfannkuchen mit Ananas und Kokosnusssoße. Ein seltener Genuss. Ein großer Spaß. Ich hatte immer Freude daran, mit meiner Mutter auszugehen. Freude an *ihr.*

Aber ich musste immer wieder an die Hexe mit den violetten Augen denken.

Mom und ich fuhren mit dem Bus zum Planetarium. Ich liebte diesen Ort. Planeten, Sterne und Galaxien. Eine neue Show über Meteore, Asteroiden und Kometen. Sie war gut. Es war interessant. Es schien nicht enden zu wollen.

Dann das Museum für Naturgeschichte. Was für ein großartiger Ort. Das riesige Skelett eines echten Brontosaurus. Das überzeugende lebensgroße Modell eines Tyrannosaurus Rex. Früher hatte mich der T-Rex immer erschreckt. Aber an diesem Tag nicht.

Dann ein Mittagessen bei Woolworth. Ein gegrilltes Käsesandwich mit Krautsalat. Mom konnte nicht glauben, dass ich keinen Nachtisch wollte. Sie versicherte mir, dass wir es uns leisten konnten. Aber ich sagte: »Nein danke, ich platze gleich.« Die Wahrheit ist, dass ich ihn wollte. Aber ich wollte mir nicht die Zeit nehmen, ihn zu essen.

Wir fuhren mit dem Bus zurück in unser Viertel, den ganzen Weg bis zum Gemeindezentrum. 20 Minuten lang saß Mom neben mir auf der Bank und hörte mir beim Klavierspielen im Abigail-Louise-Thomas-Raum zu. Dann musste sie nach Hause, sich umziehen und sich auf den Weg zum Slinky's machen.

Sie sagte: »Du bist der Größte, Jonah. Duke Ellington ist nichts gegen dich.« Dann küsste sie mich auf die Wange.

Sie dachte, ich würde noch ein paar Stunden an den Tasten verbringen, und an jedem anderen Samstag hätte ich das auch getan. Aber heute hatte ich andere Absichten. Außerdem war ich zu nervös, um effektiv zu üben. Trotzdem musste ich noch eine halbe Stunde im Gemeindezentrum bleiben, um meiner Mutter nicht zu begegnen, wenn ich nach Hause kam. Ich vertrieb mir die Zeit, indem ich die Melodie von *Magenta Haze* spielte, einem von Dukes sinfonischen Stücken. Es war ein langsames und leichtes Dahintreiben von der ersten bis zur letzten Note, das ich von dem Sopransaxofon-Solo, dem Herzen des Stücks, auf das Klavier übertragen musste.

Ich brauchte einen Rat, was ich vom letzten Besuch der Hexe in meinem Schlafzimmer am Vortag halten sollte. Die einzige andere Person, die beunruhigende Bekanntschaft mit ihrer dunklen Seite gemacht hatte, war Mr. Yoshioka.

Als ich mit sechs Schokoladenkeksen meiner Mutter auf einem Pappteller an seiner Tür im vierten Stock klingelte, war ich nicht sicher, ob er zu Hause war. Er arbeitete lange, manchmal auch an Samstagen. Aber als er die Tür öffnete, schien er mich bereits zu erwarten.

»Wird das eine Feier, Jonah Kirk?«

»Ein bisschen, ja, denke ich.«

Er nahm die Kekse entgegen und ich zog mir die Schuhe aus. Minuten später saßen wir in seinem Wohnzimmer bei Tee, Keksen und diesen seltsamen kleinen Kuchen, von denen ich vorgab, sie mehr zu mögen, als ich es wirklich tat.

Ich erzählte ihm alles über Eve Adams, was ich ihm bisher vorenthalten hatte, auch dass ihr richtiger Name offenbar Fiona Cassidy lautete und ich sie zum ersten Mal in einem Traum gesehen hatte. Miss Pearl, die mir diesen Traum ebenso wie das Klavier gebracht hatte, erwähnte ich nicht, denn sie war selbst ein Rätsel, und ein weiteres Rätsel hätte nichts als Verwirrung gebracht zu dieser Zeit, in der ich mir dringend Klarheit wünschte.

Obwohl Mr. Yoshioka in der Vergangenheit verständnisvoll gewesen war und mich mit der gleichen Ernsthaftigkeit behandelte, die er bei Gesprächen mit Erwachsenen an den Tag legte, war ich darauf vorbereitet, dass er mich ungläubig anstarren würde, als ich von meinem prophetischen Traum sprach. Stattdessen hörte er mir mit ausdrucksloser Miene zu, und als ich geendet hatte, nickte er, nippte an seinem Tee und schloss die Augen, als ob er über das, was ich ihm erzählt hatte, nachdenken wollte.

Sein Schweigen beunruhigte mich etwas, also fügte ich hinzu: »Es ist wahr, Sir. Sie war in dem Traum, wir beide waren in einem engen Raum, und ringsherum war rauschendes Wasser.«

Er öffnete die Augen. »Es ist nicht nötig, es mir zu versichern. Ich glaube dir. Als ich 15 war, träumte ich, dass meine Mutter und meine Schwester in einem Feuer umkamen. Sieben Tage später verbrannten sie tatsächlich. Ihre Schreie waren anfangs sehr schrill, voller Schmerz und Schrecken. Aber schon bald waren sie wie die eindringlichen Schreie bestimmter Nachtvögel, als wären sie jenseits des Schmerzes, aber nicht jenseits der Trauer, als trauerten sie über ihren vorzeitigen Abschied von dieser Welt, während ihre Seelen auf Flügeln in die Stille getragen wurden.«

Wie bei meinem letzten Besuch hatte mein Gastgeber einen kleinen Krug mit Orangenblütenhonig bereitgestellt, mit dem ich den Tee süßte, den er pur trank. Seine Offenbarung war so schrecklich, dass ich nicht wusste, was ich darauf erwidern sollte. Ich nahm meine Tasse in die Hand und trank einen Schluck, um ein wenig Zeit zu gewinnen und zu verarbeiten, was er mir gerade mitgeteilt hatte. Obwohl der Tee eben noch süß gewesen war, schmeckte er jetzt bitter, und ich stellte die Tasse ab.

»Wann ist das passiert?«, fragte ich.

»Am 14. September 1942. Aber ich möchte nicht weiter darüber sprechen. Ich habe es nur erwähnt, um zu erklären, warum ich die Wahrheit deines Traums vorbehaltlos akzeptiere. Im Laufe der Jahre, Jonah Kirk, bin ich zu der Überzeugung gelangt, dass uns, die wir sehr gelitten haben, von Zeit zu Zeit die Gnade der Vorhersage zuteilwird, sodass wir handeln können, um uns vor weiteren Qualen zu bewahren.«

»Aber trotz Ihres Traums sind Ihre Mutter und Ihre Schwester sieben Tage später gestorben.«

»Wegen meines Versagens, nicht an diese Gnade zu glauben, wegen meines Zorns und meiner Verbitterung und meiner Realitätsverleugnung.«

Normalerweise konnte man seinen Gemütszustand nur an seinen Augen ablesen, wenn überhaupt, denn er neigte nicht zu einem dramatischen Mienenspiel. Jetzt aber bot er für einen Augenblick ein Bild der Verzweiflung.

»Wegen meines Versagens«, wiederholte er.

Ich mochte ihn zu sehr, um seine Selbstverurteilung ertragen zu können, und eine Art Trauer überkam mich. Obwohl ich neugierig war, wusste ich, dass es besser war, ihn nicht zu bitten, mir mehr über das tödliche Feuer vor 24 Jahren zu berichten.

Aus Besorgnis ergriff ich das Wort. »Sie sagten … Sie sagten, dass Vorhersagen manchmal eine Gabe für Menschen sind, die sehr gelitten haben. Aber ich habe von Fiona Cassidy geträumt … und ich habe nicht sehr gelitten.«

Er erwiderte: »Dann wirst du es mit der Zeit.«

35

In dieser Nacht träumte ich von mondbeschienenen Wäldern, durch die mich eine unsichtbare Kreatur verfolgte, von einem Ufer im Mondlicht an einer dunklen Küste, wo schwarze Wellen auf den Sand schwappten und ich mich zum Wasser hingezogen fühlte, obwohl ich wusste, dass unter der bewegten Oberfläche etwas Bedrohlicheres schwamm als nur Haie. Ich träumte von einer mondbefleckten Ebene, auf der massive Felsbrocken in den Himmel ragten wie Bruchstücke zerschmetterter Gewölbe eingestürzter Burgen. Eine Präsenz zwischen den Ruinen flüsterte mir zu und lockte mich in Nebengänge, wo mir nicht einmal der schwache Schimmer des Mondes noch den Weg zeigte.

Der Schrecken weckte mich. Ich setzte mich im Bett auf und lauschte in die fast völlige Dunkelheit hinein, aber nichts raschelte, knarrte oder flüsterte. Nach einer Minute stützte ich mein Kissen am Kopfende des Bettes ab, lehnte mich zurück und wartete darauf, dass mein Herz aufhörte zu klopfen wie die Hufe eines Pferdes auf Kopfsteinpflaster. Nach einer Weile hörte ich die entfernten Verkehrsgeräusche der nächtlichen Stadt am Fensterglas.

Mein Traum von fließend wechselnden Orten und unbestimmten Monstern war zu vage, um prophetisch zu sein. All das waren nur Trugbilder des schlafenden Geistes gewesen. Ich wusste, sollte mich jemals ein Feind mit mörderischen Absichten verfolgen oder in eine mondlose Dunkelheit locken, in der der Tod wartete, würde der tödliche Moment nicht in einer der unheimlichen Landschaften stattfinden, aus denen ich erwacht war.

Ich erinnerte mich an den Verlauf des Gesprächs mit Mr. Yoshioka, nachdem er gesagt hatte, dass ich mit der Zeit sehr leiden würde.

Warum hat sie diese Dinge aus der Bonbondose genommen – das Bild von mir im Schlaf, das Stoffauge?

Zum Teil um dich zu verunsichern, um dir zu sagen, dass sie dich weiterhin wahrnehmen kann, wenn sie diese Dinge besitzt.

Zum Teil? Warum sonst noch?

Seit unserem letzten Tee, bei dem du über Juju gesprochen hast, habe ich zu diesem Thema recherchiert – Juju in Afrika und die Variante, die in der Neuen Welt als Voodoo bezeichnet wird. Wenn diese Frau wirklich an schwarze

Magie glaubt, könnte sie das Foto von dir als Stellvertreter benutzen.

Als was?

Wie eine Voodoo-Puppe. Ein Abbild. Eine Nachbildung von dir. Sie könnte glauben, dass sie dich mit Nadeln aus der Ferne quälen kann.

Das ist nicht gut.

Keine Sorge, Jonah Kirk. An Juju oder Voodoo ist nichts Wahres dran. Keines von beiden funktioniert. Das ist alles Unsinn.

Das sagt mein Großvater auch.

Dann solltest du auf ihn hören und dir keine Sorgen machen.

Okay, aber warum hat sie das Stoffauge genommen?

Dazu habe ich keine Theorie. Diese Eve Adams, diese Fiona Cassidy, ist vielleicht eine Psychopathin. In diesem Fall haben wir keine Chance, ihre Motive oder ihre Denkweise zu verstehen.

Das ist nicht sehr beruhigend, Sir.

Nein, Jonah Kirk, ist es nicht.

Unser kleines Treffen anlässlich der Abreise der Frau hatte einen ausgesprochen düsteren Ton für eine Feier angenommen. Als wir begannen, mehr mürrisch zu schweigen als uns zu unterhalten, beschloss ich, dass es Zeit wurde zu gehen. Als ich die Tür öffnete, reichte mir Mr. Yoshioka eine schlichte weiße Visitenkarte, auf der nur sein Name stand, darunter ein einziges Wort in Kursivschrift, *Schneider,* und darunter wiederum eine Telefonnummer.

Das ist meine Nummer auf der Arbeit. Wenn ich nicht zu Hause bin, kannst du mich im Notfall dort anrufen.

In was für einem Notfall?
In jedem, Jonah Kirk.
Vielleicht wird es keinen geben.
Vielleicht nicht.
Aber ich denke, es könnte passieren.
Das denke ich auch.

36

1966 war ein Jahr wachsender Unruhen gewesen. Der eskalierende Krieg in Vietnam. All die ermordeten Schwesternschülerinnen in Chicago. Der Heckenschütze vom Austin Tower schoss von oben auf Menschen, als wäre er ein verrückter Gott auf seinem hohen Thron.

Rassenunruhen hatten Atlanta und Chicago erschüttert, wie auch unsere Stadt. Auf dem Gebiet der Bürgerrechte rieten nüchterne Männer wie Roy Wilkins, Martin Luther King und Ralph Abernathy zu einem Wandel mit friedlichen Mitteln, während Stokely Carmichael Drohungen für wirksamer hielt und radikalere Gruppen wie die Black Panthers Gewalt befürworteten. Wie Sie sich denken können, waren Großvater Teddys Sympathien ganz auf der Seite der Verfechter der Gewaltlosigkeit, ebenso wie die von Großmutter Anita und Sylvia.

Die Proteste gegen den Krieg nahmen zu. In unserer Stadt explodierten am 18. Oktober in der Nacht Bomben in zwei Rekrutierungsbüros des Militärs. Es wurde niemand getötet oder verletzt. Die Polizei veröffentlichte ein Phantombild eines Verdächtigen, das auf Augenzeugenberichten über einen Mann beruhte, der in der Nähe eines der Anschlagsziele beobachtet worden war. Ich hatte ihn noch nie zuvor gesehen … und doch war etwas an ihm vertraut und faszinierend. Nachdem meine Mutter die Zeitung in den Müll geworfen hatte, holte ich sie heimlich wieder heraus, schnitt das Porträt des Phantombildzeichners aus und legte es in meine *La Florentine*-Dose.

Ich wusste nicht, was ich von dem ganzen gesellschaftlichen Chaos halten sollte, und ich versuchte, den Rat meiner Mutter zu beherzigen, der im Wesentlichen darin bestand, dass man von innen nach außen leben sollte, nicht umgekehrt. Sie sagte, die Nachrichten berichteten nicht über *alles*, und was die Welt zusammenhalte, sei die Art, wie all die Menschen, die nie in den Nachrichten erwähnt wurden, ihr Leben lebten.

Was auch immer sich sonst abspielte, die Musik in diesem Jahr war sehr gut. Percy Sledge. The Mamas and the Papas. Simon and Garfunkel. Motown – die Four Tops, die Supremes, die Miracles. Das Album *Revolver* von den Beatles. *Blonde on Blonde* von Bob Dylan. *Pet Sounds* von den Beach Boys. Jim McGuinns glänzende Gitarre in *Eight Miles High* von den Byrds.

Der Oktober ging in den November über, und mit dem Einbruch des Winters beruhigte sich das Land ein wenig – allerdings nicht für lange. Die Scheidungspapiere kamen, von meinem abwesenden Vater unterschrieben und von einem Gericht geprüft. Obwohl die Ehe für Sylvia etwas Heiliges war, lebten wir in einer Zeit, in der immer weniger Menschen diese Ansicht teilten. Wir feierten ein wunderbares Thanksgiving im Haus meiner Großeltern, und sie luden Freunde ein, die selbst keine Familie hatten.

An Heiligabend gingen meine Mutter und ich zusammen mit Teddy und Anita zur Messe. Die düstere

Kirche wurde nur von einem auf den Altar gerichteten Oberlicht erhellt, außerdem von den Flammen Hunderter flackernder Kerzen in Glasschalen, die überall im Kirchenschiff aufgestellt waren. Wenn man die Augen zusammenkniff, schienen die Säulen und Gewölbe zu verschwinden, die ganze Größe der Architektur trat zurück und der Raum bekam etwas Intimes. Es war fast so, als würde man viele Jahrhunderte zurückversetzt an einen bescheidenen Ort, an dem sich ein Wunder ereignet hatte, wo der Glanz nicht von Kerzen, sondern von der Luft selbst ausging. Man kehrte zurück in eine weniger hektische Ära vor der Erfindung der Uhren, in eine Nacht des Friedens, die der Beginn einer neuen Zeitrechnung für eine erneuerte Welt war.

Vier Tage später, am Abend des 28. Dezember, nachdem ich eine Stunde lang im Bett gelesen hatte, nahm ich die Metallbox von meinem Nachttisch, bevor ich das Licht ausschaltete. In den Wochen unmittelbar nach der Zerstörung der beiden Rekrutierungsbüros hatte ich gelegentlich das Bleistiftporträt des mutmaßlichen Bombenlegers betrachtet, ohne zu wissen, warum es mich faszinierte. Aber dann hatte mein Interesse nachgelassen und ich hatte mir die Zeichnung vielleicht einen Monat lang nicht mehr angesehen. Als ich dieses Mal das ausgeschnittene Bild ins Lampenlicht hielt, wurde mir klar, dass die Beschreibung, die der Zeuge dem Polizeizeichner gegeben hatte, ein furchtbar ungenaues Porträt von Lucas Drackman ergeben hatte.

Bevor ich von Fiona Cassidy geträumt hatte, war Lucas Drackman in meinen Träumen gewesen, und zwar in der Nacht des Tages, an dem ich zum Gemeindezentrum gegangen war, das versprochene Klavier entdeckt und den Unterricht bei Mrs. O'Toole begonnen hatte. Als ich ihn im Schlaf zum ersten Mal gesehen hatte, war er ein Teenager gewesen, der seine Eltern bereits in ihrem Bett umgebracht hatte und damit beschäftigt war, alles an Bargeld, Schmuck und Kreditkarten zu stehlen, was er finden konnte. In meiner Erinnerung konnte ich ihn noch hören, wie er neben dem blutigen Bett stand und mit seinem toten Vater sprach: *Hallo, Bob. Wie ist es denn so in der Hölle, Bob? Merkst du jetzt vielleicht, wie dumm es war, mich auf eine verdammte Militärakademie zu schicken, Bob? Du ignoranter, selbstgerechter Scheißkerl.*

Entweder hatte der Zeuge ihn unzureichend beschrieben oder der Künstler hatte die Beschreibung nicht erfolgreich zu Papier gebracht. Die tief liegenden Augen von Lucas Drackman waren nicht eingefangen worden, ebenso wenig die wahre Knochenstruktur und Form seines Gesichts. Die Nase wirkte zwar raubvogelhaft wie die des Mörders, aber sie war zu schmal und zu spitz. Das Merkmal, das am genauesten wiedergegeben wurde, war sein fast mädchenhafter Mund, der in der Realität einen noch größeren Kontrast zu seinem ansonsten asketischen Gesicht bildete als in der Zeichnung.

37

Der nächste Tag, der 29. Dezember, war ein Donnerstag, und natürlich hatte ich noch Schulferien. Mom musste an diesem Abend nicht singen. Das Slinky's hatte geschlossen, damit es für den voraussichtlich großen Andrang an den letzten beiden Abenden des Jahres aufwendig dekoriert werden konnte.

Sie hatte eine fünfstündige Schicht bei Woolworth, und dann kam sie nach Hause, um den Abend mit mir zu verbringen. Da sie weder an Silvester noch am Vorabend da sein konnte, wollte sie das heutige Abendessen zu unserer Silvesterfeier machen. Sie gab mir Geld, damit ich im Royal, dem nahe gelegenen Diner in der Forestall Street, wo wir an einigen unserer besonderen Tage gemeinsam gefrühstückt hatten, etwas zu essen holen konnte. Dort gab es das beste Chili der Welt – ein Schild im Schaufenster verkündete diese Tatsache – und so gutes Käsebrot, dass ich manchmal davon träumte. Meine Aufgabe war es, dort das Chili (das meine Mutter auf Butternudeln servierte), das Käsebrot sowie jeden Nachtisch, den ich wollte, zu kaufen.

Es war kalt, aber nicht bitterkalt. Ich trug meine Steppjacke mit Reißverschluss, die mir etwas zu groß war, denn obwohl ich mager und für mein Alter etwas klein war, wuchs ich zu schnell, als dass perfekt passende Kleidung mir viel genützt hätte. Mäntel waren teurer als Jeans und Hemden, deshalb musste ich sie anfangs immer etwas größer tragen und dann allmählich in sie hineinwachsen. Ich trug auch meine neue Wintermütze, die rot-weiß gestreift und mit einer roten Bommel versehen war, die ich für den Inbegriff von Coolness hielt, was mich im Nachhinein sehr wundert.

Obwohl ich genau zwischen dem Frühstücks- und dem Mittagsansturm im Royal eintraf, war das Lokal wie immer gut besucht. Es waren noch ein paar Tische frei, sodass nur die Besucher stehen mussten, die sich am Fenster der Essensausgabe nahe dem Eingang aufhielten.

Ich reihte mich ein, um meine Bestellung aufzugeben. Dabei war ich kein bisschen ungeduldig, denn ich genoss die Atmosphäre des Lokals. Was für eine Mischung von Aromen. Burgerpattys in Pfannen, auf denen geschmolzener Käse Blasen warf. Speck. Butter-Rührei mit Schinken. Brot, das getoastet wurde. All diese Gerüche und noch mehr mischten sich mit Zigarettenrauch. Wer diese Zeiten nicht miterlebt hat, wird sich kaum vorstellen können, welche Toleranz die Menschen damals für die Gewohnheiten und Marotten der anderen aufbrachten.

Das Klirren des Bestecks, das Klappern des Geschirrs, die Kellnerinnen, die im Diner-Jargon die Bestellungen aufriefen, eine unaufhörlich an- und abschwellende Gesprächsflut unter den Gästen: Es war eine Art Musik, die gleichzeitig beruhigend und belebend war. Es war eine so *menschliche* Zeit, in der noch niemand am Tisch SMS schrieb oder im Internet surfte, während er aß, oder ein Handy bei sich trug, dessen Klingeln er nicht ignorieren konnte.

Während ich in der Schlange wartete, genoss ich es, mich umzuschauen, die verschiedenen Arten von Menschen zu sehen, mich zu fragen, wer sie waren und in welches Leben sie zurückkehrten, wenn sie das Royal verließen. Dann sah ich Tilton, meinen Vater. An der gegenüberliegenden Wand befand sich eine Reihe von Tischen, die sich über die gesamte Länge des Lokals erstreckte. Er saß an einem der hinteren Tische, unterhielt sich angeregt mit jemandem, der ihm gegenübersaß, und gestikulierte mit einer Gabel.

Ich hätte ihn fast nicht erkannt, denn er hatte sich einen Bart wachsen lassen. Er trug einen schwarzen Rollkragenpullover und eine Art silbernes Medaillon an einer silbernen Kette.

Da die Sitzecken hohe Rückenlehnen hatten, konnte ich die Begleitung, mit der sich Tilton so angeregt unterhielt, nicht sehen. Ich fragte mich, ob es vielleicht Miss Delvane war, die Schriftstellerin und angehende Rodeo-Romanautorin. Natürlich war ich neugierig, aber mehr als alles andere war ich verängstigt.

Falls Tilton in meine Richtung blickte und mich entdeckte, konnte das keine guten Folgen haben. Da ich meine Bestellung noch nicht aufgegeben hatte, wandte ich mich sofort ab und eilte zur Tür, wobei ich betete, dass er mich nicht an meiner Kleidung erkennen würde. Die Steppjacke sah aus wie Millionen andere. Meine gestreifte Wintermütze war auffällig bunt, aber meine Mutter hatte sie mir vor weniger als einer Woche zu Weihnachten geschenkt und mein Vater hatte sie nie gesehen.

Beim Verlassen der gemütlichen Welt des Royal wehte mir eine kalte Windböe ins Gesicht. Ich hatte vorgehabt zu rennen, um schnell aus der unmittelbaren Umgebung und aus Tiltons Reichweite zu verschwinden. Aber ich war noch keine zehn Meter weit gegangen, als mich meine Intuition zum Stehen brachte wie eine Hand, die mich am Arm festhielt. Sie sagte mir, dass ich wissen musste, mit wem mein Vater sein spätes Frühstück oder frühes Mittagessen zu sich nahm, dass die Identität seiner Begleitung von entscheidender Bedeutung war.

Nach all den Jahren frage ich mich gelegentlich, wie mein Leben verlaufen wäre, wenn ich in diesem schicksalhaften Moment meinem ersten Impuls gefolgt und weggelaufen wäre. Aber ich vermute, dass das, was wir Intuition nennen, nur eine der vielen Möglichkeiten ist, wie die leise Stimme unserer Seele zu uns spricht, wenn wir zuhören, und dass dieser innere Begleiter nur unser Bestes will. Wäre ich weggelaufen, hätte mir zweifellos noch Schlimmeres widerfahren können als das, was mir zugestoßen ist, meine Verluste hätten noch größer, die Geschichte meines Lebens hätte noch düsterer sein können. Und doch stelle ich mir diese Frage.

38

An der Forestall Street, direkt gegenüber dem Royal, gab es eine Schusterwerkstatt im Erdgeschoss eines jahrhundertealten, vierstöckigen Backsteingebäudes, dessen obere Stockwerke entweder Büros von Unternehmen mit ungewissen Aussichten oder Wohnungen enthielten, die noch billiger waren als unsere. Neben diesem Gebäude befand sich ein leeres Grundstück, wo man im Namen des Fortschritts ein weiteres Gebäude abgerissen hatte. Doch der Fortschritt hatte sich nicht eingestellt. Ein baufälliger Maschendrahtzaun umgab den Platz. Das Tor war vor Jahren zerstört und nie ersetzt worden. Bei wärmerem Wetter versammelten sich die Kinder der Nachbarschaft dort, um Kickball und andere Spiele zu spielen.

Als ich aus dem Diner kam, herrschte wenig Verkehr und ich überquerte die Straße in der Mitte des Häuserblocks. Die helle Sonne verzierte das Pflaster mit den schwarzen Schatten der kahlen Bäume, und im unbeständigen Winterwind zuckten diese Silhouetten unter meinen Füßen wie die zahlreichen verschlungenen Beine unruhiger Spinnen.

Ich ging durch die Lücke im Zaun, wo einmal das Tor gewesen war, stellte mich hinter den Maschendraht und beobachtete den Diner. Um mich herum bestand der Boden größtenteils aus karger, fester Erde. Hier und da waren ein paar Büschel verdorrten Unkrauts, leere Limonadendosen und Papierfetzen zu sehen.

Über mir kratzten die winterkahlen Äste der Bäume aneinander und klapperten, wenn sie in unregelmäßigen Abständen von Windstößen erfasst wurden. Die letzten Vögel, die es noch wagten, sich auf den blattlosen Baumkronen niederzulassen, stürzten sich mit viel Flügelschlag und Gekreisch in den Wind und ließen sich von ihm zu ihren Schlafplätzen in den besser geschützten Dachvorsprüngen der nahen Gebäude tragen.

Als mein Vater aus dem Diner kam, wurde er nicht von Miss Delvane begleitet. Der Mann bei ihm war etwas größer als 1,80 Meter und hatte langes dunkelblondes Haar, das vom Wind zerzaust wurde. Sie standen für einen Moment dicht beieinander, tauschten ein paar Worte aus, dann ging mein Vater in westlicher Richtung zur Avenue. Sein hochgewachsener Begleiter blieb am Bordstein stehen, bis eine Autokolonne vorbeifuhr. Dann überquerte er die Straße, als hätte er etwas in der Schusterwerkstatt zu erledigen.

Nachdem er jedoch die Straße überquert hatte, wandte er sich nach Osten, zu mir. Ich fand eine Getränkedose, die ich am Zaun entlangkickte, in der Hoffnung, wie ein gelangweiltes Kind zu wirken, das nichts Interessanteres zu tun hatte, als sich auf einem leeren Grundstück herumzutreiben und zu hoffen, dass andere Kinder zum Kickball vorbeikamen. Ich trat die Dose geräuschvoll nach Osten, drehte mich dann um, kickte sie nach Westen und sah zu ihm auf, als er sich auf der anderen Seite des Maschendrahtzauns näherte.

Obwohl er jetzt lange statt kurze Haare hatte und einen ungepflegten Schnurrbart trug, während er früher glatt rasiert gewesen war, und obwohl er vielleicht 25 statt 17 Jahre alt war, wie ich ihn im Traum gesehen hatte, erkannte ich ihn sofort. Lucas Drackman. Der Mörder seiner Eltern. Der Mann, der Bomben in Rekrutierungsbüros legte. Er hatte so wenig Ähnlichkeit mit dem Porträt des Phantombildzeichners, dass keinerlei Gefahr bestand, dass ihn jemand mit dessen Hilfe erkennen würde.

In meiner Erinnerung hörte ich die Stimme von Miss Pearl, die in der Nacht, in der ich von diesem Mörder geträumt hatte, scheinbar auf meiner Bettkante gesessen hatte: *Schlaf weiter, Entlein. Schlaf. Ich habe einen Namen für dich, einen Namen und ein Gesicht und einen Traum. Der Name ist Lucas Drackman und das Gesicht ist seins.*

Eine Atemwolke stieg aus seinem Mund auf wie Rauch aus dem Maul eines Drachen. Er sah mir durch den Zaun in die Augen, und einen Moment lang konnte ich den Blick nicht von ihm abwenden, denn ich hatte das Gefühl, nicht einem Menschen, sondern einem Dämon in die Augen zu schauen.

Vielleicht spürte er in diesem Augenblick, dass er für mich kein völlig Fremder war, denn als ich mich wieder bewegte und die Dose fliegen ließ, blieb er stehen. Ich ging weiter und kickte das gequälte Stück Aluminium zum westlichen Ende des Grundstücks. Dann drehte ich mich um und ging zurück, wobei ich so tat, als würde ich nicht bemerken, dass er auf mich wartete.

Als ich mich ihm näherte, sagte er: »Hey, Junge.«

Ich versuchte, eher wütend auf die Welt als verängstigt auszusehen, und wagte es, ihn anzublicken.

Er musterte mich einen Moment lang und fragte dann: »Was ist los mit dir?«

Ich verhielt mich so, wie es mir für einen angehenden jugendlichen Straftäter passend schien. Ich zeigte ihm den Mittelfinger, drehte mich um und trat die Dose mit voller Wucht in die Mitte des leeren Grundstücks. Für eine Weile machte ich diesem Stück Blech die Hölle heiß, indem ich es ein halbes Dutzend Mal hin und her kickte. Als ich schließlich wieder zum Zaun sah, war Lucas Drackman verschwunden.

39

Nachdem ich zu Hause das Käsebrot in den Ofen geschoben hatte, der uns als Brotkasten diente, sowie das Chili und die Cupcakes in den Kühlschrank gestellt hatte, nahm ich die Visitenkarte von Mr. Yoshioka aus meiner Brieftasche und ging zum Telefon.

Auf der Karte stand zwar kein Firmenname, aber eine Frau meldete sich mit den Worten: »Metropolitan Suits. Wie kann ich Ihnen helfen?«

Obwohl es ihr bestimmt seltsam vorkam, dass ein kleiner Junge dort anrief, zögerte sie nicht, mir die Adresse zu geben, als ich sie danach fragte.

Ich hatte das Gefühl, sofort mit Mr. Yoshioka sprechen zu müssen, aber was ich ihm zu sagen hatte, konnte ich ihm nur unter vier Augen überzeugend vermitteln. Die Adresse, die man mir gegeben hatte, lag im Garment District, zwei kurze und vier lange Häuserblocks von unserer Wohnung entfernt, weiter, als ich allein gehen durfte. Ich bedaure sagen zu müssen, dass ich kein bisschen zögerte, ungehorsam zu sein, sondern mich sofort auf den Weg machte.

Bei der Hausnummer, die ich auf der Karte notiert hatte, fand ich ein großes, schlichtes einstöckiges Gebäude, das nur durch seine Größe beeindruckte. Die Straße war fast verstopft mit großen Lastwagen, die eine Reihe von Unternehmen belieferten und Lieferungen abholten. Ein Rangierbahnhof an der Nordseite von Metropolitan Suits, der an die Laderampen des Unternehmens grenzte, schien der geschäftigste Ort von allen zu sein.

Durch die Eingangstür gelangte ich in einen Empfangsbereich. Auf der rechten Seite trennte ein Tresen den öffentlichen Raum von vier Schreibtischen, an denen Frauen saßen, die tippten, Rechenmaschinen bedienten und Anrufe entgegennahmen. Die Mitte des Raums war leer. Auf der linken Seite standen acht Stühle, die alle unbesetzt waren, sowie ein Couchtisch, auf dem Hochglanzmagazine wie ein Kartenspiel aufgefächert lagen.

Eine der Frauen stand von ihrem Schreibtisch auf, eine nette ältere Dame mit lockigem grauem Haar, und kam an den Schalter. Sie lächelte und fragte, ob sie mir helfen könne.

»Ich möchte bitte Mr. George T. Yoshioka sprechen. Tut mir leid, dass ich ihn bei der Arbeit störe. Ich will nicht, dass er gefeuert wird oder so, aber es ist sehr wichtig, es ist ein Notfall.«

»Und wie ist dein Name?«, wollte sie wissen.

»Jonah Ellington Basie Hines …« Ich überlegte es mir anders. »Jonah Kirk, Ma'am. Ich bin der Nachbar von Mr. Yoshioka. Er wohnt im vierten Stock, und meine Mutter und ich wohnen im dritten.«

Sie deutete auf die Stühle rund um den Tisch mit den Zeitschriften und sagte: »Setz dich, Jonah, und ich sage Mr. Yoshioka, dass du hier bist.«

Ich war zu nervös, um mich hinzusetzen. Ich blieb in der Mitte des Raumes stehen, trat von einem Fuß auf den anderen, zog meine Handschuhe aus und stopfte sie in meine Jackentaschen.

Als die Dame an ihren Schreibtisch zurückkehrte und den Anruf machte, konnte ich ihre Stimme hören, sanft und leise, aber ich konnte kein Wort verstehen.

Die vielen Lastwagen auf dem Rangierbahnhof ließen auf ein erfolgreiches Unternehmen schließen, aber der Zustand der Empfangshalle erweckte einen anderen Eindruck. Gestrichener Betonboden. Billige Holzvertäfelung. Eine Decke aus Akustikplatten. Die Stühle sahen aus, als stammten sie aus Armeebeständen.

Die grauhaarige Dame kehrte zum Schalter zurück. »Mr. Yoshioka kommt gleich zu dir.« Sie schien zu bemerken, dass ich zu aufgeregt war, um mich hinzusetzen. Sie zeigte auf eine Innentür direkt gegenüber dem Eingang. »Er wird durch diese Tür kommen.«

Sie forderte mich nicht auf, diese Tür zu öffnen, aber ich tat es trotzdem, ohne nachzudenken. Dahinter lag ein riesiger, gut beleuchteter Raum mit einer komplizierten Decke, deren dicke Balken von Reihen hoher Stahlstangen gestützt wurden. Ein paar Hundert Menschen schufteten dort in einem anscheinend gründlich eingeübten Rhythmus. Am näheren Ende arbeiteten Männer paarweise an breiten Tischen mit großen Materialbündeln, die nach Bedarf von riesigen Spulen gezogen werden konnten, welche von den Balken über ihnen herabhingen. Sie markierten das

Material anhand von Schablonen, die sie darauf platzierten, und schnitten es dann mit großen und sehr scharfen Scheren schnell und präzise entlang der Kreidelinien zu. Weiter hinten saßen noch mehr Männer an kleineren Tischen und bedienten industrielle Nähmaschinen. Bei jedem von ihnen war ein jüngerer Mann, der ständig auf den Beinen war und seinen Vorgesetzten mit vorgeschnittenen Stoffstücken, Futtermaterial und anderen Dingen versorgte, wenn er sie brauchte. Diese jüngeren Männer waren die einzigen Angestellten auf dieser Etage, die keine Anzüge und Krawatten trugen, während die älteren Männer im Anzughemd arbeiteten und ihre Anzugjacken über die Stühle in der Nähe gehängt hatten. Aus der Sicht eines kleinen Jungen hatte der hintere Bereich des großen Raumes etwas Makabres, denn dort standen Schneiderpuppen und Schaufensterpuppen in verschiedenen Größen, alle ohne Kopf. In der hinteren Wand befanden sich drei weit voneinander entfernte Doppeltüren, die in andere Bereiche des Metropolitan-Labyrinths führten.

Die Nähmaschinen ratterten unaufhörlich und es roch nach Wolle. Warme Luft strömte durch Lüftungsschächte in Bodennähe herein und Abluftventilatoren zogen sie zu einer kleineren Anzahl größerer Schächte in den freiliegenden Rohren, die sich durch den Dachstuhl schlängelten. In den aufsteigenden Luftströmen sah ich Stoffstaub rotieren. Es sah aus, als wären es Galaxien mit winzigen Sonnen, Planeten und Monden.

Manch einer hätte gesagt, dass hier langweilige Arbeit verrichtet wurde, bei der sich dieselben Bewegungen ständig wiederholten, aber für mich als Junge waren dieser große Raum und alles, was sich darin befand, erstaunlich und wundersam. Die Männer, die dort arbeiteten, schienen zu sehr in ihre Arbeit vertieft zu sein, um sich zu langweilen, und Zuversicht und Schnelligkeit, mit denen sie ihre Aufgaben erledigten, wirkten auf mich wie Zauberei.

Mr. Yoshioka erschien in einem der Gänge. Er trug sein Hemd, zog jedoch seine Anzugjacke an, während er sich näherte. Er lächelte, verneigte sich halb und sagte: »Was für eine schöne Überraschung, dich zu sehen, Jonah Kirk.«

»Tut mir sehr leid, Sie bei der Arbeit zu stören, Sir, aber es ist was Schlimmes passiert und ich weiß nicht …«

Er unterbrach mich. »Vielleicht wäre es klug zu warten, bis wir das besprechen können, ohne unsere Stimme zu erheben.«

Links von der Tür hing eine Stechuhr und daneben eine Kartei mit Hunderten von Fächern, die alphabetisch geordnete Karten in Briefumschlaggröße enthielten. Mr. Yoshioka nahm seine Karte vom Ende der Reihe, steckte sie in die Uhr und danach wieder an ihren Platz, nachdem sie mit einem Zeitstempel versehen worden war.

Im Empfangsbereich setzten wir uns auf die beiden Stühle, die am weitesten von den vier Frauen entfernt waren, die an ihren Schreibtischen saßen. Wir flüsterten nicht, aber wir sprachen leise.

»Wissen Sie noch, wie ich Ihnen endlich alles erzählt habe darüber, wie ich Eve Adams im Traum tot gesehen habe und dass ihr Name in Wirklichkeit Fiona Cassidy ist?«

Mr. Yoshioka nickte. »Das war, nachdem du mir einen Teller mit den herrlichen Schokoladenkeksen deiner Mutter gebracht hattest, wofür ich dir immer noch sehr dankbar bin.«

»Ich dachte, Sie würden mir das mit dem Traum nicht glauben, aber das haben Sie getan. Das werde ich Ihnen nie vergessen. Das war eine große Erleichterung.«

Er lächelte mich an und wartete.

Etwas verlegen fuhr ich fort: »Nun ja, ich habe Ihnen nicht wirklich alles erzählt. Ich meine, alles über Fiona Cassidy, aber sie war nicht der einzige Traum.«

»Und jetzt wirst du mir alles erzählen.«

»Ja. Das muss ich. Es ist alles irgendwie miteinander verbunden.«

»Vielleicht ist es ein gutes Zeichen, dass du mir dieses Mal keine Kekse mitgebracht hast.«

»Wie bitte?«

»Wenn du mir Kekse bringst und mir alles erzählst, stellt sich hinterher heraus, dass dieses ›alles‹ doch nicht alles war. Vielleicht sind die Kekse deine Art, dich im Voraus dafür zu entschuldigen, dass du mir nicht alles sagst.«

Meine Verlegenheit steigerte sich zu Beschämung. »Es tut mir leid. Wirklich. Es ist nur so, dass … Ich weiß nicht. Es ist alles so seltsam, so groß und so merkwürdig, und ich bin nur ein Kind, auch wenn ich mir einrede, dass ich der Mann im Haus bin. Ich bin nur ein Kind.«

Mr. Yoshiokas Augen funkelten wie bei einem dieser guten magischen Geschöpfe in den Märchenbüchern. »Ja, du bist noch ein Kind. Deshalb habe ich, wie man so schön sagt, Nachsicht mit dir geübt. Wirst du mir jetzt den Rest von allem erzählen?«

»Ich hatte noch einen anderen Traum. Das war noch vor dem über Fiona Cassidys Tod.«

Ich erzählte ihm von Lucas Drackman, den ich im

Traum mit seinen ermordeten Eltern gesehen hatte, und danach an diesem Morgen in Begleitung meines Vaters.

Mr. Yoshioka hörte mir aufmerksam zu, und als ich fertig war, saß er mit geschlossenen Augen da, was für mich bedeutete, dass er über die Konsequenzen dessen nachdachte, was ich ihm berichtet hatte. Als sein Schweigen mich nervös machte, wollte ich weitersprechen, aber er ahnte, dass ich nichts mehr zu sagen hatte, das kein Geschwätz gewesen wäre, und legte einen Zeigefinger an seine Lippen, um anzudeuten, dass es weiser wäre, den Mund zu halten.

Dann öffnete er die Augen und sagte: »Du hast von Lucas Drackman geträumt – und jetzt ist Lucas Drackman mit deinem Vater bekannt. Weil du auch von Fiona Cassidy geträumt hast, ist es logisch, anzunehmen, dass sie deinen Vater auch kennt oder ihn in naher Zukunft kennenlernen wird.«

»Das denke ich auch, aber wenn …«

Wieder hob er den Zeigefinger an die Lippen. »Wenn sowohl Lucas Drackman als auch Fiona Cassidy deinen Vater kennen, ist es ebenso logisch, anzunehmen, dass sie sich auch gegenseitig kennen könnten.«

Ich nickte, obwohl ich nicht zu diesem Schluss gekommen war, bevor er ihn in Worte gefasst hatte.

»Wenn du recht damit hast, dass das Porträt des potenziellen Bombenlegers in der Zeitung eine schlechte Darstellung von Lucas Drackman ist, könnte man daraus schließen, dass er die Büros der Rekrutierungsabteilung mit Sprengstoff zerstört hat, der von Eve Adams alias Fiona Cassidy hergestellt wurde, die dabei in Apartment 6-C geruchsintensive und flüchtige Chemikalien verwendet hat.«

Ich rief »Du lieber Gott!«, beschuldigte mich im Geiste der Gotteslästerung, bekreuzigte mich und erwiderte: »Aber das würde bedeuten, könnte bedeuten, dass mein Vater, Tilton …«

Mr. Yoshioka beendete den Gedanken, den ich nicht laut aussprechen konnte: »Vielleicht kennt dein Vater Lucas Drackman aus einem anderen Zusammenhang als dem der Bombenanschläge auf Rekrutierungsbüros. Aber es gibt die reale Möglichkeit, dass die drei Teil einer Verschwörung sind – wie die Bilderberger im Kleinen.«

40

An den Schreibtischen hinter dem Tresen am anderen Ende des Raumes waren die vier Frauen immer noch beschäftigt. Soweit ich es beurteilen konnte, machte mein Besuch bei Mr. Yoshioka sie nicht neugierig.

Wir hatten uns leise unterhalten, aber jetzt flüsterte ich. »Ist Tilton etwa so ein verrückter Bombenleger?«

»Wie ich schon sagte: Er kennt Lucas Drackman vielleicht aus einem anderen Zusammenhang und hat keine Ahnung, dass der Mann ein Verbrecher ist. Und wenn dein Vater tatsächlich in eine Verschwörung verwickelt ist, muss er nicht unbedingt verrückt sein – wenn du damit meinst, dass er den Verstand verloren hat.«

»Das meinte ich nicht. Tilton ist nicht geisteskrank. Er ist nur … problematisch. Wir müssen es der Polizei sagen.«

Seinem Gesichtsausdruck nach zu urteilen – er presste die Lippen aufeinander und bekam plötzlich Krähenfüße in den Augenwinkeln – erfüllte die Aussicht, sich an die Behörden zu wenden, ihn auch jetzt noch ebenso wenig mit Begeisterung wie zuvor, als er Sicherheitsketten angebracht hatte, damit Fiona Cassidy nicht in unsere Wohnungen einbrechen konnte. »Wir können der Polizei nicht einfach sagen, dass dein Vater ›problematisch‹ ist. Für Straftaten haben wir keine Beweise, Jonah Kirk. Du hast deinen Vater mit jemandem gesehen, von dem du glaubst, dass er der Verdächtige des Bombenanschlags sein könnte. Das ist noch weniger als Hörensagen und für die Polizei nicht von Interesse.«

»Aber dieser Drackman hat ganz sicher seine Eltern umgebracht. Er hat sie im Bett erschossen, als sie schliefen. Er wird bereits gesucht.«

»Ganz sicher? Woher weißt du das?«

»Meine Güte, ich hab's doch im Traum gesehen. Oh. Okay. Ich schätze … das ist kein Beweis. Also, was können wir tun?«

Er zog an einer Manschette seines weißen Hemds, dann an der anderen, sodass sie genau um einen halben Zentimeter über die Ärmel seines Mantels hinausragten. Er bürstete ein paar fast unsichtbare Fusseln von seiner Hose. Dann rückte er seine Krawatte zurecht.

»Wenn wir der Polizei einen anonymen Tipp bezüglich deines Vaters geben würden, welche Adresse würden wir ihnen dann nennen?«

»Seit Mom ihn rausgeworfen hat, wissen wir nicht, wo er wohnt.«

»Eine Telefonnummer?«

»Wir haben keine von ihm.«

»Wo arbeitet er?«

»Gar nicht, soweit wir wissen. Von Arbeit hält er nicht

viel. Wir haben nur den Namen eines Anwalts, der die Scheidung für ihn abgewickelt hat.«

»Das hilft uns nicht weiter. Wegen des Anwaltsgeheimnisses wird er nichts sagen.«

»Was können wir dann tun?«, fragte ich erneut. »Wie wär's mit einem anonymen Tipp zu Drackman?«

»Wir wissen nicht, wo er wohnt, und wir wissen auch nicht, welchen anderen Namen er vielleicht benutzt.«

»Dann sind wir tot.«

»Nicht gleich aufgeben.« Mit einem Finger strich er an der Falte in seiner Hose entlang, vom Oberschenkel bis zum Knie, erst am linken, dann am rechten Bein. »Ich brauche etwas Zeit, um darüber nachzudenken. Es ist ziemlich komplex.«

»Ja, klar. Mir tut der Kopf weh, wenn ich drüber nachdenke.«

»Jetzt, wo es so weit gekommen ist – meinst du, dass du deiner Mutter alles erzählen wirst?«

Hätte ich blass werden können, wäre ich bei dem Gedanken, meine Mutter in alles einzuweihen, kreideweiß geworden. »O Mann, nein. Ich meine, wo sollte ich anfangen? Was würde sie von mir denken? Wie könnte sie mir je wieder vertrauen?«

»Die Wahrheit heilt alles, auch wenn sie erst spät aufgedeckt wird, Jonah Kirk. Wenn sie vollständig aufgedeckt wird und man sich entschuldigt.« Ich erinnerte ihn daran, dass ich meine Mutter nicht wirklich angelogen, sondern ihr nur bestimmte Dinge vorenthalten hatte. Er erwiderte: »Nun, ich würde dir niemals raten, ihr weiterhin etwas zu verschweigen ... Aber um ehrlich zu sein, muss ich sagen, dass es im Moment vielleicht das Beste wäre, es ihr nicht zu verraten. Wenn sie dir glaubt und zur Polizei geht, erreicht sie damit vielleicht nur, dass dein Vater und seine Partner gewarnt werden. Und dann, glaube ich, seid ihr beide in großer Gefahr. Im Moment seid ihr es zumindest nicht.«

Er stand auf, ich ebenfalls, und er verbeugte sich halb vor mir. Ich erwiderte die Verbeugung. Er hielt mir die Hand hin und ich schüttelte sie.

»Tut mir wirklich leid, dass ich kommen musste, um das alles bei Ihnen abzuladen.«

»Es sollte dir nicht leidtun. Das tut es mir auch nicht. Gib mir ein paar Tage Zeit, um daran zu arbeiten. In der Zwischenzeit solltest du, wie die Detektive in den Romanen sagen, auf Tauchstation gehen.«

Er ging auf die Tür zu, die zum Arbeitsbereich führte, und ich machte mich auf den Weg zum Vordereingang, doch dann rief er mich noch einmal. Wir trafen uns in der Mitte des Empfangsbereichs.

Er sagte: »Es muss in dieser Geschichte ein *Missing Link* geben.«

»Sie meinen ein Wesen, das halb Mensch, halb Affe ist?«

»Nein, das meine ich nicht. Ich meine, es muss irgendeine Verbindung zwischen deinem Vater, Fiona Cassidy und Lucas Drackman geben. Ich schlage vor, dass du Mr. Reginald Smaller bis auf Weiteres aus dem Weg gehst.«

Als ich Mr. Smaller gerade verteidigen wollte, erinnerte ich mich wieder daran, wie Tilton dem Hausverwalter manchmal einen Sechserpack vorbeigebracht hatte, um seine Zunge zu lösen und ihm lächerliche Verschwörungstheorien zu entlocken, mit denen er später Mom und mich unterhalten konnte.

Mr. Yoshioka fuhr fort: »Ich halte es für vorstellbar, dass diese Firmenleute mit den schwarzen Herzen, von denen er spricht, gar keine Ahnung davon hatten, dass Miss Cassidy mietfrei in Apartment 6-C gewohnt hat.«

Ich war enttäuscht. »Ich wollte daran glauben, dass er ein netter Kerl ist.«

»Vielleicht ist er das wirklich. Aber ich würde mein Leben nicht darauf verwetten.«

Mr. Yoshioka ging wieder an die Arbeit. Nachdem die Tür hinter ihm zugefallen war, ging ich zum Schalter und bedankte mich bei der netten Dame, die ihn für mich aus der Fabrikhalle geholt hatte. »Ich hoffe, er bekommt keinen Ärger, weil er eine Pause gemacht hat.«

Sie hatte ein schönes Lächeln, und ich war froh, es zu sehen, denn ich ging davon aus, dass sie nicht gelächelt hätte, wenn ich den Schneider in Schwierigkeiten gebracht hätte. »Mach dir keine Sorgen, Jonah. Mr. Yoshioka wird hier sehr geschätzt.«

»Ich schätze ihn auch sehr«, sagte ich. Während ich sprach, passierte etwas Seltsames: Die Worte blieben mir im Hals stecken, fast so, als würde ich mich verschlucken. Und die nette Dame bekam auch ein wenig feuchte Augen.

Draußen wehte ein kalter Wind und die Sonne schien hell. Auf dieser belebten Straße, zwischen den vielen großen Lastwagen und den beschäftigten Menschen, mit meilenweit nur Stadt um mich herum, kam ich mir furchtbar klein vor, klein und noch Schlimmeres. Plötzlich fühlte ich mich allein.

41

Ich ging die vier langen und zwei kurzen Häuserblocks von Metropolitan Suits zu unserem Wohnhaus. Dann zwei weitere lange Blocks bis zur nächsten Bibliothek. Diese Zweigstelle war nicht so groß wie die Zentralbibliothek gegenüber dem Naturkundemuseum und hatte einen schlichten Kalksteinboden anstelle von verschiedenfarbigem Marmor in ausgefallenen Mustern. Aber sie beherbergte eine Menge Bücher.

Obwohl ich wusste, wie man den Zettelkatalog benutzte, hatte ich keine Ahnung, in welchem Fachgebiet ich suchen sollte. Mit der Hilfe des Bibliothekars konnte ich nach fünf Minuten mit vier Büchern an einem Tisch im Lesesaal Platz nehmen, von denen drei nur einige wenige Informationen über Manzanar enthielten und eines ganz diesem Thema gewidmet war.

Manzanar, Spanisch für Apfelgarten, war eine Farmstadt 225 Meilen nördlich von Los Angeles im Owens Valley. Sie war 1910 gegründet, aber noch vor 1930 aufgegeben worden, nachdem Los Angeles mehr als 2400 Hektar des Tals für die Wasserrechte erworben hatte.

Nach der Bombardierung von Pearl Harbor am siebten Dezember 1941 hatte im ganzen Land Angst vor Sabotageakten geherrscht. Anfang 1942 hatte Präsident Roosevelt die Präsidentenverfügung Nr. 9066 unterzeichnet, mit der fast 120.000 japanische Amerikaner in den westlichen Bundesstaaten in zehn Umsiedlungszentren in abgelegenen Gebieten gezwungen wurden. Ob er dazu die verfassungsmäßige Befugnis hatte, ist bis heute umstritten.

Schon vor der Präsidentenverfügung 9066 wurden die Konten in allen amerikanischen Filialen japanischer

Banken eingefroren. Die meisten Menschen, die von der War Relocation Authority zwangsweise in eines der zehn Internierungslager umgesiedelt worden waren, verloren ihre Häuser oder verkauften sie mit Verlust. Ihre Unternehmen wurden entweder für einen Bruchteil des tatsächlichen Wertes verkauft oder ohne Entschädigung geschlossen.

Sogar japanische Waisenkinder, die in von Nonnen und der Heilsarmee geführten Einrichtungen lebten, wurden nach Manzanar gebracht, wo ein Lagerwaisenhaus für sie eingerichtet wurde. Weiße Pflegeeltern, die sich um japanische und halbjapanische Babys kümmerten, wurden gezwungen, diese Kinder an die War Relocation Authority abzuliefern.

Manzanar war, wie die anderen zehn Lager, autark. Es verfügte über ein eigenes Krankenhaus, ein Postamt, einige Kirchen, Schulen, Spielplätze, Fußballplätze, Baseballfelder, Tennisplätze …

Die Barackenwohnungen waren klein, etwa vier mal sechs Meter, und boten keine Privatsphäre, was besonders für die Frauen belastend war. Der Auftragnehmer der Regierung hatte minderwertige Materialien verwendet. Die Verarbeitung war schlecht. Im Sommer stiegen die Temperaturen auf 38 Grad. Die Winter waren kalt und schneereich. Die Internierten taten ihr Bestes, um die Unterbringung zu verbessern, aber Komfort war nicht leicht zu erreichen. Die Stacheldrahtzäune und acht Wachtürme, die die 216 Hektar des Hauptlagers umgaben, machten es unmöglich, sich einzubilden, dass man ein normales Leben führte.

Die Internierten verschönerten ihre Umgebung mit Rosen- und Steingärten, mit Teichen, Bächen und einem

Wasserfall. Als ein Baumschulgroßhändler 1000 Kirsch- und Glyzinienbäume stiftete, schufen die Bewohner einen Park von beachtlicher Anmut.

Schließlich wurde ihnen die Möglichkeit geboten, einen Eid zu unterschreiben, in dem sie den Vereinigten Staaten die Treue schworen und sich bereit erklärten, im Falle einer Einberufung dem US-Militär zu dienen. Diejenigen, die dies taten, konnten das Lager verlassen, wenn sie Sponsoren für Arbeitsplätze oder Schulen im Osten oder Mittleren Westen fanden. Fast 200 Menschen aus Manzanar dienten schließlich in den Streitkräften, und einem von ihnen, Sadao Munemori, wurde posthum die Medal of Honor verliehen.

In keinem der Lager wurde jemand körperlich misshandelt, und sie wurden für die geleistete Arbeit bezahlt, wenn auch nicht gut. Zwei der in Manzanar Internierten starben durch Schüsse während eines Protests gegen ihre Inhaftierung, aber kein weiterer der 10.000 kam gewaltsam ums Leben.

Im vierten Buch, das nur Manzanar betraf, fand ich den Nachnamen des Schneiders im Register und blätterte zu einem Abschnitt über den Tod von Mr. Yoshiokas Mutter und Schwester.

Jeder der 36 Wohnblocks des Lagers verfügte über eine eigene Kantine mit angeschlossener Küche. Kiku Yoshioka und ihre Tochter Mariko waren Mitglieder des Küchenpersonals in ihrem Block. Ein Leck in einem Propantank hatte zu einer Explosion und einem Flächenbrand geführt, der durch auslaufendes Speiseöl aus Behältern angefacht wurde, die von Splittern durchlöchert worden waren. Die beiden waren die Einzigen, die nicht entkommen konnten.

Mariko war 17 Jahre alt, zwei Jahre älter als ihr Bruder, und ihre Mutter war 38.

Omi Yoshioka und sein Sohn George hatten in der angrenzenden Kantine zu Mittag gegessen, als die Explosion das Gebäude erschütterte. Das Küchenpersonal stürmte durch die Verbindungstüren, verfolgt von Feuerschwaden. Noch bevor Omi und George feststellen konnten, dass Kiku und Mariko nicht unter denen waren, die vor den Flammen flohen, hörten sie vertraute Stimmen, die schrien und zu Gott flehten. Sie versuchten, in die Küche zu gelangen, aber die Hitze war zu groß, und plötzlich kamen auch noch Massen von Rauch hinzu, der ihre Sicht behinderte. Sie verloren die Orientierung und mussten selbst aus dem Speisesaal gerettet werden.

Das Buch enthielt drei Abschnitte mit Fotos, und in der zweiten Gruppe fand ich die offiziellen Schwarz-Weiß-Bilder aus dem Internierungslager von Kiku und Mariko. Kiku wirkte ernst und schön. Die Tochter lächelte schüchtern und war noch hübscher als ihre Mutter.

Eine tragische Vergangenheit, wie ich schon lange vermutet hatte. Aber es waren keine entfernten Verwandten, die in dem gewaltigen, ewig nachhallenden, von Menschenhand verursachten Donner von Hiroshima verloren gegangen waren, nicht nur zwei Seelen unter vielen Tausenden, die als schreckliche Folge der Kriegsverbrechen Japans und seiner Weigerung zu kapitulieren den Atombomben zum Opfer gefallen waren. Es war ein Verlust, der intimer, zufälliger und prägender war, der sich weder unter Berufung auf den Lauf der Geschichte noch auf die unvermeidliche Brutalität des Krieges rationalisieren ließ.

Ich saß lange Zeit in der Stille der Bibliothek und starrte in diese Gesichter.

Am öffentlichen Kopiergerät konnte man für fünf Cent Kopien machen.

Ich faltete meine Kopie zweimal und steckte sie in eine Jackentasche.

Die vier Bände legte ich auf den Rückgabetresen.

Die Bibliothekarin fragte mich, ob ich alles gefunden hätte, was ich suchte. Ich bejahte, aber ich sagte ihr nicht, dass ich von ganzem Herzen wünschte, ich hätte nichts gefunden.

Keine einzige Wolke bedrängte die Dezembersonne, und den ganzen Weg nach Hause ging ich in klarem, kaltem Licht.

42

In der Silvesternacht kam Mrs. Lorenzo zu uns. Meine Mutter kehrte erst sehr spät vom Slinky's nach Hause zurück, und sie wollte mich nicht um 3:30 Uhr oder vier Uhr morgens wecken müssen, um mich aus der Wohnung der Witwe abzuholen und nach oben zu bringen.

Ich durfte aufbleiben, um mir die Silvestersendungen im Fernsehen anzusehen, Guy Lombardo und seine Royal Canadians im Waldorf Astoria oder was auch immer. Aber Musik war nicht alles für mich. Obwohl ich erst in der vierten Klasse war, las ich schon auf dem Niveau der siebten Klasse, und zur Feier des Tages zog ich einen Roman dem albernen Fernsehprogramm vor. Zwei Tage zuvor hatte ich mir Robert Heinleins *Bürgerin des Mars* aus der Bücherei ausgeliehen, und ich fand es extrem cool.

Ich ging mit dem Buch, einem Glas Coca-Cola und einer Schüssel Brezeln ins Bett.

Ich verschlang die Cola, die Brezeln und drei Viertel des Romans, bevor ich kurz nach Mitternacht einschlief. Als ich morgens um 8:40 Uhr aufwachte, fand ich auf dem Nachttisch einen Zettel von meiner Mutter: ›Schatz, es ist fast vier Uhr und ich gehe ins Bett. Werde bis Mittag schlafen. Dann gehen wir beide in ein schickes Hotel für ein spätes Mittagessen!‹

In der Küche machte ich mir leise einen Toast und zwei Sandwiches mit einer dicken Schicht Erdnussbutter und geschnittener Banane. Ich spülte sie mit einem Glas normaler Milch und dann einem Glas Schokolade herunter. Selbst wenn ich einen Monat lang jeden Tag so exzessiv gegessen hätte, hätte ich trotzdem nur ein Gramm zugenommen. Ich hatte es aufgegeben, von den Charles-Atlas-Bodybuilding-Anzeigen in den Zeitschriften zu träumen. Ich überließ die Rolle dem fülligen Pianisten Fats Domino. Vielleicht würde ich mich Skinny Kirk nennen. Oder noch besser: Skinny Bledsoe.

Ich verließ die Wohnung und wollte mich im vierten Stock aufhalten, um zu hören, was in Mr. Yoshiokas Wohnung vor sich ging. Seit ich am Donnerstagmorgen, drei Tage zuvor, zu Metropolitan Suits gegangen war, hatte ich nichts mehr von ihm gehört. Ich wollte unbedingt wissen, ob er etwas erfahren hatte oder ob ihm eingefallen war, was wir als Nächstes tun sollten.

Beim Verriegeln der Tür bemerkte ich einen etwa sieben mal zwölf Zentimeter großen Umschlag, der links neben der Tür an der Fußleiste lehnte. Er enthielt keinen Absender und keinen Hinweis darauf, für wen der Inhalt bestimmt war. Ich öffnete ihn und zog eine Notizkarte heraus, auf der fein säuberlich drei Worte gedruckt waren: INFORMATIONEN WURDEN BESCHAFFT.

Als Mr. Yoshioka im vierten Stock die Tür öffnete, roch ich den Duft von frischem Kaffee. »Frohes neues Jahr, Jonah Kirk.«

»Frohes neues Jahr, Sir. Ich habe darüber nachgedacht, mich Skinny Bledsoe zu nennen.«

Während er die Tür schloss, die Riegel vorschob und die Sicherheitskette einhängte, fragte er: »Möchtest du so angesprochen werden?«

»Noch nicht. Ich muss wahrscheinlich 18 sein, um meinen Namen offiziell ändern zu lassen.«

»Dann werde ich darauf verzichten, bis du das getan hast. Setzen wir uns in die Küche.« Er führte mich dorthin. »Möchtest du etwas trinken?«

»Ich rieche Kaffee. Ich dachte, Sie trinken Tee.«

»Ja, ich trinke Tee. Und Kaffee. Ich trinke auch Wasser, Orangensaft, gelegentlich Softdrinks und zahlreiche andere Getränke.«

»Aber keine Martinis.«

»Nein. Die kaufe ich lediglich und lasse sie unangetastet, um die Manager von Nachtclubs zu irritieren. Möchtest du wie immer Tee mit Honig?«

»Ab und zu darf ich auch Kaffee trinken.«

»Wie trinkst du ihn – Sahne, Zucker, beides?«

»So schwarz wie ich.«

»Ich bin beeindruckt.«

Wir setzten uns mit Bechern voll mit schwarzem Kaffee an den Küchentisch. Das Gebräu war stark, aber schmackhaft.

Mr. Yoshioka sagte: »Mr. Yabu Tamazaki, der sich Robert und sogar Bobby, aber niemals Bob nennt, arbeitet seit 17 Jahren bei der *Daily News*. Er ist ein Bekannter von mir und ein zuverlässiger Mensch. Auf meine Bitte hin hat er einige Zeit im Leichenschauhaus verbracht, um die Drackman-Morde zu recherchieren.«

»Leichenschauhaus? Bei der *Daily News* werden Leichen aufbewahrt?«

»Leichenschauhaus nennen sie den Aktenraum, in dem sie die alten Ausgaben der Zeitung aufbewahren.«

»Cool.«

»Da Mr. und Mrs. Drackman wohlhabend und in der Chicagoer Kunstszene bekannt waren, wurde ihre Ermordung zu einer landesweiten Nachricht. Sogar unsere eher selbstverliebte Stadt war von der Geschichte fasziniert. Sie wurden in der Nacht des siebten Oktober 1958, also vor etwas mehr als acht Jahren, in einem Vorort von Chicago ermordet. Der Gerichtsmediziner schätzte den Todeszeitpunkt auf ein bis drei Uhr nachts. Das Verbrechen wurde nie aufgeklärt.«

Ich schüttelte den Kopf. »Ihr Sohn, Lucas Drackman, der hat sie getötet. Wie ich Ihnen schon sagte, ich habe es im Traum gesehen.«

»Als er im zweiten High-School-Jahr war, schickten seine Eltern Lucas Drackman auf eine private Militärakademie ein paar Meilen südlich von Mattoon, Illinois.«

»Was für ein Name ist denn Mattoon?«

»Ich habe Bobby Tamazaki nicht gebeten, den Ursprung des Namens Mattoon zu recherchieren.«

»Ja. Okay. Ich schätze, das spielt auch keine Rolle.«

Mr. Yoshioka zog keine Notizen zurate. Er hatte den gesamten Bericht auswendig gelernt. »Der junge Lucas

Drackman blieb während der Sommermonate auf der Akademie und kam nur an einigen ausgewählten Feiertagen nach Hause. In der Nacht, in der seine Eltern ermordet wurden, war er in der Oberstufe der Akademie, die 190 Meilen vom Wohnsitz der Drackmans entfernt ist – eine Fahrt, die nach Einschätzung der Polizei dreieinhalb Stunden gedauert hätte, sieben Stunden hin und zurück.«

»Vielleicht hat er sich nicht an die Tempolimits gehalten.«

»Lucas Drackman hatte keinen Zugang zu einem Fahrzeug.«

»Vielleicht hat er eins gestohlen.«

»Um zehn Uhr, als die Bettenkontrolle durchgeführt wurde, war Lucas Drackman noch in seinem Zimmer.«

»Vielleicht war es nur eine Puppe, wie in einem dieser Filme über Gefängnisausbrüche.«

Mr. Yoshioka machte eine Geste mit der rechten Hand, als ob er eine lästige Fliege verjagen wollte. Diese Fliege war ich mit all meinen *Vielleichts*. »Er hat bei der Bettenkontrolle mit dem Aufseher des Wohnheims gesprochen, von Angesicht zu Angesicht. Danach hätte er die Sicherheitskontrolle passieren müssen, um das Wohnheim zu verlassen, was er aber nicht tat. Außerdem erschien Lucas Drackman um halb acht Uhr morgens in Uniform zum Frühstück.«

»Na ja, das sind immer noch neuneinhalb Stunden«, hielt ich dagegen. »Zeit genug.«

»Er hatte zwei Zimmergenossen. Beide sagten der Polizei, dass die drei weit über die Sperrstunde hinaus aufgeblieben sind. Sie haben bis fast ein Uhr nachts im

Taschenlampenlicht Karten gespielt. Damit bleiben nur magere sechseinhalb Stunden für eine siebenstündige Fahrt und zwei Morde.«

»Vielleicht haben die Zimmergenossen gelogen. Menschen lügen manchmal, wissen Sie? Sie lügen ständig, manchmal sogar um einen Mörder zu schützen.«

Nachdem er genüsslich an seinem Kaffee genippt hatte, erwiderte Mr. Yoshioka: »Ich frage mich, wie ein neunjähriger Junge schon eine so misstrauische Seele sein kann.«

»Ich bin fast zehn.«

Ich starrte in meinen Becher. Ein verzerrtes Spiegelbild eines Teils meines Gesichts schwebte auf dem Kaffee wie die Fratze eines Wasserspeiers, die zu mir heraufschaute. Mir war, als könnte man die volle Wahrheit über mich nicht in einem gewöhnlichen Spiegel erkennen, sondern nur indirekt, etwa in der gewellten Oberfläche des Kaffees.

Ängstlich fügte ich hinzu: »Als Sie mir gesagt haben, dass Sie mir das mit dem Traum glauben, habe ich Ihnen das abgenommen.«

Er lächelte. »Ich habe dir auch geglaubt, Jonah Kirk. Aus Gründen, die ich schon erklärt habe. Und ich glaube immer noch, dass dein Traum dir die Wahrheit gezeigt hat.«

»Ach ja?«

Einen Moment bevor er weitersprach, sah ich, dass er mich auf seine Art und Weise aufziehen wollte. »Einer der beiden Mitbewohner war ein junger Mann namens Felix Cassidy.«

43

Felix Cassidy. Fiona Cassidy.

»Wie können Sie sicher sein, dass die miteinander verwandt sind?«, fragte ich.

»Mr. Yabu Tamazaki ist ein sehr gründlicher Mann. Er hat einige Nachforschungen angestellt, die über das hinausgehen, was er in der Leichenhalle der *Daily News* finden konnte. Felix und Fiona Cassidy sind Zwillinge. Natürlich keine eineiigen Zwillinge, sondern zweieiige. Interessanterweise sind sie, wie Lucas Drackman, jetzt Waisen.«

Bis zu diesem Zeitpunkt hatte ich den Eindruck gehabt, dass Mr. Yoshioka, obwohl er sich nie etwas anmerken ließ, kurz davor war zu lächeln, als ob es ihn freute, meine Reaktion auf seine Enthüllungen zu sehen. Aber jetzt spürte ich, dass seine Stimmung ernster und düsterer geworden war, obwohl seine Miene ruhig blieb.

»Wie Lucas Drackman war Felix Cassidy damals 17 Jahre alt und ist jetzt 25. Zwei Jahre später, als Mr. Cassidy und seine Schwester 19 Jahre alt waren, starben ihre Eltern, die in Indianapolis lebten und ebenfalls wohlhabend waren, im Schlaf an einer Kohlenmonoxidvergiftung, die durch eine Fehlfunktion des Ofens verursacht wurde.«

Er beobachtete mich und wartete auf meine Antwort. In Anbetracht der Tatsache, dass er mich eine misstrauische Seele genannt hatte, nahm ich an, dass er nun von mir erwartete, dass ich die Umstände dieser Todesfälle skeptisch betrachten würde. »Es war Mord.«

»Seltsamerweise zögerte die Polizei zunächst, von einem Unfalltod auszugehen. Es dauerte mehr als ein Jahr, bis sie zu diesem Schluss kamen. Vielleicht solltest du Detektiv werden.«

»Ich bleibe beim Klavierspielen. Bösewichte erschießen fast nie Pianisten.«

»Es freut mich, dass du nicht nur ein besonders misstrauischer, sondern auch ein vorsichtiger junger Mann bist.« Er stand auf, um die Kaffeekanne zu holen. »Darf ich dir noch etwas einschenken, Jonah Kirk?«

»Ich war schon vor dem Kaffee ein bisschen nervös.«

»Erwarte nicht, dass ich dir stattdessen einen Martini anbiete.«

Ich zögerte. »Danke, ja, ich nehme noch etwas.«

Während er zu seinem Sessel zurückkehrte, sagte er: »Felix und Fiona haben alles geerbt, aber sie scheinen nicht unter Verdacht gestanden zu haben. Zum Zeitpunkt der Todesfälle war er in New York City und sie in San Francisco. Ihre Alibis waren hieb- und stichfest.«

»Wo war Lucas Drackman?«

»Das wäre interessant zu ermitteln gewesen. Aber seit den Drackman-Morden waren zwei Jahre vergangen. Die Cassidy-Morde haben nicht im selben Bundesstaat stattgefunden. Niemand wäre auf die Idee gekommen, da eine Verbindung herzustellen. Aber das ist noch nicht das Ende.«

»Das Ende wovon?«

»Vielleicht hast du mich durch die Zeit, die wir zusammen verbracht haben, dazu gebracht, genauso misstrauisch zu sein wie du. Und meinetwegen nagt der Argwohn jetzt nicht weniger an dem armen Mr. Yabu Tamazaki von der *Daily News* als an uns beiden. Er wird vielleicht nie wieder derselbe sein. Erinnerst du dich daran, dass Lucas Drackman zwei Zimmergenossen an der Akademie hatte?«

»Ja.«

»Der zweite hieß Aaron Kolshak. Seine Familie lebte in Milwaukee, Wisconsin. Wusstest du, dass Wisconsin Amerikas Milchland genannt wird?«

»Nein, Sir.«

»Wusstest du, dass Milwaukee wegen seiner Industrie als Amerikas Maschinenwerkstatt bezeichnet wird?«

»Das wusste ich auch nicht.«

»Ich kann mir vorstellen, dass es stressig sein muss, Bürger von Milwaukee, Wisconsin, zu sein und jeden Tag seinen Teil dazu beitragen zu müssen, dass der Staat und die Stadt diesen ehrenvollen Titeln gerecht werden. Der Vater von Mr. Aaron Kolshak starb, als Aaron elf Jahre alt war, vielleicht wegen dieses Stresses. Der Junge wurde straffällig und seine Mutter schickte ihn mit 13 Jahren auf die Akademie in Mattoon, Illinois.«

»Die Familie war wohlhabend, was?«

»Wie üblich liegst du mit deiner Vermutung richtig. Mr. Kolshak war ein äußerst erfolgreicher Immobilienunternehmer und seine Witwe erwies sich als ebenso geschickt im Familiengeschäft.«

Als er eine Pause einlegte, um seinen Kaffee zu genießen, und mich in erwartungsvollem Schweigen sitzen ließ, begann ich zu vermuten, dass Mr. Yoshioka früher einmal angestrebt hatte, eine Art Geschichtenerzähler zu werden, vielleicht ein Romanautor, bevor das Schicksal einen Schneider aus ihm gemacht hatte.

Er fuhr fort: »Mrs. Renata Kolshak, die Witwe, machte sehr gern Urlaub auf Kreuzfahrtschiffen. Ich nehme an, Jonah Kirk, dass du noch nie auf einem Kreuzfahrtschiff Urlaub gemacht hast.«

»Nein, Sir.«

»Ich auch nicht. Ein Jahr nachdem das Ehepaar Cassidy im Schlaf erstickt war, befand sich Mrs. Kolshak an Bord eines Kreuzfahrtschiffs in der Karibik. Dann verschwand sie, und man stellte schließlich fest, dass sie über Bord gefallen und ertrunken war. Verschollen auf See. Ihre Leiche wurde nie gefunden.«

»Heiliger Strohsack«, rief ich, beschuldigte mich selbst der Gotteslästerung, bekreuzigte mich schnell, sagte es noch einmal und musste das Ganze ein zweites Mal tun. »Ich wette, niemandem kam in den Sinn zu fragen, wo Lucas Drackman war.«

»Wenn er an Bord desselben Schiffes war, um die Freuden der Karibik zu genießen, war er wahrscheinlich klug genug, unter einem falschen Namen zu reisen. Aber der arme Mr. Yabu Tamazaki von der *Daily News* ist so neugierig geworden, dass er dem nun nachgeht.«

Mein Gastgeber war auf meine Reaktion gespannt, aber ich drehte den Spieß um und widmete mich für eine Weile meinem Kaffee. Schließlich sagte ich: »Als Gegenleistung dafür, dass Cassidy und Kolshak Lucas für die Nacht, in der er seine Eltern ermordet hat, ein wasserdichtes Alibi gegeben haben, muss er mit ihnen einen Pakt geschlossen haben, auch ihre Eltern zu ermorden. Sie wissen schon, nachdem genug Zeit vergangen war, um keinen Verdacht zu erregen.«

»Wir können uns alle möglichen Theorien ausdenken, aber nach dem Gesetz gilt der Verdächtige immer so lange als unschuldig, bis seine Schuld bewiesen ist.«

Ich erinnerte mich an Manzanar und erwiderte: »Vielleicht nicht immer. Sollten wir nicht zur Polizei gehen?«

»Ah, aber zu welcher Polizei? Keines dieser Verbrechen wurde in dieser Stadt oder diesem Bundesstaat begangen. Die Polizei hier ist nicht zuständig. Zwei Morde geschahen in Illinois, zwei weitere in Indiana, und Mrs. Kolshak war außer Landes, als sie möglicherweise über Bord geworfen wurde.«

»Vielleicht ist das FBI zuständig.«

»Vielleicht ist es das tatsächlich. Aber ich glaube, es wäre höchst unklug, sich an die Behörden zu wenden, solange nicht bewiesen ist, dass Mr. Lucas Drackman mit Mrs. Kolshak auf dem Kreuzfahrtschiff oder in Indianapolis war, als Mr. und Mrs. Cassidy starben.«

»Warum sollte das unklug sein? Die Polizei, das FBI, all diese Leute wissen doch, wie man etwas beweisen kann.«

»Lucas Drackman würde dann unweigerlich erfahren, dass gegen ihn aus irgendeinem Grund ermittelt wird. Er wird wahrscheinlich nicht denken, dass es um all diese Morde geht, denn die liegen hinter ihm. Kriminelle denken nur kurzfristig. Sie leben im Jetzt, nicht in der Vergangenheit oder Zukunft, und deshalb glauben sie immer, dass sich Verbrechen lohnt, denn im Jetzt sind sie noch frei.«

Ich schaute wieder in meine Kaffeetasse. Dann schob ich sie beiseite. »Kennen Sie Mr. Moto?«

»Ich muss leider sagen, dass ich ihn nie kennengelernt habe. Wer ist das?«

»Egal.«

Er faltete beide Hände um seine Tasse, als wollte er sie wärmen. »Die Gefahr ist, dass Mr. Drackman zwei und zwei zusammenzählen könnte, wenn er gewarnt wird.«

»Inwiefern?«

»Miss Fiona Cassidy glaubt, dass du sie im Verdacht hattest. Sie hat dich davor gewarnt, ihr nachzuspionieren. Und jetzt tauchst du gegenüber dem Royal auf, als Drackman mit deinem Vater dort herauskommt.«

»Er wusste ja nicht, wer ich bin.«

»Wenn er dich Miss Cassidy beschreibt, wird sie bestätigen, dass du es warst.«

»Er wird sich an nichts anderes erinnern als an meine rot-weiße Wintermütze. Wahrscheinlich sehen für ihn alle kleinen schwarzen Kinder gleich aus.«

»Aber wenn sie für ihn nicht alle gleich aussehen, dann könnte er, sobald er durch Ermittlungen in Alarmbereitschaft versetzt wurde, nach dir suchen.«

Ich erinnerte mich an Drackman in meinem Traum, seine großen, wilden Augen, seine Zunge, die unaufhörlich über seine vollen Lippen leckte. Dann dachte ich daran zurück, wie er auf der anderen Seite des Maschendrahtzauns gestanden hatte, wie sein Atem wie Rauch aus seinem Mund aufgestiegen war, als könnte er Feuer spucken, wenn er wollte.

»Wenn wir ihn nicht bei der Polizei oder dem FBI anzeigen, wie sollen wir dann jemals beweisen, dass er auf dem Kreuzfahrtschiff oder in Indianapolis war?«

»Wir müssen auf Mr. Tamazaki von der *Daily News* warten und hoffen, dass er in seiner Besessenheit einen Beweis findet.«

»Ich hoffe, er beeilt sich.«

»Stell dich darauf ein, dass er vielleicht nichts finden wird.«

Das war unvorstellbar. »Aber was machen Drackman und mein Vater zusammen? Was haben sie vor? Das ist verdammt unheimlich.«

Mr. Yoshioka fragte mich: »Falls du und deine Mutter getötet würdet, würde dein Vater dann Millionen erben?«

»Wie könnte er? Wir haben doch gar nichts. Außerdem hat er sich von meiner Mutter scheiden lassen.«

»Ganz genau. In was auch immer dein Vater und Lucas Drackman verwickelt sind, es hat sicher nichts mit dir zu tun. Wir können es uns leisten, dem armen Yabu Tamazaki mit seinen Ermittlungen Zeit zu lassen. Aber du solltest nie wieder diese Wintermütze tragen.«

44

In der Annahme, dass Mr. Yoshioka mir alles gesagt hatte, schob ich meinen Stuhl vom Tisch zurück und stand auf.

Ich wollte ihn über Manzanar befragen. Ich hatte mindestens 100 Fragen. Aber ich wusste nicht, wie ich das Thema ansprechen sollte.

»Eine Sache noch, Jonah Kirk. Ein anderer Bekannter von mir, Mr. Toshi Katsumata, der sich Thomas oder Tom, aber niemals Tommy nennt, arbeitet seit 19 Jahren im Rathaus als Bürochef im Archiv des Stadtgerichts. In den endgültigen Scheidungspapieren, die deine Mutter erhalten hat, wurde die Adresse deines Vaters mit 106 Marbury Street angegeben, was in Wirklichkeit die Adresse seines nicht gerade seriösen Anwalts ist, weil er seinen wahren Wohnsitz vor dir und deiner Mutter geheim halten wollte. Auch wenn das Gericht deinem Vater diese Privatsphäre zugesteht, muss es trotzdem seine echte Adresse in der Verfahrensakte vermerken. Der arme Mr. Katsumata hat einen tadellosen Lebenslauf und ist ein Ehrenmann, und ich bin sicher, dass es ihn schmerzt, die vom Gericht zugesicherte Privatsphäre zu verletzen und mir die echte Adresse deines Vaters mitzuteilen. Aber er ist auch ein Mann, der zu seinem Wort steht, und er legt großen Wert auf die Freundschaft.«

Diese neue Entwicklung verblüffte mich. »Warum sollte ich die Adresse von Tilton haben wollen? Ich will sie nicht. Ich will ihn nie wiedersehen. Er ist nie ein Vater für mich gewesen.«

»Das habe ich schon lange vermutet«, erwiderte Mr. Yoshioka. »Aber da du deinen Vater letzte Woche mit dem gefährlichen Mr. Drackman gesehen hast, hielt ich es für wichtig, dass wir seine Adresse erfahren. Er wohnt auf der Nordseite, ziemlich weit weg von hier, eine Entfernung, die du sicher nicht allein zurücklegen kannst. Aber ich werde die Adresse aufbewahren, für den Fall, dass wir sie irgendwann brauchen sollten.« Er erhob sich von seinem Stuhl. »Es gibt noch eine Sache, die du wissen solltest – nun ja, zwei Sachen.«

Er trug seine Kaffeetasse zum Waschbecken und stand mit dem Rücken zu mir, während er sie ausspülte.

Als er das Wasser abstellte, schaute er aus dem Fenster über der Spüle und sagte: »Ich muss mich entschuldigen, wenn die erste der beiden Sachen, die ich dir zu sagen habe, dich in irgendeiner Weise verletzt oder in Verlegenheit bringt, aber es ist eine Information, die du brauchst.«

»Worum geht's?«

Er zögerte, und in diesem Moment erhob sich Schneegestöber und die Flocken tanzten am Fenster. *»Shiraume ni / Akaru yo bakari to / Narinikeri.«*

Ich nahm an, dass er wusste, dass ich kein Japanisch verstand, obwohl die Nonnen in der St. Scholastica von uns erwarteten, dass wir alles lernten. Aber als auf diese Worte nur Schweigen folgte, fragte ich: »Mr. Yoshioka?«

»Ein Haiku, ein Gedicht von Buson. Übersetzt heißt es: ›Spät dämmert die Nacht, pflaumenblütenweiß.‹ Es schien mir zu diesem Moment zu passen. Die Blätter der Pflaumenblüten sind weiß wie Schnee, und die Nacht kommt bald.«

»Das klingt irgendwie traurig.«

»Schnee ist immer schön und fröhlich … und traurig, denn er wird schmelzen.«

Liedtexte sind Poesie. Daher ist Poesie ein Teil der Musik, aber in diesem Moment war ich weniger ein Klavierspieler als ein verwirrter und verängstigter Junge. Ungeduldig fragte ich: »Welche zwei Dinge wollen Sie mir sagen?«

»In der Wohnung deines Vaters wohnt auch die Artikelschreiberin und angehende Romanautorin Miss Delvane.«

Es war nicht die Erwartung meiner Verlegenheit, die ihn dazu veranlasste, mir den Rücken zuzuwenden, während er mir dies enthüllte; es war seine eigene Verlegenheit im Namen von mir und meiner Mutter.

»Aber Miss Delvane wohnt doch hier im vierten Stock.«

»Nicht mehr. Sie ist am Donnerstag ausgezogen. Ich hätte es sonst nicht für nötig gehalten, dir das zu sagen, Jonah, aber es ist notwendig geworden durch das, was ich von Mr. Nakama Otani gehört habe, der sich Nick oder Nicholas, aber niemals Nickie nennt. Als ich am Freitagmorgen erfuhr, wo und mit wem dein Vater jetzt lebt, habe ich den armen Mr. Otani gebeten zu sehen, ob er ihr nicht über den Weg laufen und sie, wie man so schön sagt, in ein Gespräch verwickeln könnte. Er ist sehr gut darin, Leute in Gespräche zu verwickeln. Es ist ihm gelungen, sich mit Miss Delvane gestern Abend, in der Silvesternacht, in einem Nachtclub zu treffen, bevor dein Vater dort zu ihr stieß. Er erfuhr viel Unnützes über Cowboys, Rodeos und den Geiz von Zeitschriftenredakteuren. Aber er erfuhr auch, dass der Mann, mit dem sie zusammenlebt, kürzlich geschieden wurde, dass seine Ex-Frau das Sorgerecht für sein einziges Kind hat … und dass er ständig davon spricht, sich eines Tages seinen Sohn zurückzuholen.«

»Er hat mich kampflos aufgegeben. Er hat mich nicht gewollt. Und ich will ganz sicher niemals mit ihm zusammenleben. Miss Delvane lügt bestimmt, oder er sagt ihr das nur, weil er dann vor ihr besser dasteht.«

Während immer dickere Schneeflocken die Fensterscheibe trafen, wandte sich Mr. Yoshioka vom Fenster ab und sah mich an. »Du magst recht haben, Jonah. Höchstwahrscheinlich hast du das. Aber solange dein Vater da draußen ist, solltest du … wachsam und vorsichtig sein.«

»Das bin ich. Das bin ich schon.«

»Ich möchte, dass du weißt, dass es mir sehr leidtut, dir das erzählen zu müssen.«

»Nein, Sir. Es war richtig, es mir zu sagen. Ist schon okay. Danke.«

»Ein Junge in deinem Alter sollte sich nicht mit solchen Dingen beschäftigen müssen.«

»Ich bin nicht in meinem Alter«, entgegnete ich.

»In der Tat, das bist du nicht.« Er lächelte, aber vielleicht weniger aus Belustigung als aus Melancholie.

Beunruhigt, aber nicht wegen Miss Delvane, folgte ich ihm zur Wohnungstür.

Während er die Sicherheitskette löste und die Riegel

öffnete, sagte er: »*Kogarashi ya / Ato de me o fuke / Kawayanagi.*«

»Ein Haiku«, stellte ich fest. »Ist das das richtige Wort?«

»Das ist es. Der Dichter heißt Senryu.« Er übersetzte: »Bittere Winterwinde / Doch später, Flussweide, / Öffne deine Knospen.«

»Das ist ein schönes Gedicht.«

»Finde ich auch. Ich melde mich, wenn ich mehr weiß, Jonah.«

Aus welchem Grund auch immer – er hatte aufgehört, mich immer Jonah Kirk zu nennen. Jetzt nannte er mich einfach Jonah. Ich wusste nicht, was das zu bedeuten hatte, aber es gefiel mir.

»Frohes neues Jahr, Mr. Yoshioka.«

»Frohes neues Jahr, Jonah.«

Er verbeugte sich vor mir, ich mich vor ihm, er öffnete die Tür und ich trat in den Flur des vierten Stocks hinaus. Als ich auf die Vordertreppe zuging, schloss er die Tür, und plötzlich ging mir durch den Kopf, dass ich ihn nie wiedersehen würde, zumindest nicht lebendig, dass das ganze Gerede über Mord ihn irgendwie zur Zielscheibe gemacht hatte, nicht speziell für Drackman oder Fiona Cassidy, sondern für das Schicksal.

Erschüttert hielt ich inne und blickte zurück zu seiner Wohnung. Die Angst war grundlos, und doch hatte sie mich fest gepackt.

Es war Voodoo-Denken. Aber alle Kinder neigen zum Voodoo-Denken, weil sie im Grunde machtlos sind und weil ihnen so viel Wissen darüber fehlt, wie die Welt funktioniert. Deshalb stellen sie sich geheimnisvolle und unheimliche Kräfte vor, die hinter den Kulissen die Fäden ziehen. Magie und Monster. Da ich prophetische Träume hatte und Miss Pearl mir ein Klavier herbeigezaubert hatte, wusste ich, dass die Welt ein vielschichtiges Geheimnis war. Alle sagten mir, Voodoo sei Unsinn, und ich glaubte nicht wirklich an mit Nadeln durchbohrte Voodoopuppen und wirksame Flüche. Aber ich glaubte daran, dass ein Teufel durch die Welt ging und unablässig seine Ernte einholte.

Ich ging durch die Tür am Ende des Flurs, begann die Treppe hinunterzusteigen und musste mich noch vor dem ersten Treppenabsatz hinsetzen, weil sich meine Beine wie Gummi anfühlten. Ich zitterte, als befände ich mich nicht in einem warmen Gebäude, sondern säße im fallenden Schnee auf einer eiskalten Steinstufe. Es vergingen fünf, vielleicht zehn Minuten, bis das Zittern aufhörte und meine Beine sich nicht mehr schwach anfühlten.

Ich bin mir nicht sicher, ob ich damals verstanden habe, warum ich mich so fühlte. Jahrzehnte später wird mir nun klar, dass ich als Kind einige Nonnen und Kinder in der St. Scholastica mochte und viel Zuneigung für Mrs. Lorenzo und Mrs. O'Toole empfand, aber von ganzem Herzen liebte ich nur meine Mutter, Grandma Anita und Grandpa Teddy. Und obwohl ich damals nie darüber nachgedacht habe – mit solchen Dingen beschäftigten Kinder sich nicht –, war dies das größte Universum der Liebe, das ich mir vorstellen konnte. Aber nun dehnte das Universum sich aus. Ich hatte Angst um Mr. Yoshioka, weil er für mich zu einem Ersatzvater wurde. Je besser ich ihn kannte, desto mehr lag er mir am Herzen – und desto mehr fürchtete ich, ihn zu verlieren.

45

Im Januar 1967 kam es zu einer Tragödie, als drei Astronauten – Virgil Grissom, Edward White und Roger Chaffee – während eines simulierten Countdowns in Cape Canaveral bei einem Feuer in ihrer Apollo-Kapsel ums Leben kamen. Der Schrecken ihres Todes gab den Ton für das kommende Jahr an.

Später kam der berühmte *Summer of Love*, bei dem Tausende nach Haight-Ashbury in San Francisco strömten, um Kommunen zu gründen, sich bei kostenlosen Konzerten von Acid-Rock-Bands zu vergnügen und Liebe statt Krieg zu machen. Sie nannten es *Hippie Haven* und wollten eine neue und bessere Welt schaffen, aber am Ende des Sommers stieg die Kriminalität in Haight-Ashbury rapide an. Die Notaufnahmen der Krankenhäuser waren überfüllt mit Menschen, die aufgrund schlechter LSD-Trips halluzinierten und psychotisch wurden, während die Abhängigkeit von harten Drogen und tödliche Überdosen epidemische Ausmaße annahmen. Die Musik wurde immer düsterer, von Scott McKenzie, der darüber sang, Blumen im Haar zu tragen, bis hin zu den Doors, die in *The End* die Psychose zelebrierten und mit pulsierenden Karnevalsorgeln Bedrohung und Wahnsinn heraufbeschworen. Buffalo Springfield erwiesen sich mit *For What It's Worth* als vorausschauend. Ihre Musik und ihre Stimmen weckten ein tiefes Unbehagen in den Zuhörern, als sie über die Gewalt auf den Straßen sangen: *There's something happening here … There's a man with a gun over there.*

Im selben Sommer kam es in Detroit zu den schlimmsten Rassenunruhen in der Geschichte des Landes. 38 Menschen starben und ganze Stadtteile wurden in rauchende

Trümmerlandschaften verwandelt. Gleichzeitig eskalierte der Krieg in Vietnam.

Zu meiner großen Überraschung vergingen Monate, ohne dass mein Vater plötzlich aus den Schatten auftauchte. Ich sah weder Fiona Cassidy noch Lucas Drackman wieder, aber ich wusste, dass sie nicht für immer verschwunden waren. In Anbetracht der seltsamen Ereignisse der letzten Jahre erschien mir die plötzliche Normalität meines Lebens wie eine Falle, eine falsche Ruhe, die mich dazu bringen sollte, meine Wachsamkeit zu vernachlässigen. Und nach einer Weile wurde diese Ruhe ermüdend, denn ich glaube, man kann nach Gefahr und seltsamen Erlebnissen genauso süchtig werden wie nach Drogen jeglicher Art.

Mr. Yabu Tamazaki von der *Daily News* hatte uns nicht mehr über Drackmans Aufenthalt während der Ermordung der Cassidys und Mrs. Kolshaks zu sagen. Ich hatte ihn fälschlicherweise für einen Reporter gehalten, aber er war stattdessen der Verwalter des Leichenschauhauses der Zeitung. In seiner Begeisterung für den Fall begann er jedoch, sich mit einem Reporter zu verwechseln, und als er bei der Untersuchung dieser Morde entdeckt wurde, wurde er aufgefordert, dies zu erklären. In Ermangelung einer Erklärung wurde ihm unmissverständlich nahegelegt, er solle sich ausschließlich auf die Arbeit konzentrieren, für die er bezahlt werde.

Das erfuhr ich, als ich an einem verschneiten Tag nach einer Klavierstunde aus dem Gemeindezentrum kam und Mr. Yoshioka auf dem Heimweg begegnete. Er sah mit seinem gut geschnittenen Mantel, seinem Halstuch und seinem Fedora ziemlich schneidig aus.

»Mr. Tamazaki hat einen Abschluss in Journalismus«, erklärte mir Mr. Yoshioka. »In dieser Stadt sind die meisten Reporter jedoch traditionell von anderer ethnischer Herkunft, vor allem Iren. Die Iren sind sehr gut im Journalismus, weil sie auch sehr gut in der Politik sind, und Politik und Journalismus sind eng miteinander verbunden. Aber Mr. Tamazaki hat nicht mehr Interesse an Politik als an Harakiri, nämlich gar keins.«

»Und was machen wir jetzt?«, fragte ich.

»Mr. Tamazaki wird in seiner Freizeit unauffällig weiter an dem Fall forschen. Und dann ist da noch Mr. Nakama Otani, der sich neben seiner Haupttätigkeit für den Fall interessiert.«

»Er ist derjenige, der herausgefunden hat, wo mein Vater wohnt, bei Miss Delvane auf der Nordseite. Er nennt sich Nick oder Nicholas, aber niemals Nickie.«

»Das ist korrekt.«

»Er ist gut darin, Leute in Gespräche zu verwickeln.«

»Keiner ist besser.«

»Mit wem redet er als Nächstes?«

»Das überlassen wir ganz Mr. Otani. Da er das Plaudern übernimmt, muss er auch selbst die Personen auswählen, mit denen er plaudern möchte.«

»Was macht er noch außer plaudern? Ist er ein Reporter?«

»Mr. Otani kann viele Dinge gut, obwohl er ein bescheidener Mann ist. Wenn man ihn loben würde, dann würde er seine Kompetenz leugnen und behaupten, dass er nur Glück hat.«

Immer wenn es um Nakata Otani ging, wurde Mr. Yoshioka geheimnisvoll und gab auf meine Fragen

Antworten, die man nur dann für solche halten konnte, wenn man es nicht allzu genau nahm.

Wir fuhren unter den Kronen kahler Ahornbäume entlang, durch die Schnee rieselte, und obwohl es nicht genau zum Thema passte, nutzte ich die Gelegenheit, meine neu erworbene Bildung zu demonstrieren: »Der Graupel fällt / Als käme er durch den Grund / Der Einsamkeit.«

»Naitō Jōsō«, erkannte Mr. Yoshioka. »Ein Dichter aus dem 17. Jahrhundert. Er war einst ein Samurai; dann wurde er Priester. Ein Mann mit vielen Fertigkeiten.«

»Tut mir leid, dass ich es nicht auf Japanisch sagen kann.«

Er tat mir den Gefallen: »Sabishisa no / Soko nukete furu / Mizore kana.«

Er wirkte überaus erfreut darüber, dass ich immerhin ein Haiku auswendig gelernt hatte, und sein Lächeln war das breiteste, das ich je bei ihm gesehen hatte. Aber er fragte nicht, was mein Interesse geweckt hatte. Da Haikus für ihn wichtig, fast heilig waren, glaubte er vielleicht, dass eine solche Frage zu persönlich wäre. Aber wahrscheinlicher ist, dass er wusste, dass mein Respekt für ihn die Quelle meines Interesses an diesen Gedichten war, und es wäre ihm unangenehm gewesen, mich das sagen zu hören.

In den nächsten Monaten befand ich mich in einem seltsamen Zustand. Ich hatte das Gefühl, am Rand eines Abgrunds zu balancieren, aber jedes Mal wenn ich nach unten sah, war der Boden nur einen halben Meter unter mir. Es stellte sich als schwierig heraus, das hohe Maß an Vorsicht und Misstrauen aufrechtzuerhalten, das zumindest Mr. Yoshioka mir zuschrieb, wenn es keine Bösewichte gab, die sich anschleichen wollten.

Wir warteten darauf, dass noch mehr Bomben wie diejenigen explodierten, die die Rekrutierungszentren des Militärs zerstört hatten. Wenn Fiona Cassidy eine geschickte Bombenbauerin war, hatte sie in 6-C sicher genug Zeit gehabt, um mehr als zwei zu bauen. Aber es gab keine Explosionen.

Als sich das Unglück am Mittwoch, dem 19. April 1967, ereignete, rechnete ich nicht damit.

In der St. Scholastica hatten sich alle Viertklässler in der sechsten Stunde im Musikraum versammelt, um das Chorstück zu üben, das wir im Rahmen des jährlichen Frühlingskonzerts singen würden. Der Leiter der Musikabteilung, Mr. Hern, war ein Laie, kein Priester. Er kannte sich mit Musik aus, aber er konnte sich nicht besonders gut durchsetzen. Einige von uns Jungen alberten herum, sangen »Banana«, obwohl das Wort »Hosanna« lautete und so weiter. Schwester Agnes kam mit raschelndem Habit herein und ging direkt zum Klavier, wo Mr. Hern gerade das Lied spielte, das wir mit allen Mitteln zu sabotieren versuchten. In dem Moment, als er sie sah, nahm er die Hände von den Tasten, und sie flüsterte ihm etwas zu. Alle Kinder blieben in respektvollem Schweigen auf dem gestuften Chorpodest stehen, denn Schwester Agnes war eine engagierte und sehr wohl durchsetzungsfähige Erzieherin.

Als sie mich bat, mit ihr zu kommen, überlegte ich panisch, was ich getan hatte, um ihre Aufmerksamkeit zu erregen. Sicher war sie nicht am Musikzimmer vorbeigegangen und hatte mich »Banana« singen hören, aber soweit ich mich erinnern konnte, hatte ich mich an diesem Tag keines anderen Vergehens schuldig gemacht.

Sie führte mich zu ihrem Büro und legte mir dabei eine Hand auf die Schulter, was ungewöhnlich war, beinahe so, als ob sie dachte, ich könnte zu fliehen versuchen. Als ich ihr einen verstohlenen Blick zuwarf, sah ich, dass ihr Tränen in den Augen standen. Die Strafe, die mir bevorstand, musste so schlimm sein, dass selbst diese strenge Nonne Mitleid mit mir hatte.

Als ich vor Schwester Agnes ihr Büro betrat, sah ich meine Mutter dort an einem Fenster mit Blick auf die früh blühenden Platanen warten und erschrak. Sie drehte sich um, als sie uns hörte, und ihr Gesicht glänzte vor Tränen.

Ich rannte zu ihr, sie kniete sich hin, um mich in die Arme zu nehmen, und ich fragte, was ich getan hätte. Sie erwiderte: »Nichts, mein Schatz, du hast gar nichts getan. Es geht um deine Großmutter. Sie ist nicht mehr bei uns, Jonah. Nicht mehr bei uns. Sie ist vor Kurzem gestorben und ist jetzt bei Gott.«

Zehn Monate zuvor, als Tony Lorenzo gestorben war, hatte ich geglaubt zu wissen, wie sich Mrs. Lorenzo fühlte, aber jetzt wurde mir klar, dass ich ihren Schmerz überhaupt nicht verstanden hatte. Sicherlich war er genauso heftig gewesen wie der, den ich jetzt verspürte, und dieser Schmerz war unerträglich, von solcher Heftigkeit, dass ich einen Moment lang nicht atmen konnte. Dann musste ich an Grandpa Teddy denken, und ich glaubte nicht, dass ich es ertragen könnte, ihn von Trauer geplagt zu sehen.

Da Grandma Anita für Monsignore McCarthy gearbeitet und in ihrem Leben so viel Gutes für andere getan hatte, fand die Totenfeier vor der Beerdigungsmesse in der Kathedrale statt. So viele Blumen umgaben den Sarg. Zwischen den üblichen Rosen und Chrysanthemen stand ein einzigartiges Gesteck, nicht das größte, aber das auffälligste. Es bestand aus weißen Pfingstrosen mit violetten Blütenblättern, kombiniert mit violetten Orchideen. Ich wusste, von wem sie stammen mussten. Ich nahm die Beileidskarte aus dem Arrangement und steckte sie ein. Erst viel später, als ich allein in Grandpas Haus im Bett lag und nicht schlafen konnte, las ich sie. Der Name des Absenders stand nicht auf der Karte, aber das war auch nicht nötig. Die fein säuberlich von Hand geschriebene Nachricht ließ an seiner Identität keinen Zweifel, und ich las sie viele Male, bevor mich der Schlaf überkam.

›Der Morgen dämmert
Und Blüten öffnen sich,
Tore zum Paradies.‹

Wie ich zu Beginn dieser Geschichte bereits beschrieben habe, blieben wir eine Woche lang bei Grandpa Teddy und kehrten dann in unsere Wohnung in der Innenstadt zurück.

Ich konnte es mir nicht mehr erlauben, ungeduldig auf eine Nachricht von Mr. Yabu Tamazaki von der *Daily News* oder von dem Plauderexperten Mr. Nakama Otani zu warten. In einem leichten Anflug von Aberglauben gelangte ich zu der Auffassung, dass meine frühere Ungeduld, mein Tatendrang, mitverantwortlich gewesen war für das Drama, das ich nicht gewollt hatte, den Tod von Grandma Anita.

Sicher, Juju war wahrscheinlich Unsinn, aber wenn es auch nur eine Chance von eins zu einer Million gab, dass es *kein* Unsinn war, dann gab es irgendwo ein Foto von mir, auf dem ich schlief, sowie ein Stoffauge, das mich vielleicht selbst aus großer Entfernung beobachten konnte. Beides befand sich im Besitz einer Frau mit blauvioletten Augen, blutrünstigen Gedanken und dem dunkelsten aller Herzen, und sie würde diese magischen Gegenstände benutzen, wenn sie wusste, wie.

Bis Juni passierte nichts weiter von Bedeutung. Dann kündigte Mom ihren Job im Slinky's, dessen Besitzer Harmon Jessup mehr von ihr wollte, als sie ihm je geben würde, und nahm einen besseren Job im erstklassigen Nachtclub von William Murkett an. Natürlich erwies sich auch Murkett als schmutziger alter Gauner und Mutter musste diese Stelle noch vor ihrem ersten Auftritt wieder aufgeben.

An dem Abend, als wir aus der Wohnung in der Innenstadt auszogen, während Grandpa Teddy unsere Koffer und Einkaufstaschen in seinen Cadillac lud und meine Mutter Mrs. Lorenzo besuchte, rannte ich in den vierten Stock hinauf, um Mr. Yoshioka mitzuteilen, was geschehen war, und ihm die Telefonnummer und Adresse meines Großvaters zu geben. Ich klingelte mehrmals bei ihm, aber er öffnete nicht.

Um ehrlich zu sein, es tat mir ein wenig leid, ihn nicht mehr besuchen zu können, bevor wir abreisten. Aber ich würde ihn am Morgen auf der Arbeit oder am Abend zu Hause anrufen können. Wir würden nicht mehr im selben Viertel wohnen, nicht mehr nahe genug, um gemeinsam Tee zu trinken, wann immer uns danach war. Aber ich war mir sicher, dass wir uns von Zeit zu Zeit sehen würden und dass er mich über die Ermittlungen auf dem Laufenden halten würde. Schließlich teilten wir Geheimnisse, und

Geheimnisse können Menschen ebenso verbinden wie die Liebe. Wir hatten auch eine gemeinsame Gegnerin, die uns beide bedroht hatte, und wir hatten ein gemeinsames Interesse daran, sie zur Rechenschaft zu ziehen. Und das unabhängig davon, ob sie nun eine böse Juju-Priesterin war, eine intrigante Bilderbergerin oder einfach nur eine Frau, die gern zustach und sich mit ihrem Bruder zum Mord an ihren Eltern verschworen hatte.

Die ersten paar Tage in Grandpa Teddys Haus verliefen ruhig. Doch der unsichere Friede der letzten Monate sollte bald ein Ende haben.

46

Am Montag, dem 3. Juli, als ich Malcolm Pomerantz kennenlernte, war ich zehn Jahre und einen halben Monat alt, und er zwölf Jahre und zwei Monate. Ich war ein kleiner schwarzer Pianist, er ein großer weißer Saxofonist. Ich hatte eine Schnelligkeit und, wenn ich so sagen darf, eine gewisse Anmut in meinen Bewegungen, aber Malcolm ging immer gemessenen Schrittes gebückt, fast schlurfend. Äußerlich waren wir so grundverschieden, dass die Polizei uns wohl niemals derselben Straftat verdächtigt hätte.

Ich war an diesem Tag allein zu Hause. Da mein Großvater in einer Gegend mit geringer Kriminalität wohnte und ich kürzlich ein zweistelliges Alter erreicht hatte, hatte meine Mutter widerwillig zugestimmt, dass ich tagsüber allein bleiben konnte. Bis sie einen neuen Job als Sängerin gefunden hatte, blieb ihr nur das Kellnern bei Woolworth, und sie hatte das Gefühl, sich keinen Babysitter leisten zu können. In Wahrheit konnte ihre finanzielle Lage nicht so schlecht sein, wie sie sie offenbar empfand, denn Grandpa Teddy nahm von ihr keinen Cent für Miete oder Essen. Obwohl er behauptete, dass es ihm ein Vermögen wert sei, uns bei sich zu haben und nicht mehr allein zu sein, und obwohl wir uns dort wohler fühlten als in der Wohnung im dritten Stock, ärgerte es meine Mutter, von ihm abhängig zu sein.

Als Gegenleistung für ihr Zugeständnis gab sie mir eine Liste von Regeln mit auf den Weg, die ich zu befolgen schwor. Die erste besagte, dass ich nie, niemals, unter keinen Umständen, einem Fremden die Tür öffnen würde, nicht einmal wenn er eine Polizeiuniform trug, nicht einmal wenn er wie ein Priester gekleidet war. An jenen heißen Sommertagen mussten wir in Ermangelung einer Klimaanlage eine Reihe von Fenstern geöffnet lassen, um das Haus zu lüften, und obwohl die Fliegengitter von innen einrasteten, konnte jedes von ihnen in kürzester Zeit von außen aufgeschnitten oder herausgerissen werden. Wenn also irgendein abscheulicher Verbrecher versuchte, durch ein Fenster ins Haus zu gelangen, musste ich sofort so laut wie möglich um Hilfe schreien. Dann musste ich in den ersten Stock rennen, mich im Hauptschlafzimmer einschließen, ein Fenstergitter entfernen, auf das Dach der Veranda klettern und so lange weiterschreien, bis die Nachbarn auf die Straße kamen, um nachzusehen, was mir solche Angst einjagte.

Es gab kein Gemeindezentrum in der Nähe, in das ich gehen konnte, aber im Wohnzimmer im Erdgeschoss stand ein schönes Klavier. Ich hatte die feste Absicht, tagsüber auf diesem großen Instrument zu spielen. Meine Mutter wusste, dass ich das tun würde. Aber anscheinend war ihr nicht in den Sinn gekommen, dass ich, während ich auf dem Flügel spielte, nicht hören würde, wenn ein Einbrecher eine Fensterscheibe an der Rückseite des Hauses einschlug. Falls es ihr doch in den Sinn gekommen war, hatte sie sich bestimmt gesagt, dass kein heimtückischer Dieb in ein Haus einbrechen würde, in dem er jemanden auf einem Klavier spielen hörte.

Ich war gerade dabei, Fats Dominos *I'm Gonna Be A Wheel Someday* zu klimpern, als Malcolm Pomerantz an der Tür klingelte. Er musste fünf- oder sechsmal klingeln, bevor ich ein paar ruhige Takte erreichte, die es mir ermöglichten, es zu hören.

Da ich weder Fiona Cassidy noch Lucas Drackman oder meinen untreuen Vater mit seinem neuen Bart vergessen hatte, näherte ich mich vorsichtig der Tür und spähte durch eins der Seitenfenster. Auf der Veranda stand eine merkwürdige Gestalt, ein schlaksiger Junge mit einem ausgeprägten Adamsapfel, hängenden Schultern und Armen, die halb so lang zu sein schienen, wie sie sein sollten. Er war wie ein Erwachsener gekleidet, trug auf Hochglanz polierte schwarze Wingtip-Schuhe, eine graue Anzughose und ein kurzärmeliges weißes Hemd mit schmalen blauen, vertikalen Streifen. Ich sage es nur ungern, aber dass er wie ein Erwachsener gekleidet war, bedeutete nicht, dass er Stil hatte, denn das hatte er nicht. Seine Hose war ein paar Zentimeter über dem Bauchnabel zugeschnürt, sodass die weißen Socken in den schwarzen Brogues zu sehen waren und sein Oberkörper verkürzt aussah wie der eines Zwergs. Selbst an diesem warmen Sommertag hatte er den breiten Kragen seines weißen Hemds bis zum Hals zugeknöpft.

Das einzig Interessante an ihm war das Saxofon, das er in der Hand hielt.

Plötzlich bemerkte er mich im Seitenfenster, trat einen Schritt von der Tür zurück und sah mich durch die Scheibe an. »Guten Tag«, sagte er.

»Eigentlich müsste man noch ›Guten Morgen‹ sagen«, entgegnete ich. »Außerdem darf ich Fremden nicht die Tür öffnen.«

Langes, blasses Gesicht. Traurige Hundeaugen, die hinter den dicken Gläsern seiner schwarz umrandeten Brille groß wirkten. Das Haar war leicht geölt und gerade aus der Stirn gekämmt. Trotz des Saxofons hatte ich den Eindruck, dass er wahrscheinlich einmal Bestatter werden würde.

Er sagte: »Ich bin kein Fremder. Ich bin Malcolm Pomerantz und ich wohne gegenüber.«

»Für mich bist du ein Fremder.«

»Ich habe das Klavier gehört und dachte, Mr. Bledsoe wäre zu Hause.«

»Ich bin nicht Mr. Bledsoe.«

»Hättest du mir das nicht gesagt, hätte ich dich glatt mit ihm verwechselt. Die Ähnlichkeit ist unheimlich.«

Seine schlagfertige Antwort gefiel mir, aber ich hatte nicht vor, es ihm leicht zu machen. »Du hältst dich wohl für ganz schlau, was?«

»Dafür bin ich bekannt. Ich nehme an, du bist Jonah.«

»Vielleicht bin ich das.«

»Vielleicht? Hast du Gedächtnisschwund? Hör mal, Mr. Bledsoe lässt mich manchmal mit ihm jammen.«

»Woher soll ich das wissen? Er hat dich mir gegenüber nie erwähnt.«

»Und ich dachte, er erzählt ständig von mir. Wer hat dir denn eingeredet, dass das hier so eine gefährliche Gegend ist?«

»Meine Mutter macht sich eben Sorgen.«

»Klar, ich bin nicht bloß ein zwölfjähriger Saxofonist. In Wirklichkeit bin ich ein 30-jähriger verrückter Killer und Verkleidungskünstler. Du hast den Domino gerade voll gerockt.«

»Danke. Er ist der Größte.«

»Kennst du auch noch andere Sachen?«

»Nein. Ich spiele nur immer wieder *I'm Gonna Be A Wheel Someday*, bis ich alle in den Wahnsinn getrieben habe. Ich kann mehr oder weniger alles spielen, was ich je gehört habe.«

»Ich will dich doch bloß ärgern. Ich weiß alles über dein musikalisches Gedächtnis, wenn man das so nennen kann. Dein Großvater hält dich für den Allergrößten.«

Diese Enthüllung erfüllte mich mit Stolz, aber dann erinnerte ich mich daran, was Grandpa Teddy über das Talent als unverdientes Geschenk gesagt hatte. »Na, das bin ich aber nicht.«

»Habe ich auch nicht gedacht, Pilger. Ich erzähle dir nur, was dein Großvater gesagt hat.«

»Warum hast du mich Pilger genannt?«

»Das war meine John-Wayne-Imitation.«

»Bleib lieber bei der Musik.«

»Hey, weißt du, wer Sy Oliver war?«

»Er hat früher tolle Sachen geschrieben und arrangiert, zum Beispiel für Tommy Dorsey. Four-Beat-Swing, Two-Beat-Pop.«

»*Easy Does It* und *Swing High*.«

Ich sagte: »*Swingin' On Nothin'*. Kennst du das?«

»Lass mich rein, dann spiele ich es mit dir, statt dich mit 4000 Messerstichen umzubringen.«

»Und wenn du's nicht kannst?«

»Wenn du mir zuhörst und findest, dass es Mist ist, schlag ich dich mit dieser Axt tot.«

»Welche Axt?«

»Willst du mich auf den Arm nehmen? Das ist der Slang-Ausdruck für Saxofon.«

»Wir benutzen in dieser Familie nicht viel Slang.«

Ich ließ ihn herein, er hat mir weder 4000 Stiche noch auch nur einen Stich versetzt, und ich gab ihm keinen Grund, mich mit seinem Saxofon zu erschlagen.

47

Ich betrachte es als ein kleines Wunder, dass Malcolm und ich, zwei musikalische Wunderkinder, in jenem Sommer einander gegenüber wohnten und dass jeder von uns einen Freund brauchte. Für die anderen Kinder war ich eine Witzfigur, weil ich kleinwüchsig und dünn wie eine Bohnenstange war und weil mein Vater nicht bei uns wohnte. Damals gab es in der überwiegenden Mehrheit der schwarzen Familien noch zwei Elternteile, und alleinerziehende Mütter – ob geschieden oder unverheiratet – waren Gegenstand von Klatsch und Tratsch. Die meisten Kinder machten sich auch über Malcolm lustig, denn er war, nun ja, Malcolm. So ungleich wir auf den ersten Blick auch sein mochten, schlossen wir doch Freundschaft fürs Leben. Ich glaube, wir waren bereits sehr gut befreundet, als er an jenem Tag ging, etwa vier Stunden nachdem er an der Tür geklingelt hatte.

Manchmal wenn es ihm schlecht geht, sagt Malcolm, wenn wir uns nie begegnet wären, hätten wir vielleicht unsere schwersten Verluste nicht erlitten, weil wir dann nicht zur falschen Zeit am falschen Ort gewesen wären. Aber ich sehe das nicht so. Eine Freundschaft ist etwas sehr Gutes, und das Glück, das wir durch unsere Freundschaft hatten, hat keine Falltür des Schicksals unter unseren Füßen geöffnet. Es gibt kein Schicksal, sondern nur den freien Willen, und wir waren dem freien Willen anderer Menschen im Weg, die beschlossen, das Werk des Teufels zu tun. Wohin man auch geht, überall tun Menschen das Werk des Teufels. Man kann dem nicht entgehen, es sei denn, man lebt irgendwo auf einem Berggipfel, 100 Meilen von allen entfernt.

Jedenfalls spielte Grandpa Teddy an den Montagabenden nicht im Hotel. Nachdem er seinen Auftritt in der Modeabteilung des großen, schicken Kaufhauses in Midtown beendet hatte, holte er Sylvia bei Woolworth ab, und sie fuhren gemeinsam nach Hause. Ich erwartete sie gegen 17 Uhr.

Nachdem Malcolm gegangen war, schaltete ich den Fernseher ein. Das reguläre Programm wurde durch eine Eilmeldung unterbrochen. Später in diesem Jahr würden die Antikriegsproteste zahlreicher werden, und es würde einen Marsch auf das Pentagon geben, der in Gewalt und Verhaftungen endete. Obwohl unsere Stadt selten als Vorreiter der gesellschaftlichen Entwicklung galt, fanden dort in diesem Sommer aus irgendeinem Grund einige der größeren und stürmischeren Demonstrationen statt. Es war, als hätten die verschiedenen Antikriegsorganisationen beschlossen, hier zu üben, bevor sie im Herbst an prominentere Orte weiterzogen.

Die Demonstration fand an diesem Tag am City College statt. Eine wütende Menge von 3000 oder 4000 Menschen forderte das College wegen seines ROTC-Programms zur Ausbildung von Offizieren für das Militär heraus. Geschlossene Reihen von Polizisten in Kampfausrüstung versuchten, sie daran zu hindern, in das Gebäude zu stürmen, das sie in ihre Gewalt bringen wollten. Die Rassenunruhen in Detroit hatten erst am Vortag geendet. Die Nachrichtensprecherin verwies immer wieder auf diese Ereignisse, während sie über die aktuellen berichtete. Von Zeit zu Zeit wiederholte sie einen Satz von Jerome Cavanaugh, dem Bürgermeister von Detroit, der über die Folgen der Unruhen gesagt hatte: »Hier sieht es aus wie 1945 in Berlin.«

Obwohl meine Mutter mir gesagt hatte, dass die Nachrichten nie alles zeigten, sondern nur das, was sie zeigen wollten, war ich wie gefesselt von dem Chaos auf dem Fernsehbildschirm und rührte mich nicht, selbst als die Werbeunterbrechung kam. Damals konnten Zigarettenfirmen noch im Fernsehen werben, Anwälte hingegen nicht. Manche Veränderungen sind zum Besseren, andere nicht.

Nur Sekunden nachdem der Sender von den Werbespots wieder auf die Bilder des Aufstands vor dem City College zurückgeschaltet hatte, sah ich Mr. Reginald Smaller. Die meisten in der Menge waren im College-Alter, aber unter den Älteren stach unser ehemaliger Hausverwalter hervor wie – um es grob auszudrücken – ein Gorilla unter Gazellen. Er trug ein farbenfrohes Kopftuch, das seine drahtigen, in alle Richtungen abstehenden Haare verdeckte, aber er war immer noch ein kleiner Mann mit einer breiten Mitte, und er trug ein Tanktop, das eine erschreckende Menge behaarter Haut frei ließ. Allein an diesem Pelz war er zweifelsfrei zu erkennen. Von allen, die auf dem Bild zu sehen waren, schien er der Wütendste zu sein. Er schrie die Polizisten mit solcher Kraft an, dass die Spucke spritzte. Er hob eine Faust und verzog das Gesicht vor Wut zu einer grotesken Grimasse.

Ich erhob mich aus dem Sessel und ging direkt vor dem Bildschirm auf die Knie, fasziniert von dem Schauspiel und dieser Offenbarung von Mr. Smallers aktivistischer Seite. Aber am meisten faszinierte mich vielleicht, dass ich zum ersten Mal jemanden, den ich kannte, im Fernsehen sah. In diesem Moment entdeckte ich noch eine *zweite* Person, die ich kannte. Sie trug Jeans, ein Oberteil mit Nackenträger und einen niedlichen Strohhut mit einer Schleife, die bei dieser Veranstaltung fehl am Platz wirkte. Im Gegensatz zu den anderen schrie oder gestikulierte sie nicht, und sie trug auch kein Schild bei sich, sondern machte mit einer kleinen Kamera Schnappschüsse und beobachtete alle anderen, als würde sie sich im Geist ausgiebig Notizen machen. Vielleicht sammelte Miss Delvane Material für einen Zeitschriftenartikel oder für einen Roman, der auf den über das Rodeo folgen sollte.

In diesem Moment wusste ich zweifelsfrei, dass ich, sobald die Kamera nach links schwenkte, meinen Vater bei ihr sehen würde, der mit seinem neuen Bart prächtig aussah. Tilton glaubte an nichts außer an sich selbst, und es war eine absurde Vorstellung, dass er riskieren würde, einen Polizeiknüppel ins Gesicht zu kriegen, der seine Freude an seinem Spiegelbild dauerhaft schmälern könnte. Aber er war da. Ich konnte es spüren. Vielleicht war er nur wegen Miss Delvane dort. Sie war heiß, und ich rede nicht von der Hitze des Sommertags. Obwohl ich erst zehn Jahre alt war, erkannte ich eine heiße Frau, wenn ich sie sah.

Die Kamera schwenkte nach links, und plötzlich war er da, mein guter alter Dad, der ein schwarzes T-Shirt statt des schwarzen Rollkragenpullovers trug, den er vor mehr als sechs Monaten im Royal angehabt hatte. Dazu trug er immer noch denselben wohlgeformten Bart. Sein zuvor kurz geschnittenes Haar war zu einem bescheidenen Afro gewachsen. Außerdem hing, wie schon im Diner, ein großes silbernes Medaillon an einer Kette um seinen Hals. Damals, am 29. Dezember, hatte ich die Art seines Schmucks nicht erkennen können. Auf dem Fernsehbildschirm war nun eindeutig zu erkennen, dass es sich um ein Friedenssymbol handelte.

Der Anblick Tiltons in diesem Zusammenhang kam so unerwartet, dass ich erstaunt und verblüfft war. Mein Herz und mein Verstand waren völlig überwältigt. Wie Miss Delvane legte er nichts von dem empörten Zorn der Demonstranten an den Tag, unter denen er sich bewegte. Er schien sogar etwas verwirrt von ihrer Heftigkeit zu sein, und es lag eine gewisse Vorsicht in seinem Blick, der ständig hin und her wanderte …

Ich war selbst überrascht, als ich mich laut fragen hörte: »Was haben die vor?«

Intuitiv und aufgrund meiner Erfahrungen mit meinem Vater wusste ich, dass weder er noch Miss Delvane oder Mr. Smaller an der Demonstration am City College teilnahmen, weil sie den Krieg für unmoralisch hielten und ihn beenden wollten. Es musste etwas anderes dahinterstecken.

Obwohl ich erwartet hatte, als Nächstes Lucas Drackman und Fiona Cassidy zu sehen, wandte sich die Nachrichtensendung nun Detroit zu und stellte ausgiebig die verkohlten und immer noch rauchenden Ruinen zur Schau, die die kürzlich beendeten Unruhen hinterlassen hatten. Als ich hörte, wie Autotüren zugeschlagen wurden, aufstand und durch das Fenster Grandpas Cadillac am Bordstein vor dem Haus stehen sah, schaltete ich den Fernseher aus.

Als er und Mom durch die Haustür kamen und nach mir riefen, beantwortete ich ihre Rufe von der Küche aus, wo ich gerade den Esstisch für das Abendessen deckte.

Sie hatten am Supermarkt haltgemacht, um frisches Filet und andere Dinge zu kaufen. Zum Abendessen gab es einen Tomaten-Gurken-Salat, Hamburger-Steaks, Baked Beans und Kartoffeln, die Grandpa in dünne Scheiben geschnitten und in einer großen Eisenpfanne mit Butter und grünen Paprikastücken gebraten hatte.

Während wir aßen, erzählten wir einander am Tisch von den Ereignissen des Tages. Zweieinhalb Monate nach dem Tod von Grandma Anita konnte mein Großvater wieder lächeln und gelegentlich sogar lachen. Allerdings blieb in ihm eine Traurigkeit zurück, die offensichtlich wurde, wenn er glaubte, dass man nicht hinschaute, aber auch in geringerem Maße sichtbar war, wenn man es tat.

Ich erzählte ihnen von Malcolm Pomerantz und davon, wie dieser sich hatte anstrengen müssen, um mich davon zu überzeugen, dass er kein mörderischer Fremder war. Dann berichtete ich davon, wie viel Spaß wir beim gemeinsamen Spielen gehabt hatten, auch wenn Klavier und Saxofon ein seltsames Duett ergaben. Ich habe nicht erwähnt, dass ich meinen Vater im Fernsehen gesehen hatte. Ich kannte mich selbst gut genug, um zu wissen, dass ich dann vielleicht weitergeplappert und auch von Miss Delvane erzählt hätte. Ich wollte meine Mutter nicht verletzen, und auch wenn sie Tilton aufgegeben hatte, hätte es ihr vielleicht wehgetan zu erfahren, dass Miss Delvane bei ihm war.

48

Später lag ich im Bett mit einem Exemplar von Robert Heinleins *Die Sternenbestie,* das ich am Abend zuvor begonnen hatte. Die Geschichte war zum Totlachen. In der vorigen Nacht hatte ich beim Lesen häufig gekichert. Aber jetzt gingen mir die Bilder von Tilton im Fernsehen nicht mehr aus dem Kopf, und Szenen, die mich eigentlich zum Lachen bringen sollten, entlockten mir nur noch ein Grinsen.

Meine Tür stand einen Spalt offen und Mom erschien im Türrahmen. »Hey, Großer, hast du einen Moment Zeit?«

»Na ja, ich wollte mich gerade anziehen und durch die Bars ziehen, um dann zum Frühstück einen Jet nach Paris zu nehmen.«

»Wann geht dein Flug?«, fragte sie, während sie das Zimmer betrat.

»Ist ein Privatjet. Ich kann fliegen, wann ich will.«

»Du hast dein Essensgeld gespart, hm?«

»Und es gut angelegt.«

Sie setzte sich auf die Bettkante. »Bist du hier glücklich, Schatz?«

»In Grandpas Haus? Sicher. Ist besser als eine Wohnung. Es ist so ruhig hier.«

»Dein Zimmer ist größer.«

»Ein Klavier direkt im Wohnzimmer. Und keine Kakerlaken.«

»Ist auch schön, ein zweites Bad zu haben, auch wenn es nur eine Dusche und keine Badewanne gibt.«

Ich legte das Buch beiseite und sagte: »Aber ich vermisse Grandma.«

»Ich werde sie bis zu meinem Todestag vermissen, Liebling. Aber sie hat eine Menge Liebe in diesem Haus hinterlassen. Ich spüre sie überall.«

Sie nahm meine linke Hand und küsste jeden Finger einzeln. So etwas hat sie immer gemacht. Ich werde die sanften Dinge, die sie tat, nie vergessen, niemals.

»Du magst Malcolm, nicht wahr?«

»Ja. Er ist cool.«

»Ich bin froh, dass du so schnell einen Freund gefunden hast. Da fällt mir ein, heute kam jemand bei der Imbisstheke vorbei und gab mir eine Nachricht für dich. Sie hat gesagt, du wärst der liebste und höflichste Junge. Ich war so stolz auf dich.«

»Wer?«, fragte ich.

»Ich habe sie noch nie gesehen, aber sie sagte, dass sie für kurze Zeit in unserem Gebäude gewohnt hat. Sie sagte, sie hat dich ein paarmal im Eingangsbereich und auf der Treppe getroffen. Eve Adams. Erinnerst du dich an sie?«

Wenn mir je der Verdacht gekommen war, dass ich vielleicht mehr Talent für Schauspielerei als für Musik besaß, dann in diesem Moment. »Miss Adams, ja. Eine hübsche Frau mit violetten Augen. Das war irgendwann letzten Sommer.«

»Du hast sie nie erwähnt.«

»Ich habe sie nur ein paarmal gesehen, beim Kommen und Gehen, weißt du?«

»Sie sagte, sie ist Fotografin.«

»Ich wusste nicht genau, was sie war.«

»Sie meinte, ich soll dir sagen, dass sie das Foto von dir immer noch hat und dass es eins ihrer Lieblingsbilder ist.«

Ich runzelte die Stirn, als würde ich versuchen, mich zu erinnern. »Ja, sie hat mich einmal gefragt, ob sie ein Foto von mir machen darf, auf der Treppe. Ich weiß nicht, warum.«

»Sie hat gesagt, dass du sehr hübsch und fotogen bist. Sie hat offensichtlich das gute Auge einer erstklassigen Fotografin.«

Ich tat so, als wäre mir das Kompliment peinlich. »Klar, ich bin ein richtiger Rock Hudson.« Es war mir tatsächlich unangenehm, aber nur, weil ich nun in einer Kiste mit der Aufschrift ER LÜGT SEINE MUTTER AN steckte, aus der ich vielleicht nie wieder herauskommen würde.

Sie küsste mich auf die Stirn. »Ich wollte dich nicht beim Lesen stören. Ich weiß, dass du Heinlein liebst.«

»Schon in Ordnung. Du störst mich nicht.«

Sie stand vom Bett auf und sagte: »Ich hab dich lieb, Jonah.«

»Ich dich auch.«

»Vergiss nicht, deine Gebete zu sprechen.«

»Werde ich.«

Als sie ging und die Tür schloss, sagte sie noch: »Schlafen Sie gut, Mr. Hudson.«

Ich kam mir zutiefst schäbig vor.

Danach hatte ich kein Interesse mehr an *Die Sternenbestie.*

Ich sprach meine Gebete und löschte das Licht, aber ich rechnete nicht damit, gut schlafen zu können.

In meinen Gedanken hörte ich immer wieder, was Fiona Cassidy vor fast einem Jahr gesagt hatte: *Wenn du deine Mama liebst, dann denk an das, was ich gesagt habe. Ich schneide gern. Ich kann ihr in einer halben Minute ein ganz neues Gesicht machen.*

In der Dunkelheit kitzelte etwas in meinem linken Nasenloch, aber da war nichts. Eigentlich war es kein Kitzeln. Es war eine sensorische Erinnerung an die kalte Spitze des Springmessers, mit dem sie mich bedroht hatte.

Was immer Fiona Cassidy, Lucas Drackman, Mr. Smaller, mein Vater und Miss Delvane vorhatten – wenn sie tatsächlich etwas gemeinsam planten, mussten sie kurz vor der Durchführung ihres Plans stehen. Die violettäugige Hexe war nicht zum Mittagessen zu Woolworth gegangen, sondern um mir ein Kompliment zu machen, das meine Mutter an mich weiterleiten sollte. Ein Kompliment, das eigentlich eine Drohung war, um sicherzugehen, dass ich nicht vergaß, welche Konsequenzen es hätte, wenn ich den Mund nicht hielt.

49

Der nächste Teil basiert auf Hörensagen. Da die Quelle jedoch Mr. Yoshioka war, bin ich sicher, dass sie vertrauenswürdig ist.

Zur gleichen Zeit, als meine Mutter mir von Eve Adams erzählte, die bei Woolworth zu Mittag gegessen hatte, saß Mr. Yabu Tamazaki von der *Daily News* am Küchentisch in seiner Wohnung in einem anderen Teil der Stadt und studierte die Passagierliste des Kreuzfahrtschiffes, auf dem

Mrs. Renata Kolshak im Oktober 1961 eine Reise gebucht hatte, die sich als ihre letzte herausstellen sollte.

Da er seine Ermittlungen gegen den Willen seiner Vorgesetzten bei der Zeitung fortführte, war Mr. Tamazaki langsam und vorsichtig vorgegangen. Er hatte sich auch mit Nachforschungen aufgehalten, die sich als Sackgassen herausstellten. Nach erheblichen, geduldigen Bemühungen hatte er Kontakt zu jemandem von der Kreuzfahrtfirma hergestellt, Mrs. Rebecca Tremaine, ehemals Rebecca Arikawa.

Im Jahr 1942 war Rebecca im Alter von zwölf Jahren aus einer Pflegefamilie genommen und ins *Children's Village*, das Lagerwaisenhaus in Manzanar, geschickt worden. Im folgenden Jahr wurde sie von einem 19-jährigen Internierten vergewaltigt, der Mitglied einer Bande war. Der Vergewaltiger wurde in das sicherere Lager Tule Lake verlegt, wo man ihn vor Gericht stellte. Ende 1944, im Alter von 14 Jahren, wurde Rebecca ihren Pflegeeltern Sarah und Louis Walton zurückgegeben, die das Adoptionsverfahren einleiteten. Mit der Hilfe einer liebevollen Familie konnte sie das Trauma der Vergewaltigung überwinden und schließlich heiraten.

Auf Anraten ihrer Anwälte bewahrte die Kreuzfahrtfirma die Passagierlisten von jeder Reise zehn Jahre lang auf. Obwohl es sich bei dieser Liste von Namen und Adressen um geschützte Informationen handelte – eine Quelle möglicher zukünftiger Kunden –, war Rebecca überzeugt, dass Mr. Tamazaki, ein Ehrenmann, nicht die Absicht hatte, ihrem Arbeitgeber in irgendeiner Weise zu schaden.

Die Passagierliste enthielt 1136 Namen. Mr. Tamazaki erwartete nicht, Lucas Drackman darauf zu finden, und er fand ihn auch nicht. Er suchte nach einem verdächtigen Namen – vergleichbar mit Eve Adams –, einem Hinweis auf eine falsche Adresse oder nach den Initialen L.D. Sowohl Kriminelle mit begrenzter Intelligenz als auch solche, die klug, aber übermütig waren, benutzten oft Decknamen mit einer Verbindung zu ihren echten Namen.

Da Renata Kolshak früh gebucht hatte, war sie Passagier Nummer 50. Beim Durchgehen der Passagierliste markierte Mr. Tamazaki einige Zeilen mit einem roten Stift, um sie sich später noch einmal anzusehen. Doch bei Passagier Nummer 943 war er sich fast sicher, dass er seinen Mann gefunden hatte. Der Name Douglas T. Atherton kam ihm bekannt vor, aber er konnte nicht sagen, warum. Auch die Heimatadresse des Passagiers war interessant: Charleston, Illinois.

Der Ort lag etwa zwölf Meilen östlich von Mattoon, wo Lucas Drackman eine private Militärakademie besucht hatte.

Ein kurzer Blick in die Akte bestätigte, dass der Name des damaligen Leiters der Militärakademie Douglas T. Atherton lautete.

Es war noch nicht so spät, dass ein Telefonanruf nicht mehr infrage gekommen wäre. Mr. Tamazaki wagte es zu behaupten, er sei »von der *Daily News*«, und er bat um ein Gespräch mit dem Schuldirektor. Man sagte ihm, er solle während der Schulzeit noch einmal anrufen. Er ging das Risiko ein zu sagen, dass er eine wichtige Frage zu stellen habe, dass es um ein Kapitalverbrechen gehe und dass er nur zwei Minuten von Mr. Athertons Zeit benötige. Daraufhin wurde er mit dem Anschluss im Haus des Rektors auf dem Campus verbunden.

»Ich versichere Ihnen, Mr. Tamazaki, dass ich im Oktober 1961 nicht allein in der Karibik unterwegs war, und auch zu keinem anderen Zeitpunkt«, sagte der Rektor. »Seit ich vor 19 Jahren geheiratet habe, bin ich nie ohne meine Frau in den Urlaub gefahren.« Es gelang ihm nicht ganz, einen Unterton des Bedauerns aus seiner Stimme herauszuhalten. »Außerdem würde ich niemals eine zweiwöchige Kreuzfahrt während der Schulzeit machen. Ich würde das als Pflichtverletzung betrachten, wenn man bedenkt, was einige dieser Satansbraten in meiner Abwesenheit anstellen könnten.« Offenbar wusste er nicht, dass die Mutter eines ehemaligen Schülers zweieinhalb Jahre nach dessen Abschluss bei einer Kreuzfahrt verschwunden war. »Sie suchen wohl einen anderen Douglas Atherton.«

Mr. Tamazaki glaubte ihm. Es sah Lucas Drackman durchaus ähnlich, sich mit dem Decknamen, unter dem er einen Mord beging, einen Spaß zu erlauben. Es war ein kindischer Scherz, der niemanden außer ihn und seine ebenso unreifen Mitverschwörer amüsieren konnte.

Die Verwendung des Namens des Rektors, belegt durch einen gefälschten Ausweis, würde Lucas Drackman nicht überführen. Es war kein vor Gericht zulässiges Beweismittel, weil sich noch nicht nachweisen ließ, wer die Kreuzfahrt auf diesen Namen gebucht hatte. Wenn in Erfahrung gebracht werden konnte, wer das Postfach in Charleston gemietet hatte, an das die Kreuzfahrtfirma das Ticket geschickt hatte, würde dies die Ermittlungen gegen Drackman vielleicht voranbringen.

Als Mr. Yoshioka davon erfuhr, waren er und Mr. Tamazaki der Meinung, dass diese Entdeckung vielversprechend war. Mit etwas Glück könnten der junge Mr.

Drackman, die Cassidy-Zwillinge, Aaron Kolshak und alle anderen, die mit ihnen in Verbindung standen – einschließlich meines Vaters –, ihre gerechte Strafe erhalten. Wenn das geschah, würden sie keine Bedrohung mehr für mich, meine Mutter oder Mr. Yoshioka darstellen.

Rückblickend könnte man sagen, dass Mr. Tamazakis Entdeckung den Moment markierte, in dem sich das Unwetter zusammenzubrauen begann, das nicht lange danach unser aller Leben verändern sollte, und zwar nicht zum Besseren.

50

Am Dienstag, dem 4. Juli, machten wir abends ein Picknick im Park. Bei Einbruch der Dunkelheit wurde ein Feuerwerk gezündet und der Himmel war von bunten Farbkaskaden erfüllt.

Am Mittwochmorgen machten sich Mutter und Grandpa Teddy gemeinsam auf den Weg. Woolworth hatte ihr eine längere Schicht angeboten, als sie bisher bekommen hatte, und obwohl sie frustriert war, dass sie keine Anstellung als Sängerin finden konnte, brauchte sie diese zusätzlichen Stunden. Großvater trat immer noch an fünf Abenden in der Woche im Hotel auf, aber er hatte zwei weitere Nachmittage im Kaufhaus übernommen. Bis zum Schulbeginn im Herbst würde ich jeden Wochentag auf mich allein gestellt sein.

An diesem Morgen saß ich auf den Stufen der Veranda und hoffte, Malcolm würde mich sehen und dies als Einladung verstehen, zu mir zu kommen und wieder das Wohnzimmer zu rocken. Ich hatte es versäumt, herauszufinden, welches der Häuser auf der anderen Straßenseite das Haus der Familie Pomerantz war. Wenn er kam, konnte ich ihm nicht alles erzählen, was ich vor meiner Mutter verheimlicht hatte. Das hätte ich nicht gewagt. Aber weder *Die Sternenbestie* noch irgendein anderes Buch würde meine Sorgen auf ein erträglicheres Maß reduzieren können. Ebenso wenig das Üben am Klavier ohne Begleitung. Malcolm spielte so gut und redete so schlau daher, dass ich in seiner Gegenwart zu abgelenkt gewesen wäre, um mir weiterhin ein Todesszenario nach dem anderen auszumalen.

Als die Frau von links kommend durch das schimmernde Sonnenlicht und die Schatten der Bäume auf dem Bürgersteig ging, schenkte ich ihr zunächst keine große Aufmerksamkeit, da ich damit beschäftigt war, mir alle möglichen schrecklichen Ereignisse vorzustellen. Mir war vage bewusst, dass sie ziemlich genau so gekleidet war, wie Grandma Anita es bei der Arbeit im Büro des Monsignore gewesen war: zweckmäßige schwarze Schuhe mit niedrigem Absatz, ein dunkelgraues Kostüm mit halbhohem Rock und hüftlangem Jackett, weiße Bluse. Als sie auf unser Haus zuging, sah ich, dass sie auch einen schwarzen Strohhut mit weicher Krone, gerader Krempe und drei blauen Federn trug. Ich erkannte sie.

Ich wollte aufstehen. »Miss Pearl.«

»Bleib sitzen, Entlein. Ich erwarte nicht, dass du mit mir tanzt. Ich werde mir die Stufe mit dir teilen.«

Ich hatte sie seit Juni des vergangenen Jahres nicht mehr gesehen, seit dem Tag, an dem meine Mutter die Sachen meines Vaters gepackt und ihn aus der Wohnung ausgesperrt hatte. Miss Pearl war unter den Leuten im Abigail-Louise-Thomas-Raum gewesen und hatte Mom beim Singen zugehört, während ich Klavier gespielt hatte. Ich hatte sie bisher nur zweimal gesehen. Die beiden Male, als sie nach einem Traum in der Dunkelheit bei mir gewesen war, konnte ich nicht mitzählen, denn einmal hatte ich dabei nur ihre Stimme gehört, beim zweiten Mal ihre Stimme und ihre Silhouette wahrgenommen.

Sie verbreitete einen leichten Duft nach Rosenparfüm, als sie sich setzte und ihre große schwarze Handtasche zwischen uns stellte. Sie war immer noch groß, hübsch und mahagonifarben, wirkte aber nicht mehr so glamourös wie damals, als sie sich ganz in Flamingo-Rosa gekleidet hatte.

»Wie ist es dir ergangen, Entlein?«

»Nicht so gut.«

»Ja, du bist noch genauso mürrisch wie an dem Tag, als ich dich zum ersten Mal auf der Treppe deines alten Wohnhauses gesehen habe. Damals sahst du aus wie der König aller Miesepeter. Als ob du auf Nägeln gesessen und Reißzwecken gekaut hättest. Weißt du noch, warum du so niedergeschlagen warst?«

»Ich schätze, weil … Tilton mich keine Klavierstunden nehmen ließ und ich kein Pianist werden konnte.«

»Und wie ist es für dich ausgegangen?«

»Ziemlich gut, denke ich.«

»Denkst du? Da gibt's nichts zu denken. Du bist schon Pianist, obwohl du noch kein Mann bist.«

»Danke für das Klavier, Miss Pearl.«

»Siehst du? Wenn du schlecht gelaunt bist und ein böses Gesicht machst, zeigt dir die Welt auch ihr böses Gesicht. Das ist ein Teufelskreis. Es hat keinen Sinn. Was meinst du, ist heute der sonnigste aller Sonnentage oder nicht?«

»Was?«

»Du hast doch Augen, Kind. Schau dich um, schau dich um!«

»Klar, strahlender Sonnenschein.«

»Dann strahle du auch, und alles wird besser, als wenn du es nicht tust.«

»Ich habe jetzt größere Probleme als damals. Viel größere. Da hilft es nicht, einfach zu strahlen.«

Sie zog eine Augenbraue hoch. »Du meinst das mit deinem Vater und Miss Delvane, Mr. Smaller, der wie ein Verrückter Polizisten anschreit, Fiona Cassidy, die zu Woolworth geht, und Lucas Drackman, der sich mit deinem Vater und den anderen verschworen hat?«

Ich schaute ihr in die Augen, und wie schon zuvor sah ich nichts Beängstigendes in ihnen. Güte erkennt man an dem, was Menschen füreinander tun. Es ist nichts, das man in ihren Augen erkennen kann. Doch in *ihren* freundlichen braunen Augen sah ich eine unverwechselbare, unerschöpfliche Güte. Sie funkelten auch, aber nicht durch die Morgensonne, sondern so, als würde sie eine glitzernde Ansammlung von Diamanten anblicken und nicht nur mich. Mir stockte der Atem – ich weiß nicht, warum –, und ich war von einem solchen Staunen erfüllt und so fasziniert, dass ich glaubte, gleich in Ohnmacht zu fallen.

Sie legte mir eine Hand auf die Schulter, und diese kurze Berührung schien mich aus der Trance zu befreien, sodass ich wieder atmen konnte. Ich wandte meinen Blick von ihr ab und betrachtete die Bäume entlang der Straße, die mir viel schöner vorkamen, als sie es noch vor einem Augenblick gewesen waren.

Als ich wieder sprechen konnte, fragte ich: »Woher wissen Sie von denen und ihren … Verschwörungen?«

»Na, wer hat dir denn Fiona und Lucas zuerst im Traum gezeigt?«

»Ja, aber wie haben Sie das gemacht? Sie sind doch keine Hexe.«

»Stimmt genau, Entlein. Ich wohne nicht in einem Lebkuchenhaus in einem gruseligen alten Wald, und ich habe auch keinen Kessel, in dem ich Augen-Eintopf koche.«

»Wer sind Sie dann, und was sind Sie?«

So ruhig und vernünftig, wie ich noch nie jemanden hatte sprechen hören, erwiderte sie: »Betrachte mich so, Jonah … Ich bin die Stadt, die Seele der Stadt, gesponnen aus den Fäden der besseren Seelen all derer, die hier gelebt haben und hier gestorben sind. Auch von denen, die jetzt hier leben. Ein Faden meiner Seele ist von deiner geliehen, ein anderer stammt von der Seele deiner Mutter, ein weiterer von der deines Großvaters. Millionen und Abermillionen von Fäden. Ein anderer ist von deiner Großmutter Anita. Als du das Vaterunser auswendig gelernt hattest, hat dir deine Großmutter einen Silberdollar gegeben und dir gesagt, du sollst ihn am Tag deiner Konfirmation ausgeben. In deiner lieben Art hast du sie ganz feierlich gefragt, was du dir davon kaufen sollst, und sie hat dir ins Ohr geflüstert: ›Ausgeben heißt nicht immer, dass man etwas kaufen muss, Jonah. Kaufe nichts. Gib es den Armen.‹«

»Das können Sie nicht wissen«, protestierte ich.

»Hat deine Großmutter das gesagt oder nicht?«

»Ja. Aber woher …«

»Ich habe ein besonderes Interesse an dir, Jonah.«

Sie erzählte mir, was ich Ihnen zu Beginn dieser mündlichen Überlieferung geschildert habe. Als Stadt machte sie sich Sorgen, dass sie trotz allem, was sie ihren Bürgern zu bieten hatte, zu viele im Stich ließ. Die Stadt kannte jede Avenue, jede Seitenstraße, jede Höhe und Tiefe bis ins kleinste Detail, aber sie wusste nicht, wie es sich anfühlte, ein Mensch zu sein und in diesem Tausende von Kilometern umfassenden Straßennetz zu leben. Deshalb hatte sie, die Seele der Stadt, menschliche Gestalt angenommen, um sich unter ihre Bewohner zu mischen.

Wie ich schon früher eingeräumt habe, hatte ich als Junge eine Menge Fantasie. An diesem Morgen reichte sie aus, um Miss Pearls Behauptung, die fleischgewordene Seele der Stadt zu sein, zu akzeptieren. In letzter Zeit hatte ich mir so viele Lügen ausgedacht, dass ich mir wie einer dieser Jongleure in der alten *Ed Sullivan Show* vorkam, der Teller auf Bambusstäben in verschiedenen Höhen kreisen ließ, hin und her rannte, um sie in Bewegung zu halten, und immer mehr Teller zum Kreisen brachte, bis es unmöglich schien, dass er sie einzeln herunternehmen könnte, bevor sie alle auf der Bühne zerbrachen. Man sagt, dass man einen Lügner nicht belügen kann. Vielleicht lag es daran, dass ich ein so geübter junger Lügner geworden war, dass ich die reine Wahrheit von Miss Pearls Geschichte erkannte, so fantastisch sie erscheinen mochte.

Anstatt auch nur ein Wort in Zweifel zu ziehen, das sie gesagt hatte, fragte ich: »Warum haben Sie – warum hat die Stadt – ein besonderes Interesse an mir?«

»Weil du bist, was du bist, Entlein.«

»Ich bin nur ein unartiges Kind.«

»Du bist mehr als das.«

»Das trifft aber zum größten Teil zu.«

»Nur zu einem winzigen Teil.«

»Ist es wegen des Klaviers?«

»Du hast viel Talent, Entlein, aber auch das ist nicht der Grund. Es liegt an dem, was du bist – und es wird noch lange dauern, bis du begreifst, was das ist.«

Ein Schwarm lauter Fahrzeuge fuhr auf der Straße vorbei, und als wieder Ruhe einkehrte, sagte ich: »Sie wissen alles, was jemals in der Stadt passiert ist, und alles, was jetzt passiert.«

»Das weiß ich, ja. Manchmal erstaunt es mich, wie ich den Überblick behalten kann. Es gibt viele unangenehme Dinge, die ich lieber nicht wissen möchte, die ich lieber für immer aus meinem Kopf verbannen würde. Aber ich weiß sie trotzdem alle.«

»Und Sie wissen auch, was als Nächstes passieren wird?«

Sie schüttelte den Kopf. »Das ist ein Schritt zu weit, Entlein. Was als Nächstes passiert, hängt von allen Menschen ab, die in meinen Straßen leben. Und dein Anteil daran hängt von dir ab.«

Obwohl ich mich bemühte zu strahlen, konnte ich meine Niedergeschlagenheit doch nicht ganz ablegen. »Ich habe Angst vor dem, was als Nächstes passieren könnte, und ich weiß nicht, was ich tun soll.«

Als sie sah, dass ich zitterte, legte sie einen Arm um mich, aber sie gab mir keinen Rat.

»Sagen Sie mir, was ich tun soll«, flehte ich sie an.

51

Vögel sangen in den Bäumen, Grillen zirpten im Gras, ein Plattenspieler im Haus nebenan ließ schwungvolle Doo-Wop-Musik ertönen. Drei lachende Kinder spielten auf einer Veranda auf der anderen Straßenseite irgendein Spiel. Aber das alles klang für mich wie Weltuntergangsmusik.

»Sagen Sie mir, was ich tun soll«, bat ich erneut.

»Das kann ich nicht, Jonah. Ich habe dir schon alle Hilfe gegeben, die ich dir geben kann. Du musst selbst entscheiden, was zu tun ist, wenn etwas geschieht. Aber weißt du, was?«

»Was?«

»Du weißt es bereits.«

»Nein, ich weiß es nicht.«

»Doch, tust du«, beharrte Miss Pearl. »Und was auch immer passiert, ob gut, besser, schlecht oder schlechter, du wirst an jedem Punkt wissen, was du tun sollst.«

Ich vergrub mein Gesicht in den Händen.

Sie saß eine Zeit lang schweigend neben mir. Dann fuhr sie fort: »Wenn du mir vertraust und glaubst, was ich dir jetzt sage, dann wird es dir in den dunkelsten Zeiten helfen.«

Ich fragte in meine Hände hinein: »Und was wollen Sie mir sagen?«

»Egal was passiert, Katastrophen und Schicksalsschläge, *es spielt keine Rolle* – auf lange Sicht wird alles gut werden.«

Ich spreizte die Finger, um durch die Lücken zu sprechen. »Sie haben doch gesagt, Sie können nicht in die Zukunft sehen.«

»Ich spreche nicht von der Zukunft, Entlein. Nicht so, wie du es meinst. Nicht morgen, nicht nächste Woche oder nächsten Monat.«

Frustriert fragte ich: »Wovon reden Sie *dann?*«

Sie wiederholte: »Egal was passiert, auf lange Sicht wird alles gut. Wenn du das glaubst, wenn du mir vertraust, dann kann dich nichts, was noch passieren wird, umhauen. Andererseits, wenn du dir nicht zu Herzen nimmst, was ich dir gerade gesagt habe, dann glaube ich nicht, dass sich die Dinge so gut entwickeln werden, wie sie könnten.«

Ich wollte nicht weinen, nicht in der Öffentlichkeit, nicht auf den Stufen der Veranda, wo mich jeder sehen konnte, der vorbeikam, aber die Tränen strömten hervor, als wäre ich ein Baby.

Ich war zehn, bald elf, hielt mich schon halb für einen Mann und war der Meinung, wenn ich eine Last zu tragen hatte, sollte ich in der Lage sein, einfach den Mund zu halten und sie zu tragen. Aber ich fühlte mich klein, schwach und verwirrt.

Mit zärtlicher Stimme sagte Miss Pearl: »Entlein, ich werde jetzt etwas tun, das ich selten zuvor getan habe. Aber du bist etwas Besonderes für mich und ich gebe dir jetzt etwas.«

Beschämt wegen meiner Schwäche wischte ich mir mit beiden Händen die Tränen aus den Augen. »Und was?«

»Du darfst einen Blick in meine Handtasche werfen.« Sie tätschelte die schwarze Tasche zwischen uns. Sie nahm sie, lächelte mich an und legte sie mir auf den Schoß.

»Ihre Handtasche? Was könnte in dem blöden Ding denn drin sein, das irgendeinen Unterschied macht?«

»Das wirst du erst wissen, wenn du nachsiehst. Allerdings darfst du die Tasche nicht haben, nur hineinschauen.«

»Ich bin ein Junge. Ich brauche keine Handtasche.«

»Dann sieh jetzt hinein. So lieb ich dich auch habe, Entlein, ich kann nicht den ganzen Tag hier sitzen. Ich bin eine Stadt, und eine Stadt ist immer sehr, sehr beschäftigt.«

Ich hatte für die reine Wahrheit gehalten, was sie mir über ihr Wesen mitgeteilt hatte. Man könnte vielleicht annehmen, dass ich meine Meinung bei entsprechendem Anlass geändert und sie für verrückt erklärt hätte. Aber das tat ich nicht.

Die Handtasche war groß genug, um eine Bowlingkugel, Bowlingschuhe und vielleicht auch noch einen Pin darin zu transportieren.

Ich klappte die geflochtenen Henkel nach unten, drückte auf den schwarzen Verschluss, öffnete die Tasche und starrte verwirrt hinein, zunächst ohne zu verstehen, was sich darin befand.

»Halt dein Gesicht ganz nahe dran, Entlein, ganz nah. Dann wirst du es sehen.«

Ich tat, was sie sagte, und ich sah es. Ich weiß nicht, wie lange das ganze Erlebnis dauerte. Damals schien es wie im Flug zu vergehen, in ein paar Sekunden, aber im Nachhinein denke ich, dass es vielleicht eine Stunde oder mehr war.

Als ich den Kopf hob und mich auf der von Bäumen gesäumten, von Sonne und Schatten durchfluteten Straße umsah, konnte ich mich einen Moment lang an kein einziges Wort der englischen Sprache erinnern. Ich sagte etwas wie: »Unnn-gah-unng.«

52

Miss Pearl nahm ihre Handtasche und schloss sie. Als ich den Verschluss zuschnappen hörte, kam ich auf die Beine, schwankte und stützte mich am Geländer der Verandatreppe ab.

Damals hat mich der Blick in die Handtasche verblüfft, aufgeregt, aber auch verwirrt.

Als Miss Pearl aufstand, fragte ich: »Was? Was war *das* denn?«

»Du weißt es, Entlein.«

»Nein, weiß ich nicht. Ich bin verwirrt. Erstaunt und verwirrt und *wow.*«

»Du denkst nur, dass du verwirrt bist.«

»Ich *weiß,* dass ich denke, dass ich verwirrt bin. Und ich bin's auch.«

»Deine Verwirrung ist nur oberflächlich, Entlein. Tief im Inneren verstehst du es, und das ist es, was zählt. Mit der Zeit wird deine Verwirrung verschwinden und dein tieferes Verständnis wird an die Oberfläche kommen.«

Sie ging die Verandastufen hinunter zum Weg, der zum Haus führte. Dabei benutzte sie das Geländer nicht.

Ich rührte mich nicht. Mir war immer noch etwas schwindlig. »Ich wünschte, Sie würden nicht gehen.«

Als sie sich umdrehte, lächelte und in ihrem strengen dunkelgrauen Kostüm und mit dem schlichten schwarzen Hut dastand, musste ich an Mary Poppins denken. Hätte sie statt der riesigen Handtasche einen Regenschirm bei sich gehabt, hätte es mich nicht gewundert, wenn sie ihn aufgespannt und auf einen Windstoß gewartet hätte und dann die Straße entlanggeflogen wäre.

»Ich kann dir nicht mehr helfen. Ich habe dir schon mehr gegeben, als ich sollte. Du musst dir deine eigene

Zukunft schaffen, Tag für Tag, ohne meine Hilfe. Wie ich bereits gesagt habe, hängt es von den Menschen ab, die in meinen Straßen leben, wie es weitergeht. Und dein Anteil daran hängt von dir ab.«

»Was ist, wenn ich Fehler mache und Menschen sterben?«

»Menschen sterben jeden Tag. Es werden falsche Entscheidungen getroffen, und das hat Folgen. Der Tod ist ein Teil des Lebens. Wenn man es richtig bedenkt, wurdest du in eine Welt hineingeboren, die von Toten bevölkert ist, denn jeder von ihnen wird eines Tages sterben.«

Sie folgte unserem Weg bis zum Bürgersteig, bog nach rechts ab, winkte mir zu und ging davon.

Ich sah ihr nach, bis die Bäume, die Schatten, die grelle Sonne und die schiere Entfernung mir keinen weiteren Blick auf sie erlaubten.

Ich wusste zwar, was ich in ihrer Handtasche gesehen hatte, aber nicht, was es zu bedeuten hatte. Das begriff ich erst viel später. Daher werde ich Ihnen an dieser Stelle nicht sagen, was die Handtasche enthielt. Es ist mein Leben, über das ich hier spreche, und ich werde es so schildern, wie es für mich am sinnvollsten ist. Alles zu seiner Zeit.

Nachdem ich Miss Pearl aus den Augen verloren hatte, ging ich unsicher ins Haus und legte mich auf das Wohnzimmersofa, bis mir wirklich nicht mehr schwindlig war.

Ich versicherte mir selbst, dass auf lange Sicht alles gut werden würde, was immer auch geschah, selbst wenn es zu Unglücken und Schicksalsschlägen kam. Bis jetzt, bis zu diesem fünften Tag im Juli 1967, war noch nichts Ernstes passiert.

53

Am selben Morgen nahm Mr. Tamazaki von der *Daily News* telefonisch Kontakt mit dem buddhistischen Nishi-Hongwanji-Tempel in Los Angeles auf. In einem Teil dieser kunstvollen Gebetsstätte wurden die Habseligkeiten einiger Kalifornier aufbewahrt, die während des Kriegs in Umsiedlungslager geschickt worden waren. Eine begrenzte Anzahl von Gegenständen wurde nie zurückgefordert und ein Kurator kümmerte sich auch noch Jahre später um sie. Darüber hinaus führte der Kurator eine lange Liste der Personen, die man in die Lager geschickt hatte, sowie eine kleinere Liste derjenigen, die wünschten, dass ihr Aufenthaltsort anderen Lagerüberlebenden bekannt gegeben wurde. Sie aktualisierten ihre Adressen regelmäßig im Tempel.

Mr. Tamazaki wollte wissen, ob der Tempel von irgendeinem ehemaligen Insassen eines der zehn Lager der War Relocation Authority wusste, der jetzt in oder um Charleston, Illinois, lebte. Innerhalb einer Stunde erhielt er einen Anruf, der dies bestätigte. Eine Frau namens Setsuko Nozawa war in dem Lager in Moab, Utah, interniert worden und wohnte derzeit in Charleston. Sie hatte bereits zugestimmt, dass ihre Adresse und Telefonnummer an Mr. Tamazaki weitergegeben werden durften.

Mrs. Nozawa erwies sich als sehr gesprächig. Mr. Tamazaki erfuhr, dass sie 20 Jahre alt gewesen war, als sie aus Moab entlassen wurde. Jetzt war sie 44 und führte zusammen mit ihrem Mann ein erfolgreiches Unternehmen. Sie besaßen eine Autowaschanlage, zwei Textilreinigungen und ein Mehrfamilienhaus. Ihre jüngere Tochter studierte im zweiten Jahr an der Northwestern University in Evanston. Ihre ältere Tochter war im letzten Semester in Yale. Und ihr Sohn hatte mit seinem MBA-Studium an der UCLA begonnen. Sie spielte gern Bridge, brachte interessierten Freunden Origami bei, lernte nach dem Buch von Julia Child die französische Kochkunst, fand die Beatles unerträglich, mochte aber die Musik der Osmonds, obwohl Utah bei ihr keine guten Assoziationen weckte.

Als es Mr. Tamazaki schließlich gelang, ihr seine Situation zu erklären und die Informationen zu beschreiben, von denen er hoffte, dass sie sie für ihn einholen könnte, stimmte sie sofort zu. Sie befand sich gerade an der Rezeption einer Reinigung, konnte aber innerhalb einer Stunde jemanden finden, der sie vertrat.

54

Nachdem Miss Pearl gegangen war, legte ich mich drinnen auf das Sofa und schlief sofort ein. Eine halbe Stunde lang nahm ich nichts mehr wahr, bis mich ein unablässiges Klingeln an der Tür weckte. Natürlich war der aufdringliche Besucher der zwölfjährige, unbeholfene Saxofonist.

Als ich die Tür öffnete, kniff ich die Augen zusammen und blinzelte gegen einen Tag an, der mir nach meinem traumlosen Schlaf so hell vorkam, dass ich mich daran erinnert fühlte, dass die Sonne ein andauerndes nukleares Inferno ist, 93 Millionen Meilen von unserer Türschwelle entfernt.

Malcolm betrachtete mich und sagte: »Wenn du so früh am Tag schon trinkst, wirst du an Leberversagen sterben, bevor du berühmt bist.«

Ohne so gemein zu sein, ihn darauf hinzuweisen, dass sein Gürtel nur wenige Zentimeter unterhalb seiner

Brustwarzen hing, erwiderte ich: »Aber ich werde wenigstens schick angezogen sein, wenn man meine Leiche findet.«

»Was soll das heißen?«

»Nichts. Ich habe auf dem Sofa geschlafen. Ich rede nur so daher. Komm rein.«

Er schlurfte über die Schwelle, stolperte über den Läufer im Vorraum und torkelte ins Wohnzimmer. Bereits jetzt fand ich seine Ungeschicktheit liebenswert. Es war gewissermaßen das Kreuz, das er zu tragen hatte, ähnlich wie Quasimodos Missbildung in *Der Glöckner von Notre-Dame,* nur nicht so tragisch und grotesk. Da er sich nie entschuldigte oder auch nur die geringste Verlegenheit zeigte, wenn er durch ein Zimmer rauschte, musste man seine resolute Vortäuschung von Eleganz bewundern. Und wenn man bedachte, wie gut er Saxofon spielte, konnte er bestimmt das Herz des hübschen Zigeunermädchens gewinnen, das Quasimodo verloren hatte, vorausgesetzt, dass dieses Mädchen ihm einmal über den Weg lief.

»Ich hoffe, ich habe meine Axt nicht umsonst mitgebracht.«

»Der Ausdruck macht mich wahnsinnig. Bitte nenn es nicht Axt.«

»Wie soll ich es denn sonst nennen?«

»Sax, Saxophon, Blechblasinstrument, Rohrblattinstrument, ist mir egal.«

»Wenn es dir egal ist, nenne ich es eben meine Axt. Du musst ein bisschen lockerer werden, Mann. Und warum machst du vormittags um halb elf ein Nickerchen?«

»Weil ich nicht gut geschlafen hatte«, log ich. Aber es war nur eine kleine Notlüge, denn wenn ich ihm von der Frau erzählt hätte, die die Stadt war, und dem, was ihre

Handtasche enthielt, hätte er mich sicher für verrückt erklärt.

»Hey, weißt du, wovon du immer gut einschlafen kannst?«

»Von deinem Gequatsche?«

»Trink ein Glas Milch vor dem Schlafengehen. Und spül damit eine Benadryl runter.«

»Ich nehme keine Drogen und werde das auch in Zukunft nicht tun.«

»Benadryl ist keine Droge. Das ist ein Medikament gegen Allergien.«

»Ich habe keine Allergien.«

»Trau dich doch mal was, Jonah.«

»Willst du spielen?«

»Hab ich meine Axt dabei oder nicht?«

Also spielten wir. Es war 1967 und der Rock 'n' Roll hatte bereits eine lange Geschichte. Wir mochten viel von dieser Musik, wirklich, und wir spielten auch etwas davon. Aber in Wahrheit waren wir Rückwärtsgewandte, zu spät Geborene, und unser Herz schlug für die Swing-Ära. Da wir am Vortag festgestellt hatten, dass wir beide den Songwriter und Arrangeur Sy Oliver kannten, nahmen wir die Saxofon- und Klavierparts so, wie wir sie auf Schallplatte gehört hatten, und versuchten, ihnen treu zu bleiben. Zuerst nahmen wir uns sein Arrangement von *On The Beach At Bali-Bali* vor, das er für Jimmie Luncefords Band gemacht hatte, eine großartige Band von damals. Dann gingen wir zu *Yes, Indeed!* über, das Oliver für Tommy Dorsey bearbeitet hatte.

Wir hatten eine Viertelstunde gespielt, als es an der Tür klingelte. Als ich vom Klavier aufstand, konnte ich ein Mädchen auf der Veranda sehen. Sie schien etwa 17 zu sein und ihr blondes Haar war zu einem Pferdeschwanz gebunden.

Malcolm sah sie auch. Er sagte: »Das ist meine Schwester Amalia«, und er ging, um ihr die Tür zu öffnen.

Wenn man zehn Jahre alt ist, erkennt man hübsche Frauen, wenn man sie sieht, aber man weiß sie erst wirklich zu schätzen, wenn sie mindestens ein Jahrzehnt älter sind als man selbst, besser noch mehr, sodass man in verschiedenen Welten lebt. Mädchen, die näher am eigenen Alter sind, sind bestenfalls Eindringlinge, schlimmstenfalls Nervensägen und in jedem Fall Fremde, die bei den Dingen, die Jungen unternehmen wollen, nur im Weg stehen.

Als ich Amalia Pomerantz zum ersten Mal sah, wollte ich sie nicht mögen, und vielleicht gelang mir das auch eine halbe Stunde lang. Sie war zwar hübsch, aber ich fand sie nicht schön, nicht so wie meine Mutter, abgesehen davon, dass ich zugeben musste, dass ihre Augen, die genau den Farbton von Bonbons mit Limonengeschmack hatten, außergewöhnlich waren. Ich mochte nicht, wie sie sich kleidete. Sie schien sich um den Stil zu bemühen, den ihr Bruder nie erreichen würde: ein blau-weißes, senkrecht gestreiftes Baumwoll-Strickoberteil mit kurzen Ärmeln und einem weiten, geschlitzten Ausschnitt; eine weiße, tief an der Hüfte sitzende Schlaghose; ein breiter roter Ledergürtel mit einer großen Schnalle; weiße Leinenschuhe mit blauen Gummisohlen und -absätzen. Es war ein Anblick, als hätte man *Gidget* vom Strand an einen Jachthafen verlegt und auf den Stand von 1967 gebracht.

Ich glaube, ich zuckte zusammen, als ich sah, dass sie eine Klarinette bei sich trug, denn aufgrund der

Zusammensetzung aller klassischen Swing-Bands war ich der Meinung, dass Mädchen in der Welt des Jazz keinen Platz hatten, außer als Sängerinnen hinter einem Mikrofon.

Sie wartete nicht einmal darauf, mir vorgestellt zu werden, sondern sagte: »Hey, Jonah. Wenn du nur halb so gut bist, wie ich gehört habe, wirst du in der ausverkauften Carnegie Hall spielen, noch bevor ich einen Kerl finde, mit dem ich mehr als einmal ausgehen möchte. Falls ich überhaupt je einen finde. Kann's kaum erwarten, dich in die Tasten hauen zu hören.« Sie hatte auch eine kleine isolierte Picknickkiste dabei. »Ich habe Mittagessen mitgebracht. Ich lege mal was in den Kühlschrank und bin dann gleich wieder da.« Sie eilte in die Küche im hinteren Teil des Hauses.

Ich stellte Malcolm zur Rede. »Du hast mir nicht gesagt, dass du eine Schwester hast.«

»Ist sie nicht toll?«

»Klar, sie ist okay.«

»Sie ist die Beste. Wirst schon sehen.«

»Sie wird doch nicht Klarinette spielen, oder?«

»Vielleicht«, erwiderte er. »Kommt drauf an, ob sie mitmachen will oder nicht.«

»Warum sollte sie nicht mitmachen wollen?«

»Musik ist nicht ihr Ein und Alles, ist nicht ihre Zukunft, wie das bei dir und mir der Fall ist.«

»Eine Amateurin«, stellte ich mit einem Hauch von Verachtung fest.

»Aber sie ist gut. Sie spielt, seit sie neun ist.«

»Ich spiele schon, seit ich acht bin.«

»Ja, aber du bist erst zehn.«

Darauf konnte ich nichts entgegnen, daher sagte ich nur: »Ach du liebe Zeit.« Ich bekreuzigte mich. Als Amalia nur mit der Klarinette aus der Küche zurückkehrte, sagte sie: »Ich brauche jetzt etwas lebhafte Musik, Leute. Ich hatte einen langweiligen Morgen. Hab die Wäsche gewaschen, die Hälfte davon gebügelt, die Küche geputzt und das Frühstücksgeschirr gespült.« Direkt an mich gewandt fuhr sie fort: »Meine Mutter hat viel zu viele Verpflichtungen, als dass sie viel Hausarbeit machen könnte. Sie hat sich verpflichtet, zwei Päckchen Lucky Strike am Tag zu rauchen, und sie muss immer ein paar Stunden mit Mrs. Janowski von nebenan verbringen, um die traurigen Ehen unserer verschiedenen Nachbarn zu analysieren. Nachmittags muss sie sich dann die Seifenopern im Fernsehen anschauen und später die Spielshows, für die sie sich übrigens schon oft beworben hat. Am meisten ärgert sie sich darüber, dass sie keinen Platz in einer der nächtlichen Shows bekommen hat. Sie wollte bei *What's My Line* mitmachen, aber da geht es ums Beruferaten, was ja *so* unfair ist. Und sie wollte bei *I've Got a Secret* mitmachen, aber die einzigen Geheimnisse, die sie hat, betreffen alle die schrecklich traurigen ehelichen Beziehungen unserer verschiedenen Nachbarn, von denen viele zu pikant fürs Fernsehen sind.« Sie ließ sich auf das Sofa fallen. »Spielt ein bisschen Musik, die mich vergessen lässt, dass ich eine Leibeigene bin.«

Wir boten ihr Ellington, begannen mit *Satin Doll* und gingen zu *Jump For Joy* über, wobei wir versuchten, so gut wie möglich das Flair und die Essenz des Klangs der vollen Band wiederzugeben, obwohl wir wussten, dass es dumm von uns war, es überhaupt zu versuchen – nur wir zwei, die wir noch dazu Kinder waren. Als wir mit *It Don't Mean A Thing If It Ain't Got That Swing* anfingen, sprang Amalia vom Sofa auf und schnappte sich ihre Klarinette. Als das Blatt nass war, stimmte sie mit ein. Sie spielte nicht Note für Note, denn vielleicht kannte sie das Lied nicht so gut, sondern sie erfand Riffs, die nicht zum Lied gehörten, aber völlig mit ihm harmonierten. Diese spielte sie so lange, bis sie wieder eine Stelle fand, an der sie einsteigen und eine neue Tonfolge wiederholen konnte.

Als wir fertig waren, rief sie: »Fabelhaft, ihr seid toll, das hat Spaß gemacht. Mittagspause. Wenn ihr nicht wollt, dass ich alles selbst esse, müsst ihr mir helfen, es auf den Tisch zu stellen. Und kommt mir bloß nicht mit irgendwelchem Jungs-helfen-nicht-in-der-Küche-Scheiß an.«

Sie hatte drei fantastische Submarine-Sandwiches, Kartoffelsalat, Makkaronisalat mit schwarzen Oliven und zum Nachtisch Milchreis mitgebracht. Sie hatte alles selbst gemacht, die Sandwiches an diesem Morgen zwischen Wäsche und Geschirr, den Rest am Tag zuvor. Es war alles erstklassiges Essen, und ich weiß nicht, was mich mehr beeindruckt hat – ihre Fähigkeiten als Köchin oder die Art, wie sie essen konnte. Sie war etwa 1,70 Meter groß, schlank wie ein Model, aber sie konnte kräftig zugreifen und aß mit großem Genuss.

Malcolm hatte nicht den gleichen Appetit wie seine Schwester, aber seine Einstellung zum Essen war ausgefallener als ihre. Sie und ich begnügten uns jeweils mit einem Teller, aber er benutzte seinen Teller nur für sein Sandwich. Für seine Portionen Kartoffelsalat und Makkaronisalat benutzte er zwei kleine Schalen, und wenn sein Hauptteller das Zifferblatt einer Uhr gewesen wäre, hätte der

Makkaronisalat genau auf zehn Uhr und der Kartoffelsalat genau auf zwei Uhr gestanden. Ersteren aß er mit der Gabel, für Letzteren zog er einen Löffel vor. Er schnitt die Enden seines Sandwichs ab, legte sie beiseite und verschmähte sie. Dann schnitt er das Submarine-Sandwich in drei gleiche Stücke, und zwar mit einer solchen Präzision, dass ich halb erwartete, er würde ein Maßband zücken.

Da Amalia die Tischgewohnheiten ihres Bruders unkommentiert ließ, tat ich dasselbe. Doch als er im Laufe der Jahre immer zwanghafter wurde, tröstete ich mich mit dem Wissen, dass ich nicht der alleinige Urheber seines Zustands sein konnte, da er diese Rituale schon gepflegt hatte, lange bevor er mir begegnet war.

Ich will damit nicht sagen, dass Amalia Pomerantz das Gespräch am Tisch dominierte. Das tat sie zwar, aber in einer anderen Hinsicht auch wieder nicht. Sie versuchte, mich aus der Reserve zu locken, und sie hatte mich bereits für sich gewonnen, sodass ich viel schwatzte, wenn ich mich nicht gerade vollstopfte. Ich wollte sie nicht mehr ablehnen, *konnte* es nicht. Auch Malcolm meldete sich von Zeit zu Zeit zu Wort, aber ich werde Ihnen nicht viel von dem erzählen, was er oder ich gesagt haben. Zum einen war nichts davon interessant, zum anderen habe ich fast alles vergessen, außer dem, was Amalia gesagt hat. Sie war die erste 17-jährige Person, der ich begegnet war, die sich länger als eine Minute mit einem zehnjährigen Jungen unterhalten wollte. Bis zu einem gewissen Grad tat sie wahrscheinlich nur so, als würde sie sich für das interessieren, was ich zu sagen hatte, aber sie tat es sehr überzeugend.

Ich wollte wissen, warum sie mit dem Klarinettespielen angefangen hatte, und sie antwortete: »Um meine Eltern so zu ärgern, dass sie mich zum Üben in die Garage schicken, wo ich Luft atmen kann, die nach Motoröl, Autoreifen und Schimmel riecht und nicht nach Zigarettenqualm. Mom und Dad wetteifern darum, wer zuerst tödlichen Lungenkrebs bekommt. Und in der Garage musste ich mir ihr endloses, peinliches Schweigen nicht anhören.«

»Die reden mehr mit Tweetie als miteinander«, verriet Malcolm.

»Tweetie ist der Sittich, der in einem Käfig in unserem Wohnzimmer lebt und uns mit bitterem Groll beobachtet«, erklärte Amalia. »Wahrscheinlich deshalb, weil das arme, sich ständig mausernde Ding einfach keinen Zigarettenrauch verträgt oder es nicht aushält, dass meine Eltern mit ihm reden wie mit einem Baby, bis er nur noch schreien möchte. Wenn du mich fragst, ist zwischen Mom und Dad vor langer Zeit irgendwas vorgefallen, sie haben sich alles darüber gesagt, was sie zu sagen hatten, aber sie haben weder einander noch sich selbst verziehen. Also wollen sie jetzt über *gar nichts* mehr miteinander reden. Dad ist Drechsler. Er ist sogar Vorarbeiter, der eine Werkstatt mit anderen Drechslern beaufsichtigt, und er verdient gutes Geld, schätze ich. Aber nach den anderen Drechslern zu urteilen, die ich kennengelernt habe und mit denen er zusammenarbeitet, ist es vielleicht typisch für diese Leute, dass sie eher schweigsam sind. Er redet nämlich auch nicht viel mit mir oder Malcolm.«

»Außer um zu sagen: ›Bring das in die Garage‹«, ergänzte Malcolm. »Oder: ›Ich versuche hier nur, ein bisschen fernzusehen und zu vergessen, was für einen Scheißtag ich auf der Arbeit hatte, okay?‹«

»Aber wenigstens ist Dad kein gemeiner Mann«, gab

Amalia zu bedenken. »Er würde meiner Mutter und uns nie etwas tun, das ist immerhin etwas. Er ist nicht böse und er ist auch nicht kalt.«

»Kalt ist er schon«, widersprach Malcolm.

»Nun«, erwiderte Amalia, »ja, er ist kalt, aber vielleicht ist das nicht seine Natur. Vielleicht wurde er nicht so geboren. Vielleicht hat das Leben ihn kalt gemacht. Vielleicht haben Enttäuschung, Bedauern und Wer-weiß-was-noch ihn so gemacht, wie er ist. Vielleicht wünscht er sich, er wäre nicht so, steckt aber einfach in diesem Modus fest, ist irgendwie eingefroren und weiß nicht, wie er auftauen soll.«

»Doch, er ist schon so auf die Welt gekommen«, widersprach Malcolm, »und das Letzte, was er will, ist auftauen.« An mich gewandt sagte er: »Amalia wird abhauen. Sie hat ein Vollstipendium für die staatliche Uni bekommen, mit Kost und Logis und allem Drum und Dran. Sie reist im September ab. Sie will Schriftstellerin werden. Sie ist brillant.«

Amalia errötete, ein hübscher Anblick. »Ich bin nicht brillant, Malcolm. Ich liebe einfach die Sprache, stecke voller Wörter und habe ein Händchen dafür, sie richtig aneinanderzureihen. Aber ich bin mir nicht sicher, ob ich gehen soll. Vielleicht sollte ich mir einen Job suchen und noch ein paar Jahre warten. Im Stipendium ist kein Taschengeld enthalten.«

Malcolms Miene wirkte gequält. »Du wirst schon Taschengeld haben. Selbst wenn der Alte nicht will, dass du aufs College gehst, wird er wahrscheinlich ein bisschen Geld ausspucken. Und ich kenne dich – du wirst dir einen Teilzeitjob suchen und trotzdem gute Noten kriegen.«

Er hatte alle schwarzen Olivenscheiben aus seinem Makkaronisalat herausgepickt, aber es war nicht so, dass er sie nicht mochte. Sobald er mit dem Salat fertig war, aß er auch die Oliven.

Ich fragte Amalia: »Dein Vater will also nicht, dass du aufs College gehst?«

»Es ist nicht so, dass er nicht will, dass ich aufs College gehe oder Schriftstellerin werde. Aber er fürchtet sich vielleicht vor dem Tag, an dem Malcolm auch weggeht. Denn dann sind nur noch die beiden und der Sittich im Haus. Das wäre schon eine Art Hölle.«

»Er nimmt es dir übel, dass du mehr Bildung bekommst«, sagte Malcolm, »weil du jetzt schon mehr hast als er. Ich zitiere: ›Ein Pomerantz braucht kein College. Das haben wir noch nie gebraucht. Wir gehören nicht zur feinen Gesellschaft.‹« Malcolm wandte sich mir zu, und in seinen großen, traurigen Augen stand die Angst, dass sie das Stipendium nicht annehmen könnte. »Sie hat Angst, zur Uni zu gehen und mich mit unseren Eltern alleinzulassen, weil ich sowieso schon ein Außenseiter bin.«

Sie sagte: »Du bist kein Außenseiter, Malcolm. Du bist nur unbeholfen, aber das geht vorbei.«

»Ich bin ein unbeholfener Außenseiter, und ich bin stolz drauf. Wenn du im September nicht aufs College gehst, ist das meine Schuld, ganz allein meine. Und damit kann ich nicht leben, also werde ich mir das Hirn rauspusten.«

»Das wirst du nicht tun, kleiner Bruder. Du wirst ohnmächtig, wenn du Blut siehst, und du hast keine Waffe.«

»Eine Waffe besorge ich mir, und ich wäre eh tot, bevor ich das Blut sehe. Also geh lieber aufs College.«

Ich versuchte, ihm beizustehen. »Ich werde schon dafür

sorgen, dass er kein Außenseiter mehr ist, Amalia. Und es gibt ja noch Grandpa Teddy und meine Mutter. Bei ihnen ist er jederzeit willkommen.«

Nachdem wir den ganzen Milchreis aufgegessen hatten – Malcolm benutzte dazu eine saubere Gabel –, kamen wir nicht mehr zum Musizieren. Wir unterhielten uns beim Aufräumen der Küche. Dann setzten wir uns wieder an den Tisch und redeten weiter. Am meisten sprach Amalia. Die Zeit verging wie im Flug.

Eine Sache, die sie über Malcolm sagte, werde ich nie vergessen: »Er glaubt, dass er Musik im Blut hat, weil er mit mir aufgewachsen ist. Soweit er sich erinnern kann, habe ich schon immer Klarinette gespielt, aber das stimmt nicht. Was ich an Musik in mir habe, musste ich mir mit eiserner Entschlossenheit und zermürbendem Üben aneignen, und es ist nur ein Fingerhut voll Spucke im Vergleich zu dem Ozean natürlichen Talents, den Malcolm in sich trägt. Du hast mich ja spielen gehört, Jonah. Ich könnte in der Tanzkapelle des Veteranenvereins und in der Moose Hall mitspielen. Aber Malcolm ist wie du, er hat echtes Talent, er hat alles, was man braucht. Mom und Dad haben an Musik nicht mehr Interesse als an Schachturnieren, also kann Malcolm nicht glauben, dass er sein Talent von ihnen hat. Aber da muss es herkommen, genau wie mein Gespür für Worte.« Sie sah ihren Bruder mit ihren lindgrünen Augen an und fuhr fort: »Wenn ich nicht hier wäre, um dich aufzumuntern und dich darauf hinzuweisen, wie wunderbar du bist … Vielleicht würde ich dann in meinem ersten Collegejahr zu Weihnachten nach Hause kommen und feststellen, dass du das Saxofon schon aufgegeben und dir einen eigenen Sittich gekauft hast.«

»Wenn du im September nicht aufs College gehst«, wiederholte Malcolm, »dann puste ich mir das Hirn raus.«

»Selbst wenn du das könntest, kleiner Bruder, wo kann ein Zwölfjähriger denn eine Waffe kaufen?«

»In so einer Stadt gibt's eine Menge schlechter Menschen. Völlig verkommene Gestalten, die einem Kind alles verkaufen würden.«

»Und von denen kennst du eine ganze Menge, was?«

»Ich arbeite dran.«

Als sie ihre Instrumente nahmen und gehen wollten, war es fast 16 Uhr, aber ich wollte nicht, dass sie nach Hause gingen. Nun ja, ich wollte nicht, dass Amalia nach Hause ging. Bei Malcolm war ich mir unschlüssig.

Ich stand auf der Veranda und sah zu, wie sie die Straße überquerten. Als ich Amalia zum ersten Mal gesehen hatte, hatte ich sie für hübsch, aber nicht für schön gehalten. Jetzt hatte ich keinen Zweifel mehr daran, dass sie sehr schön war. Ich fühlte mich schlecht für meinen Vergleich ihres Kleidungsstils mit *Gidget,* auch wenn ich das nicht laut ausgesprochen hatte, denn jetzt sah ich, dass sie wirklich Stil hatte. In ihrem blau gestreiften Oberteil mit Schlitzausschnitt und der weißen Hose mit dem großen roten Gürtel sah sie niedlich aus. Manchmal kann ein Mädchen keine klassische Schönheit sein, aber so süß, dass man in ihrer Gegenwart ein Dutzend klassischer Schönheiten nicht einmal dann bemerken würde, wenn sie nackt vorbeiliefen. Amalia war wirklich süß. Und klug. Und lustig. Und fürsorglich.

Ich war verliebt. Da ich erst zehn war, handelte es sich nicht um *romantische* Liebe. Ich hatte noch nicht angefangen, für einen Ehering zu sparen und über das ideale Reiseziel für die Flitterwochen nachzudenken. Es fühlte sich wie die gleiche Art von Liebe an, die ich für meine Mutter und für Grandpa Teddy empfand und die ich auch für Mr. Yoshioka zu empfinden begann. Eine edle und platonische Liebe, aber so intensiv, dass ich mir wünschte, die Welt zu besitzen, um sie ihr schenken zu können.

55

In Charleston, Illinois, erwies sich Setsuko Nozawa als sehr zuverlässig. Sie interessierte sich sogar so sehr für die Ermittlungen, dass sie Mr. Tamazaki von der *Daily News* nicht nur telefonisch über ihre Funde unterrichtete, sondern auch einen detaillierten Bericht verfasste, den sie ihm später per Post zusandte. Dieser war mir bei meiner lebendigen Nacherzählung der Ereignisse eine große Hilfe. Neben ihren vielen anderen Interessen besuchte Mrs. Nozawa auch Schriftstellerkonferenzen an der Universität, denn sie hoffte, eines Tages die Geschichte ihrer Jahre im Internierungslager erzählen zu können, und sie betrachtete das Schreiben des Berichts als eine nützliche Übung.

In Begleitung ihres Hundes Toshiro Mifune (benannt nach dem japanischen Schauspieler) fuhr sie mit ihrem speziell lackierten, liebesapfelroten Cadillac Eldorado von 1967 in die Nachbarstadt Mattoon. Da sie eine zierliche Frau war, brauchte sie ein Sitzkissen, um über das Lenkrad sehen zu können. Toshiro Mifune brauchte kein Kissen, denn er war ein großer schokoladenbrauner Labrador Retriever.

Als sie bei der Militärakademie eintraf, parkte sie hinter der Campus-Bibliothek. Sie ließ zwei Fenster geöffnet, damit der Hund an diesem warmen Julitag keinen Hitzschlag bekam. Obwohl sie haarsträubende Geschichten über einige der rüpelhafteren Studenten an dieser Schule gehört hatte, hatte sie keine Angst, dass irgendein reicher Flegel ihren Cadillac auf eine Spritztour mitnehmen würde. Toshiro Mifune war immer sanftmütig gewesen, wie es seiner Rasse entsprach, aber Mrs. Nozawa hatte ihm beigebracht, wie ein grimmiger Samurai zu blicken, zu knurren und seine riesigen Zähne zu zeigen, wenn jemand Hand an den Eldorado legte. Sie wusste, dass dies dem Hund viel Disziplin abverlangte, dass es seinem guten Herzen widersprach, Menschen zu erschrecken, die er am liebsten ausgiebig abgeschleckt hätte. Aber wenn sie zurückkam, würde sie ihn mit freundlichen Worten und zwei Hundekeksen belohnen.

Es waren nicht viele Schüler – Kadetten, wie die Bibliothekarin sie nannte – in der Bibliothek, als Mrs. Nozawa sich am Hauptschalter erkundigte. Trotz ihrer Erfahrungen in der Kriegszeit fürchtete sie niemanden in Uniform, aber sie fand es beunruhigend, Jungen im Alter von 13 Jahren zu sehen, die wie Soldaten auf dem Paradeplatz gekleidet waren. Sie teilte dem Bibliothekar Mr. Theodore Keckle mit, dass einer der Schüler der Akademie ihr und ihrem Mann Jahre zuvor einen großen Gefallen getan hatte. Sie habe es immer bedauert, sich nicht besser bei dem Jungen bedankt zu haben. Jetzt, da er seinen Abschluss gemacht habe, wolle sie ihn ausfindig machen.

Leider konnte sie sich nicht an seinen Namen erinnern, obwohl sie wusste, dass der Kadett zum Abschlussjahrgang von 1959 gehörte. Selbst acht Jahre später war sie sich jedoch sicher, dass sie sein Gesicht wiedererkennen würde.

Sie nahm an, dass die Schulbibliothek Kopien des Jahrbuchs mit den Fotos der Abschlussklasse aufbewahrte. Mr. Keckle, den sie Mr. Tamazaki später als »eine hochnäsige Nudel, die ihren Schnurrbart mit einer Zickzackschere schneidet« beschrieb, bestätigte ihre Vermutung und wies ihr den Weg zu einem Teil des Geschichtsregals. Dort befanden sich die Bände, die sich mit den fünf Jahrzehnten befassten, in denen dieses hochgeschätzte Bildungsinstitut junge Männer mit Charakter ausgebildet, inspiriert und geformt hatte.

Kaum hatte sie das Jahrbuch des Jahrgangs 1959 aufgeschlagen, fand Mrs. Nozawa das Foto von Lucas Drackman. Sie kopierte die Seite. Auf dem Weg aus der Bibliothek erzählte sie der schnauzbärtigen Nudel, dass sie den jungen Mann zwar zu erkennen *glaubte,* die Kopie jedoch ihrem Mann zeigen wollte, um zu sehen, ob er ihr zustimmte, dass sie den richtigen Kadetten gefunden hatte.

Auf dem Beifahrersitz des Cadillacs begann Toshiro Mifune vor Freude zu zappeln und zu winseln, als er Mrs. Nozawa auf sich zukommen sah. Sie überhäufte ihn mit freundlichen Worten, und er nahm ihr die Kekse so sanft aus den Fingern wie ein Kaninchen, das Gras knabberte.

Nach ihrer Rückkehr nach Charleston ging sie in den Bürobedarfsladen von Ken und Betty Norbert. Sie und Betty engagierten sich ehrenamtlich bei einer gemeinnützigen Organisation zur Rettung von Hunden und waren im selben Quilt-Club. Ken Norbert und Mr. Nozawa kannten sich vom Tennis und waren Mitglieder der Handelskammer von Charleston. Aber hätte jemand anderes als die Norberts das Geschäft besessen, hätte Mrs. Nozawa die Besitzer wahrscheinlich ebenfalls gekannt.

Neben Bürobedarf boten sie in ihrem Laden auch private Postfächer zur Miete an. Dies war damals noch ein fast unbekanntes Geschäft. Bei der Konkurrenz musste man am Schalter warten, bis ein Angestellter die Post aus einer Reihe von Fächern nahm und sie einem persönlich überreichte. Die privaten Postfächer waren sehr begehrt, da die örtlichen Postämter nie genug davon anboten. Hier war eines auf den Namen Douglas Atherton gemietet worden, an das die Kreuzfahrtfirma das Ticket für den Karibikurlaub geschickt hatte.

Um zu vermeiden, dass einer ihrer Kunden möglicherweise betrügerische oder anderweitig unehrliche Geschäfte tätigte, verlangten die Norberts von denjenigen, die sich eines ihrer 96 Postfächer sichern wollten, zwei Ausweisdokumente. In jenen unschuldigeren Zeiten hatte man jedoch zwei beliebige Dokumente akzeptiert und ein Lichtbildausweis war nicht unbedingt vonnöten gewesen.

Ken war schon weg, als Mrs. Nozawa eintraf. Aber Betty war da, in Gegenwart zweier Angestellter und ihres Labrador-Retrievers Spencer Tracy.

Der Laden führte Buch über die Aktivitäten im Zusammenhang mit den Postfächern: die Namen aller Mieter, die Art des Ausweises, der bei der Anmietung vorgelegt worden war, die Adresse und die Zahlungsbestätigung. Aus Sorge um die Haftung warf Ken die alten Bücher nie weg. Als die beiden Quilt-Begeisterten den Band für 1961 durchstöberten, fanden sie heraus, dass Douglas Atherton am ersten Juni einen Briefkasten gemietet und für ein ganzes Jahr bar bezahlt hatte. Als Ausweis hatte er eine Sozialversicherungskarte und einen Studentenausweis der Eastern Illinois University in Charleston vorgelegt.

Mrs. Nozawa kopierte die entsprechenden Informationen und zeigte ihrer Freundin die Kopie der Jahrbuchseite. Der Name Douglas Atherton tauchte natürlich unter keinem der Kadettenfotos auf, und nach fast sechs Jahren konnte Betty keines der acht Gesichter auf der Seite als das des Mannes identifizieren, der das Fach gemietet hatte.

Als Mrs. Nozawa zu ihrem Cadillac zurückkehrte und sich hinters Steuer setzte, konnte Toshiro Mifune nicht aufhören, an ihren Händen zu schnuppern, denn im Laden hatte sie Spencer Tracy mehrmals gestreichelt.

Am späten Nachmittag war die Fütterungszeit des Hundes gekommen, und danach erwartete er, eine halbe Stunde lang ausgeführt zu werden. Da Mrs. Nozawa immer die richtigen Prioritäten setzte, zögerte sie die Fütterung nie hinaus oder betrog Toshiro auch nur um einen Bruchteil seiner Spaziergangszeit. Danach musste sie sich umziehen, um mit ihrem Mann und einem anderen Paar zum Abendessen zu gehen.

Vom Bürobedarfsladen fuhr sie nach Hause, da sie vorhatte, am Morgen mit ihren Nachforschungen im Auftrag von Mr. Yabu Tamazaki von der *Daily News* fortzufahren. Sie hatte nur versprochen, sich bis zum Geschäftsschluss des nächsten Tages bei ihm zu melden, und er hatte nicht angedeutet, dass die Angelegenheit dringender sei. Zwischen dem Gassigehen mit dem Hund und dem Umziehen fand sie die Zeit, ihn anzurufen und ihm von ihren Fortschritten zu berichten. Sie war angenehm überrascht, als Mr. Tamazaki ihre Cleverness und Effizienz lobte und sie als »eine echte Detektivin« bezeichnete.

Auf dem Weg zum Abendessen fragte Mr. Nozawa, ob sie aufgrund ihrer Nachforschungen in Gefahr schwebe.

Seine Frau erwiderte, dass sowohl ihre geschätzten Eltern als auch die von Mr. Tamazaki *Issei* seien, Einwanderer der ersten Generation, und selbst unter Fremden stellten bestimmte Bindungen heilige Verpflichtungen dar. Er stimmte ihr zu. Laut Mrs. Nozawa tat er das meistens. Er ermutigte sie, ihre Beschreibungsfähigkeiten zu trainieren, indem sie den schriftlichen Bericht verfasste, und dafür bin ich ihm zu Dank verpflichtet.

56

In den letzten sechs Wochen, seit wir aus dem Wohngebäude ausgezogen waren und bei Grandpa wohnten, hatte Mr. Yoshioka ein paarmal angerufen, immer tagsüber, wenn ich allein zu Hause war. Er hatte sich erkundigt, ob es mir gut ging und ob ich immer noch Klavier übte. Ich erzählte ihm, wie wenig Neues sich in meinem Leben ereignet hatte, und er berichtete mir, was es in dem Wohnhaus, das wir verlassen hatten, an Neuigkeiten gab.

An jenem ereignisreichen Mittwoch, nachdem Malcolm und Amalia gegangen waren und bevor Mutter und Großvater nach Hause kamen, rief Mr. Yoshioka um 16:15 Uhr erneut an. »War der Tag sanft zu dir, Jonah?«

Ich dachte an Miss Pearl – ihren Rat, ihre Warnung, ihre Offenbarung, dass sie die fleischgewordene Seele der Stadt war, ihre große Handtasche und deren erstaunlichen Inhalt. »Na ja, er hat mich ein bisschen angerempelt.« Ich hatte ihm von allem erzählt, außer von Miss Pearl. Wenn ich das je tun würde, dann nur in einem persönlichen Gespräch. Bevor er fragen konnte, was passiert war, fügte ich hinzu: »Aber mir geht es gut, mir geht es großartig.

Ich habe diese coolen Kids von der anderen Straßenseite getroffen.«

Er hatte aus einem bestimmten Grund angerufen, nicht nur, um zu plaudern. »Hast du die Zeitung von heute gesehen? Die *Daily News?*«

»Sie ist gekommen, aber ich habe sie mir nicht angeschaut. Die Nachrichten berichten nicht über alles, was passiert.«

»Auf der Titelseite ist ein Foto von der Demonstration am City College am Montag. Auf dem Foto sind auch Mr. Smaller und Miss Delvane zu sehen.«

»Die habe ich im Fernsehen gesehen.«

»Wie du weißt, habe ich keinen Fernseher, und die Aussicht, Mr. Smaller darin zu sehen, motiviert mich nicht gerade, mir einen zu kaufen.«

»Ich hab's mir angeschaut ... Und ich habe auch meinen Vater gesehen.«

»Das ist sehr interessant. Dein Vater ist nicht auf dem Zeitungsfoto.«

»Die führen irgendwas im Schilde. Der Krieg ist ihnen egal.«

»Lies die Zeitung«, sagte Mr. Yoshioka. »Ich denke, dann wirst du sehen, was sie am City College vorhatten. Aber zuerst muss ich dir sagen, dass sowohl Mr. Tamazaki als auch Mr. Otani endlich mit mir in Kontakt getreten sind. Es hat neue Entwicklungen gegeben, und ich werde morgen mehr erfahren. Ich würde dich gern am Freitag besuchen, um das alles zu besprechen. Wann würde es dir am besten passen?«

In Anbetracht der Tatsache, dass wir über Dinge sprechen würden, von denen meine Mutter und mein

Großvater nichts wussten, schlug ich vor, dass er zwischen elf und 16 Uhr kommen könne. Dann könnten wir sicher sein, dass niemand von seinem Besuch erfuhr und nach dem Grund dafür fragte.

»Ich werde um 14 Uhr da sein. Und nun muss ich dir sagen, dass dein Vater und Miss Delvane vor zwei Wochen aus ihrer Wohnung ausgezogen und nicht mehr auffindbar sind. Mr. Otani ist der Meinung, dass sie untergetaucht sind.«

»Was soll das heißen?«

»Das heißt, dass sie ihre Spuren verwischen, weil sie damit rechnen, dass die Behörden irgendwann nach ihnen suchen werden. Vielleicht haben sie bereits ihre Identitäten geändert. Wenn sie, wie du sagst, etwas im Schilde führen, das über das hinausgeht, was sie bereits getan haben, dann wird es wahrscheinlich in diesem Sommer passieren, vielleicht sogar schon bald.«

Miss Pearl, meine offenbar übernatürliche Mentorin, war mit ihren Ratschlägen und Warnungen zu mir gekommen, weil der entscheidende Moment meines Lebens in unmittelbarer Zukunft lag, vielleicht nicht nur Tage, aber auch nicht Jahre in der Zukunft.

Diesen Sommer, hatte Mr. Yoshioka gesagt, und das kam mir richtig vor.

»Am Freitag werde ich dir noch mehr zu sagen haben, Jonah. Ich wollte dich nicht beunruhigen. Hoffentlich habe ich das nicht.«

»Das haben Sie nicht, Sir. Egal was passiert, auf lange Sicht wird alles gut werden.«

»Das ist eine sehr zenartige Sichtweise.«

»Eine was?«

Anstatt es mir zu erklären, sagte er: »Sehr weise. Es ist sehr weise. Wir sehen uns übermorgen um 14 Uhr. Mach's gut, Jonah.«

»Das hoffe ich. Ich meine, mach ich. Ich werde schon klarkommen. Machen Sie's auch gut.«

57

Auf der oberen Hälfte der Titelseite der *Daily News* sahen Miss Delvane und Mr. Smaller aus, als kämen sie aus verschiedenen Welten, ja, sogar aus verschiedenen Sonnensystemen. Sie schien auf dem Planeten der superheißen Frauen geboren worden zu sein, während er vom Planeten der unansehnlichen Männer stammte.

Beim Lesen wurde mir schnell klar, was Mr. Yoshioka mit seiner Äußerung gemeint hatte, die Zeitung werde mir zeigen, was diese seltsame kleine Bande am City College getrieben habe.

Am Ende der Demonstration waren sieben Bomben nacheinander an verschiedenen Orten auf dem Campus explodiert. Niemand war getötet oder lebensgefährlich verletzt worden, aber sechs Personen hatten leichte Verletzungen erlitten. Die Behörden gingen davon aus, dass die Sprengsätze gezielt platziert worden waren, um zu verhindern, dass jemand ums Leben kam. Der Zweck habe darin bestanden, ein totales Chaos zu schaffen und die Polizei und insbesondere die Sicherheitskräfte des Campus abzulenken.

Offensichtlich war das Chaos groß gewesen. Als es in den Gebäuden rings um die Menge zu Explosionen kam, wussten Tausende von Demonstranten nicht, wohin sie laufen sollten. Sie rannten in alle Richtungen und stießen dabei zusammen. Die Bomben waren mit ›Rauchbeschleunigern‹ versehen, wie die Zeitung es nannte. In kürzester Zeit breiteten sich dichte Rauchwolken über den Campus aus, die die Sicht stark einschränkten und dazu führten, dass allen die Augen tränten und sie nur noch verschwommen sehen konnten.

Die unbewaffneten Sicherheitsleute des Campus verließen ihre Posten und Patrouillenrouten und stürzten sich ins Handgemenge, in der Annahme, dass viele Schwerverletzte auf ihre Hilfe warteten. Der Wachmann, der für die Albert and Patricia Barton Gallery zuständig war, die an das College of Arts angrenzte, schloss den Haupteingang hinter sich ab, aber die beiden Männer, die die aktuelle Ausstellung geplündert hatten, sprengten die Tür mit der siebten Bombe auf.

Die Sicherheitskameras erfassten zwei schwarz gekleidete Personen, wahrscheinlich Männer, die Masken und Handschuhe trugen. Sie kamen durch die gesprengte Tür und die aufgewirbelten Rauchschwaden herein und trugen jeweils einen Stoffsack bei sich. Die aktuelle Ausstellung in der Galerie zeigte chinesische Jade aus dem 17. bis frühen 19. Jahrhundert: Vasen, Räuchergefäße, Paravents, Schalen, Menschen- und Tierfiguren, Zepter, Schnupftabakflaschen, Schmuckstücke … Sie bewegten sich durch den großen Raum, als wüssten sie genau, wo alles zu finden war. Die schwereren Gegenstände ignorierten sie und schnappten sich dafür den Schmuck – Halsketten, Armreife, Anhänger, Ohrringe – sowie die ältesten und am feinsten geschnitzten Schnupftabakfläschchen. Nach fünf Minuten waren sie verschwunden.

Eine erste Schätzung des Schadens belief sich auf mehr als 400.000 Dollar, eine gewaltige Summe für die damalige Zeit. Nach Ansicht von Experten hatten die Diebe die Werke sicher nicht für den schnellen Weiterverkauf gestohlen, da viele von ihnen Unikate und so gut wie unverkäuflich waren. Sie mussten einen Auftraggeber gehabt haben, einen wohlhabenden Sammler, der die Stücke nicht öffentlich präsentieren, sondern für seine Privatsammlung haben wollte.

Außerdem musste davon ausgegangen werden, dass die Gauner eng mit der einen oder anderen Antikriegsorganisation verbunden waren. Die Demonstranten waren in einer sorgfältig koordinierten Überraschungsaktion auf das City College zugestürmt, aber die Ganoven mussten über die Veranstaltung weit im Voraus Bescheid gewusst haben, um die Jade-Ausstellung auskundschaften und entscheiden zu können, wo sie die Bomben anbringen wollten. Sie mussten nicht die Planer der Demonstration gewesen sein, jedoch den geheimen Zeitplan gekannt haben.

Mein erster Impuls war, die Zeitung in den Küchenabfalleimer zu stecken, den Müll einzutüten und ihn in den Container draußen zu werfen. Wenn meine Mutter das Foto von Miss Delvane zu sehen bekäme, auf dem diese wie ein Supermodel aussah, wäre das sicher schmerzlich für sie. Wenn sie Mr. Smaller trotz seines Kopftuchs erkannte, war kaum auszudenken, was für Fragen und Spekulationen ihr in den Sinn kamen. Ich würde so tun, als ob ich ihre Überraschung und Verwunderung teilte, aber es würde schnell der Moment kommen, in dem sie meine Täuschung durchschaute und alles ans Licht kam, was ich vor ihr verbarg. Die Gründe für meine

Geheimniskrämerei waren mir damals gut und ehrenhaft erschienen, aber ich war nicht sicher, ob sie mir auch jetzt noch so erscheinen würden oder ob ich sie überhaupt vor mir rechtfertigen könnte.

Wenn ich die *Daily News* wegwarf, würde Grandpa Teddy wissen wollen, was damit passiert war. Ich wollte ihm nicht sagen, dass die Zeitung nie aufgetaucht war, und ich wollte auch nicht anfangen, ihn zu belügen. Mein Großvater hatte Miss Delvane nie gesehen, und vielleicht hatte er Mr. Smaller nur ein- oder zweimal kurz aus der Ferne erblickt. Er hätte keinen von beiden erkannt. Meine Mutter las nicht die ganze Zeitung und übersprang oft Berichte, in denen es um Gewalt ging, weil diese sie nur deprimierten.

Ich beschloss, auf mein Glück zu vertrauen und es dem Schicksal zu überlassen. Ich faltete die Zeitung zusammen, versuchte, sie unberührt aussehen zu lassen, und steckte sie in die dünne Plastikhülle zurück, in der man sie in den Vorgarten geworfen hatte. Dann legte ich sie auf den Tisch neben dem Sessel meines Großvaters.

Grandpa Teddy spielte an diesem Abend nicht im Art-déco-Speisesaal des Hotels. Es würde ein langer Abend voller Spannung werden, bis meine Mutter zufällig auf das Foto stieß. Ich beschloss, früh ins Bett zu gehen und ein Buch zu lesen, mich sozusagen zu verstecken. Wenn sie das Foto in meiner Abwesenheit entdeckte, würde sie es mir gegenüber vielleicht nie erwähnen.

Jedenfalls hatten mich die Ereignisse des Tages erschöpft. Ich würde höchstwahrscheinlich früh einschlafen – eine weitere Möglichkeit, mich zu verstecken.

58

Später, nach dem Abendessen, räumten Mom, Grandpa Teddy und ich gerade den Esstisch ab, als Amalia Pomerantz ohne Malcolm vorbeikam. Sie machte einen Vorschlag, von dem ich annahm, dass meine Mutter ihn nach höchstens einer halben Minute Überlegung ablehnen würde. Amalia war 17, sie war verantwortungsbewusst und sie fuhr seit fast zwei Jahren mit dem Bus an andere Orte in der Stadt, sichere Orte, etwa um sich ein Theaterstück anzusehen, ein Museum zu erkunden, sich eine Vorlesung anzuhören und dergleichen mehr. Ihre Eltern hatten kein Problem damit, dass sie Malcolm mitnahm, und jetzt, da der schräge Saxofonist und ich Freunde wurden, hoffte sie, dass ich sie vielleicht auf diesen Ausflügen begleiten durfte.

Großvater kannte Amalia gut und schätzte sie sehr. Er vertraute darauf, dass sie mich »ohne Knick und Kratzer« wieder zurückbringen würde, und das sagte er auch meiner Mutter, deren Blick skeptisch war. Ich glaube, dass das, was Amalia damals tat, ohne Berechnung geschah und einfach nur ihrer geselligen Art geschuldet war. Während sie lebhaft über ein kostenloses Folk-Konzert in Riverside Commons sprach, das sie zwei Wochen zuvor gesehen hatte, verschloss sie den Abfluss der Spüle mit dem Stöpsel, ließ heißes Wasser ein, gab Flüssigseife hinein und begann, unser Geschirr zu spülen. Während Amalia die Teller spülte und ins Gestell schob, trocknete meine Mutter sie ab, und schon bald redeten und lachten sie miteinander, als würden sie sich schon länger kennen, als ich am Leben war.

Als ich mich auf den Weg in mein Zimmer und zu meinem Buch machte, war die Sache bereits abgemacht.

Am nächsten Tag würde ich mit Amalia und Malcolm in ein feines Kunstmuseum gehen und mir einige Gemälde ansehen. Noch am Vortag hätte ich diese Vorstellung zum Kotzen gefunden. Aber wenn Amalia der Meinung war, dass es Spaß machen würde, waren alle meine Zweifel wie weggefegt.

Ich lag in meinem Schlafanzug im Bett und konnte mich nicht aufs Lesen konzentrieren. Ich hatte ein kleines Transistorradio mit einem Kopfhörer und versuchte, Musik einzustellen, die meine Stimmung heben könnte. Aber ich fand keine. Dann nahm ich die *La Florentine-Dose* aus meiner Nachttischschublade und sah mir die Kopie der Seite aus dem Buch über Manzanar an, die Bilder von Mr. Yoshiokas Mutter und Schwester. Das brachte mich dazu, über den Krieg und die Unruhen nachzudenken und darüber, dass jeder jeden tötete. Das Einzige, was mich beruhigte, war das Haiku auf der kleinen Beileidskarte, die dem Blumengebinde bei Großmutters Beerdigung beigelegt gewesen war. Ich las es wieder und wieder: ›Der Morgen dämmert / Und Blüten öffnen sich, / Tore zum Paradies.‹

Die Ereignisse des Tages lasteten schwer auf mir. Ich schlief ein. Gegen Morgen träumte ich. Im Traum erwürgte mein Vater Fiona, und aus irgendeinem Grund wollte ich ihn davon abhalten, obwohl sie mir mehr Angst machte als er. Dann änderte sich meine Perspektive, und ich sah, dass sie nicht Fiona war, sondern meine Mutter, der sich die Krawatte grausam in den Hals schnitt. Ihr Blick trübte sich. Sie war bereits halb tot. Ich versuchte, um Hilfe zu schreien, aber ich hatte buchstäblich keine Zunge. Ich versuchte, ihn zu schlagen, sein Gesicht zu zerkratzen, aber ich hatte keine Hände. Meine Arme endeten an den Handgelenken, in Armbändern aus geronnenem und verkrustetem Blut.

Ich wachte auf, schnellte hoch, warf das Laken zurück, setzte mich im stockdunklen Zimmer auf die Bettkante und keuchte. Kein Rest von Schlaf trübte meinen Geist. Ich war klar im Kopf, alarmiert, wachsam. Was ich fürchtete, war nicht der Albtraum, sondern dass ich die Stimme von Miss Pearl hören und ihre Silhouette sehen könnte, eine sich bewegende Dunkelheit innerhalb der Dunkelheit, was bedeuten würde, dass das im Schlaf erblickte Grauen prophetische Bedeutung hätte.

Ich war äußerst erleichtert, dass sie nicht da war. Aber in diesem Moment sah ich etwas Bleiches am vergitterten Fenster, dessen unterer Flügel zur Kühlung des Zimmers hochgezogen war. Ich hielt es erst für das Gesicht von jemandem, der mich beim Schlafen beobachtet hatte, wie Fiona Cassidy mich einst beobachtet und sogar fotografiert hatte, während ich ahnungslos schlummerte. Wenn die lange erwartete, unbekannte Krise von Tag zu Tag näher rückte, wovon Mr. Yoshioka und ich überzeugt waren, konnte Feigheit, ja sogar bloßes Zögern meinen Tod bedeuten. Daher stand ich auf und eilte zum Fenster, um nachzusehen, wer mich ausspionierte. Ich fand niemanden, nur eine Mücke, die gegen das Metallgitter flog, ein so leiser Besucher, dass das Geräusch das Pochen meines Herzens nicht übertönte. Wenn es einen Beobachter gegeben hatte, dessen geisterhafte Miene ich in der schwindenden Nacht gesehen hatte, dann war er oder sie geflohen. Vielleicht hatte ich es mir auch nur eingebildet.

59

Am Donnerstagmorgen, nachdem sie Toshiro Mifune gefüttert hatte und mit ihm spazieren gegangen war, fuhr Mrs. Setsuko Nozawa weit unter dem Tempolimit durch Charleston, Illinois, zur Eastern Illinois University. Dem Hund gefiel es, während der Fahrt den Kopf aus dem Fenster zu strecken. Eine Geschwindigkeit von mehr als 40 Stundenkilometern hätte seine Augen gefährdet, falls der Wind irgendetwas Scharfkantiges heranwehte.

Obwohl sie einen Umweg fuhr und meist auf ruhigen Wohnstraßen mit niedrigen Tempolimits blieb, wurde sie von einigen ungeduldigen Autofahrern angehupt. Sie fuhr hocherhobenen Hauptes, unbeeindruckt von ihrem Unmut, und ließ sich nicht dazu herab, auf derbe Worte oder Gesten in ihre Richtung zu antworten. Jedes Mal wenn eine Hupe ertönte, sagte sie »*Namu Amida*«, was so viel wie »Buddha, sei gnädig« bedeutete. Man hätte es für Worte der Vergebung in Richtung der unhöflichen Autofahrer halten können, wenn sie sie nicht so bissig betont hätte. Der Hund, dieses sensible Geschöpf, war auf ihrer Seite und beantwortete jedes »*Namu Amida*« mit einem Knurren.

Im Alumni-Büro der Universität wandte sie sich an eine attraktive Rothaarige mit Sommersprossen und einem imposanten Busen, die sich als äußerst charmant und hilfsbereit erwies. Mrs. Nozawa wiederholte ihre erfundene Geschichte über einen Studenten, der ihr und ihrem Mann vor Jahren einen großen Gefallen getan hatte, und die rothaarige Frau erklärte, dass es ihnen nicht erlaubt sei, Adressen von Ehemaligen herauszugeben. Mrs. Nozawa erwiderte, sie verstehe und schätze ihre Diskretion, aber sie wolle nur wissen, ob das Alumni-Büro einen Brief von ihr an den freundlichen jungen Mann weiterleiten würde, falls dieser tatsächlich seinen Abschluss an der Universität gemacht hatte. Dies war natürlich eine Gefälligkeit, die die Universität ihr gern erweisen wollte. Mrs. Nozawa war sehr erfreut über den herzlichen Ton des Gesprächs.

Sie bezweifelte, dass Lucas Drackman die Universität unter dem Namen Douglas T. Atherton besucht hatte. Wahrscheinlicher war, dass er die Sozialversicherungskarte und den Studentenausweis gefälscht hatte, mit denen er sich beim Anmieten des Postfachs von Betty Norbert ausgewiesen hatte.

Daher nannte sie der Rothaarigen den Namen Drackman und ein wahrscheinliches Abschlussjahr – 1963. Innerhalb weniger Minuten wurde bestätigt, dass Lucas Drackman tatsächlich ein Absolvent war. Mrs. Nozawa versprach, dass sie in ein paar Tagen mit ihrem Brief in einem frankierten Umschlag zurückkehren würde, obwohl sie nicht wirklich vorhatte, dies zu tun.

Mr. Tamazaki von der *Daily News* hatte nur gehofft, dass sie herausfinden würde, dass Drackman zu der Zeit, als Mrs. Renata Kolshak von einem Schiff in der Karibik verschwunden war, in der Gegend gelebt hatte. So ließ sich nachweisen, dass er unter falschem Namen das Postfach gemietet haben konnte, an das ein Ticket für dieselbe Kreuzfahrt an einen Douglas T. Atherton geschickt worden war. Diesen Auftrag hatte sie erfüllt.

Kurze Zeit später erstattete sie in ihrem Büro in der Reinigungsfirma, von dem aus sie das Nozawa-Handelsimperium überwachte, Mr. Tamazaki Bericht. Dieser war für ihre Bemühungen sehr dankbar. Sie nahm an, dass die Angelegenheit damit erledigt war. Doch nur wenige Stunden später sollte sie eines Besseren belehrt werden.

60

Ich war schon früher mit meiner Mutter in Midtown unterwegs gewesen, aber noch nie in Begleitung eines anderen Jungen mit meinem Sinn für Humor und auch noch nie in Begleitung einer süßen Teenagerin, die die Leute zum Lächeln brachte, wenn sie sie nur ansahen. Wenn sie uns über eine Straße drängte oder eine lange Treppe hinaufeilte, wippte ihr Pferdeschwanz und schwang von einer Seite zur anderen.

Meine Mutter hatte mir 50 Cent gegeben, der Eintrittspreis ins Kunstmuseum für Schüler, dazu das Geld für ein Mittagessen. Ich fühlte mich reich und frei und war bereit, Spaß zu haben … Aber mich plagte eine leise Paranoia.

Als wir an der Bushaltestelle, von der wir losfahren würden, auf unseren Bus warteten, konnte ich den Blick nicht von einem schwarzen Chevrolet abwenden, der einen halben Block entfernt geparkt war und in dem zwei Männer saßen. Sie saßen unter einem Baum im Schatten und ich konnte ihre Gesichter nicht sehen, aber ich war halb überzeugt, dass es sich um Lucas Drackman und meinen Vater handelte.

Ich erinnerte mich an das, was Miss Delvane Mr. Otani erzählt hatte, als er sie am Silvesterabend in ein Gespräch verwickelt hatte: dass ihr Freund, der kürzlich geschieden worden war, ständig davon sprach, sich eines Tages seinen Sohn zurückzuholen. Wenn diese Männer im Auto mein

Vater und Lucas Drackman waren, würden sie uns vielleicht folgen. In Midtown, wo ich weit weg von zu Hause und ungeschützt wäre, konnten sie versuchen, mich zu entführen.

Als wir aus dem Bus stiegen, stand kein schwarzer Chevrolet am Straßenrand oder fuhr im dichten Verkehr vorbei, was darauf schließen ließ, dass meine Angst irrational war. Dennoch blieb sie bestehen, eine stetige Anspannung in meinem Hinterkopf.

Wir waren an der Ecke National Avenue und 52nd Street angekommen, dem historischen Zentrum der Stadt. Im Umkreis von zwei Häuserblocks befanden sich das Gerichtsgebäude, die labyrinthische Zentralbibliothek, die schönsten Konzertsäle, die Kathedrale, unsere älteste Synagoge und mehrere prunkvolle, alte Theater. Die Architektur bot Schönheit in jeder Hinsicht, mit Gebäuden aus Granit, Marmor und Kalkstein. Selbst unter den Türmen fand sich kein einziger hässlicher, unkünstlerischer Glasmonolith im Umkreis von zwei Blocks um diesen Kern. Hier war der wundersamste Teil der Stadt. Hier fand man die Schönheit der Ordnung und die ordnende Kraft der Schönheit.

Hinter uns ragte die First National Bank mit ihrem 30-stöckigen Art-déco-Finanzzentrum empor. Auf der anderen Straßenseite befand sich die Pinakothek Kalomirakis, mit Säulen geschmückt wie ein griechischer Tempel. Dort wollten wir uns eine Sonderausstellung ansehen: *Europa im Zeitalter der Monarchie.*

»Kal-oh-was? Pin-ah-was?«, fragte ich.

Während wir die vordere Treppe hinaufstiegen, erwiderte Amalia: »Mr. Kalomirakis war ein früher Einwanderer aus Griechenland.«

»Er hat eine Menge Kohle gemacht«, fügte Malcolm hinzu. »Ich meine, gegen den Typen war Dagobert Duck ein armer Schlucker.«

»Er baute dieses wunderschöne Gebäude«, fuhr Amalia fort, »kaufte Unmengen an großartiger Kunst für die ständige Sammlung und gründete eine Stiftung, um deren Fortbestand zu sichern. *Pinakothek* ist griechisch für Galerie, aber die Leute hier nennen es eher ein Museum. Für mich ist es die reinste Glückseligkeit.«

Ich hatte schon immer ein Ohr für das Schöne, und vielleicht hatte ich auch ein Auge dafür. Aber bis zu diesem Tag hatte ich nicht erkannt, dass die Wahrheit, die in großer Musik steckt, auch in großer Kunst zu finden ist, dass die Stimmung durch beides gleichermaßen gehoben und der Verstand geschärft werden kann. Durch die Kraft ihres Charmes und die Ansteckungskraft ihrer Begeisterung erweiterte Amalia an diesem Tag meinen Horizont enorm und öffnete mir Türen, die sonst vielleicht für viele Jahre oder vielleicht sogar für immer verschlossen geblieben wären.

Die Gemälde in der Ausstellung waren Leihgaben von Museen an so weit entfernten Orten wie den Niederlanden und Paris, aber auch von so nahe gelegenen wie New York City. Wir sahen Werke von Rembrandt, Vermeer und van Dyck, Georges de La Tour, Jean-Marc Nattier, Caravaggio, Procaccini und anderen.

Oft sagte Malcolm zu seiner Schwester: »Erzähl ihm die Geschichte«, womit er nicht die Geschichte eines bestimmten Gemäldes meinte, sondern die des Malers oder zumindest eines spannenden Abschnitts aus seinem Leben. Einige dieser Erzählungen waren amüsant, andere furchtbar traurig, und jede zog mich mehr in das Werk des Künstlers hinein, als ich mir in diesem Alter hatte vorstellen können.

Am deutlichsten erinnere ich mich daran, was sie über Jan Vermeer sagte, als wir vor seinem bezaubernden *Mädchen mit einem roten Hut* standen. Diese Geschichte hat mich fast ein halbes Jahrhundert lang verfolgt. Warum sie mich verfolgte, werde ich jetzt noch nicht sagen, aber bald. Wenn mir Vermeers Geschichte in Nächten, in denen ich nicht schlafen kann, in den Sinn kommt, spüre ich deutlich die Zerbrechlichkeit des Lebens, die Vergänglichkeit all dessen, was wir in dieser Welt suchen und erschaffen.

Das *Mädchen mit einem roten Hut* starrte uns von der kleinen Leinwand an. Die sinnlichen Details und die Illusion des Lichts schufen eine Vision, die so flüssig wie die Realität war, hypnotisierend plastisch. Amalia sagte: »Vermeer ist vielleicht der meisterhafteste Maler, der je gelebt hat. Er war ein Perfektionist, der hart arbeitete, aber langsam malte. Vielleicht 60 Werke. 36 haben überlebt. 29 davon sind Meisterwerke. Sein Leben war hart. Er war arm, obwohl er neben der Malerei noch andere Arbeit machte und verzweifelt versuchte, seine Familie zu ernähren. 15 Kinder. Kannst du dir mich und 14 Malcolms vorstellen? Da würde ich verrückt werden. Aber warte, nein, das ist nicht lustig. In dieser Zeit, im 17. Jahrhundert, starben viele schon im Kindesalter, und Vermeer trauerte um vier seiner eigenen Kinder. Auch er starb jung, mit 43 Jahren. Von anderen niederländischen Malern wurde er bewundert, aber er war mittellos und in seinen eigenen Augen ein Versager. Seine Witwe und seine elf Kinder, die er so sehr geliebt hatte wie das Leben, blieben mittellos zurück. 200 Jahre lang geriet sein Werk in Vergessenheit ... *200 Jahre lang.* Aber Geschmäcker ändern sich. Generationen starrsinniger Blinder können wahre Schönheit verkennen, aber früher oder später setzt sie sich durch – immer, immer, immer. Sie wird schließlich erkannt, weil es so verdammt wenig davon gibt. Er starb als gebrochener Mann, aber bis zum Ende der Zivilisation wird sein Name von vielen mit Respekt und von manchen sogar mit Ehrfurcht ausgesprochen werden.«

Kinder – und vielleicht nicht nur sie – haben eine Schwäche für Geschichten über Außenseiter, die am Ende triumphieren, selbst wenn sie dafür erst sterben müssen. Vermeer wurde an diesem Tag zu einem meiner Helden. Als wir die Hälfte der Ausstellung hinter uns hatten, war meine paranoide Sorge, entführt zu werden, vergessen, und danach fühlte ich mich sicher in der Stadt, zumindest für eine Weile.

61

In Charleston, Illinois, saß Mrs. Setsuko Nozawa in ihrem kleinen Büro im hinteren Teil der Reinigung und führte das Scheckbuch des Unternehmens, während Toshiro Mifune zu ihren Füßen schlief. Einer ihrer Angestellten erschien an der offenen Tür, um ihr mitzuteilen, dass ein Universitätsprofessor namens Dr. Jubal Mace-Maskil gekommen sei, um sie in einer dringenden Angelegenheit zu sprechen.

Am Empfangstresen stand ein großer, schlauer Mann mit einem regelrechten Vogelnest aus vorzeitig ergrautem Haar. Sein hageres, von harten Linien gezeichnetes Gesicht bekam nur durch die buschigen weißen Augenbrauen einen milderen Ausdruck, und seine grauen, mit grünen Flecken gesprenkelten Augen wirkten auf Mrs. Nozawa wild wie die Augen von etwas, das in einem sicher verschlossenen Käfig gehalten werden sollte.

Sie mochte ihn nicht auf den ersten Blick, auch wegen seiner Kleidung. Ihrer Meinung nach sollte sich ein College-Professor, der einen Doktortitel hatte, in der Öffentlichkeit nicht in zerknitterten Kakihosen, einem T-Shirt mit der Aufschrift MYOB – was auch immer das bedeutete – und einer dünnen, ausgebeulten kakifarbenen Jacke mit mehreren aufgesetzten Taschen zeigen. Sie hatte den Eindruck, dass sich in diesen Taschen alle möglichen Dinge befanden, die wahrscheinlich die Polizei interessieren würden. Die Jacke war zerrissen und an einigen Stellen notdürftig geflickt, aber natürlich war sie bereits in diesem Zustand aus dem Laden gekommen, denn verschlissene Kleidung war heutzutage in Mode. Sie wusste, dass er kein Einzelfall war. Es gab noch andere Rebellen an der Universität, wie überall in diesen Tagen. Sie strebten eine glänzende Zukunft an, indem sie die Vergangenheit mit all ihren Übeln ablehnten. Aber *sie* schätzte die Tradition sehr. Die Vergangenheit war eine Fundgrube für hart erkämpfte Weisheit. Und da das menschliche Herz so war, wie es war, würden diejenigen, die die Vergangenheit auslöschten, in Wirklichkeit nur die Weisheit auslöschen und das Böse bewahren.

Kaum hatte sich Mrs. Nozawa vorgestellt, begann Dr. Mace-Maskil mit einer Würdigung von Lucas Drackman, einem ehemaligen Studenten, dessen Mentor er gewesen war. Er beschrieb ihn als einen Studenten der Politikwissenschaften von außergewöhnlicher Brillanz und Integrität, einen jungen Mann von größter Sensibilität, scharfem Verstand und grenzenloser Energie. Ob sie wisse, dass Lucas, weniger als ein Jahr nachdem seine Eltern von irgendeinem brutalen Einbrecher im Schlaf ermordet worden waren, an die Universität gekommen war? Ob sie wisse, dass Lucas sich trotz seiner erdrückenden Trauer über seinen bitteren Verlust so sehr auf sein Studium konzentrierte, wie es nur wenige andere konnten, die eine so schreckliche Last zu tragen hatten? Wisse sie es? Seine Zukunft könne nicht rosiger sein, denn er besitze sowohl Ehre als auch Charisma, Bescheidenheit und edlen Ehrgeiz.

Zunächst war Mrs. Nozawa verwirrt von diesen Wortschwällen, die aus dem Professor hervorsprudelten wie Wasser aus einem Feuerwehrschlauch. Doch mit der Zeit erkannte sie, dass diese überschwänglichen Lobeshymnen eine Verteidigung waren. Dr. Mace-Maskil ging offenbar von der falschen Annahme aus, dass sie zur Universität gegangen war und sich nach Drackman erkundigt hatte, weil sie ihm irgendetwas vorzuwerfen hatte.

Als es ihr endlich gelang, den Professor zu unterbrechen, wiederholte sie ihre Geschichte, dass der junge Mann ihr und ihrem Mann eine große Gefälligkeit erwiesen habe, für die sie ihm nie angemessen gedankt hätten. Sie wolle Mr. Drackman nur die Dankbarkeit ausdrücken, die er so sehr verdiene.

Der Professor hörte erst aufmerksam, dann ungeduldig zu und verriet bald seinen Unglauben, indem er erneut in ein uneingeschränktes Lob für seinen ehemaligen Studenten ausbrach. Je mehr er sich in Lobeshymnen erging, desto emotionaler wurde er – und sein Gerede immer unzusammenhängender. Sein Gesicht rötete sich, und um jedes Wort, das ihm über die Lippen kam, perlte Spucke. Hatten seine Augen zuvor wie die einer Kreatur ausgesehen, die man in einen Käfig sperren musste, so ließen sie nun vermuten, dass man ihm bald wie einem tollwütigen Tier den Gnadenschuss geben müsste.

Mrs. Nozawa war überzeugt, dass Dr. Mace-Maskil, als er zum ersten Mal von ihrer Anfrage beim Alumni-Büro gehört hatte, unter dem Einfluss irgendeiner illegalen Substanz gestanden hatte, sodass er das, was man ihm gesagt hatte, falsch interpretiert hatte. Sie glaubte außerdem, dass er zwischenzeitlich mehr von dieser Droge oder vielleicht auch anderen unverträglichen Mitteln zu sich genommen hatte. Entweder war es ihre verblüffte Miene oder ihre Hand, die nach dem Telefon auf dem Tresen griff, die ihm klarmachte, dass er sich ihr in diesem Moment wenig bis gar nicht verständlich machen konnte. Seine Augen weiteten sich und er drückte sich eine Hand auf den Mund, um sich zum Schweigen zu bringen.

Nachdem er genug gehört hatte, um nicht weniger erstaunt zu sein als sein Frauchen, stellte sich Toshiro Mifune abrupt mit den Vorderpfoten auf den Tresen und hob seinen großen Kopf. Er betrachtete Dr. Mace-Maskil mit klaren goldenen Augen, bellte nicht, knurrte nicht, sondern äußerte seine Meinung mit einem lauten, lang gezogenen Schnauben.

Der Professor nahm Reißaus. Kein anderer Ausdruck konnte seinen plötzlichen Abgang angemessen beschreiben. Seine Beine waren so lang, dass sie jeweils zwei Knie zu haben schienen, er fuchtelte mit den Armen in der Luft herum, als ob diese widerstandsfähiger als Wasser wäre, und seine zerknitterte, geflickte Designer-Kaki-Aufmachung raschelte wie ein Sack voller wütender Ratten. Er gab leise Laute der Verzweiflung von sich, als wäre er in die Reinigung des Schreckens geraten und befürchtete, sie nie wieder verlassen zu können. Er stieß mit der Schulter gegen die Glastür, stolperte ins Sonnenlicht hinaus und blinzelte, als ob es seine Augen versengt hätte. Dann hastete er über den Bürgersteig des Einkaufszentrums nach Westen und verschwand aus dem Blickfeld, nur um einen Moment später wieder aufzutauchen, diesmal auf dem Weg nach Osten.

Mrs. Nozawa kam hinter dem Tresen hervor, ging zur Tür und trat nach draußen, um zu beobachten, wie der angesehene Lehrer zu seinem Auto ging. Ein grauer Volvo. Er schien einige Schwierigkeiten zu haben, ihn zu starten. Sie konnte sich gut vorstellen, dass er vielleicht versuchte, den Schlüssel in den Zigarettenanzünder zu stecken. Als er aus der Parklücke fuhr und die Limousine zur Ausfahrt steuerte, hupte Dr. Mace-Maskil jeden Autofahrer und Fußgänger an, der ihm begegnete, als wollte er sie unmissverständlich darauf aufmerksam machen, dass sie rücksichtslos fuhren oder gingen. Selbst nachdem der Volvo die Straße erreicht hatte und verschwunden war, wartete Mrs. Nozawa noch auf den offenbar unvermeidlichen Knall eines Zusammenstoßes bei hoher Geschwindigkeit.

Das Seltsamste an dieser Begegnung war für Setsuko Nozawa, die als gewiefte Geschäftsfrau über eine gute Menschenkenntnis verfügte, die Reaktion des Mannes auf ihre Bemerkung, Lucas Drackman habe ihr und ihrem Mann vor einigen Jahren einen großen Gefallen getan. Obwohl er keinen Grund hatte, an ihren Worten zu zweifeln, hatte er ihr keinen Augenblick lang geglaubt. Trotz des überschwänglichen Lobes, mit dem er seinen ehemaligen

Schüler überhäuft hatte, konnte sich Dr. Mace-Maskil vielleicht nicht vorstellen, dass Lucas Drackman zu einer guten Tat fähig war.

62

Während Amalia, Malcolm und ich vom *Mädchen mit einem roten Hut* weiter in die Kalomirakis-Pinakothek vordrangen, fragte ich sie, ob sie mir nicht nur etwas über den Künstler erzählen, sondern auch erklären könnte, was jedes Bild bedeutete, warum sein Schöpfer es geschaffen hatte und was er damit aussagen wollte.

Malcolm klopfte mir mit der zusammengerollten Broschüre, die jeder von uns beim Bezahlen am Eingang erhalten hatte, auf den Kopf und sagte: »Das ist eine ziemlich dumme Frage für ein Wunderkind. Erklär ihm, warum sie dumm ist, Amalia.«

Sie erwiderte: »Wenn ich mich recht erinnere, hast du mich dasselbe gefragt, als ich dich zum ersten Mal hierher gebracht habe.«

»So habe ich das aber nicht in Erinnerung«, widersprach Malcolm.

»An was erinnerst du dich denn, lieber Bruder?«

»Du warst an diesem Tag in stürmischer Stimmung.«

Sie hob die Augenbrauen. »Stürmisch?«

»Und du hattest getrunken.«

»Ach ja? Was hatte ich denn getrunken?«

»Einfach alles. Brandy, Bier, Wodka, Wein.«

»Musstest du mich über deine Schulter legen und tragen?«

»Nein, überhaupt nicht. Ich habe gesagt, du hast bei

der Geburt einen Hirnschaden erlitten. Dann hat man uns einen Rollstuhl zur Verfügung gestellt.«

»Du bist schrecklich.«

»Ich glaube nicht, dass du betrunken warst«, teilte ich Amalia mit.

»Danke, Jonah.«

Malcolm wandte sich an mich: »Du bist furchtbar naiv, Kind. Wie dem auch sei, während ich sie von Bild zu Bild gerollt habe, hat sie auf jedes Gemälde gezeigt und sich auf peinliche, betrunkene Art erkundigt, was es bedeuten soll. Schwesterchen, weißt du noch, was ich dir an dem Tag gesagt habe? Jonah muss es hören.«

»Warum sagst du es ihm nicht selbst, Malcolm?«

»Ich bin mir nicht sicher, ob ich mich Wort für Wort daran erinnere.« An mich gewandt fügte er hinzu: »Das gute Mädchen hat es sich bestimmt gemerkt. Selbst betrunken prägt sie sich alles ein, was ich artikuliere.«

»Artikuliere?«, wiederholte Amalia.

»Das habe ich mal einen coolen britischen Schauspieler in einem Film sagen hören. Klingt sehr kultiviert. Von jetzt an werde ich nichts mehr sagen, sondern nur noch artikulieren.«

»Artikulier, so viel du willst, du redest trotzdem nur Blödsinn.«

»Da haben wir sie wieder, ihre stürmische Stimmung«, sagte er zu mir. »Sie muss irgendein Fläschchen haben, an dem sie nippt.«

»Was ich an diesem Tag zu Malcolm gesagt habe, Jonah, ist, dass man viel über Kunst lernen kann. Man muss sein Auge schulen. Aber wenn es darum geht, was sie bedeutet, hat kein spießiger Experte auf der Welt das Recht, dir zu sagen, was du über ein Gemälde denken sollst. Kunst ist subjektiv. Welchen Trost oder welche Freude ein Gemälde dir bringt, ist deine Sache. Was es aussagt, sagt es dir. Es gibt zu viele Experten, die die Kunst politisieren, weil sie glauben, dass große Künstler schon immer dieselben Überzeugungen hatten wie sie selbst. Aber das Letzte, was Kunst sein sollte, ist politisch. Pfui. Doppel-Pfui. Bewahre dir einen freien Geist. Vertraue deinem Auge und deinem Herzen.«

Malcolm behauptete: »Genau das habe ich ihr gesagt, Wort für Wort. Erstaunlich, dass sie's sich merken konnte, wenn man bedenkt, wie besoffen sie war.«

In seiner unbeholfenen Art ging er zu dem samtenen Absperrseil, das sich zwischen zwei Pfosten spannte, und stellte sich vor ein Gemälde mit dem Titel *Weizenfelder* von Jacob van Ruisdael.

Amalia und ich traten zu ihm.

Der Himmel füllte zwei Drittel der großen Leinwand aus, teils blau, aber der größte Teil war mit dunkelgrauen Wolken bedeckt. Im unteren Drittel sah man eine weite Landschaft, tiefe Schatten im Vordergrund, dunkle Wälder im Hintergrund. In der Mitte lag ein sonniges Stück Wiese, durch das sich ein Feldweg schlängelte. Ein einsamer Mann und eine Frau mit Kind gingen den Weg entlang. Hinter den Bäumen, fast unsichtbar, hütete ein Schafhirte seine Herde.

Ich sagte: »Das macht mich traurig und glücklich zugleich. Die Menschen sind so winzig und die Welt ist so groß.«

»Die Menschen in Ruisdaels Landschaften sind immer winzig«, erwiderte Amalia. »Was glaubst du, was der

Grund dafür ist, dass es dich gleichzeitig traurig und glücklich macht?«

»Na ja, ich weiß nicht. Es ist, als ob … sie so winzig sind, dass sie wie Käfer zerquetscht werden könnten. Von einem Blitz oder so. Das ist traurig.«

»Es sei denn, sie sind Drecksäcke«, mischte Malcolm sich ein. »Dann könnten wir froh sein, dass wir sie los sind.«

»Mein lieber Bruder, halt die Klappe«, sagte Amalia zuckersüß.

Ich fuhr fort: »Andererseits ist alles um sie herum so schön, der Himmel, der Wald, die Wiese und alles. Ich freue mich für sie, dass sie an so einem schönen Ort sind.« Ich sah zu Amalia auf, sie lächelte, und ich fragte: »Hat sich das jetzt dumm angehört?«

»Überhaupt nicht, Jonah. Wir wissen beide, wer heute der König der Dummheit ist.«

Malcolm verkündete: »In ein oder zwei Minuten werde ich was sagen, das so clever ist, dass du am Boden zerstört bist.«

Wir kamen zu einem Gemälde, das fast so schön war wie das *Mädchen mit einem roten Hut.* Aber als ich es betrachtete, beschlich mich ein Unbehagen, das sich bald zu einer Angst steigerte, die mich zittern ließ.

63

Nachdem es Dr. Jubal Mace-Maskil offenbar gelungen war zu entkommen, ohne ein anderes Fahrzeug zu rammen, kehrte Mrs. Nozawa in ihr Büro im hinteren Bereich der Reinigung zurück. Sie überlegte, an welche Freunde sie sich wenden konnte, um

Informationen zu erhalten, und rief dann Irinka Vavilov an. Irinka und ihr Mann Andrej waren Musiker beim Moskauer Philharmonischen Orchester gewesen, als sie Ende 1939 während einer Tournee in Norwegen übergelaufen waren und sich innerhalb eines Jahres in die Vereinigten Staaten abgesetzt hatten. Andrej war ein Jahr zuvor gestorben, aber die inzwischen 55-jährige Irinka lehrte immer noch Musikgeschichte an der Universität.

Irinka hatte von Setsuko Nozawa Origami gelernt und freute sich immer, wenn sie von ihr hörte. Sie kannte Jubal Mace-Maskil und hielt ihn für einen Schweinehund. Als sie zum ersten Mal an die Universität gekommen war, hatte er sie auf Fakultätsfeiern dreist angebaggert, selbst wenn Andrej im selben Raum war und selbst wenn Jubals Frau Noreen nur einen oder zwei Meter entfernt stand.

Nach dem Tod seiner Frau 1962 war er aggressiver geworden, und in den letzten zwei Jahren hatte er eine völlig neue Persönlichkeit angenommen. Er schien sich für den Che Guevara von Charleston, Illinois, zu halten und konsumierte offenbar Partydrogen, die ihm wahrscheinlich irgendwann die Entlassung oder, was wahrscheinlicher war, eine Zwangspensionierung einhandeln würden. Einige sagten, er habe nach Noreens Tod stark abgebaut, sei von der grausamen Art ihres Todes traumatisiert gewesen, aber Irinka glaubte nicht, dass Jubal zu tiefem Mitgefühl fähig war, nicht einmal wenn es um seine Frau ging.

Wie war Noreen gestorben? Auf ziemlich schreckliche Weise. Sie war nach Arizona gefahren, um ihren Bruder und dessen Familie zu besuchen. Eines Abends, nachdem alle anderen zu Bett gegangen waren, saß sie allein draußen am Pool und genoss den warmen Wüstenabend. Am nächsten Morgen war sie unauffindbar. Ihr Mietauto stand nicht mehr in der Einfahrt. Die Polizei fand es auf dem Parkplatz eines Einkaufszentrums und entdeckte Noreens Leiche im Kofferraum. Sie war an Händen und Füßen gefesselt und dann mit einem Hammer erschlagen worden. Niemand wurde jemals wegen dieses Verbrechens angeklagt.

Hatte Jubal ein wasserdichtes Alibi? Was für eine seltsame Frage. Die meisten Leute hielten ihn für einen intellektuellen Schwindler und ein unverbesserliches Ekel, aber niemand hielt ihn für fähig, einen Mord zu begehen. Er war viel zu weich dafür, ein Feigling. Zufälligerweise hatte Jubal in der Woche, in der Noreen nach Arizona fuhr, den Vorsitz einer dreitägigen Konferenz mit dem Titel *Der Kalte Krieg: Notwendigkeit oder Erfindung?* übernommen. Diese wurde von 92 Teilnehmern aus Universitäten in 16 Bundesstaaten besucht. Er hatte die Veranstaltung organisiert und war die ganze Zeit über anwesend. Sogar seine späten Abendstunden waren zweifellos verplant gewesen, wenn man bedenkt, dass viele Frauen an der Konferenz teilnahmen, die alle zwar mit Jubals sorgfältig aufgebautem Image vertraut waren, aber nicht mit der dahintersteckenden Realität. Tatsächlich war Noreen in der letzten Nacht der Konferenz getötet worden, die mit einer Party endete, die bis nach ein Uhr morgens dauerte. Zu diesem Zeitpunkt war sie bereits im fernen Scottsdale entführt und ermordet worden.

Nach Mrs. Nozawas Berechnungen war Lucas Drackman, ein Mann von außergewöhnlicher Integrität und Brillanz, Mitglied des dritten Jahrgangs gewesen, als Dr. Mace-Maskil Witwer geworden war. Es wäre interessant gewesen zu wissen, ob Noreen eine umfangreiche Lebensversicherung abgeschlossen und über ein beträchtliches Vermögen verfügt hatte, das unabhängig von dem ihres Mannes und durch ihr Testament an ihn übergegangen war.

Mrs. Nozawa hoffte, dass Mr. Tamazaki von der *Daily News* sie nicht bitten würde, diesen beiden faszinierenden Fragen nachzugehen. Obwohl sie dieses kleine Abenteuer genossen hatte, verspürte sie nicht den Wunsch, ihre unternehmerischen Bemühungen aufzugeben, um Detektivin zu werden, was eine äußerst deprimierende Beschäftigung sein konnte.

Als Mrs. Nozawa sich von Irinka verabschiedete und den Hörer auflegte, legte Toshiro Mifune seinen riesigen Kopf auf ihren Schoß, und sie streichelte ihn hinter den Ohren. Sie sagte ihm, dass er ein guter Hund sei, der beste aller Zeiten, und dass die Welt ein unermesslich besserer Ort wäre, wenn die Menschen mehr wie Hunde wären. Selbst für einen Labrador Retriever war Toshiro recht groß, aber bei entsprechender Motivation war er in der Lage zu schnurren.

64

Das Gemälde, das mich bis ins Mark erschütterte, war wunderschön, und all diese Jahre später halte ich es immer noch für ein Meisterwerk. Der Künstler, Carel Fabritius, ein Niederländer, war möglicherweise ein Schüler Rembrandts. Im Alter von 32 Jahren wurde er zusammen mit all seinen Gemälden bis auf einige wenige in die Luft gesprengt, als 1654 die Schießpulverfabrik in Delft explodierte und ein Drittel der Stadt dem Erdboden gleichmachte.

Dieses recht kleine Gemälde trug den Titel *Der Distelfink*. Es gilt als das beste Gemälde mit einem Vogelmotiv aus diesem Jahrhundert. Den Hintergrund bildet eine sonnenbeschienene Wand, und an dieser Wand hängt ein vielleicht 25 mal 15 Zentimeter großer Futterkasten, auf dem der kleine Vogel hockt. Der Fink ist durch eine feingliedrige Kette an einem seiner Füße an den Kasten gefesselt. Diese Kette ist höchstens einen halben Meter lang und erlaubt es ihm, seine Flügel zu testen und zu fliegen, nur um seine Position auf dem Kasten zu ändern, was ihn im Vergleich zu einem Sittich in einem großen Käfig zu einer deutlich eingeschränkteren und elenderen Existenz verurteilt.

Die Grausamkeit der Gefangenschaft des Finken, die gedankenlose Verleugnung seiner geflügelten Natur durch seinen Hüter, quält das Herz, sofern man eines hat, das gequält werden kann. Aber die Lebensumstände des Vogels waren nur ein Grund, warum mich das Gemälde erschütterte. Das Tier hob wachsam den Kopf und wandte ihn dem Betrachter zu, in der Welt des Gemäldes seinem Hüter. Etwas in seiner Haltung verwies darauf, dass er sich zwar fesseln ließ, durch seine Fesseln jedoch nie gebrochen werden konnte. Seine Haltung deutete auf ein stoisches Leiden hin, das mich bei zu langer Beschäftigung damit zu Tränen gerührt hätte.

Aber das war noch nicht ganz das, was mich so betroffen machte. Was mich zum Zittern brachte, war sein rechtes Auge. Auf dem Gemälde war das linke Auge verschattet, aber im rechten schimmerte ein flüssiger Lichttropfen, ein einfaches, aber meisterhaftes Detail, das mich davon überzeugte, dass dieser gemalte Vogel tatsächlich sehen konnte.

Sein Blick war direkt, aber noch mehr als das. Das Auge hatte eine Tiefe, als ob nicht nur der Vogel durch dieses Auge seinen Hüter ansah, sondern als ob *die gesamte Natur* sehen konnte und um die extreme Grausamkeit dieser Gefangenschaft wusste.

Nein, nicht nur das.

Plötzlich wusste ich, was das Bild für mich bedeutete, und ich glaubte auch zu wissen, was es für den Maler bedeutet hatte. Viele, die an Gott glauben, sind auch der Auffassung, dass er nicht nur der Schöpfer der ganzen Natur, sondern dass er *in ihr* ist, dass er überall bei uns ist, auf eine Art und Weise, die sich unserem einfachen Verständnis entzieht, und dass er überaus geistesgegenwärtig und fürsorglich ist. Im rechten Auge des Finken sah ich, wie der Vogel seinen Hüter anschaute, wie die ganze Natur ihn anschaute, aber durch dieses feuchte und fühlende Auge blickte auch der Schöpfer des Hüters. Er beobachtete, sah und liebte ihn für sein Potenzial, beklagte aber auch seine Grausamkeit. Liebe und Trauer prägten dieses Auge, und es betrachtete mich ebenso wie den Hüter des Vogels, betrachtete mich und kannte das Gute und das Schlechte in mir, kannte meinen Mut, aber auch meine Feigheit, kannte die Lügen, die ich erzählt hatte. Damals, als ich ein verwirrter zehnjähriger Junge war, konnte ich all dies vielleicht nicht in Worte fassen, aber ich verstand es: Wie der Vogel war auch ich angekettet, und die Glieder der Kette waren meine Lügen, sodass ich sowohl Vogel als auch Hüter war, gefesselt und gefährdet durch mein eigenes Handeln.

Amalia bemerkte, dass ich heftig zitterte. »Jonah, was ist los?«

»Nichts. Ich weiß nicht. Gar nichts. Es geht mir gut.«

»Du zitterst ja wie Espenlaub.«

Zuvor war mir aufgefallen, dass die Ausstellung uns so fasziniert hatte, dass wir nicht zu Mittag gegessen hatten. Jetzt schaute ich auf die Uhr und sagte: »Wir haben nichts gegessen. Es ist zwei. Ich bin am Verhungern, glaube ich. Das wird's sein. Ich bin verdammt hungrig. Lasst uns einen Imbiss suchen. Ich brauche einen Hotdog.«

»Was bedeutet das Bild für dich?«, erkundigte sich Malcolm, als ich mich vom *Distelfink* abwandte.

»Ich weiß noch nicht. Ich werde es mir noch mal ansehen müssen. Vielleicht finde ich es raus, wenn ich nicht mehr so hungrig bin. Geht's euch nicht genauso?«

Ein Raum nach dem anderen mit weißen Marmorböden, breite weiße Marmorstufen hinunter, über noch mehr glänzende Böden … Ich hatte nicht geglaubt, dass wir so weit gekommen waren, und ich fragte mich, ob Amalia sich wirklich an den Weg zum Ausgang erinnerte oder ob wir uns in einem Labyrinth befanden, in dem wir wie in einer Folge von *Twilight Zone* immer wieder im Kreis gingen. Aber dann gelangten wir zu den Kassen, wo wir unsere Tickets gekauft hatten, und die Türen waren gleich dahinter.

Ich schwitzte schon, bevor wir die klimatisierte Pinakothek verließen, und obwohl der Tag warm war, war er nicht heiß genug, um den Schweiß auf meinem Gesicht zu erklären.

Während wir uns auf die Suche nach einem Imbissstand machten, sagte Amalia: »Bist du sicher, dass es nur Hunger ist, Jonah? Ich glaube das nicht so ganz.«

»Doch, das ist es. Wirklich. Ich muss einfach nur was essen.«

Malcolm sagte: »Unsere Tickets haben einen Datumsstempel. Wir können nach dem Mittagessen wieder reingehen.«

Ich hatte für diesen Tag genug von Kunst, aber das sprach ich nicht aus.

Wir fanden einen Hotdog-Verkäufer und kauften für jeden zwei Stück und eine Pepsi. Inzwischen waren wir in der Nähe des Gerichtsgebäudes, neben dem ein kleiner Park lag. Wir setzten uns dort nebeneinander auf eine Bank und aßen zu Mittag. In der Hoffnung auf fallende Krümel stolzierten Tauben hin und her und beäugten uns, allerdings weniger eindringlich, als der *Distelfink* mich gemustert hatte.

Mein Zittern und meine Schweißausbrüche verschwanden, als ob der Hunger die einzige Ursache für sie gewesen wäre. Das freute Amalia.

Ich tat so, als würde mich das Gerichtsgebäude faszinieren, und fragte, ob es so sei wie die im Fernsehen. Sie antwortete, es sei riesig und wegen seiner prächtigen Architektur sehenswert. Als wir alle öffentlichen Plätze erkundet hatten, mussten wir uns beeilen, um den 15:20-Uhr-Bus an der Ecke National Avenue und 52nd Street zu erwischen.

Auf dem Heimweg machte ich mir Sorgen und fragte mich, wann die Axt fallen würde. Und damit meinte ich nicht Malcolms Saxofon.

65

Mrs. Nozawa rief in der Leichenhalle der *Daily News* an, um mit Mr. Yabu Tamazaki zu sprechen, aber er war schon gegangen. Sie hinterließ keine Nachricht, denn er hatte angedeutet, dass seine Ermittlungen Diskretion erforderten. Er hatte sie angewiesen, keine Nachricht zu hinterlassen, wenn jemand anderes als er ans Telefon ging. Sie rief ihn in seiner Wohnung an, ließ es klingeln und klingeln, aber er nahm den Hörer nicht ab und hatte offenbar keinen Anrufbeantworter.

Gerade in diesem Moment erhielt sie einen Anruf wegen eines Heizungsausfalls in dem Wohnhaus, das ihr und ihrem Mann gehörte. Als sie Mr. Nozawa in der Autowaschanlage anrief, erfuhr sie, dass er bereits mit einem größeren Problem beschäftigt war, das den Abfluss in Anlage 2 betraf. Um den Heizkessel würde sie sich selbst kümmern müssen.

Mr. Nozawa kam um 21:10 Uhr nach Hause und brachte eine mittelgroße Peperoni-Käse-Pizza und eine Familienportion Salat aus einer Pizzeria mit. Als Mrs. Nozawa 20 Minuten später eintraf, gab sie dem geduldigen Hund erst einmal sein verspätetes Abendessen und ging mit ihm in den Garten, damit er sein Geschäft verrichten konnte. Als sie Toshiro Mifunes Pfoten vor dessen Rückkehr ins Haus mit einem feuchten Tuch abgewischt hatte, stellte sie fest, dass es bereits zu spät war, Mr. Tamazaki anzurufen. Außerdem brauchte sie unbedingt etwas Pizza – und guten Rotwein.

Während sie am Küchentisch aßen, erzählten sie einander von ihrem Tag. Sie schlug vor, am nächsten Abend ihre jüngere Tochter an der Northwestern, ihre ältere

Tochter in Yale und ihren Sohn an der UCLA anzurufen und ihnen einzuschärfen, dass sie, falls sie in ihren Kursen Professoren hatten, die zerknitterte Kaki-Kleidung mit aufgesetzten Taschen und T-Shirts mit rätselhaften Buchstabengruppen trugen, diese Kurse abbrechen und sich Alternativen suchen sollten. Mr. Nozawa stimmte seiner Frau zu.

66

Seit wir bei Grandpa Teddy eingezogen waren, hatte ich das Lucite-Herz mit der darin eingeschlossenen Feder in der *La Florentine*-Dose aufbewahrt, anstatt es immer in der Hosentasche mitzuführen. Ich nehme an, dass ich mich im Haus meines Großvaters eine Zeit lang sicherer gefühlt habe als in der Wohnung. Die gleiche Erfahrung hatte ich schon einmal gemacht: Sobald alle Bedrohungen zumindest ein wenig nachzulassen schienen, neigte ich dazu, den Anhänger als bloße Kuriosität zu betrachten, als Schmuck, den ein Junge niemals tragen würde und der in meiner Tasche zu viel Platz beanspruchte. Aber wenn ich mich in großer Gefahr wähnte, erschien der Anhänger wieder magisch und bot den ultimativen Schutz gegen die vielen Formen der Dunkelheit, die uns in dieser Welt bedrängen können.

An jenem Donnerstagabend war mir die Erfahrung der Pinakothek noch frisch im Gedächtnis, ebenso wie alles, was seit der Antikriegsdemonstration und den Bombenanschlägen am City College am Montag geschehen war. Außerdem hatte ich noch den Besuch von Miss Pearl und ihre Warnung an mich am Mittwoch in Erinnerung. Unter dem Eindruck all dessen dachte ich an Albert Solomon

Gluck, den Taxifahrer und angehenden Komiker, sowie an den Anhänger, den er meiner Mutter geschenkt und den sie mir gegeben hatte. Ich holte die *La Florentine*-Dose von meinem Nachttisch, öffnete sie und fischte den Anhänger zwischen den anderen Gegenständen hervor.

Als ich ihn an der silbernen Kette baumeln ließ, traute ich meinen Augen nicht. Die winzige weiße Feder hatte sich goldbraun verfärbt, was genau der Farbton des Vogels in dem Gemälde war, das mich so stark berührt hatte. Ich hielt das Lucite-Herz in meiner Handfläche und schob es unter den Schirm der Nachttischlampe, aber im stärkeren Licht leuchtete die Feder in einem noch helleren Goldton als zuvor. Auch als ich sie aus dem direkten Licht nahm und vor meine Augen hielt, behielt sie die intensivere Farbe, die sie unter der Lampe angenommen hatte. Sie schien sogar zu glühen.

Neugierig legte ich mir die Kette um den Hals, ob es sich nun um Mädchenschmuck handelte oder nicht. Das Herz hing mir tief auf der Brust, schwer, aber nicht unangenehm. Ich steckte es unter mein Schlafanzugoberteil und erwartete halb, dass ein schwaches goldenes Licht den Stoff durchdringen würde, aber das tat es nicht.

Ich wusste nicht, was ich von dieser Entwicklung halten sollte, aber ich wusste, dass sie von enormer Bedeutung sein musste.

Ich habe nie auch nur einen Gedanken daran verschwendet, dass der Klebstoff, der die beiden Lucite-Hälften zu einem einzigen Herz zusammenfügte, mit dem Alter nachgedunkelt sein konnte. Wenn das der Fall war, wäre nicht nur die Feder, sondern auch die gesamte Fläche zwischen den beiden Herzhälften vergilbt, aber das war sie nicht. Außerdem sahen die Fahnen der Feder, die sich auf beiden Seiten des Schafts ausbreiteten, so weich aus wie zuvor, als wären sie nicht geklebt worden, sondern existierten in einem flachen Hohlraum in der Mitte des Herzens, den der Kleber nicht berührte.

Das Geschenk des Taxifahrers hatte an dem Tag, an dem ich es erhielt, magisch gewirkt, und auch bei einigen anderen Gelegenheiten, so auch in dem Moment, als ich zum ersten Mal sah, dass sich die weiße Feder in Gold verwandelt hatte. Jetzt aber, nur zwei Minuten später, als ich mein Herz unter dem stillen, klareren Herzen an der Kette schlagen hörte, spürte ich, dass das Wort *magisch,* obwohl es unzählige Gedanken an wundersame und geheimnisvolle Dinge hervorrief, vielleicht unzureichend oder sogar falsch war. Ich spürte, dass dieser Anhänger mehr als nur magisch sein musste, obwohl ich nicht sagen konnte, worum es sich sonst handelte. Für einen zehnjährigen Jungen hatte ich eine schnelle Auffassungsgabe, aber einige Dinge entgingen mir doch. Der Schmuck, Miss Pearl, so vieles, was in den letzten zwei Jahren geschehen war, *Der Distelfink* und sogar in geringerem Maße Vermeers *Mädchen mit einem roten Hut* und Jacob van Ruisdaels *Weizenfelder,* all das hatte etwas Magisches an sich. Aber es war noch etwas unermesslich Tieferes und Fremdartigeres als Magie: selbst die alltäglichen Momente wie das Frühstück mit Mom im Royal, das Kartenspielen mit ihr am Küchentisch, der riesige Raum voller geschäftiger Schneider bei Metropolitan Suits, Mr. Yoshioka und die Sicherheitskette, die in meiner Erinnerung wie Gold statt wie Messing glänzte, die Elfenbeinstatue der Hofdame in ihrem 19-lagigen zeremoniellen Kimono, Grandpa Teddy mit der

Packung Juicy-Fruit-Kaugummi, während die Krähen auf dem Bürgersteig tanzten …

Obwohl ich mich mit dem Anhänger um meinen Hals sicherer fühlte und genau wusste, dass es sich nicht nur um nutzloses Juju handelte, fühlte ich mich nicht völlig sicher. Ich konnte mich des Eindrucks nicht erwehren, dass die Verwandlung der Feder von Weiß in Gold das Herannahen eines Moments, eines Ereignisses, einer Krise bedeutete. Ich bewegte mich schon seit dem Tag auf diese Krise zu, an dem man mir meine acht Namen gegeben hatte – Kirk nicht mitgerechnet –, denen ich niemals gerecht werden konnte, selbst wenn ich so alt würde wie Methusalem.

Obwohl das warme Zimmer an diesem Juliabend gelüftet werden musste, obwohl ich mir das bleiche Gesicht, das ich in der Nacht zuvor am Fenster gesehen zu haben glaubte, höchstwahrscheinlich eingebildet hatte, stieg ich aus dem Bett und zog den unteren Fensterflügel zu. Verriegelte das Fenster. Zog die Vorhänge zu.

67

Als Mr. Yoshioka am folgenden Nachmittag um kurz vor 14 Uhr zu Fuß von der drei Blocks entfernten Bushaltestelle kam, trug er einen dreiteiligen, gestreiften Sommeranzug und brachte zwei Pappteller mit, die zu einem Behälter zusammengeklebt waren. Er überreichte mir diesen Behälter, als ich mich von dem Stuhl auf der Veranda erhob, wo ich auf ihn gewartet hatte.

»Ich möchte dir sechs Kokosnusskekse mit Schokoladensplittern schenken, die ich selbst gebacken habe und von denen ich hoffe, dass sie dir schmecken werden.«

»Dann backen Sie also neuerdings?«, fragte ich.

»Ich habe mich von den Kreationen deiner Mutter inspirieren lassen. Und ich finde, dass Backen etwas sehr Entspannendes hat.«

»Sollen wir jetzt schon einen essen?«

»Dagegen hätte ich nichts einzuwenden.«

Ich stellte den Behälter auf einen kleinen Tisch zwischen den Stühlen. »Was kann ich Ihnen zu trinken bringen? Ich kann immer noch keinen guten Tee kochen.«

Er lächelte und nickte, um mir zu zeigen, dass das Fehlen von Tee ihn nicht enttäuschte. »Ich habe auch eine Vorliebe für Coca-Cola entwickelt, falls du welche hast.«

Ich brachte zwei Flaschen Cola, zwei Gläser mit Eis und ein paar Papierservietten auf einem Tablett. Wir setzten uns nebeneinander, mit dem Tisch zwischen uns. Als ich das Klebeband löste und den Deckel des improvisierten Behälters öffnete, ließ mir der Duft der Kekse das Wasser im Mund zusammenlaufen. »Die riechen fantastisch.«

»Ich habe die Backanleitung in einer Zeitschrift gefunden, von der ich gehört habe, dass sie sehr angesehen ist. Nachdem ich zwei Portionen gebacken hatte, die nicht gut genug waren, habe ich das Rezept etwas abgeändert.«

Die Kekse schmeckten noch besser, als sie rochen. »Die sind echt toll. Sie sollten einen Keksladen aufmachen oder so.«

»Ich bin zwar nur ein Schneider, aber ich habe darüber nachgedacht, der Zeitschrift zu schreiben und ihnen mein korrigiertes Rezept zu schicken. Ich befürchte aber, dass sie es nicht mit Wohlwollen aufnehmen werden. Es ist schön, dich wiederzusehen, Jonah.«

»Es ist auch schön, Sie zu sehen. Wirklich.«

»Das ist ein schönes Haus und eine hübsche Straße, mit all diesen Bäumen. Ich wünsche mir sehr, dass du hier glücklich bist.«

»Das bin ich«, erwiderte ich, um ihn nicht mit meinen Sorgen zu belasten. In Wahrheit konnte ich nichts von meinen neuesten Sorgen mitteilen, ohne ihm das letzte Geheimnis zu verraten, das ich ihm noch verschwieg – Miss Pearl. Ich hatte immer noch das Gefühl, dass ich mit niemandem über sie sprechen sollte, dass ihre Besuche bei mir in gewisser Weise heilig waren.

Wir sprachen einige Minuten über alltägliche Dinge. Dann berichtete er mir davon, wie Mr. Tamazaki von der *Daily News* sich an den buddhistischen Nishi-Hongwanji-Tempel in Los Angeles gewandt hatte und wie er auf diesem Weg Setsuko Nozawa in Charleston, Illinois, gefunden hatte. Am Tag zuvor, am Donnerstag, hatte Mr. Tamazaki Mr. Yoshioka einen ausführlichen Bericht über Mrs. Nozawas Entdeckungen gegeben und war dann voller Begeisterung zu einem dreitägigen Urlaub nach Asbury Park, New Jersey, aufgebrochen.

Mr. Yoshioka vertraute mir an, dass er Asbury Park für einen unpassenden Urlaubsort für Mr. Tamazaki hielt, denn dieser war schüchtern, weder ein Schwimmer noch ein Sonnenanbeter, und hatte keinerlei Interesse an den für gewöhnlich albernen Beschäftigungsmöglichkeiten, die in Badeorten zur Verfügung standen. Da Mr. Tamazaki jedoch im vergangenen Jahr unabhängig vom Wetter bereits fünfmal nach Asbury Park gefahren war, konnte man vermuten, dass es nicht die Stadt war, die ihn anzog, sondern dass er romantische Gründe für diese Reisen hatte.

Mr. Yoshioka sagte: »Ich glaube, dass er in der Mitte seines Lebens eine große Zuneigung zu einer Frau entwickelt hat, die zum Unglück für sie beide in einiger Entfernung von ihm wohnt. Aber diese Unannehmlichkeit ist eine Kleinigkeit, wenn er die Liebe in einer Welt gefunden hat, in der es so wenig davon gibt.«

Mr. Yoshioka teilte mir alles mit, was Setsuko Nozawa erfahren hatte. Natürlich wusste er nicht, dass sie noch einmal versucht hatte, Yabu Tamazaki zu erreichen, und in den letzten 24 Stunden wiederholt angerufen hatte, nachdem der Kurator des Leichenschauhauses nach Asbury Park aufgebrochen war. Sie war nicht in der Lage gewesen, die Neuigkeiten über Dr. Mace-Maskils sonderbaren Besuch in ihrem Laden oder die Indizien weiterzugeben, die darauf hindeuteten, dass er sich mit Lucas Drackman verschworen hatte, um Mrs. Mace-Maskil ermorden zu lassen. All das würden wir erst mit der Zeit erfahren, denn wir lebten damals noch nicht im Zeitalter von Handys und SMS.

»Ich habe all dies an Mr. Nakama Otani weitergegeben, der wieder einmal involviert ist. Er wird die Fakten von Mrs. Nozawa mit anderen Informationen, die er in letzter Zeit gefunden hat und noch findet, koordinieren, und wenn er glaubt, dass er genug überzeugende Indizien gesammelt hat, wird er zu seinen Vorgesetzten gehen und versuchen, einen aktiven Fall zu eröffnen.«

Halb benommen von all diesen neuen Entwicklungen fragte ich: »Wer sind seine Vorgesetzten, wo arbeitet er?«

»Mr. Otani ist bei der Mordkommission.«

»Aber Sie wollten doch nicht zur Polizei gehen.«

Nachdem er einen Schluck Coca-Cola getrunken hatte, erwiderte Mr. Yoshioka: »Ich bin nicht zur Polizei gegangen,

Jonah. Ich bin zu Mr. Otani gegangen, nicht in seiner Eigenschaft als Polizeibeamter, sondern als Mitgefangener von Manzanar.«

»Oh.«

»Meine Erlebnisse im Umsiedlungslager haben mich misstrauisch gegenüber der Polizei gemacht. Mr. Otani hat jedoch etwas ganz anderes aus dieser Erfahrung gelernt. Weil dasselbe Rechtssystem, das uns misshandelt hatte, uns nach wenigen Jahren unsere Bürgerrechte zurückgab, entwickelte Mr. Otani großen Respekt vor diesem System und beschloss, selbst Polizist und schließlich Detective zu werden. Ich habe lange darüber nachgedacht, und ich muss zugeben, dass er ein besserer Mensch ist als ich.«

Es gefiel mir nicht, ihn das sagen zu hören. Tatsächlich konnte ich es nicht ertragen, es zu hören. »Er ist kein besserer Mensch als Sie. Sie haben nur … Nun, Sie haben dort mehr verloren als er.«

Er starrte mich einen Moment lang schweigend an und blickte dann zu den Ahornbäumen, die in der schwachen Brise zitterten und so grün waren. Schließlich sagte er: »Du überraschst mich oft, Jonah.«

»Na, das ist doch bloß die Wahrheit. Habe ich was Falsches gesagt?«

»Nein, das hast du nicht. Ja, es ist die Wahrheit. Mr. Otani hat in dem Lager niemanden verloren, Gott sei Dank. Aber das entschuldigt nicht mein Versäumnis, zwischen einem schicksalhaften Ereignis – dem Ausbruch des Feuers – und menschlichen Taten zu unterscheiden. Ich gab den Menschen gleichermaßen die Schuld an unserer Inhaftierung und an meinem Verlust, und das war ein Fehler, der mein Leben seither geprägt hat.«

»Fehler? Nein. Ihre Mutter und Ihre Schwester wären gar nicht erst dort gewesen, wenn die Behörden sie nicht dorthin gebracht hätten.«

»So habe ich auch gedacht, bis ich vor Kurzem eingesehen habe, dass ich mich geirrt habe.«

»Mann, Sie sind so hart zu sich selbst. Viel zu hart.«

Er sah mich wieder an und lächelte. »Wenn ich nicht hart zu mir bin, Jonah, wer ist es dann? Es ist nicht gut, weich zu sich selbst zu sein.«

Ich wusste nicht, was ich sagen sollte. Normalerweise hinderte mich das nicht daran, wie üblich draufloszuplappern, aber diesmal saß ich schweigend da.

Mr. Yoshioka sagte: »Polizeifotografen haben während der Demonstration am Montag am City College Hunderte von Fotos gemacht. Mr. Otani hat sie in aller Ruhe durchgesehen und Miss Delvane, Ihren Vater, Mr. Smaller, Mr. Drackman und Miss Cassidy gefunden.«

»Was, sie war auch da?«

»Es ist natürlich ihr Recht zu protestieren. Freie Meinungsäußerung.«

»Was hat es dann zu bedeuten, dass er sie gefunden hat?«

»Mr. Otani glaubt, dass Lucas Drackman unter einer falschen Identität in der Stadt lebt. Der Drackman Family Trust, über den das Vermögen seiner ermordeten Eltern auf ihn überging, ist noch immer in Illinois angesiedelt. Und in der Tat verfügt der Trust auch hier in der Stadt über Eigentum. Mr. Otani sucht jetzt nach der Adresse oder den Adressen.«

»Sie glauben, dass er dort wohnt?«

»Es könnte sein, dass er und Miss Cassidy dort wohnen und dass auch dein Vater und Miss Delvane da hingegangen sind, als sie ihre frühere Wohnung verlassen haben. Es könnte auch sein, dass Mr. Smaller jetzt dort wohnt.«

»Aber ist er denn nicht mehr in unserem Wohnhaus?«

»Er hat dort am Freitag letzter Woche gekündigt, ist ausgezogen und hat keine Nachsendeadresse hinterlassen.«

Ich drückte mir das kalte Glas Cola an die Stirn. »Ich hab das Gefühl, mein Kopf explodiert gleich.«

»Das kann kein gutes Gefühl sein. Apropos Explosionen, Mr. Otani hat auch herausgefunden, dass Miss Cassidy einen Abschluss an einer der Universitäten der Stadt gemacht hat, und zwar in Chemie.«

»Wow.«

»Wie du schon sagst, ›wow‹. Mr. Otani hofft, nicht nur nachweisen zu können, dass die fünf bei der Demonstration waren, sondern auch, dass sie unter derselben Adresse wohnen, mindestens einer von ihnen unter falschem Namen und zweifellos im Besitz eines gefälschten Ausweises. Das allein würde noch nicht ausreichen, um seine Vorgesetzten davon zu überzeugen, einen Fall zu eröffnen. Aber kombiniert mit den Informationen, die Mr. Tamazaki und kürzlich Mrs. Nozawa geliefert haben, sollte es, wie er es ausdrückte, ›ein Slam Dunk‹ sein, was, wie ich glaube, eine Anspielung auf Football ist.«

»Basketball.«

»Ah. Dann habe ich mich wohl geirrt. Wenn er also einen Durchsuchungsbeschluss bekommt, um auf dem Grundstück nach der gestohlenen Jade zu suchen, könnten die weiteren Beweise, die dabei entdeckt werden, Mr. Drackman und Miss Cassidy ins Gefängnis bringen. Nicht nur wegen des bewaffneten Raubüberfalls und Terrorismus, sondern auch wegen Mordes.«

Wenn das geschah, würde ich endlich aufhören können, mir um sie alle Sorgen zu machen, auch um meinen Vater. Denn obwohl Tilton niemanden umgebracht hatte und keine lebenslange Haftstrafe wegen Mordes bekommen würde, würde er doch für Jahre hinter Gitter kommen.

Ich nahm an, dass Grandpa Teddy und vielleicht sogar meine Mutter der Meinung gewesen wären, dass ich den Untergang und die Inhaftierung meines Vaters bedauern sollte, anstatt sie zu feiern.

Aber da würde ich sie enttäuschen müssen. Das Beste, was sie erwarten konnten, war, dass ich mich vielleicht nicht so sehr freuen würde, dass sie für meine Seele beten müssten.

»Wie schnell kann Mr. Otani seinen Chef dazu bringen, einen Fall zu eröffnen?«

»Er denkt, dass er alles, was er braucht, bis Samstagmittag haben wird.«

»Morgen.«

»Ich werde dich auf dem Laufenden halten. Ich hoffe, dir ist klar, was wir tun müssen, wenn Mr. Otanis Vorgesetzte zustimmen, so zu verfahren, wie er es wünscht.«

Sein Blick war direkt und seine Miene drückte höfliche Besorgnis aus, wenn auch auf ebenso minimalistische Weise, wie es bei ihm meistens der Fall war. Aber ich ahnte, dass das, »was wir tun mussten«, etwas sein würde, das für mich äußerst unangenehm war.

Als ich nicht von selbst darauf kam, klärte er mich auf: »Wenn der Fall eröffnet wird und die Polizei vor Gericht geht, um einen Durchsuchungsbeschluss zu erwirken, muss ich hierher zurückkehren, damit wir beide uns mit deiner Mutter zusammensetzen und ihr alles offenlegen können, was du ihr verschwiegen hast und was du und ich gemeinsam getan haben.«

Ich fühlte mich so, wie ich mir vorstellte, dass sich Männer fühlten, die in der Todeszelle saßen. »Alles?«

»Ja, Jonah, es gibt keine andere Wahl.«

»Vielleicht doch.«

»Nein, die gibt es nicht.«

»Sind Sie sicher?«

»Ich bin mir ganz sicher. Und du weißt es auch.«

Ich konnte seinem festen Blick nicht standhalten und dabei weiterhin so tun, als gäbe es eine andere Möglichkeit. Aber selbst als ich den Blick abwandte, konnte ich diesen Schein nicht mehr aufrechterhalten. »Na gut. Okay. Sie haben recht. Aber … O Mann, das wird ein Blutbad.«

Er runzelte die Stirn. »Du glaubst doch wohl nicht, dass deine Mutter, die so eine gute Frau ist, zu Gewalt greifen würde?«

»Nein, Sir. Ich habe nur … übertrieben. Ich schätze … Angst regt meine Fantasie an. Ich habe eine lebhafte Fantasie.«

»Falls es dich tröstet: Ich versichere dir, dass ich mein Bestes tun werde, deiner Mutter verständlich zu machen, dass deine Gründe, sie so oft zu täuschen, größtenteils ehrenhaft waren und ansonsten auf die Dummheit der Jugend zurückzuführen sind.«

Ich erwiderte sein Stirnrunzeln. »Danke. Oder so.«

»Ich sollte jetzt gehen.« Er erhob sich vom Stuhl, rückte seine Hemdmanschetten, seinen Mantel, seine Krawatte und sein Einstecktuch zurecht, und als er aussah, als würde er in eine Zeitschriftenwerbung gehören, lächelte er mich an. »Ich muss dir sagen, Jonah, dass ich dieses Abenteuer, das wir zusammen erlebt haben, trotz der Unruhe und des Stresses, den es manchmal verursacht hat, sehr genossen habe.«

Ich erwiderte: »Ich auch«, und meinte es auch so.

Er verbeugte sich vor mir und ich mich vor ihm.

Er reichte mir die Hand und ich schüttelte sie.

Fast hätte ich meine Arme um ihn geworfen und ihn fest umarmt, aber ich wusste nicht, was er davon halten würde, ob es ihm peinlich sein könnte. Also hielt ich mich zurück. Eine Sache mehr, die ich schließlich bedauern würde.

»Ich werde höchstwahrscheinlich anrufen. Egal ob du gerade allein bist oder nicht.«

»Ja. Ich weiß. Ich verstehe.«

Er ging die Stufen hinunter, den Gehweg entlang, bog nach links ab und machte sich auf den Weg zurück zur Bushaltestelle an der Hauptstraße.

Wie ich Miss Pearl am Mittwoch beobachtet hatte, bis sie in die entgegengesetzte Richtung verschwunden war, so beobachtete ich jetzt auch Mr. Yoshioka. Als er in der Sommerhitze verschwand, wurde mir klar, dass ich ihn in den letzten Monaten nicht mehr als kleinen Mann wahrgenommen hatte, sondern dass er, jedes Mal wenn ich ihn sah, größer geworden zu sein schien.

Ich räumte den Tisch auf der Veranda ab, spülte die Gläser, die wir benutzt hatten, packte die vier verbliebenen Kekse in eine Plastiktüte und versteckte diese in meiner Nachttischschublade, um nicht erklären zu müssen, woher ich sie bekommen hatte. Eine letzte Täuschung.

68

Wir erfuhren schließlich, dass Setsuko Nozawa in derselben Stunde, in der Mr. Yoshioka mich besucht hatte, erneut versucht hatte, Mr. Tamazaki von der *Daily News* zu erreichen. Sie erfuhr, dass er im Urlaub war und am Montag zurückkehren würde. Er hatte geglaubt, dass ihr Bericht an ihn vollständig war, und sie hatte das auch angenommen, bis der verrückte Professor aufgetaucht war wie eine seltsame Sid-Caesar-Figur aus der alten Sendung *Your Show of Shows.* Die neuen Informationen, die sie erhalten hatte, würden für den Reporter wertvoll sein, aber da all dies mit Ereignissen zu tun hatte, die Jahre zurücklagen, glaubte sie, dass sie für ihn am Montag nicht weniger wertvoll sein würden als jetzt.

Wir konnten damals nicht wissen, dass der kommende Montag der Tag sein würde, an dem sich so viele Leben für immer veränderten – oder zu Ende gingen.

Anderswo in Charleston, Illinois, im stattlichen georgianischen Haus von Dr. Jubal Mace-Maskil, war der Professor erst am Nachmittag aufgestanden. Obwohl er nüchtern war, hatte er ein mulmiges Gefühl. Er fühlte sich auch, als hätte man ihn verprügelt, aber sein Geist war klar.

Später erfuhren wir in allen Einzelheiten, was Dr. Mace-Maskil in jenen Tagen gedacht und getan hatte. Als er von der Polizei verhört wurde, erwies sich der Professor im Laufe der Zeit und gegen den Rat seines Anwalts als ein redseliger Selbstdarsteller, der fast so sehr von Selbstmitleid motiviert war wie von einem Gefühl seiner historischen Bedeutung für die utopischen Bewegungen seiner Zeit.

Jetzt, als er nüchtern war, dachte er an die illegalen Substanzen zurück, die er am Vortag konsumiert hatte.

Bei genauerem Nachdenken wurde ihm klar, was er falsch gemacht hatte, welche verruchte Kombination von Drogen ihn in einen Abgrund der Paranoia gestürzt hatte. Als er von Mrs. Nozawas Besuch im Alumni-Büro gehört hatte, war er zu dem lächerlichen Schluss gekommen, dass Lucas als Auftragsmörder entlarvt werden würde. Eigentlich war der Junge nur ein gewöhnlicher Mörder, denn er tötete nicht immer für Geld. Tatsächlich hatte er sich geweigert, seinen geliebten Mentor für die Beseitigung der lästigen Noreen Wallis Mace-Maskil, ehemals Noreen Wallis Norville von den Norvilles aus Grosse Pointe, bezahlen zu lassen. »Sie sind mir einfach was schuldig«, hatte Lucas gesagt und sein Geld nicht angenommen. Das hatte Jubal nur so lange gefreut, bis er sich im Laufe der Zeit zu fragen begann, was dieses »was« wohl sein könnte.

Er hatte geglaubt, dass Lucas sich Der Sache verschrieben hatte – Jubal schrieb es in Gedanken immer groß –, aber in den vier Jahren seit dem Abschluss seines Studiums hatte der Junge die meiste Zeit damit verbracht, sich von weltlichen Gelüsten ablenken zu lassen. Ab und zu hatte Lucas etwas Sinnvolles getan – einen Zug entgleisen lassen, Sabotageakte verübt, einen ahnungslosen Polizisten mit einem gezielten Schuss in den Hinterkopf getötet. Aber gemessen an seinem scharfen Verstand und seinem Potenzial war er ein Versager.

In letzter Zeit hatte Dr. Mace-Maskil die Befürchtung, dass Lucas weniger an Der Sache interessiert war als daran, enorme Risiken einzugehen, hauptsächlich aus Spaß. Schließlich hatte er den Polizisten auf einer belebten Straße vor einem chinesischen Restaurant erschossen, wo es potenzielle Zeugen gab, und damit eine unerwartete

Gelegenheit genutzt. Blitzschnell berechnete er die Sichtverhältnisse, stellte fest, dass es einen toten Winkel gab, erschoss den Polizisten, stieß die Pistole in die Manteltasche eines stark behaarten, verwirrten Obdachlosen und schrie: »Ich hab ihn erwischt, ich habe den Bastard erwischt, kommt und helft mir!« Als ein paar Männer zu ihm stießen, um den verängstigten Penner zu überwältigen, nutzte er die Verwirrung, um sich aus dem Staub zu machen. Er hielt sich für überlegen, für ein Mitglied von Nietzsches Herrenrasse, und es schien ihm regelmäßig ein Bedürfnis zu sein, seine Überlegenheit zu beweisen, indem er ein unerhörtes Risiko einging und damit durchkam.

Wenn Lucas einen Zug entgleisen ließ oder einen Polizisten auf offener Straße erschoss, nur um seine Überlegenheit zu beweisen, anstatt sich die Zeit zu nehmen und eine größere Aktion zu planen, bei der man viel sicherer sein konnte, dass keine Beweise zu den Tätern führten … Nun, ein solcher Leichtsinn brachte auch den Professor in Gefahr. Er hatte einige Jahre gebraucht, um zu erkennen, dass Lucas, wenn er verhaftet und nur wegen eines einzigen Mordes verurteilt würde, eine Strafmilderung aushandeln könnte, indem er andere verriet, die die Machthaber ohnehin schon im Visier hatten. Wie Dr. Jubal Mace-Maskil. Das »was«, das er seinem ehemaligen Schüler schuldete, konnte ihm zum Verhängnis werden, wenn dies Lucas' Haft um ein paar Jahre verkürzte oder dem Jungen im Gefängnis bestimmte Privilegien verschaffte.

Im Licht des neuen Tages und in der grausamen Umklammerung der Nüchternheit begriff der Professor so deutlich wie nie zuvor, dass seine Freiheit davon abhing, dass auch Lucas in Freiheit blieb. Deshalb hatte er das

Gefühl, dass er seinen ehemaligen Studenten unverzüglich anrufen und ihm von Mrs. Nozawas merkwürdigem Besuch im Alumni-Büro berichten sollte. Jedes Mal wenn Lucas seine Telefonnummer änderte, gab er seinem Mentor die neuen Kontaktinformationen, ohne jedoch eine Adresse oder ein Postfach anzugeben. Wenn er von Mrs. Nozawas Interesse an ihm erfuhr, würde Lucas höchstwahrscheinlich nach Charleston kommen. Er würde die Frau an einen ruhigen und privaten Ort bringen wollen, um herauszufinden, was ihre wahren Absichten waren, denn diese hatten sicher nichts mit einer guten Tat zu tun, für die man ihm nicht gebührend gedankt hätte.

Zweimal nahm der Professor den Hörer ab und begann, Lucas' aktuelle Nummer einzugeben, aber beide Male legte er wieder auf, nachdem er weniger als die Hälfte der Ziffern gedrückt hatte. Dr. Mace-Maskil war drogenfrei und sein Verstand drehte sich nicht mehr in einem Tornado der Paranoia, aber er war klug genug, um in dieser Situation eine echte Gefahr für sich selbst zu erkennen, falls sein ehemaliger Student nach Charleston zurückkehrte, um Informationen aus der Königin der chemischen Reinigung herauszuquetschen. Lucas könnte nicht nur herausfinden, warum sie sich für ihn interessierte, sondern auch von dem seltsamen Besuch seines alten Professors in ihrem Geschäft erfahren. Mit diesem Auftritt hatte Dr. Mace-Maskil sich selbst zum Gegenstand des Interesses gemacht, wo er es vorher nicht gewesen war. Das nährte sicherlich die Neugier und den Verdacht dieser Frau gegenüber Lucas, wessen auch immer sie ihn verdächtigte. Im Handumdrehen konnte er für Lucas vom geliebten Mentor zur untragbaren Last werden, und nach

Lucas' Besuch in Charleston wäre die Einwohnerzahl der Stadt möglicherweise um zwei reduziert.

Der Professor beschloss, vorsichtiger zu sein und alle möglichen Konsequenzen zu bedenken, bevor er Lucas anrief. Er sagte seine Freitagsvorlesungen ab, um sich selbst Zeit zu geben, seine Optionen abzuwägen, die jeweiligen Vor- und Nachteile auszuloten und Vorkehrungen zu treffen, die der Entscheidung angemessen waren.

Obwohl er nervös und besorgt war, verweigerte Dr. Mace-Maskil sich jedes Medikament und jedes Pulver, das seine Nerven beruhigen und seine Sorgen zum Verschwinden bringen konnte.

Er war durstig, aber er mied Bourbon und Brandy und ließ den Korken in der Weinflasche.

Er bereitete die Kaffeemaschine vor. Während der Kaffee köchelte, legte er eine linierte Schreibunterlage, einen blauen und einen roten Kugelschreiber auf den Küchentisch.

Als er dort saß und darauf wartete, dass der Kaffee fertig war, fiel ihm auf, dass er sich noch nicht angezogen hatte. Er trug nur die Boxershorts, in denen er geschlafen hatte. Dieses Versehen beunruhigte ihn. Wenn seine Existenz auf dem Spiel stand, erschien es ihm nicht weniger unverantwortlich, seine Überlebensstrategie in Unterwäsche zu planen, als es splitternackt zu tun. Er ging in sein Schlafzimmer, wo er sich einen saphirblauen Seidenbademantel und geschmeidige Lederpantoffeln anzog, und kehrte mit einer listigeren und militanteren Geisteshaltung in die Küche zurück.

69

Am Samstagmorgen saßen Malcolm und ich an dem schmiedeeisernen Tisch mit gläserner Platte auf der Terrasse hinter Grandpa Teddys Haus. Wir spielten das Spiel, das bei den Jungen dieser Zeit am meisten den Wunsch nach Erfolg und Unabhängigkeit weckte: Monopoly. Wir kauften Grundstücke, bauten Häuser und Hotels und beklagten uns über die Ungerechtigkeit von Geldstrafen und unverdienten Gefängnisaufenthalten, bis das Telefon in der Küche klingelte. Ich hatte die Hintertür offen gelassen, sodass ich das Klingeln durch die Fliegengittertür hören konnte. Ich sprang sofort auf und eilte hinein in der Hoffnung, beim Abnehmen des Hörers die Stimme von Mr. Yoshioka zu hören. »Hallo?«

Er sagte: »Jonah, als ich gestern auf dem Weg zur Bushaltestelle war, ist mir aufgefallen, dass ich vergessen habe, mich für die Coca-Cola und den Keks zu bedanken.«

»Sie hatten die Kekse doch selbst mitgebracht«, erinnerte ich ihn.

»Ja, aber du hast sie mit mir geteilt und die Cola besorgt. Danke für deine Gastfreundschaft.«

»Gern geschehen. Aber … Ich hoffe, Sie haben Neuigkeiten.«

»Ich habe einige Neuigkeiten, ja, einige hoffnungsvolle und einige frustrierende. Mr. Otani hat in seiner Freizeit drei Gebäude in der Stadt ausfindig gemacht, die dem Drackman Family Trust gehören. Bevor er sich an seine Vorgesetzten wenden kann, um einen Fall anzulegen und einen Haftbefehl auszustellen, muss er herausfinden, in welchem der drei Gebäude Lucas Drackman derzeit wohnt, wenn er überhaupt in einem davon wohnt. Mr.

Otani glaubt nun, dass er nicht vor Montagnachmittag den Fall eröffnen kann.«

»Nun, ich denke, er weiß wahrscheinlich, was er tut.«

»Er weiß es sehr gut, ja. Und er wird sich das Wochenende nicht freinehmen, Jonah. Er beobachtet diese Gebäude eins nach dem anderen, bis er findet, was er sucht.«

»Okay, sicher. Es ist nur so, dass mir das unheimlich ist. Ich meine, die ganze Sache ist gruseliger als je zuvor. Ich weiß nicht, warum, aber es ist so.«

»Erinnere dich daran, was du einmal zu mir gesagt hast.«

»Hm? Was denn?«

»›Egal was passiert, auf lange Sicht wird alles gut.‹«

70

Am Samstag trat Grandpa sowohl im Kaufhaus als auch im Hotel auf. Mom musste keine Mittagsschicht einlegen, aber sie hatte zwei Termine – Vorsprechen – bei Booking-Agenten vereinbart. Sie bemühte sich immer noch, die richtige Person zu finden, die ihr einen Job als Sängerin verschaffen und sie auf einen soliden Karriereweg bringen würde. Sie würde den Großteil des Tages unterwegs sein.

Unter der Androhung, dass man ihm sonst sein Saxofon wegnehmen werde, war Malcolm gezwungen worden, seine Mutter zum Mittagessen und zu einem längeren Nachmittagsbesuch bei ihrer älteren Schwester, seiner Tante Judith, zu begleiten. Judith war gut verheiratet und lebte mit ihrem Mann Duncan und einer verwöhnten weißen Britisch-Kurzhaar-Katze namens Snowball in einem eleganten Penthouse mit Blick auf den großen Stadtpark. »Meine

Mutter hofft, dass Tante Judy sich meiner außergewöhnlichen Streberhaftigkeit erbarmt und plötzlich beschließt, mich als ihr Projekt zu betrachten und im Zuge dessen unsere ganze Familie mit Geld zu überschütten. Was nicht wahrscheinlicher ist, als dass sie Snowball brät und ihn uns zum Mittagessen serviert.«

Allein hatte ich Bücher zum Lesen, ein Klavier zum Üben und einen Fernseher, auf dem tagsüber immer leichte Komödien oder Liebesgeschichten liefen, nicht die nächtlichen Voodoo- oder Monsterstreifen, bei denen ich mich am liebsten unter mein Bett verkrochen hätte. Ich versuchte, mich zu beruhigen und mich für die eine oder andere Sache zu interessieren, aber ich hüpfte immer wieder wie eine Flipperkugel durchs Haus, prüfte mehrmals die Fenster, um sicherzugehen, dass die Fliegengitter intakt waren, ordnete die Kleidung in meinem Schlafzimmerschrank neu und legte sie dann wieder zurück, musterte das glänzende Besteck in der Küchenmesserschublade, um zu entscheiden, mit welcher Klinge ich mich am besten verteidigen könnte, falls eine Horde von Barbaren – oder Fiona Cassidy – mit mörderischer Absicht ins Haus stürmte.

Als Amalia um 15:10 Uhr an der Tür klingelte, war ich überglücklich und hoffte, dass sie ihre Klarinette mitgebracht hatte, was nicht der Fall war, und dass sie vielleicht ein Kunstbuch voller Vermeers und Rembrandts mitgebracht hatte, was ebenfalls nicht der Fall war.

»Ich habe etwa fünf Minuten Zeit, Jonah. Ich habe die Teppiche gekehrt, den Küchenboden gewischt, die Möbel abgestaubt, das Papier in Tweeties Käfig gewechselt und dabei jeden seiner bösartigen Versuche abgewehrt, mir die Augen auszuhacken. Ich koche das Abendessen für die Familie, während meine bösen Stiefschwestern sich anziehen, um dem Prinzen auf dem Schlossball heute Abend aufzufallen. Und um sicherzugehen, dass *ich* keine Aussicht habe, seine Hoheit für mich zu gewinnen, haben sie meine Glaspantoffeln zerschlagen. Du siehst komisch aus, Jonah. Ist alles in Ordnung mit dir?«

»Ja, klar. Mir ist nur irgendwie langweilig, das ist alles.« Ich ging zum Klavier, setzte mich auf die Bank und hob die Klappe an, um die Tasten freizulegen, weil ich dachte, wenn ich für sie spielte, würde sie vielleicht länger bleiben.

Sie kam zum Klavier und blieb dort stehen, aber da sie nicht aufhörte zu reden, konnte ich nicht anfangen zu spielen. »Du weißt nicht, was Langeweile ist, bis du bei Tante Judy zu Mittag gegessen hast. Der arme, liebe Malcolm. Judys Ehemann Duncan ist um einiges älter als sie. Als Dickens seine *Weihnachtsgeschichte* schrieb, hat er Onkel Duncan als Vorbild für Scrooge genommen. Für jeden, der Pomerantz heißt, hat er nichts als tiefe Verachtung übrig, und das mit einigem Recht. Er hat vor Kurzem zweimal einen Herzstillstand erlitten. Er wird nicht mehr lange leben. Tante Judy ist nicht in der Lage, Kinder zu bekommen, also hält Mom an der Illusion fest, dass Judy eine große Zuneigung für ihren sozial unfähigen Neffen entwickeln wird, was sie bei mir nie getan hat. Jedenfalls hofft Mom, dass Judy, wenn Duncan stirbt, den Geldhahn aufdreht, um ihrem problembelasteten Neffen und seiner Familie zu helfen. Keine Chance. Tante Judy ist keine Idiotin. Wenn Onkel Duncan bis zum nächsten gemeinsamen Mittagessen noch nicht in den Himmel gekommen ist, wird meine Mutter Judy wahrscheinlich ablenken, damit Malcolm unseren Onkel mit einem Kissen ersticken oder ihn über das Balkongeländer stoßen kann, damit er 40 Stockwerke tiefer auf die Straße fällt. Bist du sicher, dass es dir gut geht?«

»Ja. Alles in Ordnung. Warum fragst du immer wieder?«

»Warum legst du dir immer wieder eine Hand auf die Brust?«

»Welche Hand?«

»Diese Hand, deine Hand. Du hast es gerade wieder getan. Als hättest du Verdauungsstörungen, Schmerzen oder so was.«

Ich sah auf meine Hand an meiner Brust hinunter und stellte fest, dass ich unbewusst und gewohnheitsmäßig überprüft hatte, ob das Lucite-Herz noch unter meinem Hemd an der Kette hing.

»Ich habe da so eine Stelle«, sagte ich.

»Eine Stelle? Was für eine?«

»Ein Ausschlag oder so. Das juckt ein bisschen. Ich drücke drauf, anstatt zu kratzen, weil ich nicht will, dass es sich ausbreitet.«

Ich weiß nicht, warum ich ihr den Anhänger nicht gezeigt habe. Vielleicht hatte ich Angst, dass sie zu viele Fragen dazu stellen und dass ich zu viel ausplaudern würde, sobald sie mich zum Reden gebracht hätte. Was für ein geschickter Lügner ich doch geworden war!

»Lass mal sehen«, bat Amalia.

»Machst du Witze? Auf keinen Fall. Ich lasse kein Mädchen meinen Ausschlag anschauen.«

»Jetzt sei nicht albern. Du bist noch ein Kind, und ich bin kein Mädchen, ich bin ich.«

»Ich bin aber kein Weichei, weißt du? Ich will aus einem kleinen Ausschlag keine große Sache machen.«

Sie verdrehte die Augen. »Maskuliner Stolz. Na gut, dann lass dich eben auffressen von deinem Hautpilz oder was auch immer das ist.«

»Es ist kein Hautpilz. So was gibt's nicht.«

»Doch, den gibt es«, widersprach sie. »Aber ich bin nicht hergekommen, um über Pilze zu reden. Ich denke, du, ich und Malcolm sollten am Montag mit dem Bus nach Midtown fahren und noch einen Ausflug machen. Nach Tante Judy hat der arme Kerl das verdient, und der Sommer geht langsam vorbei.«

Am nächsten Tag, dem Sonntag, würden sowohl meine Mutter als auch mein Großvater zu Hause sein und wir würden wahrscheinlich etwas Lustiges zusammen unternehmen. Am Montag jedoch würden sie wieder arbeiten, und ich würde allein zu Hause sein, wenn ich nicht mit Amalia und Malcolm ging. Mr. Yoshioka würde wahrscheinlich bis zum späten Montagnachmittag nichts von Mr. Otani hören. Wenn ich zu Hause blieb, würde ich von Stunde zu Stunde unruhiger werden, immer wieder die Fensterscheiben überprüfen und in die Besteckschublade schauen.

»Und was machen wir?«, fragte ich.

»Etwas Billigeres. Diesmal kein Eintrittsgeld. Nur das Busgeld und ein bisschen was für das Mittagessen. Der Ausflug zum Gerichtsgebäude schien dir zu gefallen, also dachte ich mir, wir machen einen Tag der Architektur mit all den fabelhaften alten öffentlichen Gebäuden in dieser Gegend. Malcolm liebt Architektur.«

»Okay«, sagte ich. »Das hört sich cool an.«

»Gleiche Zeit wie letztes Mal.«

»Ich werde fertig sein.«

»Cortaid.«

»Was?«

»Hilft gegen den Ausschlag«, sagte sie.

71

Um acht Uhr am Samstagabend war Dr. Mace-Maskil, wie er später aussagen sollte, zu dem Schluss gekommen, dass es am klügsten wäre, Lucas Drackman nichts davon zu sagen, dass sich Mrs. Nozawa nach ihm erkundigt hatte. Vielleicht sagte sie die Wahrheit, und vielleicht hatte Lucas ihr und ihrem Mann in einem untypischen Moment der Menschlichkeit einen großen Gefallen getan. In diesem Fall würde er nicht nach Illinois rasen, um sie und vielleicht auch den Professor zu töten, und es bestünde keine Gefahr, dass die Wahrheit über den Mord an Noreen auf Umwegen bekannt wurde. Verdammt, vielleicht hatte Lucas jemanden für sie getötet. Warum konnte es nicht sein, fragte er sich, dass diese Nozawa-Schlampe gelogen hatte und in Wahrheit versucht hatte, Lucas zu kontaktieren, weil sie noch jemanden von ihm umbringen lassen wollte? Schließlich war sie eine Geschäftsfrau, die Königin der Sauberkeit, der Autos und der Kleider, und nach Ansicht des Professors gab es keine rücksichtsloseren, blutrünstigeren Menschen auf der Welt als Geschäftsleute.

Dr. Mace-Maskil war erfreut über die Eleganz seiner Analyse all dieser gefährlichen Untiefen und bereitete einen Krug mit Martini zu.

Nachdem er am Sonntagmorgen seinen Kater durch die Einnahme einer massiven Dosis Vitamin-B-Komplex mit Magnesiamilch in den Griff bekommen hatte, fühlte er sich unwohl, nicht wegen der Genüsse des Vorabends, sondern weil seine Intuition ihm sagte, dass er die falsche Entscheidung getroffen hatte. Egal aus welchem Grund Setsuko Nozawa Lucas kontaktieren wollte – wenn sie Mace-Maskil erwähnte, würde ihre Version ihrer Begegnung die erste sein, die Lucas hörte, und danach würde es schwieriger werden, ihm eine Version zu verkaufen, die dem Professor schmeichelte.

Nach der zusätzlichen Behandlung seines Katers mit drei rohen Eiern und einem Schuss Tabascosoße in einem Glas Orangensaft verbrachte Dr. Mace-Maskil den Vormittag und den frühen Nachmittag damit, eine Geschichte über seine Konfrontation mit Setsuko Nozawa auszuarbeiten, die in einem alternativen Universum stattgefunden haben könnte.

72

Während des Wochenendes war Nakama Otani nur in der Lage gewesen, zwei der drei Immobilien, die dem Drackman Family Trust in Chicago gehörten, ausreichend auszukundschaften. Es handelte sich um ein neunstöckiges Bürogebäude in dem als »Dreieck« bekannten Viertel, in dem Fachärzte – Augenärzte, Dermatologen, Endodontologen und dergleichen – untergebracht waren, sowie um ein achtstöckiges, gehobenes Apartmentgebäude in Bingman Heights mit nur acht Wohnungen. Die zweite Adresse schien vielversprechender zu sein als die erste, obwohl er an keinem der beiden Orte auch nur eine der fünf betreffenden Personen erblickte oder verdächtige Aktivitäten beobachten konnte.

Er nahm sich den Montag frei und hatte um sieben Uhr morgens die dritte Immobilie im Visier: eines der großen alten Häuser, die die Straßen um Riverside Commons säumten, ein vierstöckiges Beaux-Arts-Gebäude aus Kalkstein mit Bronzefenstern und einem Flachdach mit einer Balustrade als Brüstung. In der ersten Hälfte des Jahrhunderts hatten in diesem Haus vornehme Partys stattgefunden. Mit Juwelen geschmückte Frauen in den elegantesten Kleidern, Pferdekutschen mit brennenden Kerzen und Kutschern in Livree, später dann edle Automobile und Limousinen. Jetzt waren die Bewohner vielleicht Diebe, Schläger und verrückte Bombenleger.

Die meisten seiner Überwachungen am Wochenende hatte Mr. Otani von einem geparkten Auto aus durchgeführt, was in der Julihitze nicht gerade ein angenehmer Posten war. Aber da dieses Haus am Riverside-Commons-Park lag, konnte er dort eine sehr angenehme Position beziehen. Er saß am Rande des Parks, versteckt im tiefen Schatten eines alten, ausladenden Apfelbeerstrauchs. Auf der Bank neben ihm lagen eine gefaltete Zeitung, ein gebundenes Buch – *Kaltblütig* von Truman Capote –, eine Thermoskanne mit Eistee und eine Tragetasche aus Segeltuch, in der sich Packungen mit Knabbergebäck, zwei Schokoriegel und seine Smith & Wesson .38 Chief's Special in einem Holster befanden. In der Tasche war auch ein Fernglas, das er nur im äußersten Notfall benutzen wollte.

Wie er dort auf seinem mitgebrachten Kissen saß, in Sportschuhen ohne Socken, Bermudashorts und einem farbenfrohen Hawaiihemd, bot Mr. Otani das Bild eines Mannes, der sich an seinem freien Tag einen Vormittag lang der Natur und der Literatur widmete.

Die Leute, die auf dem gepflasterten Weg, der sich durch den Park schlängelte, vorbeikamen, widmeten ihm keinen zweiten Blick, bis *sie* dahergetrabt kam, braun gebrannt und strahlend. In weißen Shorts und einem gelben Trägerhemd absolvierte sie ihr Morgentraining. Sie war langbeinig, gesund und wackelte genau an den richtigen Stellen. Mr. Otani vergaß nicht viele Gesichter, und ihres war besonders einprägsam, selbst mehr als ein halbes Jahr nachdem er sie in der Silvesternacht im Nachtclub angesprochen hatte, bevor Tilton Kirk zu ihr gestoßen war. Und natürlich hatte er ihr Foto von der Demonstration am City College gesehen. Aurora Delvane.

Er sah, wie sie ihn im Schatten entdeckte, und er hätte das Buch in die Hand genommen und sie ignoriert, wenn er nicht bemerkt hätte, wie sie ein zweites Mal hinsah und zu lächeln begann. Das Unverdächtigste, das er tun konnte, war, die Initiative zu ergreifen. Also rief er ihr zu: »Hey, hallo! Toller Tag, was? Kennen Sie mich noch?«

Sie erinnerte sich an ihn, zum Teil weil Mr. Otani sehr charmant sein konnte, aber auch, weil sein Körperbau für einen japanischen Amerikaner untypisch war. Mit einer Größe von 1,88 Metern, einem Gewicht von 90 Kilogramm und Händen so groß wie die eines Profi-Basketballspielers wirkte er nicht einmal im Schatten eines Apfelbeerstrauchs unauffällig.

Er erhob sich, als sie zur Bank kam, und sie sagte: »Silvester. Haben Sie ihn schon gefunden?«

»Nein. Der Scheißkerl hat mich versetzt. Entschuldigen Sie die Ausdrucksweise. Er ist längst Geschichte.«

Auf dieser Feier hatte sich Mr. Otani ihr nicht genähert wie irgendein Kerl, der sie abschleppen wollte. Er war ein glücklich verheirateter Mann. Außerdem war jede Frau, die wie Aurora Delvane aussah, schon so oft angemacht worden, dass es keinen Anmachspruch gab, auf den sie nicht mit verächtlicher Zurückweisung reagiert hätte. Also hatte er sich als schwuler Mann ausgegeben, dessen Lebensgefährte zu spät zum Essen kam. Bei anderen Gelegenheiten hatte er eine ähnliche Masche angewandt. Frauen neigten dazu, schwule Männer zu mögen und sich mit ihnen wohlzufühlen. Vielleicht war es für sie etwas Neues, einen männlichen Begleiter zu haben, mit dem sie sich so offen unterhalten konnten wie mit einer Freundin.

»Ich muss wohl nicht fragen, ob Ihr Kerl aufgetaucht ist«, sagte Mr. Otani. »Er wäre sicher eine Meile weit über heiße Kohlen gekrochen, um Sie zu treffen.«

Während sie sich unterhielten, tanzte sie von einem Fuß auf den anderen, vielleicht um ihren Puls in Gang zu halten, vielleicht aber auch, weil sie nicht widerstehen konnte, ihre Rundungen zum Wippen zu bringen, um ihn zu reizen, obwohl er schwul war. Sie mochte es, wenn man ihr schmeichelte, und sie war es gewöhnt, sich zu präsentieren.

Zum Glück hatte sie nicht den ganzen Vormittag Zeit. Nachdem sie sich eine Minute über das Wetter unterhalten hatten, kehrte sie auf den Weg zurück und sprintete davon.

Er setzte sich auf die Bank, nahm sein Buch zur Hand und las, las *wirklich,* ohne auch nur ein einziges Mal auffällig zum Haus auf der anderen Straßenseite zu starren. Etwa 15 Minuten später tauchte Aurora Delvane von links wieder auf, nachdem sie eine weitere Runde gedreht hatte. Er hob den Blick, als er ihre Schritte auf dem Weg hörte. Sie winkte und er winkte zurück. Sie lief aus dem Park auf den Bürgersteig, hielt am Bordstein inne, um in beide Richtungen zu schauen, und überquerte gesetzwidrig die Straße in der Mitte des Blocks. Dann hüpfte sie die Kalksteintreppe hinauf und betrat das Herrenhaus, das dem Drackman Family Trust gehörte.

Mr. Otani schaute auf seine Armbanduhr. 7:24 Uhr. Er war weniger als eine halbe Stunde auf seinem Posten gewesen.

Es wäre keine gute Idee gewesen, jetzt seine Sachen einzusammeln und zu gehen. Seine Tarnung war die eines Mannes, der es sich an einem Sommertag auf seiner schattigen Lieblingsbank im Park gemütlich gemacht hatte, mit allem, was er für den Vormittag brauchte. Wenn die Frau auch nur den geringsten Verdacht geschöpft hatte, konnten sie ihn vom Haus aus mit einem Fernglas beobachten, falls sie eins hatten. Wenn er in irgendeinem Moment anders zu sein schien, als er sich präsentierte, würden sie vielleicht das Haus verlassen und sich an einem anderen, ihm unbekannten Ort niederlassen. In ein paar Stunden könnte er seine Sachen zusammenpacken und gehen, als ob es an der Zeit wäre, den Schatten zu verlassen und sich eine Bank in der Sonne zu suchen.

Er öffnete die Thermoskanne und goss sich eine Tasse Eistee ein.

Das Capote-Buch war fesselnd. Er las weiter darin.

Er war zuversichtlich, dass er am Nachmittag einen Fall eröffnen könnte, und die Aussicht, bis zum Abend einen Durchsuchungsbeschluss zu erhalten, erfreute ihn.

73

Obwohl er sich eine Geschichte ausgedacht hatte, die er für völlig überzeugend hielt, zögerte Dr. Mace-Maskil den ganzen Sonntagabend, den Hörer abzunehmen und seinen Starschüler anzurufen. Er mixte einen Krug Martini, erkannte dann aber die Gefahr und schüttete den Inhalt in den Abfluss der Küchenspüle, ohne auch nur einen Schluck zu trinken.

Er schlief schlecht und wachte mehrmals aus Träumen auf, an die er sich nicht genau erinnern konnte. Er wusste nur noch, dass sie von blutigen Hämmern und einer Köpfe abtrennenden Machete handelten. Noch vor dem Morgengrauen verließ er sein Bett, zog den Seidenbademantel an, schlüpfte in seine Hausschuhe und schlurfte in die Küche, um Kaffee zu kochen.

Als jemand, der wirklich an Die Sache glaubte und davon überzeugt war, in einem früheren Leben ein Revolutionär und großer Kämpfer gewesen zu sein, wollte er sich nicht eingestehen, dass er sich davor fürchtete, seinen ehemaligen Schüler anzurufen. Doch jedes Mal wenn er sich zum Telefon bewegte, begannen seine Hände zu zittern, und sein Mund zuckte, als wäre er über Nacht an Parkinson erkrankt.

Als der Professor seinen eigenen Geruch wahrnahm, wich seine Furcht plötzlich der Scham. Ekelhaft. Ihm wurde klar, dass er nicht mehr gebadet hatte, seit er am Donnerstagnachmittag nach der Konfrontation in der Reinigung nach Hause gekommen war. Er hatte sich dreieinhalb Tage lang in diesem Haus verkrochen, und ein Großteil dieser Zeit hatte erschreckend wenige Spuren in seinem Gedächtnis hinterlassen.

Nachdem er sich mit einer halben Kanne schwarzem Kaffee und einem mit Erdnussbutter und Marmelade bestrichenen englischen Muffin gestärkt hatte, ging er ins Badezimmer und wagte es, sich im Ganzkörperspiegel an der Rückseite der Tür zu betrachten. Seine Frisur erinnerte an einen Hexenbesen. Hätte er für eine Woche verreisen wollen, hätte er keine Koffer gebraucht. Alles, was er brauchte, hätte in die Falten unter seinen Augen gepasst. Seine Zähne waren verfärbt. Sie fühlten sich nicht nur pelzig an, sie sahen auch pelzig aus. Und dann noch dieser Geruch.

Er putzte sich die Zähne, und dann putzte er sie gleich noch einmal. Er nahm eine lange Dusche, so heiß, wie er es ertragen konnte. Mit einer Stylingbürste brachte er seine Frisur in Form, während er sie trocken föhnte, bis er eine zu früh weiß gewordene Löwenmähne hatte. Dieses Haar brachte manche Frauen dazu, an ihre Väter zu denken und von Grenzen überschreitendem Sex zu fantasieren, woraufhin sie unersättlich wurden. Er schaute wieder in den Spiegel und sah einen Halbgott vor sich.

Nachdem er sich saubere Unterwäsche und frische Kleidung angezogen hatte, ging er in sein Arbeitszimmer, setzte sich in den mit Nieten besetzten Ledersessel hinter dem Teakholzschreibtisch mit der schwarzen Granitplatte, drehte sich zum Telefon und war froh, dass seine Hand nicht zitterte. Er hatte schon seit drei Jahren Tonwahltelefone, aber er fand sie immer noch merkwürdig. Irgendwie wirkten sie nicht so authentisch wie Wählscheibentelefone, und Dr. Mace-Maskil legte großen Wert auf Authentizität.

Er wählte die Nummer, die Lucas ihm zuletzt gegeben hatte, und fragte sich, ob dieser vielleicht nicht erreichbar wäre – fragte es sich, aber wagte es nicht zu hoffen. Doch die vertraute Stimme meldete sich: »Wer ist da?«

»Hier ist Robert Donat«, sagte der Professor und meinte damit den Schauspieler, der 1939 die herzerwärmende Titelrolle in dem Film *Auf Wiedersehen, Mr. Chips* gespielt hatte. Der Film spielte in einer englischen Jungenschule und handelte von einem Lateinlehrer, der anfangs ein Stümper war, sich aber im Laufe der Jahrzehnte zu einer beliebten Institution an dieser Schule entwickelte.

»Grüßen Sie Greer Garson von mir«, erwiderte Lucas pflichtbewusst, denn sie hatte die weibliche Hauptrolle gespielt.

Wenn ihre Telefone abgehört wurden, brachte es nichts, einen anderen Namen als den eigenen zu benutzen, und sie sprachen nie verschlüsselt, aber Dr. Mace-Maskil mochte diese Art der Kontaktaufnahme. Er fühlte sich dadurch sicherer, als er sich sonst vielleicht gefühlt hätte.

Er begann sofort mit seinem Bericht, wie er im Büro für Alumni-Angelegenheiten gewesen war, als Setsuko Nozawa plötzlich hereingestürmt sei, offensichtlich von irgendetwas berauscht, Drogen oder Alkohol, schwer zu sagen. Sie hatte nach der Adresse eines gewissen Lucas Drackman gefragt. Vielleicht war sie über irgendetwas verärgert, vielleicht war sie aber auch einfach nur nervös gewesen. Ihr Verhalten war so eigenartig, dass es schwer zu deuten war. Die Sekretärin hinter dem Schalter, eine vollbusige Rothaarige namens Teresa Marie Hallahan, die seit einiger Zeit auf den Professor scharf war, habe die verzweifelte Besucherin natürlich darauf hingewiesen, dass die Universität die Privatsphäre ihrer Absolventen schütze. Daraufhin sei diese Nozawa streitlustig geworden. Als Dr. Mace-Maskil für Miss Hallahan und die Universitätspolitik eintrat, richtete diese Nozawa-Kreatur ihre Wut auf ihn, redete zusammenhangloses Zeug und ging wütend davon.

»Wer zum Teufel ist Setsuko Nozawa?«, fragte Lucas.

»Ich habe gehört, dass sie eine chemische Reinigung besitzt. Ich dachte, du kennst sie irgendwoher.«

»Ich hab noch nie von der verrückten Schlampe gehört.«

Dr. Mace-Maskil glaubte ihm, und er war erleichtert. Wenn Lucas Nozawa weder einen großen Gefallen getan noch jemanden für sie getötet hatte, dann würde er seinem Mentor eher glauben als einer verrückten Frau, die im Alumni-Büro einen Anfall bekommen hatte.

»Wann ist das passiert?«, fragte Lucas.

»Vor 15 Minuten. Ich bin direkt von dort zu meinem Bürotelefon hier in der Schule gegangen.«

»Warum will die Schlampe meine Adresse?«

»Das wollte sie nicht sagen. Aber es war so merkwürdig, so ausgesprochen seltsam, dass ich mir dachte, du solltest es wissen.«

»Ja, in Ordnung. Ich werde drüber nachdenken, mich damit befassen. Im Moment hab ich viel zu tun, aber ich komme schon noch dazu. Gut zu wissen, dass Sie mir den Rücken freihalten.«

Nachdem sie aufgelegt hatten, ging der Professor ins Badezimmer, kniete sich vor die Toilette und übergab sich.

74

Laut der späteren Aussage von Aurora Delvane hatte sie an diesem Tag nach ihrem Lauf im Park zunächst geduscht, sich die Haare gewaschen und getrocknet und sich die Fußnägel lackiert. Dann war sie die Treppe hinuntergegangen, wo

Lucas zusammen mit Reggie »Gorilla« Smaller, Tilton und Fiona in der Küche saß. Ein letztes Mal besprachen sie dort die Einzelheiten der bevorstehenden Operation. Aurora hätte nicht dabei sein müssen, denn sie war keine aktive Teilnehmerin an der Aktion, sondern nur eine Beobachterin, eine Chronistin, die eines Tages über ihre Heldentaten und die tiefgründige Philosophie, die sie motivierte, schreiben würde.

Als Aurora die Küche betrat, knallte Lucas gerade den Hörer auf das Wandtelefon, wandte sich an die Gruppe und sagte: »Was zum Teufel sollte das denn?« Er erzählte von seinem Gespräch mit dem Professor, den er als »ein totales Arschloch, das ich schon vor Jahren hätte umbringen sollen« bezeichnete.

Keiner wusste, was er von der Geschichte über die unberechenbare Reinigungsunternehmerin halten sollte. Aurora Delvane fragte: »Ist heute Japsen-Tag oder so?«

Lucas runzelte die Stirn. »Was hast du gesagt?«

Fiona umrundete den Tisch und ihre Augen verengten sich mit jedem Schritt weiter. »Ja, was hast du gerade gesagt?«

Aurora erzählte ihnen von dem schwulen Typen aus der Silvesternacht, der es sich genau in diesem Moment auf der Bank im Park direkt gegenüber gemütlich machte. »Aber der ist bloß ein großer, alter, schwuler Niemand. Er liest dieses Capote-Buch, das gerade alle lesen und das schon ewig ein Bestseller ist. Daran erkennt man ja schon, was das für ein Trottel sein muss.«

Fasziniert holte Lucas ein Fernglas aus dem Arbeitszimmer und sie gingen alle zusammen in den vorderen Raum. Nachdem Lucas den Sitzenden eine Minute lang beobachtet hatte, nahm Fiona das Fernglas und betrachtete den Mann.

»Yoshioka«, zischte sie.

»Du meinst, das ist der Schneider?«, fragte Aurora. »Dieser nette kleine Kerl von nebenan, den man nie in was anderem als einem Anzug sieht?«

»Das ist ein hinterhältiger, verräterischer Mistkerl«, entgegnete Fiona Cassidy. »Erst Nozawa in Illinois, dann dieser Kerl im Park, der ausgerechnet auf dieser Bank sitzt. Yoshioka, der im fünften Stock herumschnüffelt, er und seine Sicherheitsketten. Ja, heute ist Japsen-Tag, ganz klar.«

Es folgte ein heftiger Streit darüber, ob Fiona vielleicht übermäßig paranoid sei. Sie alle hielten Paranoia für eine wesentliche Voraussetzung für ihr Überleben und ihren Erfolg. Aber obwohl Verfolgungswahn etwas Gutes sein konnte, konnte man auch zu viel davon haben. Wenn beispielsweise einer von ihnen den Verdacht hegte, dass unter ihnen ein Bilderberger sei, mussten die anderen vier freundschaftlich einschreiten und ihn wieder zur Vernunft bringen. In diesem Fall kamen die fünf relativ schnell zu einer Einigung: Fiona war nicht auf dem Holzweg. Es musste eine Verbindung zwischen Yoshioka, Nozawa und diesem großen Kerl im Schatten des Apfelbeerstrauchs geben.

Tilton sagte, dass sie Apartment 6-C niemals für den Bombenbau hätten nutzen dürfen, dass Fiona das Gebräu hier in diesem Haus hätte herstellen sollen. Das ärgerte Lucas, der Tilton daran erinnerte, dass das Haus zwei Millionen Dollar wert war. Es sei kein Ort, an dem man Bomben herstellte oder Flammenwerfer testete. Wenn Fiona sich selbst in die Luft sprengte, sei das traurig, sogar eine Tragödie, aber das Haus in die Luft zu jagen wäre etwas ganz anderes. Ein ernsthafter Kapitalverlust. Und wenn das Haus durch eine Bombenexplosion beschädigt würde, wäre das FBI hinter dem Drackman Family Trust und Lucas selbst her. Selbst dumme Bären wüssten, dass sie nicht in ihre eigenen Höhlen scheißen sollten.

Im Grunde hatten sie zwei Möglichkeiten. Erstens: die für diesen Morgen geplante Operation abzusagen und zu hoffen, dass sie verschoben werden konnte. Stattdessen würden sie sich Yoshioka schnappen und die Wahrheit aus ihm herausfoltern. Zweitens: Sie konnten wie geplant vorgehen, anstatt wie ein Haufen Feiglinge Reißaus zu nehmen. *Hinterher* konnten sie Yoshioka dann die Fakten entlocken.

Selbst wenn der Kerl im Park sie beschattete, konnten sie das Haus auf der Rückseite verlassen und ein paar Blocks weit die Gasse entlanggehen bis zur Hauptstraße. Dort konnten sie ein Taxi anhalten und mit diesem zu der gemieteten Quonsetbaracke fahren, einer ehemaligen Autoreparaturwerkstatt in einem Industriegebiet. Von dort aus wollten sie ihre Operation durchführen.

»Hört mal«, sagte Lucas, »das ist zwar seltsam, all diese Japaner, aber wer sind diese Leute denn schon? Ich meine, wir haben da einen Schneider, eine Reinigungsunternehmerin und irgendeinen Schwulen, von dem wir nicht wissen, was er macht. Wir haben es hier nicht mit Elliot Ness zu tun. Ich sage, wir machen weiter wie geplant, machen einen unvergesslichen Tag daraus, und später quetschen wir Yoshioka aus, bis wir die kleine faule Tomate zum Platzen bringen.«

Lucas bekam fast immer, was er wollte, sicher nicht wegen Metaphern wie der »faulen Tomate« und auch nicht nur, weil er wusste, wie man Menschen manipulierte und motivierte, sondern auch, weil er ein unheimlicher Kerl war, der offenbar jederzeit gewalttätig werden konnte. Seine vier Mitstreiter stimmten ihm zu: Die Operation sollte laufen wie geplant.

75

Ein paar Stunden später, um 10:10 Uhr an diesem Montag, stiegen Amalia, Malcolm und ich an der Ecke National Avenue und 52nd Street aus dem Stadtbus, wie wir es auch am Donnerstag zuvor getan hatten. Auf der anderen Seite der Allee war die Kalomirakis-Pinakothek, in der am Sonntag die Ausstellung *Europa im Zeitalter der Monarchie* zu Ende gegangen war. Hinter uns ragte die First National Bank mit ihrem 30-stöckigen Finanzzentrum auf, und ein paar Blocks weiter standen in jeder Richtung imposante und detailreiche historische Gebäude.

Auf der Fahrt von unserem Viertel hierher hatte ich festgestellt, dass Amalia fast so viel über Architektur wusste wie über Kunst. Sie hatte einige Geschichten über die Gebäude und die Menschen, die sie entworfen hatten, zu erzählen. Dabei benahm sie sich nie wie eine Besserwisserin, gab mir nie das Gefühl, ahnungslos zu sein. Stattdessen verströmte dieses Mädchen Wissen, wie ein Ventilator kühle Luft verströmte. Je länger man zuhörte, desto mehr wollte man hören, denn die Dinge, die sie wusste, und die Worte, mit denen sie sie vermittelte, ließen die Welt um einen herum klarer und heller erscheinen.

»Wo sollen wir anfangen?«, fragte ich.

Malcolm erwiderte: »Genau hier. Die Bank. Die ist so radikal. Du wirst sie lieben.«

Ich war noch nie zuvor in einer Bank gewesen und dachte, dass sie mich auf den Arm nehmen wollten. »Aber wir haben doch gar kein Geld, das wir einzahlen oder abheben könnten.«

»Die Eingangshalle ist ein öffentlicher Raum«, erklärte mir Amalia. »Und einer der schönsten. Jeder kann da reingehen. Jeder. Es gab eine Zeit, das ist noch gar nicht so lange her, da ging es in der Architektur ebenso sehr um Schönheit wie um Funktionalität. Dieses Gebäude wurde 1931 eröffnet. Es ist brillantes Déco. Ich bekomme da immer eine Gänsehaut.«

Die Fassade der Bank unterhalb des Turms war vielleicht zwölf Meter hoch und mindestens viermal so breit. Ein riesiger rechteckiger Fries überspannte die Vorderseite des Kalksteinbaus, geschmückt mit geometrischen Formen, vor allem Kreise und Dreiecke, die in einem faszinierenden Muster angeordnet waren. Am oberen Ende der Treppe befanden sich acht Doppeltüren aus Bronze und facettiertem Glas. Wir betraten das Gebäude an der Nordseite.

Ich weiß, dass Amalia viel über die riesige, spektakuläre Eingangshalle zu sagen hatte, aber ich kann mich an nichts davon erinnern. Es ist aus meinem Gedächtnis verschwunden wegen dem, was als Nächstes geschah. Die letzten Worte von ihr an diesem Tag, an die ich mich erinnere, hatte sie ausgesprochen, als ich hinter ihr durch die schwere Tür trat und staunend zu den massiven Säulen hinaufblickte, die das Tonnengewölbe der Decke stützten. Etwa zwölf Meter über uns hingen vom Scheitelpunkt des Gewölbes über die gesamte Länge kunstvoll gearbeitete Pferde. Es waren Darstellungen der fließenden Eleganz dieser Tiere, gegossen aus rostfreiem Stahl.

»Ist das nicht herrlich, Jonah?« Als ich meinen Blick von der Decke abwandte und auf ihr hübsches Gesicht richtete, sah sie so glücklich aus. »Ist es nicht herrlich, was Menschen tun können, was für wunderbare Dinge sie erschaffen können, wenn sie frei sind und glauben, dass alles wichtig ist, dass alles eine Bedeutung hat? Wenn sie denken, dass sogar die Eingangshalle einer Bank das Auge erfreuen und das Herz erheben muss?«

Ein paar Dutzend Leute erledigten hier ihre Bankgeschäfte. Es gab vielleicht 20 Mitarbeiter. Hinter einer Balustrade aus rostfreiem Stahl saßen Bankangestellte von mir unbekanntem Rang an einer Reihe von Schreibtischen, bearbeiteten Dokumente, bedienten Telefone oder sprachen mit Kunden, die bei ihnen saßen. In Anbetracht der gewaltigen Ausmaße und der harten Oberflächen aus Stein und Metall hätte es in der Halle laut sein müssen. Stimmen hätten vom Gewölbe zum Boden, von Säule zu Säule hallen müssen. Doch dank des erstaunlichen Könnens der Architekten war es in dem riesigen Raum so still, als ob alle miteinander flüstern würden, obwohl das nicht der Fall war.

Auch wenn ich mich nicht mehr daran erinnern kann, was Amalia zu mir und Malcolm sagte, wusste ich noch, dass ich durch die Lobby schlenderte, als wäre ich mitten in einem fröhlichen, berauschenden Fantasyfilm. Jedes Mal wenn ich glaubte, ich hätte das Beste der vielschichtigen Déco-Details gesehen, fiel mir ein anderes Detail auf, das noch bezaubernder war als alles zuvor.

Jedes Schalterfenster war von schimmernden Edelstahlrillen umgeben und wurde von einem halbkreisförmigen Stahlgiebel überragt, in den der Kopf der Freiheitsstatue eingegossen war, wobei die Strahlen ihrer Krone jeweils auf einen stilisierten Stern zeigten …

Der Boden aus blassgoldenem Granit war mit verschlungenen Medaillons aus schwarzem, blauem und grünem Marmor verziert und von einer Bordüre aus demselben Material umgeben …

Vier gleichmäßig verteilte riesige Kronleuchter aus rostfreiem Stahl, jeder mit vielen Glühbirnen und sechs Armen, an deren Ende eine Bronzeskulptur saß, die die gewandete Miss Liberty darzustellen schien …

In der Mitte der Eingangshalle standen hohe Tische aus grünem Marmor, an denen die Kunden Einzahlungsscheine ausfüllten und Schecks unterschrieben, bevor sie zu den Schaltern gingen. Als ich an einem dieser Tische vorbeiging, schwebte eine kleine goldene Feder vor meinem Gesicht herab, die in jeder Hinsicht mit der Feder identisch war, die sich in dem Anhänger, den ich unter meinem Hemd trug, von Weiß in Gold verwandelt hatte.

Ich hielt erschrocken inne. Die Feder schwebte weniger als eine Armlänge vor meinem Gesicht auf der Stelle, als ob der Luftzug, der sie zu mir getragen hatte, sie nun unbeweglich festhielt, damit ich sie betrachten konnte.

Hatten mich die Architektur und die exquisite Dekoration der Bankhalle schon in einen Zustand stummen Staunens versetzt, so fügte die Feder alldem noch etwas Traumartiges hinzu. Es erinnerte mich an die Einzigartigkeit der Bewegung in manchen Träumen, in denen man alles in Zeitlupe erlebte.

Ich griff mir an den Hals, kniff in die Silberkette und zog den Anhänger unter meinem Hemd hervor.

Das Herz aus Lucite, das im Licht des Kronleuchters

transparent war, schien noch intakt zu sein, aber es enthielt keine Feder mehr.

Als mir der Anhänger aus den Fingern glitt und am Ende der Kette baumelte, begann die Feder durch die Eingangshalle nach Süden zu fliegen.

Die gedämpften Stimmen im Raum verstummten, und obwohl sich die Menschen um mich herum in Zeitlupe bewegten, löste keiner ihrer Schritte auf dem Steinboden ein Geräusch aus.

Ich hörte nur mein Herz, das so langsam schlug wie ein Trommler in einem Leichenzug, sicherlich zu langsam, um mich am Leben zu halten.

Wie ein Tiefseetaucher, der gegen Wassermassen ankämpft, folgte ich der Feder weiter in Richtung des südlichen Endes der Halle.

Obwohl ich nicht verstand, was geschah, wusste ich, dass ich mich jetzt auf den Moment zubewegte, den ich schon so lange erwartet hatte.

Ich schien zu schweben, dahinzutreiben, meine Füße berührten den Boden kaum.

Ein Gefühl, das eigentlich berauschend hätte sein sollen, wurde stattdessen zu einer Quelle der Angst, als ob ich den Fesseln der Schwerkraft entgleiten und nie wieder auf den Boden zurückkommen könnte.

Ich kam an zwei hohen Marmortischen vorbei, und vor dem dritten blieb die Feder stehen.

Wie sie in mein Blickfeld getrieben war, so sank sie jetzt herab, bis ich einen Aktenkoffer aus braunem Leder unter dem Tisch sah.

Mein Herz begann schneller zu schlagen. Es war immer noch das einzige Geräusch.

Die Feder hob sich vor meinen Augen. Fast hätte ich nach ihr gegriffen, aber ich ahnte, dass es falsch gewesen wäre, sie zu nehmen.

Als ich an der Feder vorbeischaute, sah ich sie so, wie sie sich noch nie zuvor präsentiert hatte: mit hochhackigen Schuhen, einem Business-Rock, einer Bluse und einem Jackett, einer Brille und tintenschwarzem, zu einem Dutt hochgestecktem Haar.

Fiona Cassidy.

Sie ging auf ein Paar Türen aus Bronze und facettiertem Glas zu. Sie sah nicht in meine Richtung, sondern nach Norden.

Als ich den Kopf drehte, um ihrem Blick zu folgen, sah ich ihn so, wie er sich noch nie zuvor präsentiert hatte: in schwarzen Wingtips, einem dunkelgrauen Geschäftsanzug mit weißem Hemd und Krawatte, einem Hut mit eingedrückter Krone, schwarzem Band und Schnappkrempe.

Tilton.

Mein Vater.

Er bewegte sich auf einen anderen Ausgang zu als den, auf den Fiona zuging. Er hatte sich den Bart abrasiert.

Er erreichte die Tür.

Fiona öffnete ihre Tür und ging hinaus. Ich blickte auf die Aktentasche hinunter.

Über das Hämmern meines Herzens hinweg hörte ich mich selbst sagen: »Bombe.«

76

In Illinois hatte der Montag für Mrs. Nozawa nicht gut begonnen. Nach seinem Frühstück und dem Spaziergang wollte Toshiro Mifune nicht mehr ins Haus zurück. Er war unruhig, hechelte, und als sie versuchte, ihn zu beruhigen, erbrach er sich ausgiebig ins Gras.

Gelegentlich beschwerte sich Mr. Nozawa darüber, dass seine Frau den Hund besser behandelte als ihn, woraufhin sie ihm liebevoll antwortete, dass er nicht so abhängig und unschuldig sei wie ihr süßer Labrador-Retriever. Nun lockte sie Toshiro Mifune auf den Rücksitz ihres Cadillacs, ohne sich auch nur im Geringsten Sorgen zu machen, dass er dort eine Schweinerei anrichten könnte. Ein Auto war nur ein Auto, aber der Hund war ihr viertes *Kind.*

Mrs. Nozawa, die nie ein unvorsichtiger Mensch gewesen war, hielt sich an kein einziges Tempolimit, als wäre ihr Auto ein Krankenwagen. Mit quietschenden Bremsen hielt sie vor der Tierarztpraxis.

Dr. Donovan untersuchte den Hund und führte eine Reihe von Tests durch, während Mrs. Nozawa im Wartebereich blieb. Sie saß auf der Stuhlkante und faltete die Hände auf dem Schoß, als wäre sie die Mutter eines zu Unrecht Verurteilten, die vor der Hinrichtungskammer des Gefängnisses auf die Nachricht vom Aufschub der Hinrichtung durch den Gouverneur oder auf das Knistern des elektrischen Stuhls wartete. Wie sich herausstellte, hatte Toshiro Mifune Fieber und eine Infektion, nichts Tödliches. Nach einer Behandlung mit Antibiotika und etwas Ruhe würde es ihm wieder besser gehen.

Mrs. Nozawa fuhr in gemächlichem Tempo nach Hause, wobei sie ständig in beruhigendem Ton mit dem Hund auf dem Rücksitz sprach. Sie rief in der Reinigung an, um die Mitarbeiter zu informieren, dass sie den ganzen Tag unterwegs sein würde.

Der Lieblingsplatz des Labradors im Haus war die gepolsterte Fensterbank im Wohnzimmer, von wo aus er das Treiben auf der Straße beobachten konnte. Sobald er auf den Polstern lag und die Nase an die Scheibe drückte, setzte sie sich mit einem Kochbuch von Julia Child auf einen Sessel in der Nähe und las Rezepte.

Nun, da Mr. Tamazaki von der *Daily News* aus seinem Urlaub zurückgekehrt war, musste Mrs. Nozawa ihm von Dr. Mace-Maskil berichten, von dem Mord an seiner Frau Noreen und der plausiblen Annahme, dass Lucas Drackman sie im Auftrag des Professors getötet hatte. Sie hatte vorgehabt, ihn um neun Uhr seiner Zeit anzurufen, aber es war bereits nach zehn. Sobald Toshiro Mifune schlafen ging, würde sie sich bei Mr. Tamazaki melden. Kein Grund zur Eile.

77

Als ich »Bombe« sagte, drehte ich mich zum nördlichen Ende der Lobby um und sah, dass ich etwas Abstand zwischen mich und Amalia gebracht hatte. Diese stand mit Malcolm vielleicht zwölf Meter entfernt. Beide betrachteten die verzierte Decke und die Prozession von Pferden aus rostfreiem Stahl in ewigem Galopp. Niemand bewegte sich mehr in Zeitlupe und der Ton kehrte zurück.

Mir wurde klar, dass ich so leise gewesen war, dass mich niemand gehört hatte. Ich befreite mich aus dem lähmenden Griff des Schreckens und rief es dieses Mal laut:

»Bombe! Bombe!« Ich lief zu Amalia. *»Raus hier! Los! Da ist eine Bombe!«*

Sie wirkte erschrocken und verwirrt, und Malcolm sah mich ungläubig an, als ob er annahm, ich würde einen dummen Scherz machen.

Inzwischen rief ich nicht mehr nur, sondern schrie: »O Gott, o Gott, o Gott!« Meine Angst muss überzeugend gewesen sein. Plötzlich war die Menge wie elektrisiert, schrie vielstimmig auf und eilte zu den Ausgängen.

Selbst im Würgegriff des Schreckens glaubte ich noch, dass alle genug Zeit haben würden, um herauszukommen. Fiona Cassidy hätte die Bomben bestimmt nicht schon so früh detonieren lassen, dass sie und mein Vater beim Verlassen der Halle ein lebensgefährliches Risiko eingegangen wären.

Wie wir später erfahren sollten, war die Bank nicht ihr Hauptziel gewesen. Sie war nur ein Ablenkungsmanöver, eine Irreführung, eine blutige Taktik. Der Erfolg ihrer Operation hing davon ab, dass die Bomben genau in dem Moment hochgingen, in dem sie und mein Vater am unteren Ende der Außentreppe waren.

Ich war nur wenige Meter von Amalia und Malcolm entfernt, als die von meinem Vater platzierte Aktentasche detonierte. Ich weiß nicht, was für ein Splitter sie erwischt hat, ob es ein Teil der Bombe selbst war, Schrauben und Nägel, die ihre Tödlichkeit erhöhen sollten, oder ob es sich vielleicht um Bruchstücke der kunstvollen architektonischen Details der Halle handelte. Ich weiß nicht, warum ich manchmal nachts wach liege und darüber nachdenke. Was auch immer es war, es ändert nichts, und es mindert nicht die Ungeheuerlichkeit der Tat oder die Schuld meines Vaters.

In den Tagen danach hoffte ich, dass er mich in der Bank nicht gesehen hatte. Ich fand den Gedanken zu schrecklich, dass er mich entdeckt und den Plan trotzdem durchgeführt haben könnte. Diese Möglichkeit war so düster, dass ich mir wünschte, ich wäre nie geboren worden.

Amalia sah überrascht aus – die Augen weit aufgerissen, der Mund zu einem *O* geformt –, als die Druckwelle sie von den Füßen hob und nach vorn schleuderte. Ich glaube, dass sie nicht lange genug überlebte, um auch nur für einen Moment Schmerzen zu spüren. Das *muss* ich einfach glauben.

Der arme Malcolm, der nicht mehr als einen Meter von ihr entfernt stand, wurde von der Druckwelle in die Knie gezwungen. Er verlor seine Brille, seine Haare wurden zerzaust, aber er trug nur leichte Verletzungen davon, während sie ermordet vor ihm lag, zwischen ihm und mir. Im einen Moment war sie wunderschön, lebendig, liebte das Leben. Einen Augenblick später lag sie reglos am Boden, blutig und mit zerfetzter Kleidung, die glänzenden grünen Augen weit aufgerissen und blind.

Angeblich sind zwischen der ersten und der zweiten Explosion fünf Sekunden verstrichen. Ich weiß nur, dass diese Zeit ausreichte, damit Malcolm den Blick von ihr lösen und mich ansehen konnte. Er bot einen Anblick des Jammers, und in seiner Miene spiegelten sich Ungläubigkeit, Entsetzen und durchdringender Schmerz.

An die zweite Explosion habe ich keine Erinnerung. Malcolm sagt, sie habe mich heftiger und weiter weggeschleudert als die erste Detonation Amalia. Ich sei ganz in ihrer Nähe zu Boden gegangen, hätte den linken Arm ausgestreckt und mit drei Fingern ihre rechte Hand berührt, als ob ich sie anflehen würde, mich mitzunehmen.

Aufgrund ihres starren grünen Blicks und ihres atemlos aufgerissenen Mundes konnte er keinen Zweifel daran gehabt haben, dass seine geliebte Schwester tot war. Aber meine Augen waren geschlossen, und er glaubte zu sehen, wie mein Atem auf dem Boden vor meinem Mund Gipsstaub aufwirbelte. Er drängte sich an Amalia vorbei und kam zu mir, nahm mein Handgelenk und fühlte meinen Puls. Als er meinen Rücken sah, wusste er, dass er es nicht wagen konnte, mich zu bewegen – und dass ich nie wieder gehen würde.

78

Wie die Polizei später feststellen konnte, hatten Fiona und Tilton mit dem Betreten der Bank gewartet, bis Mr. Smaller, der einen Block entfernt stationiert war, ihnen per Walkie-Talkie mitteilte, dass der Geldtransporter auf die National Avenue abgebogen war. Durch die vorangegangene Überwachung wussten sie, dass er in mindestens drei und höchstens fünf Minuten vor der Bank eintreffen würde. Das Verkehrsaufkommen an diesem Montag ließ Mr. Smaller vermuten, dass der Geldtransporter – eigentlich ein Colt-Thompson-Security-Lastwagen – in vier Minuten dort sein würde.

Tilton saß auf einer Bank an der Bushaltestelle an der Ecke 52nd Street und National Avenue, als er diese Nachricht erhielt. Fiona stand unter einem Baum am südlichen Ende der Bank und hatte ebenfalls ein Walkie-Talkie dabei. Jede Aktentasche war mit einem vierstelligen Zahlenschloss ausgestattet, das sie in einen Zeitzünder umgewandelt hatte. Sie brauchten nur jedes Rädchen auf null zu stellen, und mit dem vierten startete die Uhr im Koffer den Countdown.

Sie betraten die stark frequentierte Bank aus entgegengesetzten Richtungen. Fiona stellte ihre Aktentasche neben sich unter einen der hohen Marmortische. Er tat das Gleiche. Sie nahmen sich Blanko-Einzahlungsscheine, die auf jedem Tisch bereitlagen, und taten so, als ob sie sie ausfüllten. Aber nach höchstens zwei Minuten verließen sie die First National, ohne sich einem Schalter genähert zu haben.

Der Geldtransporter stand am Bordstein, als sie aus der Bank kamen. Da die Nation in letzter Zeit von Rassenunruhen und gewalttätigen Demonstrationen heimgesucht worden war, sahen die überarbeiteten Sicherheitsprotokolle von Colt-Thompson Security vor, dass auf bestimmten Routen in ausgewählten Städten drei statt der üblichen zwei Männer pro Fahrzeug eingesetzt werden mussten. Zwei saßen vorn, der dritte blieb hinten bei dem Geld, den Anleihen und anderen Wertgegenständen.

Als Tilton und Fiona die Treppe vor der Bank herunterkamen, öffnete sich die zur Straße gelegene Tür des Lastwagens. Der Fahrer stieg als Erster aus, wie es üblich war. Die Tür verriegelte sich automatisch, als er sie schloss. Der Zündschlüssel befand sich in seiner Hosentasche und hing an einer langen Kette, die an einem Metallring an seiner Gürtelschnalle befestigt war.

Lucas Drackman, der einen Krankenhauskittel trug und mit einem weißen Verbandskasten mit rotem Kreuz ausgerüstet war, als wäre er ein Rettungssanitäter, bog von der 52nd Street in die National Avenue ein, als der Fahrer aus dem Lkw stieg.

Sobald der Fahrer ausgestiegen war und keine Gefahr mehr bestand, dass der Lkw durch einen Überfall am Straßenrand entführt wurde, öffnete sich die Tür und der zweite Wachmann kam heraus.

In der Bank ging die erste Bombe hoch. Glas zersplitterte in einem Lichtblitz. Die Sprossen in einer der bronzenen Doppeltüren verzogen sich, als wären sie aus Plastik. Eine Tür wurde aus den Angeln gerissen, fiel scheppernd und klirrend die halbe Treppe hinunter, und der Bürgersteig vibrierte, als würde tief in der Erde etwas Riesiges, Urzeitliches aus einem 100 Millionen Jahre währenden Schlaf erwachen.

Alle auf der Straße drehten sich in Richtung der Bank um, außer denen, die gewusst hatten, was kommen würde.

Lucas Drackman griff unter sein weites weißes Hemd und zog eine Pistole aus einem Stoffholster, das an der Innenseite seines Hosenbundes angenäht war. Er drehte sich zu dem erschrockenen und abgelenkten Wachmann um, schoss ihm zweimal in die Brust und steckte die Waffe wieder unter sein Hemd, während der tote Mann zu Boden fiel.

Als Drackman die Waffe zog, erreichte der Fahrer den hinteren Teil des Lastwagens. Fiona verließ die Treppe vor der Bank, als die erste Bombe explodierte, und lief in seine Richtung. Sie hielt die rechte Hand unter ihrer Anzugjacke, wo sie eine Pistole in einem Schultergurt trug.

In diesem Moment fuhr Mr. Smaller in einem grau getäfelten Lieferwagen, auf dessen Seiten der Name und das Logo der Panzerwagenfirma prangten, hinter dem Colt-Thompson-Fahrzeug an den Bordstein. Er trug eine gefälschte Colt-Thompson-Uniform, stieg aus und ging auf den Fahrer des Lastwagens zu.

Fiona erreichte den Fahrer als Erste. Als er sie ansah, kam sie ganz nahe heran, tat ihr Bestes, um verängstigt zu wirken, und fragte: »Bitte, können Sie mir helfen?« Die zweite Explosion ertönte. Der Fahrer zuckte zusammen und wandte den Blick von ihr ab. Sie stieß ihm die Mündung in den Bauch und erschoss ihn. Mr. Smaller kam gerade rechtzeitig, um ihr zu helfen, die Leiche auf den Bürgersteig zu tragen. Es sah aus, als würden sie einem Kollegen zu Hilfe kommen, der plötzlich krank geworden war.

Chaos brach aus. Die Leute schrien und rannten umher, ohne zu wissen, was als Nächstes geschehen würde, ohne zu ahnen, dass ein Bankraub im Gange war.

Lucas Drackman kniete sich neben dem gefallenen Wachmann an der offenen Tür des gepanzerten Lastwagens auf den Bürgersteig. Er öffnete den Deckel seines Erste-Hilfe-Kastens, als wäre der Mann nicht tot, sondern bräuchte nur medizinische Hilfe.

Hinter dem Wagen ging Mr. Smaller neben dem toten Fahrer auf die Knie. Er benutzte einen kleinen Bolzenschneider, um die Kette zu durchtrennen, die eine Ringschraube am Gürtel des Mannes mit dem Zündschlüssel in seiner Tasche verband.

Nachdem Fiona Smaller den Schlüssel abgenommen hatte, warf sie ihn Drackman zu. Sie folgte ihm schnell in den Wagen, während er auf den Fahrersitz kletterte, und zog die Tür hinter sich zu. Aus Sicherheitsgründen waren die Scheiben stark getönt.

Mr. Smaller ließ den toten Fahrer liegen, stand auf und setzte sich wieder ans Steuer des getäfelten Lieferwagens.

Für Notfälle war der Colt-Thompson-Truck mit einer Reihe von Blaulichtern und einer drehbaren Sirene ausgestattet, die sich von denen der Polizei- und Feuerwehrfahrzeuge unterschied. Drackman schaltete sie ein und fuhr vom Bordstein weg, gerade als sich der Verkehr zu stauen begann, weil die Autofahrer den Rauch angafften, der jetzt aus den zerschmetterten Türen der Bank aufstieg.

Mr. Smaller folgte dicht hinter ihnen in dem getäfelten Lieferwagen. Sie bogen nach rechts auf die 52nd Street ab, wo der Verkehr weniger dicht war.

Als der letzte Wachmann, der sich im Laderaum eingeschlossen hatte, über die Sprechanlage des Fahrzeugs keine Antwort erhielt, machte er den Fehler anzunehmen, dass auf 20 Arbeitsjahre ohne dramatische Ereignisse 20 weitere folgen würden. Neugierig, aber nicht hinreichend beunruhigt verstieß er gegen das Standardprotokoll. Er schob die Stahlplatte beiseite, die einen fünf mal 15 Zentimeter großen Schlitz in der schwer gepanzerten Wand zwischen seinem Versteck und der Fahrerkabine abdeckte, und rief in Richtung Fahrersitz: »Hey, Mike?«

Fiona Cassidy, die auf diese Möglichkeit vorbereitet war, stieß die Mündung ihrer Pistole durch den Spalt und verschoss das ganze Magazin in den Laderaum. Nach dem Donnern der Schüsse und dem Kreischen der Querschläger in dem geschlossenen Raum herrschte Stille.

Einen Häuserblock östlich der Bank schaltete Drackman die Lichter und die Sirene aus. Am Ende des zweiten Blocks, als der Lastwagen und der Lieferwagen an einer roten Ampel hielten, erhob sich mein Vater von der Bank an der Haltestelle, zu der er gegangen war, und stieg zu Mr. Smaller in das zweite Fahrzeug.

79

Als Mrs. Nozawa den Bericht über ihre Konfrontation mit Dr. Mace-Maskil beendet und ihren Verdacht dargelegt hatte, dass Lucas Drackman die Frau des Professors getötet hatte, wusste der nach seinem Urlaub gut gelaunte Mr. Tamazaki, dass er nun über genug Indizien verfügte, um sicherzustellen, dass Mr. Otani seinen Fall eröffnen und einen Haftbefehl erhalten konnte.

Er befürchtete jedoch, dass sowohl sie als auch Mr. Yoshioka und vielleicht noch andere in Gefahr sein könnten, falls Mace-Maskil Drackman vor ihr gewarnt hatte.

»Ein weiterer guter Grund dafür, meinen Bericht *schriftlich* festzuhalten«, sagte sie. »Und dafür, ihn notariell beglaubigen zu lassen, damit er als Beweismittel dient, falls mir etwas zustößt, was aber nicht der Fall sein wird. Mich haut so schnell nichts um.«

Nachdem er Mrs. Nozawa sein Mitgefühl für den schlechten Gesundheitszustand von Toshiro Mifune ausgedrückt hatte, rief er Mr. Otani von der Mordkommission des zentralen Polizeikommandos an. Dort teilte man ihm jedoch mit, dass der Kommissar heute freihabe. Als er es unter der Privatnummer von Mr. Otani versuchte, meldete dieser sich nicht. Die Vorahnung einer Tragödie ließ Mr. Tamazaki erschauern.

80

Ich war den ganzen Weg im Krankenwagen zum Saint Christopher's Children's Hospital bewusstlos und kann mich nicht daran erinnern, wie ich in den Operationssaal gebracht wurde. Ich habe eine verschwommene Erinnerung an den

Aufwachraum, in dem ich aus der Vollnarkose erwachte, obwohl ich damals über einen intravenösen Tropf Schmerzmittel verabreicht bekam, die meinen Verstand vernebelten. Ich erinnere mich nur noch an meine Mutter, die neben der Trage stand und auf mich herabblickte, so wunderschön. Sie wirkte so furchtbar betrübt, wie ich sie noch nie gesehen hatte. Meine Gedanken waren so verworren, dass ich mir Sorgen machte, ihr sei etwas Schreckliches zugestoßen. Ich versuchte zu sprechen, aber mir fehlten der Verstand und die Kraft dazu. Ich erinnere mich auch daran, dass ich meinen Kopf zu ihr drehte, woraufhin ich sah, dass sie meine linke Hand in beiden Händen hielt. Mir ging durch den Kopf, wie seltsam es war, dass ich nicht *spürte*, wie ihre Hände meine umschlossen. Aber dann, als ich sie fühlen wollte, konnte ich es. Ihre warmen Finger. Obwohl sie meine Hand fest umklammerte, spürte ich ihr starkes Zittern, und ich sah es nicht nur an ihren Händen, sondern an ihrem ganzen Körper. Sie sagte etwas, aber ihre Stimme war weit weg, wie Stimmen in Träumen, die uns manchmal von einem fernen Ufer aus rufen. Ich konnte nicht verstehen, was sie mir sagen wollte, und so schlief ich ein.

81

Die ersten 48 Stunden lag ich auf der Intensivstation, bis man sicher sein konnte, dass alle meine Lebenszeichen stabil waren. Aber ich blieb in einem Schmerzmittelrausch. Ich weiß nicht, was sie mir gegeben haben, vielleicht ein Morphinderivat. Den Großteil der Zeit verbrachte ich schlafend, und obwohl jeder meiner Träume ein Albtraum hätte sein müssen, waren sie mit nur einer Ausnahme alle angenehm, auch wenn ich mich beim Aufwachen kaum an sie erinnern konnte. Von Zeit zu Zeit besuchten mich Krankenschwestern und -pfleger sowie ein Mann in einem weißen Kittel, der ein Stethoskop um den Hals trug.

Obwohl Besuche von Freunden und Verwandten auf der Intensivstation in der Regel kurz bleiben mussten, schien immer jemand, den ich kannte, auf einem Stuhl am Bett zu sitzen, wenn ich aus dem Sumpf des Vergessens erwachte, der so real war wie die Matratze, auf der ich lag. Ich wusste natürlich immer, wer ich war und wo ich mich ungefähr befand, und ich erkannte und liebte meine Besucher. Aber der Grund, *warum* ich dort war, entzog sich mir, oder ich entzog mich ihm und zog die Amnesie der unerträglichen Wahrheit vor. Ich denke, ich wäre in der Lage gewesen zu sprechen, und mein Schweigen war weder eine Folge meiner Verletzungen noch der Medikamente. Vielleicht fürchtete ich mich davor, weil Worte in unserer Familie so wichtig genommen wurden – »am Anfang war das Wort«. Wenn ich sprach, würde eine Unterhaltung folgen und daraufhin die Realität, das *Warum*. Mom war da, beobachtete mich, legte mir manchmal kalte, nasse Kompressen auf die Stirn, gab mir manchmal ein Stückchen Eis mit der Ermahnung, es im Mund zergehen zu lassen. Wenn sie abwesend war, tauchte Großvater Teddy auf, und obwohl ich ihn noch nie mit einem Rosenkranz gesehen hatte – nur Großmutter Anita, aber nicht ihn –, hielt er sich jetzt immer an einem fest. Seine Finger wanderten von Perle zu Perle, seine Lippen bewegten sich und flüsterten das Gebet. Es hätte mich nicht überraschen sollen, auch Donata Lorenzo zu sehen, unsere ehemalige Nachbarin und meine Babysitterin, die den Beistand meiner Mutter gebraucht hatte, nachdem sie zur Witwe geworden war. Sie war fülliger als damals, als ich sie zuletzt gesehen hatte. Sie wischte sich mit einem an den Ecken hübsch bestickten Baumwolltaschentuch die Augen oder wickelte und knotete es um ihre Finger. Als ich die Augen öffnete und Mr. Yoshioka auf dem Stuhl sitzen sah, dachte ich an die Fotos seiner Mutter und seiner Schwester in dem Buch über Manzanar, und ich sprach zum ersten Mal seit der Bombe: »Es tut mir so leid.« Er konnte nicht wissen, worauf sich diese Worte bezogen, aber er kam zum Bett, nahm eine meiner Hände und hielt sie so, wie meine Mutter sie gehalten hatte. Er sagte leise: »Der Sommersturm / Versteckte sich im Bambushain / Und legte sich zur Ruhe.« Ich hatte das Gefühl, den Dreh mit diesen Haikus herauszuhaben, denn ich verstand, dass er damit sagen wollte: Das Schlimmste war vorbei und von jetzt an würde alles besser werden. Mir war etwas Ernstes zugestoßen, aber noch nichts Tödliches.

Irgendwann in diesen Stunden nach der Operation wurde mir bewusst, dass ich meine Beine nicht mehr bewegen oder spüren konnte. Ich hätte Angst gehabt, wenn meine Arme auch nicht reagiert und meine Hände mir nicht gehorcht hätten. Aber ich dachte an das, was Mr. Yoshioka in seinem Leben verloren hatte, an das, was Mrs. Lorenzo verloren hatte, an Grandpa, der seine Anita nicht mehr hatte, und ich streckte die Finger aus und spielte imaginäre Akkorde und Melodien auf dem Bettlaken. Ich wusste, dass ich in jedem Fall zurechtkommen würde, auch wenn da noch die Sache mit den Dämpfer-, Sostenuto- und Una-Corda-Pedalen war. *Denk nicht daran, nicht jetzt, noch nicht.* Selbst jetzt hielt ich mich noch von dem Grund fern, *warum* ich im Krankenhaus war, klammerte mich hartnäckig an das Vergessen.

Meinen einzigen Albtraum hatte ich, so erzählte man es mir jedenfalls, um 21 Uhr in der zweiten Nacht. Im Schlaf näherte sich mein Verstand dem, was er sich im Wachzustand nicht eingestehen konnte: *Ich befinde mich in der Bank, unter der stählernen Pferdeherde, und folge der goldenen Feder zum Aktenkoffer. Fiona geht auf einen Ausgang zu. Mein Vater macht sich in seinem Geschäftsanzug aus dem Staub. Ich drehe mich um und sehe Amalia und Malcolm. »O Gott, o Gott, o Gott.« Die Explosion. Das süße Mädchen scheint fast zu fliegen, wie der Engel, der sie ist. Aber sie schwingt sich nicht mit weißen Flügeln empor. Sie erhebt sich gar nicht. Sie bricht zusammen und liegt da, kein Mädchen mehr, ein verletzter Vogel, ein Gewirr aus zerfetzten Kleidern, zerrissenem Fleisch und leblosen Knochen.*

Ich wachte schreiend auf und konnte nicht mehr aufhören. Die Krankenschwestern rannten zu meiner Kabine, und bald darauf holten sie meine Mutter. »Amalia ist tot!«, sagte ich zu ihr, als sie sich auf das Bett setzte und mich in die Arme nahm. »Amalia ist tot, o Gott, sie ist tot, Mom.« Natürlich wussten sie, dass das Mädchen gestorben war – und nicht nur sie. Das einzig Neue, das ich ihr mitteilen konnte, war das, was ich als Nächstes sagte: »Ich habe sie umgebracht! Ich war es, ich, ich habe Amalia getötet!« Meine Mutter nahm mich in den Arm und versicherte mir, dass ich niemanden getötet hatte, aber ich weigerte mich, diese Absolution, die sie mir erteilte, so einfach anzunehmen. »Du weißt das nicht, du weißt es nicht. Ich hätte es dir sagen müssen, du weißt nicht alles, was ich dir hätte sagen müssen.« Sie erwiderte, dass Mr. Yoshioka ihr alles erklärt habe, dass nichts, was ich getan hatte, eine Sünde oder auch nur falsch gewesen sei. Ich hätte so gehandelt, wie es jedes andere Kind meines Alters unter diesen Umständen auch getan hätte, und wäre es nicht so gewesen, dann hätte Fiona Cassidy mich vielleicht schon längst getötet. Was in der Bank geschehen war, sei etwas ganz anderes, eines dieser schrecklichen Ereignisse, von denen es jedes Jahr immer mehr zu geben schien.

Aber die Ausrede, ich hätte nur getan, was jedes Kind in meinem Alter getan hätte, konnte ich nicht gelten lassen, denn wie ich einmal zu Mr. Yoshioka gesagt hatte, war ich nicht in meinem Alter. Er hatte dieser Feststellung zugestimmt.

»Aber du verstehst das nicht«, beharrte ich. »Vielleicht versteht es nicht mal Mr. Yoshioka. Die haben nicht nur das ganze Jadezeug vom City College gestohlen. Sie haben noch Schlimmeres getan. Das waren *sie* in der Bank. Fiona … und Tilton. Ich habe sie gesehen. Sie hatten Aktenkoffer dabei. Sie haben die Koffer hingestellt und sind gegangen.«

Sie wurde starr vor Schreck, und ich glaubte, dass sie nun auch begriff, was ich begriffen hatte: Wenn sie nie mit mir schwanger geworden wäre, wenn mein Vater sie nicht geheiratet, sondern einen anderen Lebensweg eingeschlagen hätte, dann wäre Amalia noch am Leben, Amalia und die vielen anderen, die auch in der Bank gestorben waren. Weil ich auf die Welt gekommen war, hatte Amalia sterben müssen.

Fast ein halbes Jahrhundert später erkenne ich nun, wie falsch dieser Gedanke war. Aber in der Zeit unmittelbar nach dem Ereignis in der Bank, in meiner Trauer, hielt ich ihn für die unumstößliche Wahrheit.

Als ich mich nach einer Weile immer noch nicht beruhigen ließ, injizierte mir eine Krankenschwester ein Beruhigungsmittel in den Infusionsanschluss, und ich fiel in den Armen meiner Mutter in einen ungewollten Schlaf. In dieser Nacht träumte ich nicht mehr.

Als meine Mutter mich am Morgen besuchte, fragte ich sie, ob jemand wisse, was mit dem Lucite-Anhänger passiert sei, den ich getragen hatte.

Zu meiner Überraschung antwortete sie: »Er hing noch um deinen Hals, als die Sanitäter dich fanden, Schatz. Sie haben ihn dir im Krankenwagen abgenommen.«

Sie holte ihn aus ihrer Handtasche und gab ihn mir. Im Inneren des Herzens lag die Feder, weich und weiß.

82

Am Mittwoch, als mein Zustand stabil war, verlegten sie mich von der Intensivstation in ein Privatzimmer. Ich brauchte weder eine Traktion noch ein orthopädisches Korsett. Es handelte sich nicht um eine sogenannte »instabile Verletzung«, die Zeit brauchte, um zu heilen. Sie war sehr wohl stabil. Mein Rückenmark war schwer in Mitleidenschaft gezogen worden und das war das Ende der Geschichte. Kein Chirurg der Welt konnte die beschädigten Nervenbahnen reparieren. Auch heute wäre das noch unmöglich.

Während der wenigen Tage, die ich im Krankenhaus verbrachte, wurden meine kleineren Wunden behandelt und Tests durchgeführt, um das Ausmaß meiner Behinderungen festzustellen. Die Krankenschwestern konnten nicht viel mehr für mich tun, als mich regelmäßig im Bett zu drehen, um zu verhindern, dass sich aufgrund meiner

Unbeweglichkeit und des fehlenden Gefühls in meinen Beinen Geschwüre bildeten.

Am Donnerstag begann die Physiotherapie. Die Therapeutin bewegte meine Beine, indem sie meine Knöchel und Knie beugte, was von nun an täglich jemand für mich tun musste, um zu verhindern, dass meine Gelenke blockierten und meine Muskeln sich infolge der Lähmung verkürzten.

Ich trauerte meiner Beweglichkeit nicht nach, war nicht am Boden zerstört, weil ich zum Krüppel geworden war – ein Wort, das damals ganz selbstverständlich verwendet wurde und ebenso wie »behindert« nicht als eine Beleidigung galt. Ich hatte das Gefühl, dass ich bekommen hatte, was ich verdiente, und dass meine einzige Hoffnung auf Erlösung darin lag, diesen Zustand klaglos zu ertragen.

Es wurden mir nun weniger Schmerzmittel verschrieben und ich konnte mich nicht mehr in einen von Medikamenten benebelten Zustand zurückziehen. Ich hüllte mich auch nicht mehr absichtlich in Schweigen. Ich sprach mit allen, obwohl ich nicht mehr so redselig war wie früher. Nichts, was ich sagte, schien es mir wert zu sein, dass man mir zuhörte, nicht nach all dem Leid, das meine Anwesenheit in der Welt verursacht hatte. Meist beschränkte ich mich auf das Antworten und begann nur wenige Gespräche selbst. Ich war mir bewusst, dass mein Kummer und meine Schuldgefühle meine Mutter und Grandpa Teddy bedrückten. Aber so zu tun, als ob ich etwas anderes fühlte, hätte mich mit Selbstekel erfüllt.

Wie schon auf der Intensivstation war immer jemand bei mir, oft mehr als eine Person. Mr. Yoshioka besuchte mich so häufig, zwei- bis dreimal am Tag, dass ich mich verpflichtet fühlte, ihn zu warnen, dass er so seinen Job verlieren würde. Er lächelte nur und erwiderte, dass er seit Jahren keinen Urlaub genommen und sich nie krank gemeldet habe, wodurch er eine beträchtliche Anzahl von verdienten Urlaubstagen angesammelt habe.

Einmal kam er mit Detective Otani, der mich über das befragte, was ich bei der First National gesehen hatte, und meine Aussage über Fiona und Tilton aufnahm. Aurora Delvane war verhaftet worden, beteuerte aber, nichts von den finsteren Absichten ihrer Kameraden gewusst zu haben. »Wir waren nur eine Art kleine Kommune. Freie Liebe, was anderes habe ich dort nicht gesehen.« Sie versprach zu kooperieren, aber sie hatte noch keine Kaution hinterlegt. Die anderen waren auf der Flucht.

Am Donnerstag sprang Mr. Yoshioka für Mutter und Großvater ein, während sie gemeinsam zum Mittagessen gingen. Er saß an meinem Bett und stützte die Arme auf die Armlehnen des Stuhls, eine gelassene Haltung, die für ihn typisch war. »Jonah, erinnerst du dich noch, wie du mir vor langer Zeit, als du noch nicht zehn, sondern erst neun Jahre alt warst, erzählt hast, dass du von Miss Cassidy und Mr. Drackman geträumt hast, noch bevor du ihnen begegnet bist?«

»Sicher. Ich hatte Ihnen Schokoladenkekse mitgebracht.«

»Sehr leckere. An diesem Tag habe ich dir von einem meiner eigenen prophetischen Träume erzählt, in dem meine Mutter und meine Schwester bei einem Brand ums Leben kamen.«

»Ich habe Fotos von ihnen gefunden«, sagte ich.

Er zog die Augenbrauen hoch. »Ach, wirklich?«

»In einem Buch über Manzanar aus der Bibliothek. Ich habe die Seite kopiert und aufbewahrt.«

Eine Weile starrte er auf seine rechte Hand, die auf der Stuhllehne ruhte, als ob er es vorzog, mich nicht anzusehen. Ich fragte mich, ob ich in irgendeiner Weise in seine Privatsphäre eingedrungen war, in das, was ihm heilig war, indem ich Fotos von seiner Mutter und seiner Schwester gefunden und behalten hatte.

Als er mich wieder anschaute, sagte er: »Ich habe damals erwähnt, dass ich glaube, dass uns, die wir sehr gelitten haben, von Zeit zu Zeit die Gnade der Vorhersage zuteilwird, sodass wir uns weitere Qualen ersparen können. Damals war ich ein verbitterter junger Mann, so wütend über unsere Internierung in Manzanar. Meine Wut war heiß, Jonah, so weißglühend, dass sie eine Zeit lang meinen Glauben verbrannte, den Glauben an dieses Land, den Glauben an meinen Vater, dessen Unterwürfigkeit mich wütend machte, sogar den Glauben, dass das Leben einen Sinn hat. Und obwohl ich sieben Tage vor dem Brand von ihm träumte, konnte ich nicht glauben, dass es sich um mehr als einen gewöhnlichen Albtraum handelte. In meiner Wut konnte ich nicht akzeptieren, dass es so etwas wie Gnade geben könnte, dass mir der Traum gegeben worden war, damit mir der Verlust meiner kostbaren Mutter und Schwester erspart bliebe. Ich schätzte meine Wut zu sehr, um sie loszulassen, zu sehr, um zu glauben.«

»Sie konnten doch nicht wissen, dass es eine Prophezeiung war.«

»Doch, ich hätte es wissen können. Wenn ich nicht von Wut zerfressen gewesen wäre. Wenn ich mir erlaubt hätte, die Unbeständigkeit des Lebens mit mehr Weisheit und einem großzügigeren Herzen anzunehmen. Manzanar war falsch. Die Internierungslager wurden jedoch in einer Zeit der Angst errichtet, und diese war rational. Aber Angst kann Menschen dazu bringen, Dinge zu tun, die sie in ruhigen Zeiten nie in Erwägung ziehen würden. Die Angst kann uns blind machen, aber auch der Zorn.«

Fast hätte ich ihm noch einmal versichert, dass er keine Schuld an dem Küchenbrand trug. Aber nach seiner Direktheit und der erwartungsvollen Miene zu urteilen, mit der er mich ansah, schien er zu erwarten, dass ich über das Gedachte nachdachte, um aus seinen Worten eine wesentliche Erkenntnis zu ziehen.

Nach einem Schweigen fuhr er fort: »Die Kapitulation vor der Angst zerstört viele Leben. Das Schwelgen in sturer Wut zerstört noch mehr. Aber Schuld, Jonah, ist ein nicht weniger großer Zerstörer von Leben. Ich spreche zu dir als Experte für alle drei. Angst kann überwunden werden. Du kannst den Zorn loslassen. Und auch Schuld kann vergeben werden.«

Ich wandte das Gesicht ab und entgegnete: »Sich selbst zu verzeihen bedeutet keine wirkliche Vergebung. Das wäre zu einfach.«

»Aber man kann und muss es tun, besonders wenn die Schuld so wenig verdient ist. Der Weg ist einfach. Du musst dich an die Liebe erinnern, die du für diejenigen empfunden hast, die du verloren hast. Deine Mutter sagte mir, dass du Amalia vergöttert hast. Es scheint, dass das jeder tat. Erinnere dich an diese Verehrung. Lass nicht zu, dass deine Schuldgefühle sie aus deinem Herzen verdrängen. Öffne dein Herz für sie und hole sie zurück hinein, damit sie immer bei dir sein kann. Schuldgefühle verwehren ihr den Zutritt. Kummer wäre ein Geschenk für sie, ein Weg, der die Hoffnung auf Glück zulässt. Glaube mir, Jonah, auch was Trauer und ihren Wert angeht, bin ich ein Experte.«

83

Später an diesem Tag wachte ich aus einem kurzen Schlaf auf und hörte die Stimme meiner Mutter und einer anderen Person, die ich im ersten Moment nicht erkannte. Mrs. Mary O'Toole. Sie hatte mir im Gemeindezentrum Klavierunterricht erteilt. Irgendetwas am Tonfall ihres Gesprächs brachte mich dazu, die Augen zu schließen und mich schlafend zu stellen.

»Er kam manchmal am späten Nachmittag an die Hintertür des Zentrums«, sagte Mrs. O'Toole. »Er ging in den Flur und wartete, um das Klavier zu hören. Das Klavierzimmer liegt direkt gegenüber von meinem Büro. Wenn Musik zu hören war, konnte er immer sofort erkennen, ob es Jonah war oder jemand anderes.«

»Er spielt selbst kein Instrument«, gab meine Mutter zu bedenken.

»Aber ich schwöre dir, Sylvia, er hat ein Ohr dafür. Zumindest für diesen Jungen. Wenn Jonah gespielt hat, ist er immer in den Aktenraum neben meinem Büro gegangen und hat sich hinter die halb geöffnete Tür gesetzt, um zuzuhören.«

»Und Jonah wusste nicht, dass er da war?«

»Nein. So wollte er es. Er ging entweder, bevor Jonah für den Tag fertig war, oder erst dann, wenn Jonah schon seit fünf Minuten weg war. Um ehrlich zu sein, fand ich das zuerst ein bisschen unheimlich, aber bald dann nicht mehr.«

Während ich mich weiter schlafend stellte, wurde mir klar, dass sie über Tilton sprachen und dass mein Vater heimlich gekommen war, um mich spielen zu hören. Ich wusste nicht, was ich davon halten sollte, wollte auf keinen Fall irgendetwas davon halten.

Mary O'Toole fuhr fort: »Schon bei seinem zweiten oder vielleicht dritten Besuch kam er danach in mein Büro und fragte: ›Haben Sie auch das Gefühl, dass Gott den Raum betritt, wenn er spielt?‹ Ich habe das wohl missverstanden, denn ich sagte ihm, Jonah sei ein großartiger Junge, aber kein Heiliger. Darauf hat er geantwortet: ›Nein, ich meine, dass Gott den Raum betritt, wenn Jonahs Musik erklingt. So fühlt es sich jedenfalls für mich an.‹ Dann sagte er, es sei eine Ehre, ihm zuzuhören, und dann ging er.«

»Das habe ich nicht gewusst«, sagte Mutter.

»An einem Tag im letzten Winter habe ich zu ihm in den Aktenraum geschaut, und er hat so sittsam dagesessen, immer noch in seinem schweren Mantel, hat seinen Hut in beiden Händen gehalten und Tränen liefen ihm über das Gesicht. Er hat sich bei mir ausgerechnet für seine Tränen entschuldigt und sagte, er habe aus seinem Leben eine Isolation gemacht. Genau so hat er es ausgedrückt. Er spricht sonst nie über persönliche Dinge, ist zurückhaltend. Aber er sagte, er habe aus seinem Leben eine Isolation gemacht, es sei zu spät für ihn, Vater eines eigenen Kindes zu werden. Er sagte: ›Die Welt ist voller Schönheit, nicht wahr? Es gibt überall Gnade, wenn wir sie nur sehen wollen.‹ Er ist so ein netter kleiner Mann.«

Natürlich hatte sie nicht über meinen Vater gesprochen. Mr. Yoshioka war ab und zu ins Gemeindezentrum gekommen, um mir beim Spielen zuzuhören, und ich hatte es nie erfahren.

Dieser besondere Tag, auf den sich Mary O'Toole bezog, muss der verschneite Nachmittag gewesen sein, an dem ich dicht hinter ihm aus dem Gemeindezentrum gekommen war und er in seinem Mantel mit Halstuch und Filzhut so schneidig ausgesehen hatte.

Ich hatte ihm an diesem Tag eine Freude gemacht, indem ich ein Haiku von Naitō Jōsō auswendig gelernt hatte.

Jetzt, im Krankenhauszimmer, tat ich so, als wäre ich gerade erst aufgewacht, und eine Zeit lang bemühte ich mich, Mrs. O'Toole gegenüber mehr wie früher zu sein. Aber während ich so tat, als wäre meine Stimmung besser als die, in der ich immer noch versunken war, wuchs in mir eine Sorge: Mr. Yoshioka war vielleicht in Gefahr. Lucas Drackman, Fiona Cassidy, Mr. Smaller und mein Vater waren immer noch frei, auf der Flucht oder untergetaucht. Wenn sie eine Pressekonferenz der Polizei im Fernsehen sahen oder die Zeitung lasen, würde ihnen vielleicht bewusst, dass Mr. Yoshioka und die Leute aus Manzanar sie an die Behörden verraten hatten. Höchstwahrscheinlich würde mein Vater fliehen, sich verstecken, ein neues Leben anfangen.

Aber ich konnte mir nur zu gut vorstellen, dass die anderen drei Rachegelüste hatten.

84

Der Freitag begann mit einer Nachricht, von der ich nicht wusste, dass Mom und Grandpa sie bereits hoffnungsvoll erwartet hatten. Meine Ärzte stellten fest, dass ich nicht inkontinent sein würde. Obwohl meine Beine gelähmt waren, würde ich in der Lage sein, ohne fremde Hilfe zu pinkeln und meinen Darm zu entleeren.

Als ersten Test für diese Schlussfolgerung entfernte eine Krankenschwester meinen Blasenkatheter und die daran befestigte Auffangflasche, und man forderte mich auf, in den nächsten Stunden eine reichliche Menge Wasser zu trinken.

Schließlich verspürte ich den Drang. Um mir die Peinlichkeit zu ersparen, bei dieser Angelegenheit von einem Fremden betreut zu werden, trug mich Grandpa Teddy in das angrenzende Badezimmer und setzte mich auf die Toilette.

»Nur wir Jungs«, sagte er, als meine Mutter ihm folgen wollte, und schloss die Tür.

Nachdem ich einen Moment lang dagesessen hatte, fragte ich: »Und was jetzt?«

»Jetzt versuchst du es mal.«

»Versuchen?«

»Genau wie immer. Du machst das doch schon seit mehr als zehn Jahren, oder?«

»Ja, eigentlich schon.«

»Eigentlich? Ich glaube nicht, dass du die ganze Zeit nur so getan hast, als ob.«

Ich strengte mich ein wenig an, hielt dann aber inne. »Also …«

Es gelang ihm nicht, seine Besorgnis zu verbergen.

»Also was?«

»Ich weiß nicht.«

»Was weißt du nicht, Junge?«

»Es fühlt sich nicht richtig an.«

»Wie fühlt es sich denn an?«

»Komisch«, erwiderte ich.

Er starrte einen langen Moment auf mich herab. Er war so groß und imposant wie ein Ochsenfrosch, gegen den ich eine Kaulquappe war. Dann wurden seine Augen größer, er riss sie absichtlich ein wenig weiter auf und sagte: »Meinst du komisch im Sinne von merkwürdig oder im Sinne von *haha?*«

Ich fing an zu kichern, wie er es wohl erwartet hatte.

»Ich frage ja nur nach einer Definition«, fuhr mein Großvater fort. »Merkwürdig, als wenn auf einmal ein Schwarm Vögel aus deinem Ding fliegt? Oder lustig, weil ich so albern aussehe, wenn ich hier herumstehe wie ein Pipi-Trainer?«

Das Kichern hörte nicht auf, aber das Pinkeln begann.

Danach hielt er mich am Waschbecken fest. Ich wusch mir die Hände, zog ein Papiertuch aus dem Spender und trocknete sie ab. Dann hob er mich sanft hoch, wiegte mich und küsste mich auf die Stirn. »Solange ein Mann noch pinkeln kann, Jonah, kann er es mit allem aufnehmen, was die Welt ihm in den Weg stellt.« Er trug mich zurück zu meinem Bett, neben dem meine Mutter stand, die gleichzeitig lächelte und weinte.

85

Am Dienstag, acht Tage nach den Ereignissen in der Bank, entschieden die Ärzte und die Therapeutin, dass ich am Donnerstag nach Hause konnte, und das war eine tolle Art, den Morgen zu beginnen. Die Krankenschwestern, Pfleger und alle anderen waren sehr nett zu mir gewesen, aber ich hatte trotzdem genug vom Krankenhaus.

Keiner aus der Bande, die den Colt-Thompson-Panzertransporter überfallen hatte, war gefasst worden. Auch der gestohlene Lkw und der dritte Wachmann waren noch nicht gefunden worden. Aber ich dachte mir, wenn eine Bank schon nicht vor ihnen sicher war, dann war es ein Krankenhaus auch nicht.

Später an diesem Nachmittag starrte ich bei ausgeschaltetem Ton auf irgendeinen dummen Nachmittagsfilm im Fernsehen und machte mir Sorgen um Mr. Yoshioka, als Mom aus dem Flur hereinkam. »Jonah, hier ist jemand ganz Besonderes, der dich besuchen will. Du willst ihn vielleicht nicht sehen, aber du solltest es, auch wenn es schwerfällt.« Ich fragte, wer es war, und sie antwortete: »Es geht genauso sehr um ihn wie um dich, mein Schatz.«

»Malcolm?«, fragte ich.

Sie nickte. »Du kannst doch stark für ihn sein, oder?«

»Ich hab Angst.«

»Dazu gibt es keinen Grund. Er macht sich Sorgen um dich. Machst du dir keine Sorgen um ihn?«

Ich schloss die Augen, atmete tief ein und aus und öffnete sie wieder. Ich wusste, was meine Mutter von mir erwartete, warum sie es erwartete und sogar, warum sie es erwarten *sollte*. Ich schaltete den stummen Fernseher aus. »Okay.«

Unbeholfen wie immer, mit hochgezogener Hose und zehn Zentimeter langen weißen Socken, die zwischen seinen Hosenbeinen und Schuhen zum Vorschein kamen, trat er ins Zimmer. Meine Mutter ging in den Korridor, schloss die Tür und ließ uns allein. Er schaute mich nicht einmal an, sondern ging zum Fenster und blickte hinaus. Der Sommertag draußen war so hell und warm, als hätte sich in der Stadt nie eine Tragödie ereignet.

Als er nichts sagte, fragte ich mich, ob ich zuerst sprechen sollte. Ich suchte nach den passenden Worten, aber dann fand er seine Stimme wieder.

»Ich bin allein hergekommen. Ich kenne die Busse. Das ist nicht so schwer. Nur das Umsteigen war ein bisschen schwierig.« Nach einer Pause fuhr er fort. »Ich weine nicht, weißt du? Ich habe schon lange nicht mehr geweint, und ich werde auch jetzt nicht damit anfangen. Wenn du in unserem Haus weinst, ist das so, als würdest du sie gewinnen lassen. Das habe ich schon vor tausend Jahren herausgefunden. Selbst wenn sie sagen ›Geh doch zum Heulen in die Garage‹, kannst du da nicht hingehen und weinen, weil sie's merken würden. Ich weiß nicht, woher sie es wissen, aber sie wissen es. Amalia hat gesagt, dass sie manchmal glaubte, sie ernähren sich von unseren Tränen, weil sie selbst keine mehr produzieren können. Aber dann hat sie immer einen Rückzieher gemacht und gesagt, dass es nicht ihre Schuld sei, dass ihnen einfach Dinge zugestoßen sind, die sie so gemacht haben, wie sie sind. Ich bin da nicht so gnädig.«

Mir wurde klar, dass in diesem Moment nichts, was ich sagen konnte, von Bedeutung war. Malcolm musste reden und ich musste ihm zuhören, ganz egal wie schwer es mir fiel.

»An diesem Morgen«, fuhr er fort, und ich wusste, welchen Morgen er meinte, »stand sie sehr früh auf. Sie hatte viel zu tun, bevor sie etwas mit uns unternehmen konnte, ohne sich eine Menge Mist von ihnen anhören zu müssen. Sie musste ihnen jeden Morgen Frühstück machen, zwei verschiedene zu zwei verschiedenen Zeiten, weil sie kaum zusammen essen und nie das Gleiche wollen. Ich habe die Aschenbecher der letzten Nacht für sie geleert, weil die beiden nie dran denken, das selbst zu tun. Ich habe das Papier im Vogelkäfig gewechselt und noch ein paar andere Dinge erledigt. Als der Alte gefrühstückt hatte und zur Arbeit ging und die Alte mit ihrem Frühstückstablett im Sessel vor dem Fernseher saß, hatte Amalia immer noch einiges zu tun. Sie musste ja am späten Nachmittag, wenn wir aus der Stadt nach Hause kamen, das Abendessen auf den Tisch und auf das Tablett stellen können, wenn er nach Hause kam und über die Leute auf der Arbeit meckerte. Man hätte meinen können, dass er jedem Idioten in der Werkstatt jeden Tag aufs Neue beibringen musste, wie man eine Drehbank bediente, als ob die ganze Mannschaft über Nacht vergessen würde, wie sie ihren Job zu machen hatte. Amalia schält also an diesem Morgen Karotten und legt sie in eine Schüssel mit Wasser, und ich schäle Kartoffeln und lege sie in eine andere Schüssel mit Wasser. Wir erledigen unsere Arbeit, bis sie zu den Pilzen kommt. Der Herr und die Dame mögen ihre Pilze. Ich meine, wenn es Fleisch gibt, muss es auch Soße geben, und die Soße muss voll mit verdammten geschnittenen Pilzen sein. Und wenn es keine Soße gibt, sondern Lasagne, dann sollte die verdammte Lasagne besser so mit Pilzen vollgestopft sein, dass man an ihnen ersticken könnte. Amalia hat also kiloweise Pilze besorgt, ich weiß nicht, wie viele. Sie muss sie putzen und vorbereiten, so wie *sie* es mögen, und das alles so schnell, dass wir drei den Bus noch erwischen. Aber sie lässt mich nicht helfen, sie sagt, ich sei zu grob zu den Pilzen. Selbst wenn die verdammten Pilze in der verdammten Lasagne oder in der Soße sind, merken der Meister der Drehbank und seine Geliebte, wenn sie grob behandelt wurden, und dann stellt man sich besser auf Gejammer, Schelte und allgemeine schlechte Laune ein.«

Er hielt inne, um ein paarmal tief durchzuatmen und sich zu beruhigen. Er sah immer noch lieber zum Fenster als zu mir.

»Amalia beeilt sich also mit den Pilzen und versucht, dabei nicht zu grob zu sein, Gott bewahre. Ich sehe, wie ihre Hände zittern. Ich meine, sie ist so nervös wegen dieser blöden Pilze, um sie richtig zu machen und sie alle rechtzeitig fertig zu bekommen, als ob das Schicksal der Welt davon abhängt. Ich sehe in ihr Gesicht, und sie konzentriert sich auf diese Pilze, Mann, mit aller Kraft, sie beißt sich auf die Lippe, um sich besser konzentrieren zu können. Sie ist brillant, *brillant,* kennt sich mit Kunst und Architektur aus, mit Musik und Büchern. Sie kann schreiben, o Mann, wie sie schreiben kann, sie wird mal die berühmteste Schriftstellerin der Welt oder so. Dann hat sie noch dieses *Vollstipendium* für vier Jahre. Und sie sehen es nicht oder es ist ihnen egal. Sie wollen ihr nur in den Hintern treten, wenn sie nicht genug von diesen saublöden Pilzen zubereitet oder sie nicht nach den höchsten Standards im Hause Pomerantz macht.«

Er schwieg lange, atmete anfangs schwer und schnell, keuchte fast, aber mit der Zeit wurde er ruhiger.

»Sie machen Geräusche, seit es passiert ist. Die Art von Geräuschen, von denen sie wissen, dass sie sie in so einer Zeit machen sollten. Wie furchtbar es ist. Wie ungerecht es ist. Wie sehr sie sie vermissen. Wie leer das Haus jetzt zu sein scheint. Aber das sind alles nur Geräusche. Keiner von beiden weint auch nur eine Träne. Sie holen sich ihr Abendessen aus diesem oder jenem Restaurant und beschweren sich darüber. Sie versuchen es mit Fertiggerichten und beschweren sich darüber. Sie schauen in die Glotze wie früher. Ich schwöre dir, sie reden lieber mit den Wänden, statt miteinander zu reden. Ich gehe zum Weinen in die Garage, ohne dass man mich dazu auffordern muss. Das Einzige, was sich wirklich bei ihnen geändert hat, abgesehen vom Essen, ist, wie viel sie rauchen. Sie rauchen wie Fabrikschlote, schlimmer als je zuvor, als ob sie versuchen, das Haus komplett mit Rauch zu füllen, damit sie nicht merken … dass sie weg ist.«

Endlich wandte er sich vom Fenster ab, kam zum Bett und starrte auf meine nutzlosen Beine.

»Sie war so verdammt nahe dran, alldem zu entkommen, weißt du?«

Ich wagte zu sprechen. »Ich weiß.«

»Ein Vollstipendium – im September wäre sie zur Universität gegangen. Sie hätte alles werden können. Das ist ein weiterer Grund, warum ich nicht weinen werde. Auf gar keinen Fall. Sie hatte alles. Sie war hübsch, brillant, lustig, elegant, freundlich. Sie war so nett zu allen. Sie verstand mehr vom Leben, von der Welt, als ich es jemals werde. Und sie hat so intensiv gelebt, Mann, einfach so intensiv. Sie hat in 17 Jahren mehr gelebt als die meisten Menschen in 100 Jahren, und das ist kein Grund zum Weinen. Das ist doch kein Grund zum Weinen, oder?«

»Nein«, erwiderte ich.

Endlich sah er mir in die Augen.

Ich sagte: »Ich habe sie auch geliebt.«

Zum Glück hatte man mir zuvor den Tropf und den Katheter abgenommen. Nachdem Malcolm das Sicherheitsgeländer heruntergelassen hatte, stieg er zu mir ins Bett, nicht weniger unbeholfen als sonst. Er legte seinen Kopf auf meine Brust, als wäre er kleiner als ich, jünger als ich.

Eines der vielen Wunder dieser Welt besteht darin, dass jeder, den wir neu kennenlernen, fast über Nacht zu einer zentralen Figur in unserem Leben werden kann, wenn wir es zulassen, kaum weniger wichtig für uns als Luft und Wasser. Obwohl wir diese Welt zu einer Welt des Hasses, des Neids und der Gewalt gemacht haben, sehe ich eine überwältigende Vielzahl von Beweisen dafür, dass sie geschaffen wurde, um zu Freundschaft, Liebe und Güte zu inspirieren.

Er sagte: »Hass dich nicht selbst, Jonah. Du bist nicht dein Vater und könntest es auch nie sein. Du musst du selbst sein, und an der Art, wie du und ich immer miteinander umgegangen sind, hat sich nichts geändert. Du bist alles, was ich jetzt noch habe, Jonah. Nur noch dich. Nur dich.«

Sein Versprechen, niemals zu weinen, hielt nur bis zu diesem Moment.

86

So viele Menschen kamen mich im Krankenhaus besuchen, aber diejenige, die ich am meisten erwartet hatte, Miss Pearl, erschien nicht. Sie hatte gesagt, sie habe mir bereits mehr geholfen, als sie es jemals hätte tun sollen. Was als Nächstes geschehe, hänge von allen Menschen ab, die in ihren Straßen wohnten, und mein Anteil daran liege bei mir. Ich hoffte immer noch, sie wiederzusehen.

Bis wir in Großvaters 21 Jahre altem Cadillac auf dem Heimweg waren, hatte ich mir keine Gedanken über die Kosten für die medizinische Versorgung gemacht. Ich wusste, dass wir eine preiswerte Versicherung hatten, und plötzlich wurde mir klar, dass die Behandlung, die ich erhalten hatte, die bestmögliche gewesen sein musste.

Mom, die neben mir auf dem Rücksitz saß, sagte: »Das Krankenhaus weigert sich, uns eine Rechnung zu stellen, Schatz. Und alle Ärzte auch. Wir wollen keine Almosen. Wir haben uns dafür eingesetzt, dass wir es nach und nach abbezahlen dürfen, aber keiner von ihnen will auch nur einen Cent annehmen. Es ist ein katholisches Krankenhaus. Ich weiß es nicht, aber vielleicht liegt es daran, dass deine Großmutter all die Jahre für den Monsignore gearbeitet hat.«

Ich erwiderte: »Es gibt wirklich gute Menschen auf der Welt, oder?«

»Ja, die gibt es«, stimmte sie zu.

Grandpa Teddy, der am Steuer saß, sagte: »Und ich bin stolz darauf, heute der Chauffeur von zwei der besten aller guten Menschen zu sein. Wie wär's, wenn wir bei Baskin-Robbins anhalten und den Laden um drei handabgefüllte Literportionen Eis erleichtern, jeder die Sorte, die er mag?«

Mom antwortete: »Da musst du mich nicht zweimal fragen.«

»*Mich* erst recht nicht«, verkündete ich.

»Nur dass ihr's wisst, es gibt immer noch Regeln in dieser Familie, und Völlerei gibt's bei uns nicht. Wir werden nicht alles heute Abend schon aufessen.«

Als wir zu Hause ankamen, stellte ich fest, dass die Verandatreppe durch eine lange, stabile Rampe ersetzt worden war. Die Türöffnungen im Erdgeschoss, außen wie innen, waren verbreitert und für einen Rollstuhl umgebaut worden, und überall waren neue Türen eingehängt worden. Der Rollstuhl stand im Wohnzimmer. Großvater setzte mich hinein, wobei er darauf hinwies, dass das Tempolimit im Haus streng eingehalten werden müsse. Alle Teppiche in den unteren vier Zimmern waren aufgerollt und weggeräumt worden, sodass die Hartholzböden – in der Küche das Linoleum – völlig frei lagen. Die Möbel waren so umgestellt worden, dass ich mich frei bewegen konnte. Die Esszimmermöbel hatte man eingelagert und dafür meine Schlafzimmermöbel nach unten gebracht.

Die beeindruckendste Veränderung war das Badezimmer im Erdgeschoss, wo sich früher das kleine Arbeitszimmer meines Großvaters befunden hatte. Ein niedriges Waschbecken ermöglichte es mir, direkt heranzurollen. Ein stabiles Geländer umgab die Toilette, sodass ich mich aus dem Rollstuhl auf den Sitz und wieder zurück manövrieren konnte, ohne dass die Gefahr eines Sturzes bestand. Auch die Badewanne war mit Sicherheitsgriffen ausgestattet.

Erstaunt fragte ich: »Wie habt ihr das denn alles in nur elf Tagen geschafft? Und, meine Güte, was hat das gekostet?«

»Auf beides gibt es die gleiche Antwort«, erwiderte Grandpa. »Viele gute Handwerker gehen in unsere Kirche oder wohnen in der Nachbarschaft. Das war alles freiwillige Arbeit. Wir haben sie nicht einmal darum gebeten, sie kamen einfach zu uns. Außerdem kann ich gut mit dem Pinsel umgehen, wenn ich das so sagen darf. Wir haben nur für das Material bezahlt, und das war kein großes Problem.«

Ich konnte sehen, wie gerührt er von der Freundlichkeit unserer Nachbarn war.

Es gab etwas, das ich damals nicht wusste und noch jahrelang nicht erfahren sollte, weil man es mir verheimlichte: Eine der Zeitungen der Stadt hatte anfänglich versucht, aus der Tatsache, dass ich zufällig zur gleichen Zeit in der Bank war, als mein Vater die Aktentasche abstellte, eine große Nachricht zu machen. Sie fragten, woher ich gewusst habe, dass die Tasche eine Bombe enthielt. Damals, als die Medien noch nicht an einem Strang zogen, wurden Menschen von ihnen nur zum Vergnügen durchgekaut und wieder ausgespuckt, aber die Attacke kam nicht von allen gleichzeitig.

Als die Journalisten der beiden anderen großen Zeitungen bei der Polizei nachfragten, erfuhren sie, dass mein Vater uns verlassen hatte und er und meine Mutter geschieden waren. Sie bekamen auch zu hören, dass unsere Familie und ein Freund seit Langem Misstrauen hegten gegenüber seinen Aktivitäten und den Personen, mit denen er verkehrte. Unter den Polizeibeamten, die an der Pressekonferenz teilnahmen, war auch Detective Nakama Otani. Er erklärte, dass sie ohne die Hilfe der Familie Bledsoe – meine Mutter hatte ihren Mädchennamen wieder angenommen – zu diesem Zeitpunkt nicht den geringsten Hinweis auf die Identität derjenigen hätten, die den schrecklichen Anschlag in der First National begangen hatten. Er sagte weiterhin, wenn ich nicht dort gewesen wäre und meinen Vater nicht gesehen hätte, hätten die Menschen in der Bank keine Chance gehabt zu fliehen oder Schutz zu suchen, was zu einer weit höheren Zahl von Toten geführt hätte. »Der Junge hätte weglaufen und sich selbst retten können, aber er hat stattdessen versucht, andere zu retten«, sagte Detective Otani. »Und für seine Tapferkeit wird er nun nie wieder laufen können.« Danach schloss sich die Zeitung, die den beleidigenden Artikel verfasst hatte, den anderen Blättern an, die mich zum Helden erklärten.

Meine Mutter und mein Großvater hatten allen, von den Krankenschwestern bis hin zu unseren Freunden, eingeschärft, dass sie mir nicht erzählen sollten, dass ich erst zum Bösewicht und dann zum Helden erklärt worden war. Dieses Wissen würde mir nicht guttun und könnte mir emotionalen und psychischen Schaden zufügen. Wir waren eine Familie von Musikern, von Entertainern. Wir wollten Applaus, aber nicht dafür, dass wir unter Stress das Richtige taten, was jedem gelingen konnte, sondern dafür, dass wir die richtigen Töne in der richtigen Reihenfolge und mit einer Prise Stil trafen.

Mom und Grandpa Teddy waren so weise. In Anbetracht meiner Schuldgefühle und meines Kummers hätte ich vielleicht Zuflucht in der Bezeichnung *Held* suchen können. Schlimmer noch, ich hätte Befriedigung darin finden können. Ich kenne mich gut genug, um zu wissen, dass dies meinem Charakter entsprochen hätte. Ein derart hohes

Selbstwertgefühl schon in jungen Jahren hätte mich vielleicht nicht weniger aus der Bahn geworfen als eine Querschnittslähmung.

Als ich an jenem Donnerstag nach Hause kam, stand das Klavier noch immer im Vorderzimmer, obwohl eine neue Bank aufgestellt worden war. Die Sitzfläche entsprach den Maßen der vorherigen Bank, allerdings war eine gepolsterte Rückenlehne hinzugefügt worden. Ich brauchte noch Jahre, bis ich hundertprozentig im Gleichgewicht bleiben konnte, wenn ich auf einem Stuhl ohne Armlehnen saß, ganz zu schweigen von einer Bank ohne Rückenlehne oder Armlehnen. Da ich in den letzten zwei Jahren gewachsen war, brauchte ich zum Glück nicht mehr auf meine Po-Rutschtechnik zurückzugreifen, um meine Reichweite auf der Tastatur zu vergrößern, denn diesen Trick konnte ich nicht mehr anwenden.

Mein Großvater hatte seinen geliebten Steinway so verändert, dass er ein wenig hässlich geworden war, was mir das Herz schwer machte. Mit bewundernswerter Cleverness hatte er einen Weg gefunden, wie ich das Dämpfer-, das Una-Corda- und das Sostenuto-Pedal auch dann noch benutzen konnte, wenn meine Füße für mich unbrauchbar waren. Er hatte die Klappe abgenommen, sodass die Tasten dauerhaft frei lagen, und er hatte in das Gehäuse dahinter gebohrt, um drei Regler einzubauen, die den Zugknöpfen – oder Registerzügen – einer Orgel ähnelten. Jeder dieser Regler steuerte einen Draht, der straff über zwei Rollen hinter der Lyra bis zum Pedal gespannt war, das er durch die Rückseite des Lyrabodens verlängert hatte. Durch Ziehen an einem Knopf wurde die Pedalfunktion aktiviert, durch Drücken wurde das Pedal freigegeben.

Nicht elegant, nicht ideal, aber machbar, versicherte er mir. Selbst wenn ich etwas so Förmliches wie Mozart spielen wollte, würde ich dabei ein wenig improvisieren müssen, um bei Bedarf eine Hand frei zu haben, um schnell den Zugknopf drücken oder ziehen zu können.

Andernfalls könne ich die Verlängerungen für die Knöpfe benutzen, die er bis dahin beiseitegelegt hatte. Mit einiger Nervosität und einer Stimme, die so ernst war wie seine Miene, zeigte er sie mir. Die Verlängerungen lagen etwa 25 Zentimeter über der Tastatur. Sie waren mit Gummi ummantelt, sodass ich mit den Zähnen an einem Knopf ziehen und ihn mit dem Kinn hineindrücken konnte, wenn ich beim Spielen den Hals ein wenig neigte.

»Es funktioniert wirklich«, versicherte Grandpa mir mit nüchterner Überzeugung. »Klar, du musst den Dreh raushaben, und eine Zeit lang wird es frustrierend sein. Aber ich habe mit ihnen geübt und eine Technik entwickelt. Ich glaube, ich kann sie dir ziemlich schnell beibringen. Es ist nicht elegant, es ist nicht ideal …«

Als ich hinzufügte »Aber es ist machbar«, schaute er mich einen Moment lang unsicher an, erkannte, dass ich nicht verzweifelt war, und lächelte breit.

Wie sehr muss es ihn geschmerzt haben, für seinen hochbegabten Enkel eine solche Vorrichtung zu entwickeln! Er spielte wie gesagt mit Geschmack und Eleganz, mit überlegenem Stil, und seine linke Hand war die beste, die man je hören wird. Innerhalb von zwei Jahren hatte ich mich so weit entwickelt, dass ich mit ihm mithalten konnte, und er war stolz auf mein Talent. Er wartete sehnsüchtig auf den Moment, in dem ich ihn übertreffen würde. Erst vor Kurzem hatte er behauptet, dieser Moment sei nur noch wenige Tage entfernt. Er musste wissen, dass ich ihn jetzt niemals übertreffen würde und dass es ein Wunder wäre, wenn ich mithilfe der Knöpfe jemals wieder so gut spielen würde wie er. Aber er glaubte daran, und er wollte, dass auch ich daran glaube. Ich hatte ihn immer sehr geliebt, aber in diesem Moment liebte ich ihn wie nie zuvor.

Meine Mutter und mein Großvater schlugen nicht vor, dass ich spielen sollte, obwohl ich wusste, dass sie erwarteten, dass ich es versuchte. Ich hatte elf Tage lang keine Klaviertaste angerührt. Normalerweise wäre ich begierig darauf gewesen, es zu tun. Aber ich bat sie nicht darum, mir vom Rollstuhl auf die Bank zu helfen. Ich täuschte extreme Müdigkeit vor, eine plausible Ausrede unter diesen Umständen.

Die Ärzte hatten erklärt, dass ich die volle Funktion und Kraft meines Oberkörpers behalten würde. Seit dem Erwachen im Aufwachraum nach der Operation, als ich für einen beunruhigenden Moment nicht gespürt hatte, wie sich die Hände meiner Mutter um eine der meinen schlossen, hatte ich keinen Grund mehr gehabt zu vermuten, dass ich auch nur den geringsten Verlust an Sensibilität oder Koordination in meinen Händen erlitten hatte. Aber an diesem ersten Tag zu Hause, mit der zusätzlichen Herausforderung durch die Zugknöpfe, hatte ich Angst, die Erklärung der Ärzte auf die Probe zu stellen.

Am nächsten Morgen fand ich meinen Mut wieder. Mann, ich sollte ihn noch brauchen.

87

In der ersten Nacht in meinem neuen Schlafzimmer lag ich im Dunkeln und wiederholte leise in Zehnersätzen ein motivierendes Mantra, das ich mir selbst ausgedacht hatte: »Ich bin nicht wie Tilton Kirk, ich bin nicht wie Tilton Kirk …«

Im zweiten Satz betonte ich das erste Wort: »*Ich* bin nicht wie Tilton Kirk, *ich* bin nicht wie Tilton Kirk …«

Dann habe ich das dritte Wort betont: »Ich bin *nicht* wie Tilton Kirk …«

Beim vierten Satz betonte ich dann seinen Namen mit einem Beiklang von Verachtung: »Ich bin nicht wie *Tilton Kirk* …«

Ich weiß nicht, wie viele Hundert Wiederholungen ich geflüstert habe, aber ich schlief mit diesen Worten auf der Zunge ein.

Zweifellos wäre meine Mutter über mein Verhalten entsetzt gewesen. Oder vielleicht auch nicht. Am Morgen war ich der Erste, der das Bett verließ. Als meine Mutter die Treppe herunterkam, hatte ich mir bereits ein warmes Bad eingelassen, gebadet und mich angezogen, was mich einige Mühe gekostet hatte. Sie fand mich am Flügel, wo ich versuchte zu spielen und mit den Händen die Knöpfe zu bedienen.

»Kannst du die Verlängerungen für mich anbringen?«, fragte ich sie.

Sie verlor kein Wort darüber, dass ich mich der Herausforderung stellte, obwohl ich sie später in der Küche singen hörte, während sie das Frühstück zubereitete.

Als Grandpa Teddy nach unten kam, aßen wir drei am Esstisch. Danach setzte er sich zu mir, um mir einige seiner Techniken mit den Verlängerungen zu zeigen.

Er war an diesem Freitag noch von seiner Arbeit im Kaufhaus beurlaubt. Ich vermute, dass er den ganzen Vormittag bei mir gesessen hätte, hätte er nicht Mrs. Lorenzo und ihre Habseligkeiten abholen müssen. Sie hatte sich bereit erklärt, meine Betreuerin zu werden, meine Beine durch die vom Therapeuten verordneten Übungen zu bewegen und sich auch sonst um mich zu kümmern. Zu der Stelle gehörten mein ehemaliges Schlafzimmer im Obergeschoss, ein Gehalt, das anfangs vielleicht nicht hoch war, sowie freie Verpflegung.

Nachdem Großvater gegangen war, übte ich weiterhin mit beträchtlicher Frustration, bis ich zufällig aufblickte und durch ein Fenster Malcolm die Straße überqueren sah. Ich schwang mich von der Klavierbank in den Rollstuhl und öffnete die Tür, als er läutete.

»Wo ist deine Axt?«, fragte ich.

Er trat unbeholfen von einem Fuß auf den anderen und sah auf mich herab: »Ich würde es lieber mein Saxofon nennen.«

»Das nehme ich dir nicht ab.«

»Na ja, ist aber so.«

Vielleicht wusste er, was Großvater mit dem Steinway gemacht hatte. Aber für den Fall, dass er es nicht wusste, wollte ich zumindest eine Zeit lang verhindern, dass er die Anpassungen zu Gesicht bekam. »Setzen wir uns auf die Veranda.«

An diesem Julitag war es so heiß und schwül, dass die Vögel nicht flogen und die Bienen nicht summten. Man konnte fast hören, wie die Straße brutzelte.

»Wie geht es dir?«, fragte ich.

»Ging mir schon mal besser.«

»Was ist mit deinen Leuten?«

»Meinen *Leuten?* Das hört sich an, als wäre ich Beaver Cleaver.«

»Ich frag ja nur.«

»Der Alte redet die ganze Zeit von einer Beförderung. Wie hoch kann man noch aufsteigen, wenn man Vorarbeiter in einer Dreherei ist? Gibt es einen König der Dreherei?«

»Was ist mit ihr?«

»Sie hat angefangen, im Bett zu rauchen. Ich rechne damit, dass sie im Schlaf in Flammen aufgeht. Was mir nichts ausmachen würde.«

»Sag so was nicht.«

»Ist aber so.«

»Wenn du so redest, will ich dich hier nicht haben.«

»Dann schmeiß mich doch einfach raus.«

»Vielleicht mach ich das.«

Nach einer Weile des Schweigens sagte er: »Siehst du den Van, der da unten beim Jaruzelski-Haus parkt? Weißt du, was das ist?«

»Ein Ford.«

»Haben dir deine Mutter und dein Großvater nicht gesagt, was es ist?«

»Dass es ein Ford ist, müssen die mir nicht erklären.«

»Das ist ein Beschattungsteam der Polizei.«

»Und was beschatten die?«

»Dein Haus. Für den Fall, dass dein Alter auftaucht oder einer von den Verrückten, mit denen er sich eingelassen hat.«

»Woher weißt du das?«

»Am Tag, als ich ins Krankenhaus kam, bevor deine

Mutter mich auf dem Flur sah, sprach sie mit einem Polizisten. Ich habe zufällig gehört, was er gesagt hat. Seitdem steht das Auto hier.«

Die Windschutzscheibe war getönt. Ich konnte nicht erkennen, ob jemand im Wagen saß.

»Warum haben sie mir das nicht erzählt?«, fragte ich mich.

»Wahrscheinlich wollten sie dich nicht erschrecken. Mir ist es egal, ob ich dich erschrecke.«

»So leicht geht das bei mir nicht mehr.«

»Deshalb ist es mir ja auch egal.«

Vielleicht ahnte Mom, dass ich noch nicht wollte, dass Malcolm das Klavier sah. Sie brachte uns eine kleine Kühlbox mit vier Cola auf Eis und einen Teller mit Keksen.

Wir saßen eine Weile da und beobachteten den Van. Niemand stieg ein oder aus.

Irgendwann sagte Malcolm: »Die können dadrin keine Toilette haben.«

»Vielleicht haben sie Katheter, so wie ich im Krankenhaus.«

»*So* motiviert sind Polizisten nicht.«

»Vielleicht sind sie's, wenn sie in Manzanar waren.«

»Was ist Manzanar?«

Ich erzählte ihm alles, was ich in der Bibliothek darüber gelesen hatte.

Er sagte: »Manchmal glaube ich, es ist gut, weiß zu sein.«

»Nur manchmal?«

»Meistens wäre ich lieber Samoaner. Du weißt schon, aus Samoa.«

»Wieso?«

»Die Typen sind 1,90 groß und wiegen um die 150 Kilo, aber sie bewegen sich so geschmeidig, dass man meinen könnte, sie wären in einem anderen Leben Tänzer gewesen. Ich möchte groß und stark sein, aber auch geschmeidig.«

»Vielleicht wirst du in deinem nächsten Leben ein Clydesdale. Wie auch immer, Samoaner sehen für mich weiß aus.«

»Für dich sehen alle weiß aus. Was glaubst du, was die Polizisten im Van über uns sagen?«

»›Was sind das für Spinner?‹«

»Ich glaube, du bist ein Hellseher.«

Wir blieben noch eine ganze Weile auf der Veranda, und als Malcolm aufstand, um nach Hause zu gehen, sagte ich zu ihm: »Komm erst am Montag wieder. Und dann bring deine Axt mit.«

»Warum nicht schon vor Montag?«

»Weil ich das ganze Wochenende Klavier spielen will, um wieder in Form zu kommen.«

»Ich soll also mein Saxofon mitbringen, hm?«

»Deine Axt, ja.«

»Ist doch dasselbe.«

»Los, hau schon ab.«

Er ging die Rampe hinunter, blieb auf dem Bürgersteig stehen und drehte sich zu mir um. »Mann, ich bin froh, dass du wieder da bist.«

»Bin ich noch nicht ganz«, erwiderte ich, »aber das wird schon noch.«

Ich blieb noch eine Weile allein auf der Veranda sitzen. Zur vollen Stunde bog ein getäfelter Lieferwagen am westlichen Ende des Blocks um die Ecke und parkte hinter dem braunen Ford vor dem Jaruzelski-Haus. Die beiden Fahrzeuge waren identisch. Nach einer oder zwei Minuten fuhr der erste Lieferwagen weg. Schichtwechsel.

88

Vielleicht gibt es ein Naturgesetz, das besagt, dass es im Leben nur in begrenztem Maße abwärtsgehen kann, bevor es wieder aufwärtsgeht. Ich könnte behaupten, dass mein persönlicher Tiefpunkt die Explosion der Bombe war, bei der ich zwar nicht ums Leben kam, die aber dazu führte, dass ich meine Beine nicht mehr benutzen konnte. Für mich und für meine Familie begann sich das Blatt wieder zu wenden, als ich erfuhr, dass ich immer noch in der Lage sein würde, auf dieselbe Art und Weise zu pinkeln, wie ich es mein ganzes Leben lang getan hatte. Nur dass ich es von nun an immer im Sitzen tun würde. Am Freitag trafen bei uns einige gute Nachrichten ein.

Meine Mutter erhielt einen Anruf von einem Agenten, der sie bisher nicht hatte betreuen wollen. Doch jetzt bot er ihr ein Vorsingen in einem Lokal namens Diamond Dust an, um 16:30 Uhr am nächsten Nachmittag. Es war der protzigste Nachtclub der Stadt, und sie nahm an, dass man sie für zwei Abende mit wenig Kundschaft buchen wollte, vielleicht Montag und Dienstag. Der Agent verneinte. Es handle sich um eine Stelle als Leadsängerin, fünf Abende pro Woche, mit einer 14-köpfigen Band. Der Club hatte den Besitzer gewechselt und man wollte ihm ein noch edleres Image verleihen. Der Agent sagte: »Die haben etwas ungewöhnliche Vorstellungen, aber ich bin sicher, dass Sie damit zurechtkommen. Die wollen

Embraceable You, A-Tisket, A-Tasket und *Boogie Woogie Bugle Boy* hören.«

An diesem Abend am Esstisch kam Mom ein finsterer Gedanke. Sie legte ihre Gabel weg und sagte: »O nein. Was, wenn das wegen Tilton ist?«

Großvater blickte von der köstlichen Hühnerlasagne auf, die Mrs. Lorenzo bei ihrem Einzug mitgebracht hatte. »Warum sollte es was mit Tilton zu tun haben?«

Mrs. Lorenzo schüttelte den Kopf und murmelte stirnrunzelnd: »Dieser Mann.«

»Der Bombenanschlag war landesweit in den Nachrichten«, erwiderte meine Mutter. »Er ist auf der Flucht. Vielleicht geben die mir den Job nur, weil ich seine Ex-Frau bin. Vielleicht erwarten sie, dass ich eine Menge neugieriger Idioten anlocke, die denken, wir wären so was wie Bonnie und Clyde gewesen.«

»Ich hasse diesen Film«, rief Mrs. Lorenzo. »Außer Gene Hackman. Ich glaube, aus dem wird mal was.«

Grandpa entgegnete mit Nachdruck: »Das Diamond Dust ist kein Club, der irgendwelche Werbetricks abzieht. Die meinen es ernst mit ihrer Musik. Und wenn es so wäre, dann würden sie dich nur für die Nächte mit wenigen Gästen haben wollen.«

»Kann sein«, erwiderte sie, aber sie klang skeptisch. »Wie haben die überhaupt von mir erfahren?«

Großvater hob entnervt die Hände. »Sie haben dich im Slinky's oder sonst wo gesehen und festgestellt, dass du viel zu gut für den Schuppen bist. Stell die Arbeit deines Schutzengels nicht infrage, Mädchen.«

Am Samstag ging sie zum Vorsingen. Sie hatte mit einem Pianisten gerechnet, aber man stellte ihr die gesamte Band zur Verfügung, die schon früh eingetroffen war. Der Manager Johnson Oliver, der offensichtlich auf die *richtige* Art und Weise zupackend war, legte ihr die Arrangements für die drei Songs vor, die sie singen sollte, und er gab ihr viel Zeit, diese in einer ruhigen Ecke durchzugehen. »Bekommen Sie einfach ein Gefühl dafür, wie wir die Musik angehen. Die Jungs werden sich darauf einstellen, wie Sie singen.«

Sie sang, sie passten sich an, und sie fand, dass sie noch nie so gut gewesen war. Als sie bei *Boogie Woogie Bugle Boy* waren, kamen mindestens ein Dutzend Angestellte aus der Küche, um ihr zuzuhören. Sie jubelten ihr zu, als sie den Song beendet hatte, und sogar die Mitglieder der Band applaudierten.

Der Agent hatte nicht erwähnt, dass er anwesend sein würde, aber er war da. Nachdem er sich mit Johnson Oliver beraten hatte, überraschte er meine Mutter, indem er ihr sofort ein Angebot unterbreitete, mit einer Bezahlung, die weit höher war, als sie es sich vorgestellt hatte.

Ihre einzige verbleibende Sorge war, dass der Eigentümer auf Ideen kommen könnte wie die der anderen, die sie hatte abwehren müssen. Sie fragte, wann sie den Boss treffen könne, und Johnson Oliver, bei dem sie sich wohlfühlte, erwiderte: »Junge Dame, ich bin der neue Eigentümer *und* der Manager – und mit Ihnen an Bord wird dieser Laden eine großartige Investition sein.«

Mom erzählte uns diese Geschichte am Samstagabend beim Essen, und ich schwöre, wir hätten die vier Kerzen auf dem Tisch ausmachen und einfach im Licht ihrer strahlenden Augen essen können.

Da nun so viele schlimme Dinge hinter uns lagen, freute ich mich für sie mehr, als ich es in Worte fassen kann.

Hätte man mir, als ich an diesem Samstagabend ins Bett ging, gesagt, dass ich am nächsten Morgen wieder laufen könne, hätte ich es vielleicht geglaubt.

89

Am Sonntagabend, 24 Stunden nach ihrer Rückkehr in die Stadt, saß Fiona Cassidy auf der Kante ihres Motelbettes, nahm den Hörer vom Telefon auf dem Nachttisch und begann ein Ferngespräch. Mit ihrem kurz geschnittenen, blond gefärbten Haar und ihrem pfirsichfarbenen Teint, der von den Stunden unter der Sonnenlampe und dann unter der echten Sonne einen Bronzeton angenommen hatte, war sie zuversichtlich, dass niemand sie als die Bombenlegerin auf dem Foto erkennen würde, das die Polizei an die Medien verteilt hatte. Mit einem der drei gefälschten Ausweise, die Lucas ihr einen Monat zuvor gegeben hatte, hatte sie sich ein Auto gemietet und ein Zimmer in einem unscheinbaren Motel genommen.

Als Lucas 300 Meilen entfernt den Hörer abnahm, sagte sie: »Sie beobachten uns, ganz sicher.«

»Und wie?«

Sie berichtete ihm von den Ford-Transportern.

90

Am Montagmorgen fuhr Grandpa Teddy meine Mutter zu Woolworth, damit sie ihre Arbeitskleidung abgeben konnte. Sie brauchte diesen Job nicht mehr. Kurz nachdem Mrs. Lorenzo meine täglichen Übungen mit mir gemacht hatte, kam Malcolm mit seiner Axt. Wenn er von den Änderungen am Steinway gewusst hatte, tat er jedenfalls sehr überzeugend so, als wäre er überrascht.

Ich wollte, dass er sich ein paar Stücke anhörte und mir zusah. Ich begann mit *Walking to New Orleans* von Fats Domino, ein leichter Rhythmus, danach Fats' *Whole Lotta Loving,* das wirklich und wahrhaftig rockt. Keines der beiden Stücke erforderte viel Pedalarbeit, aber am Schluss spielte ich eine Swing-Nummer, *Easy Does It.*

Als ich fertig war, sagte ich, ohne ihn anzusehen: »Jetzt lass uns ein paar Nummern zusammen spielen.« Er nannte ein Stück. Wir kamen gut durch. Dann nannte ich eins, und auch das ging ganz gut.

Nachdem die letzten Akkorde im Herzen des Steinway verklungen waren, wagte ich es, ihn anzuschauen. »Und? Wie war ich?«

»Du warst großartig, fantastisch.«

»Schmier mir keinen Honig ums Maul, Malcolm Pomerantz.«

»Nein, du warst wirklich gut. Ich meine, du bist durch die Hölle gegangen und hast eine Weile nicht gespielt, also wird es Zeit brauchen. Ich hätte nicht gedacht, dass du schon so bald so gut sein würdest. Vor allem wenn du an diesen Knöpfen ziehen musst.«

Ich nickte. »Gehst du in die Küche, holst uns ein paar Cola und kommst dann zu mir auf die Veranda?«

Er schüttelte den Kopf. »Lass uns weitermachen.«

»Werden wir auch. Wir werden weiterspielen. Aber jetzt setzen wir uns auf die Veranda und trinken Cola.«

Ich rollte mich durch die Vordertür. Der Ford-Transporter stand nicht im Westen in der Nähe des Jaruzelski-Hauses, sondern im Osten, nahe dem Haus der Rakowskis.

Malcolm brachte zwei eiskalte Cola, ließ eine fast fallen und fing sie auf, bevor sie auf dem Boden landete. Er gab mir die andere und setzte sich. »Ich glaube, mein alter Herr hat sie geschlagen.«

»Wen – deine Mutter?«

»Sie hat einen blauen Fleck am Kinn. Aber ich glaube, sie hat zurückgeschlagen. Vielleicht hat sie auch angefangen, keine Ahnung. Jedenfalls hat er ein blaues Auge.«

»Wann ist das passiert?«

»Sonntag, als ich in der Garage war. Ich bin jetzt ständig in der Garage. Ich wäre die ganze Zeit dort, wenn sie nur das Auto wegfahren und mir mehr Platz lassen würden.«

»Ist das schon mal vorgekommen?«

»Nicht dass ich wüsste. Aber die Dinge ändern sich immer, und nicht zum Besseren.«

Der Tag war eine Wiederholung des Freitags, so heiß, dass die Vögel in den Bäumen blieben oder im Schatten des großen Ahornbaums im Garten herumliefen und im Gras pickten, als ob sie nicht wirklich fressen wollten, aber der Meinung waren, es tun zu müssen.

»Ich kann immer noch spielen«, sagte ich, »und ich werde besser werden, aber ich werde niemals öffentlich auftreten.«

»Doch, das wirst du. Darum geht's doch.«

»Ich hoffe, dass es nicht darum geht, denn wenn doch, bin ich erledigt.«

»Was willst du damit sagen? Ich weiß nicht, was du meinst.«

»Diese Knöpfe reichen nicht aus, wenn ich dafür eine Hand benutze. So kann ich nicht vernünftig spielen. Und wie sieht es aus, wenn ich meine Zähne benutze?«

»Wie es aussieht? Wie meinst du das?«

»Verstehst du plötzlich unsere Sprache nicht mehr?«

»Es sieht okay aus«, sagte er. »Es sieht gut aus. Interessant.«

»Interessant wie ein jonglierender Affe?«

Er warf mir einen bösen Blick zu. »Wie kannst du so was nur sagen?«

»Ich will kein Showpianist sein. ›Heute Abend spielt Jonah, das verkrüppelte Wunderkind, der tapfere, kleine Soldat.‹«

Er stieß ein Zischen aus. »Mann, wenn du dich selbst so runtermachst, kann ich dich wirklich nicht leiden.«

»Tja, einer muss es ja tun. Wenn ich nicht hart zu mir bin, Malcolm, wer dann? Es ist nicht gut, wenn man zu sich selbst zu weich ist.«

»Wer hat dir das gesagt?«

»Jemand, der klüger ist als wir beide.«

»Das könnte ja fast jeder sein.«

»Genau.«

Schweigend tranken wir den Rest unserer Cola. Dann sagte ich: »Es ist nicht schlimm, Malcolm.«

»Und ob es das ist.«

»Ich habe über Vermeer nachgedacht.«

»Was ist mit Vermeer?«

»Der ist für 200 Jahre völlig in Vergessenheit geraten, und jetzt halten ihn alle für den Größten aller Zeiten.«

»Dann willst du also das Klavier gegen einen Pinsel eintauschen?«

»Wäre Vermeer ein Klavierspieler gewesen, ein Livemusiker, dann wäre er nicht zwei Jahrhunderte nach seinem Tod wiederentdeckt worden.«

»Ich kann dir nicht ganz folgen, Mann.«

»Er wurde wiederentdeckt, weil er etwas geschaffen hat. Verstehst du? Die haben ihn ja nicht nach 200 Jahren wieder ausgegraben und seitdem läuft er herum. Seine *Bilder* wurden wiederentdeckt.«

»Ob du es glaubst oder nicht, das war mir klar.«

»Wenn ich kein Künstler sein kann, der auf einer Bühne vor Publikum steht, macht das vielleicht nichts. Vielleicht kann ich stattdessen Musik schreiben. Etwas erschaffen.«

»Du meinst Lieder schreiben?«

»Zumindest die Melodien. Wie es mit den Texten aussieht, weiß ich nicht.«

»Du bist erst zehn.«

»Ich werde bald elf. Und ich erwarte nicht, dass ich morgen schon einen Hit habe. Es wird Jahre dauern, bis ich es gelernt habe.«

»Und was für Lieder?«

»Rock 'n' Roll, denke ich.«

»Das verkauft sich gut. Für Swing gibt es keinen Markt mehr.«

»Rock 'n' Roll wäre zumindest ein Anfang.«

»Vielleicht Balladen, Liebeslieder«, schlug er vor. »Vielleicht Blues.«

»Klar. Warum nicht?«

»Country und Western?«

Ich zuckte mit den Achseln. »Dagegen habe ich nichts einzuwenden.«

»Musik für Broadway-Shows?«

»Könnte interessant sein.«

»Sinfonien?«

»Na ja, das vielleicht nicht.«

»Jedenfalls nicht, bevor du zwölf bist.«

»Ich bin kein Mozart«, sagte ich.

»Ich habe mich schon gefragt, wann du anfängst, streng mit dir selbst zu sein.«

»Vielleicht bin ich niemand. Kein Mozart, kein Cole Porter, kein Doc Pomus oder sonst jemand, der gute Musik schreiben kann. Aber ich muss es doch versuchen, oder?«

»Versuchen musst du es«, stimmte er zu. »Und du bist jemand.«

So ging es noch eine Weile weiter. Als er gerade nach Hause gehen wollte, fragte ich: »Hast du eine Stiftlampe?«

»Was willst du denn mit einer Stiftlampe?«

»Das verrate ich dir irgendwann mal. Ich brauche eine.«

»Ich kann dir eine besorgen.«

»Das wäre prima. Vielleicht morgen?«

»Ja. Bis morgen beschaffe ich dir eine.«

91

Als mir am nächsten Tag die Fäden aus dem Rücken gezogen wurden, tat es weh, wenn auch nicht so sehr, wie von einer Bombenexplosion von den Beinen gerissen zu werden. Der Arzt erklärte, er sei mit meinen Fortschritten zufrieden, und ich sagte, ich sei es auch. Tatsächlich glaubte ich jedoch nicht, dass ich Fortschritte gemacht hatte, und ich erwartete nicht, dass ich jemals welche machen würde, zumindest nicht was das Gehen betraf.

Da mein Vater noch frei herumlief, wollte Grandpa nicht, dass meine Mutter mit dem Bus zur Arbeit fuhr oder eine längere Strecke allein zu Fuß zurücklegte. Auch auf Taxis wollte er sich nicht verlassen. Noch am selben

Tag leistete er für sie die Anzahlung für einen Gebrauchtwagen, einen 1961er Buick-Kombi, der genau das weiche Braun einer Necco-Schokowaffel hatte. Für einen Kombi hatte der Wagen ein cooles Design, und da mein Rollstuhl zusammenklappbar war, konnte Mom ihn hinten im Wagen verstauen und mich überallhin mitnehmen.

Mr. Yoshioka, der in der Woche zuvor eingeladen worden war, kam an diesem Abend zum Essen vorbei. Er hatte einen riesigen Rosenstrauß bei sich, der im Bus sehr unhandlich gewesen sein musste. Er bewunderte den Buick, der in einem tadellosen Zustand war, obwohl er schon 60.000 Meilen auf dem Tacho hatte. Als ich ihm beim Abendessen vorschlug, er solle sich ebenfalls ein Auto kaufen, antwortete er, er habe nie die Zeit gehabt, Fahrstunden zu nehmen.

»Außerdem würde ich den Weg zur Arbeit vermissen. Ich gehe seit so vielen Jahren denselben Weg, dass mir jedes Gebäude, jede Ritze im Bürgersteig und jedes der vielen Details auf dem Weg wie alte Freunde vorkommen.«

»Aber wenn es regnet, müssten Sie nicht nass werden«, wandte ich ein.

»Aber der Regen ist ein ganz besonderer Freund, Jonah. Er hat so eine sanfte Stimme, und wenn du mit dem Regen sprichst, stimmt er immer allem zu, was du sagst.« Er zischte, sodass es wie fallender Regen klang, aber er formte aus dem Klang ein Wort: *»Ja, ja, ja, ja.* Er kann kein *Nein* aussprechen. Der Regen ist ein sehr angenehmer Begleiter.«

Mrs. Lorenzo klatschte leise und schnell in ihre dicken Hände, wie es ein entzücktes kleines Mädchen getan hätte. »Das ist ein so schöner Gedanke.«

Mr. Yoshioka freute sich über die neue Arbeitsstelle meiner Mutter und sagte, er würde gern ihre Eröffnungsvorstellung sehen.

»Am besten warten Sie noch eine Woche«, erwiderte Mutter. »Meine Probe mit der Band ist morgen. In der ersten Woche werden wir eine Art Probefahrt machen, um herauszufinden, wie wir zusammen am besten klingen.«

Nach dem Abendessen äußerte Mr. Yoshioka die Hoffnung, dass ich Klavier spielen würde, aber ich tat so, als würde mich das unangenehme Gefühl nach der Entfernung der Fäden daran hindern, mein Bestes zu geben.

Die Pedale ließen sich mit den Füßen ebenso gut wie zuvor bedienen. Grandpa Teddy spielte drei seiner Lieblingslieder von Jimmy McHugh. Mom stand an seiner Seite und sang: *On The Sunny Side Of The Street, I Feel a Song Coming On* und schließlich *I'm In The Mood For Love,* alle mit Texten von Dorothy Fields.

Mrs. Lorenzo und Mr. Yoshioka saßen während dieser kleinen Vorstellung auf dem Sofa, und die dunklen Augen des Schneiders leuchteten wie verzaubert.

Nach der dritten Nummer sagte er zu Großvater: »Wenn ich Ihre Tochter morgen Abend nicht sehen kann, dann muss ich zu Ihnen kommen.«

»Ich hätte Sie gern als Zuschauer«, erwiderte Grandpa. »Aber erst nächste Woche oder die Woche danach. Diese Woche findet ein großer Kongress statt, das Hotel wird bis Sonntag sehr voll sein. Im Restaurant, in dem ich spiele, waren schon vor einem Monat alle verfügbaren Plätze reserviert.«

Später, nachdem ich meinen Schlafanzug angezogen und mich ins Bett gelegt hatte, kam meine Mutter, um mir Gute Nacht zu sagen. »Das war ein schöner Abend. Ich bin ein ziemlicher Fan von deinem Freund Yoshioka geworden.«

»Er ist ein guter Kerl.«

»Und du bist ein tapferer Kerl. Tut mir leid, dass die Nähte wehtun.«

»Na, jetzt sind die Fäden ja raus. Ist nur noch ein bisschen schmerzhaft. Das wird schon wieder.«

»Du wirst schon zurechtkommen«, stimmte sie zu. »Das wirst du immer.«

»Können wir an deinem ersten freien Tag mit dem Kombi irgendwohin fahren?«

»Das wäre dann Montag. Wo willst du hin?«

»Irgendwohin, wo es richtig cool ist.«

Sie lächelte. »Es wird so cool sein, dass dir die Luft wegbleibt.« Sie beugte sich herunter und küsste mich auf die Stirn. »Träum was Schönes.«

Nachdem sie gegangen war, schaltete ich die Lampe aus. Als ich im Dunkeln lag, holte ich die Stiftlampe unter meinem Kopfkissen hervor.

Malcolm hatte sie in einem Supermarkt gefunden. Er war nicht bereit gewesen, mir zu sagen, wie viel sie gekostet hatte. »Vielleicht habe ich sie geklaut. Woher willst du das wissen? Wenn du sie einschaltest, nachdem deine Mutter ›Licht aus‹ gesagt hat, und dann Sinfonien schreibst, wenn du eigentlich schlafen sollst, dann sag ihr nicht, woher du sie hast.«

Vielleicht würde der Traum, irgendwo mit einer toten Frau gefangen zu sein, wahr werden, vielleicht aber auch nicht. Aber falls ich in pechschwarzer Dunkelheit mit Wassergeräuschen um mich herum aufwachte, wollte ich nicht ohne eine Lichtquelle sein.

Als ich die Taschenlampe ausprobierte, reichte der schmale Strahl zwar nicht weit, aber doch weiter, als ich erwartet hatte. Er warf einen blassen Lichtring an die Decke, der in der Mitte dunkler war als an den Rändern. Es sah aus wie ein Auge, das auf mich herabstarrte.

92

Joe Tortelli verbrachte eine Woche in Vegas und wohnte in einer kostenlosen Suite in einem großen Hotel, wo er als ein »Wal« geschätzt wurde, ein verschwenderischer Kunde. Es war zufällig die Woche, in der die Bombe in der First National hochgegangen war. Nach Las Vegas fuhr er mit einem Showgirl nach San Francisco, später in den Süden in ein Resort in Newport Beach, eine Art Hochzeitsreise ohne Ehe. Während dieser Zeit hatte er kein Interesse an den Nachrichten.

Er kehrte am Nachmittag des Tages, an dem mir die Fäden gezogen wurden, ohne Showgirl in unsere Stadt zurück. Seine rechte Hand, Tony Urqell, hatte es vermieden, Tortelli zu stören, während dieser sein romantisches Abenteuer erlebte. Aber nach der Rückkehr seines Chefs informierte Urqell ihn darüber, dass ein Verwalter verschiedener Tortelli-Immobilien glaubte, er könnte ein Gebäude an einen der Männer vermietet haben, die wegen des Banküberfalls und des Colt-Thompson-Raubs gesucht wurden.

Joe Tortelli besaß eine Vielzahl von Immobilien in unserer Stadt: Wohnhäuser, Bürogebäude, Parkhäuser und vieles mehr. Zu seinen Besitztümern gehörten auch mehrere große, verrostete und größtenteils unvermietete Quonsetbaracken in einem alten Industriegebiet, das saniert werden sollte. Eine dieser Baracken war das betreffende Gebäude, das für sechs Monate vermietet worden war, angeblich als ein dringend benötigtes Zwischenlager für den Mieter.

Urqell war dem Verdacht des Verwalters nicht nachgegangen, denn es war Joe Tortellis Politik, die Polizei als Feind zu betrachten und ihr keinen Grund zu geben, Verdacht auf eines seiner Unternehmen zu lenken, auch wenn die meisten davon mittlerweile legal waren. Als Tortelli wieder zu Hause war, informierte Urqell ihn über den Bericht des Verwalters und wollte wissen, was er tun sollte.

»Sieh es dir an«, sagte Tortelli. »Nimm ein paar Leute mit. Wenn diese Bomben werfenden Cowboys das Gebäude benutzt haben, werden sie jetzt nicht mehr da sein. Aber wir müssen aus der Nummer raus, bevor das an die große Glocke gehängt wird.«

Urqell und die drei Kerle, die ihn begleiteten, fanden den gepanzerten Lastwagen, den Van, der wie ein Colt-Thompson-Transportfahrzeug aussehen sollte, und die stark verweste Leiche des dritten Wachmanns, der seit 15 Tagen vermisst wurde.

Am Mittwochmorgen war die Geschichte des Bombenanschlags, die in den Nachrichten etwas in den Hintergrund getreten war, wieder in den Schlagzeilen.

93

300 Meilen von der Stadt entfernt in einem benachbarten Bundesstaat hatten sich Lucas Drackman, Smaller und Tilton in einem komfortablen Haus auf einer 84-Hektar-Farm verschanzt, die seit Langem brachlag. Er hatte sie Jahre zuvor für den

Fall gekauft, dass er sie einmal für diesen Zweck benötigen würde.

Wäre ihr ursprünglicher Plan aufgegangen, hätten sie die Stadt nicht verlassen. Die Behörden hätten keinerlei Hinweis auf die Identität der Täter gehabt. Sobald Smaller die gepanzerte Tür mit einem Schneidbrenner geöffnet hatte und sie die 1,6 Millionen in bar in die Hände bekommen hatten, hätten sie direkt zu dem Haus mit Blick auf den Riverside Commons zurückkehren können.

Der schwule Japaner auf der Parkbank hätte Drackman auf den Gedanken bringen sollen, dass ihr Plan vielleicht nicht ganz so aufgehen würde, wie er gedacht war. Aber zu diesem Zeitpunkt hatten sie schon kurz vor der Tat gestanden, und er verfuhr nach dem Motto »Wer wagt, gewinnt«.

Nach dem Überfall hatten sie in der Quonsetbaracke über ein Polizeifunkgerät, ein Radio und einen Fernseher die neuesten Nachrichten verfolgt. Smaller hatte die dicke Tür noch nicht ganz durchbrochen, als Fiona sie auf den Fernseher aufmerksam machte. Ein Reporter stand vor der First National und sprach mit einer mitgenommen wirkenden Frau mit Trümmerteilen im Haar, einer Bankangestellten, die bei der Arbeit gewesen war, als die Bomben hochgingen.

»Ein kleiner Junge, ein kleiner schwarzer Junge«, sagte sie. »Er rief, es gebe eine Bombe, wir sollten verschwinden. Ich dachte erst, das ist ein Scherz, aber dann habe ich gemerkt, dass es keiner war. Er hat mir das Leben gerettet. Ich ließ mich hinter meinem Fenster, dem Schalterfenster, auf den Boden fallen. Dadurch war ich geschützt.«

»Ein Junge?«, hakte der Reporter nach. »Ist er jetzt hier, sehen Sie ihn jetzt, diesen Jungen?«

Sie schüttelte den Kopf und ihre Stimme zitterte. »Nein. Er war schwer verletzt. Ich dachte, er sei tot. Wie das Mädchen. Das Mädchen … Sie war tot, es war furchtbar. Dieser andere Junge kniete neben ihm. Ich habe versucht, ihn mitzunehmen – den weißen Jungen, meine ich –, aber er sagte, sein Freund sei noch am Leben, er könne ihn nicht zurücklassen.«

»Sein Freund?«, fragte der Reporter.

»Der kleine schwarze Junge. Jonah. Der andere Junge hat gesagt: ›Jonah lebt noch, ich kann ihn nicht alleinlassen.‹«

Drackman hätte Tilton in diesem Moment töten können, gleich dort in der Baracke. Aber als er meinen Vater ansah, stellte er fest, dass dieser ehrlich erschrocken wirkte. Daher entschied er sich gegen eine übereilte Hinrichtung.

Fiona, die neben Drackman stand, sagte mit unheilvollem Ton: »Juju.«

Lucas Drackman interessierte sich für das Okkulte. »Juju? Voodoo? Wovon redest du?«

»Jonah. Jonah Kirk. Ich hätte ihm gleich am ersten Tag seine Affenfresse einschlagen sollen. Er ist so ein komischer kleiner Freak. Er glaubt an Juju. Hat eine Dose voller *Wangas.*« Als sie merkte, dass Drackman das Wort nicht kannte, beschrieb sie meine Sammlung von interessantem Plunder so, wie ich es sicher nicht getan hätte: »*Wangas.* Amulette. Und Fetische – Gegenstände, denen man übernatürliche Kräfte zuschreibt.«

Jetzt, am Mittwochmorgen, 16 Tage später, saßen Drackman, Smaller und mein Vater um den Küchentisch im Farmhaus und sprachen gerade über die bevorstehende Revolution, als die Fernsehnachrichten meldeten, dass der

Colt-Thompson-Truck und der vermisste – und ermordete – Wachmann gefunden worden waren. Die 1,6 Millionen in bar waren hingegen natürlich längst verschwunden.

Tagelang hatte sich Tilton dagegen ausgesprochen, jemals wieder in die Stadt zu fahren. Aber Drackman war unnachgiebig geblieben: »Wir haben noch eine Rechnung zu begleichen. Es sei denn, du hast nicht den Mumm. Keiner ist immun, wenn er der Sache im Weg steht, Bruder.«

Smaller schwankte in dieser Frage, aber er war schon so lange von Paranoia durchdrungen, dass er meistens dazu neigte, sich auf Drackmans Seite zu stellen. Schließlich akzeptierte Tilton das Unvermeidliche.

Obwohl sie geplant hatten, am Freitag zurückzufahren, war Drackman der Meinung, dass die Entdeckung des gepanzerten Lastwagens eine Änderung ihres Zeitplans erforderte. Er glaubte fest an mutiges Handeln und an die prophetische Kraft der Tarotkarten. Er glaubte auch fest an Hitler und Stalin, aber die waren tot und konnten ihm keinen Rat mehr geben. Dem Rat des Tarots folgend hatte er bereits die mit einem neuen Erscheinungsbild ausgestattete Fiona Cassidy geschickt, um uns auszuspionieren. Jetzt nahm er den Kartensatz wieder zur Hand, mischte die 78 Karten und legte fünf von ihnen in Form eines Kreuzes auf den Küchentisch. Nachdem er eine nach der anderen aufgedeckt hatte, grübelte er eine Weile, bevor er sagte: »Es teilt mir mit, dass wir uns nicht zurückziehen, nicht zögern, sondern noch schneller vorgehen sollten.«

Wie Drackman sich später gegenüber der Polizei äußerte, ist das Beste daran, einen großen Haufen Geld zu haben und sich nicht um das Gesetz zu scheren, dass man alles bekommen kann, was man will, und zwar schnell. Als vermögender Mann hatte er das, was er und seine Leute von Colt-Thompson gestohlen hatten, nicht gebraucht. Aber wenn man ein Akteur in der Sache sein wollte, wenn man auf dem revolutionären Weg war, sollte man das korrupte System mit dem Geld dieses Systems zu Fall bringen, nicht mit dem eigenen. Nachdem Fiona ihn am Samstag angerufen hatte, um ihm mitzuteilen, dass unser Haus weiterhin überwacht werde, hatte Drackman Kontakt zu Gleichgesinnten in einer anderen Stadt aufgenommen. Gegen ein Entgelt erklärten diese sich bereit, einen Ford-Van desselben Baujahrs, Modells und derselben Farbe wie die Überwachungswagen in unserer Straße zu liefern, außerdem glaubwürdige Nummernschilder und eine Zulassungskarte auf den Namen einer seiner falschen Identitäten. Der Lieferant wollte den Wagen am Donnerstagnachmittag bringen.

Drackman hatte die Absicht, sich am Freitag mit Fiona zu treffen, sich mit ihr abzusprechen und in der Nacht in das Haus der Bledsoes einzubrechen. Aber im Vertrauen auf seine Intuition und die Tarotkarten sagte er: »Wir fahren aber morgen zurück und gehen morgen Nacht in dieses Haus.«

Als der Wetterbericht im Fernsehen in diesem Moment schwere Regenfälle für die gesamte Region ab Donnerstagnachmittag vorhersagte, wusste Drackman, dass es richtig sein musste, schneller zu handeln. Eine regnerische Nacht würde ihnen die perfekte Tarnung bieten.

94

Als meine Mutter am Donnerstagmorgen kurz nach elf Uhr die Treppe herunterkam, saß ich in meinem Rollstuhl am Küchentisch und las eines der Bücher meines Großvaters. Es handelte von Erinnerungen an die Tin Pan Alley, ein Spitzname für ein Viertel in New York City, einen Abschnitt der 28th Street zwischen dem Broadway und der 6th Avenue. Dort hatte von 1886 bis zum Rock 'n' Roll in den späten 1950er-Jahren die Szene der Musikverleger und Songwriter floriert. Ich dachte mir, ein erster Schritt, um ein Songwriter zu werden, sollte darin bestehen, etwas über die erfolgreichen Vertreter dieses Berufs zu lesen, die die Tin Pan Alley berühmt gemacht hatten: W. C. Handy, Harry Warren, Irving Berlin, Cole Porter, Jimmy Van Heusen, Lerner und Loewe …

Mrs. Lorenzo arbeitete am Schneidebrett neben der Spüle und schnitt Kartoffeln in schmale Streifen für die Pommes frites, die Beilage zu den Omeletts, die Moms Frühstück und mein Mittagessen sein würden.

Als meine Mutter den Raum betrat, bemerkte ich, dass sie zu dem wurde, was auch Großvater Teddy war, was auch Großmutter Anita gewesen war: eine Person mit einer ganz besonderen Präsenz. Man musste sie einfach ansehen. Nicht nur weil sie schön war, sondern auch, weil die Art, wie sie sich bewegte, ihr ruhiges Selbstvertrauen, ihr strahlendes Lächeln und ihre funkelnden Augen einen dazu brachten, sich zu sagen: *Moment mal, das ist nicht irgendwer, das ist jemand BESONDERES.*

Ihr erster Abend im Diamond Dust war außergewöhnlich gut verlaufen, was sie überraschte, mich aber überhaupt nicht. Sie mochte alle, mit denen sie zusammenarbeitete, und diese schienen sie ebenfalls zu mögen. Einige der Gäste unterhielten sich natürlich während der Instrumentalnummern, aber nur wenige redeten, wenn sie sang. Im Allgemeinen kamen die Gäste, weil sie Swing, Jazz und Blues liebten, weshalb sie Respekt vor den Musikern hatten. Wenn darunter vielleicht einige Gaffer waren, die nur kamen, weil ihr Ex-Mann wegen eines aufsehenerregenden Verbrechens gesucht wurde, konnte sie sie zumindest nicht von denen unterscheiden, die wegen der Musik, des Essens und des Trinkens kamen.

Als das Mittagessen auf dem Tisch stand und wir drei aufgegessen hatten, begann ein Gewitter mit einem Blitz und einem langen Donnerschlag. Um den Regen abzuhalten, eilten Mom und Mrs. Lorenzo umher und schlossen die Fenster, die zum Lüften geöffnet worden waren.

Malcolm kam am Nachmittag, kurz nachdem Mrs. Lorenzo damit fertig war, meine Beingelenke zu beugen, und er trug eine voluminöse gelbe Regenjacke, die er auf der Veranda ablegte. Er hatte einen »Tag, an dem die Butter unten lag«. Er konnte sich nicht von Amalia lösen. Ich wusste, wie er sich fühlte, denn auch ich hatte manchmal schlechte Tage, Tage voller Melancholie, aber auch Stunden bohrender Verzweiflung, wenn ich nachts aufwachte, an sie dachte und nicht wieder einschlafen konnte.

Er wollte nicht reden. Er sagte, er müsse einfach irgendwo sein, wo es nicht nach Zigarettenrauch stank, und die Garage habe er satt. Wir setzten uns ins Wohnzimmer. Ich las ihm etwas über die Tin Pan Alley vor, darüber, wie Harry Warren und Al Dubin, ein Texter, dazu gekommen waren, *Lullaby of Broadway* zu schreiben. Über all die großartigen Songs in dem Film *Die 42. Straße.*

Irgendwann drehte er mir für eine Weile den Rücken zu. Ich tat so, als ob ich die leisen, traurigen, unterdrückten Laute nicht hörte, die er von sich gab.

95

Tilton fuhr mit Lucas Drackman vorn mit, während Mr. Smaller sich auf einem Stapel Decken im hinteren Teil des Vans ausstreckte. Er schlief den größten Teil der Fahrt durch.

Die Geißel der Bilderberger war etwas weniger haarig als sonst. Er hatte sein Äußeres verändert, indem er sich den Kopf rasiert hatte. Dafür hatte er sich einen Schnurrbart wachsen lassen, der sich in kürzester Zeit zu einem dichten Gebüsch entwickelt hatte. Obwohl es ihm vorher noch nie gelungen war abzunehmen, hatte er in 16 Tagen fünf Kilogramm verloren, was er darauf zurückführte, dass er zum ersten Mal in seinem Leben »etwas tat, das von Bedeutung war«. Eine Bank in die Luft zu sprengen, ein Vermögen zu erbeuten und es damit dem Establishment zu zeigen, verlieh ihm ein größeres Selbstwertgefühl als je zuvor. Deshalb wollte er besser aussehen.

Drackman hatte sein blondes Haar schwarz gefärbt und begonnen, sich einen Bart wachsen zu lassen, den er ebenfalls färben musste. Obwohl es notwendig war, bedauerte er das Färben, denn er war mit seinem Aussehen immer äußerst zufrieden gewesen.

Wie Mr. Smaller hatte auch Tilton sich den Kopf rasiert und begonnen, sich einen Schnurrbart wachsen zu lassen. Aber er glaubte nicht, dass er sein Aussehen genug verändert hatte, um sich in der Öffentlichkeit zeigen zu können, während die Polizei, das FBI und alle anderen nach ihm suchten. Er wollte nicht in die Stadt zurückkehren. Er wollte nichts mit dem zu tun haben, was Lucas vorhatte. Aber der Mann machte ihm Angst, und er war jetzt tief in die Sache verwickelt. Er wusste, dass er sich nicht einfach absetzen konnte, dass er allein nicht überleben und in Freiheit bleiben konnte.

Er vermisste Aurora. Sie hatte gewusst, wie man die Nerven eines Mannes beruhigte. Sie hatte ihn in diese Sache hineingezogen, genauso wie sie Smaller hineingezogen hatte. Das Revolutionspielen erregte diese Frau. Für sie war es ein wahr gewordenes romantisches Abenteuer, gewürzt mit Gewalt. Sie hatte eine Schärfe an sich, die ihm anfangs nicht bewusst gewesen war, und aus irgendeinem Grund wollten sich die Männer an dieser Schärfe schneiden. Bevor er mehr Zeit mit ihr verbracht hatte, hatte er sie für eine Intelligenzbestie gehalten.

Doch jetzt vermutete er, dass in ihrem Kopf nichts allzu Komplexes vor sich ging.

Die Scheibenwischer klopften, klopften, klopften wie ein Hammer, der rhythmisch auf etwas Weiches traf. Von Zeit zu Zeit erzeugten die Gummiwischer einen dünnen Laut an der Scheibe, der an das Winseln eines geschlagenen Tiers erinnerte.

96

Malcolm blieb zum Abendessen bei Großvater, Mrs. Lorenzo und mir. Mom war bereits auf dem Weg zum Diamond Dust. Wir aßen Hacksalat, langsam gegartes Swiss Steak, gebackenen Maispudding, Karotten mit Estragon und grüne Bohnen mit gehackten Zwiebeln.

Grandpa sagte, er sei zu satt, um auch noch ein Stück Pfirsichkuchen zu essen, aber vielleicht werde er ihn später genießen, wenn er von seinem Auftritt im Hotelrestaurant nach Hause kam. Wegen des schlechten Wetters ging er früher, nachdem er sich vergewissert hatte, dass Mrs. Lorenzo beide Schlösser an der Haustür verriegelt hatte.

Malcolms Laune hatte sich während des Abendessens etwas gebessert. Er löffelte das Vanilleeis, während Mrs. Lorenzo drei Stück Kuchen vorbereitete.

Als er das Dessert vor mir auf den Tisch stellte, fragte er: »Alles okay?«

»Hm? Klar. Mir geht's prima.«

»Hast du eine Magenverstimmung oder so?«

»Magenverstimmung?«

»Weil du dir immer so an die Brust fasst.«

Der Anhänger. Ich tastete immer wieder nach dem Lucite-Herz, als ob ich befürchtete, dass irgendein heimtückischer Dieb es von der Kette genommen und sich mit ihm davongemacht hatte.

97

Die drei trafen in der Stadt ein, während das Tageslicht immer mehr aus dem aufgewühlten Himmel verschwand. Das Gewitter hatte keine Blitze mehr im Köcher, aber es regnete immer noch in Strömen und einige Kreuzungen waren überschwemmt.

Nach den wenigen Autos auf dem Parkplatz zu urteilen, hatte das Motel viele freie Zimmer. Es war ein Zwei-Sterne-Betrieb in einem Ein-Stern-Viertel.

Lucas Drackman wählte einen Parkplatz in der Nähe von Zimmer 14. Es war niemand in Sicht, als er an die Tür klopfte. Nachdem Fiona sie hereingelassen hatte, schaute sie in beide Richtungen des überdachten Gehwegs, der zu den Zimmern führte, und sah dort niemanden.

Sie hatte Sandwiches und Tüten mit Kartoffelchips in einem Feinkostladen gekauft. Sie holten Bierflaschen aus dem Waschbecken im Bad, das mit Eis gefüllt war.

Zwei von ihnen hatten Stühle, die anderen beiden setzten sich auf das Bett. In Anbetracht der dünnen Wände zwischen den Zimmern sprachen sie leise, aber die meiste Zeit über aßen sie schweigend.

Drackman bemerkte, dass Fiona aufgeregt und angespannt war. Sie hatte statt Bier ein Mountain Dew getrunken, aber es war nicht das koffeinhaltige Erfrischungsgetränk, das ihre Anspannung bewirkte. Falls sie irgendetwas genommen hatte, war ihr Zustand wahrscheinlich dennoch weniger auf Drogen zurückzuführen als auf die Vorfreude angesichts der bevorstehenden Operation. Sie war begeistert, war bereit. Fiona liebte Action. Und sie hatte besonders große Lust darauf, etwas gegen die Familie Bledsoe zu unternehmen.

Um sie daran zu erinnern, dass sie ein Teil von etwas Coolem waren, sagte Drackman: »Mann, all diese Unruhen, was? New York, Toledo, Grand Rapids. Ich meine, wie radikal ist das denn – Unruhen in *Grand Rapids?*«

»Detroit ist halb abgebrannt«, ergänzte Tilton.

»Carl Sandburg liegt im Sterben«, fügte Fiona hinzu.

Smaller runzelte die Stirn. »Wer zum Teufel ist das?«

»Ein Dichter.«

»Ach, das ist doch alles verlogener Kram, diese ganzen Reime und so.«

»Sandburgs Gedichte reimen sich nicht«, entgegnete sie.

»Dann macht er's falsch. Wie kann er dann ein Dichter sein?«

»Weil er sagt, dass er einer ist.«

»Dann bin ich auch ein verdammter Dichter«, verkündete Smaller.

»Wir alle sind Dichter«, sagte Drackman.

»Wir sind alle irgendwas«, sagte Tilton.

Fiona durchbohrte ihn mit ihrem violetten Blick. »Bist du bereit dafür?«

»Na, ich bin doch hier, oder nicht?«

»Du solltest besser bereit sein.«

»Ich bin hier, okay? Ich bin hier.«

Sie wollten erst um 23 Uhr ins Bledsoe-Haus einsteigen. Drackman schaute auf seine Uhr. Es würde noch ein langer Abend werden.

98

Nachdem Malcolm nach Hause gegangen war, wollte sich Mrs. Lorenzo bei einer Tasse Kaffee am Küchentisch unterhalten, also trank ich auch eine Tasse. Sie wohnte gern bei uns, und es kamen ihr nicht mehr jedes Mal die Tränen, wenn sie ihren Mann erwähnte, daher hatte ich den Eindruck, dass sie dabei war, sich von ihrem Verlust zu erholen. Aber sie war ein Jahr lang allein gewesen und hatte viel Zeit zum Nachdenken gehabt. Ich nehme an, dass ihr in dieser Zeit Gedanken gekommen waren, die sie jemandem mitteilen wollte.

Beim Kaffee erzählte sie mir, dass die vier Dinge, die sie am meisten liebte, mit ganzem Herzen und ganzer Seele, ihr Vater, ihr Mann, Gott und das Essen seien. Ihr Vater war jung gestorben. Ebenso ihr Ehemann. Sie liebe Gott immer noch, sagte sie, trotz seiner Angewohnheit, ihr die Menschen wegzunehmen, die sie von ganzem Herzen liebte. Das Problem war, dass Gott unsichtbar blieb, egal wie viel Liebe sie ihm entgegenbrachte, und die einzige Möglichkeit, zu erfahren, wie sehr er sie liebte, bestand darin, die Heilige Schrift zu lesen, was sehr anstrengend sein konnte. Die Liebe hingegen, die sie in ihre Küche einbrachte, wurde ihr täglich zurückgegeben durch den Geschmack dessen, was sie auf den Teller zauberte.

Sie war sich durchaus bewusst, dass Völlerei eine Todsünde war, aber es gab drei Gründe, warum sie sich darüber keine Gedanken machte. Erstens: Die formale Definition von Völlerei lautete ›Essen und Trinken im Übermaß‹, aber Mrs. Lorenzo trank nicht. Zweitens hatte sie, bevor sie allein in ihrer Wohnung ihre Mahlzeiten zu sich nahm, immer das Tischgebet gesprochen und dem Herrn für seine Großzügigkeit gedankt. Deshalb schien es ihr, dass der Herr, wenn er die Größe der Portionen, die sie aß, missbilligte, sie noch ärmer machen würde, sodass sie sich nicht so viele Nahrungsmittel leisten könnte. Oder er würde ihr ihre Gabe, ihr kulinarisches Talent, wieder nehmen, sodass das, was sie kochte, nicht mehr genießbar war. Drittens führte sie eine Liste mit allem, was sie aß, und wägte nüchtern ab, was übermäßig war. Am Ende der Woche las sie jeden Punkt in der Beichte vor und ließ sich die Absolution erteilen. »Wenn ich zunehme, Jonah, dann ist es geheiligtes Fett.«

»Ich hätte auch gern ein bisschen geheiligtes Fett«, erwiderte ich. »Ich bin immer noch eine Bohnenstange.«

»Wenn ich lange genug für dich koche, Kind, wird noch ein richtiger Godfrey Cambridge aus dir.«

Dieser war damals ein großartiger Komiker und Schauspieler, ein wenig füllig. Ich hätte vielleicht die Musik aufgegeben, um dafür so lustig wie Godfrey Cambridge sein zu können.

Nach einer Weile ging Mrs. Lorenzo nach oben, um im Bett zu lesen, entweder die Bibel oder Rezepte, sie konnte sich nicht entscheiden. Sie überprüfte die Schlösser an allen Türen und Fenstern und ließ mich dann im Erdgeschoss allein.

Nachdem ich mir die Zähne geputzt und meine anderen Badezimmerangelegenheiten erledigt hatte, zog ich mein Schlafanzugoberteil an und zwängte meine unkooperativen Beine in die Schlafanzughose. Ich saß noch eine Weile im Bett und las über die Tin Pan Alley: die legendären Fats Waller und Jelly Roll Morton, Jerome Kern, George Gershwin, der zunächst ein Lied für Sophie Tucker geschrieben hatte und dann der größte Komponist des Jahrhunderts geworden war.

All das war interessant und inspirierend, aber ich konnte mich in niemandem, von dem ich las, wiedererkennen. Trotzdem hatte ich vor, noch tausend solcher Bücher zu lesen, wenn es sein musste, bis ich herausfand, wie diese Leute taten, was sie taten.

Um 22 Uhr nahm ich die Stiftlampe aus der Nachttischschublade und schaltete das Licht aus. Ich lag im Dunkeln da, hörte eine Weile dem Gewitter zu, und es störte mich, dass das Trommeln des Regens alle anderen Geräusche überdeckte.

Schließlich knipste ich die Stiftlampe an und suchte mit dem schmalen Strahl den Raum ab. Ich entdeckte keine Zombies oder emotionslosen Pflanzenmenschen aus dem

Weltall, keine Monster irgendeiner Art. Ich beschloss, die Lampe noch ein paar Minuten eingeschaltet zu lassen.

99

Früher am Tag hatte Fiona mit ihrem zweiten falschen Ausweis ein anderes Auto gemietet und am Motel geparkt, einen Chevrolet. Bevor sie Zimmer 14 verließ, gab sie auf Lucas' Anweisung hin Mr. Smaller den Schlüssel und sagte: »Mach's dem hinterhältigen Drecksack nicht zu leicht. Er hat uns das hier eingebrockt.«

»Bist du sicher, dass die ihn nicht auch beobachten?«

»Wenn ja, dann sind sie unsichtbar.«

Mr. Smaller fuhr mit dem Chevy davon. Drackman und Tilton nahmen den getäfelten Van, und Fiona folgte in dem Dodge, den sie gemietet hatte, als sie zum ersten Mal von ihrem Versteck auf der Farm zurückgekehrt war.

Die Metropole glitzerte im Gewitter ganz silbern und schwarz. Scheinwerferstrahlen wanden sich wie helle Schlangen über die nassen Straßen. Jede Glühbirne und jede Leuchtröhre spiegelte sich in einer oder mehreren nassen Oberflächen, und doch erschien Drackman die Stadt dunkler als sonst, verhüllt und von Geheimnissen durchdrungen. Vielleicht weil der ölig-schwarze Asphalt in so starkem Kontrast zu den gespiegelten Lichtern stand, wirkte sie schwärzer als in anderen Nächten, schwärzer als schwarz. Es gab Ausblicke, Szenen, Momente, in denen die Gebäude und Brücken und all das wie eine Illusion wirkten, die auf die Leinwand des Regens projiziert wurde, als wäre nichts davon wirklich da, außer dem im Regen glänzenden Licht und einer furchterregenden Leere dahinter, einem Abgrund darunter. Sie sprach ihn an, diese zitternde Stadt aus flüchtigem Licht und darunterliegender Dunkelheit, und er fühlte sich zu Hause.

Als Drackman in die Straße der Bledsoes einbog, stand der Überwachungswagen, der mit dem, den er fuhr, identisch war, am Bordstein, wo er ihn erwartet hatte. Polizeiliche Observationen wurden oft in drei Schichten zu je acht Stunden durchgeführt, aber ebenso oft, wie in diesem Fall, in zwei Zwölf-Stunden-Schichten. Vielleicht machte man es so, weil die Polizisten auf diese Weise Überstunden mit doppelter Bezahlung anhäufen konnten, oder vielleicht, weil die Abteilung im Moment unterbesetzt war. Zwölf-Stunden-Schichten an mehreren aufeinanderfolgenden Tagen waren ein großer Fehler. Die Polizisten langweilten sich, wurden müde, waren weniger aufmerksam, reagierten langsamer, und wenn sie alle zwölf Stunden wieder zum Dienst antreten mussten, hatten diese Auswirkungen einen kumulativen Effekt.

Fiona hatte beobachtet, dass die Schichtwechsel immer um vier Uhr morgens und um 16 Uhr nachmittags stattfanden. Als Drackman fast fünf Stunden zu früh hinter dem ersten Lieferwagen zum Stehen kam, dachten die diensthabenden Detectives bestimmt, dass irgendein Trottel im Hauptquartier die Zeit des Schichtwechsels geändert hatte, ohne es ihnen mitzuteilen. Vielleicht hatte auch irgendein ahnungsloser Dispatcher diese Neulinge zum falschen Überwachungsort geschickt … oder sie hatten es mit Übeltätern zu tun.

Diese letzte Möglichkeit konnte für Drackman Ärger bedeuten, falls die Polizisten schnell genug darauf kamen. Aber Tatkraft war sein Markenzeichen. Er setzte sich die

Kapuze seiner Jacke auf, stieg aus dem Wagen und eilte durch den strömenden Regen vorwärts, in der Absicht, ihnen möglichst wenig Zeit zum Nachdenken zu lassen.

Auf der Straße herrschte gerade kein Verkehr. Alle zogen es vor, bei diesem Unwetter zu Hause zu bleiben. Perfekt.

Er wusste nicht, ob die Kerle von der neuen Schicht eine Möglichkeit hatten, mit denen von der alten Schicht zu sprechen, von Lieferwagen zu Lieferwagen, per Funk oder Walkie-Talkie. Er hatte weder ein Funkgerät noch ein Walkie-Talkie, und er wollte sowieso nicht mit ihnen reden, weil seine Tarnung in dem Moment auffliegen würde, in dem er das Falsche oder nicht das Richtige sagte.

Er hatte ein Abzeichen, eine echte Dienstmarke, ein schweres Stück vergoldeter Bronze, das er einem Polizisten abgenommen hatte, den er 18 Monate zuvor getötet hatte. Als er die Fahrertür des Überwachungswagens erreichte, bückte er sich und hielt die Marke mit der linken Hand an das Fenster. Das getönte Glas bot von innen eine klare Sicht, aber ließ von außen nicht viel erkennen. Er nahm eine Gestalt wahr, sah das blasse Gesicht des Kerls dadrinnen, der die Marke betrachtete und erkannte, dass sie echt war, aber es konnte dennoch jeden Moment schiefgehen.

Der Fahrer begann, das Fenster herunterzukurbeln, ein gutes Zeichen. Nun lautete die große Frage: Saßen beide Männer vorn oder saß einer vorn und einer hinten? Sie hatten diese Überwachung zu zweit durchgeführt, vielleicht ein paar Wochen lang, und sie hatten immer noch nichts vorzuweisen. Es konnte also sein, dass einer gerade hinten ein Nickerchen machte, obwohl das gegen die Vorschriften verstieß, oder gerade in eine Flasche pinkelte, was auch immer. Das Fenster senkte sich weit genug herab, dass Drackman zwei Personen vorn sehen konnte – die ideale Situation. In seiner rechten Hand hielt er eine Pistole mit einem hochmodernen Schalldämpfer. Als der Polizist, der das Fenster herunterließ, etwas sagen wollte und seine Stimme erhob, um den unaufhörlichen Regen zu übertönen, schoss Lucas Drackman sechsmal in das Innere des Wagens. Dabei zielte er abwärts, damit die Scheiben verschont blieben. Eine geborstene Scheibe wäre für jeden, der vorbeifuhr, so auffällig gewesen wie ein Schrei.

Er sah, dass der Fahrer tot war, aber bei dem Polizisten auf dem Beifahrersitz konnte er nicht sicher sein. Als er die Tür öffnete, ging das Deckenlicht an. Er erblickte das zerschmetterte Gesicht des Beifahrers und wusste, dass er beide erwischt hatte.

Nachdem er das Fenster hochgekurbelt hatte, schloss er die Tür und winkte in Richtung des Wagens, den er gefahren hatte. Mit einer Kapuze auf dem Kopf, die an einen Mönch in einem Film erinnerte, den Drackman einmal gesehen hatte, kam Tilton zu ihm. Er trug das kleine Set mit dem Glasschneider, dem Saugnapf, der verhindern sollte, dass die herausgeschnittene Scherbe ins Haus fiel, sowie einigen anderen Einbruchswerkzeugen, die sie vielleicht brauchen würden.

Fiona bog hinter ihnen um die Ecke, fuhr mit dem gemieteten Dodge an ihnen vorbei und parkte zwei Häuser hinter dem Bledsoe-Haus. Sie würden den Lieferwagen stehen lassen und mit ihrem Auto wegfahren, sobald die Sache erledigt war.

Zwei Fahrzeuge fuhren auf der Straße vorbei, aber keines von ihnen wurde langsamer. Soweit Drackman es beurteilen konnte, schien niemand ihn und Tilton unheimlich zu finden.

Sie hätten sich durch die Hinterhöfe schleichen können, von Baum zu Baum, über einen Zaun nach dem anderen, aber das war in seinen Augen riskanter, als direkt zur Haustür zu gehen. Selbst um diese Uhrzeit konnte man nie wissen, wer vielleicht gerade aus dem Fenster schaute. Wer sie dabei gesehen hätte, wie sie umherschlichen und versuchten, mit den Schatten zu verschmelzen, hätte sofort gewusst, dass sie nichts Gutes im Schilde führten. Eine direkte Vorgehensweise erregte weniger Verdacht.

Fiona zufolge befand sich der Telefonanschluss in diesem Viertel oberirdisch an der vorderen rechten Ecke jedes Hauses. Ohne sich die Mühe zu machen, sich eine Jacke anzuziehen, stieg sie aus dem Auto und ging, wild wie das Unwetter selbst, direkt zum Haus der Bledsoes. Dieses wurde vom Regen gepeitscht und von einem plötzlich aufkommenden Wind umweht, der sie zu begrüßen schien. Am Haus ging sie in die Hocke, um die Telefonleitung zu suchen und zu kappen. Als Drackman und Tilton die Stufen zur Veranda hinaufstiegen, erhob sich Fiona, die ihre Aufgabe erledigt hatte, und schloss sich ihnen an.

So heftig der Regen auch gefallen war, er fiel jetzt noch heftiger, in dicken, tropischen Sturzbächen. Drackman dankte dem unbekannten Mystiker, der die Tarot-Karten im 13. Jahrhundert oder noch früher erfunden hatte. Das Tarot, Juju, zahllose magische Disziplinen, das Schicksal, die Sterne, das Gewicht der Geschichte und die Macht des Fortschritts – all das stand in dieser Nacht hinter seiner Mannschaft, und nichts konnte sie aufhalten.

100

Mr. Smaller, der tatsächlich fünf Kilo weniger wog als zu der Zeit, als er seinen Hausmeisterjob für immer aufgegeben hatte, fuhr an dem Wohnhaus vorbei und hielt Ausschau nach Überwachungsfahrzeugen.

Er war sich ziemlich sicher, dass er eines erkennen würde, wenn er es sah, war äußerst misstrauisch, um nicht zu sagen paranoid, aber er fand nichts, das ihn beunruhigte.

An der Ecke bog er links ab, an der Gasse wieder links, und fuhr hinter das Haus. Auch dort war nichts zu sehen, was ihn in Alarmbereitschaft versetzt hätte. Nachdem er einen Block vom Gebäude entfernt in einer Seitenstraße geparkt hatte, kehrte er zu Fuß in die Gasse zurück. Er zog die Schultern hoch, senkte den Kopf und murrte vor sich hin über die Intensität des Regens, der auf ihn einprasselte, und die des Winds, der ihm das Wasser unter die Kapuze und ins Gesicht blies.

Bevor er seinen Posten als Hausmeister aufgegeben hatte, hatte er eine Kopie des Schlüssels angefertigt, mit dem sich alle Schlösser des Gebäudes öffnen ließen, und er hatte keinen Zweifel daran, dass sie noch passte. Die Schweine, denen diese Mietskasernen gehörten, und die kaltschnäuzigen Geschäftsleute, die ihnen die Stiefel leckten und ihre schäbige Arbeit für sie verrichteten, hätten sich eher die Pulsadern aufgeschnitten, als einen Schlosser zu beauftragen, sämtliche Schlösser in diesem modrigen Gemäuer auszutauschen.

Auf der Rückseite des Gebäudes, an der Tür zur Hintertreppe, stellte Mr. Smaller fest, dass sich der Schlüssel mit Leichtigkeit drehen ließ, und er spürte, wie sich der Riegel aus dem Schließblech im Türpfosten zurückzog. Mit einem Grinsen sagte er: »Geizige Drecksäcke.«

Drinnen schloss er die Tür leise. Er blieb tropfend stehen und lauschte. Weiter weg hörte er einen Fernseher. Schwach. Wasser rauschte durch die alten Rohre, als ob jemand zu dieser späten Stunde noch duschte.

Jetzt kam es darauf an, ungesehen in den vierten Stock zu gelangen, die Tat zu begehen, den hinterhältigen kleinen Widerling umzubringen, ihm ein kleines Pearl Harbor zu bescheren und dann zu verschwinden, ohne jemandem zu begegnen. Nach der Bank und dem Raubüberfall wurde er bereits wegen Mordes gesucht. Es machte kaum noch etwas aus, wenn sie ihm noch ein Kapitalverbrechen anlasteten. Falls er jedoch von einem Mieter gesehen würde, würde dieser ihn trotz seines rasierten Kopfes, seines Schnurrbarts und seines Gewichtsverlusts gewiss wiedererkennen. Dann würde er wieder töten müssen, nur um sicherzugehen, dass er genug Zeit hatte, die Stadt zu verlassen, bevor die Polizei erfuhr, dass er dort gewesen war.

Er stieg die Treppe hinauf.

101

Im Lagerschuppen auf der Rückseite von Grandpa Teddys Grundstück saß er auf einem Hocker in der Dunkelheit, hielt die Tür ein paar Zentimeter offen und beobachtete das dunkle Haus. Die Leute von Sears hatten gute Arbeit geleistet, als sie den Schuppen gebaut hatten, und dieser hatte ihm jahrelang gute Dienste geleistet. Aber wenn er ein Mensch gewesen wäre, der fluchte, hätte er es jetzt getan, denn der Regen, der laut auf das Metalldach prasselte, machte ihn taub, als stünde er in einer riesigen Trommel innerhalb einer noch riesigeren Kesselpauke.

Seit Jonah vor einer Woche nach Hause gekommen war, hatte er Urlaub von seinen abendlichen Auftritten genommen. Deshalb hatte er George Yoshioka die Lüge erzählt, dass alle Restaurantreservierungen ausgebucht seien, damit der Schneider nicht kam, um ihn spielen zu sehen, und dann feststellen musste, dass er nicht dort war. Grandpa Teddy begann langsam, sich für einen Trottel zu halten. Nun, jeder Mensch war ein Trottel, wie könnte es in einer gefallenen Welt anders sein? Aber Teddy Bledsoe glaubte, dass er vielleicht ein noch größerer Trottel war, als er es je angenommen hatte. Er vertraute der Polizei durchaus. Bis zu einem gewissen Grad. Mit einigen Vorbehalten. Man konnte als Schwarzer nicht mehr als ein halbes Jahrhundert in dieser Welt verbringen und den Behörden immer noch vollständig vertrauen. Dies war sein Haus, seine Familie, und wenn die Polizei einen Fehler machte, wäre er derjenige, der den Verlust erlitt. Es hatte in letzter Zeit genug Verluste gegeben. Er glaubte nicht, dass er noch einen weiteren überstehen und mit seinem üblichen Enthusiasmus in die Zukunft blicken könnte. Aber während dieser achten Nachtwache ging ihm durch den Kopf, dass die Polizei sich vielleicht geirrt hatte mit ihrer Voraussage, dass dieser Drackman eher früher als später hier auftauchen würde, angesichts all dessen, was man jetzt über sein erbärmliches Leben wusste. Sie hatten ein psychologisches Profil erstellt und darauf geschworen, wie Grandpa Teddy in einem Gerichtssaal auf die Bibel geschworen hätte. Aber ein Profil war nur eine Vermutung – ein ganzer Haufen Vermutungen. Jetzt schien es, als wäre jede einzelne davon falsch gewesen.

Nun, wenn er nach dieser Nacht aufhörte, würde wenigstens niemand erfahren, dass er hier Detektiv, Wachmann oder was auch immer gespielt hatte. Jeden Abend hatte er das Haus in seinem Show-Smoking verlassen. Er war zu einer Tankstelle gefahren und hatte sich dort Kleidung angezogen, die besser für den Lagerschuppen und die raue Begegnung geeignet war, mit der er rechnete. Er war zu dem unkrautbewachsenen Grundstück zurückgekehrt, das an sein Anwesen grenzte, war über den Zaun geklettert, als wäre er nicht nur noch ein Jahrzehnt vor der Rente, und hatte sich im Schuppen verschanzt, um Wache zu halten, bis es Zeit wurde, wieder seinen Smoking anzuziehen und so zu tun, als käme er von einem Auftritt mit der Band.

Vielleicht hatte er den Verstand verloren. Es gab Grenzen für das, was ein Mann ertragen konnte. Wenn man seine engelsgleiche Frau verloren hatte, wenn der Enkel, dem die Welt zu Füßen liegen sollte, plötzlich nicht mehr auf den eigenen Füßen stehen konnte, wenn all die Menschen, die einem das Wertvollste auf der Welt waren, plötzlich mit den Hälsen unter der Guillotine zu liegen schienen, dann war es verzeihlich, wenn ein Mann ein wenig verrücktspielte. Es war verzeihlich, wenn er heimlich die Kleidung wechselte wie Clark Kent, der zu Superman wurde, wenn er zwischen Gerümpel und Bäumen hindurch über ein mit Unkraut überwuchertes Grundstück schlich, wenn er sich in einem Schuppen versteckte mit einer Waffe, die er nicht benutzen wollte.

Er seufzte und sagte leise: »Alter Mann, du bist ein Musiker, kein Muskelprotz.«

102

Kleiner. Ich erwachte aus einem Traum, aber es schien mir, dass das Wort nicht in der Welt des Schlafs gesprochen worden war, sondern dass jemand es mir ins Ohr geflüstert hatte.

Ich merkte, dass ich die Stiftlampe eingeschaltet gelassen hatte, als ich mich schlafen gelegt hatte. Der blasse Lichtstrahl fiel auf das Bettzeug … gleich rechts neben einem Gegenstand, den ich nicht identifizieren konnte, eine schattenhafte Rundung am Rande des Lichts.

Ich stieß mich mit dem linken Arm vom Kissen hoch und griff mit der rechten Hand nach dem Gegenstand, der dort lag.

Als ich ihn vom Laken nahm, wusste ich sofort, was es war, noch bevor ich es ins Licht hielt: das Stoffauge.

»Schnüffler und Lügner«, sagte Fiona Cassidy.

Ich versuchte zu schreien, konnte es aber nicht. Meine Kehle war wie eine Orgelpfeife, in der ein Registerzug den Luft- und Tonfluss unterbrochen hatte.

Sie tauchte aus der Dunkelheit auf, schaltete meine Nachttischlampe ein und lächelte mich an.

Dieses Lächeln war weder von Freundlichkeit noch von Humor geprägt.

Sie hatte sich die Haare abgeschnitten, sie gefärbt und eine intensive Bräune bekommen, aber ich hätte sie auch erkannt, wenn sie doppelt so viele Veränderungen an ihrem Aussehen vorgenommen hätte. Die stählerne Schneide des Springmessers glänzte im Licht.

»Setz dich in deinen Rollstuhl, Krüppel.«

Als ich nicht sofort gehorchte, stach sie vor meinem Gesicht in die Luft, und ich wich vor der blitzenden Klinge zurück.

Verächtlich sagte sie: »In dir steckt kein Juju, Junge, und das war auch nie so. Kein Juju in den Fetischen, die du in dieser Bonbondose aufbewahrst.«

Fast hätte ich das Lucite-Herz berührt, das ich unter meinem Schlafanzug trug, aber ich hielt mich zurück, denn ich wusste, dass sie es verstehen, den Anhänger finden und ihn mir wegnehmen würde.

»Auf deinen Stuhl, Krüppel!«

103

Mr. Smaller erreichte den vierten Stock, ohne jemandem zu begegnen. Mit dem Hauptschlüssel ließen die beiden Riegel des Türschlosses von Apartment 5-C sich problemlos öffnen.

Seine letzte Sorge war, dass die Sicherheitskette eingerastet sein würde. Wahrscheinlich wäre er in der Lage gewesen, die Finger durch den Spalt zu stecken und mit etwas Zeit und Geduld den Schieberiegel herauszuziehen, aber dabei hätte er bestimmt Lärm gemacht. Er lächelte, als er feststellte, dass die Kette lose von der Halterung hing. Wie leichtsinnig. Er drückte die Tür vorsichtig auf.

Er wusste, dass Yoshioka früh zur Arbeit ging, im Winter sogar vor Sonnenaufgang, und dass er jetzt bereits schlafen musste. Weil er mit Dunkelheit rechnete, hatte Smaller eine Taschenlampe dabei, aber im Wohnzimmer erhellte ein Licht von oben die Elfenbeinschnitzerei der Hofdame in ihrem prächtigen Kimono. Das Elfenbeinmädchen war wahrscheinlich irgendetwas Heiliges, das rund um die Uhr beleuchtet werden musste, welcher fremdartigen Religion dieses seltsame Schneiderlein auch immer anhing.

Auch aus der Küche kam schwaches Licht, aber kein Geräusch, kein Hinweis darauf, dass Yoshioka sich dort vielleicht einen späten Snack zubereitete.

Mit der Pistole mit Schalldämpfer in der rechten Hand und der Taschenlampe in der linken, deren Licht er mit zwei Fingern vor dem Glas abschwächte, ging Smaller durch das Wohnzimmer in den Flur. Er war schon mehrmals hier gewesen, um Klempnerarbeiten zu erledigen oder ein klemmendes Fenster zu reparieren. Yoshiokas Schlafzimmer lag hinter der ersten Tür auf der rechten Seite, die offen stand.

Eine kleine, etwa 25 Zentimeter hohe Lampe mit einem bernsteinfarbenen Glasschirm stand auf einem Altartisch an der einen Wand. Ein anderes Licht fiel rund um die Uhr auf Fotos, die einen japanischen Mann und eine japanische Frau mittleren Alters sowie ein Mädchen im Teenageralter zeigten. Als er sie zuvor gesehen hatte, war Smaller davon ausgegangen, dass es sich um Verwandte handelte, aber es war ihm nicht wichtig genug erschienen, um danach zu fragen.

Der Schneider schlief.

104

»Hier kommt der Held«, rief Fiona Cassidy, während sie mich schnell aus dem Schlafzimmer herausrollte, das früher ein Esszimmer gewesen war. »Der Retter von Bänkern und anderem Gesindel.« Sie schob mich ins Wohnzimmer, wo die Jalousien zugezogen waren. Eine einzelne Lampe brannte schwach neben Grandpas Sessel und ihr Licht schimmerte in den Regenwasserpfützen auf dem Hartholzboden.

Ich war erleichtert, Mrs. Lorenzo lebendig auf dem Sofa sitzen zu sehen, in einer Art Mu'umu'u, das sie offenbar zum Schlafen trug. Sie wirkte erschrocken, aber auch beschämt.

Neben ihr stand Lucas Drackman, den man trotz seines tiefschwarzen Haars erkennen konnte. Und neben dem Klavier stand mein Vater.

»Du bist ein lästiger Junge«, sagte Drackman zu mir. »Wie kann so ein dürres Kerlchen wie du bloß so viel Ärger machen?«

Ich konnte wieder atmen, aber immer noch nicht sprechen. Ich vermutete, dass Schweigen ohnehin die beste Antwort war.

»Dein japanischer Freund ist jetzt bestimmt schon tot, Bohnenstange. Wie findest du das?«

Ich fühlte mich krank, schwach und niedergeschlagen, aber ich biss mir auf die Zunge, um nicht zu weinen. Ich wollte ihm keine Tränen zeigen.

Zu meinem Vater sagte Drackman: »Ich denke, du solltest es tun.« Er deutete auf die Pistole, die Tilton an seiner Seite hielt, mit der Mündung zum Boden.

Egal was er war oder was aus ihm geworden war, egal wie oft er meine Mutter und mich im Stich gelassen hatte – auch wenn er nur sich selbst lieben konnte, glaubte ich in diesem Moment doch, er würde Drackman erschießen. Ich *wusste,* er würde es tun.

Stattdessen wich Tilton meinem Blick aus und fragte: »Muss das wirklich sein? Warum müssen wir das tun?«

»Wir sind jetzt überall bekannt«, antwortete Drackman. »Wegen diesem dürren Knirps. Wir sind bekannt, wir werden gejagt und wir haben nichts mehr zu verlieren. Der einzige Vorteil, den wir noch haben, ist der Schrecken. Jeder muss eine Scheißangst vor uns haben, Angst davor, gegen uns auszusagen, weil wir zu allem bereit sind. Die müssen so verängstigt sein, dass sie nervös sind, sich nicht ganz unter Kontrolle haben, wenn sie nach uns suchen. Dann suchen sie vielleicht nicht so intensiv, wie sie könnten. Der Schrecken, Mann. Er ist unser Freund. Du hast diese Bohnenstange erschaffen, also wirst du sie auch ausradieren.«

Mein Vater schüttelte den Kopf. Ich dachte wieder, er würde Lucas Drackman erschießen. Er schüttelte noch einmal den Kopf.

Drackman sagte: »Du wolltest ihn schon loswerden, bevor er geboren wurde. Sie wollte es nicht tun, deine Sylvia, aber du wolltest es. Wenn du den kleinen Mistkerl schon vor seiner Geburt loswerden wolltest, was ist dann so schwer daran, es jetzt zu tun?«

Mein Vater sah mich nicht an, wollte es nicht, und da wusste ich, dass er mich nie erschießen würde – und Drackman auch nicht. Trotz all seines Geredes darüber, eines Tages eine Restaurantkette zu besitzen und der Chef einer Armee von Angestellten zu sein, war er zu so etwas nicht fähig. Er war kein Anführer, was letztlich der Grund dafür war, dass seine Träume für ihn immer unerreichbar blieben. Er war ein Mitläufer, der jedem folgte, der ihm das Gefühl gab, nützlich zu sein, und wusste, wie er ihn manipulieren konnte.

Als Tilton seine Pistole auf den Klavierdeckel legte und sich auf die Bank setzte, war seine Haltung nicht die eines besiegten, sondern nur die eines erschöpften Mannes, der wollte, dass dieser Moment schnell vorbeiging, damit er sich etwas Besserem zuwenden konnte.

Lucas Drackman kam nahe heran und ließ mich in den verlängerten Lauf der mit einem Schalldämpfer ausgestatteten Pistole blicken.

Mrs. Lorenzo schluchzte, flehte und betete gleichzeitig. Sosehr ich mich auch fürchtete, so sehr dachte ich auch daran, wie schrecklich es für sie sein würde zu sehen, wie mir ins Gesicht geschossen wurde.

Ich wollte meine Augen schließen, aber ich tat es nicht. Hätte ich es getan, hätte er mich doch nur wieder einen »dürren Knirps« oder Schlimmeres genannt.

Er trat hinter den Rollstuhl, und ich fragte mich, was er vorhatte. Dann setzte er die Mündung der Waffe an meinen Hinterkopf.

Als ich Fiona Cassidy ansah, erschrak ich so sehr, dass ich den Blick abwenden musste. In ihrer lüsternen, verzerrten Miene sah ich etwas anderes als die Frau selbst, etwas, das lange Zeit in ihr gelebt hatte und nun wie eine Bestie aus einem tiefen, dunklen Gewässer emporstieg.

Um mich weiter zu verhöhnen, nahm Drackman die Pistole von meinem Kopf weg, packte den Rollstuhl und drehte mich herum. Ich wünschte, ich hätte die Waffe gehabt, die mein Vater auf dem Klavier abgelegt hatte.

Der Schuss krachte. Ich wurde in meinem Stuhl zur Seite geschleudert und ein heftiger Schmerz durchzuckte mich. Eine Schwärze überkam mich, und ich stürzte wie von einer Klippe, fiel immer schneller atemlos in die Tiefe, bis mich jemand aufzufangen schien. Eine Stimme sagte: »Noch nicht, Entlein. Es ist nicht dein Schicksal, mit dieser Frau tot in einen Kofferraum geworfen zu werden.« Während ich höher und höher gehoben wurde, bildete sich Licht um uns herum. Dann materialisierte sie sich an meiner Seite. Sie trug ein wunderschönes weißes Kleid, das vielschichtiger war als der Kimono der Hofdame in Mr. Yoshiokas Wohnzimmer. Und dieses Gewand floss in alle Richtungen, bis zum Horizont, wo vorher nur Dunkelheit gewesen war. Das Kleid war Licht. Ich begegnete ihrem Blick und mich überkam ein Frösteln. Sie blies mir ins Gesicht. Ihr Atem roch nach Rosen, ein süßer Atem, der Gewicht hatte und mir die Augen schloss. Als ich sie wieder öffnete, saß ich im Rollstuhl, hatte keine Schmerzen, und offenbar hatte Drackman den Schuss, der mich töten sollte, noch nicht abgefeuert. Machen Sie aus alldem, was Sie wollen. Ich werde später noch mehr dazu sagen.

Reflexartig hatte ich meine rechte Hand zu dem Lucite-Herz gehoben. Ich weiß nicht, warum ich es aus meinem Schlafanzugoberteil gefischt habe, ob ich vielleicht glaubte, dass es Magie in sich trug, gerade dann, wenn ich sie am meisten brauchte. Aber das wäre nach meiner Wiederauferstehung zu viel verlangt gewesen, zu viel.

Noch nie in meinem Leben hatte ich meinen Großvater vor Wut die Stimme erheben hören, aber als er nun ins Zimmer stürmte und einen Baseballschläger schwang, als könnte er es ohne Weiteres mit Babe Ruth aufnehmen, brüllte er wie ein wütender Stier, wie ein rasender Bär. Drackman drehte sich um, schoss und verfehlte ihn. Grandpa Teddy brach dem Scheusal den rechten Arm, und die Pistole, die beinahe meinen Untergang bedeutet hätte, klapperte über den Boden und blieb am linken Rad meines Rollstuhls liegen. Drackman rutschte auf dem nassen Boden aus, fiel hin und kroch trotz seines verletzten Arms hastig auf die Waffe zu.

Ein Querschnittsgelähmter im Rollstuhl ist nicht in der Lage, Gegenstände auf dem Boden zu erreichen und sie aufzuheben. Deshalb legen sich viele von uns Assistenzhunde zu, nicht nur als Begleiter, sondern auch, damit sie heruntergefallene Gegenstände apportieren, Fahrstühle für uns rufen oder Türen öffnen. Die Pistole war für mich unerreichbar. Aber ich ließ das Lucite-Herz los und drehte meinen Stuhl mit beiden Händen um 180 Grad, um die Pistole *hinter* das rechte Rad und unter den Stuhl zu bekommen, während Drackman nach ihr griff. Ich versuchte, sie mit mir zu bewegen und von ihm fernzuhalten.

Grandpa schlug nach der unverletzten Hand, mit der Drackman nach der Pistole tastetete, und verfehlte sie, als der Killer sie zurückzog. Er traf den Boden mit einem Schlag, dessen Vibration sich durch den Schläger fortsetzte und für einen Moment seine Hände betäubte und seinen Griff schwächte.

In diesem einen schwachen Moment stürzte sich Fiona mit dem Springmesser, dessen Klinge frei lag, auf Großvater. Ich griff wieder nach dem Herzanhänger, zog so fest daran, dass die feine Silberkette um meinen Hals riss, und warf ihn ihr ins Gesicht. Es war das Einzige, das ich werfen konnte, nicht mehr als ein Stück Lucite, das ein paar Gramm wog, aber es traf sie ins Auge. Als sie an meinem Großvater vorbeitaumelte und ihn mit der Klinge verfehlte, gab sie ein Kreischen von sich, vielleicht mehr vor Überraschung als vor Schmerz.

Großvater schwang den Schläger erneut, brach Drackman den anderen Arm und wandte sich Fiona zu. Ich glaube, es war knapp, denn sie stach wieder nach Grandpa, aber ihre Klinge verfehlte ihn und sein Schläger traf sie. Plötzlich waren ihre Finger zertrümmert und bluteten. Der Schmerz war offenbar so heftig, dass sie zur Haustür stolperte, auf die Knie fiel und sich übergab.

Für einen Moment war das Gesicht meines Großvaters so wutverzerrt, dass ich glaubte, er würde mit dem Schläger so lange auf Fiona und Lucas einprügeln, dass sie nie wieder laufen könnten und ihre Hände nie wieder die Kraft hätten, eine Waffe zu halten. Stattdessen legte er den Baseballschläger auf seinen Sessel. Er hob das Messer auf, ließ die Klinge im Griff verschwinden und ließ es in seine Hosentasche fallen. Dann nahm er Tiltons Pistole vom Klavier und steckte sie in seinen Hosenbund. Drackmans Pistole hob er vom Boden auf und hielt sie in der Hand.

»Alles in Ordnung, Junge?«, fragte er.

Ich atmete stoßweise aus und nickte.

»Mrs. Lorenzo«, sagte er, »unsere Telefonleitung wurde gekappt. Würden Sie bitte nach nebenan gehen und die Velakovskis wecken, damit Sie über ihr Telefon die Polizei anrufen können?«

Fiona hatte sich zur Embryonalhaltung zusammengekrümmt, schluchzte und flehte um Hilfe. Ihre Hand war ein Gewirr freiliegender und zersplitterter Knochen, die wahrscheinlich nie wieder richtig zusammengefügt werden konnten. Lucas Drackman bot ein weiteres Bild des Jammers, konnte beide Arme nicht mehr benutzen.

Verwirrt und heftig zitternd erhob sich Mrs. Lorenzo vom Sofa und stand da, als wäre sie nicht sicher, ob sie die Bitte verstanden hatte.

Grandpa fügte hinzu: »Können Sie das für mich tun, Donata? Nach nebenan gehen? Ich wäre Ihnen sehr dankbar dafür.«

»Ja, natürlich«, erwiderte sie, »ich gehe sofort hin.«

»Ziehen Sie lieber Ihren Regenmantel an«, riet er ihr. »Das Wetter ist scheußlich.«

Sie stieg vorsichtig über die Lache aus Erbrochenem hinweg, holte ihren Regenmantel aus dem Schrank neben der Haustür und ging hinaus in das Unwetter.

Tilton erhob sich von der Klavierbank. »Mr. Bledsoe, ich bin keine Bedrohung für Sie oder sonst jemanden. Lassen Sie mich gehen. Sie werden mich nie wiedersehen, das schwöre ich. Sie wissen, dass es so ist. Das wissen Sie.«

Nachdem er ihn lange schweigend angesehen hatte, sagte Großvater: »Setz dich hin«, und Tilton tat es.

105

Als Mr. Smaller an das Bett herantrat und Mr. Yoshioka erschoss, kam es ihm merkwürdig vor, wie der Körper auf den Schuss reagierte. Er schlug die leichte Decke zurück – und fand nur weitere Decken, die zu einer menschlichen Gestalt geformt waren.

Ich hatte nicht gewusst, dass sich Mr. Yoshioka außer für Schneiderei, asiatische Kunst und Haikus auch für Kampfsport interessierte. Auch Mr. Smaller wusste das nicht. Später erklärte es mir mein Freund so: »Ich stellte Mr. Smaller meine Wohnung vor. Er machte Bekanntschaft mit einer Wand, dann mit einer anderen. Ich zeigte ihm die Tür, dann eine andere Tür, dann den Boden. Wir machten einen Rundgang, und obwohl er die Wohnung aus seiner Zeit als Hausverwalter kannte, schien er immer wieder überrascht zu sein, was er vorfand.«

106

Nachdem Mrs. Lorenzo bei unseren Nachbarn nebenan die Polizei gerufen hatte, hatte sie ihre Fassung so weit zurückgewonnen, dass sie im Diamond Dust anrufen und veranlassen konnte, dass meine Mutter am Ende des Stücks, das sie sang, sofort zum Telefon gerufen wurde. Als Mom sich durch die sturmgepeitschte Stadt auf den Heimweg machte, standen in unserer Straße bereits Polizeiautos, deren Einsatzleuchten rot und blau blinkten, sodass die fallenden Regentropfen fast wie Pailletten wirkten. Drackman war bereits in einen Krankenwagen geladen und abtransportiert worden. Den Polizisten war es gelungen, Fiona zu bändigen, die wieder gefährlich wurde, als sie die Polizisten kommen sah. Obwohl sie große Schmerzen hatte und aus ihrer zerschmetterten Hand blutete, schrie sie, trat um sich und biss zu wie eine Wildkatze. Als meine Mutter den Weg zum Haus entlangeilte, brachten die Rettungssanitäter gerade die gefesselte, niedergeschlagene Fiona zum zweiten Krankenwagen.

Im Wohnzimmer hatten zwei Polizisten in Zivil sich um Tilton gekümmert, der so fügsam blieb, wie Fiona Cassidy starrköpfig gewesen war. Sie legten ihm Handschellen an und ein uniformierter Beamter begleitete ihn zur Eingangstür. In diesem Moment trat meine Mutter ein. Sie bot einen märchenhaften Anblick. Regentropfen glitzerten in ihrem Haar wie Diamanten. Sie war schön wie eine Prinzessin und trug einen Regenmantel, der wie ein königlicher Umhang flatterte. Tilton blickte auf, sah ihr in die Augen und schien überrascht zu sein, nicht nur weil sie sich im letztmöglichen Moment noch begegneten, sondern auch so, als ob er sie kannte und doch nicht kannte, als ob er zum ersten Mal die wirkliche, ganze Sylvia Bledsoe zu Gesicht bekam. Unter seinen ständig wechselnden Gesichtsausdrücken war der auffälligste einer der Verwunderung. In ihrem Gesicht dagegen waren weder Zorn noch Mitleid noch Verachtung zu erkennen. Sie gab ihm nicht die Genugtuung einer emotionalen Reaktion, sondern betrachtete ihn, als wäre er ein Möbelstück. Nach einem Augenblick trat sie zur Seite, damit man ihn wegbringen konnte.

Sie kam zu mir, ließ sich auf dem regennassen Boden auf die Knie fallen, nahm mein Gesicht in beide Hände und küsste mich auf die Stirn. Einen langen Moment sahen wir uns in die Augen. Keiner von uns wäre fähig gewesen zu sprechen, selbst wenn wir etwas zu sagen gehabt hätten. Großvater stand vor uns. Er lächelte, aber ich glaube, er war auch bestürzt über das, was er hatte tun müssen. Schließlich sagte sie: »Du weißt, dass du schon *längst* im Bett sein müsstest«, und ich erwiderte: »Ja, Ma'am, wird nicht wieder vorkommen.« Sie gab zurück: »Das will ich auch hoffen.« In diesem Augenblick wusste ich, dass wir nun endlich in Sicherheit waren.

107

Danach hatten wir einige schöne Jahre. Oh, in der weiten Welt gab es Kriege und noch mehr Kriege, Unruhen und Aufstände, Mord, Chaos, viel Hass und die drohende nukleare Vernichtung. Aber in der sanften und überschaubaren Welt der Familie Bledsoe gab es vieles, wofür wir dankbar sein konnten. Mr. Yoshioka kaufte sich ein Auto, einen 1956er Packard Executive, gelbweiß und in gutem Zustand.

Grandpa Teddy brachte ihm das Fahren bei, woraufhin er öfter zum Abendessen kommen konnte. Mrs. Lorenzo blieb bei uns, und obwohl sie ihr Gewicht nicht in den Griff bekam, war es doch alles geheiligtes Fett. Meine Mutter wurde im Diamond Dust zum Zuschauermagneten. Sie bekam einige Angebote, als Backgroundsängerin bei Plattenaufnahmen von Künstlern mitzuwirken, deren Namen so ziemlich jeder kannte. Ich schrieb weiter Songs, und als ich 15 war, gefiel meiner Mutter einer davon so gut – ich nannte ihn *One Sweet Forever* –, dass sie ein Arrangement für die Diamond-Dust-Band anfertigen ließ, und sie spielten ihn dort regelmäßig. Eines Abends aß ein Manager einer Plattenfirma mit Freunden dort, und er war ganz begeistert von dem Lied. Ich wünschte, er hätte meine Mutter unter Vertrag genommen, aber er tat es nicht. Für den Fall, dass Sie sich nicht besonders gut mit Popmusik auskennen, sagen wir einfach, dass er mich unter Vertrag nahm und den Song mit einem ziemlich großen Star aufnahm. Er landete in den *Billboard*-Charts auf Platz vier. Das setzte etwas in mir frei, und was mir vorher schwergefallen war, wurde leicht. Wie man so schön sagt: Die Hits kamen von ganz allein. Irgendwann konnten wir uns ein besseres Haus kaufen, aber wir wollten das Viertel nicht verlassen. Niemand hätte es mit Beverly Hills verwechseln können, aber uns gefiel es sehr gut. Als das Haus nebenan zum Verkauf stand, kauften wir es und bauten es so um, dass ein Rollstuhl und ein ungeschickter Saxofonist darin Platz fanden. Als Malcolm 18 Jahre alt wurde und in der Diamond-Dust-Band zu arbeiten begann, zog er zusammen mit mir auf die andere Straßenseite und musste nie wieder in die Garage gehen. Amalia ließ ihn immer noch nicht los, aber er ließ sich nur ein einziges Mal von der Verzweiflung in die Irre führen, als er mit 22 die Stadt verließ und sich mit »Teufelsaustreibungsmusik« rettete. Ich werde ihm diesen Satz nicht vorlesen, für den Fall, dass er den Grund für einige seiner zwanghaften Verhaltensweisen wirklich nicht kennt. In diesem Fall könnte das Verstehen diesen Ritualen die Kraft rauben, seinen Kummer zu lindern. Aber klar ist für mich Folgendes: Er hasst Pilze und tut alles, um ihren Anblick zu vermeiden, denn am Morgen des Tags, an dem Amalia gestorben ist, hat er sie dabei beobachtet, wie sie ängstlich einen großen Haufen davon putzte, weil ihre Eltern sie zum Küchenmädchen degradiert hatten. Er kauft oder leiht sich an Dienstagen keine Zeitung, weil sie am Montag gestorben ist und die Nachricht am nächsten Tag in der Zeitung stand. In der Nacht ihres Todestags war Vollmond, daher geht er immer in der ersten Vollmondnacht in eine Kirche, um 17 Kerzen anzuzünden, eine für jedes Jahr, das sie gelebt hat. Du liegst mir sehr am Herzen, Malcolm. Und nun zu Lucas Drackman. Mit eingegipsten Armen hatte er der Polizei pausenlos von seinen Taten, Gedanken und Gefühlen erzählt, als ob er glaubte, dass er triumphiert hatte und sie sich von seiner Ruhmesgeschichte mitreißen lassen würden. Er, mein Vater, Fiona und Smaller wurden für ihre zahlreichen Verbrechen verurteilt und lebenslang weggesperrt. Aurora Delvane? Sie sagte als Zeugin aus und bekam eine zweijährige Haftstrafe. Im Gefängnis schrieb sie einen Roman. Er wurde nie verkauft. Zu Beginn dieses Buchs habe ich gesagt, dass mein voller Name Jonah Kirk lautet, ohne die sieben weiteren Namen dazwischen. Aber wenn Sie meine Musik kennen, wissen Sie, dass mein offizieller Name seit meinem elften Lebensjahr Jonah Bledsoe lautet, mit acht weiteren Namen dazwischen. Ich habe *Kirk* behalten, weil er schließlich mein Vater war, obwohl er es nie sein wollte, obwohl er keine Verwendung für mich hatte. Meine Mutter hat ihn schließlich einmal geliebt, auch wenn sie damals noch jung und naiv gewesen ist, und ohne diese Liebe würde ich nicht existieren.

Nach neun guten Jahren hatten wir eine schlechte Phase. Das Leben verläuft nicht immer reibungslos, und niemand hat uns je versprochen, dass es so sein würde. Eines Tages fühlte sich Mr. Yoshioka nicht mehr wohl, und es stellte sich heraus, dass es sich um eine Art von Krebs handelte, die sich besonders schnell ausbreitete. In den letzten zwei Monaten, als er am schwächsten war und das Krankenhaus nichts mehr für ihn tun konnte, brachten wir ihn bei Grandpa Teddy unter, damit wir alle in der Nähe sein konnten, um ihn zu besuchen und zu pflegen. In der Nacht, in der er starb, saß ich an seinem Bett und las ihm Haikus vor, und manchmal sagte er sie für mich auf Japanisch auf. Gegen Ende bat er mich, den Gedichtband beiseitezulegen und ihm aufmerksam zuzuhören. Er sagte mir, dass ihm meine Popsongs gefielen. Das hatte er mir früher bereits gesagt, aber er glaubte, dass ich zu Höherem bestimmt war. Er sagte mir, was er einst Mary O'Toole gesagt hatte: In der Zeit, als ich noch mit voller Kraft Klavier spielen konnte, habe Gott jedes Mal den Raum betreten, wenn er meine Musik gehört habe. Mr. Yoshioka sagte, dass ich für einen so jungen Menschen schon sehr gut verdiene, dass es aber mehr im Leben gebe als das Geldverdienen. In seiner sanften Art bestand er darauf, dass ich mich so bald wie möglich dem Schreiben größerer Dinge widmen sollte, damit Gott wieder in den

Raum kommen würde, wenn andere in den kommenden Jahren meine Musik spielten. Ich hielt seine Hand, als er starb, und konnte sie lange Zeit nicht loslassen. Wir waren überrascht, wie viele zu seiner Beerdigung erschienen, sicherlich alle Mitarbeiter von Metropolitan Suits, aber auch viele andere. Als ich darauf bestand, nicht nur zur Kirche, sondern auch zum Grab zu gehen, über ein Friedhofsgelände, das mit einem Rollstuhl nicht zu bewältigen war, trugen mich Großvater und Malcolm abwechselnd. Ich bin froh, sagen zu können, dass ich meinem Großvater keinen Herzinfarkt bescherte und dass Malcolm mich nicht fallen ließ.

Als Omi Kobayashi, der Anwalt von Mr. Yoshioka, uns zwei Tage nach der Beerdigung besuchte, erfuhr ich, dass mein Freund in seinem Testament alles mir vermacht hatte. Die beiden Tiger-Paravents waren Reproduktionen des Meiji-Meisters Takeuchi Seiho. Da er sich die Originale nicht leisten konnte, hatte er die Kopien als Geschenk für seinen Vater in Auftrag gegeben, der die Originale vor Manzanar besessen hatte. Sein Vater hatte sieben Jahre lang mit diesen Reproduktionen gelebt, bevor er verstorben war. Ich erhielt auch die Elfenbeinschnitzerei der Hofdame, die auf das Jahr 1898 datiert und von dem Meiji-Meister Asahi Gyokusan signiert war. Laut Mr. Kobayashi war sie von großem Wert. Der Vater von Mr. Yoshioka hatte dieses Stück vor Manzanar ebenfalls besessen. Als sein Sohn es schließlich aufspüren und Jahre nach der Internierung kaufen konnte, war der Vater überglücklich. Doch dann starb er, und Mr. Yoshioka verspürte nicht mehr den Drang, nach anderen Gegenständen zu suchen, die die Familie einst besessen hatte. Zu meiner Überraschung erbte ich auch das Diamond Dust. Johnson Oliver, der Manager, hatte nur auf Anweisung seines Chefs, Mr. Yoshioka, vorgegeben, der Eigentümer zu sein. Ich erbte auch Metropolitan Suits, wo Mr. Yoshioka eine Stechuhr bedient hatte, genau wie all seine Angestellten.

In unserem Leben gibt es immer wieder Momente von großer Bedeutung, die wir nicht erkennen und deren Sinn uns erst nach vielen Jahren bewusst wird. Jeder von uns hat seine Pläne und konzentriert sich auf sie, und deshalb sind wir oft blind für das, was sich direkt vor unseren Augen abspielt. An jenem Tag vor so langer Zeit, als Mr. Yoshioka seine Tür geöffnet und mich mit einem Teller Kekse erwartet hatte, hatte ich nur einen Nachbarn gesehen, einen schüchternen Mann, der sogar zu Hause Anzug und Krawatte trug.

Und so musste ich im zarten Alter von 20 Jahren bereits nicht mehr für meinen Lebensunterhalt sorgen. Ich konnte mich der kreativen Arbeit widmen, um die er mich gebeten hatte. Seine Bitte schien mir nun eine heilige Pflicht zu sein. Im Laufe der Zeit gab es Jahre, in denen ich dachte, dass er mich überschätzt hatte und ich ihn am Ende enttäuschen würde. Aber dann kamen die Filmmusik, der Oscar, ein weiterer Oscar und noch ein dritter. Broadway und der Tony Award. Wieder und wieder Broadway. Dieses Jahr soll es einen Pulitzer für den Text und das Libretto des aktuellen Stücks geben, aber das glaube ich nicht. Das wäre vielleicht zu viel verlangt. Das Merkwürdige ist, dass es mir um die Preise genauso wenig geht wie um das Geld. Obwohl ich beides behalten werde, besten Dank.

Worum es geht, ist die Musik selbst, dieser Moment, wenn ich sie zum ersten Mal in meinem Kopf höre, während ich versuche, sie zu Papier zu bringen. Es ist, als würde ich etwas aus einer anderen, besseren Welt hören. Es geht um die Musik und die Menschen, und es geht um die Straße, in der wir wohnen, auch jetzt noch, da mein geliebter Großvater Teddy schon lange tot ist, die Straße, in der wir jedes Haus auf beiden Seiten dieses besonderen Häuserblocks gekauft und umgebaut haben. Es geht um dieses heilige Stück Erde, auf dem Amalia wandelte und Anita lebte, wo meine Mutter, jetzt 75, immer noch drei Türen weiter wohnt und Mrs. Lorenzo in ihrem eigenen Haus mit ihrem zweiten Mann und so viele andere. Nicht zuletzt ist dies die Straße, in der meine Frau Jasmine mit mir und unseren drei Kindern lebt. Wer die Fähigkeit zu pinkeln besitzt, verfügt auch noch über gewisse andere Fähigkeiten.

108

Miss Pearl, die behauptete, sie sei die Stadt, die Seele der Stadt, hatte mir ein Klavier gegeben, als ich dringend eines gebraucht hatte, und sie hatte Warnungen und mir Ratschläge gegeben, die sich als sehr wertvoll erwiesen. Sie hatte mir auch mein Leben zurückgegeben, nachdem Lucas Drackman in jener Nacht auf mich geschossen und es mir genommen hatte. Andernfalls wäre alles ganz anders verlaufen. Fiona wäre ebenfalls getötet worden, vielleicht von Drackman. Meine und ihre Leiche hätten sie in den Kofferraum ihres Autos gelegt und wären im Regen mit uns weggefahren, um uns vielleicht auf einem Parkplatz liegen zu lassen. Dort hätte uns jemand gefunden, wie die Leiche von Dr. Mace-Maskils Frau gefunden worden war. Der Traum, den ich gehabt hatte, war nicht wahr geworden. Er war nur ein Hinweis darauf gewesen, wie die Zukunft hätte verlaufen können, eine Warnung. Zumindest glaube ich das. Miss Pearl hat gesagt, dass wir einen freien Willen haben, dass das, was als Nächstes passiert, von allen Menschen abhängt, die in ihren Straßen leben, und dass mein Anteil daran von mir abhängt. Bei meiner vorletzten Begegnung mit ihr hatte sie gesagt, dass sie schon mehr für mich getan habe, als sie sollte, dass ich von nun an auf mich allein gestellt sei. Und doch hat sie mich bei diesem langen, dunklen Sturz aufgefangen und mich zurück in die Welt gebracht, vom Tod zurück ins Leben. Wie Sie sich vielleicht vorstellen können, habe ich im Laufe der Jahre viel darüber nachgedacht, und auch über ihre Behauptung, dass sie die Stadt sei.

Als ich 21 Jahre alt war, suchte ich Albert Solomon Gluck auf, den Taxifahrer, der meiner Mutter das Lucite-Herz geschenkt hatte, als ich acht Jahre alt gewesen war. Er war kein berühmter Komiker geworden. Er fuhr immer noch Taxi, als ich ihn fand. Kurz darauf zog er in ein Haus in unserer Nachbarschaft und wurde mein Fahrer. Damals hatte er uns versichert, dass eine Frau, ein Fahrgast, ihm den Anhänger sechs Monate zuvor geschenkt und ihm gesagt habe, sie wolle, dass er ihn an jemanden weitergab. Als er fragte, an wen, sagte sie, er werde es wissen, sobald diese Person ihm über den Weg lief. Als ich Albert zum zweiten Mal traf, 13 Jahre nach unserer ersten Begegnung, erzählte er mir mehr über diese Frau. Er erinnerte sich lebhaft an sie. Sie war groß und schön und bewegte sich mit der Anmut einer Tänzerin. Ihr Outfit ähnelte nicht dem von Miss Pearl, aber sie trug einen Hut mit Federn. Sie bevorzugte ein leichtes, nach Rosen duftendes Parfüm. Sie hatte ihn Entlein genannt. Aber die Sache ist die: Ihre Haut war nicht mahagonifarben gewesen, weder schwarz noch braun. Sie war eine jüdische Dame gewesen, niemand, den er kannte, und doch hatte sie ihn so sehr an einige Frauen in seiner Familie erinnert, dass er sich mit ihr verwandt gefühlt hatte, als sie in sein Taxi gestiegen war.

Sie erinnern sich bestimmt: Als ich bei meinem Sturz in den Tod von ihr hochgehoben wurde, woraufhin sie mein Gesicht anhauchte und mich wieder zum Leben erweckte, begegnete ich ihrem Blick und spürte ein Frösteln. Dieses Frösteln glich dem, was ich in der Kalomirakis-Pinakothek empfunden hatte, als ich vor Fabritius' Gemälde *Der Distelfink* gestanden und in das meisterhaft erleuchtete rechte Auge des kleinen Vogels geblickt hatte. Ich hatte verstanden, was der Künstler gemeint haben konnte, verstanden, dass nicht nur ein grausam behandelter Vogel mich durch dieses Auge beobachtete, sondern die gesamte Natur. Und nicht nur das. Als ich in Miss Pearls Augen blickte, kurz bevor ich vom Tod zum Leben erwachte, sah ich einen Sturm von Bildern, mehr als ich zählen konnte, die in Sekundenschnelle vorbeizogen. Einige davon waren: meine liebe Mutter, die meine Finger küsste, einen nach dem anderen, wie sie es in jener Nacht getan hatte, kurz nachdem wir zu Grandpa Teddy gezogen waren; Großvater, der im Krankenhaus am Bett saß und seine Finger von Perle zu Perle bewegte, während er über mich wachte; Großmutter Anita, die mir einen Silberdollar gab, den ich erst am Tag meiner Konfirmation ausgeben durfte; die Gesichter von Mr. Yoshiokas Mutter und Schwester, nicht die Internierungslagerfotos aus dem Buch, sondern die in Silber gerahmten, die er immer beleuchtet hielt, die er mir ebenfalls hinterlassen und die zu beleuchten er mich gebeten hatte; das endlose Kerzenmeer, die kleinen flackernden Lichter, die ein Teil dessen waren, was ich in der großen schwarzen Tasche gesehen hatte … Und als ich mit Miss Pearl aus dem Tod emporgestiegen war, gerade als ich wieder ins Leben zurückkehrte, hatte ich gewusst, dass sie nicht die fleischgewordene Seele der Stadt war, zumindest nicht nur, dass sie nicht nur schwarz war, wie sie mir erschien, sondern dass sie von allen Rassen und Kontinenten und Zeiten war. Sie trug kein Rosenparfüm, sondern war selbst die Verkörperung der Rose. Sie war die Mutter der alten Geschichte. Ich kannte sie nicht erst, seit ich acht Jahre alt gewesen war, sondern hatte sie schon immer gekannt.

Die Handtasche. *Halt dein Gesicht ganz nahe dran, Entlein, ganz nah. Dann wirst du es sehen.*

Zuerst hatte ich eine verwirrende Ansammlung eckiger Formen gesehen, die auf mich zukamen, aber dann verwandelten sie sich in die Wolkenkratzer einer Stadt im Miniaturformat, und ich blickte zwischen diesen Gebäuden hindurch in ein Labyrinth aus belebten Straßen. Ich blickte hinunter und fiel dann hinunter, nicht mit Angst, sondern mit Freude. Ich schwebte zwischen den glitzernden Türmen, flog, wie ich manchmal in guten Träumen geflogen bin. Die Stadt war keine Miniatur mehr. Sie war real und riesig, grenzenlos, reichte bis ins Unendliche, war erfüllt von wunderschönem, geheimnisvollem Licht. Ich flog tief, dicht über der Straße, eine Avenue voller betriebsamer Menschen nach der anderen entlang. Ich begann zu begreifen, dass das geheimnisvolle Licht von ihnen kam, auch von mir, dass wir die Menschen *und* das Licht der Stadt waren und wie endlose Reihen von Kerzen in Untersetzern flackerten. Und plötzlich sah ich die Stadt innerhalb der Zeit, rückwärts bis zu ihren Ursprüngen und vorwärts durch die Jahrhunderte, wie sie gewesen war und wie sie sein würde, alles jetzt, in diesem Augenblick. In allen Zeitaltern, den uralten und den zukünftigen, leuchtete dieses schöne Licht, unser Licht.

Was für eine Handtasche?

Ich habe oft darüber nachgedacht, was sie mir dort auf den Verandastufen des Hauses meines Großvaters gezeigt hat. Jetzt, nachdem ich lange genug gelebt habe, verstehe ich das Wesentliche, aber ich verstehe es nicht vollständig. Aber das macht nichts. Was zählt, ist der Tag, der vor uns liegt, und was wir aus ihm machen, ein Tag nach dem anderen. An manchen Tagen landet der Toast mit der Butterseite nach unten, an anderen mit der Butterseite nach oben. Und was *sollen* wir nun mit dem Tag anfangen? Welche Richtung sollen wir einschlagen, welche Entscheidung ist falsch? Wenn ich verwirrt bin, denke ich an das zurück, was sie an jenem Tag gesagt hat, und ich kann ihre Stimme hören, an die ich mich so deutlich erinnere wie an jede Musik, die ich je gehört habe. *Egal was passiert, Katastrophen und Schicksalsschläge,* es spielt keine Rolle – *auf lange Sicht wird alles gut werden.*

Dean Koontz bei FESTA

Devoted – Der Beschützer
Elsewhere – Der Universalschlüssel
The Other Emily – Die Doppelgängerin
Auf der Suche nach Ashley Bell
Quicksilver
Jonah und die Stadt